U0563671

〖中华诗词存稿·地域专辑〗

中华诗词学会 编

吉林诗词卷

卷 一

吉林诗词学会 编

张福有 主编

图书在版编目（CIP）数据

吉林诗词卷 / 吉林诗词学会编 . -- 北京 : 中国书籍出版社 , 2019.8

（中华诗词存稿）

ISBN 978-7-5068-7371-0

Ⅰ . ①吉… Ⅱ . ①吉… Ⅲ . ①诗词—作品集—中国 Ⅳ . ① I22

中国版本图书馆 CIP 数据核字 (2019) 第 144348 号

吉林诗词卷

吉林诗词学会 编

责任编辑	王志刚
责任印制	孙马飞　马　芝
封面设计	采薇阁
出版发行	中国书籍出版社
地　　址	北京市丰台区三路居路 97 号（邮编：100073）
电　　话	(010) 52257143（总编室）(010) 52257140（发行部）
电子邮箱	eo@chinabp.com.cn
经　　销	全国新华书店
印　　刷	北京虎彩文化传播有限公司
开　　本	710 毫米 ×1000 毫米 1/16
字　　数	1114 千字
印　　张	105
版　　次	2019 年 8 月第 1 版 2020 年 8 月第 1 次印刷
书　　号	ISBN 978-7-5068-7371-0
定　　价	1098.00 元（全 3 册）

《中华诗词存稿》
编委会名单

《中华诗词存稿》
〈吉林诗词卷〉编委会名单

总 序

我们这个诗歌大国有一个很好的传统，历来注重“采诗”、搜集整理诗歌材料。作为唯一的全国性诗词组织的中华诗词学会，自1987年5月成立以来，就十分重视这项工作。学会每年的学术研讨会和历届“华夏诗词奖”，都出版论文集和获奖作品集。纪念学会成立二十年、三十年时，还专门编辑出版了《大事记》《论文选集》《诗词选集》。《中华诗词》创刊以来，每年都制作年度合订本。2007年5月，在北京天识东方文化艺术传播有限公司的资助下，以近代以来诗词创作、诗词理论、诗词运动重要文献汇编，当代名家个人作品专集等为主要内容，出版了《中华诗词文库》。经过十来年的编辑整理，已经出了近百卷。这些诗集、文集的出版，记录了近百年来尤其是改革开放四十多年来，中华诗词从起步、复苏走向复兴的砥砺前行的历程，为近、当代诗歌史的撰写准备了丰富的资料。

党的十八大以来，中华民族优秀传统文化重新受到应有的重视。习近平总书记《念奴娇·追思焦裕禄》词和《军民情》七律的相继发表，引领中华大地诗潮滚滚而来。《中共中央关于繁荣发展社会主义文艺的意见》和中办、国办《关于实施中华优秀传统文化传承发展工程的意见》，都明确提出“加强对中华诗词、音乐舞蹈、书法绘画、曲艺杂技和历史文化纪录片、动画片、出版物等的扶持。”国家教育部组织制定由中华诗词学会起草的新中国语言体系中的新韵书《中华通韵》已经通过国家语言文字工作委员会语言文字规范标准审定委员会审定，即将颁布全国试行。这些都使我们真切地感受到，中华诗词的春天真的到来了。诗人们乘着骀荡春风，正以高昂的激情，书写着中华民族伟大复兴的新时代、新史诗，国家富强、民族振兴、人民幸福的中国梦；正以与人民同呼吸、共命运的诗人之心，对人民的欢乐、人民的忧患、人民的情怀给以诗意的表达；正以“美”或“刺”的诗人之笔，对市场经济大潮中人民对幸福生活的期待，对美好未来的希望，对假丑恶的深恶痛绝，或给以方向，或给以赞美，或给以鞭挞。正如习近平总书记所指出的：“好的文艺作品就应该像蓝天上的阳光、春季里的清风一样，能够启迪思想、温润心灵、陶冶人生，能够扫除颓废萎靡之风。”

当前，传统诗词创作者和诗词爱好者队伍发展迅速，已超过三百万。每天创作的诗词作品超过唐诗、宋词、元曲的总和。诗词评论研究队伍也成长很快，诗词评论、诗词学、诗词创作理论研究成果丰硕。如何从浩如烟海的诗词作品中“淘”出优秀作品，并使之存下来、传下去，如何使诗词研究理论成果“面世”并发挥应有的指导作用，确实是摆在我们面前的无可回避的一个重要课题。中华诗词学会是一个没有国家编制，没有国家拨款的社会团体，事业的运转主要靠社会赞助和会员费支撑。俊识（北京）文化传媒有限公司总经理吕梁松、北京采薇阁总经理王强，两位一直是对中华传统文化情有独钟的热心人，慷慨解囊，愿意同中华诗词学会一起，搜集整理编辑推出《中华诗词存稿》这套书，共同为中华诗词文化的继承和发展，做成这件十分有意义的事情。

《中华诗词存稿》主要搜集整理出版三部分内容的资料：一是当代诗词名家的个人作品集；二是当代诗词评论家、诗词学者的学术著作集；三是当代诗词作品、诗词理论学术成果阶段性、专题性、地域性的集成类作品集。诗词作品强调精品意识，沙里淘金，把“有筋骨、有道德、有温度”的优秀诗词作品搜集起来。诗词评论、研究类资料强调理论性和创新性，应具有鲜明的个性特点，具有创建性的见解。集成类的资料应有一定的史料保存价值。总之，做成一套具有当代价值和历史意义的好书。在此，我们编委会人员，向提供资料、筛选编辑、版面设计、校对勘误，包括所有为这套资料付出辛勤劳动的同志们，表示真诚的谢意！

郑欣淼

二〇一九年七月于北京

序

《中华诗词存稿•吉林卷》的编辑工作，在中华诗词学会的大力支持下，在编委会的领导和努力下，主编张福有和副主编翟致国、温瑞、高丰清以及各位编委、各市州诗词学会的同志们，做了大量艰苦细致的工作，现在终于完成了。

从这次征稿来看，吉林省诗词事业基础不错，发展较快。诗词组织日趋健全，队伍不断壮大。各地的诗词组织比较活跃，每年都有一些研讨、采风等活动，带动了创作，也锻炼了队伍。

吉林省有一批功底深厚的中老年诗人，有一群朝气蓬勃思想敏锐的年轻诗人，还有为数不少的优秀女诗人。他们尽管分布区域不同，从事的职业各种各样，但都钟情于中华诗词事业，都热爱诗词鉴赏和诗词创作，这使大家共同走进了诗词之境，一个和谐高雅的精神家园。

去年，吉林省诗词学会会长会议作出一个决定，省诗词学会参与主办“中华诗词论坛•关东诗阵”。关东诗阵成立以来，以网络为平台，以活动为纽带，团结了一批诗友，活跃在诗坛上，成为诗词创作的重要力量。实践证明，运用现代网络为诗词事业服务，符合时代潮流，好处很多。这次征稿，网络诗词就是重要来源之一。在这方面，我们还要继续坚持下去。

感谢中华诗词学会为我们创造了条件、提供了机会。感谢全省各诗词组织的大力支持。感谢广大诗友的积极参与。在大家的共同努力下，吉林省的诗词事业一定会有一个更大的发展。

2010年4月8日 于长春

作者为中华诗词学会顾问，吉林省政协原主席、省诗词学会会长

凡 例

1、本卷分为上下两编。上编为近现代卷，下编为当代卷。

2、上编作者以生卒年为序，个别生卒年不清者，依作品所发时间为序。

3、江泽民同志《为〈长白山诗词选〉所作七绝二首》放置卷首。下编作者依姓氏笔画为序。

4、同一作者之作品依诗、词、曲为序。诗，依绝、律、古风为序。词与曲，依字数由少到多为序。

5、作者介绍，尽量从简。

6、本卷所收作品，概依作者为吉林籍或在吉林工作、生活过为据。此外未收。

7、本卷所收作品，分别依平水韵、词林正韵，诗韵新编、新韵，不混用，不标注。

8、个别诗词加必要的注释。

目　　录

下　编

上编

吴大澂

（1835—1902），字清卿，浙江吴县人，清末金石学家，文字学家。曾受命督办吉林珲春防务兼屯垦。

《皇华记程》诗录（选四首）

（一）

过了冰河便雪山，严寒已去又重还。
我来迅速春来缓，未许东风带出关。

（二）

记得当年度陇诗，偶从雪里见花枝。
而今行过辽阳路，正似天山五月时。

（三）

车马喧阗趁夕曛，山村仕女笑纷纭。
皇华诗意无人解，道是鸡林旧使君。

（四）

小店春斋满瓮储，荒寒无地摘园蔬。
辽东日食花猪肉，苦忆松江冰白鱼。

于荫霖

（1841—1904），吉林榆树人，咸丰九年进士。曾任翰林院编修，官至河南巡抚。有《悚斋诗存》刊行。

癸卯游医圣祠

昨游元妙观，今到圣医坟。
山气凉生雨，钟声暮入云。
桂堂删俗虑，荷沼浥清芬。
连日行时乐，浑忘少长群。

舟中早起感怀（二首选一）

计程四月到襄阳，二百江天客路长。
带雨潮声喧夜枕，避风帆影下桅樯。
脍沽溪网新鲜足，鸡买山家野味香。
何事同寅共忆苦，一盂羹饭可频尝。

日俄战事

东西狡族被强邻，时势纷纷等野尘。
汉纵百输终灭项，楚虽三户必亡秦。
大才岂尽工商贾，至道由来天地人。
为问诸公谋国者，人心风俗是经纶。

赵曦尘

（1841—1916），吉林伊通人，多年在伊通县景家台设馆教书。

正月十二日城隍出巡送瘟神

瘟神何处送，何处有瘟神。
生死皆由命，驱除岂在人！

久雨感时四首

（一）

连日空蒙雨未晴，田间草长误耘耕。
不忧荒歉翻欣喜，铁路迟他造不成。

（二）

俄索长城德索江，不闻妙策有经邦。
及今雨助波涛长，浮海何人共画艭。

（三）

电线遥从哈界来，中西铁路一时开。
雨晴谁念天垂戒，和约坚持用不猜。

（四）

久雨我疑天洒泪，沉阴今见日天光。
暖衣饱食心如棘，忧共俄人铁路长。

自悔有癖

毒中诗文病若狂，竭枯心血费思量。
明知自苦反成乐，赢得终身无事忙。

自　遣

旧事浑如梦，流光去若飞。
耳聋唯解笑，乡乱不思归。
惯阅身贫富，慵听口是非。
憨痴聊卖老，物我两忘机。

荣文达

（1847—1903），字可民，吉林怀德人，辽东三才子之一，光绪二十九年（1903）为奉天大学堂总教习。

辽东怀古（八首选四）

（一）

幽营半壁划星躔，溟渤纡回日出鲜。
禹迹有经辟东北，舜封无石勒山川。
岛夷犹想名皮地，肃慎难寻贡矢年。
本是强秦威不到，谁藏太子助穷燕。

（二）

雄才汉武拓疆宽，汕淍遥书太史官。
菟郡虚名分四界，虎神遗俗纪三韩。
安边太守宣威易，出塞将军让美难。
莫道渡辽征战苦，敢凭剑客靖乌丸。

（三）

雄豪起舞酒杯倾，金主诗词谶汴京。
五色云中天子气，万人江上女真名。
黄龙最恨书生计，白马犹严太子兵。
莫更冬青寻二帝，瞬看五国亦荒城。

（四）

驱除诸部事如尘，失计前朝鉴更真。
叶赫间谋余战垒，松山哀咏属诗人。
九边犴狱长城坏，一水鸿沟大厦沦。
天遣镐丰佳气满，葱葱烟树万年春。

张心田

（1848—1897），字志卿，号溪桥，吉林德惠人。曾任图谢吐王荒务督办，著有《溪桥诗草》。

小河沿观莲

亭亭绝不染尘埃，未到方时未肯开。
漫道易成君子品，此心实自苦中来。

龙　挂

潜藏北海几经春，鳞甲忽从天外伸。
霹雳一声霖雨足，世人到此始称神。

吉林寓馆有感

常将古训自匡扶，李下瓜田避也无。
寄语东墙窥伺者，休疑宋玉是登徒。

丁酉秋日有感题于龙沙军幕

漫许胸怀富甲兵，中原有事正难平。
闻鸡不作英雄舞，何怪先鞭让祖生。

筑　堤

狂澜挽尽恃堤防，修筑居然捍海塘。
试认河干千树柳，何殊遗爱在甘棠。

请办子弟乡兵戏题

卅载无缘一请缨，偶从乡里得专征。
虽然小试行军略，不负胸中十万兵。

徐世昌

（1855－1939），字卜五，号菊人，又号弢斋，直隶天津人。光绪进士。

登吉林北山

大地江山白雪深，万家烟井拥高岑。
人间忧乐浑闲事，靺鞨山容直到今。

龙王庙小饮

边城寒色重，江上踏冰过。
古城钟铙息，荒营觱篥多。
艰难筹国计，慷慨听君歌。
郑重临歧语，斜阳在远坡。

张凤台

（1857—1925），字鸣岐，河南省安阳县人。清朝进士。光绪三十四年（1908）被委派为长白府设治总办，遂任为长白府知府。著有《长白汇征录》。

赠刘建封查勘长白山

千年积雪万年松，直上人间第一峰。
信是君身真有胆，梯云驾雾蹑蛟龙。

咏江排

光绪三十四年八月拟赴省领款，坐江排回临江。正当江流暴涨，惊涛怒浪，历硝石之险，冲散木排两次，排上人皆失色，余故危坐以示暇。晚宿蛤蚂川，咏以遣闷。

来由山径去由江，一叶茫茫不系桩。
蛤蚂川头酣野宿，乌龟峡里驶飞艭。
中流放胆思同济，破浪无才恨急泷。
但愿英雄淘不尽，沉吟且听晚钟撞。

过擦屁岭遇雨

擦屁股岭极危峻，人辄矮坐以行，因名为雨后行尤难。咏此以赠同人。

满山树木满山泉，阴雨愁人黑暗天。
鸟语哥哥行不得，羊肠曲曲去犹还。
筹边愧乏晁生策，开路争挥祖逖鞭。
阅尽艰辛无蜀道，人生切莫负英年。

咏江犁

光绪三十四年十二月坐爬犁回长白郡，江冰初冻，水声潺潺，行人危之。

薄冰初冻踏如舟，不禁涛声滚滚流。
松柏高擎霜雪岸，江山冷抱帝王州。
三韩对我惭青眼，一路逢人怅白头。
却喜尘氛都扫尽，及时洗刷旧金瓯。

宋小濂

（1860—1926），吉林人，中国近代杰出的爱国主义者，字友梅、铁梅，晚号止园。民国元年任黑龙江省督都兼民政长，后调北京任参议院议员，与成多禄、徐鼐霖并称“吉林三杰”。

归吉林

客里光阴廿五年，归来须发两萧然。
封疆幸脱千钧担，家计无从半亩田。
笑挈妻孥权赁庑，闲寻亲友好谈天。
人生最是还乡乐，况有江山绕宅边。

书怀二首

（一）

又从荒徼逐奔波，十载光阴一刹那。
诗共江山争莽荡，心从冰雪转温和。
杜陵入世清时少，庾信平生客感多。
报道边城新岁至，但闻鼓角不闻歌。

（二）

世上何人不爱闲，吟诗把酒总开颜。
风尘易下忧时泪，哀怨空呼造物悭。
拟买荒园安眷属，细将小景写西山。
阮公痛哭江淹恨，此意从兹一例删。

东湖别墅落成（卜奎城外）

蓼花风起嫩凉生，半顷湖田近接城。
到此便饶农圃意，与谁同结鹭鸥盟。
歌兴敕勒边云暗，图绘豳风野馆成。
好倚夕阳秋色里，携朋来听读书声。

成多禄

（1864—1928），字竹山，晚号澹堪。生于吉林省永吉县。曾任绥化知府、吉林省参议员、教育部审核处处长。有《澹堪诗草》和《思旧集》。与宋小濂、徐鼐霖并称“吉林三杰”。

甲午有感（十首选二）

（一）

短衣匹马逐秋晴，射虎常随李北平。
正是茫茫无限感，西风深夜听班声。

（二）

名将如飞今古同，军声和电走云风。
休言阔绝中西路，千古江山此线中。

哈尔滨竹枝词（十首选二）

（一）

道外风光不可寻，行人惆怅画桥阴。
元规尘汙寻常事，一两春泥二尺深。

（二）

徙倚松花唱竹枝，一春羌笛怨参差。
巴黎声色今何似，心醉欧风总不知。

乌拉怀古二首（选一）

虎踞龙盘拱上京，当年雄长此间争。
狼烽已尽孤城在，乌拉犹存四部名。
断垒十重摇树色，大江三面走秋声。
老来别有兴亡感，不向西风诉不平。

呼伦署中即席留别

三年鸡黍话前期，才得相逢又唱骊。
生死交情同一气，艰难时局上双眉。
九秋月色樽中酒，万古边声劫后诗。
明日兴安回首处，漫天风雪路逶迤。

挽诚勇公尧山将军二首

（一）

丰沛英雄特起多，千秋人长大风歌。
将军百战能防海，留守三呼未渡河。
帝倚长城资阃外，人惊短笛起山阿。
只今故吏辽东满，应有奇勋继伏波。

（二）

五军十道剧悲哀，海色天容惨不开。
全局危时公竟去，大星陨处我方来。
空悲方叔成元老，谁识刘贲是霸才。
欲赋招魂招不得，知音寥落感琴材。

纪事二首

（一）

极北狼烟照两京，将军犹自喜谈兵。
书投子玉诸君戏，将拜淮阴战士惊。
前席每多神鬼问，谰言偏笑触蛮争。
可怜呜咽辽南水，已作秋风万马声。

（二）

九衢白日莽烟尘，铁牡横飞昼少人。
尚说狂澜回碧海，岂知祸水兆黄巾。
能军可有宗留守，变姓何如梅子真。
十万苍生同一哭，亚风欧雨虎狼邻。

晓 行

出关黄叶欲飞时，京洛风尘绿鬓知。
万点残秋萦梦毂，半竿初日上鞭丝。
策时才愧陈同甫，思旧情深向子期。
笑我征人无一事，且行且止且吟诗。

铁老馈藤花饼

经旬不驻止园车，频负云醅与露茶。
小病乍轻嫌药草，故人相饷到藤花。
尝新顿觉吟怀健，感旧应知饭量加。
何似吾乡枫叶饼，一篮风味写田家。

人 参

三丫五其叶，佳者名大山。服之令人寿，可驻童时颜。我闻采者云，冥搜岩壑里。群携夸父仗，联肩翼而起。　　闻大呼曰参，物辄头低矣。草木本无知，畏死心尚尔。安有万物灵，不思凡骨换。以人而食人，何怪学朱粲。

郭宗熙

（1864—1937），字啸麓，号熙庵，湖南长沙人。曾任吉林省巡按使，民国五年任吉林省首任省长。在吉林时曾组织“松花修暇社”，出版《松江修暇集》，著有《啸楚诗抄》。

北山醉归口占

劳劳尘事何时了，水绕山攒得一丘。
偶向高冈作长啸，片云天际有归舟。

诉衷情·再别延珲诸友

黯然惟有别离时，临去总淹迟。垂杨最怕攀折故，摇落一枝枝。　寻旧雨，赋新诗，系人思。白山霏雪，隔断天涯，任我西驰。

徐鼐霖

（1865－1940），原名立坤，字敬宣，一字敬芹，晚号退思，吉林永吉人。1919年任吉林省省长。善诗工书，与宋小濂、成多禄并称“吉林三杰”。

巡边有感

大江东去水声寒，有约中分挽救难。
偶展舆图寻旧界，内兴安外外兴安。

登舟有感

检点征衣作壮游，舟行猎猎满江秋。
当年谁把鸿沟划，半壁河山一纸休。

张之汉

（1865—1930），字仙舫，别号方舟山人，石琴庐主，沈阳城南十里河人。奉天省官地清丈局总办，后任实业厅长以及东三省盐运史。著有《石琴庐诗集》《石琴庐丛刊》等。

秋夕登楼望鸭绿江

（一）

秋高横笛处，日暮倚楼情。
一水凭天堑，千帆落画楹。
潮回龙窟冷，月出蚬窗明。
不尽茫茫感，江流夜有声。

（二）

大江东去浪，淘尽几英雄。
折戟沙壖没，飞桥铁轨通。
星翻一天水，潮卷万山风。
千里来龙远，鸿沟画掌中。

忆龙首山

长白纾灵脉，蜿蜒到此州。
一山龙矫首，几辈客昂头。
大地风云变，长河日月流。
沧桑宜尽醉，楼外几峰秋。

刘建封

（1865—1952），字石荪，号天池钓叟，山东诸城人，奉吉勘界委员，吉林安图知县，曾率测绘人员踏查长白山，有《长白山江岗志略》《白山纪咏》。

白山纪咏（选二首）

（一）

门对大江西，山高月影低。
苍茫云树里，遥听鹿呼麋。

（二）

看山山不断，山气映斜晖。
榆荚争岚翠，梨花带雨肥。
偶逢他客过，问自插秧归。
更有天然趣，泉声入耳微。

咏望江楼

拂柳过溪桥，小园景欲描。
远山衔翠黛，背水涨春潮。
沽酒邀邻叟，擎杯忆旧僚。
林泉无限好，久慕老渔樵。

沈兆禔

清末民初人，生卒年未详。吉林督练兵备处考功兼执法科科员，公事之余收集吉林风土人情资料，发为咏歌，结《吉林记事诗》四卷传世。

吉林记事诗（选四首）

（一）历史

玄菟句骊北沃沮，挹娄建国接夫余。
石砮楛矢周时贡，肃慎先征孔氏书。

（二）长白山二首

山名果勒敏珊延[①]，音共阿林国语诠。
虎踞龙盘争启运，五峰围绕百泉旋。

【注】
① 长白山满语为果勒敏珊延阿林。

山形起伏象非凡，天作高山古不咸。
放海至青为泰岳，东来紫气贯秦函。

【注】
① 隔海之泰山实为长白山一脉（此用康熙说）。

（三）江

鸭绿图们派别双，穷源更有混同江。
四千里路回环绕[1]，万古长流控海邦。

【注】

① 三江：鸭绿江、图门江、松花江。混同江为松花江旧称。

孟　森

（1867—1938），字莼孙，号心史，晚号阳湖孑遗。武进（江苏今县）人。廪生。有《心史丛刊》《明元清系通纪》等。

晚泊松花江

江船猎猎泊当风，濯锦霞光照眼红。
红锦东边虹卧水，千樯更在卧虹东。

章炳麟

（1869—1936），字枚叔，别号太炎，浙江余杭人。曾任东三省筹边使。

癸丑长春筹边

剑骑临边塞，风尘起大荒。
回头望北极，轩翮欲南翔。
墨袂哀元后，黄金换议郎。
殷顽殊未尽，何以慰三殇。

顾晋昌

（1871—？），字子馨，别号养心居士，辽宁台安人。清末秀才，曾留学日本。参加吉林冷社和江天诗社。

登小白山

兴来不觉倦，高上白山头。
古道无人迹，前朝有鹿游。
祠荒谁造荐，木落自为秋。
王气今何在，长江日夜流。

咏天麻

苔荒三径木萧萧，霜落天麻色未凋。
翠盖亭亭窗外映，夜来秋雨当芭蕉。

宋玉奎

（1872—1919），字星五，又字惺吾，辽宁省辽阳人。曾任成多禄家庭教师，沈阳国文专修科主讲。有《宋星五遗著》。

哈埠道上

踏遍飞车黑水滨，西来无处不伤神。
纵横牙帐栖回鹘，历乱塍沟辨女真。
砮矢已非三代日，烟花犹送万山春。
临流不少垂纶客，孰似当年跃马人？

王云台

（1875—1935）字伯轩，号策勋，又自号诗痴。德惠天台人，曾就教天台何家私塾,有一代乡土诗人之称，著有《雪泥鸿爪》。

暮秋咏田家

屋角篱头树半黄，新收禾稼满村香。
晓风秋月霜天里，呼伴招群正逐场。

读书吟

扪腹便便富五车，如何自问尚心虚。
琅環福地红尘外，犹有人间未见书。

秋日苦雨

逐日雨连绵，秋阳望曝难。
云浓迷岭树，水涨没鱼滩。
稼湿怜迟熟，衣单祛嫩寒。
扫天如有术，晴色万家看。

与友人共游山村即景

秋色满长郊，砧声处处敲。
野桥连岸树，暮霭锁山坳。
村晚鸦排阵，枝寒鸟觅巢。
诗情应更好，新月挂林梢。

鸦　阵

征雁惊寒去，飞鸦结阵忙。
盘旋如有势，历乱不成行。
张翼冲残霭，迎云闹夕阳。
笑它乌合众，亦欲奋鹰扬。

晚　眺

田家风景好，闲步赏秋光。
谷熟人声乐，天高雁过长。
林枫衔夕照，篱菊绽新霜。
处处添诗兴，微烟趁晚凉。

秋夜吟

尚有闲心在，孤灯笔一支。
家贫难度日，秋老欲伤时。
瓦枕惟余梦，奚囊只剩诗。
文章能妒命，海内几相知。

秋日晚眺

（一）

独立风前极目望，萧条无处不秋光。
霞凝远岫烟皆紫，霜染遥林叶半黄。
结阵雁飞衔晚霭，争枝雀啄闹残阳。
芳时已去惊摇落，无计回天只自伤。

（二）

莽莽乾坤杀气浮，几无生意叹神州。
风云万变迷遥望，鼓角千声壮晓秋。
剩叶零星高树杪，哀鸿凄楚满江头。
狂澜欲济无舟楫，砥柱凭谁挽逆流。

咏古柳

此柳何年植路旁，而今高出木千章。
龙蛇蟠结仙根固，枝干葱茏古色香。
虽遇风吹腰不折，几经莺织线弥长。
隋堤汉苑今何在，空作繁华梦一场。

夏日田家偶成

甜瓜未熟麦全收，野老扶犁步垄头。
禾穗美时宵雨足，稻花香处午风柔。
盗氛未息难归马，农事稍闲且放牛。
最是儿童饶乐处，赤身喧笑浴清流。

自　嘲

诗痴生性本非乖，敢向人间自逞才。
书卷每嫌胸次少，笔花妄想梦中开。
风云月露随批抹，纱雾烟丝费剪裁。
一误不知翻再误，门墙桃李手频栽。

吴禄贞

（1880－1911），字绶卿，湖北云梦人。由当兵被选派入湖北武备学堂学习，后又被派赴日本入士官学校留学，先后加入过兴中会和华兴会。回国后，曾任北京练兵处监督。1906年任东三省督练处参议，帮办延吉边防事务。有《西征草》和《戍延草》存世。

戍边楼落成登临有感

筹边我亦起高楼，极目星关次第收。
万里请缨歌出塞，十年磨剑笑封侯。
鸿沟浪静金瓯固，雁碛风高铁骑愁。
西望白山云气渺，图们江水自悠悠。

罢戍留别戍边楼

突兀楼台长白隈，郁葱佳气荡余灰。
临风几度烽烟急，把酒犹惊羽檄来。
万叠峰峦迎我笑，三年幕府为谁开？
只今空有白云在，黄鹤飘然去不回。

又留别长白山

翳天古树开春路，接地浮云绕翠峰。
烽火全消孤塞月，天池远注一江松。
气凌五岳支千派，景压三韩岭万重。
小住旌旗怅离别，携将秀色壮行踪。

孙介眉

（1884－1956），名毓椿，字以行，号先野，别号桃花流水捕鱼人。祖籍河北乐亭。善诗、书、画。

女师附小全体旅行小白山

（一）

闪闪校旗通市过，和腔高唱旅行歌。
迎人小白呈晴翠，一水前横温德河。

（二）

板桥窄小两堤赊，未惯临深双手叉。
风紧身摇跌落水，淋漓遍体透春纱。

（三）

个个扶来入小舟，浪翻湿袜蹙眉头。
读书那解为难事，涉险方知不自由。

（四）

步到坡东意兴慵，空廊暂息住行踪。
围观篱木麋儿圈，正是春深鹿养茸。

（五）

森林夹道绿阴遮，鸟韵歌声聒耳哗。
芳卉野梨争折遍，人人插得满头花。

（六）

铜币一枚买野茶，村婆烧水作生涯。
女娃戏掷阶前石，打草群呼捉小蛇。

（七）

双排雁阵殿西头，谯国精神尚武俦。
一启镜光全影入，旅行纪念此中留。

（八）

南峰北顶任徘徊，讶似游仙采药来。
树密不知人去处，笛鸣集队下山隈。

雷飞鹏

民国时人。

早赴北山待颐庵使君暨同游诸君不至①

久与灵山别，携尊酹晓天。
黑乌噪高树，花鼠窜丛芊。
雨洗蹊痕出，城环江影圆。
高轩期未至，风色望蹁跹。

【注】

① 颐庵：当时吉林省长郭宗熙号。

栾骏声

民国时人。

夏日赴约登北山

石扇中开天一方，偶携吟榼涤尘黄。
百年词赋兰成梦[①]，四壁江山古达乡[②]。
地僻能容松影直，雨余微觉草痕凉。
野僧手植花盈亩，幻作池莲浥浥香。

【注】

① 兰成：庾信，字子山，小字兰成，南阳新野人。

② 古达乡：对吉林城之美称。

瞿方梅

民国时人。

北山纪事

都庞召我北山游[①]，半世疏狂病未瘳。
攀树半登风欲堕，野花争上老人头。

【注】

① 作者自注："艾室居都庞岭下，自署所撰录曰《都庞山馆丛著》。"

王闻长

民国时人。

北山吟呈颐庵节使暨同游诸君

世内有佳境，登山一豁然。
江流绕芳甸，云影下遥天。
入座山逾静，夺窗风放颠。
围棋随谢傅，归路月娟娟。

阚毓泽

民国时人。

北山晴雪陪颐庵节使高宴食松江白鱼

大荒晴雪亦奇观，不尽寒光沸海澜。
晓日行崖僧影淡，冻云栖阁客心单。
醇醪事业堪常醉，剑铗风尘莫漫弹。
且老使君丰采健，水天高会赋加餐。

别金相

民国时人。

瞻好太王碑

昔年闻说太王碑，今日闲游得见之。
高矗云霄栖鹳鹤，下临涧谷护蛟螭。
莓苔剥落文难读，稜角参差势更奇。
想是有心夸后世，经营不让祖龙时。

李　洵

民国时人。

鸭江帆影

春水涨江潮，烟波盈万桡。
船如天上坐，帆入镜中飘。
泛月斜芦岸，乘风掠铁桥。
顺流衔接去，几点指迢迢。

史鸿钧

民国时人。

白山积雪

层峦陡起峭寒侵，雪压峰头云雾深。
千古白山真面目，当时王气已销沉。

白山松水

白山松水两分明，春色含烟满柳城。
戍鼓频吹听断续，笳声阵阵起连营。

董宝廉

民国时人。

安图八景（选一）

白山积雪

矗矗奇峰讶巨观，云霄直上犯清寒。
苍颜皓首峻嶒志，应作群山道貌看。

周凤阳

民国时人。曾任抚松县师范学校语文教师，县志编辑。

仙人洞

四面青山开锦帐，一城绿柳挂金丝。
白山雪映幻红彩，仙洞云生护碧枝。

王育普

民国时人。

山 行

高峰历乱无人径，老树杈桠碍客行。
偶至深山最深处，野花多半不知名。

于济源

民国时人。

鸭江感怀

荒却白山老却春，劳劳谁是百年人。
清波一鉴前朝事，成败消浮迹已陈。

袁澍棠

民国时人。

冬日严寒

冻天寒溜挂檐牙，拂晓惊闻鹊语哗。
红日当空烘不透，玻璃镜上结菱花。

于振瀛

民国时人。

雪　月

残灯暗淡夜深凉，寂寂柴门犬吠狂。
雪月辉煌人迹渺，笛声吹到韵悠扬。

徐万善

民国时人。

客路清明赴安图道中

风尘仆仆过清明，触动离乡一片情。
寒食家家同插柳，征途日日记行程。
杏花野店来沽酒，驿路长堤乱听莺。
遥想故园儿女辈，纸钱焚送到先茔。

张元俊

字杰三，辽宁宽甸人。民国十六年（1927）任抚松县知县。

抚松十景（选四）

柳城春晓

云净烟开晓日晴，春风杨柳满边城。
天公洵是无私者，也遣黄鹂自在鸣。

东山晨钟

镇边楼上起钟声，送入春风满柳城。
到耳听来高枕卧，桑麻鸡犬总无惊。

西江晚渡

江头日暮各纷然，渔舍家家起晚烟。
一叶轻舟归未得，行人唤渡夕阳天。

白山积雪

惟有白山极壮观，层峦高耸日光寒。
年年剩有峰头雪，皎洁偏宜月下看。

牛善堂

民国时人。

白山积雪

满山积雪任纵横，埋没群峰辨不清。
白混冰天晴有影，光摇银海浩无声。
花攒六出乾坤冷，玉拥千秋昼夜明。
向晚凭栏远眺处，苍茫极目愈晶莹。

孔广泉

山东牟平县人，民国时曾任《安图县志》编辑。

安图（八景选四）

白山积雪

三月白山未见花，春风疑不到天涯。
云横峻岭开仙境，雪积悬崖衬物华。
滚石坡前笼瑞霭，梯云峰下灿朝霞。
满肖皇帝发祥地，空有灵根夕照斜。

老岭朝霞

诘朝城外一徘徊，老岭苍茫势壮哉。
霭霭霞光迷古洞，蒙蒙晓雾锁山隈。
春风几阵开烟树，旭日三千上钓台。
林木森森多胜境，清幽不减小蓬莱。

白河瀑布

白河两岸景佳幽，碧水悬崖万古留。
疑是龙池喷瑞雪，如同天际挂飞流。
不须鞭石渡沧海，直可乘槎向斗牛。
欲识林泉真乐趣，明朝结伴再来游。

古洞奔涛

河边古洞远尘嚣，怪石巍巍气象豪。
四面青山献瑞霭，一溪绿水起波涛。
云横峻岭迷仙境，月印涛湍傍钓艚。
信是东方多胜景，愧无才识再挥毫。

臧文源

山东莒县人，民国时曾任《安图县志》编辑。

安图八景（选四）

松江争渡

松江日暮离人多，恐后争先渡口过。
鼓棹渔翁难自主，停桡舟子莫如何。
待登彼岸程途误，转尔中流雾霭拖。
各向东西南北去，隔溪谁唱采莲歌。

江楼秋月

同上江楼乐自然，月光如水水如天。
长空雁影兼云影，半榻诗仙复酒仙。
碪杵敲残深巷里，渔翁钓罢小桥边。
风清浪静人归后，万籁无声客自眠。

牙湖晚钓

月牙形势小西湖，四面青山入画图。
杨柳岸边童子钓，太平桥畔美人沽。
浣纱少女邀邻伴，市散渔翁话酒徒。
水色苍茫天色暮，归来能饮一杯无？

天池鼍鼓

鼍鼓逢逢震地来，山鸣谷应鬼神哀。
三江尽是天池水，百里还疑远塞雷。
屡振不休惊浪涌，频挝有意助花开。
风声鹤唳波涛急，流注松江去不回。

韩文全

民国时人。

珲春八景（选六）

龙泉灵境

山泉两道一渊渟，祷雨当年曾有灵。
水润涧旁肥草木，云升天半起雷霆。
雌雄剑化腾空去，琴瑟青谐彻夜听。
旧址龙祠遗迹在，游人沽酒暂来停。

星泡珠光

星泡数里水平铺，共说当年出宝珠。
岂但有光腾合浦，不须掷米问麻姑。
中霄照澈渊生媚，两岸滋荣草不枯。
何用别寻江海去，探骊共在此灵区。

莲池九曲

散步南峰黑顶前，有池九曲尽生莲。
亭亭净植凌波立，冉冉娇姿映月圆。
幽谷如临君子国，深山得睹美人仙。
香清益远红尘隔，偷采花来未有船。

柳岸春晴

小溪一曲抱春城，绿柳成行夹岸生。
袅袅覆堤新涨活，依依抵水晚烟萦。
呢喃紫燕枝头语，晛睆黄莺叶底鸣。
垂钓儿童桥上立，天然图画在新晴。

松山夕照

满山柞树郁葱笼，秋老经霜叶醉红。
夕照半坡霞灿烂，云开一径月玲珑。
流连题咏无诗客，来往游踪只牧童。
晚景都收图画里，停车不必爱寒枫。

层峦积雪

珲区东北是重峦，冬景偏宜雪后看。
松岭远遮千树白，玉山高压一城寒。
幽岩地辟云容敛，不夜天开月色宽。
矗立层层如宝塔，日晴遥望亦奇观。

刘维清

伪满洲国临江县县长。

临江八景（选四）

鸭江春色

十里微波浴翠蘋，韶光明媚付诗人。
东皇有意催春至，柳色江头日日新。

箍坞垂纶

新秋稻熟蓼花肥，万顷烟波照落晖。
堪羡箍头垂钓客，持竿静坐乐忘机。

庙前古树

千章夏木郁森森，饱受尘埃日色侵。
十亩阴浓连古寺，半居城市半山林。

理寺晨钟

高卧南轩夜已央，疏棂奄奄度晨光。
忽闻理寺钟声动，惊醒人间梦一场。

王英玺

伪满洲国鸭绿江采木公司参事。

临江八景（选四）

猫山耸翠

放眼城西到岭坳，远山草色欲看遥。
梯田错落疑如画，削壁峥嵘望似猫。
石上苔纹经雨洗，林间柳叶任风摇。
那知野外寻春客，写入新诗有半瓢。

正阳集帆

正阳门外水中央，多少风帆聚此方。
纷错往来为利在，纵横拥挤接流长。
炊烟缭绕如村落，人语喧阗似市场。
更有渔舟牵网罟，得鱼唱晚古伊凉。

夕阳晚渡

渔樵商旅少知音，秋日斜阳缓缓沉。
饶有乘风破浪愿，空怀缆辔澄清心。
橹摇人影同颠倒，水起烟波记浅深。
未几轻舟漂一叶，谁家灯火又遥临？

卧虎新雪

绕郭群山势不平，有形如虎卧江城。
只因春到风狂啸，恰遇朝来雪放晴。
粉饰峰峦失面目，梳妆林木若瑶琼。
果然形色真天造，极目观来眼倍明。

穆元植

字允滋，民国时人。余不详。

游小白山（四首选一）

元鸟生商地，前朝望祀隆。
瞻云余王气，易代见遗宫。
银海翻长白，金瓯未混同。
兴亡来眼底，感喟意何穷。

金毓黻

（1887—1962），原名毓玺，一名玉甫，字谨庵，又字静庵，别号千华山民，书室号静晤，辽宁辽阳人。著名历史学家。曾任吉林省财政厅总务科长等职。新中国成立后，任北京大学教授、中国科学院历史研究所研究员。编著《辽海丛书》《奉天通志》，著有《静晤室日记》《东北通史》《渤海国志长编》等。

游小白山归舟口号

夕阳两岸映平芜，十里长江似画图。
欲驻归舟一回首，青山红树两模糊。

丸都访古车中口占

夹岸两山西对东，其间一水仅能通。
当年束马悬车地，都在风驰电掣中。

为程华璞题所画芦雁（三首选一）

丸都待考牟头娄，邂逅画家程易畴。
相信前身是明月，著来数笔最风流。

鸭江杂诗二首

（一）

初试征轮下鸭江，飞鸢冲起一双双。
山灵似助游人兴，故送残青入小窗。

（二）

拨剌声中傍岸行，水光照槛眼为明。
推蓬欲问同舟客，此是东江第几程。

访古丸都赠丛君敏森

好事是吾曹，联车历九皋。
驰驱不辞远，指点肯忘劳。
古塚看奇字，岐途赠宝刀。
念君相厚意，应比禹山高。

访永乐大王陵碑

昔年束马悬车地，贞石常刊好大王。
近岸江流犹晶淼，环城山色正青苍。
太康发塚能传古，束皙研诗善补亡。
便欲驰衣碑下宿，也同索靖羡钟张。

过松花江桥

禹迹茫茫一望中，龙门底柱远擎空。
千群铁骑横陈北，九曲江流阻向东。
飞步恍疑登华岳，浮家犹自过艨艟。
应同鸭绿称双美，人巧真侔造化工。

汤福先

（1898—？），吉林德惠人，曾在德惠县立模范高等小学任教。

辛未残冬感赋

雪满荒山月满楼，凄凉意味惹新愁。
功名冷淡三江水，身世浮沉一叶舟。
笳拍惊回游子梦，柝声击碎故园秋。
遥知北斗乡关远，几处寒烟起渡头。

溥 仪

（1906—1967），姓爱新觉罗，满族。清末帝。1911年辛亥革命后退位。日伪时期，为“满洲国”皇帝，1945年退位。1964年任第四届全国政协委员。

遇赦回京

京华不是旧京华，莫向东陵问种瓜。
三十五年归故国，春风吹入帝王家。

下编

卜凡成

笔名璞石，1968年生，白山市人。现任职于白山市江源区国家税务局。

夏日过祖屋有怀

小径荒芜蒿草没，残垣蚀瓦遍生苔。
乡思愧比梁间燕，岁岁无忘故宅来。

曹家老屋旧址前感思

山路荒芜蒿草遮，乡村寻访问曹家。
百年老屋今何在？空对废墟长叹嗟！

曹家老井

汩汩甘泉水清冽，细寻老井认曹家。
苔衣石畔葳蕤绿，几簇丛生野草花。

纪辽东·荡平岭纪功碑抒怀

山深林莽势崔巍，蜿蜒接翠微。昔日关东之蜀道，辟路叹艰危。　　千年闭塞起惊雷，驱车讶鸟飞。老岭铭文镌巨石，高耸纪功碑。

鹧鸪天·好太王碑

泼黛峰峦笼翠微，荒墟高耸太王碑。王权已付潺潺雨，隶碣犹存赫赫威。　驱铁骑，骋边陲，恍闻羯鼓号声吹。宏图霸业镌青史，兴废由人说是非。

鹧鸪天·丸都古城

虎踞龙盘王气殊，群山屏障拥丸都。巍峨险隘环疆域，威赫雄关矗霸图。　思往昔，叹荣枯，穷兵黜武竟何如？烽烟杳去时空换，颓堞残垣喧史书。

鹧鸪天·游集安鸭绿江

日丽风和畅意游，鸭江戏浪驶轻舟。古城景色呈诗画，异国风光豁眼眸。　抛俗念，忘忧愁，伫看野鹜任飞浮。归来且把行踪记，激荡吟情笺里留。

水调歌头·那达慕放歌兼贺内蒙古自治区成立六十周年

绿浪接天际，野旷白云低。苍茫一望无际，万顷草萋萋。琴韵悠扬起处，隐约牛羊影绰，遥伴马鸣嘶。晚夕照光靄，幄帐沐霞晖。　　布赫沁，雕弓挽，短鞭挥①。勇骁彪悍，天骄后裔展英姿。盛会群雄汇集，羯鼓声声激荡，尘绝万驹飞。达旦欢歌舞，奶酒醉人痴。

【注】

① 摔跤手，蒙古语叫“布赫沁”，骑马、射箭、摔跤统称为“男儿三艺。

金缕曲·读《百年苦旅》怀刘建封

傲骨谁人有？忆当年、披荆斩棘，荒陬奔走。宿露餐风艰辛历，劳瘁形消身瘦。经万苦、宏章编就。彪炳汗青留伟绩，耸丰碑、万载千秋后。崇岭屹，大荒秀。　　百年倏忽重回首。缅刘公、德操风范，挚情弥厚。水唱山呼扬浩气，一曲讴歌鸣奏。慨往事、英名记取。我敬先贤怀殷切，仰高风、敬悼天池叟。举大白，酹清酒。

刁玉才

1950年生，吉林省抚松人，曾任抚松电视台东岗记者站站长。已逝。

西江月·谒通化杨靖宇陵园

黑水白山碧血，莽林篝火苍穹。周旋林海斩倭凶，粮尽雪封剑冻。　《义勇》声声动地，红旗猎猎摇峰。群雄浩气贯长虹，青史芳名争颂。

一剪梅

长白松花笼物华。百宝盈盈，万木嘉嘉。参乡喜看沐朝霞。蝶闹蜂喧，爱恋谁家？　玉笔瑶章尽可夸。秀出春泥，魂系参娃。文明建设锦添花。斗艳争奇，香透天涯。

于　谦

大学文化，曾任编剧、编辑等职，现任白山市老干部大学教师。出版有《白山著名烈士传》等。

温泉晨景

温泉碧水涌淙淙，绿柳娇枝印影重。
春色欣欣深谷里，朝阳升处赏霓虹。

于万程

二十世纪五十年代生，大学学历。梅河口诗词学会会员，现为梅河口市人民广播电台主任记者。

南乡子·游三角龙湾

一路展歌喉，近黛遥蓝不胜收。到处农人忙布绿，些羞，我看人家汗水流。　觅酒小边楼，野菜瓜蔬久逗留。临座微醺言旧事，悠悠，叠嶂丛峦阅晚秋。

于子力

网名月移疏柳，女，1959年生，吉林集安人，现任集安海关工会主席。集安诗词学会副会长。

咏大泉源

（一）

谁采千年日月光，酿成仙液溢芬芳。
圣泉不醉蓬莱客，总有诗香伴酒香。

（二）

天成佳酿韵悠悠，名震关东驰九州。
笑饮千杯纵然醉，情怀缱绻不言休。

采山珍

（一）

为采山珍出远郊，放飞姐妹乐陶陶。
野禽禁口枝头避，松鼠抽身树上逃。

（二）

蘑菇木耳野葡萄，篓满筐盈兴致高。
小妹喊山嗓门亮，四围回应荡松涛。

咏公主岭二龙湖

波光潋滟彩云东，鱼跃帆悬一镜融。
韵起燕城摇古月，赋吟华夏涌新风。
静听仙乐九天外，醉卧楼台半梦中。
怀德频书酬远志，心随旷野正飞鸿。

欣迎诗友风之歌、青山浪主小聚集安

佟江舒啸入云龙，直下清溪第几重？
柳底台铺三洞客，樽前旗舞九云峰。
曾从采石矶边过，也向东坡祠外逢。
小聚青沟同醉处，笙歌一曲逐高鸿。

卜算子·雪

一夜北风寒，轻剪鹅毛细。向晓瑶花簌簌来，帘幕生凉意。　　极目觅东君，昨日还曾倚。千里银装掩旧痕，尺素凭谁寄？

采桑子·鸭绿江春色

清风约住多情雨。流水淙淙，朝雾濛濛。岸柳初摇长短风。　　小舟淡荡渔歌里。燕语呢哝，桃萼羞红。人在春光第几重？

纪辽东·感养根斋老师己丑八月底登长白山主峰见圆虹

天池碧水浣痴心，灵光耀雪岑。花甲之年凌绝顶，天道谢知音。　　白山流韵苦追寻，诗家争放吟。壮举豪情昭后世，美酒为君斟。

醉花阴·咏梅

雪意渐浓云被厚，满地风来骤。墙角两三枝，寒损冰欺，疏影天然秀。　　新思旧梦因谁瘦，酿暗香如酒。怜惜有东皇，不管春风，只念相思久。

南乡子·怀吴公禄贞

长白景依然，水碧林深别有天，三国鸡鸣晨曲早，雄关，烽火楼台纪百年。　　沥血为宁边，壮志良谋效古贤。烈士英灵今在否？挥鞭，铁骑奔驰未下鞍。

踏莎行·雨

紫燕低飞，彩旌乱摆。几重云岫风携载。行人急履意忡忡，一帘珠玉来天外。　　律动梧桐，韵迷烟霭。湿红润绿山如黛。平畴多少伞花开，佳人浴罢千般态。

蝶恋花·鸭绿江春色

三月春光初觉媚。烟草萋迷，桃萼枝头缀。雨过青山千点翠，堤边垂柳牵衣袂。　　十里鸭江游客醉。漫棹兰舟，说尽相思意。隔叶黄莺鸣对对，今番别有新滋味。

水调歌头·观北京奥运会开幕式

画卷徐徐展，上下五千秋。文明华夏，仙景一览醉明眸。百载胸吞三问，几代仁人致力，奥运梦难休。快意在今夜，圣火耀神州。　　凤凰唱，鲲鹏举，演风流。鸟巢内外，情溢四海共悠悠。喜看龙腾虎跃，更待囊锥颖露，雅志必相酬。我欲乘风去，把酒为君讴。

念奴娇·秋情

秋容新沐，见东篱喧菊，山枫如绣。雁字南行迷望眼，万里迁栖依旧。落叶鸣廊，寒烟疏淡，水映斜枝瘦。画桥独伫，长箫吹断残柳。　　莫道如许飘零，千山落木，自有东君候。一任闲愁风载去，乘兴来寻翘秀。趁取十分，可人秋色，消得千盅酒。壶中天慢，静听秋赋吟就。

高山流水·春到小江南

梦长莫怨短春宵。望南枝，霞染柔梢。桃杏意熏熏，胭红弄色魂销。流云淡、晓日初标。禽声喜，今次风光渐好，速脱裘袍。唤鸥朋鹭友，绿野任逍遥。　　横箫。高山复流水，歌一阕、短棹渔樵。临岸柳生绵，又见燕过廊桥。沐春风、酒榭旌招。玉山倒、拼却尊前醉眼，更忆芭蕉。正流莺啭，海棠馥、女儿娇。

沁园春·乡思

茅舍柴扉，炊烟笼罩，几许萋迷。又蛙鸣犬吠，清溪澹澹；莺吟雀唱，杨柳依依。蹙翠遥岑，松涛浮绮，仙子裁云作舞衣。凭栏望，似桃源洞府，满目芳菲。　　平堤独自凝思，见淑气淳和不肯归。叹江花盈岸，三秋头白；兰舟别棹，一梦人非。柔意谁知，天心谁识，几缕芳魂何处栖。恍若梦，伴逍遥陶令，同醉东篱。

摸鱼儿·秋思

见秋清、远山明媚，枫丹如绣时候。粼粼绿水嬉游客，缥缈碧天云岫。江畔柳，几叶落、柔条恨拂金风手。娥眉频皱。叹草色黄衰，平添意绪，独自凭栏久。　　平生事，棹去帆来知否。闲思何必参透。西窗明烛谁人剪，当是燕朋鸥友。风满袖。复伫立、风来紫竹消残酒。心情依旧。又几度清霜，苍颜皓首，人共与花瘦。

六丑·春意

正衣袍试减，素帏卷、和风吹注。蕊珠弄妍，桃红梨白坞。氤氲庭户。放眼斜阳外，屏山青黛，又天高云妩。平湖岸柳丝千缕。燕转莺啼，张扬新羽。双双野塘飞去。正花飞惹眼，风定犹舞。　　依栏情绪。渐光阴暗度。却是伤春意，眉上聚。相思待倩分付。纵青鸾寄话，淡愁无数。涛笺小、此情难驭。谁共我、一任裁思拾悴，梦萦如许。还嗟叹、鬓发春暮。奈怎闻、一笛缠绵曲，柔肠结处。

于云龙

1923生，吉林农安人，黄龙诗社社员。

自　慎

对镜时惊双鬓雪，前生浪迹后生安。
低头瞩意思残梦，增寿原知是减年。

晚年感赋

堪叹光阴快似梭，残年将至感蹉跎。
无心利禄忧愁少，有志诗词兴味多。
韵海探珠陶乐趣，文山泼墨养天和。
栖身书几增康健，漫步芳亭免疾疴。

于化成

笔名远鸿，网名风景如歌，1969年生，吉林辉南人。大本学历。在吉林龙湾群国家森林公园工作。

席间口占一绝

地古天苍乐事多，风华月色易蹉跎。
举杯谈笑春光老，不是英雄亦放歌。

桓仁大雅河漂流

桓仁河大雅，浪涌几千秋。
石壁春山绿，莎滩碧水悠。
漂流冲乐趣，荡筏忘烦忧。
万里云天阔，逍遥自在游。

中秋夜话

朗朗中秋月，清辉洒寂寥。
银河谁涉水，韵海我凌潮。
星夜风声静，蝉林冷意遥。
千年宫阙梦，一曲桂花谣。

读《夜雨如歌》有感

夜雨如歌诉，飘然洒梦尘。
镌文情委婉，意境笔清新。
独处箫声和，遐思柳色春。
知君银月下，诗缕绕霞晨。

答和友人远行

秋风去意长，冬夜隐星廊。
沽酒飘新醉，寒灯照旧章。
人生多憾事，诗气少轻狂。
雅赋酬知己，清心倚月光。

冬游辉南大龙湾

严冬冷日锁寒渊，雪塑冰雕壮景天。
望月雅亭寻旧迹，震阳雄殿结新缘。
观音古洞佛风在，仙者铭碑道义传。
无欲清心尘世外，谁人悟我此生前。

步和养根斋师《新春祝福》

桂树飘花玉酿斟，飞船访月太空寻。
祥云缭绕人间梦，仙子流连故土心。
万里神州春意暖，百年奥运喜情临。
杜鹃绽遍崖山畔，再听天池龙啸音。

于达康

1946年任长白县第一任县委书记，离休前任辽宁省石化厅厅长。

重游长白山

旧地寻幽登白峰，欢迎夹道美人松。
深沟峻岭柏油路，峡谷清溪天女宫。
野草杂花多烂漫，珍禽怪兽亦朦胧。
三江何止献三宝，林海无边展秀容。

于成胜

笔名鲁墨，1949年生，山东即墨人，大学文化。曾任靖宇县人大常委会副主任等职。出版有《鲁墨诗词集》。

壶口瀑布

奔水山疑动，悬河地欲穿。
飞龙呼啸过，谷底浪飞烟。

柳　絮

无香无色淡矜夸，未惹蝶蜂纷到家。
升降浮沉浑不怨，春枝岁岁总飞花。

泉城春韵

欲写泉城难下笔，不游靖宇是虚生。
山梨簌簌坡飘雪，野杏行行岭落英。
天下有泉皆为隶，人间无水可称兄。
千秋碧影三江月，万世清流四海情。

恭步养根师韵悼强老

畅忆强公岁壮初，边区治县信农锄。
抚怀乡政山民近，力补东荒曲赋疏。
沉梦邀云凭伟烈，清风唤雨悼真如。
白山松水遥相祭，多少心音绕上庐。

于连清

号廉清，1936年生，吉林扶余人。四平盲童学校教师。

万松书院

苍苍漫岭万株松，幽院深深有古风。
山伯英台情宛在，书声儒雅响林中。

于洪才

1953年生，吉林省集安人。现任吉林省计划生育委员会主任。

西域感悟

威武大军开朔边，汉唐设治已千年。
河山易手皆成史，写入中华一统天。

游南京紫金山偶感

金陵王气已萧然。成败由人莫怨天。
举酒闲谈六朝事，大江涌浪紫金前。

登天池峰顶

路转蛇盘入九天，大荒俯瞰接苍原。
三江混沌初开处，一鉴清流此发源。
我自临风赏鸿影，谁堪倚槛笑尘喧。
巅峰独立思高远，世上云烟任覆翻。

游凉水湾

鸭水扬波游客迷，通天沟外最神奇。
黄牛岸上悠闲卧，白鹳湾中自在啼。
船过凫飞惊腼腆，风来蛙跃画涟漪。
山光入句吟难尽，敢笑钱塘与剡溪。

赠　人

应惜寒门弟子求，常怀天下耒耕忧。
有书许我胸长阔，无愧与人颜不羞。
经卷轻名呈骥志，文章满纸显鹏谋。
一身鲠骨参听政，力解黎民百姓愁。

游浑江口二首·并序

浑江口，我国浑江及朝鲜忠满江入鸭绿江处，三江汇流，景致壮观，携友一游，得诗二首。

（一）

乘兴登临古渡头，水天一色映渔舟。
烟波浩渺三江口，月影朦胧两岸秋。
犬吠鸡鸣无国界，砖残瓦碎有窑沟。
邀来远客凭高处，眼底风光心底收。

（二）

傍松倚石开清宴，酒煮江鱼就蒜头。
风伯徐来添醉意，船公摇去逐云游。
山间岁月梦中老，浪底心情天际流。
忙里偷闲闲也未，平平仄仄自悠悠。

集安山乡七月行

一路溪流一路花，踏香问富访农家。
葡萄架上看飞蝶，稻黍田中听鼓蛙。
参果悠然笑斜日，棠梨羞涩伴红楂。
明窗净室寻常见，客到层楼漫煮茶。

边关日暮

牧牛唤犊远能闻，浣女归来头顶盆。
烟起边关怜落照，鹰盘禹迹逐啼痕。
一江碧水泊游客，几只银鹅识旧门。
沉醉不知山色淡，疏狂许我动诗魂。

农家春

桃花烟锁农家院，细柳垂丝半掩门。
浅草初萌篱畔绕，山花怒放暗香循。
闲犁束马歇头晌，沏水冲茶唤里邻。
感叹春来肯流汗，明年谋划更精神。

长白山区六月行

林海扬波翠满川，雄峰披雪白如棉。
乱云障目惹游客，奔鹿拦车逗酒仙。
青女木无淑女恨，美人松有墨人怜。
黄花夹道何堪顾，大野牵情属杜鹃。

临别赠友

惯把青春忆故园，江南旧梦岂如烟？
仕途漫漫应回首，政绩寥寥愧古贤。
成败高低凭世论，是非曲直任人传。
我怀两袖清风去，万里宦游心坦然。

伶仃洋观潮

伶仃洋上看潮生，水逐天高帆影清。
远似雷声能卷地，近如雪瀑可分兵。
涌来脚下千重浪，飞起船头百丈鲸。
斯景壮哉人脱俗，飘然许我梦蓬瀛。

休闲磨盘山水库得句

早发春城笑更多，夜眠水库枕清波。
一湖月色连天渺，几片渔帆唱晚歌。
晨起鸟鸣窗底树，日来花灿屋前坡。
醉狂欲学童戏水，对垒湖中推战轲。

于树军

1962年生，吉林德惠人，现任德惠市市委副书记。

秋　雁

雁过秋江日已斜，荻芦水掩半天霞。
几声塞上匆匆客，萧瑟西风看落花。

听葫芦丝

流淌清音岁月寻，余音袅袅落霞云。
葫芦一曲千丝怨，穿越时空叹古今。

渔　家

孤岛荒蛮落鹜鸦，炊烟起处几人家。
晚舟泊系沙边树，渔网窗前罩野花。

于海心

1931年生。吉林农安人，退休于农安县教育局。现为黄龙诗社理事，著作有《海心集》《诗词书法》等。

秋　游

一路观光兴未休，贪山恋水喜田畴。
拾来黄叶粘屏画，捋把秋香絮枕头。

阳春三月

推窗醉接朝阳浴，拂面轻吹柳叶风。
径草偷生长短绿，庭花试放浅深红。

春风

春风一路扫尘埃，装点人间带笔来。
欲绘山川无范本，掀纱比照女儿腮。

观　山

远蓝近翠薄云披，一脉连横东贯西。
仰目千寻终有顶，山高不见与天齐。

晨 趣

几朵闲云卷笑涡，葵花向日念弥陀。
临窗霞彩涂人面，绳动无风燕拔河。

采 风

涉水穿林未计程，绿茵搓背一身轻。
归途不顾诗囊鼓，塞进新禾拔节声。

访 亲

魂系他乡路几程，白杨绿柳草青青。
当门宾主频相让，一树桃花侧耳听。

再婚照

妆罢相随去影楼，春花贺信晓风邮。
心疑路侧人偷眼，半是温馨半是羞。

蛛　网

蛛网牵丝树绕藤，神交目会两情凝。
身边未带拴心锁，捋把红霞捻作绳。

周　日

背抱归来笑满庭，烹调五味酒开瓶。
曾孙乖巧怀中耍，啼哭骂人都好听。

介绍对象

这也怀疑那也挑，闲枝生蘖更无聊。
锅中下米须加火，抓把干柴带气烧。

送　别

骊驹在路晓寒凝，回首风云老泪倾。
话不到头重话话，行难分手再行行。
桥头丝柳牵衣袖，岭外霜天传雁声。
捻碎黄花车去速，关山遥望几千程。

退休漫笔

垄上黄牛不息肩，奋蹄何用紧摇鞭。
挑灯缝补青春梦，涉水抄来长寿篇。
每借童心说风雨，尝怜花意访山川。
人生百岁寻常事，七十而今是壮年。

从武汉舟行南京

胸开目阔立潮头，南国风光望不休。
夹岸青山迎复送，凌空白鸟去还留。
只闻船底波生韵，未觉天边月作钩。
但愿此行无驿站，凭涛入海走全球。

于清生

吉林辽源人。现任辽源市司法局局长。

天　蚕

秋风瑟瑟鬓毛斑，自缚寒巢自赋闲。
大梦春回千树绿，何时老叟换童颜。

于淑华

女，曾任长春广源汽贸副总经理，长春老年大学胜春诗社理事。

春游净月潭

驱车净月潭，揽胜一消闲。
莺语传林樾，舟驰过柳湾。
蝶飞繁蕾绽，蜂绕露华鲜。
小憩身心悦，悠然人似仙。

于德水

1945年生于吉林长春，二战日本遗孤，吉林省通用机械厂工程师。中华诗词学会会员。著有诗集《寸草情》、《寸草园诗稿》和自述文《呼唤》。

忘　情[1]

庭院深深五色花，一时忘却在天涯。
忽闻耳畔异乡语，此地原来不是家。

【注】

① 此诗写于日本福岗。刚到日本时，一个清晨我散步的时候被那里的景色所吸引，真有点心旷神怡。可这时忽然听见院子里传来日本老师的对话声，立刻使我的心情一落千丈……

写在海外除夕夜

家乡正是过年时，鞭炮烟花乐可知。
异国凄凉萧瑟里，灯前拭泪背唐诗。

九二年出国前泣书

（一）

成长神州大半生，缘何将与赴东瀛。
不知死别啥滋味，说到生离泪纵横。

（二）

多情自古属诗心，别绪离愁共酒斟。
而后难寻唱和者，异乡万里雁孤吟。

（三）

青梅竹马忆昙花，半世飘蓬各有家。
原本隔山重隔海，唯期有梦到天涯。

（四）

阳关一曲动离船，思止欲行心两悬。
虽有鳞鸿堪慰我，身同飞絮到何年。

河卵石

阅世初来意不平，击风斗浪大江行。
如今棱角消磨尽，惯看炎凉未有声。

离别前感赋四首

(一)

若言有罪早当诛，何遣人间历坎途。
含泪呈诗问上帝，我诚何福又何辜。

(二)

此别未知何日归，寄言诸友勿须悲。
纵然化作相思鸟，也绕白山松水飞。

(三)

常怨当年送子神，投胎铸错历红尘。
气还天地身还岛，留给中华一片心。

(四)

可叹斯身异国苗，归舟无奈又飘摇。
樱花烂漫欢歌里，他自欣然我自焦。

学画梅花有感四首

（一）

寂寞异乡描玉花，非关疏影任横斜。
飘零异国思桑梓，一见梅花若到家。

（二）

月未团圆诗未裁，风声凄婉浪声哀。
梅花怜我独憔悴，开到天涯海角来。

（三）

漫写斜枝乱点苔，胸中愁绪画中排。
奇葩为有泪痕渍，也效夭桃带露开。

（四）

愁眉难展绘琼枝，笔意苍凉人意痴。
何日彩云归故里，衔杯共忆画梅时。

自题小照

貌丑心慈一老头，不卑不傲不风流。
经多波浪常思水，看惯炎凉偏爱秋。
无病始能言富贵，有诗未必逊王侯。
平民日脚怡然度，沃土勤犁效老牛。

花甲寿宴感赋

美酒佳肴庆寿筵，春风送暖蛋糕圆。
盈眸喜泪说今日，遗弃悲歌话昔年。
欣守俗情吹烛火，暗将心事告云天。
夕阳愿为和平灿，中日长航友好船。

天涯望月

故里情牵忆逝川，凭栏独立未成眠。
风凉露冷异邦夜，神绕魂驰祖国天。
华夏有人皆渴念，扶桑无梦不缠绵。
可怜最是家乡月，移到天涯总不圆。

抒　怀

挚爱中华不了情，三秋漂泊返春城。
樱花异国衔愁赏，梅蕊中华劳梦萦。
不欲声名传后世，拼将热血唤和平。
环球已是多灾难，铸剑为犁劝耦耕。

郊　行

病起郊原踽踽行，何堪瘦影伴伶仃。
昨宵明月今朝雨，叶底鸣蝉柳下莺。
一曲阳关随渭水，满园秋色念春城。
夕阳虽好终花甲，夜夜家山梦里青。

于濯非

1942年生，吉林省大安县人。曾任吉林省经济管理干部学院副院长。现为吉林省楹联家协会副主席。

南路登天池

尝闻胜可寻，今日始登临。
路曲野花笑，谷深灵鸟吟。
林中闪鹿影，岩下听江音。
寂寂无人境，清空滤我心。

万德珍

网名万水千山，女，1963年生，白山市江源区文化馆馆长。

黑 陶

虽然泥土身，煅炼长精神。
不慕红衣艳，坚持本色真。

红 叶

秋风一夜染晴岚，霜白却将春意探。
林海弄潮心已醉，醉时目眩梦犹酣。

马为良

1940年生，1963年东北师范大学教育系毕业。曾任吉林市船营区副区长、人大副主任。吉林市雪柳诗社副社长。

登北山

古刹钟声缈，新松叶色匀。
旷观亭上目，烈士塔前心。

牡　丹

天香国色不矜骄，笑立东风兴自豪。
解语曾经多少事，千英百卉共今朝。

春游杂记

溪水山林偕涉越，青丝白发共扶将。
虫鸣草野童争觅，花放岩边蝶自忙。
旖旎眼前映憧憬，崎岖脚下踏平常。
山春风物晴和雨，一日光阴短与长。

伊拉克战事感言

文明世界乐安宁，偏有狂人好战争。
义愤万帮安理会，阴谋两布戴维营。
硝烟弥漫强权志，血火燃烧爱国情。
尊俎止戈须勠力，还凭仁道促和平。

马有林

1967年生，梅河口人。通化师范学院美术系书法教师，中国书法家协会会员，通化印社副社长。

读书有感

闲情冷眼观风气，四十年光何所求。
洗砚之时曾染指，种花以外不低头。

夏日山中所见

沉迹城中如大隐，浮踪野外任探寻。
幽情何必山中觅，清静原来自在心。

马学忠

1936年生，吉林伊通人。公务员退休。中华诗词学会会员，伊通诗词学会副会长。

贺王相龄老人九十华诞

志喜寿星逾九旬，四朝风雨炼金身。
儿孙孝敬多福寿，不老青松迎百春。

续志感怀

修志如同登泰山，九难一苦过三关。
明知高岭虎拦路，欲闯夕阳鬼闹官。
七载耕耘成正果，八方赞助铸金龛。
清风两袖耽文墨，无悔人生笑对天。

马洪辉

女，1949年生，吉林梅河口人。曾任梅河口土产资料站副书记、副厂长。中华诗词学会会员，梅河口诗词学会会员。

窗　花

缀梦琼花晓自开，天工巧绽匠心裁。
黎明日暖归何处？尽盼临宵景复来。

捣练子·岁月

松叠翠，鹤添祥，羞与红尘论短长。携手光阴耕韵野，流年似水著华章。

马富琳

号怡轩屋主。中华诗词学会会员，白城市诗词楹联学会副主席。著有《马富琳诗词选》《九天奔雷》《沧浪吟》。

旅欧道中福有兄电告启功先生仙游潸然泪下自巴黎寄句悼之

论书绝句使人痴，邂逅春风尽化诗。
伺候玄香百代后，跨鸾一啸遁鹅池。

参观叶赫影视城

悍族倚山驻，雄关转水还。
筛醪讴大野，策马战幽边。
锁钥神龟永，骄人碧树繁。
随缘朝凤阙，往事已如烟。

合肥观老者马路习字有感

未老雄心兴正酣，胸襟畅写自悠然。
拖壶策杖三池墨，撤步凌风九里笺。
历历秋痕方入笔，涓涓诗雨早成禅。
青蚨不向文房掷，奋采丹霞奉盛年。

乙酉上元次王荆公韵

紫萼飞丹季正同，东君又御九天风。
心炎万丈红尘外，柳韵千丝翠雨中。
每欲游方约青鸟，难辞搦笔作诗翁。
烹醪解鼈排云啸，谁屑三卿并五公。

丙戌春分松花湖丰满水电站遇雨雪

坝下湍流坝上冰，柔刚隔岸两分明。
昵春霭色临江渚，遣兴诗怀跃宇庭。
佳什堪凭心底老，荒坡不厌翠中惊。
东君甚解湖山意，挟雨推云写黛青。

行香子

走走停停，点点评评。那厮们、俱似精英。傍街研判，笑你肝疼。俱腆着肚儿，晃着膀儿，放横儿行。　　雾雾蒙蒙，纵纵横横。空悲切、有路难平。大千世界，历数人生。总有钱的抠，捧臀的苟，耍猴的精。

沁园春·甲申季秋登匡庐感赋

背倚长江，口吻鄱阳，脉系越吴。看奇岚叠嶂，千岩竞秀；修竹撞眼，万木扶疏。牯岭含烟，叠泉泻翠，谁信瑶宫羡美庐？秋声里、讶绿红黄褐，醉了仙姝。　　曾经证见沉浮，忖曜翳月寒气象殊。料险峰幽壑，波谲云诡；厉牍健口，眦裂筋突。痛矣德怀，悲哉洛甫，忍并黄周致仕途。俱往矣，贮黎元心眼，一部天书。

文中俊

（1933—1997），号雪意斋主，湖南宁乡人，原中华诗词学会常务理事。曾任长白山诗社常务副社长、吉林省诗词学会常务副会长兼秘书长，《长白山诗词》主编。著有《雪意斋诗选》等。

黄鹤楼偶感

谁见人间鹤羽黄，全凭词客一夸张。
白云千载思唐句，始信文章魅力长。

咏 雷

养精沉默待春来，不助寒威杀鼓擂。
一响惊人天地震，千红万紫应声开。

旧作无题（选二首）

（一）

才看梅花弄雪妆，又观桃李试新裳。
有题错作无题写，愁事偏从乐事藏。
燕子堂前欣有侣，小姑居处叹无郎。
良辰美景为谁设？云海蓬莱梦路长。

（二）

蟾宫寂寂锁嫦娥，求得长生怨恨多。
仙苦相思瞰碧海，人多离恨望天河。
惜花莫笑迷花蝶，爱火休讥扑火蛾。
未必多情非理智，南湖冰化荡春波。

咏长白山

巍峨万仞屹苍穹，日月星云演碧空。
腹蕴三江连大海，身高五岳誉寰中。
沧桑阅尽情难老，风雨长经气更雄！
孕宝怀珍多贡献，神州能有几山同！

保安卧佛

张福有和刘克田发现保安卧佛，并赋华章，读之有感，喜而奉和。

日月为邻睡不孤，灵台万载一尘无。
风云醒世菩提偈，天地钟情贝叶书。
身畔浩歌开路汉，耳边新曲采花姑。
乐山佛卧神州绝，卷起霞帘总不如。

文育才

1926年生，湖南沅江人，1986年退休于吉林大学。

洞庭竹枝词

（一）

白沙洲对五花洲，两岸芦花夹客舟。
好是月明良夜静，数声渔笛满江秋。

（二）

神童古院绿垂柳，万树阴浓夏亦凉。
惟有渔人闲散甚，日来把酒话荒唐。

（三）

一闸横湖为塞波，堵将洪水下杨罗。
普丰同乐低洼处，一样耕耘种稻禾。

（四）

新修光复大长堤，一带居民傍水栖。
高种棉麻低种稻，家家纺绩足豚鸡。

琼湖竹枝词四首

（一）

买得琼湖半亩山，起他茅屋两三间。
来年离退归来住，终日垂竿绿水湾。

（二）

淡食粗衣实可嘉，不同富有竞豪奢。
寒冬一把刀根火，客至三杯谷雨茶。

（三）

终朝闲逸乐无涯，走罢张家访李家。
果树林中谈桔柚，田间垄畔话桑麻。

（四）

小筑园林一径开，彷徨俯仰独徘徊。
非因五斗循陶令，为享田园归去来。

荆州怀古

古今雄胜说荆州，到此停鞭试一游。
几处断垣堆瓦砾，一丛荒草漫城楼。
炎刘鼎盛空遗迹，公瑾英姿费运筹。
壮丽山河谁是主，大江犹自向东流。

老病思归

飒飒秋风渐觉凉，万花纷谢燕南翔。
秃枝颤抖如人影，落叶纵横似泪行。
老去怀归惊万里，病来排遣药千方。
漫将魂梦留长夜，枕上征帆入梦乡。

重九登高

红叶黄花塞上秋，离人对景起离愁。
登高怅望家山远，屈指飘零岁月稠。
醉卧闲窗怀旧雨，诗题晨韵结新俦。
而今身健精神爽，北往南来任去留。

题郭炳勋先生居

矮矮茅檐短短篱，依山傍水两相宜。
春来芳草迷幽径，秋后黄花覆古堤。
偶遇田翁谈稼圃，闲邀渔仔钓清溪。
不因市远长沽酒，对月盈盅醉若泥。

临江仙·南翔

南路蹉跎远客，家山致死难忘。今朝真个又南翔，身虽犹塞外，心已到潇湘。　　一路春风得意，关山莽莽苍苍。亲朋迎我喜还乡。相逢温别绪，把酒诉衷肠。

临江仙·登岳阳楼

雨霁云消气爽，神怡心旷情幽。凭轩一览玉湖秋。青山含远景，绿水泛轻舟。　　回看雄文范记，重温后乐先忧。江湖廊庙阅千秋。小愚思一己，大智万人谋。

临江仙·致家乡诗友

塞外冰封雪压，江南草长莺飞。千红万紫竞芳菲。依依杨柳弱，灼灼杏花肥。　　梦绕魂牵故旧，常嗟物是人非。天涯倦客苦思归。还乡虽有约，屡约屡相违。

临江仙·戊子年春节有感

又是新春佳节，频惊岁月如流。连年漂泊抱离愁。浮生真似梦，白了少年头。　　倦客而今老矣，他乡强自勾留。计时六十一春秋。依稀南国路，风雨故人舟。

方　烁

1945年生，吉林安图人。延边诗词学会理事。

游泰山

玉皇超世寂寥坛，返步天街顾酒帘。
东岳风光非在顶，摩崖南麓乃奇观。

金达莱

喷燃簇簇暖冰峰，涧柳顿察催复萌。
但愿勃勃春满谷，不辞白发猝然增。

方 琦

1946年生，延边诗词学会副会长。

游洛阳香山寺

丹叶染香山，芳烟锁洛川。
晨钟鸣古寺，顿悟道心禅。

丽江古城

五彩石阶古道滑，千年商旅走云崖。
玉泉过巷三叠水，皂瓦雕窗一院花。
戴月披星着丽饰，纳音踏舞绘东巴。
埠通南北八方客，慢品千秋普洱茶。

王　友

自号散人，1940年生，山东省人。历任靖宇县水利电力局高级工程师、经科委主任等职。

题《秋色图》

泉城仙境添光彩，绿紫红黄正自来。
山色迷离藏圣水，层林尽作五花开。

王 仁

1945年生，吉林梅河口人，曾任靖宇县总工会主席等职。现已退休。

玉 米

嫁回田野家，晴翠漫天涯。
绿叶风中剑，红缨雨里霞。
春光呼玉穗，秋日抱金娃。
遥想驱倭战，顽凶殁碧纱！

念奴娇·长白山

海东天柱，凌霄汉、冰雪云峰奇秀。万险山巅镶玉镜，水映苍穹碧透。飞瀑携雷，温泉吐热，洗却人间垢。茫茫林海，遍藏珍宝奇兽。　　千秋阅尽沧桑，满清发迹处，封临祈叩。烽火抗联、根据地，驱寇凯歌高奏。十六峰呼，三江水唱，时代风盈袖。愿尘嚣远，畅游仙境依旧。

王　伟

1956年生，吉林长春人。中华诗词学会会员。

岁暮感怀

烟花飞火逗檐冰，听得流年滴尽声。
双手推开今岁月，抬头又见满天星。

采　诗

花间独坐正沉吟，忽有蜜蜂飞上襟。
许是诗囊含玉露，嘤嘤切切入春心。

为儿子题照

一串阳光吻脚丫，笑张双臂捕朝霞。
直呼天地我来也，顿起欢声鼓浪花。

岁暮抒怀

眼底澄江天净沙，襟怀若雪映梅花。
三杯浊酒涛声暖，一曲乡音月影斜。
梦里常闻归雁语，心头犹系赛龙槎。
冻雷击鼓传消息，今夜东风到我家。

临江仙·新年

新雪悄然遮旧岁，朔风除尽尘沙。云开雾散好年华。阳光冬日暖，冰绽腊梅花。　　爆竹声中将进酒，休提往事如麻。精神抖擞向天涯。挥鞭轻策马，一路踏飞霞。

满江红·农安雅集

久慕黄龙，今幸得、携朋云集。辽塔下、叠檐存照，飞铃传席。酹酒人人思武穆，论诗个个追太白。唱大风、痛饮笑封侯，传杯急。　　千古事，书生笔。风云志，英雄力。任霜磨青鬓，雾侵孤翼。酒胆包容天地气，诗心点染家山碧。待明朝、一苇渡波罗，吹芦笛。

水龙吟·香山红叶

断霞飞落千山，余晖尽染枫林醉。阳枝尚暖，阴枝已冷，丹黄朱翠。影曳流光，娇姿霜立，一怀秋味。忽寒风吹雁，轻牵红袖，空抛洒，殷殷泪。　　绮梦冰轮碾碎，黯飘零、夜长无寐。荒沟寂寂，银河渺渺，大城遥对。惟有清溪，举波擎酒，倾杯相慰。且同离暗谷，急追春汛，与梅花会。

王　旭

1942年生，吉林白山人，大专学历。曾任白山市文联秘书长，市音协副主席。吉林省作家协会会员。

春

南风梳碧树，蜇日一声雷。
雨打梨花落，风吹柳絮飞。
残霞留韵去，宿鸟带情归。
春暮人堪老，童心可再回？

南乡子

久久望寒蟾，熠熠清辉洒万山。回首韶华流水去，潸然，往事依稀泪不干。　　噩梦总相缠，无限愁肠不入眠。风扫黄花花落尽，苍天，祈佑平安度晚年。

【商调】梧叶儿·杜鹃

悬崖下，岩隙间，红火笑开颜。春不走，情未完，满人寰。一绽杜鹃花儿北国妍。

王　异

（1926—2005），吉林德惠人，曾任长春市京剧、评剧、话剧剧团及市艺术馆等领导职务。著有《王异诗词选》。

游法门寺

法门千古寺，入梦几经年。
礼佛朝崇塔，闻铃看碧檐。
深宫藏国宝，长甬列商廛。
僧俗难分解，财缘胜佛缘。

孔林甬道柏

仰观古柏势凌云，历尽沧桑阅古今。
铁干铮铮兀挺立，虬枝郁郁自延伸。
几经霜雪根弥壮，一沐甘霖叶更新。
错节盘根青未了，悠悠千载素王林。

杏　坛

难寻古杏荫苍坛，夫子遗帏迹炫然。
讽咏诗书犹在耳，阐扬礼乐早闻弦。
鲤庭木铎三千士，沂水春风七二贤。
功过是非重检点，诲人不倦可师传。

北京香山二首

（一）

每慕名山怯病缠，生当无憾此登攀。
怡然神共金风爽，迤俪心随古道盘。
漫展霓裳披翠谷，横推绿浪上青岚。
红衣仙子今朝见，了却相思久慕缘。

（二）

山光水色好林泉，宝刹仙宫错落间。
暮鼓晨钟传塞野，金光紫气绕宸寰。
西天东土连枝近，佛子人皇结善缘。
大计宏谟千载远，风流蕴藉话康乾。

王　坤

1955年生，吉林辽源人。曾任辽源市政府副秘书长、政务大厅主任等职。

贺《百年苦旅》出版

关东大野蕴奇珉，几代英豪竞度巡。
刘令精堪遗故迹，张公力索染新尘。
名标青史依吟论，志落丹书化气神。
每念江冈桑海事，当歌苦旅喊风人。

纪辽东·贺养根斋152次登上长白山并见“圆虹”

一生豪气荡胸中，征途伴绮虹。百五履平千载雪，圆梦白云峰。　　天公感叹步遗踪，相酬景色同。长啸当歌惊塞雁，洪韵壮东风。

王　林

字玉峰，1929年生，1987年卒，辽宁省朝阳人。曾任海龙县政协副主席、文联主席等职。

初登八达岭感怀

驱车越岭白云萦，初览长城别有情。
举目燕山思佚史，纵情沧海忘归程。
烽烟百代谁人记，功罪千秋后者明。
抵御外夷留简册，中华一统唱新声。

王　杰

女，1931年生，吉林舒兰人。已离休。

整理遗墨

音容笑貌摒除难，旧稿珍藏那忍看。
今日启箱见遗墨，一回捡读一心酸。

秋　思

寒夜孤灯影伴身，心灰意冷忘晨昏。
早知今日相思苦，何以当年不识君。

怀　思

心事怀思懒下床，忍看桌案几诗行。
呢喃梁上双栖燕，惹动相思欲断肠。

王 剑

1970年生，公主岭市诗词学会副会长。

月夜观雪柳

窗前硕雪几飞扬，玉柳摇来荡月光。
故友他乡杯酒暖，我心入夜不知凉。

春节友人自京归来（步沈鹏先生韵）

雪退庭前又易寅，辽河水醒展腰身。
佳人玉手牵游子，两种心情一样亲。

浑江黑陶

墨染窑堂一隙开，半城古色此中来。
黑陶技艺谁堪比？当属浑江不必猜。

晨观百合

蜷曲娇容挑帐帏，身姿窈窕沐朝晖。
任凭蝶翅翩然过，一脉清香不与飞。

石头记

石倚松根秀碧山，经风历雨意悠闲。
但看细水轻镌处，疑似松花捧月弯。

步养根斋庚寅贺春韵致诸诗友

一曲轻歌婉唱寅，华年逝去岁尤新。
江源韵起千层浪，岭上诗迷万户人。
引伴溪头酌美酒，邀朋宇里品山珍。
行文又把和风醉，熏得关东度早春。

王　峥

1949年生人，网名大漠无忧客。离岗前任白城市审计局局长。

向　海

浩浩芦苇荡，浪过风送香。
偶来三五雁，对镜照新妆。

游姑苏

（一）

二月春风到古城，枫桥照影寺钟鸣。
赝船略与客船似，赚得谬夸三五声。

（二）

水陆盘门锁钥关，穿街循迹访前贤。
雄风犹似子胥在，化出平江现代篇。

秋　意

一年辛苦盼秋高，小院玲珑缀紫椒。
仓廪难盛老少乐，心花灿烂上眉梢。

王　贺

1971年生，德惠市人。德惠诗社社员。

秋　日

霜露金风气转凉，菜畦青翠稻花黄。
虫吟草底秋声碎，雁写南天一字长。

王　琼

1971年生，德惠市人。德惠诗社社员。

乡　思

（一）

释去闲愁回故乡，流光溢彩小村庄。
沧桑历尽心犹暖，幸有亲情洗雪霜。

（二）

客路飘零百味尝，怡情独寄小文章。
行行更远家何在，吟老西楼砚底霜。

（三）

豪爽秋仙降草庐，挥毫泼墨绘新图。
白红绿紫犹嫌少，揉碎阳光满地涂。

（四）

游子情牵恋小村，亲亲泥土最温存。
小园瓜果刚收罢，嫩韭偷偷绣绿痕。

（五）

戴月西窗数落英，殷殷花瓣总含情。
今宵谢幕心香散，吟取清词送一程。

与诗友有约未践二首

（一）

旧雨新知情意长，相邀共赏稻花香。
红尘俗事虽牵绊，折取诗船梦里航。

（二）

江水滔滔秋韵长，乡村九月染金黄。
赊风买醉开心事，散淡如同野菊香。

忆江南·中秋感怀

枫叶赤，霜染菊花黄。又是一年秋已近，安排明月入诗囊，静夜享书香。

王　赋

1946生，吉林市人。毕业于白医大，军医。现为沈祖芬诗词研究会会员，雪柳诗社理事。

漓江九马峰

似是而非景不俗，眯眸细看乱猜估。
临江峭壁天工画，一幅悲鸿九马图。

诗　友

爱酒经常带醉归，常将妙句口中飞。
一跤不慎诗囊破，白捡吟花几大堆。

渔翁唱晚

归钓虬髯笑脸红，人闲更见日安平。
清湖静水盛明月，鱼篓拎歌一路哼。

山　歌

闲踏夕阳过小桥，群山碧水密林娇。
赛歌众鸟归来晚，穿透霞光乱抢巢。

雾凇岛之夏

历尽沧桑数百年，雁来凫去说从前。
江中有浪轻轻雾，岛上无炊渺渺烟。
紫燕钻天翔碧宇，青蛙守夜护青田。
生情久慕放翁句，愿落空林学灌园。

谒大观楼长联

园美池清占月光，名楼载誉丈联长。
十年大试文风臭，一款楹书妙笔香。
有意登科终晦暗，无心上榜却辉煌。
征途何必长嗟叹，留此奇观千古芳。

王　絮

1955年12月生，吉林省榆树市人。现居长春市。

秋日感怀

（一）

槐梦渐消不自知，已然黄叶盖阶墀。
人怜芳草心常绿，酒煮斜阳志半辞。
古柳横斜门外画，文俦谈笑案前诗。
高天寒雨中宵霁，正是清光入户时。

（二）

流云闲看走穹庐，秋舞红枫翼未疏。
佳句神来堪佐酒，炎风逸去好翻书。
文章剑气精神老，棋子琴心兴味初。
冠冕无关学子事，长依静月好安居。

（三）

未曾建树愧殊深，每倚芸窗作苦吟。
暂把春光收韵海，权将秋色润诗心。
蓬门久闭期花放，襟抱宽张待月临。
每向高山听漉漉，人间幸可赏清音。

（四）

春花秋月枉频添，守道常悲未使严。
涉世不深多放旷，课书成癖自清廉。
文坛立马非如愿，宦海直言时讨嫌。
诗胆弥天堪纵意，中宵桂蕊总盈帘。

（五）

天恩处士自由家，月送清辉罩锦纱。
白发日添惊逝水，丹心诗守叹飞花。
文藏冰雪精神古，管注风流幻梦遐。
路断青云胸次静，横门每倚看红霞。

（六）

天纵薄才每忘形，风花入手总堪经。
菊篱啸傲因寻梦，剑笔厮磨每误龄。
身隐白庐亲垄亩，魂牵绿野远功名。
雕虫事业迎春旺，毁誉由人不计评。

（七）

浮生如水为时更，风雨横斜几度晴。
势重权强人倍宠，位卑诗冷我偏营。
三更黄卷沧桑志，一盏青灯忧患情。
浪迹书山图涉远，但留肝胆不留名。

（八）

劫数频仍惹梦徊，柔毫依旧蘸灵台。
柴扉寂寞桑榆暖，旅伴萧疏魂梦埋。
删叶寒霜才厚盖，携春细雨待重来。
清宵醉起观飞雪，疑是梨花满院开。

感　时

寒香诗绪旷无疆，书满危楼坐井窗。
大爱填膺非困顿，微言济世未荒唐。
才华媚势成何用？风骨无私且自彰。
蟹价等金难入宴，漫凭清月索文章。

王　靖

公主岭人。

步养根斋韵人民警察赞歌

情系徽章凝亮眸，风餐露宿为民求。
长枪破胆降凶匪，法网攻心斗瀣流。
地震川西迎万险，雪封粤北解千忧。
肩挑重任丹心奉，立警唯公史册收。

王　镔

字炼之，号四耕园主人。1947年生，吉林梨树人。教师退休。中华诗词学会会员。著有《四耕园吟稿》出版。

丁亥消夏即事五首

（一）

莫道栖迟况味幽，纵靡二仲与从游。
荧屏万象乾坤大，着我床头抑案头。

（二）

骥附何图千里致，萧斋方丈足恢台。
营营无赖频钻纸，不薄新堆爱故堆。

（三）

隐几搔首弄吟讴，诗思虽悭乙乙抽。
移日不知驹隙过，一篇粗就兴悠悠。

（四）

市场向晚漫巡之，买菜常挑此贱时。
肉价任他潮汛涨，自甘素食不寻思。

（五）

软碧涓涓倒一缸，睡魔好把醉魔降。
酣然一榻黑甜梦，不梦南柯梦北窗。

风筝二首

（一）

空阔无遮好趁风，飘扬直欲上高穹。
可怜一线遥相系，难脱伊人掌握中。

（二）

岂是征鸿自奋翰，暂时得势九霄盘。
假形空架终须辨，莫当翩翩俊鸟看。

忽　有

忽有新刊颁赐予，翻看一过乃遗诸。
连篇累牍巴人调，下咽难堪草具如。

简　介

衮衮头衔简介赅，明公一览漫惊猜。
岂知名利双赢易，不吝青蚨沽即来。

卢　生

都在邯郸道上行，悠悠未可笑卢生。
卢生好是醒来早，免得黄粱梦里薨。

六十初度四首

（一）

行年六十纪开端，回首前尘百感攒。
劫恨红羊时易失，幻嗟苍狗事难安。
空辜映雪攻书册，未放摩云奋羽翰。
息影养形唯在得，风吹水皱复何干！

（二）

小伙俄然成老夫，年时狂惠几犹余？
陶潜早脱营谋累，阮籍终将礼俗疏。
屏幕关心天下事，芸香喷鼻案头书。
繁华九陌无情绪，独爱黄花满眼舒。

（三）

题凤还同笑鸟凡，频叨众典锡名衔。
端居让水心应厌，远隔屠门口不馋。
支岁幸凭三釜禄，征诗慵复八方函。
闻韶亦自常忘味，随任山荆奉淡咸。

（四）

沧海微犹一粟身，行藏在处肯缘循。
堆金不羡朱门富，挑菜甘居白屋贫。
展卷亲同逢益友，开樽喜得对贤人。
气平心远堪禁老，四体坚顽发未银。

无题三首

（一）

要袅辞维掉鞅回，从教款段逐尘埃。
松生涧底仍贞木，栎长山巅总废材。
火鼠冰蚕宁共处，蒹葭玉树奈相偎。
韩陵片石凭谁共，犬吠驴鸣究可咍。

（二）

梨枣看罹灾祸多，损肌伤骨载巴歌。
鲇鱼妄拟高登竹，兔马漫矜广渡河。
有节劲松自成盖，无根浮梗但随波。
鸱鸮据鼠颇堪笑，果腹充嗛吓凤过。

（三）

朝菌焉能言晦朔，学鸠原不识升沉。
纸鸢风飏骄云鹤，瓦釜雷鸣掩玉琴。
忍使周郎闻误曲，何尝杜老有知音。
嗣宗直是无臧否，广武长嗤岂易禁！

赋得“我与诗词”

结得终生不解缘，晨昏相与总缠绵。
回环吟玩鸡窗下，反复摩挲萤案前。
寤寐求之君莫笑，描摹见了我犹怜。
寻知碧玉贫家小，拟嫁无多陪送钱。

赋得“我与书籍”

岂必凭登名利门，穷年尔汝亦消魂。
每逢有惑勤探讨，闲遣无聊漫检翻。
引睡总教依枕畔，抽思长得汲泉源。
情深一往相于甚，随任他人措大论。

王力田

1947年生，吉林伊通人。公务员退休。中华诗词学会会员，伊通诗词学会副会长。

游丰圆山庄

绿树环山衬碧天，白鹅戏水小湖喧。
垂钩钓尽中秋色，雅趣纯香品自然。

壬午中秋游大孤山

中秋结伴上孤山，目不暇接叹壮观。
巧塑石林形入化，精修庙宇客成仙。
白云属意民居院，绿树含情植物园。
但等黄昏垂夜幕，凉亭把酒赏银蟾。

王士信

1931年生，吉林农安人。中华诗词学会会员，黄龙诗社理事。

蔬菜大棚温度计

一亩穹窿别趣生，冰霜无碍菜花明。
唯凭红线衡温准，指点春光入大棚。

老　柳

嶙峋老干若弥坚，犹挂青绦荡晚烟。
似念人间温暖事，不甘服老尚吹棉。

菊　花

百花萧索此花丰，独有迎霜月下功。
应是冷香提骨气，春风不屑斗秋风。

芝麻花

绽蕊争高节节忙，花开无意斗闲芳。
扶枝到顶陪根老，育子成仁身后香。

农安辽塔

辽阙衣冠杳，群楼拱塔锋。
饱经春夏雨，尽沐古今风。
多少身家底，藏于史话中。
屹然千载矗，凭以说黄龙。

咏　怀

应将相对论清贫，难得悠闲慰老身。
不屑短长繁琐事，乐充平仄自由人。
书山有意悬攀索，名士无心掷钓纶。
君问余年何缱绻，百花园里蝶知春。

踏莎行·街道清扫工

惯饮风霜，暑寒何顾，着装橘色斜阳镀。总将公益慰平生，胸怀洁境关黎庶。　　名利心轻，街容情注，汗濡长帚挥朝暮。繁华市道每污尘，凭伊扫净人间路。

王小清

女，1967年生，画家，四平人。

枫叶岭纪游

（一）

群山列列白云悠，风遣红黄占尽秋。
纵有丹青难写尽，斜阳低照晚来收。

（二）

红染枫林天也清，迎眸野色笼俗情。
忽惊闲鸟无踪迹，剩有群山叶落声。

咏江源偶得寒武奥陶石

（一）

层纹递结考分详，寒武烟尘尚带香。
今日江源逢寿者，余生不寂共徜徉。

（二）

叠壁含英气象真，星移斗转养其神。
饱经风雨阴阳变，通识今缘素面人。

王文风

笔名梦云，女，吉林梅河口人，梅河口诗词学会会员。

春　去

清风滑过漫留神，笑眼回眸几度尘。
似水年华休顾恋，如期淡柳又逢春。

王文彬

1943年生，吉林市人。系中华诗词学会会员，吉林市雪柳诗社副秘书长。

牵牛花

一夜无声睡架床，盼来白昼喇叭扬。
可惜不敢攀高树，只好纠缠小院墙。

松花湖之秋

金风送爽小溪流，丽日晴空万绿稠。
山里闻莺声细脆，湖边踏浪水轻柔。
半船弯月星辰外，一网残霞暮岭头。
雁阵渔歌篝火旺，相思梦里满湖秋。

乌拉街雾凇岛龙王庙

芳茵流水绕周边，惯看红霞落雁滩。
小庙显灵神辅助，大江息祟鬼纠缠。
焚香已许虔诚意，受命休拿龌龊钱。
未见渔舟风浪走，龙王无事到安闲。

王云坤

1942年生，江苏溧阳人，曾任吉林省省长、中共吉林省委书记、省人大常委会主任等职。

题《长白山诗词选》

古来多少登临客，一唱凌虚对阋门。
谁道大荒无翰墨，李唐诗韵至今存。

王支盛

1937年生，山东阳谷人。吉林省四平市建设银行退休干部。系中华诗词学会会员。

老伴剥瓜子为我配药

凝神剥瓜子，盼我早身安。
忍泪尝滋味，枚枚似妙丹。

忆祖母纺线

一日操劳哄囡眠，油灯不点纺车旋。
鸡鸣难耐嗡嗡唱，数数丝团有梦编。

王太祥

1928年生，黑龙江省齐齐哈尔市人，吉林省卫生厅离休干部，长春老年大学胜春诗社社员。已逝。

湖趣飞舟

霞拢环山浪洗松，游轮剪水放西东。
久居闹市神情倦，乍入平湖野趣生。
甲板哗然观跳鲤，舷窗寂静看翱鹰。
暮来几曲如琴韵，林海滩头百鸟听。

三角龙湾

夙闻三角梦中湾，遂愿身游世外天。
雾影龙头摇玉岛，波光鳞趾舞金船。
山歌回荡清风韵，野摄流芳细雨缘。
旅友争雄斟海碗，今朝不醉待何年。

王长臣

1934年生，吉林德惠人，退休干部，九台营城灯谜协会副主席，九台诗社社员。

勉 学

常嗟少小误光阴，皓首裁诗煞费神。
灯下偶成三两句，推敲又扣老师门。

王长君

（1938—2007），吉林德惠人，退休干部。

虎尾兰

片片锋芒直立生，斑斓错落色纹横。
有形自叹未成剑，难向人间斩不平。

香山红叶

寻诗揽胜上香山，远望朝霞来日边。
疑是杜鹃花二月，层层枫叶染霜天。

题　画

满山枫叶泛红潮，茅舍疏疏傍水郊。
应是前贤交隐处，荷柴樵子过溪桥。

剪　纸

一树桃红三月天，蜂飞蝶舞斗婵娟。
老夫不负东风约，挥剪欣裁锦绣笺。

王长征

白山市人。

读《百年苦旅》有感

白山吟苦旅，佟水念刘公。
报国千秋计，封疆百世功。
天池波浩荡，峡谷雾朦胧。
重走踏查路，关东起飓风。

满庭芳·读《江源毓秀》有感

水弄空明，山涂五彩，野菊暗送清芬。丹枫如火，燃缕缕红云。秋在千峰万壑，微风过，叶舞缤纷。斜阳外，稻黄椒绿，寒武寄烟尘。　　销魂，登老岭，寻碑访古，拂露披榛。念百年苦旅，钓叟功存。叹赏黑陶灿灿，松花玉，翠染氤氲。思英烈，餐冰喋血，遗愿已成真。

王长虹

1961年生，吉林德惠人，退役上校飞行员。

退役感怀

戈壁人还情未还，离愁不忍总牵牵。
嘶风老马心犹壮，长忆天山落日圆。

咏　梅

深深浅浅总精神，疏影横斜巧织春。
自是东君出匠意，教同飞雪斗缤纷。

贺《愚子遗风》问世

无须丝管弄梅花，老树逢春抽嫩芽。
岁暮丹心犹似火，早将云脚染成霞。

咏　兰

早把芳心许野壑，长将倩影付闲云。
可怜一被骚人顾，笔下全无自在春。

夜 咏

彻夜长吟不觉寒，更残掩卷月衔山。
十年磨剑酬家国，不改丹心注笔端。

无 题

衾冷灯昏秋夜长，闲愁难遣意茫茫。
老茶慢品浑如水，苦味谁知杯底藏。

水 仙

（一）

倩影芳魂映小窗，凌波仙子卧青霜。
秋寒月下凡尘里，留给人间一脉香。

（二）

不染凡尘俏自芳，纤纤翠叶泛春光。
一心许以石为侣，缕缕香魂共夜长。

王少刚

1951年生，原在磐石市残疾人联合会工作。磐石市三余诗社社员。

登莲花山有记

一花一叶亦如来，何必周遭觅佛台。
禅意或能禅外索，心香只可用心栽。

农家趣景

红椒紫雀共茅檐，黄犬白鹅分小园。
绿袄稚童骑秫马，翩翩没入雾淞间。

无　题

山榆近岭白晨岚，野柳排渠绿晚烟。
最是清宵杏花雨，伤心处处惹啼鹃。

三余诗友聚贵福山庄得句

绿凝曲径入青暝，罩眼山花缀野坪。
还向溪头寻荠菜，采回布谷一声声。

月　下

秋阶露重点青苔，篱下寒葵独自开。
都道吾家留好月，西邻豆蔓过墙来。

秋晚寄意

蓼粉葵黄向晚晴，萧疏荷伞醉秋风。
清莲早度浮尘去，尚有残蓬驻小蜓。

又　聚

好友殷勤至，携春入旧楹。
陈茶三盏过，新酒一杯倾。
敞腹狷狂士，虚心耿介生。
醺然云里客，踏雪数街灯。

丁亥清明伴牧野君访牧野亭

诗友相招唤，携春踏景明。
笔疏山雾远，墨润水云生。
古木轻皴逸，霜桥淡染横。
何人欣野趣，写意落茅亭？

元宵大雪

月碎元宵化冷尘，扑窗塞院掩重门。
红灯摇曳三寻雪，火树开花万里云。
倒挂寒凌垂玉笋，竖栽冰乳立银针。
难行车马成灾害，喜乐农家候好春。

王月茹

网名一缕月光，女，1948年生，梅河口市新华小学高级教师退休，梅河口市诗词学会理事。

捣练子

心念念，泪涟涟，叶落花开易暑寒。原拟分离心两静，哪知骨肉更相牵。

临江仙·广场黄昏

散步广场临暮晚，凝眸难抑惊容。何时此地变龙宫。珊瑚闪烁，树树落霓虹。　　又见鱼儿随浪涌，旱冰结队孩童，翩翩转向复西东。突然臂展，雏鸟欲凌空。

王化龙

1975年生，吉林靖宇人，大学文化，现在吉林靖宇火山矿泉群国家地质公园管理处工作。

夏日观龙湾湖

登高俯望夏龙湾，疑是瑶池落此间。
雾绕云浮山抱水，抒怀揽胜与仙攀。

王凤鸣

1938年生，吉林双辽人。曾在白城农业专科学校任教，双辽市经委干校负责职工教育工作。

电厂景观写意

人造平湖碧一泓，岸边几处钓竿横。
不图鱼味成鲜美，只待斜阳共晚晴。

王立辰

1957年生，长春人。吉林省科技厅总工程师，著有《王立辰诗词选》。

夜　钓

小渚抛杆酒一壶，流萤点火怕吾孤。
漂横只钓心中月，哪计鱼儿有或无。

春　约

东君一夜过榆桥，点点鹅黄上柳梢。
有约松江潮汛起，你弹流水我吹箫。

咏刨子

铁合三成木七成，刨花飞舞按歌声。
纵然刃卷千磨砺，也向木材推不平。

咏推子

生来好客体形微，俐齿伶牙不自吹。
长发满头均可剪，情丝一缕也难推。

毛毛雨

天外飞来几片云，不惊春色不惊心。
煽情当数毛毛雨，编织珠帘何用针。

高山杜鹃花

雾幔云绦山作床，冰欺雪压自铿锵。
有朝一日春风顾，还笑玫瑰过手香。

秋登长白山

崖危吾独立，云白镜分明。
眼逐三江水，心怀一瀑情。
风清易作赋，月朗可弹筝。
虽道无花事，波澜已不惊。

长白山天池

无限风光数大东，问君可与白头逢？
九天半落三江水，一鉴中呈十二峰。
峡谷飞流凭鬼斧，杜鹃噙雪赖神工。
青春已老还亲近，岁岁年年感不同。

沈　园

古城水巷走乌篷，诗境楼台斜雨生。
两阕钗头千古事，一塘天地四时风。
葫芦池满离人泪，半壁厅余过客情。
我问梅枝梅不语，只闻莺咽两三声。

步养根斋老师韵颂人民警察

鸿文报载共凝眸，盛世平安信可求。
车笛北风争凛冽，警徽白雪竞风流。
严寒守岁心无悔，利剑除邪民不忧。
怀抱春光天地撒，千红万紫望中收。

王玉琛

笔名丁木，满族，1936年生，吉林梨树人。毕业于辽宁大学中文系，曾任四平粮食职工中专校长。著有《凝眸秋夜》等。

上海观夜景

琼楼高处望霓灯，璀璨明珠不夜城。
一赏浦江耽乐处，客魂尽被梦牵萦。

王玉强

1975年生，吉林省敦化人。敦化市政法委干部。

忆抗日先烈

豺狼昼闯门，壮士夜征尘。
斩马荒郊立，挥刀野岭巡。
粮绝食草木，弹尽举石砧。
洒血凝枫叶，抛头护国魂。

王本臣

1938年生，吉林农安人。大专文化。退休干部。黄龙诗社社员。

蜘　蛛

天罗巧布设迷津，伺职殷勤且认真。
形丑纵难称雅士，资深满腹有经纶。

伞

潇潇不怕雨淋肩，一展如花朵朵鲜。
无事心甘居角落，日炎微体敢遮天。

压道机

未计晨昏未计程，钢筋铁骨走纵横。
经途坎坷全无惧，专碾人间路不平。

卖茶女

肩挑日月两萝筐，少女鲜茶一路香。
万里艰辛情未了，担来南国好风光。

免　赋

赵公元帅惑烝民，香火常收不济贫。
赶走千年苛政虎，农夫今日遇财神。

王市集

曾用名王世吉，笔名凯夫，共和国同龄人，老三届毕业生，祖籍长春市，当过村官，坐过机关，下过商海。

偶　得

做诗如酿酒，醇味粕中求。
言尽意无尽，边吟边上楼。

谢丁国成先生寄书

大师千里寄华笺，送暖高情雨润田。
流韵清歌真国士，挑灯诵读久酣然。

巳丑十二月六日大雪

天公有意闹春潮，地冻天寒兴未消。
不待东风花浪漫，奇葩一夜遍枝梢。

诗友小聚

夕照青山意未闲，沉迷翰墨老弥坚。
荒原有草皆披绿，芳苑无花不吐妍。
笔蕴激情歌盛世，杯盈醉意庆丰年。
也随万马蹄尘起，昂首嘶风争向前。

王永灵

1945年生，松原市委宣传部退休。

郭尔罗斯蒙古族文化名人演奏家苏玛（汉名包玉臻）

自幼心雄挽大弓，拉天扣地气如虹。
轻弹淅沥溜檐雨，骤点狂飙赶路风。
一曲宏音惊领袖，几弦妙律震欧东。
查干湖畔扬神貌，旷代琴王不世功。

书画家一忒阁乐（汉名唐景文）

自悟神形气韵宏，以心运笔誉京城。
龙飞碧宇淋漓至，凤舞苍原潇洒行。
翰墨浓浓出浪漫，丹青郁郁起峥嵘。
惠风和畅云天外，联谊八方飞彩虹。

王永福

1951年生，山东平度人，中专学历，曾在靖宇县矿管局等部门工作。

矿泉颂

茫茫林海涌甘泉，奇效神功出自然。
地下埋藏超万载，人间造福重今天。
资源保护责当尽，政策支持任在先。
共创春秋宏伟业，青山绿水笑风前。

王有君

1964年生，吉林镇赉人。现在辽源市国税局工作。

贺岁四首

（一）

数点红梅倩雪魂，郊原暖意酿氤氲。
东君执斗酌天下，共饮人间又一春。

（二）

丽日霞光映雪光，远游不觉恋山乡。
闻香好向农家去，最喜红灯照小康。

（三）

一簇琼花九碧开，万方仙乐彻云台。
且将祈愿托银树，散作漫天红雨来。

（四）

新诗吟罢雪飞头，雁字横空情满楼。
回律韶光舒岸柳，掞天巨擘写鸿猷。

王成才

1940年生，吉林大安人，长春南湖诗社副社长兼副主编，长春老年大学胜春诗社副社长兼副主编。

马年抒怀

登程老骥乐天时，更逐光阴似箭驰。
半世蹉跎足堪鉴，识途未必不三思。

献给教师节

金风桃李满园鲜，授业传经苦亦甜。
粉笔标明前进路，教鞭指处正登攀。

读《工作是愉快的》赠高文老

开卷长精神，隆冬火一盆。
忠言尚在耳，壮志已铭心。
兴省尤勤政，为官酷爱民。
夕阳椽笔动，重彩绘吉林。

连战率团访问大陆感赋

梦绕魂牵六十年，寻根咫尺若登天。
起飞寒气曾封路，降落温馨已满园。
铭刻精忠祭祖母，秉承遗志谒中山。
迎来两岸冰融日，待架新桥任往还。

王兴太

1962年生，大专文化，现在辽源市利源铝业集团有限公司工作。

读《跃澜飞雪》感呈周焕武先生

钟爱诗词扬古韵，窗前明月最知情。
红梅南国花枝俏，绿柳东风烟雨轻。
吟啸追云写煤海，放歌踏浪唱军营。
跃澜飞雪如椽笔，景象缘于画里生。

王守仁

1948年生，吉林通化人，通化县森茂诗社顾问。

咏大泉源酒厂

出世先成百药王，大泉佳酿誉流芳。
学良倾碗虎威抖，靖宇捧杯倭寇慌。
喜宴神州回味久，品珍同界口碑强。
幸沾灵气降斯地，好水长流富贵乡。

王志明

1946年生，吉林海龙县人。曾任民政局副局长，已退休。出版有诗集《诗的年轮》。梅河口诗词学会副会长。

咏磨盘湖

清幽圣境磨盘湖，神嵌龙岗耀眼珠。
林海苍茫藏兽影，鹿乡谐美绘梅图。
清波荡漾鱼儿跃，孤岛盘旋鹭鸟凫。
发电灌田双获益，原生湿地胜姑苏。

游吊水壶感赋

火山喷爆蕴奇章，孕育蛮荒响水长。
峭壁吊壶飞碧玉，仙池涌浪映霞光。
盘根裂石看青柳，蔽日冲天颂悍杨。
五彩斑斓藏朽木，原封生态沐骄阳。

纪辽东三首·《百年苦旅》读后

苦旅惊世

一卷宏文纪百年，往事梦魂牵。踏查边界护疆土，精诚胆共肝。　　小丑登台犬吠天，钓叟立雄篇。以诗证史养根壮，长鸣未敢眠。

夜宿惊梦

雄峻冲天万仞山，夜幕罩深渊。五人三帐英雄胆，魂追百载前。　　已将平生付自然，风雨枉狂颠。时空穿越石荪笑，晨曦布谷喧。

寻踪惊奇

天池钓叟显神通，探明百岁踪。水井房基依旧在，早饭染香风。　　曹沟纪略傲长空，镌刊墓志工。流逝时光堪记忆，诗韵赖张公。

王连喜

王连喜，1948年生，吉林九台人。

赝　鼎

工能匠巧运心机，赝鼎成时炫目迷。
世上何尝全识假，投人所好一张皮。

捷　径

映雪囊萤久颂扬，仕途学问个中藏。
于今捷径人开辟，造假文凭纸一张。

江湖术士

见惯江湖术士行，单凭唇舌定人生。
星星唾液为投饵，平地垂钩钓不停。

纪念长征

征途再顾令心通，追忆当年旗帜红。
每每突围倾血雨，回回夺隘踏刀丛。
掀翻绝境冲天怒，挺进哀兵动地风。
曲曲壮歌连胜利，千山万水总铭功。

美 茶

时时品呷伴生涯，苦乐相陪味不差。
滋润身心温冷夜，香醇诗卷酽贫家。
思存独羡西湖水，兴会常亲茉莉花。
雅俗何须分咫尺，奚辞就饮一壶耶！

王延江

公主岭市人大常委会主任。

一剪梅·贺诗词大赛

万首诗歌终创成，百载悠悠，岭市繁荣。高楼摩月与云齐，灯盏星罗，街巷纵横。　　世纪新开伟业兴，一代英豪，争诉衷情。于今展望路迢遥，漫举吟鞭，万马奔腾。

王秀珍

网名心香一炷。女，吉林市人。

窗　外

坪地几时铺素毡，鹊音点点掠心欢。
开轩正觅相思句，风遣冰花占彩笺。

咏鸡冠花

碧羽姗姗自俏蛮，红冠一戴笑春颜。
此生难唱最高曲，亦步雄鸡待日还。

王奂实

字奂之，1942年生，大学文化。曾任中学校长。著有《王奂实诗集》。

明月怀古——咏苏东坡

依旧青天明月楼，苏词水调载歌头。
一心只愿人长久，璀璨情怀万古留。

游玉皇山

玉皇名画展天宫，水墨丹青气运浓。
错怪鸟歌啼梦醒，身临仙境放游踪。

登通观亭

通观天下论风流，友客纷纭侃乐忧。
多谢人间耕作士，辛勤润绿绘春秋。

王英洲

1940年生，吉林农安人，黄龙诗社社员，著有《晴心集》。

放　鹅

夕阳爱美系红巾，凫水群鹅追逐亲。
牧女催鞭归路畅，银河流入小康屯。

王述评

女，1954年生，吉林四平人。现供职于白城市卫生监督所。中华诗词学会会员，白城市诗词学会副秘书长。著有诗词集《花红原上》。

空中遐想

纵云来叩月宫门，我本迷天问路人。
此去何方仙境美？姮娥遥指地球村。

谒秦陵观兵马俑有作

时空隧道敞重门，欲访秦皇溯古巡。
遣将排兵旌猎猎，提矛挎弩阵森森。
征鞭尚指长城外，战鼓犹闻渭水滨。
远去烟尘成一笑，兴亡由势不由人。

夏过查干湖

浩歌长路御风驰，小憩渔村正午时。
酒幌飞红邀远客，网箱透碧闪惊鳍。
青萍绿藻游鸶醉，紫雾苍烟旅雁痴。
且将轻车停柳岸，纵舟溅起一湖诗。

滕王阁

西山对面大江东，一阁飞檐挑日红。
孤鹜落霞萦绮梦，长天秋水涨诗瞳。
兰宫桂殿堂前序，史册毫端槛外风。
迭废迭兴多少叹，数声王勃鸟啼中①。

【注】

① 相传是王勃坠海而死后的化身，并在滕王阁下的江洲之上不绝于世，凄历历叫着“王勃”。人们称这种鸟为王勃鸟。

卜算子·题《孤马图》

回首望征尘，孤旅天涯路。饮露嘶风大漠横，甘苦谁关注？　　千里志成哀，独与飞鸿诉。莽莽荒原何所求？野草青青处。

卜算子·枫

无意染红装，怕惹春花妒。悄唤秋风作伴娘，嫁往林深处。　　生死恋幽山，心血倾腔注。重彩浓情天地间，写就丹霞赋。

少年游·凇花仙子与诗友松花江畔赏雾凇有感

天池浴罢泛仙槎，至此不还家。沿江司雾，量天裁雪，匝地种琼花。　　回眸笑问江城子，云阙也奢华。一抹斜阳，几群飞鹜，可否换生涯？

虞美人·读《启功韵语》并集句

墨痕翠滴浓于雨，点点增离绪。依稀明月短松岗，磊落柔毫岂为计流芳。　　如今西压桥边路，造化全无主。闳门佳气自千秋，扶得东来无语共天游。

鹧鸪天四首

顾　影

回望浮生啼笑缘，红尘障眼下罗天。身同落雁博风累，心似漂萍逐水寒。　　荒漠上，莽原边，孑然羁旅眺乡关。可怜梦魇流沙畔，一掷韶华若许年。

漂　流

顺水漂流一段缘，轻舟小浆荡长天。马头琴淌波光绿，羊角杯浮草色寒。　　杨树岸，黍田边，谁将油画嵌边关。洮儿河上诗人梦，只待烂柯休计年。

登　塔

碧野苍穹旷世缘，登离恨海往情天。倘无清彻常思静，哪得高荒不觉寒。　　云塔顶，月牙边，旋梯百丈命攸关。临风莫乱凌虚步，好共飞雕了暮年。

吻　梅

信与梅花有夙缘，霜欺雪妒自由天。忍凭唇角些些血，吻却枝头缕缕寒。　　疏影里，暗香边，心弦三弄倩谁关。回眸一笑悄相问，调寄西风第几年。

苏幕遮·雪鹤

履薄冰，梳瘦羽。独唳寒汀，独唳寒汀处。满眼冬云难驾驭。只恨当初，只恨当初虑。　　旧伤痕，新悔绪。欲语还休，欲语还休去。夜雪眠魂情几许？梦见乡关，梦见乡关侣。

踏莎行·重回叶赫四首

（一）

水转山环，风驰云赴，秋程恐被秋思误。蓬墀荒堞古城根，宝书红袖当时路。　　心迹茫茫，屐痕处处，频频驻足频频顾。青纱帐外小河旁，老榆树下炊烟暮。

（二）

野岭孤村，残檐旧院，寻寻觅觅声声叹。如烟往事去无凭，如丝心结轻轻绾。　　多少情牵，几回梦断，同窗同户同龄伴。萍踪浪影各西东，纷纷零作天边雁。

（三）

垄上情长，篱边花瘦，蹉跎岁月空怀旧。溪头村嫂浣泥裳，三询三唤三摇首。　剜菜春丫，牧牛夏叟，看青狗剩今知否？房东老太去何方？夕阳默对山湾柳。

（四）

草木春秋，云烟聚散，桃花人面都难见。从前树下口琴声，如今幻作虫吟颤。　客路乡心，流年归晚，重临已是南柯烂。仰天一笑又漂萍，自兹了却丝丝盼。

南乡子·寄诗兄喜赋先生

最笑是纱冠，轻掷一隅喜赋闲。收拾平生多少事，团团，都付流岚散笔端。　快意啸吟坛，但任西风槛外喧。不向玉荒悲白发，翩翩，共约淞花赏雪天。

玉甸凉·北荒秋旅

客路茫茫，车尘缕缕。怅霜天，更哪堪、乡关渐远。身世飘蓬科尔沁，几度风催雨挽。每欲回头，怎生忍顾，白发苍颜泪眼。打点精神，趁斜阳、过了洮儿河畔。　　原上枫红，心头愁淡。算人生，只一番、悲欢聚散。说甚青梅尝煮酒，都矫情一片。秋在芦花，幽怀独抱，不与归鸦噪晚。春在梨花，便从头、绝塞生还劳燕。

水调歌头·狼舞

旷谷一长啸，嘹厉遏行云。不邀天上星月，独步舞回音。欲灭山中狐鼠，屡避林丛弓弩，喋血骇听闻。探险时离索，闯阵每呼群。　　该出手，就出手，莫斯文。笑它诺诺豚犬，摇尾乞生存。人为贪心屠戮，我为充肠追扑，高下可难分？仰首踏歌罢，枯叶落纷纷。

王述学

笔名林鹰，1943年生，已逝。吉林双辽人。曾为双辽市粮食部门干部。著有诗集《戎马足音》《林鹰诗词选》《心雨痕》。

观柳絮杨花有感

白日青天扮雪飞，随风乱往屋中吹。
劝君莫做轻浮者，免惹他人皱眼眉。

鹧鸪天·吟友情

海角天涯两地遥，千山万水路迢迢。真情每借流云递，妙谛常叨大雁捎。　　文会友，缔神交，豪吟浅唱试风骚。东西南北心相印，友谊花开永不凋。

鹧鸪天·研诗

由浅而深渐进行，切磋诗艺贵求精。丹心入境方随意，热血来潮始动情。　　吟电掣，咏风生，篇篇力作荡新声。功夫不负痴迷者，笔底春江浪不平。

王林侠

1958年生，大学学历。曾任视听导报白山分社社长兼总编辑，现任吉林省广播电视信息网络集团公司白山分公司副书记，白山诗词学会副会长、秘书长。

乡情四咏

（一）

苍柳江边百尺林，孤舟遗落拓荒心。
不惊邻里平安梦，身暖柴门月下寻。

（二）

阡陌三千看落霞，炊烟袅袅漫轻纱。
老牛嚼月河边站，绕过篱笆是我家。

（三）

月斜扶我酒添幽，一曲低吟在后头。
欲借长风听仔细，哪知倩影已登楼。

（四）

炊烟袅袅唤群鹅，柳伴村姑戏碎波。
一阵山歌清又脆，桥头风送北山坡。

冬韵三首

降　温

寒风狂虐九霄惊，雪压虬枝暖暗生。
梦里昨天犹念好，寸心何惧一枯荣？

雾　凇

薄纱片片猎风裁，疑是嫦娥簇簇栽。
堤下行人凝一路，串花带雾小心开。

冬　思

一夜相思雪伴灯，清晨堤柳挂冰凌。
若非有梦枝头缀，谁肯呢喃室外应？

走近曹家沟

百年风雨涤边尘，走近曹家沟尚新。
涉水攀山寻故地，似听古井赞今人。

贺白山诗词学会一届二次理事会召开

经年诗梦韵徜徉，咂咏山川平仄香。
读懂沧桑能砺志，澄清混沌可成章。
初吟堪笑常无律，冥想颐神偶弄狂。
笔底人生催化雨，瑞笺足润慰家乡。

写在牛年小年

寄语情怀腊月中，屏前遥对苦心同。
俏姿添梦温寒夜，雅韵抽丝补句空。
狂叟高吟谁是客？愚人长啸我为东。
潜踪尘欲盼春雨，一案书香待日红。

步养根斋老师韵庚寅贺春

斗转星移丑换寅，徜徉韵海旧颜新。
纵然亏月慕圆月，长使今人忆古人。
情咏三江思百味，诗吟一脉数千珍。
大笺流黛染天地，坐看山河处处春。

柳梢青·春天在山庄过夜

酒伴余晖，风吹欲散，梦掩柴扉。倦鸟归林，炊烟唤柳，月瘦春肥。　　小村揉碎晨薇，傍山色，情丝入帏。窗外雏燕，缩头四顾，趔趄频飞。

王秉钧

笔名寒梅斋主，满族，1937年生。原吉林省长春胶合板厂党委书记。中华诗词学会会员。著有《岁月留痕》《寒梅斋诗词》等。

观老妻画梅

铺开宣纸画梅魂，调色躬身运笔真。
老干先涂多虬屈，嫩枝再染出清芬。
疏花浓抹朱颜俏，密蕊轻描气韵纯。
破腊凌寒传早讯，龙蛇题款著精神。

王岱山

1943年生，吉林公主岭人。退休前曾任四平师范校长、中文高级讲师。公主岭市诗词学会会员。著有《梦云斋诗词》《古代诗词今译》《李清照诗词诠译》等。

入寺听禅

松张华盖柳撑阴，院静庭幽日影深。
不敢高声传一语，恐惊入定悟禅心。

王佩君

原德惠市建设银行行长。

车过古北口

（一）

无边疆土帝王谋，掠地攻城意未休。
堪叹堞边殉战者，万千白骨几人收？

（二）

烽台寥落古城荒，孑立寒风望夕阳。
鼙鼓硝烟皆远去，唯留残迹话沧桑。

王金梁

1956年生，湖南长沙人。先后在梅河口市砂轮厂、酒精厂工作。

长相思

雪飘萍，叶飘萍，萍迹边陲为子营？天山入画屏。　　夜无声，月有声，声唤蓝窗梦几成？相偎话别情。

王建瑜

网名清心陵儿，女，吉林集安人。公务员，集安诗词学会理事。

雨夜元宵

丁亥元宵月未明，缠绵细雪润边城。
谁言暗淡寻常夜，火树银花唱太平。

庆“三八”寄怀

美酒鲜花歌漫天，节逢盛世舞翩跹。
豪情巾帼须眉志，霞染苍穹醉半边。

王夜星

1935年生，吉林九台人。中国根艺美术学会会员。

观其塔木农民画感怀

边台重镇誉八荒，三下江南鏖战狂。
岁月沧桑迎盛世，农民亲笔绘康庄。
花开故里芬芳散，浪涌长川稻谷黄。
旧雨新朋牵客梦，丹青不老艳晴阳。

踏春行

放开脚步踏春深，错过良机无处寻。
百种下田播日月，一犁烟雨种民心。
山欢水笑风光好，马跃人歌节奏频。
绿上心头甜入梦，情牵四野酿诗魂。

王树山

1930年生，山东莱西人。离休干部。

晚景抒怀

参加工作历艰辛，西走东奔测绘频。
有幸老来逢盛世，喜从退养获酬薪。
儿孙自励知争气，荆妇相依乐健身。
爱弄诗文风雅韵，挥毫称赞太平春。

王树堂

1952年生，吉林伊通人。公务员退休。中华诗词学会会员，伊通诗词学会会长。

学　诗

酷爱吟诗功底差，胸无点墨井中蛙。
对粘平仄难敲稳，夜半孤灯理乱麻。

战旱魔

苍天少雨水源枯，万顷禾田叶未舒。
休使人民生惧色，但凭科技辟新途。
引泉灌地催芽种，筑坝开塘洒汗珠。
众手勾皴川野绿，旱魔无奈也言输。

王贵禄

1969年生，梅河口人，中专学历，就职于中国人寿保险公司梅河口分公司，梅河口诗词学会会员。

咏 菊

春花飞谢后，独自献风流。
缜雨出长夜，寒霜共九秋。

王显佶

1947年生，吉林德惠人。

自 遣

日逐繁华队里边，不贪名位不贪钱。
书生自是多情种，翰墨文章结夙缘。

晨 起

濛濛宿雨润青苔，柔粉娇红次第开。
蜂蝶为怜花色好，联翩飞过短墙来。

秋郊口占

岚烟泽气有无中，暇日郊游野兴浓。
最爱秋霜寒雨后，满林红叶笑西风。

沈 园

才女香魂唤不回，伤心千古凤头钗。
可怜冷翠亭前水，无复惊鸿照影来。

自 嘲

一书一榻一茶樽，半个林泉散淡人。
未惯逢迎邀雨露，长将清白课儿孙。
熟粱难醒梦中梦，化蝶宁知身外身。
总是浮名抛未尽，犹来卖弄老精神。

有 感

多情剑气入鱼蓑，雨雪风霜路几何？
老去悲秋伤妩媚，愁来把酒叹蹉跎。
官饶捷径能缘怠，理悖常规事久磨。
莫向红尘深处问，孤舟烟月泛清波。

王保江

号个多、醉雪，1943年生，吉林白山人，曾任中学副校长、白山市电视台主任编辑。

戊寅年赠安昌先生诗

江河流转几经年，当日山盟未化烟。
不愧捉襟人见肘，尚能奋笔气弥天。
一怀锦绣凝宏议，九派龙蛇拜巨渊。
小睡秋风庄蝶远，偶耽诗酒忘归船。

戊子春节赠作家张奋蹄诗二首

（一）

雨霁晴光写竹阴，泠溪合是奏瑶琴。
临风客释千秋怨，漱玉人清百代心。

（二）

红破枝头桃待放，翠浮潭底境弥深。
挥师不信东风败，抱定春魂笑古今。

携妻登山避宴

欲躲浮华自远尘，林泉气韵更相亲。
眼中一树一君子，编外千秋千美人。
草稿如云期鬼斧，禅心似露醉鹃春。
清风不断升明月，借贷无干岂唤贫。

寄长春王泽义

欲抱怀中唯不咸，云端稳卧早忘谗。
遥知潇洒君成鸟，近赏冥顽我揖岩。
廿柱撑天仙赞景，三江奔海梦连帆。
因无妙句鸣千里，莫怪穷年口自缄。

薛林兴作品印象

罗裳除尽雪婵娟，缱绻温柔爽亦鲜。
高耸乳峰凝紫玉，长披发瀑散青烟。
欲言又止羞堪赏，将转旋回媚可怜。
无限江山无限意，相看哪个记登仙。

题邓小平天池照

雪锁冰封更有名，穷年浩唱瀑当筝。
惯依好雨滋芳草，全为美人安屈平。
重整河山经社稷，中兴华夏务清明。
心澄可是天池碧，交与乾坤日月评。

甲申试笔赠齐克

忧国忧民是匹夫，平生磊落耻为奴。
真情似火疑还有，往事如潮写却无。
愧也痴狂迷领袖，幸哉觉醒斥歧途。
只期化雪滋佳卉，锁住春光万物苏。

甲申正月十六咏怀再赠齐克

长路回眸似不同，山重水复画图雄。
赏心乃是三千趣，染鬓无非半百风。
揽月足堪惊楚女，捉刀休信悦诗翁。
乾坤悟透如沙粒，境界难穷梦易穷。

赠张先锋先生

青春如蝶逝难回，老卧严冬忘盼雷。
岂要浮华来半点，直呼闲酒走三杯。
独将幻想当遗产，确视钱权为孽虺。
窃喜此生长枕雪，诗魂纯洁不沾灰。

咏长白山

观音长袖善蹁跹，气韵风姿引众仙。
一日途中穿四季，三池水畔话千年。
白熊绝迹疑前墨，奇鸟有凭看后缘。
我羡云岚长守望，炎凉苦乐共婵娟。

王修平

1939年生，山东临沂人，现居敦化市黄泥河镇。敦化市诗词学会会员。

冬夜野思

出门但见雪茫茫，秋半曾经露易霜。
风凛气寒悄静夜，天明星淡远家乡。
篱园别久靠温梦，亲友离多因守疆。
所慰晚年逢盛世，安居无谓在何方。

王举方

1926年生。吉林省农业区划研究所离休。《日新诗词》副主编。有《行吟集》出版。

建筑工人

侵晨即起吊车声，砌瓦搬砖夜续灯。
建罢高楼交业主，背包又去住工棚。

游三角龙湾

乘兴追风旷野间，仙池碧水汇龙湾。
青葱绕镜画中画，白雾堆云山外山。
心系农家看稻黍，笔敲诗韵赋林田。
振兴东北天增色，游旅从今不向南。

读欧阳公《秋声赋》

金风萧瑟铁铮鸣，牵惹文人多少情。
万物从无长茂盛，百花焉得不凋零。
草枯原为结新籽，叶落无非引再生。
冬夏轮回天道演，人间何必恨秋声。

王彩云

女，1944年生，于长春铁路分局退休。长春南湖诗社编委。著有诗集《秀园边草》。

第六届亚冬会在长春召开

熊熊圣火耀苍穹，冰雪春城展玉容。
花样回旋蝶狂舞，速滑箭射骥追风。
严寒地冻添豪气，大典天惊降雾凇。
一曲高歌亚细亚，和谐世界共峥嵘。

观丽江古茶花树

乍起金风九月中，媪翁偕上玉峰葱。
赏心哪怕花期过，悦目尤欣连理融。
似见缤纷争靓丽，绝怜高耸傲苍穹。
韶华不在风姿在，夕照云霞别样红。

王海娜

女，1966年生。毕业于东北师大中文系。电视台记者。吉林省诗词学会理事。

晚　炊

下得厨房开小窗，洗青摘绿一时忙。
知夫今日归来早，灶上黄昏先煮香。

为汶川大地震死难者守夜

祭奠汶川天泪倾，与夫守夜到平明。
一宵话语多消瘦，粒粒烛光闻泣声。

暮春宿紫丁香小院

池边小住享春光，蛙语熏风绕矮墙。
一院落英偏不扫，月明独坐爱泥香。

秋　日

风微八月乍秋凉，行走江村兴味长。
趟起阳光田埂上，鬓间沁满稻粱香。

乡路晨行偶得

纱雾轻飘绿帐平，疏风缓缓晓烟升。
鹊声婉啭林阴路，披露纤萝侧耳听。

赏睡莲

漾漾清波碧叶围，小桥过后觉香微。
花唯无事只贪睡，千百蜻蜓衔梦飞。

大学备考忆

屋后垂杨绿透明，镂花裙子舞风轻。
林中贪读常归晚，害得炊烟唤乳名。

蟋　蟀

鞘翅开翕矫健多，长须似角触光波。
豆花风里霓裳舞，绿色歌谣漾满坡。

萤火虫

夏夜柔柔湖镜平，豆光摇曳草丛生。
身微却把星颜慕，亮点芦芽通透青。

吉林雾凇

不染尘埃似雪痴，现身江岸意谁知。
严冬错过百花约，犹借寒霜放一枝。

磨盘山

天公造物自高玄，整座青山作磨盘。
朵朵冷云填入内，碾成白雪洒人间。

残冬见原上灵鸟空巢

疏密黄榆雪未消，茫茫沙地鸟声遥。
盼春何止人依树，装满相思有吊巢。

长春伊通河上月亮岛

宇间造物早安排，玉带回环绿岛开。
浑似翠珠方欲琢，恰如明月不须裁。
芦池草茂莺浮没，柳岸风清花往来。
多少江南游历客，为君一步一徘徊。

思项羽

横扫千军霸上临，古塬得鹿自难禁。
惜分天下失长策，喜到乌江生恤心。
利剑挥时峰塌倒，楚歌唱罢夜深沉。
世间从此鲜闻有，力拔山河动地音。

王敏成

笔名未泱，1968年生，农安电视台主任编辑，黄龙诗社社员。

送庆霖兄移驻江城

虎步赴龙潭，情倾碧水间。
挥刀裁锦句，纵马跃关山。

丹顶鹤

云中骄子鸟中仙，栖在芦花碧水间。
一件鹑衣传几代，半轮红日顶终年。

白城赏杏花未放还家有作

恨我寻芳竟未开，归途悻悻绕于怀。
柴扉掩罢漫回首，带雨馨枝入眼来。

缅怀启功先生

相相形形晓是空，一闻噩耗也心惊。
我非书道夜行客，却以先生字作灯。

王喜林

1934年生，吉林镇赉人。离休前系四平市信访办主任。

赞交警

指挥南北复西东，坚守岗亭风雨中。
车水长流分左右，人行有序畅心胸。
不辞凛凛寒风冻，何惧炎炎烈日红。
马路安全严守秩，警徽闪闪靓交通。

王喜赋

1948年生，吉林大安人。曾任吉林省畜牧业学校校长、白城市畜牧局调研员。

秋　色

秋声凌四野，雁唳起苍苍。
葱菜垄虽绿，杨榆叶已黄。
千仓嗔赐寡，百姓嗗空忙。
侧耳听萧瑟，诗心入大荒。

王景贤

1936年生，吉林农安人，黄龙诗社社员。著有《黄龙府传说》。

除　夕

茫茫飞雪夜，辞旧又迎新。
莫叹星光冷，天明便是春。

偶　感

天地无私一片春，得瓜得豆岂无因。
浮华敛尽观今古，只有锄头不负人。

王赋力

1951年生，吉林公主岭人。现为市招商办调研员。公主岭诗词学会副秘书长。

黄鹤楼（阳关体）

岷峨天险地，千年古域州。
黄鹤知何去，凌空横一楼。

王唯军

1946年生，吉林梨树人。原梨树农村成人高等专科学校副校长。

登　岱

南涵吴楚北幽燕，襟左沧溟右带川。
月落天街天咫尺，鸡鸣日观日三竿。
封坛尚耸碑无字，玉阙难寻祠有仙。
皇顶通连霄汉路，鹤笙伴我入高寒。

王新范

笔名辛梦，1935年生，吉林省延吉市人，教授。曾任延边州教育局副局长，延边教育学院院长，延边诗词学会会长等职。

春　暮

轻风摇细柳，渐晚暗流霞。
旷野吟虫唧，长林归暮鸦。

冬　雪

大宇云龙重抖擞，漫天鳞甲落缤纷。
千山旷野银装介，一夜农家玉砌门。

鹧鸪天

日暮黄昏叹落英，萧然无语怨东风。香残粉堕凭相弃，雨打风吹任浸凌。　　春已老，意难平，几曾抛却几多情。此身寂寞归何处，夜雨阑干梦不成。

沁园春·长白山

横卧东疆，高入云端，俯览众山。聚一池天水，湖光潋滟；三江沃土，气象万千。悬瀑飞虹，温汤泉涌，白涧湍流一线天。空宁处，或鹿鸣虎啸，鸟雉声喧。　　地灵自育英贤，驱日寇，健儿斗雪原。叹壮豪勋烈，满怀正气；丹心碧血，遍染杜鹃。千里密林，神奇峡谷，犹可勘烽烟旧年。曾几许，看河山竞秀，百卉争妍。

王隆茂

1942年生，吉林延吉人。曾任延吉市玻璃厂工会宣传干事，政工师。

小天池

岳桦深藏宝鉴明，神工鬼斧信天成。
云蒸雾罩生幽境，雨洗霜耕倍有情！

圆池情怀

山藏野水少人知，树挽寒心抱碧池。
帝女乘风传往事，行人沐雨唱新诗。
峰峦默对独知己，壑谷欢歌无厌时。
梦影白云今又醉，高枝正集鸟情痴！

车 星

大学毕业，辉南诗社成员，就职于辉南二中。

踏莎行·立秋

寒暑交更，落红无数，菊黄直把春光顾。秋来莫述旧沧桑，枯荣何只成朝暮。　　雁起鸿飞，别情难诉，俗尘厌倦归何处。同逢不惑叹流年，今秋又为谁忙度？

车振坤

吉林省辉南县国税局工作。

南乡子·病愈有感

何日渡方舟？人海茫茫几度秋。甘苦酸辛千百转，悠悠，岁月惊涂少白头。　往昔壮心遒，塞北江南闯未休。渡尽寒波应有恨，羞羞，一笑沧桑慰志酬！

牛玉山

1932年生，吉林伊通人。曾为高级讲师。伊通诗词学会会员。

论　诗

志正情真诗味浓，最佳意境显神通。
联翩想象成全美，雅俗无须论孰雄。

牛立坚

1952年生，历任伊通县委副书记、四平市乡企局局长，现为四平市教育局局长。系中华诗词学会会员、四平诗词学会名誉会长。著有诗词集《雪泥鸿爪》。

镜泊湖记景

微风拂倦意，细雨洗轻尘。
醉卧湖山下，咿呀听橹音。

宿白云宾馆

狂涛如雪排千里，绿树红花绽百枝。
只要莫释手中笔，人生是处可寻诗。

宿通什宾馆

楼居五指半山间，黄瓦粉墙笼翠烟。
抛却世间繁杂事，又当一宿小神仙。

妻赴京都，独处偶记

愈是排她愈念她，轻嗔薄怒亦为佳。
清晨缱绻无余事，也学窗前浇草花。

牛纪臣

网名奋棹伊人，1956年生，吉林集安人。东北师大汉语言文学专业毕业，现于集安市经济局工作。集安诗词学会会员。

大鹿岛夜景

海浪天风令客迷，千帆入夜月藏西。
渔光倒映澄波里，火树云烟拂翠堤。

长白山天池

早挽天风信步游，仙姿叠翠韵千秋。
凝眸远眺群山小，青峰见我也低头。

五女峰一线天悬佛

劈地开天一线通，佛悬峭壁傲凌空。
微眸远眺烟燕紫，晓梦初醒蝶卷风。
五女邀来争赏月，银泉泻去逐花丛。
谪仙倾醴同欢喜，卧慕枫姿叠紫红。

纪辽东·感众诗友争填《纪辽东》热潮

心潮独向大江倾，悠悠共月明。欲唱新词醉山水，拍岸有涛声。　　依栏恍见苍茫里，霜鸿云外横。苦旅而今凭瘦笔，涂亮满天星。

牛宪华

1964年生，吉林伊通人。公务员。伊通诗词学会副会长兼秘书长。

打　垄

岗上扶犁岗下吆，人欢马跃闹春潮。
东风到此归何处，化作泥花涌作涛。

早春印象

人间四月又东风，山色空蒙水亦清。
酥雨多情随意落，小芽无语共春生。

春　风

遣去寒冬又送春，爱将春色补三分。
蝶蜂不解纷纷怨，拂却桃花岂有心。

秋晚过环碧山庄

日暮秋山静，村庄客欲留。
古亭深树隐，曲径晚花幽。
塘噪禽嬉水，风香稻拂秋。
相逢茶胜酒，挥手约重游。

牛清军

1979年生，吉林省洮南人，本科学历，白城市诗词学会会员，现供职于白城市总工会。

父母心

忙乱白天兼夜宵，背天抱地付辛劳。
不知儿女成龙否，淡饭粗茶酱菜条。

行香子·步行街寻装

商贾林林，顾客纷纷。店爿爿、攘攘行人。帅男恬俊，倩女清纯。踏一方砖，三阶路，九家门。　　款式翻新，品质纯真。捧手里、喜爱十分。镜中赏美，身上披春。买青花袜，红花袄，粉花裙。

毛振家

笔名矛弓、首辰，1938年生，辽宁大连人。原供职于吉林美术出版社，副社长，编审。长春南湖诗社副社长。

读《陈毅诗词选》

跃马横刀百战多，丹心碧血赋吟哦。
霜侵雪压身尤直，唱响辉煌生命歌。

公　木

（1910—1998），河北辛集人，原名张松如，笔名章涛、木农等。曾任东北大学教育长、文学院院长、教授，吉林大学中文系主任、教授、副校长。中国作协顾问，吉林省文联名誉主席，吉林省诗词学会会长。著有《哈喽，胡子》《中国诗歌史论》《老子校读》《老子说解》《老庄论集》《诗论》等。

读《长白雄魂》放歌

画家刘国、郭致君首创长白六十米长卷有成，洪荒莽广、沧溟万象，可读耐读，留连其间，令人忘返，歌以贺之。

长白山水雄天下，天下豪情钟长白。
自然人化见性灵，人化自然势磅薄。
苍莽鸿濛辟大荒，摘星折斗峙北国。
北国风光长白山，女娲烧炼讶景观。
天池烂焱白头巅，群峰环列眩斑斓。
峰影倒燃碧绿间，喷枯地火储奇寒。
山上奇寒风绞雪，山下枫林红似血。
多云雨雾多狂飙，高燕吻瀑从天泻。
跌入雷池溅鳌头，乘槎河浪吼声咽。
吼声咽颤岳桦林，皑皑雪谷温泉群。
疏枝扭曲盘扎根，一片冰心暖世人。
藏龙卧虎战妖氛，碧血辉天杨将军。

将军义勇耀华夏，诗画岂足传佳话？
画家自然化的人，诗人人的自然化。
诗中有画画中诗，诗不尽意且读画。
此画十年费苦斟，境出象外意生心。
风不可见声可闻，真意更比真实真。
读之令我振精神，恍见长白舞雄魂。

尹喜春

1936年生，吉林农安人。县人大副主任退休。

车前子

几朵黄花淡淡开，风吹雨打恋山隈。
情深哪怕牛车碾，不改芳心入药来。

花鸟趣

栽香移艳小楼中，斗室常春花正红。
晨起推窗对鸟语，佛兰昨夜已香浓。

冯九川

吉林省九台市人，1957年生，大专学历，现任九台市政协文教委主任。中华诗词学会会员，九台诗社副社长。

中秋感作二首

（一）

云淡天高好个秋，任从溪水过平畴。
金风起处传香气，一缕甘醇爽到喉。

（二）

八月农家收获忙，丰登五谷漫飘香。
银镰闪闪推金浪，连串歌声铺满场。

山村访友

路转山前景色新，花街欲叩小康门。
金葵颔首迎来客，满院啼鹅唤主人。

呼伦贝尔草原抒怀

初来塞上气清馨，如诉琴声入帐频。
天地苍茫人意厚，民风质朴奶香醇。
千秋笔墨抒芳草，万里诗心寄白云。
赶趁青春驰骏马，莫教原野负光阴。

夏日杂咏

残阳初落暮云薄，山色空朦夜色娇。
萤火撩童村外舞，柳丝钓月水中摇。
蛙鸣窗外频吹鼓，犬送乡邻抖落毛。
浅梦还依轻浪涌，店家留客贩松潮。

丁丑岁末李荣茂、薛富有、翟致国等吟长雅集九台赋得

雅集边台意兴饶，漫天飞雪化诗潮。
梅开几树添春韵，酒过三杯劲笔豪。
纵使琴心凭海阔，犹张剑胆任山高。
建安风骨今何在，俱向昆仑索大雕。

山乡早春耕

淡柳疏风唤杜鹃，邀来墒雨好耕田。
云头走马梨桃杏，织就春光万里山。

谒秦始皇陵

紫苑丹霞绕九重，骊山秋满石榴红。
云台神往皇天阔，烽火旗翻霸主雄。
万道江河归大统，千年塞月照长城。
曾经昨日观东海，碣石依然草木青。

赠何红枫

身退林泉未寂寥，晴窗酌饮乐陶陶。
山环薄雾风云止，野渡凌波铁索摇。
寻友朝巡边塞雁，敲诗夜枕绿松涛。
芳春谁解花蹊语，壁上梧桐有凤毛。

中秋夜望

月到中秋分外圆，清辉如水泻庭前。
婆娑枝影萧萧动，辽阔星空寂寂寒。
窗外香风吹野渡，楼头归雁掠江干。
举杯邀遍天涯客，痛饮良宵共倚栏。

冯久辉

1941年生，吉林九台人。原沈阳军区后勤部某军研所政委退休。长春南湖诗社编委。

绍兴孔乙己塑像

咸亨酒店塑真身，翘首扬眉态有神。
昔日穷酸变潇洒，名人笔下造名人。

三亚湾

一轮新月印晴湾，迤逦椰廊十里滩。
万顷碧波鸥燕舞，鱼帆点点海连天。

学候鸟

候鸟年年南北飞，迢迢万里逐春晖。
耆龄也效随阳雁，夏北冬南去复回。

故宅老榆

老干虬枝历百春，避风挡雨护乡邻。
人非物换旧痕杳，惟有老榆牵梦魂。

冯启元

1952年生，吉林市人。吉林市审计局副局长。吉林市雪柳诗社副社长。

途中寄友

车随崖顶转，峰刺蜀天孤。
云湿撩人面，吁唏入鸟途。

乌拉怀古三首

赵府遗址

残垣断壁旧华堂，蛛网尘灰绕栋梁。
黍稷离离庭院满，秋风何况更斜阳。

点将台

白花前事已难详，此地空余古校场。
阵阵风摇高树动，如闻剑戟与刀枪。

打渔楼

孤村野渡系行舟，人去楼空水自流。
我亦无缘逢雅士，徒临陋室对清秋。

九江别后寄甄君

自别浔阳兴味孤，云飞已到故乡无？
我今前往洪都府，满面疲容满袋书。

浣溪沙·游寒碧山庄

渐入山深景渐佳，几枝霜叶映红霞。无边暮色听啼鸦。　　世事沧桑催白发，心思淡定看黄花。云舒云卷且由它。

冯绍义

网名隐逸山人，吉林集安人，退休公务员。集安诗词学会理事。

题西河新区照

昔日三炊漫屋烟，冬临老幼恋床眠。
今朝棚户无踪影，水映群楼耸向天。

艾立冬

1970年出生，吉林九台人。现任九台市摄影家协会主席。

整理盆栽

摘去残花理旧枝，新芽嫩叶共春时。
从头再蓄葳蕤愿，哪顾他人笑我痴。

送　别

星稀月淡晚风轻，聚散依依恨去程。
别后难逢今夜醉，清歌一曲更迷情。

再登八台岭

八台岭上艳阳天，松外闲云去又还。
笑看霜枫迎故友，红颜带醉舞秋山。

秋　游

叶落无声秋已深，佳人梦远杳无音。
寻诗怕见南归雁，万里长风寂寞心。

艾永厚

1963年生，吉林通化人。现任中油通化分公司总经理。

南乡一剪梅

云漫雾绸缪，凉意轻吹暑溽休。雨送繁花风送叶，开在枝头，落在枝头。　　沧海汇清流。离合悲欢顺命修。月自缺亏情自扰，悲也中秋，欢也中秋。

临江仙

花落花开尘世短，红红绿绿谁怜？蝶飞鸟唱小虫欢。云浮片片，松柏亦知禅。　　身后身前悟一念，忙忙碌碌求缘。沽名逐利欲难填。水流瀚瀚，琴瑟自超然。

蝶恋花

疏淡浮云凝幻雾。缕缕流烟，秋水缠绵处。风过花鲜幽菊圃，雨来叶艳红枫树。　　孤雁高飞南徙路。不舍依依，含泪真情吐。四海飘零身有度，五湖春色心如故。

江城子

一江春水几多愁？上涓流，下浮舟。两岸欢声、笑语满高楼。浪泛梨花情万种，空有怨，述还羞。　　三生顽石愿何求？左思休，右牵留。把酒婵娟、喜乐伴烦忧。历尽沧桑圆旧梦，携素手，莫回头。

卢彦秋

公主岭人。

赞人民警察步养根斋老师韵

警事新闻忍泪眸，肩披风雨为民求。
维和万里常担险，抓犯独行安许流。
少居港湾亲聚乐，多逢突讯士分忧。
和谐社稷丹心献，谱写人生史志收。

卢海娟

女，网名闲云。1969年生于通化县，1988年参加工作。现就职于通化县教育科学研究所。多有诗文发表。

茂山槐花

雪瀑银川枕茂山，云蒸雾煮锁冥顽。
情痴难觅魂归所，笔落何堪展素颜？

集安五盔坟

朱雀门前守墓棺，青龙白虎护神坛。
无言长揖王眠处，独对空幽玄武寒。

酒海溢香诗会途中

远看泉乡丽日曛，和风煦煦送氤氲。
朱唇未启心先醉，玉齿含香情更殷。

卢盛刚

1963年生，吉林通化人。通化铁路分局经济处书记。

贺友人寿辰

人生更信未穷期，知命乐天同此时。
骏马奋蹄识路险，鲲鹏展翅恨天垂。
盈亏不坠青云志，成败笑吟明月诗。
铁骨柔肠伴吾以，冰心玉盏与君之。

卢晓春

1947年生，吉林伊通人。公司职员。伊通诗词学会会员。

咏　虾

不计身卑小，期当自在王。
只缘多敌手，时不卸戎装。

咏　竹

风雨是生涯，百炼成钢铁。
生不见奴颜，死亦持其节。

感事呈翟致国吟友

谈诗论赋兴无休，会友因文交往稠。
妙句千联容易得，严师一字最难求。
挥毫岂在追名利，捉笔端堪颂自由。
每恨与君相见晚，开怀今日喜同讴。

拓荒感赋

携妻带女北壕根，垦地开荒趁早春。
汗雨频添身外劲，天风更助手中勤。
耕耘自古多收获，劳动从来少赤贫。
自信金秋明月朗，丰餐福我垅头人。

卢晓春

女，1967年生。原籍吉林通化县铁厂镇，现为山东青岛旅游学校教师。

次养根斋韵

小园应自种花蔬，每到春风常把锄。
甘苦经霜方至味，歌闲随意不翻书。
菊开篱下忘陶令，烟起桑间疏静墟。
因理枯荣知日月，白云来去是吾车。

重回故乡忆并寄养根斋先生和佟江诗人

廿载佟江唯梦萦，堤前垂柳尚分明。
少年心事桃花瓣，故地人情白玉觥。
已醉山川还醉酒，重温风雨又温晴。
应知别后都无恙，为有诗家留古城。

记良民古墓并为其因养根斋先生而见世

信是斯人最有缘，三千古墓隐乡川。
大江流碧沉风月，翠嶂生云阻盗愆。
尽阅沧桑唯积石，欲知故事待时贤。
荆山慧眼须通史，荒草满坡堤满烟。

一剪梅·次韵俞氏和养根斋先生共五韵

步弦韵记五女峰

秋意斑斓入五弦，红透天边，碧透溪前。倦游归也与谁妍？山子喧喧，之子翩翩。　　五女峰高不记年，霜铺华筵，日舞金鞭。尘心在此自悠然，化个云烟，做个神仙。

步阳韵记去长白途中所遇红叶晨光并憾未留影

还忆长车逐暖阳，红漫风窗，紫漫山墙。回眸难与说周详，叶色流香，晨色流光。　　物我迷离醉万觞，不必思量，无费周章。是谁错拟客游忙？一误秋娘，再误痴郎。

步明韵记望天鹅景区石阵

鬼斧神工此阵明，竖石为笙，横石为筝。黑山白水曲玲玲，孔雀开屏，古乐鸣棂。　　只许流连不许醒，何处都京？何处华軿？坐看烟雨共潮生，石韵盈盈，水韵星星。

步夸韵记长白岳桦林

不到斯山不许夸，天上仙麻，地上奇花。层层岳桦类无差，以韵为家，以色为霞。　　流水行云或可赊，枝若飞娲，身似乘槎。茫茫天籁演琵琶，说甚南华，道甚楞伽？

步游韵记良民高句丽古墓群

千载风云后世游，看墓还休，看水还流。王朝盛也几春秋？不见重楼，唯有孤舟。　　荒草漫坡积石留，人事悠悠，鬼事飕飕。生于当下莫回头，山解闲愁，花解深忧。

卢景明

1914年生，山东莒县人。多年从事教育事业。著有《满江红》专辑。

夏 日

盛夏庭前纳晚风，驱蚊挥扇月朦胧。
田家三五荷锄返，灯火当窗点点红。

冬 夜

炉火微温不觉凉，一灯瑶梦入仙乡。
半睁睡眼望窗外，玉树银花映草堂。

田子馥

又名老圃，1937年生，吉林梨树人。原吉林省艺术研究所党总支书记、《新文化报》总编辑，研究员。著有《文心驿程》《美与哲理散论》《老圃诗词选》《耦耕集》《刘大白诗词解析》《辛弃疾词选注》等。

咏杨花

准拟梨花扮冷妮，区区妩媚惹人迷。
东风纵使青云上，细雨轻抛碾作泥。

泰山纪行

平明登岱顶，万壑竞逶迤。
海阔天移近，山高路隐歧。
仰聆云鹤语，俯览岱松姿。
西路攀岩下，风光洗眼宜。

江城子・夜读

中年方悔少年荒，欠思量，却穷忙。草草匆匆，何物饱皮囊？肤浅终因书路窄，难咏就，几诗行。　　如今始作蛀书郎，鬓微霜，又何妨，一似饥牛，闯入菜畦墙。肚饱肠酣犹忘返，嫌夜短，愿天长。

八声甘州·风

竟无形无状起青蘋，来去几芳洲？使参天巨手，春摇柳絮，夏舞松畴。寒夜钟声古寺，帆举浪中游。许是霜飞紧，好个凉秋。　　漫道轻寒时节，恰和谐气象，情智交流。但狂狷一族，一夜想成酋。而何来，真真假假，编诳语，半点不知羞。拍王术，几人能过，宋玉肩头？

念奴娇·咏千山可怜松

千山奇景，可怜松，伟岸却无风色。叶老枝疏根骨瘦，破壁承天谁设？月赐泉魂，山分魄影，溶尽千秋雪。余年三百，人间沧海皆阅。　　因笑笑树诸君，悍然不悟，草木精神烈？荣辱从来身外事，挺雪自知凉热；木志能恒，人心趋势，孰为可怜客？依松回望，峦头又吐新月。

田成名

1969年出生，吉林农安人。农安县文联副主席，秘书长。黄龙诗社社长。

小人物二首

拾荒者

落叶舞风黄，霜天几许长？
拾秋荒野外，小手正冰凉.

拣煤核女孩

大雪埋冬厚，煤渣火似新。
谁于寒热里，系块藕花巾。

慈母印象（选三）

绣花针

穿风缀雨几何时，花落浓荫子满枝。
渐老夕阳如倦眼，彩霞犹织漫天诗。

老花镜

凝烟流雾笼横波，秋水寒尘渐已多。
云鬓飞花溶世事，一星一月读山河。

拨拉棰

拨星转月旋无涯，云缕晴丝漫织麻。
百丈春秋绳细细，夕阳系处是儿家。

童趣（选五）

磨镰刀

石条窄窄蘸秋河，弯月且当镰刃磨。
惊醒群星争探问，明朝割向哪边坡？

抓家雀

星云页页写朦胧，宇宙光源一握中。
小手擒来寒鸟梦，人梯叠起雪檐风。

挖野菜

苦菜黄花野蒜根，柳筐斜挎满霞茵。
晚归燕子隔墙问，谁摆邻家一桌春？

荡秋千

羊角辫儿野杏腮，春风鼓掌向阳开。
穿云燕子偷相告：别把星星碰下来！

放风筝

一线春风嫩手牵，黄莺紫燕白云天。
童心放到夕阳里，悄把星儿都点燃！

闲　居

村居澹淡远时潮，犁罢砚田浇杏苗。
泼墨垄云听雨黍，抚弦山月画风樵。
万金印岂微低首，一斗才堪我折腰。
寂寞千秋心事里，闲教鹦鹉说离骚。

遥寄燕子

翩翩燕子竟何归？新雨相知旧雨违。
一线春传云路远，半杯月冷塞霜飞。
曾经诗句花含露，不料晴丝是裹非。
秋色楼头谁怅望？东南风景好依稀。

秋波媚

远山远水远良人，醉醒特伤神。怎回半梦，更接幽笛，抱月相亲？　　画眉宜在深晴里，黛紫慢轻匀。花儿莫满，风儿歌未，且待归春！

浪淘沙·偶感

取了卖文钱，买醉酣眠。海中鲸客叶中蝉。飞去江南寻燕子，雪过窗前。　　曙色画眉天，云是奇缘。自家忧乐自陶然。万丈红尘休说梦，又到新年！

声声慢·黄龙塔下留别青凤、三狂、光耀吟长

黄龙何幸，星使光临，捎来一片春声。传讯和风，牵引蝴蝶飞声。高天酿情积雨，拂尘埃、点点云声。更辽塔，唱青青新阙，漫送铃声。　　汽笛长鸣歧路，动泪寒如酒，碰落杯声。恰以何堪，柳絮叠起莺声。知他欲留花到老，怕萦魂、撕裂衣声。今寄情，把诗槌、敲打月声。

田浩哲

1987年生，黑龙江伊春人，现就读于长春理工大学。

杂　感

何忍登楼望，萋萋草木幽。
层林怜晚照，沧海寄蜉蝣。
凝伫惟添恨，拈樽枉作愁。
春情非雪絮，底事不堪留。

乡　思

山林何处觅，梦里忆乡关。
鸟唱花无语，松摇水独闲。
纱窗风寂寂，永夜月弯弯。
偏被蚊声扰，觉时涕泪潸。

乡　情

清凉北国夏，惬意在家山。
林海松风劲，田畦碧浪闲。
香醪陪父饮，幽岭杖藜攀。
暂避喧嚣去，醉于乡野间。

二十一岁生辰感怀

庸庸碌碌廿余春，黑土青山育我身。
千里归程常落寞，数年浮梦竟天真。
风流未解凡间事，萧瑟谁怜同路人。
岁月更添多少恨，天涯望断苦寻津。

述　怀

词中意绪常遭误，言我少年幽恨萦。
惆怅何关风与月，彷徨只为利和名。
春山梦里方凝碧，雨季心头待放晴。
且把余生都换币，付它酒债共诗情。

昨日惊现花落，忆前日尚抱芳枝留影，怅然有记

前朝尚把花枝抱，怎料芳辰不久留。
小径香残风细细，疏篱魂乱影幽幽。
漫伤柔态成衰骨，犹幸佳期入镜头。
信是天机真若此，为余开又为余收？

黄　昏

谁遣清风入我襟，楼层高处且登临。
池中几片微云漾，天际一轮残日沉。
泡盏余晖听鸟语，剪窗芳草画诗心。
独怜炎夏黄昏景，酿就悠然醉意深。

访曹家老井有怀

画布斑斓任意裁，秋毫点染菊花开。
姣容笑指攀彤果，泞土蹒行滑碧苔。
一饭情形犹可忆，百年痕迹竟重回。
深深掬捧曹家水，别样清甜沁腑来。

曹家沟纪略刊石前感赋

林子头村望已真，悠悠往事未封尘。
勘查地界风兼雨，纪咏江冈夏复春。
惠受一餐须戴德，轮回百载再披榛。
刊文细说当时景，撷段情缘示后人。

纪辽东·感养根斋老师第152次登上长白山并首次登顶白云峰，步其韵

百五十回谈笑中，煦日献霓虹。白山踏遍终无憾，今临不二峰。　　遥想先贤辟奥踪，忧乐问谁同？豪情自有仁人继，携来莽荡风。

朝中措·清夜

此宵不寐到天明，斗室寂无声。细把芳醇入盏，独斟旧绪新情。　　寒星渐隐，东方既白，倦意方生。忍别清幽夜色，又听尘世喧鸣。

西江月·有感于毕业生离校

柳带依依惹恨，云纱淡淡生愁。粘天衰草晚来幽，一曲笛声吹透。　　执手凝眸无语，断肠挥泪难收。他年重忆此风流，应是芳醇如酒！

行香子·所思

又费思量，几度彷徨。眺天涯，去路茫茫。最难辜负，数载繁忙。梦心中放，手中握，卷中藏。　吹干残夜，应见朝阳。倩风姊，理我愁肠。青云既上，揽月飞觞。便歌无痛，笑无挂，醉无妨。

临江仙·《百年苦旅》读后感

数度勘查俱掠影，个中奥秘难谙。佳山圣水倩谁探？刘公担大任，昂首振衣衫。　纵笔雄奇峰十六，命名待我先瞻。危崖坠马亦心甘。百年功未殁，璀璨一池嵌。

叶宝林

1958年生，曾任农安县委宣传部常务副部长、文化局长、县创城办公室主任等职。有《大漠红柳》《回头明月》诗集出版。中华诗词学会会员。

笊篱捞饭

清水翻开已浊汤，一锅小米煮西阳。
虚编柳笊为空眼，漏得金黄晚饭香。

乌木吟

野火焚烧炼赤心，山崩石压越千寻。
一朝浪打沉江底，碳化枯枝胜紫金。

晾衣绳

红黄紫绿并花围，探出墙头沐日晖。
潮湿心情摊满院，一时化作彩云飞。

红辣椒

醉脸西阳卧院中，高粱大豆垛秋风。
辣椒几串檐头挂，日子燃烧火样红。

倒骑毛驴

倒跨毛驴欲作仙，风云一路看长天。
时时自顾来时道，步步回头是向前。

黄泥老屋

卅载离乡进县城，当年老屋草横生。
雪飞墙冷霜成画，雨过棚残地养萍。
红柜虚空存旧梦，黄灯惨淡照前程。
风云路上长相忆，那点萤光分外明。

蝴蝶梦

遍处寻香不筑家，山风伴我舞天涯。
红尘有梦眠青叶，灵境无心访白花。
未惜今生芳羽化，何忧后世小虫爬。
轮回变幻逍遥去，问道庄周可有差？

车前子

沐风吹雨立阴晴，长在辙边花暗明。
马掌蹄飞魂不死，车轮碾压梦犹生。
但欣药铺寻常物，无怨芳园未有名。
依旧乡间安自我，一番结子一番青。

浣溪沙·糖葫芦

短巷长街昼夜忙，山楂锅里蘸风霜，辛酸苦辣化成糖。　　吆喝声声担晓月，星红闪闪映斜阳。举家日子一肩扛。

画堂春·老妇晨练

红云一朵落唇边，青眉柳叶弧弯。蓝花折蝶点斑斓，舞步庭前。　　方欲乘风飞去，却闻香气缠绵。桃花树上觅春天，头顶翩跹。

画堂春·大漠胡杨

楼兰大漠月荒凉，风沙驼队铃铛。丝绸古路觅春光，独绿其杨。　　站起不言倒下，枯枝依旧高昂。乱云飞渡挺苍茫，一柱天梁！

叶维新

1938年生，吉林大安人，白城市政协原副主席。中华诗词学会会员，白城市诗词楹联学会名誉主席。

秋来塞北比江南

八月金风嫩水边，蛟龙翘首白沙滩。
六台机组高工效，万亩田园小乐天。
敢引泉流行百里，喜逢稻浪卷千年。
还原生态自然美，秋来塞北比江南。

叶惠忠

字永城，1943年生。长春飞行学院退休，长春日新诗社编委。

师生聚会喜赋

军旅师生结友情，今朝喜聚沈阳城。
故园幼树成栋梁，昔日雏鹰变大鹏。
岁月如梭霜鬓染，襟怀依旧夕阳明。
重逢共话当年事，无悔蓝天报国行。

申玉庆

女，1943年生，吉林四平人。退休前系四平第二实验小学教师。

榆

翠阴摇曳掩柴门，串串圆钱占尽春。
待得风来分秀色，尘寰处处衍儿孙。

史　明

公主岭人。曾任卫立煌秘书。

沁园春·盼祖国统一

燕子翩翩，往来迢递，破雾穿云。正花明柳暗，三冬苏醒；山歌水舞，万物欢欣。南北东西，陆台港澳，尽道春风步履频。舒望眼、喜河清有日，海晏无垠。　　回眸积弱兼贫，叹曾是生灵水火沦。幸党循马列，涤湔污垢；国多英烈，整肃乾坤。乌耀蟾圆，和谐淑世，无限光明惠众民。潮流涌、盼中华一统，莫负良辰。

史建平

女，1968年生，吉林德惠人。

清原红河谷漂流四首

（一）

红河峡谷自天成，白雪千堆众鸟惊。
无限风光舟可载，今来拥抱浪涛声。

（二）

石壑湍流隐谷间，小舟飞棹破重关。
此中未有猿声急，也信江陵一日还。

（三）

拂面波涛淡淡云，耳边鸟语尽纷纷。
一双蝴蝶无人理，撷片诗花绕我裙。

（四）

游心急促浪排空，到此漂流一梦中。
漫把相思种今岁，再来看取满山红。

浩哲弟弟生日有寄

逢岁锦添华，青春望眼赊。
粉笺留雅意，玉盏正飞花。
风雨千重路，酸甜四处家。
欣然人已醉，好梦寄天涯。

吉林雾凇

松江一夜洗铅华，半掩温柔半掩纱。
弄巧天公雕散玉，临凡织女醉流霞。
我看烟柳非关柳，谁说凇花不是花？
短暂晶莹怜洁白，回眸更觉思无瑕。

访　友

为访闲堂踏早霞，沿途垂柳有人家。
青青沃野般般梦，袅袅炊烟户户纱。
粉蝶穿篱红槿径，黄蜂采蜜白梨花。
果然风味山村足，淡酒清蔬乐不奢。

步养根斋韵共贺新春

时光倏忽到庚寅，阵列关东气象新。
往事如烟梅破腊，山川似梦雪宜人。
诗成热爱真难弃，卷压风流值得珍。
白发频添看镜里，鬓边仍插一枝春。

无　题

执手高楼难复难，深情不觉腊冬寒。
长歌欲泪怜花老，叠梦经宵奈晓残。
漫写素笺何以寄，更逢新岁岂无叹。
灵犀一点人知否，淡定襟怀路自宽。

纪辽东·参观寒武奥陶地质遗址公园

五亿年前问大东，蜕变杂鱼龙。几番生死斑斑石，苍茫听雨风。　　今又秋回意万重，枫叶满山红。曾经寒武江源处，真如一梦中。

画堂春·秋日绮怀

清幽石径恼蛩鸣，小池鸿影孤零。心思缱绻到天明，岸柳疏星。　　回首烟波人远，缘谁泪眼盈盈？晓风残月送秋声，几缕柔情。

蝶恋花·雪夜凝思

雪梦悠悠飘几许。小住层楼，打理朝和暮。绕指情怀千万缕，清茶半盏斟佳句。　　寻觅当年鸿爪处。攒得冰心，一片萦思绪。怜取知音冬脚步，梅花几叠天涯路。

兰亚明

吉林省民政厅副厅长。

西江月·贺《李元才书法集》出版

舒卷铺张情醉，挥毫振墨神迷。身浮宦海向瑶池，斩浪披波酬志。　　铁砚铜杆经磨，松风梅骨堪疲。脉入龙蛇自忘机，独守一个心字。

付国栋

1949年生，原九台市汽车配件厂职工，九台诗社会员。

雨中游西湖

细雨迷濛湖上行，眼前景物半分明。
今朝西子羞迎客，故降珠帘掩秀容。

玻璃缸中观鱼

咫尺牢笼有限天，屈身浅底小回旋。
何当振翅归东海，吞吐纵横万顷澜。

自　题

小小南山下，悠哉一散人。
庭前闲对奕，溪畔静垂纶。
厌睹鸡虫斗，慵闻虎鹿亲。
时邀三五友，把盏纵歌吟。

咏石头口门

石门风色赖天裁，鬼斧神工妙矣哉。
碧水一泓帆影动，青山两岸杏花开。
林中野鸟撩人意，亭上清风惬客怀。
莫道边台无美景，此间胜似小蓬莱。

听涛亭

叠翠松坡耸画亭，凌空拔地势峥嵘。
飞檐秋阻衡阳雁，彩柱春萦阆苑风。
月照阶前花弄影，云移栏外鸟流声。
闲来乐向听涛处，醉赏烟霞慰此生。

松本城小住即景

四野青山抱绿流，琪花瑶草绕庭楼。
天鹅展翅盘旋舞，湖鲤衔波自在游。
秀木婆娑悬碧翠，明泉迭宕泻清幽。
吾身何幸临仙境，绝妙风光惹滞留。

樱花尽谢观群芳并茂有作

莫恼樱花已尽凋，眼前景色更妖饶。
随风万缕摇新叶，带雨千枝衬小桃。
芍药依栏才吐艳，芙蓉照水正含娇。
虽然未见相思物，别有芳菲慰寂寥。

登松本上高地

攀援挥汗步匆忙，揽胜寻幽兴自狂。
翠谷无风云叆叇，青峰有雨雾迷茫。
树高林密天光淡，瀑急涯深古蔓长。
伫立岩头舒望目，纷纭丘壑入诗囊。

华清宫咏怀

怀古思幽入帝乡，华清宫里久徜徉。
银铺玉砌泉应暖，锦帐罗衾梦亦香。
丝管微闻声隐隐，羽裳遥见影幢幢。
虽然千载空陈迹，犹自沉吟暗感伤。

灞桥即景

访胜何辞远道来，逍遥桥上久徘徊。
一弯逝水无声去，两岸闲花任意开。
古道已成新景象，荒原俱改旧池台。
灞陵柳色年年绿，不见行人泪染腮。

付俊燕

网名静妙，女，1964年生，吉林双辽人。大专文化，辽源市图书馆工作。

忆江南·春雨

人初睡，怕扰梦千窗。慢舞凌波婀娜步，含羞不语入池塘。冷线织梭忙。　　晨风绿，一夜换新裳。日色情牵生暖意，垂条莺绕曲无腔。出浴杏花香。

鹧鸪天·读《龙海吟》有感

龙海吟歌泪梦收，感君一世夜生忧。龙行呼水多风浪，虎困深山少自由。　　拼一醉，酹千愁，几多坎坷未低头。鞭追灵感胸怀放，聊借诗情百韵留。

踏莎行·集安咏怀

溪水鸣弦，山风扑面，怡然随景情舒卷。清姿五女绕云纱，一江鸭绿牵魂远。　　怅对丸城，难寻旧殿，千秋霸业灰飞散。干戈岁月说峥嵘，烽台过眼皆空叹！

行香子·鸭绿江泛舟

舷破琉璃，碧漾涟漪。逐烟波、入境生痴。天然水墨，挥洒无羁。正半船风，千屏画，展春姿。　　一江泻绿，倍惹文思。畅吟怀、拾句寻辞。凭他隽永，许我清奇。借山之魂，水之韵，酿成诗。

满庭芳·题显顺琵琶学校成立暨二〇〇七文艺晚会

辽水源头，煤城一脉，又谱弦乐新章。指尖旋律，天籁绕明堂。漫奏宫商几曲，无愧这、美誉之乡。已春醉、霓灯异彩，歌舞逸云方。　　寻香，人将悟、施才重教，蓓蕾芬芳。引万千桃李，韵海徜徉。赢得嫣红翠绿，神自秀、古调铿锵。担肩上、高怀遣梦，且向远天航。

【双调】殿前欢·送于德水先生东渡用“大江歌罢掉头东”韵

(一)

这云霞，别了声步步远天涯。白山写意眸中画，手捻泥沙。　　襟怀育幼芽。知恩大，此去添牵挂。虽非我土，梦里思家。

(二)

恁牵肠，受恩深处便为乡。你个烽烟多少悲情酿，没来由叶属何方？　　这搭儿阳关叠满腔。轩窗上，分明是素月闲惆怅。白山恋我，我恋松江。

(三)

且长歌，襟怀一放共吟哦。想你那多灾未必飞来祸，闹咳咳携友呼哥。　　着意来寻乐有窝。偏成各，许个樽中诺。诗林同趣，别又如何。

（四）

慕才华，老先生拓笔景堪夸。对白山诗眼皆成画，别样清佳。　　争奈人生有泞洼。箫声罢，唯有情无价。松江酿酒，人在天涯。

（五）

念叨叨，八方诗友酒三瓢。饯行又盼船头掉，路也遥遥。　　挥杯意气豪。清平调，故里梅争俏。樱花树下，有信春潮。

（六）

望江楼，垂条无计系行舟。冲开万顷玻璃皱，泪也凝眸。　　云天一片愁。挥衣袖，一带青山候。远帆点点，痛煞心头。

（七）

酒杯浓，诗舟共济意由衷。高山流水知情重，人各西东。　　争奈东瀛少弟兄。笙歌送，唯此心相共。情无阻路，来去从容。

白力清

1940年生，山东聊城人。伊通诗词学会会员。

惊　蛰

蛰伏三冬诸物苏，舒身欲动出寒庐。
艳阳春暖先游哪？面对壁墙观地图。

白万金

网名炮兵，满族，1963年生，高中文化，梅河口市邮政局工作。梅河口市诗词学会副会长。

金秋感怀

几分寒意翠芳间，一夜秋风五色斑。
又是农家收获日，田畴处处码金山。

咏山城镇

乾隆口谕赐花园，远近闻名小奉天。
路畅东西联两省，商通南北惠周边。
长街写满沧桑史，老镇重开锦绣篇。
辉发波流春景丽，莺歌燕舞喜音传。

步和周焕武老师《与诗友雅聚周末》

人生岁月历沧桑，吟友偕心沐曙光。
小聚欢欣谈雅律，开怀畅饮举金觞。
师朋会面恩情重，志趣投缘日月长。
夜雨袭窗难入睡，屏前赏句忆余香。

摩崖吊古

吊古临崖问节山，有谁似我数回攀。
曾经雨雪铭纹浅，饱受风霜字迹斑。
太祖挥鞭天朗朗，延禧亡国泪潸潸。
刻壁石工何处觅，游人到此为休闲。

白希祥

1945年生，国土资源局退休干部。

游海南天涯海角

昔日谪人悲海角，今朝游旅乐天涯。
我来检点沧桑事，一缕秋风入晚霞。

博鳌玉带滩

玉堤断处海江逢，难让风光寂寞中。
借得八方元首气，凡鱼也想做神龙。

夕登京郊凤凰岭

壁刀石镜老松斜，千载神泉沁万家。
袅袅炊烟山脚处，桃花似海醉云霞。

白尚斌

1929年生，吉林双辽人。离休前系四平市水利局副局长。四平市老年大学《校园金秋》栏目主编。

村姑抛秧

自古插秧劳损腰，弯弓射日日偏骄。
如今仰对苍穹笑，撕下青云化绿涛。

观陈连贵老师画荷

劲毫未落费磋磨，着墨些须展艳荷。
玉立亭亭娇欲语，清溪似唱采莲歌。

莳花有感

爱绿怜红老更痴，晨昏莳弄未曾辞。
稚孙那解山翁意，绕膝堂前闹折枝。

夜　吟

独倚南窗对月灯，清辉耿耿映帘明。
新诗小草初成样，不觉鸡声破五更。

咏乐山睡佛

一卧三江岁月悠，果真高枕便无忧。
纷纷嚷嚷尘寰事，我佛缘何不出头。

自　笑

自笑耽诗律未通，雕虫技小且常穷。
辩音易混平和仄，趁韵难分冬与东。
心血呕干期入妙，髭须拈断为求工。
生花眼底无花笔，多少甘辛在个中。

白金东

网名禹山居士，吉林集安人，集安诗词学会常务副会长。

鸭江春雨

清江一夜柳鹅黄，结泪柔条滴韵长。
鸭侣含情偎细语，烟云深处扮春妆。

咏春燕

厮守梁檐济世缘，轮回寒暑苦经年。
阳春剪柳翩然至，细语呢喃督种田。

盼　雨

山村芒夏旱，稻谷半枯凋。
暑气蒸风炙，晴阳烤土焦。
晨来观日冕，夜里盼云飘。
谁晓农夫意，无眠待雨浇。

农家秋趣

硕果垂眸瞰菊花，藤牵紫玉缀倭瓜。
黄牛柳下闲刍趣，白鸭门前闹泽洼。
一院秋光红似火，千畴稻浪灿如霞。
心歌对酒山乡月，夜梦香甜百姓家。

集安仁隆山庄

青峰翠柏雾中屏，看日拂云临碧亭。
苑圃花篱陶令地，楼台馆舍御园庭。
溪流银瀑凭栏瞰，雀唱蝉鸣悦耳聆。
度夏丸都何处驻，城西廿里觅温馨。

司庆生

1972年生，辽源人。现任辽源市委宣传部办公室主任。

琵琶之乡——辽源

浩荡春风今又起，辽河当此焕新晴。
丝弦岂独江南好，逊我琵琶拨浪声。

边郁忠

1956年生，吉林市人。曾任磐石市国税局局长。中华诗词学会会员，吉林省诗词学会副会长，吉林市雾凇诗社社长。

大雅河小记

落　花

倚树听花语，缠绵挂满枝。
一言谁可解，写向小莲池。

漂　流

碧水云根下，扁舟一羽鸿。
倏然寻不见，隐入乱花中。

向晚独坐

看山如品酒，人入晚霞中。
非我能夸醉，酡云上脸红？

辛未立夏前一天携家春游二首

（一）

春水年年洗碧沙，江流过客去无涯。
多情最是岸边柳，一岁一回悲落花。

（二）

坐爱江隈浅草生，柳花落水静无声。
难从立夏寻幽处，隔岸听蛙自在鸣。

题红叶书签

平生未许斗春芳，枝向长云敢傲霜。
纵使飘零成落叶，朱颜犹自带书香。

车过五女峰听泉

穿行云涧近清流，时有丹枫看不休。
更觉林深无静处，落泉跌破半山秋。

晨

青篙一点晓江开，月落寒舱入梦怀。
近水新花犹半醒，鸡声已自上船来。

山中夜饮

（一）

酒近云边水近槐，山中无月更催杯。
晨看满地花如雪，知是凉宵带醉开。

（二）

松椅临溪着浅苔，欲同山月斗新杯。
云深不肯来相就，只与槐花醉一回。

闻于德水欲东渡有赠

（一）

才过清明落雪时，闻君东渡别离诗。
无端绾作烟波恨，系向桥头新柳枝。

（二）

关东正是雁回头，万里烟波欲买舟。
此去春风传尺八，清音吹起洛城愁。

题友人山庄

柳外微风送子规，清音似水润新枝。
柴门不敢关春色，满院花开欲破篱。

早春友人山庄看梨花不值

山未青时浅草遮，小园寂寞影横斜。
枝头问遍无消息，欲向春风赊杏花。

悬空寺二首

（一）

芒鞋破衲做云游，剩有山门对碧流。
复恐俗埃侵净地，便将寺院挂崖头。

（二）

丛林一望似仙台，梵路如丝错落回。
绕殿云烟思悟道，朝朝暮暮听经来。

暮山秋行

山空林欲寂，壑远暮云芜。
石上清溪浅，藤间绿叶孤。
轻寒封寺院，落日罩荒庐。
所去樵声动，还惊两鹧鸪。

黄龙辽塔

卓立晴川阔，孤标傲野风。
气浮两江渡，地接八荒通。
失国将军恨，筑楼烈士功。
幽思怀古意，惆怅满江红。

立冬日杂诗

池寒冰似纸，树远叶如鸦。
霜埂堆新稻，残枝缀冻花。
寻诗迷曲径，病酒宿田家。
日暮炊烟起，飘然数缕斜。

牧野亭

篱边足印破新苔，着露晨光不染埃。
归燕斜飞寻旧去，扁舟横泊载春来。
心怡易得囊诗者，格致应推挂角才。
最爱梨花知我意，一枝潜入小亭开。

江　涛

（1925—2004），辽宁北镇人，原吉林省委副秘书长，吉林省诗词学会副会长，长白山诗社社长，中华诗词学会理事。著有《涛声集》《松雪集》《未了集》。

雨夜怀人

窗外潺潺雨，怀人未了情。
无眠消永夜，耐此断肠声。

杨靖宇将军殉国地碑前

百丈阶梯隐翠微，丹心碧水两亭晖。
青松也解人民意，日夜伸枝护壮碑。

北镇庙远眺双塔

城垣早毁恨难堆，双塔依然耸翠微。
幸有西山残庙在，拂苔细辨历朝碑。

崇兴寺双塔前菜园

塔影长萦梦寐间，乡情野趣意缠绵。
白衣庵下无筋菜，口齿留香六十年。

谒文丞相祠

浩然正气有遗篇，庙貌庄严六百年。
丹心一片昭青史，老树横枝尚指南。

寄龙沙故人

万里龙沙忆旧游，鹤乡寻梦几经秋。
故人问我情何系，嫩水清波月夜舟。

松花湖畔

满眼夕烟横远岫，一轮皓月涌平湖。
宽余结侣来幽境，爱看渔舟唱晚图。

松树川

峰回路转入山深，幽谷清溪绕小村。
举目南台思绪远，多情月照不眠人。

学画竹

酷爱丹青惜未修，心无成竹到皤头。
蜗居幸有十竿翠，清影摇风纸上求。

怀　乡

十月惊秋叶，春城又一年。
白头怀故里，泪眼望辽天。
戎马榆关北，烽烟渤海边。
从征知友众，今剩几人还？

生查子·春雪

蔽天春雪来，独倚栏杆看。最爱雪高洁，留与青山伴。　　瑞雪解民心，只要田畴满。日照雪消融，大地春回软。

临江仙·忆过镇江三山到南京

忆过三山秋色好，晚霞曾映秦淮。烟云金粉六朝开。万里江潮吼，涌向海门来。　　千载尽夸龙虎地，金戈铁马沉埋。还须今日巧安排。隆隆开放鼓，四化树新碑。

江兆鸿

吉林白山人。现在沈阳铁路局通化投资中心工作。已出版旧体诗集《江兆鸿诗词选》《古韵新歌》。

西江月·枫桥漫步

漫步枫桥眺望，寒山寺远云横。悠扬旋律伴钟声，香客焉能安静？　　古刹长河争渡，往来夜半船行。求名逐利更营营，贪欲何时梦醒？

江培治

1947年生，吉林双阳人。南湖诗社社员。

拾荒者

陈瓶旧罐弃书报，废品般般收购忙。
铁杆秤中称百宝，倒骑驴上蓄银行。
职称公认拾荒者，官位还标破烂王。
凭此一双长茧手，垃圾堆里觅金黄。

汲丛彬

1967年出生，吉林省农安县人。农安县文联副秘书长。

旅次西山禅寺三首

（一）

禅门千古地，来往有缘人。
君看一川雨，曾经岭上云。

（二）

寺古松禅课，山深猿诵经。
老尼无佛事，早晚对枯灯。

（三）

禅院一株松，当窗月荫浓。
鱼敲五更后，斜影寺墙钟。

散 步

春风拂面无痕迹，晨露沾身未觉凉。
摘下林中一片叶，清芬淡淡是阳光。

秋

西风吹梦入清秋，岚韵悠悠恰似愁。
但惜相思无寄处，这山漫过那山头。

笼中鸟

一入樊笼虚寄生，漠然缄口恶逢迎。
此心已属凌云翅，不上高天不肯鸣。

笼中鹰

假寐微开雷电眼，蜷身枯树久茫然。
梦乡落入半江雨，淋湿心中一片天。

栏中鹤

走出樊笼亦惘然，心空已自有围栏。
只余浩气向天唳，求食还需作媚颜。

图中虎

曾啸深山旷野空，无端步入画图中。
松棱筋骨根根瘦，犹带余威满室风。

市场见闻

（一）

宴罢星楼歌舞厅，酽茶热妹酒颜红。
冰糖葫芦解心火，叫卖声来风雪中。

（二）

谁家小女坐摊前，阳伞春光映眼帘。
嫩刺黄瓜花未落，一声叫卖带香传。

秋月三题

（一）

那年相伴江城月，水市天街一望中。
两处清容皆似梦，凭楼私语入西风。

（二）

去岁莲花山赏月，临溪夜酒酒如琴。
长歌一曲朝山水，仙驾弘弘出帐云。

（三）

今年再上危楼望，耿耿秋河影独悬。
万古中天唯此月，溶溶不改旧容颜。

访绥中西山禅院

钟声入薄暮，烟霭淡霜风。
瓦漏恰看月，松明堪作灯。
担泉觅醴水，生火折枯藤。
常坐山阴下，苔痕连鬓生。

琥珀虫

为爱清芬上翠林，松脂滴我入山深。
已凝动静伶俜影，何释纵横烦恼心。
同类衰残千百没，此身寂寞死生侵。
轮回几度说流转，一梦风干直到今。

春读闻鸡

且问芳春何欲之，匆匆来去使人迷。
傍篱粉杏刚沾树，隔院红桃已满蹊。
为爱清阴独步月，却惊晴曙数声鸡。
但闻唳唱嗟无剑，磨砺雄心对此啼。

山　家

雨种虹霓雾种霞，闲耕云海浪飞花。
庐边五岳晾干菜，垄外三江泡晚茶。
采得星光读萤火，折来月桂插篱笆。
坐看山叶自黄绿，起落随风处处家。

安忠凯

1955年生，吉林榆树人。曾任沈阳铁路局长春春铁集团党委书记。中华诗词学会会员。

西夏王陵

妃满王宫金满庭，挥鞭跃马万夫征。
功名利禄谁知晓，惟见荒原遗故陵。

游崂山

拨云拾级上高岑，秋景苍茫落照深。
风卷狂潮传虎啸，桥横大壑听龙吟。
玉泉垂泻飘银带，红叶婆娑抖赤巾。
老树奇花皆得道，太清宫畔散清音。

游桂林

乍到桂林逢雾霭，身临仙境似蓬莱。
两湖近壤千姿现，三洞深幽万景裁。
水廓乡村群岭绕，新城旧市一江开。
莫嫌秋晚黄花尽，丹桂清香扑面来。

忆江南（六首选二）

（一）

江南忆，首忆数黄山。石怪松奇云似海，峰高瀑急路如盘。越险越思攀。

（二）

江南忆，更忆是西湖。堤柳参差笼碧水，亭台错落缀名都，形胜冠三吴。

安茂华

1934年生，吉林市人。系吉林市雪柳诗社社员。

春游芦沟桥

春驻芦沟绿映桥，游人往返笑声飘。
谁知满眼长狮队，六十年前鲜血浇。

山村即景

（一）

水绕山村透早霞，旭阳升起照春花。
挎筐挖菜谁家女，笑语惊飞树上鸦。

（二）

楼立新村百姓家，群姑采药越山崖。
手机响处惊林鸟，短信传来找二丫。

清　溪

左旋右转下高坡，一路狂奔一路歌。
唯有清流东去志，出山不怕惹风波。

送　别

情似桃园古亦稀，登机落泪叹分离。
他乡此去思无绪，故土归来盼有期。
额手天空遥望渺，抚琴舍下奏音低。
骊歌一曲霜飞晚，卧榻难眠啼晓鸡。

异乡怨

遍地花开何处春，艰难曲径阻芳魂。
笑陪绿酒凭谁倚，愁对红颜枉自欣。
枫叶萧疏秋漫漫，卧房衾冷夜沉沉。
心怀故土拆书柬，泪涌清泉看不真。

吉林北山烈士塔

青峰顶上起烟云，缭绕陵园塔一尊。
芳草如茵铺曲径，簇花似锦献忠魂。
河山流尽英雄血，天地长存烈士心。
伟绩千秋垂史册，擎旗自有后来人。

庄玉林

1927年生，吉林怀德人。中华诗词学会会员，四平市曲艺家协会名誉主席，国家二级编剧。

贪官鉴

翠翠胡瓜架上爬，含苞绽蕊自争夸。
狂风一夜识真假，频落枝头是谎花。

自　白

耋年乐事恋诗文，暗怨时间不等人。
每向群书索财富，欲填欠据借光阴。
才疏但喜吟成韵，力弱难留老去身。
拙笔涂鸦千百首，相传一句也欢心。

庄树军

1942年生。吉林市人，吉林雪柳诗社社员。

雨 晨

翠绿滴林松，山花闹紫红。
临窗鸟语细，衔过淡香风。

登破天峰

春登天上峰，身在白云中。
情逐松涛涌，心随石壁雄。
穿波大隼过，伏壑野鸡鸣。
深陷自然乐，披襟舞大风。

齐焕成

1949年生，曾任通化市委副秘书长。

赏　雪

寒冰清世界，白雪素山川。
赏得其中妙，吟诗雨水前。

龙湾枫景

冰寒隐俏暑时葱，嫩影涂春峻岭中。
环抱幽泉情色共，深秋盆景醉嫣红。

七夕醉怀

童梦缠绵驾彩云，朦胧月里旧容温。
脱尘尤显清幽气，出语仍含雅韵痕。
稚兔生时怜苦命，晨霞散处冷香魂。
嫦娥伴你无孤寂，我自长空醉冷樽。

叱台独

滔海东南起乱云，贼心恶扁独声闻。
炎黄一脉同宗庙，陆岛千年近骨筋。
私窜入联悲后果，公投弃祖辱先坟。
悬崖不醒孤行逆，哭梦途穷戏火焚。

“三八”节献给女性

旧日无光血泪痕，纤姿今始世人尊。
蓝天展翅云中舞，碧海扬帆浪上奔。
报国勤工图大业，操家持灶有深恩。
人间万载丹青墨，天半红霞女子魂。

刘 立

1969年生，吉林延边人。延边诗词学会会员。

长白游二首

（一）

游兴未随诗兴阑，春山过后看秋山。
溪清绕涧终跌宕，气爽穿林易漫延。
青女何由抛玉镜，白头只为捧妆奁。
天荒地老无绝尽，造物心肠本是缘。

（二）

小径斜歧伫且行，林深蜜静鸟时惊。
秋风漫舞挥清韵，涧水横琴和雅声。
掷镜青娥应有意，托奁白发为多情。
山犹若此人何似，千载悠悠不费名。

刘　专

1944年生，吉林柳河人。中学高级教师退休。著有《千首绝句咏精英》。

杜荀鹤

漫游荆楚历风尘，世乱时危知苦辛。
文旨惟求能救物，奇诗千古贵忧民。

魏无忌

信陵养士舍金银，遇险争前不惜身。
唇齿相依应戮力，不愁无策胜强秦。

刘 成

1966年生，吉林东丰人，国家二级美术师。斋号澄堂、唯道是从堂。中国书法家协会会员，中国书法家协会权益保障委员会委员，吉林省博艺文化艺术有限公司董事长、总经理。

修补曹建德家谱感记

2008年，张福有率吉林省长白山文化研究会一行重走百年前刘建封踏查长白山之路，在江源发现刘建封等20余人在林子头早餐的曹家后人及家谱，有幸修复并记。

苦旅百年餐早呈，江岗志略卷中明。
曹家沟里寻常事，残谱犹存证史声。

刘 荒

通化县政协离休干部，著有《进退斋诗词》。

重阳飞深圳

今飞深圳正重阳，俯瞰流云泛彩光。
乘势摘星拱北斗，顺风揽月伴参商。
人间白首登高去，天上仙翁归荔乡。
碧落红尘各有路，聚焦千禧看东方。

鹧鸪天·致友人

北斗回寅是虎年，迎春梅雪祝君安。少年豪气今犹在，晚节情思上鬓间。　　春色好，百花妍，门前垂柳水中莲。吴钩化作山头月，佟水流觞有酒缘。

刘 绰

女，1927生年。原吉林市中心医院护理部主任，吉林市雪柳诗社社员。

北山云亭秋色

云淡风轻冰魄悬，亭中对酒诵诗篇。
秋菊遍地真堪赏，色色迷人色色妍。

北山旷观霁雪

旷亭奇景数青峰，观尽红枫看雾凇。
霁月风光谁最美，雪滑天上似鸽轻。

刘　深

1926年生，吉林农安人。曾任铁路局局长，地质技术队队长。

春　雨

春宵好雨贵如油，晴晓清芬满地流。
梦断不须重入睡，卧听檐滴扫闲愁。

秋　色

金风漫扫满山黄，兰气清新桂蕊香。
红叶有情呈秀色，菊花无语吐芬芳。

刘 琦

1974年出生，吉林省伊通县人，现为九台市某中学教师。

叙 怀

壮志何堪日月磨，当年谁唱大风歌。
人同古月圆时少，情似寒星散处多。
一枕黄粱难自醒，半生沧海倍蹉跎。
而今哪有豪情在，杯酒且将华发摩。

读《随园诗话》有感

三百年来疑此身，随园草长隐灵根。
春风枉惹前庭燕，秋雨空留满苑馨。
旧日华章存胜迹，而今墨客吊余温。
归来独抱残诗坐，日落彤辉照我魂。

清平乐·相思二首

（一）

相思如水，把酒同谁醉。月入寒潭风搅碎，还作一滴清泪。　　一颦一笑多娇，相依竟夜听涛。自去云山万里，秋风秋雨潇潇。

（二）

寒衾孤夜，帘外清光泻。举目银装着旷野，谁把相思摇曳。　　心弦一曲堪听，南天北地飘零。莫道情多牵累，词人自古多情。

水调歌头

一夜暖风渡，河解燕归来。草儿凝绿含碧，不觉遍山垓。为谱凡间春色，仙子轻携香篓，纤手细心裁。但见点将处，艳艳百花开。　　羡渔郎，撒银网，御舟排。天高云淡，人生无处不蓬莱。文火鲜鲢慢炖，把酒同君对饮，红晕染桃腮。欲语还羞怯，灯下解金钗。

蝶恋花

（一）

一夜东风冰雪散，未解寒衣，城外孤枝展。青帝悄推时令转，人间快绿怡红遍。　谁搅痴人春梦乱，比翼归来，依旧当年燕。溪畔浣纱人倩倩，纸鸢飞罢繁花菀。

（二）

流火长空天未半，鼓噪蝉声，郁郁人心乱。一盏清茶消暑慢，老翁榆下摇蒲扇。　新雨如霖天地焕，淡抹容妆，惹得游人羡。携取遗香双袖满，山南山北山花漫。

刘大辉

吉林东丰人。曾在四平市工作。

上山采野果

只顾搜寻野果忙，粗心踩中马蜂房。
抱头逃进蓬蒿里，山枣蘑菇全撒光。

谒杨靖宇将军战斗故地

白山松柏耸云头，峡谷深铭爱与仇。
勇士挥戈扬义帜，英雄跃马斩倭酋。
虎威营寨千秋圣，血铸传奇万古流。
不泯忠魂长寄处，杜鹃开遍我神州。

海 波

百川汇聚势恢宏，万里雷霆诉激情。
水涨潮升洗尘垢，风高浪涌纵鲨鲸。
莹莹碎玉连无际，浩浩狂澜荡不平。
闹市喧嚣藏诡诈，抚心只有海涛声。

海　燕

近迎宾客舞翩翩，远接通商万国船。
翼展长空傲雷电，魂依大海托霞天。
西风东渐不迷眼，阴雨初晴怎息肩。
神韵遥飞何处觅？征帆长在浪峰巅。

登岳阳楼

揖别江关巴蜀游，华轮驶入洞庭秋。
竹繁柳茂新堤岸，蓬白波喧旧楚州。
含梦含情巫峡雨，忧民忧国岳阳楼。
湖光山水沧桑事，汇入心潮一并流。

江城子·大漠

关东粗犷胜娇娆。朔风高，涌沙涛。野阔云飞，大漠壮松辽。为使江南春色好，拦雪暴。滞寒潮。　　荒原岂止柳和蒿？玉尘淆，待寻淘。铁石丹砂，烈火里熔烧。百炼精钢魂魄系，元帅剑，绿林刀。

刘万达

1943年生，大学文化。公主岭诗词协会副主席，公主岭响铃诗社社员。

南乡子·孔繁森

进藏两支边，筹划辛劳少食眠。处处关心民疾苦，清廉，憔悴无忧衣带宽。　　父母地方官，逆事多于顺事牵。大略雄才艰阻破，弥坚，光照巍巍屋脊山。

刘中歧

公主岭人。

满江红·祭献身海地八英烈

海地维和，八英烈、警中贤杰。防凶暴，披肝沥胆，志坚如铁。冷弹飞流环境险，疫灾接踵虫叮啮。为和平，赤子现丹心，征连捷。　军威猛，旌旗猎，功夫硬，刁顽灭。讲忠诚奉献，推诚团结。大震无情惊世界，同胞有爱思明哲。正九州、亿众望归魂，神悲切。

刘子义

公主岭人。

谒金门·观问心碑

箴铭记，常忆蜀中才子。涉水跋山来此地，袖清怀壮志。　　不朽问心碑立，留给后人珍视。金字几行含锐意，为民增惠济。

刘子霞

笔名若素、海兰，女，1973年生，吉林省通榆县水利局干部。白城市诗词学会会员，通榆县《风车》文学季刊编辑。

杏林惜春

抱株五瓣玉盈门，云母生香点绿痕。
唯恐春深花老去，寻英负手向黄昏。

刘东辉

1941年生，吉林抚松人。东北师范大学物理系毕业，中学高级教师。已退休。

冬日晨练

地冻天寒太极挥，北风呼啸透棉衣。
冰封江面冒延水，雪傲苍松披玉辉。
鸟雀喧鸣穿树跳，公园幽静练人稀。
冬无三九夏无伏，体健神安已忘归。

刘百洋

1936年生，山东蓬莱人，现为白城市林业局林木良种繁育场高级技工。白城市诗词楹联学会理事。

林业职工梦

大漠狂飚催泪倾，沙尘蔽日虐无情。
躬耕梦里奚栽树？绿色长城济世经。

秋　吟

漫步山林携杖行，婆娑树影亦生情。
枫飘柏啸西风斗，秋尽依然绿间红。

刘兴才

1947年生，吉林双辽人。退休前系四平市政协社会法制委副主任。著有《雪泥鸿爪》。《四平诗刊》副主编。

田园梦境

浮生总有几回闲，踏梦寻幽走自然。
老酒新蔬情未尽，漫撩心海起微澜。

醉花阴

独倚花阴耽老酒，月下邀吟友。兴致总怡然，漫步词林，同道相偕走。　　如烟往事难回首，顾念君知否？灯火已黄昏，照影西斜，醉卧村边柳。

刘庆林

1947年生，吉林公主岭人。公主岭市林业局退休干部。公主岭诗词学会理事。

伏日农家晚餐

阵阵轻风拂臂凉，碗盛明月映琼浆。
野蔬鲜嫩能开胃，塘里蛙声劝酒忙。

刘庆霖

1959年生，黑龙江密山人。从戎30年，曾任吉林省农安县、吉林市龙潭区武装部政委，上校军衔。中华诗词学会理事、吉林省诗词学会驻会副会长、《长白山诗词》专职副主编。著有《刘庆霖诗词》《掌上春光》。

北疆哨兵

（一）

口令传呼换哨回，虚惊寒鸟绕林飞。
秋山才褪军衣色，白雪先沾战士眉。

（二）

三载哨兵明月陪，壮心已共白云飞。
他年若许天涯老，血洒边关铸界碑。

军营抒怀

十年望月满还亏，看落梅花听子规。
磨快宝刀悬北斗，男儿为国枕安危！

故乡边境行

边境穿行欲断肠，当年历史已微茫。
界碑立处杂荒草，一朵花开两国香。

题张家界天子山

手握金鞭立晚风，一声号令动山容。
如今我是石天子，统御湘中百万峰。

题长白山石壁

大荒绝顶壁生风，流水滔滔万壑中。
云帐散成虹雨露，春巢飞出夏秋冬。

吉林雾凇

玉树婆娑映彩桥，阶霜渚雪日方高。
严冬犹有春潮涌，一夜江声上柳条。

西藏杂感

（一）

远处雪山摊碎光，高原六月野茫茫。
一方花色头巾里，三五牦牛啃夕阳。

（二）

一念生时杂念沉，低头磕向日黄昏。
以身作尺量尘路，撞得心钟唯自闻。

野塘鱼

家在寒塘远洞庭，芦花影里听蛙声。
误食月钩光满腹，偶眠莲帐梦多清。

白城包拉温都赏杏花

广漠青黄识草芽，春风昨夜入农家。
林间坐到夕阳晚，撩起黄昏看杏花。

红豆吟

相思红豆古今同，聊把一枚存梦中。
我自有情如此物，寸心到死为君红。

入山行

（一）

清早入秋壑，黄昏逗岭巅。
行穿风领地，坐借雨空间。
踏露身将湿，扶枫手欲燃。
舀来一勺月，醉饮古潭边。

（二）

弃槎乱石岸，起帐莽松林。
明月抚琴过，绿风推牖临。
江山一握手，天地两知音。
休问来时路，星繁不可寻。

秋日登大顶山

紫塞花飘登九顶，斜阳独步乱云中。
乡情俱染秋深浅，雁语难分味淡浓。
昼读翻残山石页，夜行挑瘦月灯笼。
归时但觉诗囊重，一句新词一座峰。

秋日采山

八月兴安野味香，两三结伴上峦冈。
采菇女绕山羊道，摘塔人分松鼠粮。
挂树衣巾飘彩蝶，隔溪笑语响斜阳。
层林深浅秋摇曳，谁遣生机画里藏。

西安怀古

秦腔唐乐古今闻，霸业风干剩几斤？
渭水枯成黎庶井，烽烟凝作帝王坟。
阿房烧尽星分火，雁塔劫余云抱尘。
欲向城头寻旧事，有人独自夜吹埙。

春日述怀

最忆家乡四月行，群峰蔽日杂阴晴。
梨花邀雪商量白，杨柳贿风先自青。
枕过春山留梦迹，担回溪水有蛙声。
如今欲到翻为客，要向东君道姓名。

夜宿长白山顶

夜深冷露渐侵阶，独步山巅情未回。
饮水方思堆嶂雪，催花欲借弄春雷。
天风浩浩生襟袖，地火熊熊温酒醅。
手握星辰偏不摘，留将指印鉴重来。

牡 丹

只为春风绽粉腮，女皇何必紧相催。
枝虽入世横斜出，花未因人喜怒开。
晓艳但分霞彩韵，晚芳犹慕麝兰才。
洛阳一贬名千载，信是香从骨气来。

刘兆福

1957年生，通化县政协主席，中华诗词学会会员，通化市诗词学会名誉会长，通化县森茂诗社首席顾问。

有 感

平生与墨伴，经纬腹中藏。
清静田园地，勤耕日月长。

悼亡妻三首

（一）

风吹古树叶纷飞，忍看云间玉手挥。
你去天堂拜佛祖，谁来为我补寒衣！

（二）

失去贤妻梦也孤，班门弄斧效诗儒。
于无声处偷垂泪，莫笑痴情是丈夫。

（三）

半世夫妻半世缘，谁知刹那两重天。
但求此梦终无醒，一笔真情永挂牵。

车　行

黄土高原大土坡，千山万壑走黄河。
茫茫古道头无尽，留下秦腔一首歌。

酒　海

千川入海纳江流，自大天池也是羞。
激起风涛云里浪，百年一梦贮春秋。

荡平岭纪功碑

深沟野岭叫人孤，纵使丛林鸟不驱。
遗墨双碑立路上，险山万仞变通途。

浑江黑陶

白石焦熔成黑玉，大家闺秀出深山。
千寻古色端庄靓，不屑涂金无彩斑。

寒武奥陶遗址

叠起风云贮亿年，高山仰止演更迁。
时光遂古终成梦，断石缝中寻史篇。

松花奇石

风侵雨润万千年，奇石松花开砚田。
丽质何须费雕琢，泥沙洗去尽天然。

步金永先韵贺《酒海溢香出版》

人是精神酒是名，溢香妙语集来惊。
岂非独酌明秋月，正道欢言柳絮轻。
一卷诗书藏韵海，百家笔墨结词盟。
大风吹起泉源颂，壮我豪情杯底倾。

纪辽东·步韵贺养根斋老师登白云峰观奇虹

又惊花甲入山中，天酬现玉虹。敢问谁人能摄日，君上最高峰。　　回眸苦旅纪吟踪，豪情今古同。一任秋冬春不老，倚杖笑长风。

刘会成

1954年生，吉林省海龙县人。助理工程师。梅河口诗词学会会员。

梅河口十景（选三）

摩崖怀古

照散城中刀剑鸣，辽金争战息无声。
摩崖歇马歌先祖，多少英雄恨不平。

磨盘风情

磨盘转动水中天，湖上翩翩苍鹭旋。
星火渔村垂皓月，银帆犁破碧波田。

百里花香

杨柳枝头喜雀啼，水中鹭鸭与童嬉。
百花香气芳街市，桥下长龙跨柳溪。

纪辽东·百年苦旅

茫茫林海路无踪，情钟十六峰。苦旅百年今再忆，依杖笑西风。　　立身甘做老青松，丹心片片红。数卷诗文千载后，我辈更从容。

纪辽东·曹家沟

曹家沟里访先贤，重温老井缘。何处炊烟浮旧梦，证史有人还。　　查来族谱溯渊源，沧桑缀满山。千古行吟刊石记，长白数新篇。

刘志昌

1951年生，吉林公主岭人。曾四平市中级人民法院助理调研员。中华诗词学会会员。著有《流火岁月》等。

父 亲

少壮耕耘老守园，儿居大厦不思迁。
扎根沃土心平静，笑看冰轮酒半酣。

看友人

赴皖欣然看友人，争开羁绊巧脱身。
凉风吹去忧烦事，热血涌出欢悦心。
雾障云遮思更切，山高水远意尤真。
生活经久方知晓，寻觅真情胜至亲。

刘希林

1937年生，吉林榆树人。曾任集安县委书记，通化地委代理书记，吉林省常务副省长，吉林省政协常务副主席。

怀鸭绿江三首

（一）

鸭绿津涯沐曙光，沧溟四顾峡流长。
大江西去棹归处，筑坝造林谋稻粱。

（二）

洸洋鸭绿水流长，春树暮云同故乡。
放览青冥怡倦眼，劬劬无怨乐民康。

（三）

逝者如斯岁月忙，追思几度望南疆。
人间解识太虚境，柳静风闲出妙章。

刘育新

1939年生，吉林辽源人，著名作家、书法家、文物鉴定家，现居北京聚宝斋，中国楹联学会副会长。

又见美人松

当年邂逅万山重，倩影时从梦里逢。
今日天公遂我愿，天青云碧草茸茸。

望天鹅公园

心慕洪荒久，寻诗峡壑间。
清泉穿峭壁，老树挂云端。
栈道侵苔藓，石排弹古弦。
大观何所悟，书法效天然。

和张福有《张鼓峰事件战地展览馆题句》

苍茫往事不堪忆，北望云天悲翠峰。
走魅奔魑昏丽日，鸣金错铁蔽飞淙。
宏图一展志千里，痛史三思恨万重。
赢得红旗昭有夏，和风起处正腾龙。

喜读蒋力华《法书吟鉴》有感

关东有才子，博学意自雄。翰墨情怀远，兴会近古风。笔落烟云驻，诗成落彩虹。好古如好墨，研修无始终。浸润年复年，学养日渐丰。夏彝与商鼎，秦简伴汉钟。唐经及宋帖，辽币共明铜。崇文养浩气，层云万里空。最喜观沧海，骇浪荡心胸。遍请天下士，大书三百丛！我幸充其列，横涂悬堂窿。由是引知己，心有灵犀通。相交淡如水，肝胆照碧穹。幸逢昌明世，艺文大兴隆。挚友有新作，横案香气浓。收罗精且富，文图真善衷。简帖尽浑涵，碑石亟葱茏。篆隶楷行草，经典几欲穷。浑涵大宇宙，玄机妙法熔。地理与天象，鸟迹共兽踪。轻似秋蝉翼，沉如崩云重。惊蛭钻茂草，狂彪睨怒熊。酷寒困游鳌，罡风断飞鸿。白鲸吞碧海，玄天腾黄龙。青草飞绿蟒，银镝脱乌弓。短骑突险阵，大将试钢锋。斯理真领会，方可言九宫。以诗论书法，当代推蒋公。吟鉴穷至理，蕴藉律绝中。立论如孙子，抒情近坡翁。谆谆启后学，方家为曲躬！

喜读张福有《长白山赋》有感

关东张福有，文名天下驰。博学且强记，特立多奇思。自号养根斋，浩然任旷夷。根植黑土地，诗文蕴雄资。临池循古法，挥毫无绁羁。追逐金石韵，烟霞自纷披。酷爱长白山，终生志不移。尊崇如神祉，身心几欲痴。攀登二百旋，一步未偏离。雄鹰摧老翅，暮猿悲悬崖。青霜陨黄叶，白雪凌翠枝。是为万岳宗，大德主坤仪。山统平野阔，雁北具连毗。滔滔三江水。源头发天池。鸭江绿春蔼，黑水涌寒澌。大鹏张羽翼，乐此不知疲。乙酉隆冬夜，登山逢阽危。乘兴至辟野，从无轮蹄施。月黑不见掌，咫尺断崖垂。雪吼云雷怒，风折林木衰。力竭复饥渴，徒手向熊罴。历史大舞台，或在东北陲。榛莽藏刀兵，霜风励健儿。一旦风云变，锐师定乾基。张公谙文史，求知若渴饥。学博识甲骨，知渊辨鼎彝。考定阳安剑，本名称李跻。禹山核断瓦，荒冢证残碑。通沟即豆谷，破解百年疑。论证一面世，学界认无歧。隋炀纪辽东，天下第一词。诗坛为震撼，元老各称奇！史书多所误，张公有异辞：丸都作九都，谬误千年遗。赋诗壮风骨，摄影留天姿。古风久相违，大雅自低靡。关东布诗阵，猎猎举大旗。一石击静水，三省泛涟漪。宇宙圣灵气，感应得天机。作赋以明志，汪洋补阙时！叙及古肃慎，山海录际涯。俯仰汇万类，吐纳见真知。圣山神与魄，斯文尽在兹！喜读白山赋，掩卷心缉熙。幸为张公友，气类自相随。促膝论笔墨，唱和慕英耆。愿与君同健，长歌坤仪诗。

刘英阁

1957年生，吉林辽源人。大学文化。曾任辽源市卫生局局长，现任市政府副秘书长。

登长城

万里长城万里魂，雄关烟雨壮乾坤。
登高远眺真辽阔，醉向山川酹一樽。

银杏叶

秋风抖落见橙黄，拾掇一枚书里藏。
栎艳枫鲜皆不顾，独推此叶最含香。

普陀山

汪洋万顷浪如银，禅寺香烟欲接云。
莫道蓬瀛无觅处，身临方外不思尘。

知了曲

老槐十月欲飘零，知了噤寒凄咽鸣。
待到明春黄雀啭，枝前再忆脆铃声。

都江堰

横桥铁索碧流长，共缅先贤望大荒。
一水阴晴分内外，千秋功利助农桑。
萦怀遗迹经新雨，回首游踪落夕阳。
指点层林锁山寺，都江堰上好风光。

踏莎行·烟台船渡

鸥鸟翔空，浪花拍渚，轻帆几点漂如羽。滩头渔女捡螺忙，太阳伞外斜阳暮。　　古谓仙山，今临津渡，蓬莱莫憾无寻处。海风阵阵送船歌，乐耽美景忘归路。

刘明生

1947年生，吉林省安图县人，现居吉林省延吉市。曾为《延边晨报》社编辑。延边诗词学会副会长兼秘书长。

春日杂咏

北回春燕绕村头，群语呢喃久未休。
可是旧巢寻不得，衔泥不敢上新楼？

防川写真

图们江口水潺湲，缱绻流波送万山。
东海前横漫雾霭，刀峰后眺忆狼烟。
戍边战士国门立，展翼苍鹰天际还。
一抹烟霞落三境，土牌默默野花鲜。

东夏国陪都南京延吉城子山怀古

奇峰隐隐云中看，断壁残墙伏众峦。
蒲鲜骁兵恃铁壁，查喇铁槊下雄关。
征伐无迹山犹证，霸业留踪雨似烟。
千载兴亡谁记取？山泉不语野花闲。

忆雪夜留宿朝鲜族村

晚飞大雪宿山中，淳朴农家春意浓。
入院频频多老礼，奉茶洽洽足真情。
打开铁釜焖米饭，架起陶炉煨酱羹。
盘坐举杯过夜半，醉横火炕已霞红。

刘忠今

1958年生，德惠市任。

春　雨

杨柳柔柔润绿姿，石堤湖畔雨丝丝。
闲中未觉春光至，一夜桃花绽满枝。

刘忠妍

女，1978年生，大学学历。就职于长白山天然矿泉水靖宇水源保护区管理局。

咏　泉

飞琼直泻似天浆，甘洌清纯性自凉。
引入千家滋万户，山乡笑语颂安康。

刘学山

吉林公主岭人。公主岭市诗词学会理事。《今日公主岭》报副刊编辑。

忆江南·季春

春光好，绿柳荡和风。桃杏花开织锦绣，蜂蝶结伴戏儿童。大野郁葱葱。

刘春荣

1963年生，吉林公主岭人。现任吉林省公主岭市文化新闻出版和体育局纪委书记兼监察室主任，公主岭市诗词学会理事。

春游二龙湖

平湖四月泛清澜，隐隐群山托玉盘。
何日二龙能戏水，轻风掠过一丝寒。

刘洪武

1949年生，吉林梨树人。中专文化，吉林省梨树县沈洋镇中心小学工作，现已退休。

春天农事

夜里闲听雨，农家喜此声。
犁开黑土地，播下一春情。

春　雨

夜雨春塘水渐平，蛙声一片到天明。
乡村晓望山头绿，几树桃红滴露迎。

李树花开

枝头未叶著繁花，比雪追梅玉不瑕。
偶尔东风摇妙手，春心一任入邻家。

刘相平

1953年生。吉林市人。现任《雪柳诗词》《雪柳诗报》责任编辑。

谒鲁迅墓

盖世文豪韧性扬，匆忙拜谒鬼神慌。
寻樽乙己穿长褂，幻梦和珍扮短装。
有意先生真呐喊，无心弟子假彷徨。
威严眺望鞠虹口，舞动江河引乐章。

谒白居易墓

千年古冢草缤纷，老妪闻诗咏到今。
周至田间观刈麦，杜陵岗上问捐银。
洛阳遍地红楼女，宫阙无边馑腹人。
同是天涯沦落客，鞠躬难忍泪沾襟。

刘荣秋

1951年生，吉林磐石人。

观史有感

观史如同品酒斟，淘沙宜向大江寻。
红楼梦里兴衰剧，黑手戈前冷热心。
德政施为民拥戴，危机潜伏祸侵临。
水舟载覆成规律，故事几多弦外音。

贺新郎·读《滕王阁序》有感

誉载滕王阁，壮洪都、烟岚叠楚，几多城郭。画栋珠帘灵慧染，笔下三江活跃。人自若、云霞黄鹤。秋水天长波撼岳，纵王郎才气惊星落。千古事，赋从略。　　豪篇吟罢思开拓。杵磨针、功夫不负，象形雕琢。李杜精神肝胆照，锤炼光芒闪烁。追意境、嫦娥标格。驾得好风千万里，任由裁、云锦勤收获。留翰墨，热情托。

刘树学

1957年生，德惠市城市执法局书记，德惠诗社副社长。

查干湖端午游历

圣水柔风丽日天，诗家端午醉湖边。
鱼竿作笔调平仄，钓起诗歌醒睡莲。

故乡秋画

霜飞打叶黄，溪水入寒塘。
草岭藏惊兔，高坡卧睡羊。
村南家犬吠，甸北野禽翔。
怜我故乡处，秋思正溢香。

刘昭岭

1964年生，吉林辉南县人，大学本科，现在辉南县第一高级职业中学任教。辉南诗社理事。

夜　读

云淡星稀四处幽，春风拂柳响声稠。
抬头只见窗前月，清影孤灯读自由。

雨夜观李树开花

云暗天低春雨柔，白花朵朵笑枝头。
晚风吹过花不谢，夜里飘香伴水流。

江城子·三角龙湾

辉南胜景誉龙湾，陡峰峦，碧波潭。翠柏苍松，倒看水中天。岛立湖心亭向宇，船竞渡，似天仙。　　游人履踵不曾闲，转重岩，驾轻帆。漫步堤前，留影彩虹间。四顾观光常忘返，还觉早，日西偏。

刘俊杰

1926年生，吉林扶余人，南湖诗社社员，出版《风入松吟草》。

峨眉山

峨眉耸峙与天齐，秀冠蜀川呈俏姿。
云海峰岚无笔画。林涛溪瀑有声诗。
壁沉龙舞二泉涌，石峭猿啼一线驰。
异草奇花赏不尽，瑶台胜境醉心时。

长相思·忆儿

叹深秋，怨深秋，弱草逢霜一旦休。苍天为子愁。　　悲悠悠，梦悠悠，不尽哀思雪满头。心中血泪流。

刘竞飞

1976年生，东北师大毕业，文学硕士。现在复旦大学攻读博士学位。

在省图读文学史

黯淡轻寒四野空，离骚读罢泪朦胧。
颓宫望月谁相与，夜雨闻铃我正同。
小小诗残魂梦里，真真影瘦画图中。
孤灯浅巷霜花晚，皓首青山又几重。

自题小像

眉锁苍云意渺茫，青春廿载付寒窗。
难当万卷凝心病，剩有长歌悼故章。
短镜积年留旧影，薄衫何处对秋霜。
相思尽后皆成债，一段真情一段伤。

刘家明

字亮呈，号则弘居士，1969年生。供职于中国农业银行长春开发区支行。

长春文化广场所见

云淡风清晓日圆，游人如织乐留连。
偷闲家鸽争寻米，暂把青天让纸鸢。

郑和下西洋六百周年

鼓动波涛几万重，长鲸初醒尚惺忪。
方罹鸟铳殖民火，更恋唐瓷永乐钟。
三宝祠烟香漫溢，九州国运返雍容。
而今宇内如邻比，共泛新舟舞巨龙。

观长春文庙祭孔

洙泗儒风百劫存，薪传一脉更堪尊。
四书立极循天道，九鼎重光拜国恩。
治世无魂贻笑柄，修身有据仰宗门。
复规礼乐非娱戏，俗返唐尧洗虏痕。

刘家珍

抚松人，现任抚松县文化馆美术书法摄影部主任。

杭州进修书画有感

累年画道名空在，笔墨垂青梦亦殊。
探迹寻源於重镇，求来异彩弃前愚。

刘家魁

1953生，江苏泗阳人。在吉林当兵、工作24年。曾为吉林市文联《短篇小说》编辑、副主任，出版诗集（选）五部。

无　题

人为多情老，路因无伴长。
幽心同落日，天地两苍茫。

初春月季

老叶犹贪绿，新芽已簇生。
忍心轻摘去，莫与后来争。

枕　石

枕石听流水，扶筇数落花。
不悲生有限，但觉爱无涯。

赠黎明

关山遮望眼，老病阻归心。
拄杖黄昏里，贪看鸟入林。

长白山天池二首

（一）

心灰三尺厚，寸草不能生。
昔日火山口，今天已结冰。

（二）

不见生鱼虾，又闻出水怪。
更怪是游人，围观引颈待。

送于德水回日本

海水连双国，天风送一帆。
梦中无远路，夜夜可回还。

流　萤

更深人静夜，心事闪微光。
潦草孤行迹，回如九曲肠。

秋日莲池

秋风吹反复，力倦夕阳斜。
翻遍满池叶，终无一朵花。

秋歌（十二首选六）

秋蝉歌

君是盘根树，我是抱枝蝉。
生为君歌哭，死后傍根眠。

别燕歌

我去找春天，人间天上路。
留我梁上巢，明年回来住。

秋树歌

独立多摧折，向上叹徒劳。
天高不可及，我高它更高。

蟋蟀歌

寒意我先知，触须空敏感。
难逃草野深，翅短天堂远。

秋水歌

心清深似浅，意冷渐无波。
照影浮云少，沉迷星月多。

秋蝶歌

花开我自来，花谢我偕隐。
有梦死如归，无花安可忍？

刘祝金

1957年生，吉林磐石人，大专学历，现任磐石市文化市场管理所稽查员。

新元赠少刚兄

风雨寻常路，何曾叹暖凉。
诗吟花有泪，玉琢手生香。
执帚家门雪，挂怀邻瓦霜。
不言身病弱，一杖托斜阳。

农家包豆包

腊入农家笑语欢，筛箩选谷五更寒。
驴蹄敲落清宵月，乡曲哼斜老磨杆。
升灶添柴和乐煮，搓香揉糯带情团。
邻亲姑嫂齐相助，醺酒翁婆醉眼看。

《边郁忠山水田园诗》读后

白山黑水任徜徉，菊柳岩泉酿乐章。
紫燕檐头新羽暖，村翁舍下旧醅香。
百年何计光阴短，一卷常吟韵味长。
浮世烟尘终不染，梦期李杜共壶觞。

过秦岭感怀

延绵万里接昆仑，太白峰高雪色昏。
岚薄风微浮雁影，褒斜栈险挂云痕。
猿啼欲引思乡泪，木落堪摧谪子魂。
忆往忠贤多少恨，青山无意与谁论。

送边郁忠兄回吉林市任职

（一）

一杯老酒费沉吟，欲饮还停泪湿襟。
堪羡龙潭迎挚友，更悲红石失知音。
熏风五渡青门柳，丽句三哦赤子心。
此去松江应有意，洁身好避世尘侵。

（二）

清樽未启泪难禁，往事萦怀别绪侵。
牧野云亭斟冷月，鹿鸣水渡约春禽。
扶肩语暖千秋雪，擷韵情融万古心。
形色匆忙留不得，凇花雪柳待君吟。

过玻璃河套缅怀杨靖宇将军

将军壮岁赴边藩，雪卷金戈战事繁。
残垒风凌传马啸，危滩浪险和笳喧。
捐心畅补江山阙，揭帜昂扬民族魂。
野莫匆匆唯水酒，恨无虏肉奉盘飧。

纪辽东·题曹家沟纪略刊石

百年苦旅识苍茫，搴旌拓大荒。椽笔书丹刊纪略，铭石韵流芳。　　江冈旧谱续新章，曹家一页香。老井潺湲应有意，吟诉感沧桑。

纪辽东·贺养根斋老师登白云峰

千寻万转勘奇峰，襟怀系大东。百五攀临情未已，旅迹逐飞鸿。　　阏门踏破纪荒洪，搴旌韵脉雄。钓叟遗篇今又续，吟响荡长风。

纪辽东·题养根师白云峰摄圆虹

孜孜求索勘荒巅，迎眸大景观。五彩晕环侵日色，瑞气罩关山。　　百年幸遇叹奇缘，咨嗟钓叟笺。天道酬公忧酒冷，遥赠一虹圆。

刘振翔

笔名农夫，1954年生于沈阳市虎石台。现居东丰。曾从事过个体运输等。

庚寅春日呈徐振和先生

最喜相逢宝墨斋，知君腹纳五车才。
丹青有誉无缘赏，椽笔无俦有备来。
仕路云衢搏劲翼，艺坛妙境步瑶台。
殊情自古传佳话，共乐桑榆醉匹侪。

立春上山割柴

借取爬犁磨锈镰，春风引我入南山。
两个寒鸦拍翅去，一窝狡兔隐沟眠。
岭上孤槐寻旧趣，崖头灌木割新鲜。
归途喜做顽童戏，柴共樵夫几度翻。

送立辉儿赴新加坡

银鹰带走老椿心，万里相隔即刻临。
故土千般习自在，他乡百事辩纷纭。
尊卑莫怨青白眼，苦乐应凭舒卷身。
纵看古今风雨客，锦衣满裹不屈魂。

刘喜军

网名得兰若香，通化县教师。

诚谢养根斋老师赐墨

灵根润墨写天池，信手拈来一卷诗。
字里行间皆大道，忘年知己不为迟！

庚寅贺春步养根斋老师原玉

虎啸鸡林天地寅，窗前白雪正添新。
梅花偶落杯中酒，爆竹频歌席上人。
静待东风吹绿树，邀来明月赏奇珍。
年年诗句年年和，佳赋今朝又一春。

纪辽东·百年苦旅

大荒深处不咸山，鸿蒙盘古眠。浴火雪龙精魄化，一碗碧蓝天。　　百年苦旅路回旋，今朝旧梦圆。钓叟巡边神气在，万卷话当年。

纪辽东·贺养根斋老师登上白云峰

轮回日月自其中，天梯接彩虹。雾气氤氲多梦幻，缥缈白云峰。　　百年苦旅觅仙踪，豪情谁与同？我自逍遥通大道，倚剑舞长风。

刘景山

字行仰，号苦寒阁主，笔名北地梅香。1952年生，公主岭人。现供职于公主岭市教育科学研究所任科研员。系公主岭市诗词学会副理事长。著有《苦寒阁诗稿》《梅雪亭诗话》《行仰楹联选》《梅香墨迹集》等。

妻女并坐偶感

面对老妻心暗猜，无情皱褶印桃腮。
当年风韵知何去，都到姑娘脸上来。

护　春

小鸟枝头结对亲，儿童晃树太天真。
老夫吵骂浑孩子，摇落杏花惊走春。

远赠日本女诗友

富士仙山上碧空，漫将心意托征鸿。
拂琴隔海遥相望，人在樱花第几丛？

寄山东朱荣梅

香峰飘渺彩云间，明月清风水一湾。
闻说朱家花更好，赏梅不再去孤山！

刘景录

字耕路，1936年生，吉林双辽人。中央党校文史部原主任、教授，第九届全国政协委员。著有《韩愈及其作品》《红楼梦诗词解析》等。

天　池

我幸天缘好，神池开镜光。
岩苍历泰古，云乱演洪荒。
瀑泻出尘远，涛飞入世忙。
流连竟忘返，回首塞烟长。

刘瑞琛

女，1943年生，吉林省榆树市人，原九台市政协主席。系中华诗词学会会员，九台市文联名誉主席，九台诗社社长。

达赉湖即景

粼粼碧水映蓝天，浩淼烟波莫见边。
鱼跃凫飞芦荡远，游人迷醉不思还。

步原韵答德祥同志赠诗

景色万千呈异同，世间风物竞争荣。
苦经骇浪挥忧去，笑向潮头唤日晴。
试剑清廉当自慰，吟诗淡泊未孤行。
胸怀磊落铸铮骨，不懈追求终有成。

赠阿荣旗诗社李彤之社长

塞北风光久慕怀，心期冬尽燕归来。
兴安岭上林争绿，伊敏河边花竞开。
水草丰盈鱼牧旺，良田广袤画图裁。
缘诗得聚阿荣社，文苑新歌唱满台。

退休家居

菜摊漫步晓霞红，厨下烹调亦用功。
阅读报刊四五种，浇培花草两三丛。
民生疾苦萦心内，国际风烟纳眼中。
渐老自知余热少，闲云野鹤更从容。

刘福生

1967年生，农安县书法家协会主席，黄龙府书画院副院长，黄龙诗社理事。有《刘福生书法作品选》出版。

咏西湖睡莲

青山如黛水湄红，莲影浮沉晓睡中。
只恐清风袭耳过，梦乡惊起女芙蓉。

谒寒山寺

一朝临古寺，千里谒寒山。
小磬敲僧月，幽钟荡客船。
流烟江树后，渔火渚村前。
远旅惊秋梦，涛声依旧眠。

太湖临怀

独立鼋头上，诗心俯仰间。
千秋文种剑，万古范蠡船。
越馆沉江霭，吴宫化渚烟。
轻鸥虽去也，倦旅亦无还。

刘殿珩

祖籍山东滨州，吉林长岭人。曾任长岭县委副书记，现任长岭政协主席。中华诗词学会会员、松原诗社副社长。《长岭百年风云录》主编、《绿岭风》文学季刊主编。

访沈园

万里寻情到沈园，无缘挚爱甚堪怜。
东风溅落梅如雪，细雨清淋柳似烟。
泪透鲛绡千载痛，词题旧壁万年寒。
闲池露冷红酥手，总把人间魂梦牵。

丙戌中秋念友人步唐寅花月吟原韵

（一）

爱赏花开爱月明，情牵月貌与花容。
花梢月色清辉蕴，月下花枝丽影重。
漫步花间邀月伴，随行月夜盼花逢。
人间有限花和月，月淡花香醉晓风。

（二）

久慕花开月朗时，花催文梦月催诗。
吟花咏月千篇作，恋月思花一卷词。
细语花中观月韵，传情月下赏花姿。
花娇月映成仙境，惜月怜花自有之。

孤山梅

一从琼岛下凡尘，觅得孤山寄此身。
树展幽姿云励志，枝横疏影月凝魂。
风来粉艳香循远，雪落神清品愈尊。
管领湖山绝好处，牵扶赏景伴晨昏。

无　题

（一）

去后方知欲舍难，溪斜路隐枉凭栏。
离愁似水平还涌，别恨如山断且连。
室里诗书人渐瘦，庭前日月影常单。
情思可比冬青树，未有干枯只有鲜。

（二）

望断秋鸿欲寄难，纷英冷落叹凭栏。
一江碧水从无记，满地红枫似有签。
眼下黄花枝上悴，心头玉露梦中寒。
谁言岁月摧人老，丽影萦怀永驻鲜。

（三）

欲见无期欲断难，蓬山云路厌凭栏。
思君把酒心先醉，寻梦惊魂泪未干。
几许繁星抛汉界，一勾淡月上疏帘。
经年切盼东风至，好借春光寄锦笺。

（四）

久盼相逢久恨难，天涯望尽几凭栏。
灯前赋忆泉方涌，笔底诗情火正燃。
雪点梅红一场梦，风吹柳绿九重烟。
此身愿化云中燕，衔满春思赴画檐。

陆羽茶社品茶

老友诚邀去赏园，香茗欲饮即临轩。
茶融惬意壶中蕴，柳挂浓情户外缠。
龙井难涵毫片绿，红蕖能保瓣芯妍。
相逢总叹匆匆去，细品人生梦里缘。

芳林苑待友

雅座芳林待上宾，小楼柳掩绿荫深。
肴香紫笋根根嫩，酒醉芙蓉瓣瓣新。
雨后丹霞追远梦，风前朗月觅知音。
应知此去蓬山远，屡劝干杯对饮频。

刘锡仁

字星辰，号柳荫居士。中国民族书画院院士。

和田世忠兄《吊梅》诗（四首选二）

（一）

旧梦依稀未忍窥，东流逝水再难回。
夜深不敢遥望月，怕见霜华照落梅。

（二）

玉宇琼楼未可窥，追思旧景梦难回。
娇红嫩绿无旁顾，常忆朦胧雪里梅。

登钓鱼山高台

极目高台兴致悠，长河远望接天流。
无边烦恼随风散，揽进胸中万里秋。

绝句二首

（一）

小憩苍鹰暂寂寥，荒苔古木雨潇潇。
明朝日照长风起，自有云霄万里遥。

（二）

羽翼凋零命也乖，攀援歧路叫声哀。
疲身犹有凌云志，振翅迎风再试来！

赠梅景山、邹德栋、郭存有诸兄

别后无心再弄琴，家山远望泪沾身。
凄凉枕上三更梦，寂寞桥边一缕尘。
促膝深谈白雪夜，比肩漫步绿杨春。
相知之士满天下，同调如君能几人？

刘德江

1951年生，黑龙江省林甸人，曾任中国保监会吉林监管局局长。著有《诗情话意悟人生》。

忆少年牧马

少儿信牧小歇鞭，闲马游云静绿间。
侧倚沟壕贪卷久，舒眸惊诧晚霞天。

春光好·石间小花

出石缝，趁微明，润泽轻。却见黄花纤秀挺，且从容。　　多是花凭丛绿，惟独不与俗同。巧借山石相衬景，适则生。

减字木兰花·谒杨靖宇殉国地

阴云压顶，情恸人悲天与共。流瀑长鸣，细雨滴檐如泣声。　　远峦旧影，血雨腥风存义勇。近翠新松，万古常青驻美名。

鹧鸪天·少帅张学良

浩气长存系奉天，少年武俊骋边关。闲庭因舞逢佳丽，海外相依伴晚年。　　行义举，震人寰。擒王走险变西安。抗倭合纵功千古，青史留芳在世间。

刘德华

1952年生于长春。祖籍山东昌邑。系中华诗词学会会员，延边诗词学会会员。

感 怀

书剑少年魂，飘蓬卅载春。
胸无江海志，徒有化龙身。

步养根斋韵奉和

边城锦绣大江流，画壁奇才聚洞沟。
金剑传说兴废史，石碑镌刻古今愁。
梨花胜雪埋千家，带水如蓝泛百舟。
五女峰头抒啸傲，恨无佳句枉凝眸。

临江仙

路尽白山三尺雪，犹闻半壁涛声。松间冷月一轮清。应怜冬令水，不似夏时盈。　羁旅东疆初试剑，胸中爱憎分明。空怀壮志叹伶俜。神交天下士，心语寄卿卿。

满江红·南京感事

抚史沉思，民族恨，停杯浩叹。豺狼性，明清以降，频仍倭患。鼙鼓惊天黎庶泪，烽烟匝地关河黯。锦江山，沉陆泣新亭，伤离乱。　　挥巨手，拨云散。激壮志，纾国难。挽狂澜既倒，气冲霄汉。百战克敌龙虎斗，同仇浴血乾坤转。看今朝，保钓再扬威，齐声唤。

沁园春·长白山

亘古神奇，别样风流，北国称雄。望巍峨峻岭，千峰卧虎；苍茫云水，万丈藏龙。擂鼓天河，瀑飞玉雪，浪下三江入海东。天池畔，看水天一色，峦影峥嵘。　　轻车跃上葱茏，爱一路山花万壑松。远尘凡俗气，世间杂念；青云志向，湖海心胸。孔孟存仁，老庄寓理，天下文章太史公。怀今古，奋江郎妙笔，啸傲云中。

刘德会

1954年生，辽宁北镇人。大学文化。社会科学研究员。中华诗词学会会员。创办《四平诗刊》并担任名誉主编。

拥军爱民曲

连天烽火忆当年，贵有军民共苦甘。
佐政安民忧乐计，支前养战壮猷篇。
飞针缝得征衣暖，担水酬来百姓欢。
老树根深扎沃土，山川着墨记先贤。

衣文玲

网名秋水依人，女，1963年生，通化县水电局党委书记。

咏松桦恋兼谢养根斋赠书

共赏山花共赏秋，奇缘应是几生修。
青春可比南山寿，日日缠绵未觉羞。

闫　妍

笔名筱羽佳雪，女，1968年生，吉林长春人。曾任《希望周报》编辑部主任。中华诗词学会会员，著有诗词集《梅花三弄》。

落叶二首

（一）

秋来满树尽枯黄，飘落风前不自伤。
但得明年新叶茂，此身化土又何妨？

（二）

万物荣枯已自知，随风飘去不迟疑。
明春鸟雀啼枝上，应是新芽茁壮时。

临江仙·丁丑中秋遣兴兼怀旧友

依旧轩前独坐，却无吟赏心情。梦中丹桂已凋零。风吹今夜冷，月是去年明。　莫谢高山流水，转头云淡风轻。别来雁字料难凭。且吹横笛断，留我醉时听。

青玉案·有寄

朦胧意绪相期久，却不敢，轻开口。无奈疏狂凭借酒，抚樽佯醉，心扉试扣，悄问君知否？　　谁怜缺月随人瘦，多少相似竟成谬。寂寞琴箫残雨后，为何却是，鲛绡湿透，格调还依旧？

行香子·丙子中秋赏月感怀兼寄友人二首

（一）

独坐凭栏，菊雅人娴。放目处、好月娟娟。清箫一曲，流润心田。愿人长久，花长好，月长圆。　　韶华似水，往梦如烟。怅今宵、谁为情牵？苍苍云外，欲寄香笺。问前生盟，来生誓，此生缘。

（二）

独上西楼，月朗星幽。念蟾宫、也正中秋。桂香一树，酾满双瓯。却花空繁，人空瘦，酒空筹。　　忧思暗寄，眉宇心头。为谁人、枉自凝眸？秦箫对月，欲奏还休。恰心难知，情难测，梦难求？

闫　煜

1965年生，吉林白城人。白城市诗词楹联学会理事，现供职于白城市人民政府办公室。

月亮湖鱼事

扁舟一叶水天青，摇曳湖光伴鹭鸣。
垒土小炉柴火旺，晚来好煮满天星。

关玉田

1931年生，吉林九台人。九台诗社社员。

秦陵兵马俑

兵将威严战骑雄，森森矩阵壮军容。
貔貅复见云天后，不减当年猛士风。

成都先主庙

一世枭雄创业艰，知人善任古今传。
分明阿斗糊涂蛋，嗣位缘何不选贤?

黄果树瀑布

飞流直下自天倾，万马奔腾战鼓鸣。
盖世奇观水帘洞，神猴目睹也当惊。

姑苏寒山寺

来也匆匆去也匆，枫桥古寺夕阳红。
时辰已晚偏嫌早，未响寒山夜半钟。

米金玉

1952年出生，吉林农安人，现供职于吉林省松原市食品药品监督管理局。有诗集《野路集》出版。

过友人宅

堂前娇燕双双舞，篱下新瓜缕缕香。
过圃轻风闻李落，近廊松柏染斜阳。

武汉东湖梅花

报春桃李未摇蕾，径畔梅花早诱蜂。
香沁半湖客梦里，魂牵三弄玉箫中。
千秋名盛非和靖，万古高标仰放翁。
艳素不争红白色，铮铮铁骨傲东风。

秋末游查干湖

远岑近水两茫茫，古刹钟声到耳旁。
丹鹤应知明日冷，黄花不逊去年香。
熟芦叠浪因风起，寒雀寻枝绕树翔。
空阔宜吟《鹏鸟赋》，鱼飞何必辩濠梁？

许　行

1923年生，辽宁义县人。曾任吉林省作家协会副主席。

长白山天池

清水一池明似镜，银镶玉嵌此山中。
为何不照人间事，只把青光映翠峰？

许　茂

1941年生，机械工业第九设计研究院高级工程师，大学学历，2001年退休。南湖诗社社员。

游天华山

驱车飞驶上天华，四野迎宾漫雾纱。
绿树怡情方列伞，青禾悦性正扬花。
陡岩峭壁观不厌，碧涧清溪游兴嘉。
一线天高登极顶，笑声洒落半山崖。

忆江南·长春南湖

南湖好，荡桨泛波澜。树绕平湖鸣鸟雀，鱼翔浅底荡清莲。垂钓品悠闲。

许才山

原集安市委书记，现援藏，日喀则地委副书记。

游五女峰

假日得余闲，偕宾探质山。
林阴生谧爽，壁绝欲题颁。
兴雅群峰秀，思追七客还。
畅游皆忘返，皎月出松间。

许立国

1973年出生，大专文化，中医师，黄龙诗社社员。

春日感怀

人弄锄头我弄箫，也从今日赶春潮。
杏花垂泪蝶争蕊，柳浪拂风鸟炫梢。
敛起慵颓排寂寞，掀开潇洒梦风骚。
溪边照水来回映，躁动青春该蜕毛。

许伟新

女，1954年生，吉林双辽人。原任食品厂调拨员，现已退休。

无　题

此生寻得一知音，百阻千难不舍分。
别后相思情胜火，重逢互勉意如春。
眸窗喜录新诗简，夜枕空留旧泪痕。
无限追思生感慨，遥天有梦最牵魂。

许建国

1957年生，吉林榆树人，吉林大学中文系毕业。吉林司法警官学院聘任教师，著有《亦言诗词选》。

江城雾凇

细腻江烟绩夜凉，苍茫月色洒流霜。
阳光挤破梨花梦，一树豪情尽放香。

早春喜雨

绿遍山田坐忘归，半冬云梦唤芳菲。
诗心遥寄长天雨，便有雷公为一催。

海南忆梦

云生黑浪天风硬，梦棹征帆海月轻。
欲向烟波深处问，沙鸥已忘旧时盟。

秋收印象

大野苍茫秋穑萧，垄间断续有霜蒿。
豆荚尖锐频伤手，稻谷密稠常磕刀。
脚践马莲点渔火，鞭抽潦水漾童谣。
荒坡雁唳风光老，捆入残阳一担挑。

许清忠

1951年生，吉林德惠人，农民诗人。

过林枫故居

（一）

铁马秋风未可摧，十年征战走云雷。
功勋卓尔空名姓，万唤千呼总不回。

（二）

雁自西南水自东，深庭冷院日空空。
少年公子今何在，魂寄枫林一树红。

江城会诗友（四首选二）

（一）

山绕江城树绕堤，东风吹雪眼迷离。
凭君莫问今天事，酒里人情梦里诗。

（二）

分题湖畔与山阴，辽鹤飞来韵自寻。
此处红尘吹不到，一杯浊酒醉诗心。

过曹家沟偶感二首

刘建封张福有不同时期踏查长白山双过曹家沟今来感叹不已。

（一）

建公魂梦几时回，苦旅当年未可哀。
试问曹家沟畔月，缅怀多有后人来。

（二）

二三茅屋已无寻，井石犹教记忆深。
秋月秋山堪为证，百年风雨两知音。

回乡感赋

（一）

城居无奈体丰肥，灯案低徊赋采薇。
家事纷纭生苦楚，诗田萧瑟减芳菲。
杏花雨后心初乱，柳絮风前梦已飞。
此去乡村聊自慰，新书买得伴人归。

（二）

老病今年暗自生，柴门归看破愁城。
山田气暖春三月，书枕灯孤鸡五更。
过院东南风乍定，侵晨疏细雨初晴。
牛羊夕下争思饮，响彻乡间辘辘声。

（三）

二月山家未暖烘，邻居夜话小炉红。
贪杯老屋情犹昨，问舍先生朴与同。
经济文章非夙愿，江关辞赋本初衷。
城乡十里连双窟，驴背诗囊每自雄！

（四）

一道风光入眼奇，倚墙男女自高低。
邻居异性无羞涩，子弟同村怕别离。
有甚规章争起早，没谁召集竟来齐。
相逢不作鱼虫泣，反复耕耘旧话题。

望江南

（一）

山村好，新雨涨鱼塘。四五莺争春树暖，二三鸭戏水波长，花草夜来香。

（二）

山村好，芳草绿无边。野甸开红花锦簇，长风吹白絮缠绵，回燕旧窗前。

（三）

山村好，春梦自悠长。粉蝶来时花趁雨，蓬窗启处燕登堂，直是筑巢忙。

（四）

山村好，儿女倍殷勤。催马犁耕翻晓梦，点葫芦种醉流云。疏雨下黄昏。

浣溪沙（六首选四）

（一）

风雨楼头柳色衰，谢家小女枉高才，心扉老始向人开。　　试把冰情销短夜，不防白眼起长街，姗姗步履奈迟来。

（二）

琴瑟萧郎未敢期，幽逢一笑画眉低，店家小酌待星齐。　　曲径风光春片刻，满城灯火夜阑时，相携素手趁人稀。

（三）

蝶浪蜂狂日渐多，广寒深处老嫦娥，此时谁个唱骊歌。　　秋日风花非寂寞，黄昏杨柳亦婆娑，撩人心处鬓须磨。

（四）

日日高楼诵古风，英雄气尽老江东，会当诗酒醉芳丛。　　绿退枯心春已淡，红翻旧帐雨初浓，扬州烟梦与谁同。

纪辽东·过荡平岭二首

（一）

荡平岭上意难收，平添几许愁。斩棘劈荆碑石在，风雨百年稠。　　大荒山外漫回眸，天涯今又秋。岁月悠悠人事杳，犹自苦淹留。

（二）

飙车直上塞云寒，霜枫红满山。篝火柴棚人老去，归梦几时还？　　一方碑石却来看，风云事若烟。忆昔开边殊不易，功略纪当年。

许清泉

1949年生，吉林德惠人。

秋游松花江

（一）

菊残无计绕东篱，排遣清愁酒一卮。
闻道松江堪造访，无边芦荻正花期。

（二）

芦花落雁久相违，到此焉能不醉归？
小店寻来秋好处，松江正值鳜鱼肥。

登长白山

独登塞外最高峰，俯仰千年树几重。
欲觅陪同留一照，相争无数美人松。

邢文才

网名枫岭牧人。1963年生，白山市长白山日报社高级编辑，《都市新闻》报主编。

次韵孙吉春并赠养根斋

脚踏层岩知预前？养根苦旅得天缘。
圆虹曾照神州土，钓叟文章读百年。

次韵并赠孙吉春

虽然窑火似从前，早与吴回巧结缘[1]。
妙手抟泥成重器，黑陶藏韵蓄千年。

【注】
① 吴回：火神。

暮春柳

无意弄娇柔，思春到白头。
随风飘瑞雪，绕袖惹新愁。
慢舞寻幽境，顽蒙入暗沟。
谁知烟柳意，东帝自青眸。

春日有怀

空迹云轻晓露霏，成群紫燕逐春归。
柳塘微浪轻烟起，花径香泥细雨飞。
百亩方田初种处，千条长垄细施肥。
几声布谷催农事，一任黄鹂说是非。

秋山暮归

晚亭愈望愈朦胧，野岭山枫似火红。
雁背驮霞偕影舞，坝前秋水映天穹。
别枝彩叶漂波上，归寺行僧入霭中。
新月巡天悬塞外，银河遥射挽长弓。

枫叶岭感秋

霜洗枫红爽气生，水蓝云淡雁南征。
江河日夜奔流泻，宦海沉浮善恶倾。
勿叹皇城无制使，天涯何处不芳英。
吾知谢客陶翁乐，谁解秋山未了情。

纪辽东·次韵贺养根斋登白云峰成功

爱山尽在不言中，心平气贯虹。钓叟养根留足迹，俱在最高峰。　　谁能如此苦追踪？百年难约同。继踵古人期后者，把酒酹罡风。

鹧鸪天·初访曹家沟

奉旨勘边何处餐，曹家沟里见炊烟。前人赠与半瓢水，后辈相思一百年。　　寻老井，忆先贤，采风考史到江源。今朝纵笔书新赋，也为大荒吟续编。

鹧鸪天·送别

宿友高秋远别离，江舟无酒不成诗。风情天愿从今忆，海恨云愁自此知。　　言未尽，话尤迟，劝君万莫笑心痴。人生谁不谋绵福，我自修身享小资。

南乡子·久别

久别问询时，短信频频网络迟。古往今来多少怨？相思，天下谁人笑我痴？　　不觉带衣肥，百味无香自饮醅。醉眼惺忪将欲问，归期，残梦依稀恨晓鸡。

水调歌头·忆西江园并序

鸾鸟迁栖，旧巢呢喃，西江观月已有数年，每至暮春便忆上心头，旧地重游，更思故人。

遥想凭栏处，空忆故时人。情缘知道多少？离恨自平分。夜半惊来难寐，万缕相思入枕，残泪润痴魂。寂寞和谁语，何处可寻根？　　情和意，江中水，雨纷纭。更无谁晓，尊酒却醉梦朱唇。先辈不知今月，千古盈亏莫问，岂必苦争春。溪水终归海，鸿鹤驾祥云！

沁园春·登长白山

极地边陲，东亚云梁，十万山横。望层岩峰顶，千重迷雾；锦江峡谷，百丈寒冰。傲雪鹃花，迎风岳桦，寿草香兰匍匐生。遥指处，尽凡间圣景，石破天惊。　　织机梭急悬绫，更传遍瑶宫擂鼓声。览温泉叠瀑，常腾仙气；怪妖睡佛，偶显神灵。心悦神怡，开怀畅饮，我把天池作酒觥。登临意，向苍茫玉宇，展翅鲲鹏。

邢启慧

女，1943年生。退休前为吉林省电子产品监督检验研究所主任工程师。长春老年大学胜春诗社社员。

北京法源寺迎奥运丁香诗会[①]

阵阵馨香漫法源，声声诗浪激波澜。
前人吟颂神圣地，后辈挥毫霞彩天。
四海福娃迎奥运，五洲火炬照瀛寰。
和谐构筑江山美，妙笔生花泼墨酣。

【注】

① 1924年，徐志摩、梁思成和印度诗人泰戈尔于丁香季节曾在这里赏花吟诗。

邢春明

网名我形我塑。吉林省大泉源酒业供应部长。中华诗词学会会员，通化县森茂诗社理事。

题乔国良先生《关东山水图》

一纸春山蕴九朝，丹青难写是心潮。
关东不与苍颜老，信步人生几座桥？

自　勉

光阴荏苒荡心弦，弹指春光岁月怜。
只恨吾生闲日少，不堪啖酒醉华年。

兰

幽谷香风肆意流，佛心高远静身修。
纤纤玉臂兰花手，唤起尘缘一段忧。

自题小像

魂系家山本性真，三荒时节落红尘。
心迷金石无长物，身在诗乡有近邻。
兴至邀朋烹酒海，闲来携子乐天伦。
而今网上频频现，我塑我形凭笑嗔。

蝶恋花·伊人

小道清凉风荡柳，且喜眉梢，意动常低首。已是心缘倾可久，青丝漫漫红酥手。　向晚天河星独秀，皓月临空，风起佳人袖。玉面朦胧听笑口，相逢胜却葡萄酒。

贺新郎·闫先生祭

半世江湖走。救苍生、望闻问切，去枯拉朽。护守杏林逢新雨，感此回春妙手。汤草药、刀针穴灸。两脉阴阳通经络，唤人生、和顺长相守。盈正气，是知否？　相逢一笑常开口。病无由、宽心静气，齿间常叩。济世悬壶行天道，但见白须皓首。自问是、今生不负。几十秋江南关北，路迢迢、寂寞长行叟。缘不就，一杯酒！

朴德元

公主岭市委副书记。

太常引·岭郊田园

蜻蜓彩蝶共翩跹，郊野好春天。偕友访嘉园。看垄上、生机盎然。　　画中果圃，桃花灿烂，清水绕林间。绿了白沙滩，牧歌起、无边草原。

巩耀华

笔名歌翁，弓凡。1950年生，吉林白城人，大学文化，曾任中共双辽市林业局党委副书记。现任双辽市诗词学会会长，中华诗词学会会员。

夜 钓

风清夏夜鼓蛙声，漂点竿飞纶线鸣。
波涌涟漪潭水乱，钓云钓月钓星星。

仙 钓

缥缈烟云笼碧湖，平明依岸映身孤。
挥竿傲指青云处，笑看瑶池待玉鲈。

偶 得

五彩浮漂立水中，寸钩丈线舞晨风。
白鲢锦鲤羞光顾，画意诗情钓满胸。

登魁星楼

千禧春晴百鸟讴，初临胜地喜登楼。
龙门跃鲤腾奇彩，玉宇飞仙醉远眸。
学子寒窗十载苦，魁星朱笔一朝求。
抚栏许下青云愿，明日高瞻景更幽。

吕小兵

1945年生，大学文化。四平诗词学会副会长。

白山杨靖宇将军殉国地

千回百曲到濛江，天冷衣单志益刚。
一副饥肠空咽草，双挥点射复仇枪。
拼将热血忠能见，立定青山誓不降。
惟大英雄真本色，恢宏史迹放华光。

辽源煤矿死难矿工墓

工票一张血泪痕，森森白骨更呻吟。
西安矿霸天良尽，日伪集团鬼伎深。
繁累已摧多病体，毒刑偏伺半僵身。
万人坑底绵绵恨，化作中华奋起心。

吕明辉

1952年生，通化市人。曾任通化市作家协会主席。小说家。

步张吉贵玉贺张宝琦学师六十二华诞

君为诗圣我诗童，八载听经字渐红。
但愿今生常伴酒，琴弹城上借东风。

丁亥盛夏，与诸诗友小酌，喜见焕成兄新作有感

佟江浪涌唱新知，韵海泛舟犹未迟。
壮士一躬情万价，只缘花甲几行诗。

吕树坤

笔名泉声，1939年生，原吉林省戏剧创作中心主任、吉林省诗词学会副会长。著有《诗词知识与趣话》《耦耕集（与人合作）》《关东剧说》等。

成都杜甫草堂（二首选一）

万里桥西宅，百花潭水滨。
翩跹群蝶舞，淡荡一溪春。
笔底波澜壮，民间疾苦深。
蓬门终日启，有客吊诗魂。

游裴公亭①

真儒良弼久流芳，千载名亭壮益阳。
风雨春秋撑古木，波涛日夜走资江。
青龙际会云山翠②，白鹿留踪花草香③。
才子文渊鱼米地，登临揽胜感怀长。

【注】

① 裴公，即裴休。唐孟州济源人，历任监察御史、中书侍郎等官职，秉正清廉、能文善书，通佛教。

② 裴公亭附近有会龙山。

③ 裴公亭附近有白鹿寺，有白鹿听经之传说。

长相思·游济南大明湖、趵突泉

柳丝长，雨丝长，牵惹行人游兴狂。明湖浓淡妆。　　易安堂，幼安堂，犹觉当年余墨香。诗魂万古芳。

吕继福

1947年生，德惠市边岗乡人，德惠市实验中学语文教师，已退休。

回故乡

梦绕魂牵又到家，满园蔬果满园花。
窗前老母牵衣嘱，七月归来好吃瓜。

夕　阳

老圃新枝爱晚花，春风又到野人家。
夕阳不是无情物，没入天边映绮霞。

郊野即景

几处牛羊隐夕烟，小桥一座水弯弯。
西湖无景黄山远，美在心中自可观。

有感偶成

百年犹逆旅，转眼又东风。
南陌杨才绿，东园杏已红。
人随花事了，岁逐水流空。
追忆别离意，悠悠今古同。

吕雅坤

女，1953年生，吉林公主岭人。公主岭市诗词学会会员。

赞社区老年艺术团

月色星光倩影行，春风冬雪伴歌声。
巡回表演走村镇，一片童心一路情。

期　盼

老来夜夜盼孙归，梦里依稀笑语飞。
团聚欢欣嫌日短，且包水饺等春回。

曲廷山

笔名曲柳，1937年生，吉林柳河人。曾长期从事中学语文教学工作。现为柳河县五柳诗社会员。

己巳清明游湛江寸金桥

北望家千里，天涯岁月更。
草从愁里长，霜自鬓边生。
鸟失云中影，蝉传树外声。
倚栏思骨肉，无限故园情。

乙酉年冬月初五坐楼赏雪

窗外风飘絮，屏前酒一尊。
花开花有影，叶落叶无痕。
白屋弹春曲，酡颜映雪魂。
淡香消永昼，浓雾锁黄昏。

中秋望月

千秋皓魄又团圆，一曲清歌双泪潸。
遥忆当时盟白首，宁知今世老朱颜。
三生石上约君等，五色云中执手还。
厮守悲欢两无厌，高山流水意潺湲。

冬日访友

同声同气喜同因，趣味相投格外亲。
一统河边仰高士，三源浦上访东秦。
躬耕垅亩淡名利，苦读诗书傲鬼神。
锄下清词犁下曲，斯人本色一农民。

曲金苗

抚松人，抚松县书法家协会副主席，现在抚松县矿泉局工作。

咏白山矿泉

林海深深蕴矿泉，白山生态出天然。
政商共济今朝事，合作双赢汇滴涓。

朱 彤

女，1949年生，吉林农安人，研究生。曾任白山市委副书记、市长、书记，吉林省出版局长等职。

丸都山城怀古

一览丸都点将台，雄关当此自难开。
君王烽火未曾见，唯有环山入目来。

自西坡登长白山

乘兴西坡上白山，置身霄汉幻虚间。
梯河峡谷无穷趣，人到瑶池不忍还。

朱乃辉

1968年生，大专文化。九台市环保局科员。

游鸡冠山

莫言好景尽江南，故里青山亦可观。
红紫花开石崖上，小溪流到草堂前。

2007年末大雪

天地空朦一片白，纷纷瑞雪掩尘埃。
柴门未扫窗前路，偷看山禽印爪来。

感　怀

世味如纱感慨深，蓬门罗雀少来人。
多情惟有中天月，一样清光不笑贫。

中秋有作

赤橙黄绿紫青蓝，不尽风光映眼帘。
遍野良田织锦缎，满山落叶叠金钱。
雁鸣塞上金风爽，菊绽篱边玉露寒。
最爱中秋一片月，家家把酒乐丰年。

朱少华

笔名菱角，1968年生，吉林双辽人。大专文化。双辽市诗词学会常务理事。《辽水文学》副刊特邀编辑。

小草吟

莫言小草不思春，耿耿丹心岁有痕。
纵被秋风吹作土，此情未忘寄灵根。

无　题

晓月风清空碧寒，孤灯影悴笔耘笺。
欲知多少心播雨，诗到枝头果自甜。

朱玉铎

1947年生，农安县黄龙诗社副社长，县美术家协会主席，中国商业艺术联盟签约画家。有《朱玉铎书画作品选》出版。

八咏楼观雪

元楼千古照愁清，忽见彤云散雾城。
雪压衰红八百里，婺江水瘦隐涛声。

山　庄

一别山庄兴未酬，寒林尽处雪溪头。
芳春时节人应到，花坼新红小院幽。

室中一盆翠竹

潇湘万里故人归，寸土龙孙冷画帏。
借月临窗舒倩影，偷风入室凛晴晖。
林梢吐日红霞展，雁阵横空白露飞。
自惯居中新世界，凌云有志奈身微。

无题二首

（一）

两地奔波意自珍，故园秋老总忧人。
十年疑似春烟旧，片刻惊回朔雪新。

（二）

世重浮华皆立绩，网连虚拟勿推心。
犹思蒲外江干水，曾听归鸿一夜吟。

丙戌孟春感怀

寒妆未退韵犹新，残雪枝头紫玉茵。
天下临春心浩荡，窗前把笔气氤氲。
白云几度淄尘远，青眼独寻翠巘真。
料峭东风除旧岁，耘田初雨倍躬亲。

朱明俐

女，1970年生，通化市人。毕业于通化教育学院。现任通化市东昌区文联秘书长。

梨　花

一苑梨花沐早春，玉身洁质自持珍。
但凭风雨吹零落，莫使浮华染绿尘。

独　行

繁星夜景独身行，灯火阑珊几簇明。
断续车流人不见，知心江水耳边鸣。

访厚爱斋老师村居

山行一脉入青林，婉转还看小径深。
昔日村居浮旧忆，百灵向客吐心音。

游鹿鸣苑

群山叠翠落湖边，花苑鹿鸣飞鸟旋。
蛱蝶双双围客舞，清风总领一人先。

朱枫彤

吉林四平人。从事影院美工工作。

感 怀

婆娑树影忆当年，少壮戎装为戍边。
血铸山河疆永固，枕戈八载自欣然。

朱继文

别署寒宝斋主，1959年生，吉林农安人。现供职于松原市地方税务局。中华诗词学会会员。著有《朱继文诗词选》。

读《乾隆皇帝六下江南》感怀

六下江南极盛时，繁花簇锦叹奢靡。
路边多少贫民骨，吏掩官遮帝不知。

夜泛查干湖

岁增湖老涌新波，笑对鱼游纵酒歌。
梦醒撑篙云压水，鹜惊萍动散星河。

闲　居

日闭柴门少送迎，偶来村外踏莎行。
黄莺善解诗人意，每助清吟三两声。

朱清宇

1982年生，吉林抚松人，现在抚松县抚松镇任组织干事。

聚仙顶

云峰洞里聚仙峰，遥望薛家雄演兵。
六合神台谁点将，千年传颂有涛声。

任长辉

53岁，大专文化。吉林省民间文艺家协会会员。

咏 梅

一花怒放溢香醇，如火如荼报锦春。
斗艳争奇盈异彩，欺霜傲雪见精神。

任尚斌

1931年生。吉林省老干部大学日新诗社社长。

幸福晚年

离休花甲年，笃志续新篇。
学海求精进，春风慰晚年。

日新诗社

继承国粹更弘扬，推仄敲平兴味长。
古韵春风夕阳曲，日新月异创辉煌。

任俊杰

1932年生，吉林舒兰人。曾任吉林省人大常委会副主任。

吉林雾凇冰雪节感赋

北国严冬不夜城，松江两岸踏歌声。
雾凇雪柳迎来客，万缕千丝无限情。

任麟卿

1957年生，吉林前郭人。文学学士，副高职称。有《任麟卿诗词选》行世。

春　耕

淑气催来布谷声，二龙山下雨初晴。
田间父老争时种，犁碎残阳不辍耕。

湖　边

偶向湖边坐钓矶，蒲风菱水好栖迟。
褐衣未有机心在，鸥鸟身前自不疑。

赠王佳琳

佳琳年十二，从我学诗文。
手小誊抄速，心灵记诵勤。
不唯知近律，而且涉遗闻。
他日词坛上，易安堪与群。

王朝东月夜弹琴

三五村边夜，朝东扶绮琴。
猗兰生旷野，白雪覆幽林。
石水激清响，松风传远音。
前川明月满，忘却已更深。

自孤店归家道中

荒林野草晚苍苍，眼里平畴渐渺茫。
倦客只身行曲径，昏鸦数点噪斜阳。
高粱举穗红霞色，荞麦铺花白雪香。
莫虑前途生暗淡，东天桂月已流光。

登旧关

葱茏万木覆群山，石径羊肠锁旧关。
甲盾当年深禁守，车书此日不防闲。
湖边鹳鹭时飞止，松下猿猴自往还。
迷漫红尘飘不到，茅庐拟结白云间。

郭迪婵文集《玫瑰玫瑰玫瑰灰》读后二首

（一）

花事阑珊叹节催，愁心欲遣转弥恢。
含情芍药零如火，带恨玫瑰萎作灰。
寂寞年华唯荏苒，迷茫夜色伴徘徊。
明知红紫随春去，却待东风再度来。

（二）

细将心事付华笺，春色秋光总怅然。
悲柳客行关自远，葬花人去径空鲜。
风生极浦愁兰芷，月起幽山啼杜鹃。
谁释明珠无限泪，晶盘应放蕊宫前。

项 羽

学武攻文不认真，风云际会帝王伦。
鸿门剑舞疏防汉，巨鹿舟沉力灭秦。
亚父高谋空悟主，缠翁鄙见等离臣。
悲歌垓下伤千古，谁说虞姬只美人？

夏夜咏怀

清宵庭院闲，茅舍轻荫绕。微风自南来，剪剪拂枝杪。犬吠出前村，偶尔闻栖鸟。四野旷且远，青山望缥缈。凉月在檐头，团团复皎皎。河汉隐形迹，碧空星宿少。片云无心游，悠悠去路杳。今古总相隔，先贤一何渺。天地岂有尽？人生如尘小！何必计穷通，权利争未了。荒鸡不我鸣，虽舞不我晓。徘徊夜已深，夜薄情悄悄。愿言新诗成，明朝寄江表。

毕彩云

女，号辽西痴女，1950年生，吉林长春人。定居辽宁锦西。中华诗词学会会员。

临江仙·漫步松花江边

日照江边生七彩，轻轻淡抹柔沙。乐看沃土长香瓜。水中人踏浪，岸上草飞花。　打闹顽童衣顿湿，笑声惹起晨鸦。波光树影戏鱼虾。摇舟随画远，载酒向天涯。

毕中信

1949年生，曾供职于四平供电公司。

小侄考取长沙国防科大乘机赴校二首

（一）

刻苦攻书始有成，秋闱高榜喜题名。
乘风送汝图南去，看取鹏抟万里程。

（二）

鹿鸣宴罢赴机场，云路迢迢银翅翔。
祝我阿咸酬壮志，青衿几个着戎装。

牟雅娟

女，1970年生，吉林靖宇人。大学学历，现任白山市公证处副主任。白山市诗词学会常务理事、副秘书长。

纪念杨靖宇将军殉国七十周年

斗雪逐倭亲点兵，将军浴血死犹生。
三江浪涌追思泪，日夜滔滔祭国英。

咏春四首

早　春

乍暖晴窗腊雪残，嫩芽隐隐绿枝端。
冰河昨夜翻飞絮，开向梨花破晓看。

叹　春

嫩蕊初萌小院新，东风醒柳荡烟津。
花潮尤是今年好，蔓绕藤牵忆故人。

画 春

轻雨飞烟曲径幽，连天一色满芳楼。
燕儿剪柳清溪醉，入画黄莺自在讴。

问 春

春风润笔指尖耕，一纸芳菲总入情。
冷月笛横吹梦醒，回眸烟雨可相倾？

杂感四首

（一）

知春白雪恋梅开，畅意舒怀韵自来。
夜色寒凝心阁暖，品茶走笔乐悠哉。

（二）

云烟消散旧时楼，远眺凭窗鬓已秋。
逝水空嗟犹寄梦，相思几许付沉钩？

（三）

百味人生苦乐篇，回眸深处涌心泉。
红尘有幸曾相伴，清泪他年梦里旋。

（四）

玲珑水袖舞红妆，淡扫娥眉冷夜长。
纸扇清茶当倦醉，一灯听雨落寒塘。

元宵节抒怀

一江焰火喧天舞，十里花灯沸晚河。
古月冰清今照我，半杯醉去笑东坡。

读蒋力华先生《胜迹清吟》有感

雪域幡飞塞外沙，江南雾绕北疆霞。
题诗雅趣评今古，击节高歌向际涯。
胜迹壮兮情入画，清吟美矣锦添花。
何人逸响倾天下，松水泱泱育大家。

望海抒怀

海阔潮平岸笼烟，渔帆点点广寒眠。
远辉无语抚波涌，近浪和音揉暗弦。
百转柔肠谁共泪？千回冷梦奈何天。
流年老去沧桑事，逝水东洄望壁悬。

寄 远

天涯陌路奈人痴，不悔经年忆故知。
颔首随情描淡影，回眸乱绪绕青丝。
醒来一纸桃花赋，醉里千章柳絮辞。
对月长歌风渐远，春来秋去韵成诗。

孙 江

1955年出生，个体户，农安县黄龙诗社社员。

欢迎连战赴大陆参观访问

孤舟羁旅泊洋头，遥望春风天际流。
互动江山一握手，莺歌燕语偃啼鸠。

打工杂感

（一）

简旅轻装世路迢，拨开丛棘辟荒蒿。
不言在外千般苦，酒袋诗囊一担挑。

（二）

尘浪沙风终日曛，皮糙肉裂付艰辛。
近来渐觉诗囊重，或许心存几两金。

孙 英

字无为，号莺歌，辽宁省锦西人。中华诗词学会会员，白城市诗联学会常务副主席兼秘书长，《瀚海诗联》主编。

白城城西引渠

渠水双浮影，家山一画廊。
肩披杨柳翠，手挽稻花黄。

荷花自赋

人夸不染自休狂，当谢淤泥滋养长。
切莫从流心忘返，本根失却怎芬芳。

洮北一支后备水源工程竣工

一渠活水引来时，两岸清风翠染枝。
瀚海主人今宴客，春光醉笔任题诗！

包拉温都赏杏花

偷得冰绡掩面羞，披霞挂雪覆沙洲。
宋人一句心机破，独嫁春风任自由！

孙 峻

1940年生，山东蓬莱人。中国作家协会吉林分会会员。在长白山下工作付出毕生精力。

满江红·怀念杨靖宇

寇恶风凄，东三省、惨遭凶殛。怎忍看、刺刀枪炮，血流无极。黑水波翻雷雨怒，白山树撼干戈激。豪雄起、驱虏守河山，铜墙壁。　江山泪，安总滴？家国恨，终清浥！信英灵长在，石碑雄赫。不废江天增秀美，永存志气强邦立。慰英杰、征战旧疆场，无穷碧。

孙 超

大学文化。四平市作家协会会员。现供职于四平市人事局。

重游吴俊升帅府感赋

（一）

昔时大帅好威风，统领关东百万兵。
字冷文疏兴武运，愚夫竟也建功名。

（二）

宅院深深访旧庄，四边楼阁耸雕梁。
重观史迹添新感，不赞吴堂赞故乡。

孙 新

号无涯斋主，1946年生，吉林怀德人，祖籍山东蓬莱。曾任吉林省教育报刊社社长、吉林省教育学院报刊社总编辑。中华诗词学会会员。著有《无涯集》等。

追 求

风风雨雨苦探研，肯把光阴作等闲。
检点诗囊悲白发，追求明月得青天！

无 题

飞来峰上漫轻烟，造像摩崖未计年。
人道佛神能济世，谁知布袋也收钱。

登长白山途中

金风送却雁行行，岳桦丛中野菊香。
溪流喜和诗人唱，一路叮咚过锦江。

回祖籍蓬莱感赋

秀水丹崖乐忘还，寻根探祖到蓬山。
无涯缥缈接天碧，有意明轩卷画檐。
千古遗踪人赞叹，一朝戡破我思源。
灵丹自在此心内，欲得长生勿问仙。

人民警察颂

身肩金盾忘春秋，毋论青锋还是牛。
苦舍小家甜万众，善宣法理拯千囚。
餐风宿露泯忧乐，弹雨枪林争自由。
一点丹心昭日月，满腔热血为民流！

卜算子·春

春蕴柳梢头，春透杨花蕊。春水融融润草芳，春醉人心里。　　多日雁踪稀，忽有莺声脆。一觉醒来春满园，细品其中味。

鹧鸪天·偷得

偷得人生几日闲，白鸥陪我醉江湾。诗囊虽满乏奇品，半是忧烦半是欢。　　借碧水，洗青山，世间偏爱月团圆。尘嚣抛却随风舞，心境宽时天地宽！

孙 磊

1978年生，吉林白山人，大学文化，现在长白山天然矿泉水靖宇水源保护区管理局工作。

飞龙泉

峡谷飞流六眼泉，云遮石壁水潺潺。
欢歌悬瀑从天落，景美留连到月圆。

孙乃文

1937年出生于长春市，技校毕业，作过工、务过农、当过十八年村支部书记。爱好诗词，著有《一得斋吟稿》。

诗友小聚

积雪初融元月新，轩亭小聚墨缘亲。
骋怀畅饮千杯少，更借吟声同唱春。

元旦寄远

春来紫气喜迎牛，万象更新眼底收。
佳节思亲亲却远，诗声送福到琼州。

盼 春

新雨东风带梦归，一窗落日剩余辉。
难消方寸葱茏绿，不信春光不肯归。

偶　题

(一)

觅句成诗恨腹枵，青灯孤影苦煎熬。
凭它窗外流光去，一字吟成乐趣饶。

(二)

远影孤帆苦奔波，觅来好句费吟哦。
缘何骨瘦心如火，钱债不多诗债多。

参加省老年大学诗社联谊会

乐事赏心临晚秋，寄身嘉会复何求。
玉敲六合声声脆，鼓击群情处处绸。
齐颂江山呈锦绣，盛邀老朽竞风流。
潺潺广聚今成海，放浪形骸不系舟。

动迁有感

三年风雨几搬家，书报相随气自华。
兴至临窗挥画笔，愁来漫步赏池花。
东君有意摇垂柳，黑夜无情吞落霞。
愚叟不忧云外事，闲邀邻友饮清茶。

孙万程

1964年生，吉林伊通人，银行职员。

渡　海

一片苍茫水荡天，天光似海海如蓝。
鸥如纸屑飘云下，日似金珠跳浪尖。
岸远难分彼与此，船行无论后和先。
游人翘首望仙岛，乐引长歌紧扣舷。

〖中华诗词存稿·地域专辑〗

中华诗词学会 编

吉林诗词卷

卷 二

吉林诗词学会 编

张福有 主编

中国书籍出版社
China Book Press

目　　录

孙文铸

1937年生，辽宁海城市人。曾任延边大学教授。现为延边诗词学会顾问。

苏　轼

大江明月几浮沉，一洗芳泽气象新。
翰墨飘摇难化羽，杯中汹涌是诗魂。

孔　林

风光古木沐明霞，幽径春秋不看花。
不语石碑千百座，慎终追远到天涯。

孙长春

笔名同星语，1963年生，吉林双辽人。现任双辽市广播电视台台长。中华诗词学会会员，双辽市诗词学会副会长。

同胞团聚

白头皱面共哭娘，千古海峡欲断肠。
红酒三杯人半醉，不知归路有多长。

眠字房序①

神闲气定梦虚无，一盏清茶一卷书。
绿满冰心香满月，好乘微醉写沉浮。

【注】
① 眠字房，为作者寝、读两用之所。

怀念焦裕禄

呼吸停止四十春，兰考风中有伴音。
斗转星移天地变，黄沙不忘去添坟。

撸榆钱

黄土坡前小路伸，几多新绿振乡音。
高枝挺进青云路，赠我榆钱好购春。

谋生三步

（一）

犁罢梯田且踏歌，挥鞭放牧北山坡。
谁堪对视耕牛眼，自有知音九亿多。

（二）

烈火情怀钢铁魂，焊花点点写青春。
纵横天下难收笔，一任诗成泣鬼神。

（三）

十年风雨一肩担，广电编播大梦圆。
平步乃穷千里目，直将话筒对民间。

浣溪沙·寄情石壁山

草碧石青瀑影长，苔湿泉涌谷风凉。山栖云梦向天荒。　　鸟唱竹阴流雅韵，枝摇花影沁幽香。移身小径挽韶光。

孙巨才

1940年生。祖籍山东文登，定居吉林。高级工程师。曾任吉林市机械工业局副局长、市科协副主席等职。吉林市雪柳诗社执行社长。出版《晚趣亭诗抄》等。

登山海关

天下第一关，沧桑血泪斑。
雄雄踞海口，历历阅星坛。
远眺茫茫岭，前观滚滚澜。
登城还夙愿，挽臂共凭栏！

鹧鸪天·耗尽

耗尽青春向晚秋，余年可数不求酬。突然天外倾觞酒，醉了八仙枉自愁。　　书怪事，再啉啉，江南江北唱风流。我今笑洒苍山绿，一步三阶船载楼！

鹊桥仙·春日遐思

人生知己，一人足矣，何用魂牵肠断。不求日夜伴君前，只要是、心中常念。　　清风朗韵，高山流水，春日情暖人绚。天荒地老共婵娟，斟满酒、举杯祝愿。

孙仁杰

1953年生，回族，集安市博物馆副研究馆员。著名高句丽墓葬专家，著有《集安高句丽墓葬》《高句丽王陵通考》等。

和张福有《高句丽王陵咏》（30首选15首）

（一）故国原王陵

陵筑禹山南麓中，王时被迫逆江东。
泰字瓦当年戊戌，高坛圹室有遗风。

（二）小兽林王陵

将军修筑千秋墓，坛刻青龙制法宗。
陵中石椁超前世，惟独无知盖顶封。

（三）故国壤王陵

国冈筑陵镇山江，依制承修祈佑邦。
圹室如前留木椁，鎏金精美亦无双。

（四）好太王陵

长眠依父选东冈，室椁双重第一王。
金镫铜铃铭首例，山陵雄矗大碑旁。

（五）长寿王陵

龙山有墓史书题，石室定型高筑梯。
回葬祖茔归故国，鎏金冠履自南蹊。

（六）文咨明王陵

土封石室造斯陵，故国祖茔遵法绳。
由北而南纵向列，自西东进早时兴。

（七）安臧王陵

到此安魂依禹山，五盔坟主带头还。
四丘比立长相伴，未觉孤单难自闲。

（八）安原王陵

丘高称最欲安原，格瓦纹绳盖墓园。
遗址东台关祭祀，南来驿路马车喧。

（九）阳原王陵

国内城池作别都，葬依定式法如初。
常转周围皆不识，未经慧眼难成誉。

（十）平原王陵

巨石采来磨制新，四神导引冕冠宾。
成天啖肉不知足，一似天堂献式陈。

（十一）婴阳王陵

忽报官军渡远辽，但祈碛路与天遥。
五盔坟里第三座，几缕南风向北朝。

（十二）荣留王陵

精修石室费工劳，盖顶盘龙风似刀。
同殿共尊儒道佛，尽于壁上敬三豪。

（十三）宝藏王陵

七世流传霸业停，兵临城下梦方醒。
永淳老去邛州远，灞左长安曾刻铭。

（十四）大阳王陵

有号大阳研可谙，凿陵地下面朝南。
壁画有龙称卅九，来生万象被云含。

（十五）高句丽王陵考感言

传承祖制凿山岩，封土引来移俗函。
归葬故园同考定，四期演进一川帆。

【注】

张福有《高句丽王陵咏》（30首），原载张福有著《高句丽王陵统鉴》一书中，并附孙仁杰、迟勇、耿铁华各和30首。限于本书篇幅，这里仅录15首。

孙玉学

1936年生，吉林农安人。

观石林

百状奇峰插九天，嶙峋峭壁绕云烟。
剑飞盾舞将军镇，鬼斧神工大自然。

惋惜一次箸

姐妹成双一样高，酒筵桌上会佳肴。
酸甜香辣未知觉，初次逢君便被抛。

孙世嘉

德惠人。退休教师。

观《世纪张学良》

逝尽韶光百岁身，霜欺虎面刻年轮。
无门报国情难了，有志歼仇恨未泯。
毁誉纠缠何奈汝，是非褒贬只由人。
因身善养浩然气，不惜头颅岂爱银？

单车谣

（一）

出行每欲驾单车，不觉寒酸反乐呵。
路上风光凭鉴赏，心头感受付吟哦。
自然贴近增情趣，筋骨舒通免病疴。
任尔奔驰飞似箭，昂然弗顾照哼歌。

（二）

随撂随扔贼不偷，无遮无掩任风流。
一襟汗水身心爽，两腿曲伸关节柔。
小路崎岖难阻挡，大街熙攘易穿游。
自由自在何拘束。独往独来其乐悠。

（三）

蹬车路上忆当年，此物珍稀购买难。
彩段缠身如骏马，流苏饰座似雕鞍。
驮妻带子增荣耀，越巷穿街惹赞叹。
今日风光虽不再，犹堪代步免蹒跚。

闻取消农业税感赋

积年课税重如磐，一旦蠲除喜泪弹。
上制扶贫兴业策，下吞减负定心丹。
国家强盛千秋固，社会和谐百姓安。
从此尧天多雨露，九州无复虑饥寒。

生活三味（选二）

烟

一言难尽话香烟，社会交流此在先。
弟敬兄谦增友谊，茶余饭后乐神仙。
休听毒剧添千病，岂畏行高耗万钱。
瘾者无忧何所惧，吞云吐雾总怡然。

酒

增豪助兴亦晕头，醉里乾坤喜伴忧。
太白三杯成大道，少陵五斗卧高丘。
琼浆入腹脏官倒，玉液沾唇靓女柔。
村叟寒酸也潇洒，一壶倾刻解千愁。

孙占国

1945年生，曾任吉林省委副秘书长等职。

读俞樾《一剪梅》有感

梅花一剪又春天，寻得芳菲伴月眠。
半亩方塘缘旧梦，书香几缕系心船。

酬福有所赠次原韵

山客与君论素心，天台有路枉追寻。
穷经未醒庄生梦，仗剑犹裁焦尾琴。
诗草重敲唐宋韵，梅花三弄大荒音。
星移斗转几多事，都入胸中不老林。

孙立君

网名松涛雪原，1963年生，抚松县人，毕业于吉林化工学院，高级工程师。现在吉林省抚松县经济局就职。

晚　情

小雨初晴日影斜，绕亭秋菊绽芳华。
悠扬夜曲萦琴女，弹去天边几缕霞。

冬　怀

茫茫雪岭欲连根，一路沧桑满脸痕。
身着旧装揣新梦，风云尽处是家门。

纪辽东·步养根斋《纪辽东登白云峰》韵有怀

登顶寻荒慰藉中，又见昔时虹。机缘难遇一生梦，痴情醉极峰。　　后裔先贤探旅踪，苦乐索求同。携来新谱填云雪，豪吟和大风。

鹧鸪天·无题

雪岭冰江几翠松，啼声破晓鹊飞空。可知行影征途上，不觉流光欲岁终。　　心已尽，路无穷，一身疲惫也情钟。寒光玉色连天际，隐隐春魂匿峭峰。

蝶恋花·无题

不觉匆匆将岁暮，遥望山河，已是韶华去。雪雨风霜虽一路，几曾却也春光度。　　漫漫征途伸远处，两鬓星星，跋涉仍如故。入眼凄凄枯草树，一株松翠惟相妒。

孙吉春

1969年4月生，白山市浑江黑陶艺术品有限公司董事长。

刘建封所见圆虹百年后重现于张福有镜头中感赋

幸见圆虹出眼前，白云峰上结奇缘。
天池钓叟神灵显，不负养根期百年。

孙延来

1937年生，吉林梨树人，曾任中小学教员，后在政府机关工作。

西 行

离家时节苗新绿，一路西行麦已黄。
自古荥阳征战地，挥刀只见割收忙。

小街向晚

连墙接院影重重，碧柳摇风夕照中。
新月一湾淡尤好，小桥流水自淙淙。

孙英林

1927年生，吉林伊通人。伊通县政协离休。中华诗词学会会员，伊通诗词学会原会长。

海　浴

人畅胸怀水抱天，风推浪涌自安然。
欲凭大海通神力，一探龙宫不用船。

孙学成

笔名原野，吉林公主岭人。现在公主岭市范家屯粮库工作。著有《八泉居士诗草》出版。

雨后初晴

残云裹走雨倾盆，光照青山草木新。
巡天遥看通天路，莫把新尘当旧尘。

孙荫轩

1923年生，吉林公主岭人。曾任四平市教育局长，已离休。现为四平市老年大学校长。

祝兄长孙荫清八二华诞

海筹八二喜天辰，同辈长庚第一人。
一世辛劳亲友赞，平生憨厚子孙尊。
持家有道凭双手，处世无争修自身。
德孝门风传后代，桑榆晚景胜曦晨。

孙显军

1968年生，吉林松原人，医生。中华诗词学会会员，农安县黄龙诗社网络部部长，著有《两忘集》。

与庆霖兄江边坐饮

对饮大江头，豪情似水流。
沙丘偶一望，掠过两三鸥。

学画偶感

三尺黄宣落笔惊，浓描淡抹即生情。
一枝焦墨横斜出，便引秋蝉夜夜鸣。

即　景

四围薄雾涨轻寒，寂寂沙洲泊钓船。
汀上已无芳草绿，一江秋雨落芦烟。

秋夜怀母

西风飒飒进窗纱，游子床前望月斜。
梦里秋衣和枕卧，依稀慈母剔灯花。

浣溪沙·夏日炎炎，窗有盆花影上西墙，若水墨画焉，有作

夏日姗姗过小窗，盆花摇曳上西墙。淋漓水墨一怀凉。　　笔落难描花影动，诗吟哪见叶来香？原来妙境在平常！

浣溪沙·恋情轶事四首

春日赴约

践约村头小柳桥，熏衣草色比花娇，纱巾颈畔紫云飘。　　快步惊飞双尾燕，心歌漾起一江潮，绿阳伞下惹人瞧。

夏日雨伞

忆得霏霏夏雨浓，一方天地小桥东。敧栏拥抱往来风。　　眼底鸳声沾草绿，心头絮语引花红。至今尤在梦魂中。

秋日郊游

一片枫红一片晴，呆郎与我品秋声。毛裙软帽上松亭。　　九曲心澜山麓梦，十分凉月画堂明。听蝉心绪夜清清。

冬夜踏雪

旷野萧森柳影斜，轻裘踏月近农家。空蒙雪色似婚纱。　　喜鹊归巢穿玉树，清风吹梦散梨花。百年连理此生涯！

浣溪沙·秋日山行

踏落霜岩晚照云，依山薄雾掩秋痕。绳桥邂逅打柴人。　　石径穿林分野色，疏风吹月上蓬门。一声俚调正牵魂。

孙艳春

1944年生。退休前系四平铁路房产段离休办主任。

林塘晚步

傍晚悠闲步水塘，清风习习好乘凉。
归林倦鸟枝头宿，上岸鸣蛙草底藏。
爱犬撒欢相角逐，游人结伴漫徜徉。
一泓清澈悬蟾影，不觉流连到夜央。

孙挺进

1957年生，山东济南人。吉林省武警总队后勤部长。

祭将军坟

今日古城非昔比，鸭江右岸蜚声起。
当惊世界将军坟，名录之中遗产是。

咏丸都城

束马悬车鏖战急，丸都烽火鬼神泣。
毌丘俭事质山知，务告子孙珍此辑。

沁园春·长白山

揽胜登临，放眼天池，不尽碧涛。蕴浩然正气，一泓神水；苍茫秀色，万仞青霄。路转龙盘，峰回虎卧，雾涌云飞架彩桥。惊雷动，是乘槎直下，欲洗尘嚣。　　如雕峡谷深坳，岂料得称雄不在高。问江河湖海，可知源远；石砂草木，孰为根牢？五岳输低，三山逊秀，墨客骚人难绘描。凌虚处，叹神工鬼斧，谁敢操刀！

孙桂华

女，珲春国税局工作。

贺大东诗社成立

奇境三疆起古风，荷塘九曲景何同。
从今托韵求佳句，诗自心田润大东。

孙桂林

吉林省农安县人。农安县新华书店退休。农安县黄龙诗社社员。

迎春花

英姿灿灿任风摇，信守轻寒独自娇。
未负东君无限意，芳心一片领春潮。

今日农家

（一）

且看如今庄户人，拓宽思路找财神。
新芽撩醒天边月，火炕温成梦里春。

（二）

漆路连村逸兴长，家山一改旧时装。
红砖绿瓦圈成院，鸡唱金秋五谷香。

九九重阳即兴

佳节遗风屡不违，登高远眺被情催。
诗囊枯涩无从觅，索尽秋光载兴归。

西江月·老年秧歌队

彩扇当空飞舞，秧歌列队穿行。夕阳无限恁钟情，一片欢腾场景。　　早把闲愁忘却，怡然笑脸相迎。黄龙大地庆升平，早把春天唤醒。

孙凌海

吉林师范大学教授，已逝世。

寄友人

捧阅君诗受益深，高风傲骨对天吟。
愚顽有幸观绝唱，缕缕诗魂索我心！

孙继廷

1955年生，吉林梨树人。现从事美术工作。

赞浦子·近重阳

又近重阳节，霜林叶正黄。檐下双飞燕，携春去远方。　　孤影孤形落魄，秋风秋雨敲窗。独对残更夜，愁时夜更长。

孙湘平

1962年生，吉林德惠人，德惠市人防办副主任。

竹枝词二首

（一）

邻家小女俏如花，替父看棚不想家。
正午偷闲与郎会，回来丢了两筐瓜。

（二）

十八丫头打杏黄，怕惊二老睡东厢。
一筐拨拣藏荫下，瞒过家人去唤郎。

东北秧歌竹枝（选三）

（一）

后跳前蹿孙悟空，手中哨棒舞如风。
刁钻猴相人争看，旱地身轻正拔葱。

（二）

大腹便便挺得高，扇风两耳逗人瞧。
钉耙九齿恣情耍，缠住姑娘大辫梢。

（三）

老少追随看未休，张家店到李家沟。
走门串户日西落，扭累欢歌小放牛。

菊花岛望海

烟淼征帆影，浪摧山欲颓。
云撑天若笠，波醉海如杯。
今古一帘梦，乾坤几缕灰。
桃花漂万朵，千载渡谁回？

谒苏小小墓

钱塘细路草青青，难觅芳踪叩玉扃。
松盖云岚遮窈窕，西陵烟雨泣冥灵。
一湖秋水惊鸿影，千载风裳怨鬼形。
总是凄凉夕相待，歌音如诉有谁听？

赠许清忠

富贵功名皆可抛，斑皤双鬓总心劳。
频耽朋酒兼诗酒，才搁镰刀又韵刀。
满院菊松吟影瘦，两肩霜露月轮高。
垄头佳句年年得，不欲青山换紫袍。

赠于德水

情深意重韵成渠，独抱清音凌紫虚。
身在扶桑看物语，梦回华夏读《关雎》。
两行游子思乡泪，一尾松江得水鱼。
不负春光诗未老，枕边《寸草》有笺余？

过赤壁

风急云崩乱石倾，望中形胜客心惊。
大江烧出三分业，赤壁吟成两赋名。
故垒长存天地气，黄沙淘尽古今情。
干戈已老空磨洗，总为英雄叹不平。

莲花山抗联老营

红凝血石杀倭盟，树老丛深尚隐兵。
溪水奏成义勇曲，藤萝盘作抗联营。
莲峰霞蔚英雄气，松壑风铮剑戟声。
一任东瀛神位供，阴魂到此也心惊。

海参崴金角湾远望

（一）

口岸桃花冻不开，倚栏南望独徘徊。
乡愁浩荡推波去，云鸽玲珑落掌来。
海上追寻蜃楼影，市中歌唱喇嘛台。
一湾怀抱吟身冷，四月衣裳未剪裁。

（二）

风寒日晚逐衣凉，金角逶迤物色苍。
疆土无疆非我土，故乡何故是他乡？
松涛激荡崖堆雪，海鸭哀吟客断肠。
锦绣山河空在眼，百年回首泪沾裳。

【注】

金角湾为海参崴一口岸，列宁广场在附近，列宁雕象的头部布满鸽子屎皆白，已无人清洗。

下乡访贫

野烟村树又经春，山外谁来问苦辛？
草舍已颓门简陋，杏花空傅粉均匀。
漫天柳絮皆夸富，满地榆钱未脱贫。
触目徘徊何忍去，添薪此处正需人。

昭君故里

绝代佳人出秭归，鸭潭三月照明妃[①]。
香溪万滴桃花泪，曲岸千条柳叶眉。
萱草芳菲深故里，春风怨慕老边陲。
相思寄与云中雁，不向南飞向北飞。

【注】

① 鸭潭在昭君故里，王昭君曾在此梳洗。

近重阳寄养根斋张福有

问何人白云峰顶彪奇观，圆虹经历一百年。峦阶石凳催人急，天风浩荡飘神仙。花甲之年拼热血，拷问奥壤真大业。踏查十六此中来，几缕苍髯吹白雪。八千云路枫火烧，精心莳弄龙荒苗。你我今来多有幸，紧跟亥步阅尽凄美与妖娆。一看天池一回醉，苦辛滴尽老人泪。攀登百五等闲么？哂笑凡人无所谓。瑶草岳桦美人松，黄花几度重阳逢，梦中依恋三江水，养根仍在大荒东。寻山问水最快哉，今生图画长白开。刘公百年张公继，张公百年问谁来？

六丑·旅丽江茶马古道

怅天涯独旅，向晚照，山茶涂血。桂飘竹摇，听溪桥浣月，泣语鹈鴂。问马帮何处，画墙斑驳，石板青苔结。西风古道烟尘绝，鹤翥云空，龙门客别。多情纳西歌叠，伴逶迤丽水，今尚呜咽。　　东巴古乐，奏幽沉未歇。远近商家集，争激烈。金沙虎跳川跃，正依狮枕象，玉龙堆雪。谁来觅，霸王蝴蝶。门户放，已铸人心屏壁，作何城堞。琉璃洗，黑白潭洁。我幸观，七彩滇南地，开屏孔雀。

孙常山

1949年生，山东蓬莱人。毕业于吉林大学历史系。现为中国楹联学会会员。著有长篇小说《西游后记》。

校庆次韵唐贤杜牧之

余于2006年9月16日重回吉林大学文学院参加合校6周年，建校60周年庆典。院邀留字，爰以付之。

黉园回望誉成堆，万蒂千苞次第开。
六十方知六载到，长歌一路笑归来。

战友会

陌上枝头抖落英，不堪回首卅年兵。
人生能有几相聚？恐后争先忆别情。

赠友人

流星赶月阅丹枫，千里关山乘好风。
北上何曾留竹帛？带将春色又江东。

赠罗继祖老师

楼舰何如泛海槎，匆匆罢役又天涯。
稻塍逐浪三千顷，黉舍连云四百家。
欣有导师谈讲肄，喜逢田父话桑麻。
柏屯歌凯归来日，把酒邀君赋落霞。

桂枝香·柳河钓鱼台怀古

秋风惹目，恰跃浪稻塍，亲翠疏肃。一统潺潺玉带，岸香拥簇。银鹰雾霭和谐里，柏松间，塔陵高矗。浦溪澄澈，塘前鸭嬉，村姑濯足。　惟挚友，垆旗笑逐；旧谙慨言时，泥窖频续。怪石嶙峋浸拓，沧桑荣辱。唐风宋月鉴明灭，只春风，梳得原绿。流星播雨，螺旋曩律，后人吟曲。

孙崇秋

女，网名：长白山山菊花，白山市教师。

福虎贺春

福临塞北入红尘，寅虎狂欢景色新。
各色烟花形美奂，诸般果品味甘醇。
抻皮和馅捏蒸饺，点炮燃鞭接福神。
瑞雪雾凇齐庆贺，红梅绽放喜迎春。

孙喜兆

笔名云夫、乡柳，1948年出生，吉林东辽人。辽源市富奥汽车零部件公司制泵厂工作，现已退休。

咏 柳

碧玉轻飏看秀枝，眉开新翠最佳时。
天然千古成风景，不待人吟自有诗。

石峰村访友

一辞九载世多迁，又晤山河景色妍。
挚友陪竿兼煮酒①，玉盘珠落语连篇。

【注】

① 陪竿，陪垂钓之意。

自 勉

常诵曹公老骥篇，敢言远踏万重山。
昔时骁勇今何在？旆展雄风有大关。

孙锡瑕

1933年生，毕业于大连工学院。吉林市热电厂离休，高级工程师。吉林雪柳诗社社员。

桂林驼峰

塞外驼铃远去声，伤心独卧草青青。
乔迁惬意怀乡里，转世难酬碧海情！

满江红·谒杨靖宇陵园

绿水白山，添灵气，宝庐君歇。峰峦翠，山花烂漫，万门忠烈。华夏存亡说大义，将军颅骨垂星月。去故国，依旧掠烧杀，情思切！　　“满洲”耻、虽已雪；“琉球”恨、何曾灭！刻华人一体，固我城缺。虫寄“共荣”称霸主；熊盘“共管”吞膏血。趁春光，展卷绘新图，装新阙。

孙德才

1940年生，吉林东辽人。东辽县国税局工作，已退休。中华诗词学会会员。

家乡行

四月家乡美，桃花艳一川。
快哉风落帽，爽也雾披肩。
谷静行人少，林幽野鸟旋。
茵茵芳草绿，宜卧沐新天。

孔庙内有先师手植桧柏感赋

桧柏参天直，先师亲手栽。
枝繁擎日月，根壮出尘埃。
玉露千年润，春风四季来。
今朝逢盛世，苍翠映瑶台。

过秦淮河

月照秦淮第几家，春风岸上柳丝斜。
莺喉声度宫中调，锦瑟音超塞外笳。
绿竹床前迷楚客，红罗帐里醉吴娃。
何时唤醒千年梦，共享和谐举世夸。

游虎丘

千里游踪到虎丘，巍巍古塔望中幽。
葱茏绿树参天立，澄澈寒泉入地流。
越女忧心思国恨，吴王醉眼忘兵仇。
山河可证当年事，何必飞舟问白鸥？

无　题

梦里相思已白头，茫茫云雾锁重楼。
天高地旷情难寄，日久年深爱怎邮？
最忆花前牵手戏，尚思月下并肩游。
如今同作伤心客，一样悲欢逐水流。

孙德全

上世纪五十年代出生，已逝。吉林抚松人，曾任抚松县人大常委会主任。

赞长白山

琼浆碧水卧群峰，鬼斧神工天筑成。
何事因成王母醉，直教瑶殿玉杯倾。

纪　成

1951年生，曾任农安县供水公司工会主席。黄龙诗社副社长。

劝　学

（一）

归时越岭去翻山，雪沃林泉溪水寒。
若信涓流通大海，何愁风雨路弯弯。

（二）

柳笛声脆柳溪寒，小路如弦双脚弹。
唯有大山识壮志，崎岖石径上接天。

复诗友短信

秋心恋夏懒添衣，痴想风柔气暖时。
有信来兮人忘冷，三春不及一屏诗。

沈阳怪坡劝学

灭火加油总不停，爬山下岭背常情。
此坡堪比人间事，正反曲直颠倒行。

中秋望月感怀劝学

晴空碧玉本无瑕，常把清辉送万家。
只叹茅屋与广厦，安能一样享光华。

水

生命之源何处寻，银河渡口望昆仑。
载舟覆舸能称象，鼓浪淘沙可测金。
苏轼说如西子面，雪芹道是女儿身。
寄言纳垢藏污者，还我清明透亮心。

纪义洁

女，1962年生，通化市人。东北师大政治系毕业。现任通化市东昌区文体局副局长、区文联副主席。

登霸王山城

闲庭信步霸王山，踏雪乘风若等闲。
旷野天低峰在下，征途坎坷一挥间。

送　别

站台送子带愁归，滚滚车轮心伴飞。
一瞬年华孤影下，风帆万里尽朝晖。

孕　峰

仰卧山巅一座峰，如怀六甲貌雍容。
深情眷恋佟江水，几度春秋体更丰。

燕　巢

窗外燕巢檐下安，盘旋起舞叫声欢。
何须风雨闲生妒，十载同眠夜更阑。

纪连营

吉林通化人。现任松江河林业局党委书记、局长。

黄帝陵古柏

陵边古柏五千年，华夏文明溯正源。
黄帝曾经亲手植，荫蒙后代耀乾坤。

纪晓刚

笔名墨泉，1964年生，吉林辽源人，大专文化。现在辽源市委宣传部工作。

大孤山观星台

辽伊百里掩星台，北望三山突兀来。
仙座飞流千万载，银河凡宇总关怀。

转山湖冰浪

转山湖水库容新，冰浪如涛涌碧痕。
吹起无边风色里，不流波影亦争春。

汪孔臣

1949年生，原农安县工会副主席。黄龙诗社副社长。有《南华斋诗词》《建国以来顺口溜赏析》。

矿难感怀

（一）

遥夜千街舞彩虹，寒冬万户坐春风。
可怜送暖传光者，谁念身埋冷暗中。

（二）

莫怨苍天视命轻，黑煤或是害人精。
君听呼啸炉中火，多少冤魂带血声。

邻　居

自古远亲难比邻，今兴老死不相闻。
房前摆手应招手，楼里钢门对铁门。
一院烟霞山水远，同街风雨地天分。
谁知昨夜网聊女，却是连墙冷漠人。

接同学信答诗一首

还是当年赤子心，知君到老玉壶人。
才高未必红尘用，情雅难求当世珍。
日暮彩霞成景美，春深老树缀花新。
人生百岁才过半，何不扬眉再抖神。

汪秋水

吉林德惠人。

半壁楼杂咏

（一）

一缕温馨家最亲，小楼饱暖懒腰伸。
烫穿竹叶开怀酒，睡傻桃花仰面春。
梦里双飞彩蝶醉，尊前独唱老妻嗔。
残躯不用雏鸦哺，厚地高天禄养人。

（二）

白发刘郎才气微，书山多费晓灯陪。
兰章最忌拾牙慧，大话犹能对鬼吹。
苦恨年来髀肉长，不甘松下羽毛垂。
长空广阔飞翔未？欢喜春风酒一杯。

（三）

乡音万里旧山青，起望霓虹漫举觥。
总为射潮伤一膀，无关说项费三更。
轻霜渐落园花瘦，白眼难睁暮气横。
贫富百年浑不料，天涯何处寄残翎。

(四)

九歌旧调与谁同，万事牵怀一扫空。
闹市绮纨皆斗富，家山松菊不嫌穷。
谈诗只觉唯狂士，拒腐方能挡蠹虫。
半世怀霜堪护体，一声清啸落辽东。

无 题

(一)

萧斋独坐忆红妆，欲写前尘却渺茫。
风馆多才空惜玉，花时无奈是怜香。
朦胧晓月悬南浦，寂寞东风度桂堂。
若使当年能自主，莫愁应许嫁王昌。

(二)

相伴罗敷曾几多，尘缘终尽奈秋何。
花前独看双双蝶，月下空留首首歌。
霜剑严摧鸳鸟散，风刀暗迫鬓丝皤。
怡红公子愁成忏，遁入空门泪尚波。

（三）

暮对残红未展颦，此生无路访东邻。
谁知茅舍兰心女，竟是瑶台玉骨人。
镜里春山空顾盼，梦中秋水自逡巡。
伤心一片风流地，回首巫山迹已陈。

（四）

云卷云舒思不禁，苍苍老境尚春吟。
临风红药娇娇舞，照影惊鸿渺渺寻。
陌上桑高谁采叶，东邻墙矮不窥今。
人间何事堪惆怅，锦字空留寸寸心。

（五）

双飞双宿誓难移，暮暮朝朝望鹊期。
烟月千般唯梦觉，风怀万种只愁知。
当垆早断文君酒，对影常吟司马诗。
青鸟有情怜此意，蓬山无处觅胭脂。

（六）

匆匆岁月似飞梭，燕侣莺俦数曲歌。
残稿未收新画册，清闺难忘旧香罗。
齐眉附会书中事，比翼皆虚梦里过。
红豆拈来何处寄，应怜秋在镜中多。

（七）

独立秋宵风露微，婆娑丝柳掩柴扉。
可堪明月升还落，唯有伊人去不归。
枕上昨宵来楚梦，檐前此夜泛蟾辉。
蓬门寂寞谁同守，对影孤觞日日飞。

（八）

秋风飒飒百花残，独倚东篱怯晓寒。
意重莺莺肠早断，情深燕燕梦常阑。
稀疏白发丝余几，憔悴青山泪始干。
深院斜阳题拙句，相思写罢到愁端。

沙丽英

女，1954年生于长春。退休工人。长春老年大学胜春诗社理事。

嫦娥奔月颂

嫦娥一号翥云天，电掣风驰震宇寰。
桂影蟾宫说虚幻，乘舟可待踏环山。

沙秀杰

回族，吉林长春人。长春市北方肝胆病医院退休，长春老年大学胜春诗社社员。

江城子·伤逝

竹梅情愫聚春天，正华年，俏容颜。贫贱无忧，嬉戏舞翩跹。挚友相交多莫逆，同患难，共悲欢。　　峥嵘岁月续前缘，淡如泉，厚如山。欣获今生，知己忘年贤。遗憾今秋三鹤去，斟泪酒，酹碑前。

冷国良

1956年生。现任德惠市司法局办公室主任。系中华诗词学会会员，德惠诗社副社长兼秘书长。

与诗友查干湖采风有题

湖畔漫游

乘兴湖边走，花香带草香。
新诗吟圣水，惊起打鱼郎。

船上远眺

登船思浩淼，凝望更情痴。
天水苍茫处，浑然一卷诗。

乘竹筏

长篙点碧水，竹筏碾平波。
笑语随风远，个中谁乐多？

午　餐

鲜鱼迷远客，醇酒醉吟朋。
兴到成诗处，闲云倚树听。

雪天看松咏怀

肥土良田向不求，扎根峭壁更风流。
身心早沐三春雨，何惧严冬雪满头！

“知青点”聚饮感怀

火炕红炉玉米馍，偷闲小聚漫消磨。
酡颜争说当年事，苦辣酸甜皆是歌。

柳　絮

潇洒飘然天地间，遥看似雪近如棉。
乘风虽绝天堂路，落地仍能抱作团。

秋末咏怀

十月乘初雪，相逢圆旧盟。
情同古原草，心系玉壶冰。
酒惹尘怀醉，诗随胆气升。
世间多少事，不必问曾经。

野　马

林中常啸傲，敢与虎狼旋。
幽壑驱风走，深山伴月眠。
充饥吞野草，消渴饮清泉。
不受缰绳扼，纵横天地间。

战　马

生来身矫健，追月不需鞭。
晓战听鼙鼓，宵行抱玉鞍。
长鸣军胆振，一啸敌心寒。
纵使疆场死，昂头亦向前。

羊

天性本温柔，多为强者谋。
拳拳寻绿草，耿耿学黄牛。
骨瘦任凭宰，毛肥权作裘。
如今狗肉贵，不用挂其头！

忆　友

举杯邀月忆悠悠，雨雪风霜笑转眸。
挥镐北山秋水碧，抚琴南浦暮云愁。
放舟沧海同寻岸，纵马天涯共掉头。
又是一年春草绿，吟怀寥落伴谁讴。

冬日访友二首

（一）

夕阳古道暮云彤，十里单车过岭重。
明月清风花淡淡，酽茶醇酒意溶溶。
荒年会友犹敲箸，胜日吟诗漫叩筇。
共话桑麻生慨叹，寒天夜雪听疏钟。

（二）

夜宿山乡月似弓，霜花雪影两蒙蒙。
情酣好纵放翁胆，酒熟犹遗五柳风。
权抱痴心寻旧梦，自留冷眼看飞鸿。
青山碧水凝佳句，一日朝阳一吐红。

农家小聚感怀

腊酒肥豚农菜鲜，诗人小聚乐开颜。
桌前词赋窗前菊，心底悲欢笔底澜。
一片痴情融落日，三分醉意忘流年。
推敲吟诵疏狂客，撑起山村不夜天。

冷海峰

1949年生，大专学历，现任双辽市教育局关工委副主任。双辽市诗词学会副会长兼秘书长，《辽水歌吟》执行主编，中华诗词学会会员。

双辽三中校园赏景

高楼屹立景欣观，骄子学途平且宽。
杨柳逢春栖俊鸟，梧桐引凤汇才园。
花鲜有赖勤浇灌，树正多亏常剪删。
名校风姿多秀美，爱心托起艳阳天。

宋　芬

1948年生，辽宁新民人，长春老年大学胜春诗社理事。

浪淘沙·花甲之年

转瞬四十年，梦魇昨天。青春遗落大江边。壮志兴邦终未展，墨涸书残。　　盛世振轩辕，地覆天翻。民强国富慰心安。花甲鬓衰神未老，学海游酣。

宋　娟

网名丸都之李，女，1982年生，山西晋城人。历史学硕士，现任通化师范学院高句丽研究院助理研究员。

思乡吟

孑身只影踏艰辛，蝉叫蛙鸣总恼人。
万里家山明月在，边城书苑忆情亲。

自勉诗

吾生三晋布衣家，历尽书山奔海涯。
稷下师从诸子贵，杏坛雨露润春花。

读禅有感

本无旁骛方佳境，池畔莲花悟佛音。
百味人生皆尝尽，禅机因果自如心。

贺《历代诗人咏集安》问世

历代诗人咏集安，古今佳作一时观。
千秋往事书中忆，我欲成诗倍觉难。

宋文涛

大专学历，通化银监分局辉南办监管员。

采桑子·闯关东

昔年踏上关东路，出也彷徨，入也彷徨，为觅生涯苦尽尝。　　半生憔悴芳菲去，情已沧桑，怨已沧桑，空有虚怀纳斗粮！

宋有才

1950年生，吉林大安人。吉林省地方税务局巡视员，吉林省诗词学会副会长。著有《沧桑回首寄深情》《税海耕涛》《诗圃新枝》等。

垂　钓

尘事抛波底，长竿钓晚晴。
鱼标空立水，小憩一蜻蜓。

长白山第一漂

清溪百里夹春山，布谷声中过几湾。
筏逐激流人逐险，心花开向浪花间。

观　海

风磨碧水雨追潮，浪打石崖珠四抛。
退去毫无失意苦，重来依旧乐陶陶。

净月潭之夜

一弯嫩月挂梢头，树影婆娑鸟语休。
潭水也知天色晚，拥春入梦守清幽。

改诗二首

(一)

灵思天赐好诗来，细品方知需再裁。
搔首支颐终得句，心头茅塞豁然开。

(二)

晚餐嚼字胀诗腮，换仄调平费剪裁。
夜半文思仍扰梦，醒来犹得再安排。

天涯海角感怀

天涯漫步路仍宽，海角行船不见边。
忘却心中烦恼事，人间处处艳阳天。

参观大英博物馆中国馆

瑰宝离家若许年，客居异域岂安然。
故乡万里遥相系，何日回归上渡船？

谒莎士比亚出生地

小镇花红四季春，简庐名著誉乾坤。
而今编剧如星众，留与文坛几道痕？

明斯科航空母舰

（一）

饮恨离乡十数年，弹痕犹记旧风烟。
今虽解甲雄风在，仍似汪洋曾戍边。

（二）

海上雄狮举世名，威风曾令鬼神惊。
时艰无奈初衷改，闲置他乡听浪声。

包拉温都杏花林二首

（一）

蓓蕾盈枝颗颗新，天香未动见风神。
惊雷过处千花绽，唤醒荒原万顷春。

（二）

大漠荒林梦乍苏，含苞紫萼缀千株。
忽如一夜来香雪，花海翻新塞上图。

查干湖拾趣

一片湖光百里滩，烟波浩淼走轻帆。
我来淘句抛诗网，鲜鲤跳船奉短篇。

苏州园林

古朴清幽绝俗尘，曲廊画阁蕴人文。
步移景换随心赏，风竹萧萧大雅吟。

宋有翯

1965年生，吉林梨树人，现在梨树县教育局工作。

如梦令

绿鬓如云春早，彩凤凌霄风杳。行客喜凭栏，醉眼问花花好。祈祷，祈祷，梦落闲庭谁恼？

宋宏琦

笔名玉奇，1932年生，河北保定人。通化市委党史研究室离休干部。曾任《通化党史》主编。

天下第一关

金汤锁钥一雄关，雄视八方撑柱天。
汉垛秦砖神韵在，明楼清拱剑光悬。
承平世代多观景，危难春秋少顾攀。
探海龙头不作语，千年警策赖心传。

宋金榜

1951年出生，山东胶南人，文学学士学位，曾任中共吉林省纪委正科级检查员、副主任等职，中共吉林省第九届纪律检查委员会委员、省直机关纪工委书记。

原韵奉临清、耐寂两兄长

一样重逢两样思，三郎秉性四时持。
五年始觉六年恨，七载创伤八载知！

读临清兄与耐寂轩主答问感呈

一声悄问惹情思，激荡衷怀难自持。
不是酒多烧血热，欣然只为有相知！

临冯摹本《兰亭序》有感

行书之最是兰亭，千载书坛享盛名。
茧纸流光原率意，鼠须溢彩本天成。
似斜反正浑无矩，若断还连实有情。
何日得追形貌类，不羞曾在墨池耕。

水调歌头·观《沃野春潮》感赋

沃野春潮起，万众又欢腾。《父老乡亲》重唱，鼓掌似雷鸣。此景早年常见，可惜近来小有，和泪品浓情。多少不眠夜，西北望繁星。　　两千载，为谁唱，数变更。几番凉热终是，土沃壮根生。舍却工农大众，只为阳春白雪，红紫亦朦腥。九亿农家子，岂是苦行僧？

沁园春·得友人电话失眠

雪地冰天，独立风中，街上亭边。为一声问讯，无端受冻；不言牵挂，只报平安。别去匆匆，归来抑抑，闻语胸中起巨澜。殷切切，算重逢尚待，恁许时间！　　夜来几度失眠，独坐起，拥衾四壁寒。叹琴弦已断，知音难觅，幽思无诉，苦受熬煎。人世沧桑，风风雨雨，雨雨风风几十年！孤灯下，命笔书心事，心似飞湍……

沁园春·胶南

青岛西滨，琅琊故地，是我胶南。历桑田沧海，几经析置，几多兴废，几度仙凡[①]。野火春风，焚烧沐浴，水绿山青海更蓝。三十载[②]，念故乡故土，梦浸酸甜！ 从来穷困谁甘？逢改革，腾飞万马酣。看当年穷甲，今朝富甲，通衢交错，鱼米桑蚕。产业三分，后来居上，商贸农工重彩添。自今后，问功臣史卷，数我儿男。

【注】

① 胶南曾屡被树为全国的各类典型，今又跻身全国百强县前列。

② 作者离乡已历三十余载。

宋振庭

（1921—1985），又名星公，吉林延吉人。曾任中共吉林省委常委、宣传部长，中共中央党校校委常委、教育长。全国政协委员。著有《星公杂文集》《宋振庭画选》等。

乙丑初春灯下写菊蟹图并题句以赠张福有同志

月上菊黄夜，蟹肥酒满卮。
老夫无别事，头白写花枝。

寄延吉北山小学八十周年校庆

人才济济浪推波，往事烟云眼底多。
遥念绿杨森郁处，心萦布尔哈通河①。

【注】

① 布尔哈通河，发源于安图县，流经延吉市区。

题芭蕉

生于长白雪山下，不识芭蕉识马兰。
白菜芭蕉浑不差，齐来移种草堂看。

宋轼林

1962年生，吉林德惠人。供职于国家林业局驻长春森林资源监督专员办事处。

风雪过白山

云霭接襟袖，苍茫雄亦奇。
崖松增老韵，危石有新姿。
雪重欺天远，峰回阻路迟。
文章终有限，造化可为师。

丁亥秋吟

昨日依依别，乡心或可留。
樽前风月淡，槛外物华休。
霜重怜黄叶，情痴易白头。
家山何处是，归雁一行秋。

杭州西湖有怀（选二）

（一）

曾经雾鬓与风鬟，魂系六桥云水间。
检点一团新气象，勾留几顷旧湖山。
伊人窈窕香痕远，心事朦胧初月弯。
短信三千堆爱恨，为谁恢复为谁删。

（二）

半是烟波半是云，湖光山色只三分。
双飞燕子君怜我，独立桃花我忆君。
咽露蛩声浓更彻，临风鹤影矫难群。
多情记得杭州信，流水铮铮两度闻。

汉宫春·登五龙山

极目登临，任山风飒飒，襟袖吹寒。五龙神韵，借来豪气吞天。峰回有信，向无边，碧海危峦。谁细数，虬然老柞，一轮多少艰难。　　如是人生曲折，等闲凭进退，风雨经年。相看落花逝水，何处留连。凌云作赋，待珍藏，千丈岚烟。归去也，情长路短，料应今夜无眠。

高阳台·春登绥中九门口长城

辽海吞天，燕山筑障，个中多少沧桑。雉堞桥楼，可怜昨日吴郎。九江河洗红颜泪，剩九门，空锁凄凉。更那堪，曲尽吴宫，风老衡阳。　　今来已是娱游地，有梨花照水，红杏窥墙。小坐留连，一时辜负韶光。百年爱恨随流水，问何人，检点兴亡。对雄关，无限情怀，有限文章。

高阳台·兴城古城怀古

画角听残，烽岚望断，古城落日春深。四百年来，英雄几个登临？两朝石坊斜阳里，最荒唐，明灭虚音。仰威仪，不朽忠魂，不改丹心。　　千秋功罪知何处，怅阶前露冷，槛外烟沉。旧曲新词，依稀浅唱低吟。一樽还酹兴亡事，对浮云，归梦难寻。莫伤怀，见说飞花，寄语鸣禽。

宋晓林

1983年生，集安人。中国人民防空杂志社编辑。

观集安枫叶思故乡山水

入关千里路，成败待人评。
睹物心难静，思乡月未明。
青山游子意，红叶故园情。
寂寞无他事，杯中酒已倾。

洞沟春

周秦旧土汉时宫，故地新城柳色浓。
明月千秋流水碧，春风一夜映山红。
两都台榭残垣在，几代王侯霸业空。
物换星移天未老，江山无限画图中。

宋继政

1955年生，大学本科，吉林省结核病医院内科主任，主任医师，九台市政协委员。

赛车行

身着亮彩脚登轮，独自驱车探野晨。
鱼肚东天初染色，鸡鸣农舍未开门。
炊烟搅乱斑斑雪，晓幕撕出缕缕云。
疾驶徐行由世道，欢迎旭日揽雄浑。

恋情季秋

再赴家园满目焦，长空雁去日萧萧。
孩提互握询庚齿，旧地重游辨野皋。
背井伊人袭梦境，萦怀往事锁眉梢。
当初植下相思树，风雨飘摇岁岁高。

宋寓珍

女，1940年生，吉林省敦化市人。

如梦令

谁寄玫瑰片片？透骨相思路满。把酒更消魂，花面桃腮难辨。相看，相看，尽是离人泪染。

宋德伟

1971年生，吉林梅河口人。自由职业。

无题三首

（一）

树影曳窗前，凝神俯案边。
残霞沉雾海，皎月挂云天。
一枕逍遥梦，千江浩渺烟。
忽闻仙子笑，款款续花缘。

（二）

清风撩绮梦，素手弄幽弦。
雁唳云中月，鱼游水底天。
挥毫舒意志，举酒话缠绵。
梦醒皆不见，悠然幻紫烟。

（三）

茶凉杯尚暖，客散曲犹连。
笑语长空外，娇容忆海边。
前生应有命，今世却无缘。
翘首独遥望，心中只惘然。

西江月

举酒空怜细雨，鸣琴笑挽轻风。常怀绿水忆朦胧，无奈闲情谁纵。　　雁去秋来叶尽，云开露冷霜浓。鸟啼花落又相逢，却是黄粱一梦。

闵凡路

1934年生，吉林省柳河县人。历任新华社辽宁分社副社长、半月谈杂志总编辑、新华社副总编辑兼国内部主任、《新华每日电讯》报总编辑。现任《中华辞赋》社社长。

告别《半月谈》

早春之际沈辽还，受命新刊半月谈。
奋力拓开不平路，齐心谋划创新篇。
十年风雨议国政，百帙文华看主编。
心血浇培七百万①，意林竞秀向峰巅。

【注】

① 1992年，《半月谈》发行超过700万份。

杜万学

1944年生，吉林公主岭市人。曾任职于吉林省和龙县人大常委会。和龙诗词学会顾问。

谒王昭君墓

西风吹大漠，汉女嫁胡家。
陪嫁一粒籽，阴山开满花。

杜兴武

网名独钓洞沟，吉林集安人，退休教师。集安诗词学会会员。

采蘑菇

林间采集又吟歌，朵朵鲜菇似幼荷。
摄下珍奇诗百首，珠玑未料匿高坡。

早春图

春风又绿柳枝头，野鹜翻飞戏急流。
碧草如茵传早信，林中百鸟闹啾啾。

严子谦

1933年生，湖南华荣人。吉林大学数学学院退休教授。

鹧鸪天·退休书怀二首

（一）

来去匆匆日复年，此生曾得几时闲？而今了却公家事，朗月清风返自然。　　随兴致，醉云烟。湖光山色总堪怜。夕阳未觉黄昏近，仍抹余晖烂九天。

（二）

人到归休意自闲，我家原本近桃源，该知足处长知足，得尽欢时且尽欢。　　忘宠辱，淡金钱。不如意事撇云边。休嫌闹市声嘈杂，倘得心遥地自偏。

临江仙

一国同时存两制，古今中外无双。建瓴高屋济柔刚。明珠还合浦，红日照香江。　　痛定何能忘国耻，应须发愤图强。港人治港创辉煌。紫荆花树茂，黄帝子孙昌。

行香子·老年秧歌队

唢呐扬清，鼓乐和鸣，正华灯初照春城。秧歌队里，翁媪婷婷。拥孩提心，青春梦，夕阳情。　　淡抹浓妆，俯仰踞倾，不拘泥一定章程。莫知戚戚，尽忘营营。使眉长舒。身长健，步长轻。

念奴娇·过洞庭

巨湖名世，会今古，多少骚人迁客。妙笔如椽，勾勒出，磅礴洞庭风色。波撼岳阳。气蒸云梦，吴楚东南坼。北通巫峡，潇湘相伴南接。　　更有天下名楼，临湖高耸，飞揽九天月。一望琼田三万顷，托起青螺奇绝。商贾如云，彩舟如织，总是忙时节。粮丰鱼美，四乡长被其泽。

苏　可

女，1952年生。农安县黄龙诗社社员。

谭嗣同

慷慨陈辞傲骨铮，昆仑剑气几人能。
兴邦倡义凭肝胆，抛却头颅唤众生。

咏榆叶梅

尽展娇姿锦绣身，胭脂笑脸灿流云。
晨风拂蕾花分瓣，夜雨滋颜梦带痕。
气吐梅香荣俊骨，朵堆榆叶靓丹魂。
芳心暗许东风嫁，不负多情一段春。

无　题

花残岁老意难凋，情满幽怀涌大潮。
怅倚西风心瑟瑟，昏听暮雨意潇潇。
夕阳焕彩乌云散，秋韵经霜淑气飘。
走过悲欢仍有梦，松凭寒暑傲长霄。

苏 伟

1955年生，就职于四平供电公司。

暇 豫

暇豫耽相聚，追欢买醉频。
良朋五六位，佳酿二三斤。
侃侃谈天阔，涓涓品味醇。
归来黑甜梦，蝶化漆园身。

勾留姊丈山居

野岭清溪隔软尘，家醅新酿得尝新。
遥看枫叶浑如火，进入林垧难见人。
鸟不知名随处唱，蘑多成簇即时巡。
山居合比仙居美，再访何辞远路辛。

苏　黎

（1925—1999），河北深县人，离休前系九台四中教师。一生坎坷，独爱吟咏，著有《苏黎诗稿》。

再咏白菊四首

（一）

任他娇态招千蝶，独恶狂蜂吻雪腮。
且待西风凝白露，舒眉始对镜妆台。

（二）

金几玉案太奢靡，一自篱边寒凛姿。
醉罢陶公歌古调，南山几处白云栖。

（三）

炫金耀玉拢奇香，尔自霜衣拒逐黄。
暂问缘何独冠雪，冰清无意较风光。

（四）

日暮蝉吟夕照愁，偏迎冷雨立清秋。
飙狂摧折三枝骨，不向彭衙乞暖裘。

《苏黎诗稿》问世感赋赠德祥

《诗稿》的编辑、出版等诸多繁杂事务全托德祥一人承办。感激之情，难以言表，特赋小诗，以表微意。

慨然一诺胜千金，季布再生乡里闻。
五斗绿珠终有价，一腔赤胆却无伦。
不辞骨瘦寒灯夜，无悔衣单狂雪晨。
管鲍深情贯千古，山花溪水尽知音。

六十六生日抒怀

饥肠未断幸存归，几度灾荒哭采薇。
遭困唯求活命草，居贫敢望诞辰杯？
移睛怕遇饥儿目，转颈偏逢瘦女眉。
今日鸡鱼争扯箸，慢斟玉液对斜晖。

庚午岁末戏题自祭二首

(一)

云深岁暮雪寒川，穷叟辞归西外天。
一世沉忧忽入梦，千掬清泪顿飞烟。
儿呼徒令青灯小，妪泣翻增霜壁寒。
冷落蓬门犹是冷，茶凉岂敢更劳官。

(二)

远方亲友怨无音，未讣卑微岂可闻。
千里传诗搜有简，三更叩户启无人。
魂归故里关山暗，骨傍寒泉地府阴。
云散天涯空塞上，徒留诗页向黄昏。

岁末读信感作

丙子岁末，远方老友来信言及我之心脏病与昔日风雨年代连遭三次重创之因果关系，读之心伤，潸然涕下，赋之。

读未终篇始泪潸，岂堪三创调重弹。
雄关征罢行无路，绛帐授中收有栏。
足裂荒山妻骨细，肠愁空釜崽皮寒。
桑榆暮染忽惊晚，何事蹉跎望野烟。

苏雨智

吉林省书协、作协会员，吉林省楹联艺术家协会常务理事。著有《苏雨智诗草》等。

江　村

西望渔楼远，江风扑面寒。
春云筛细雨，洒向打鱼船。

春到东团山

（一）

小路弯弯野草花，柳阴篱畔有人家。
儿童携手学堂去，垄里田翁忙种瓜。

（二）

林边牧马草青青，江上芳洲百鸟鸣。
碧水粼粼留浣影，团山脚下捣衣声。

孟家春

朱雀山旁名孟家，桃源燕舞剪飞花。
门前江水春波绿，屋后奇峰恋彩霞。

松花湖金秋

天高气爽荡秋风，湖上白帆点画屏。
红叶如霞飞万树，渔歌一曲绕群峰。

辽沈战役革命烈士纪念塔

夕阳不落恋丰碑，噙泪轻摩看几回。
叮嘱青松勤护守，更托明月影相随。

龙门水库

鼓楼登过下龙门，一路春光满地金。
日照山花明北岭，霞飞湖镜映东村。
梨园墙外翁牵马，瓦舍溪前犬吠人。
谁道仙家穷僻壤，我言聚宝有银盆。

登肇大鸡山

晨闻鸡唱响云霄，拨雾登山过小桥。
白桦扬眉睁凤眼，青松张臂挺龙腰。
溪喧波浪如奔马，谷静苍岩似踞彪。
脚踏金风攀瀑顶，锦霞一捧艳阳高。

杨　木

本名赵金铭，通化县教师进修学校语文教研员。

咏李广

龙城犹忆李将军，穿石强弓力万钧。
三尺青锋胡虏惧，一腔豪气鬼神钦。
枪尖饱饮匈奴血，矢尾横穿边马魂。
堪笑千秋众天子，此君不用用昭君。

杨　福

长春市净月开发区乡镇干部，黄龙诗社社员。

小　草

盼得冬残迎早春，新芽林下欲求伸。
阳光也拣高枝照，辜负拳拳寸草心。

杨　颖

女，1985年生，秉一斋，集安人，建筑工程师。

依韵和张福有所作《怀吴禄贞》

登楼尤喜对长白，护国何曾自惜身。
壮美青山依绿水，时时怀念踏边人。

杨广静

网名细雨烟岚，女，1970生，吉林德惠人。德惠诗社社员。

江源红叶

秋掀老岭五花潮，最喜枫红片片烧。
定是夕阳飙酒醉，霞衣剪碎漫山抛。

踏雪行

黄昏值雪霁，处处塑琼林。
丝语千家暖，感怀孤影深。
冷幽欺素月，清凛浣尘心。
春意何曾老？披风踏腊寻。

上元夜后

八九西风依旧寒，上元灯火夜阑珊。
烟花明灭浮春涨，红紫缤纷报晓残。
琐碎年华终去易，冗长日子再来难。
多情翻作扬州梦，一样幽怀瞒更瞒。

冬日杂感

庭深雪漫起彷徨，一盏清茶泡岁长。
人远天涯劳梦约，酒翻寥落醉愁肠。
皆言情重难松手，岂料心痴才受伤。
况味浮生多憾事，沈腰空瘦泪成行。

无　题

虚掷华年迭岁频，烟波回首向谁陈？
关山欲度怜失路，萍水相逢情累身。
夜月常亏嫌梦浅，辞章难赋恨才贫。
潸然醉解千千事，最是诗心怕染尘。

江城子·清原红河谷漂流

急湍堆浪任舟轻。碧空明，漫山青。水拍心岸，放棹欲长行。峡谷翻波歌一路，思系远，纵豪情。

鹧鸪天·游江山度假村

夹路芳荫相送迎，小荷初绽秀娉婷。吊桥骤晃人惊语，野岸忽开舟自横。　　风细细，意盈盈。长亭醉饮鹧鸪声。秋千锁梦殷勤系，月上林梢已忘行。

临江仙·夏日乡村小住

淡淡炊烟摇柳，翩翩蝶影翻墙。隔篱相叙话家常。情闲天地阔，气定体生凉。　　远却红尘纷扰，惯看风卷云长。提篮装满一园香。檐前穿紫燕，斜日倚花黄。

杨子忱

1938年生，长春市党史研究室编审、长春作家协会副主席，一级作家。

长　征

山路崎岖脚下登，长征流火亦鸣铜。
桥横铁索疑无路，水耀金沙又有踪。
遵义城边苍岭碧，娄山关口晚阳红。
如今纪慰留诗句，笔笔犹同马背生。

杨文健

（1910—1992），满族，吉林省永吉人，曾任九台一中副校长，名誉校长、县政协副主席、九台诗社副社长等职。

中元杂咏

我到人间六十秋，放怀天地总悠悠。
清风一月年年好，流水千灯点点愁。
令节传书应倩雁，客时作赋趁登楼。
自强不息天行健，奚暇悲欢问髑髅。

重　九

（一）

满眼江山独怅望，人间佳节又重阳。
无边红叶因风起，一片黄花带露香。
荏苒华年惊物换，飘零客地恨秋长。
伤心唯是别离恨，几度登楼几断肠。

（二）

重阳佳节莫相违，携友登高到翠微。
日照平林霜白落，风临寒涧叶黄飞。
龙山帽倩旁人整，流水音凭好友挥。
长坐峰巅诗赋后，菊花插得满头归。

春日山行

东风袅袅李花肥，信步迟迟上翠微。
百啭流莺穿树过，一群娇鸟背人飞。
江环校舍楼三面，日照春城柳四围。
杜宇最知游子意，声声苦说不如归。

春日书怀

韶华荏苒逐期迁，又届芳菲万色妍。
晓院沉沉红杏雨，晚轩漠漠绿杨烟。
三春别绪添新梦，廿载风尘感旧年。
极目苍穹鸿影去，关山惆怅月斜天。

秋日杂咏

群芳争艳绘新姿，金色年华瑰丽诗。
潮落潮生天地阔，月圆月缺古今思。
蝉催残暑晨风劲，雁带秋凉夜露滋，
莫道桑榆岁已暮，老来情胜少年时。

杨玉田

1957年生，吉林农安人。黄龙诗社社员。

野　荷

不羡家塘柳色浓，相邀芦雁醉江风。
清辉洒向芬芳夜，并蒂依偎自在红。

游太白山

别有风光举世殊，凭栏未饮醉当扶。
温泉映月流千载，冰斗参星嵌六珠。
梦幻云姿留鹤影，苍茫山色掠鹰图。
兴游太白朝天问，五岳焉知仙境乎？

杨庆才

1946年生，吉林双辽人。吉林省原副省长。

一剪梅·喜雨

（一）

大旱六年农最愁，盼也无休，求也无休。连番甘露贵如油，湿在田头，甜在心头。　　谷雨时分岂好求，志在丰收，天助丰收。城乡共作稻粱谋，未到金秋，似见金秋。

（二）

沃野高歌唱铁牛，耕罢东畴，又耙西畴。播云织雾细涓流，汗洒原丘，囤起高丘。　　盛果新芽在统筹，国免农忧，农却粮忧。而今当此忽回眸，景已悠悠，情更悠悠。

水调歌头·黄榆颂

不屈柏松劲，岂妒柳杨轻。征沙独立荒漠，瀚海列纵横。撑起云间片绿，换得湖边春色，叶底掩春晴。好雨赶时节，甘露润神清。　雉飞藏，兔追奔，鹊争鸣。众生谐趣，生态园里小康声。超越瞻榆修耒，回首耕田望杏，疾步跨新程。林海不须大，一样显峥嵘！

杨庆祥

1934年生，吉林省舒兰市人。曾任吉林省人民政府副秘书长兼办公厅主任；中共吉林省委组织部副部长兼吉林省人事厅厅长；吉林省高级人民法院院长等职，著有《雨滴集》等。

依张福有韵谢奉诗作

心路花香心两通，情深语直与时同。
今冬原野翩翩雪，昨夜星空阵阵风。
自古人生无再版，向来事业有初衷。
水莲高洁拒泥染，吾友奉书诗句工。

附：张福有杨庆祥先生《心路花香》读后

心路花香墨路通，襟怀一卷几家同。
突增虎胆兵营外，洞察羊皮雪夜中。
纵使人生无再版，堪称事业有殊功。
常开清鉴镜于史，不废松江向大东。

杨亚夫

1972年生，吉林九台人。中华诗词学会会员。

无　题

秋风代我扫庭园，方看桃花又近寒。
红叶落经足下地，白云行过眼中天。
人生难聚惜今日，世道常更恨去年。
此刻虽余无限意，一时凝滞万千言。

杨亚秋

女，1942年生，吉林四平人，曾在四平大学图书馆任馆长，现退休。

题画荷

净植亭亭绿映红，淤泥不染显娇容。
虚心竟把香风送，暗寄情丝在藕中。

杨志红

1973年生，吉林农安人，东北师大地理系毕业。现任通化师院历史系讲师。

步韵酬一斋七子

春意知芳燕子狂，尘心邀举月儿觞。
川平短雨出莲泽，梦倩长云入鹤乡。

红豆一绝

人言红豆载相思，我忝青鞋寻觅之。
月合江南游子韵，风归塞北白头痴。

一剪梅·过黄鹤楼

黄鹤粘云唳鄂州，雨脚仙畴，画足尘丘。古今胜境镇江流。遗韵难收，过客何休。　谁欲临风一举筹，登我名楼，啭我灵喉。应忘得失此生求。行似飞舟，翩若轻鸥。

行香子·春复春归

客在他乡，虚掷韶光。琴阶路、翁媪行囊。粘花杏履，青草荷塘。有莺儿闹、风儿笑、瓣儿香。　　江翻鸭绿，柳弄鹅黄。漫登临、月魄云裳。开心佳景，入耳清商。却千丝结，三春好，九回肠。

杨志宏

吉林省委组织部干部，援藏，任日喀则地委组织部副部长。

下乡途中得句赠黑龙江省援藏同事卢波

踏遍青苍沐野沙，相逢雪域即为家。
高山险峻何曾惧，大水飞流势可夸。
捡韵怀春思定结，开机问候自冈巴[①]。
西行黑吉同携手，共育今朝援藏花。

【注】

① 定结、冈巴：均为日喀则所属县名，海拔高，工作、生活条件差，很艰苦。

杨宝华

1954年生，吉林公主岭人。高中文化。曾任公主岭市南崴子文化站站长。公主岭市诗词学会会员。

春　播

细雨和风四月天，白杨绿柳舞翩翩。
黄莺林里舒喉唱，紫燕空中展翅旋。
耙垅整田求质量，施肥撒药抢时间。
当春播下希望种，夺取金秋大有年。

杨宝臣

笔名一砂，1946年生，吉林辽源市人，初中文化，辽源市制泵厂工人退休。

书屋寄情

今日书斋处，曾闻杏果香。
诗思化蜂蝶，旧梦一何长？

杨茂森

吉林延边人。

延边风情

千峰万壑锁烟霞，秀水名山即我家。
地尽九州彰汉帜，天连三国盛唐花。
吴商蜀贾忘归梦，满语朝歌善待茶。
进退随缘堪写意，星河远指壮生涯。

嘉峪关

城楼雄峙暮云高，金甲黄沙洗战袍。
天净胡尘横北里，风梳塞柳向南郊。
丝绸路迹传千古，大漠轮蹄印几朝。
梦里祁连非胜景，羌音笛鼓自萧萧。

居庸关

嶙峋山势若蟠龙，拔地三关九派雄。
金翅鸟王陪象蟒，陀罗尼咒助神鸿。
云台半挂幽州雨，虎帐长消燕地风。
我是杨门怀列祖，虔诚瞻拜到居庸。

山海关

沧桑千古一雄关，谁见当时战火燃。
渤海无声含血泪，燕山有愿息刀环。
黄羊虏酒将军醉，铁马冰河壮士寒。
翘首登楼凭远望，心惊怕到汉唐年。

吊关羽

百战功高莫等闲，堂堂正气驭征鞍。
薪传圣道春秋节，祖述师模义勇篇。
马闯五关思汉主，花开三月恋桃园。
拼将热血酬肱股，独有风骚未肯捐。

钱塘观潮

置身东望大江开，九转云涛扑面来。
吴越山川兴霸业，禹陵日月育贤才。
千帆渡水消龙种，万箭平潮解蜃胎。
吞尽余杭半天下，十分有五入诗怀。

亡宋之叹

昔年蒙马下杭州，海雾江云引暮愁。
雁阵迢迢惊野草，干戈落落动朱楼。
龙逃穷海成螺蟹，虎入临安做貔貅。
文陆已无复国力，空留肝胆照千秋。

赠杜培成老师

恩师授我一笼朱，绘就犁云锄雨图。
膝促青莲寻妙语，手招黄鹤报音书。
已经氧炼犹为铁，未受秦坑也是儒。
愿尔古稀学百里，长竿十丈钓平湖。

杨林森

号学吟老人，1929年生，祖籍河南滑县，企业副总工程师退休，高级工程师。中华诗词学会会员，吉林省作家协会会员，长春老年大学胜春诗社主编。

补　天

臭氧隔层护万家，苍穹破漏祸萌芽。
多氟公害诸邦禁，治理补天期女娲。

老儿郎

踏雪扶筇上学堂，攻坚自乐老儿郎。
痴情韵海淘筋骨，饕餮饥餐万卷章。

锦帐春·金婚自咏

花季流连，人生放眼，度偕老金婚庆典。共山盟，曾海誓，恋遐龄永远，老来增暖。　　数段崎岖，几番身献。爱红豆双心牵线。凤鸾飞，情意炫。更天长地久，百年相伴。

杨松柏

满族，1935年生，编审。曾任吉林省青少年报刊总社副总编辑。著有《中国旅游大全》《军事五千年》《松柏吟风》等。

叹少帅

骊山兵谏震人寰，合力抗倭功盖天。
不是自投罗网去，焉能软禁到残年？

臭豆腐

气味熏人貌不扬，荣登赛会闪金光。
世人争啖青方串，臭到极时翻是香。

电熨斗

船身铁甲热蒸腾，偏在凸凹路上行。
温暖熨开千道褶，老妻烦恼一时平。

瞻昭君墓感怀

后宫佳丽嫁呼汗，自请和亲意决然。
草地飘香烽火熄，边关起舞管弦欢。
女神美誉堪昭月，使者丰功可盖天。
胡汉和谐歌百代，一人胜过几师团？

杨忠彦

吉林磐石人。

依张福有师倡致贺“纪念恢复图们江通海航行二十周年”展

断垒横陈遗旧恨，家山一望泪流空。
图们江口烽烟里，张鼓峰前离乱中。
故国何堪凄冷月，愁云不渡唳惊鸿。
中兴大业从头举，挂席还迎四海风。

杨彤峻

（1934—2009），吉林公主岭人，退前任公主岭市戏剧创作室主任等职。系中华诗词学会会员，公主岭市诗词学会副理事长兼《响玲诗词》副主编。著有《岁月留痕》。

老　杨

夕照街边一老杨，沧桑岁月半枯黄。
欣逢春雨舒枝叶，奉献行人小纳凉。

杨明谷

1930年生，吉林省敦化市人。敦化市诗词学会名誉会长。

东牟山古城

碧峰巍峻壮关东，大氏建基开此城。
千载光阴如逝水，荆榛草莽觅残踪。

敦化北山迎旭峰

斜阳绿树影重重，捷足喜登迎旭峰。
遥忆当年弹寇事，飞镖如雨气如虹。

杨虹玉

1971年生，延边诗词学会会员，现任吉林省合龙市政府办公室副主任。

游成都武侯祠

茅舍现何处？两阳争卧龙。
川人指祠语，此处亦隆中。

夏过山村

流水小桥三两家，山边桃李水边瓜。
香风吹得游人醉，莺雀声声啼豆花。

杨绍群

网名红梅学弈，1950年生，吉林梅河口市人。梅河口市诗词学会副会长。梅河口市七中高级教师。

咏　雨

来自江河不忘根，腾云驾雾绝骄痕。
春风做伴回家去，滋润禾苗惠万村。

咏　絮

不甘依树寄身存，独闯江湖立自尊。
哪怕飘零尝尽苦，寻来片土再生根。

读《跃澜飞雪》有感

精词美律入余睛，一览君之苦乐程。
岁月如歌情似火，挥毫大气写人生。

为休闲广场秧歌而作

翁红妪绿戴头花，彩扇翩翩舞艳纱。
扭得西阳难舍走，嫦娥急赏挤云霞！

贺《天华网事》付梓

奇思妙想巧增删，佳作吟成展笑颜。
雅趣浓浓存字里，芳华闪闪耀行间。
情深意笃胸怀广，律整辞丰技艺娴。
网事出书传百世，新风古韵美斑斓。

依养根师韵戊子新春抒怀

细品人生百味斟，酸甜苦辣不需寻。
顺时要有谦虚意，逆境当无暴躁心。
态度平和灾病远，胸怀广阔吉祥临。
欣逢盛世多荣幸，命运合旋鸣凯音。

依养根斋师韵悼强晓初先生

长白松花怀晓初，追思缕缕付吟锄。
雄才大略公心厚，亮节高风自虑疏。
业绩昭昭标史册，文章熠熠见真如。
斯人虽去英名在，遍地鲜花簇冢庐。

读《百年苦旅》感言

宏篇力作喜翻开，洒洒洋洋入眼来。
千里寻踪艰涉也，百年续韵壮观哉。
养根志在苍山顶，钓叟名留老井台。
苦旅感人称盛举，丰碑熠熠立长垓！

纪辽东·步韵赠养根斋老师

年临花甲不蹉跎，攀山涉大河。钓叟文章谁续写，苦旅唱新歌。　　思如泉涌著连波，精神是什么？热土耕耘无止歇，众友仰巍峨。

杨第甫

1911年生，湖南湘潭人。1945年任安图、敦化县长。1949年南下湖南，任省政协党组书记、常务副主席等职。1987年当选中华诗词学会副会长。有《心湖集》。

饮马安图

安图饮马筹屯戍，耕战难为百里侯。
多载挥戈驱日寇，十年磨剑卫神州。
平分土地苏民困，清算奸顽复世仇。
欲请长缨酬宿志，养兵先计稻粱谋。

唐多令·长白山天池

林海郁葱笼，飞流下九重。望天池，万顷溶溶。有物似鱼还似獭，如石落，浪汹汹。　忆昔乍从戎。安图初试锋。扫妖氛、物阜民丰。今日重来游胜境，驱铁马，上层峰。

杨闻华

满族，1953年生，大学学历。吉林梅河口人。曾任梅河口市委宣传部副部长、文联副主席。

咏　松

扎根岩石中，傲雪斗寒风。
不褪常青色，虬枝向宇空。

杨卿文

吉林农安人，农安县审计局退休。

“神六”航天

飞天神六意尤深，铸就中华万古魂。
再唤天朝凝聚力，又添家国自尊心。

李　言

1939年生，内蒙赤峰人。通化市第二职业高中退休教师。民进会员。

春　雪

无声夜雨洗浮尘，梦醒清凉树挂银。
天地纯然着一色，早留足迹有行人。

春　至

朔风止息又南风，暖阁炉台醒蛰虫。
滴水凌檐重滴水，嫩芽残雪拱青葱。

游　春

叶茂花繁隐雾霾，奇葩共赏伴吾侪。
去年今日偕游处，绿满青山情满怀。

化　春

绿染青山日见新，春风化雨醉游人。
流音飞鸟翔幽谷，朗目宁心在静尘。

游　春

远足看山过密林，四围绿满已春深。
时人哪晓其中趣，鹂鸟无惊哨好音。

蜜　蜂

飞串花间不恋花，频繁来去访芳华。
群团共酿甘饴液，流向人间甜万家。

野玫瑰

山野玫瑰无客栽，丛生聚拢悄然开。
花鲜娇艳游人爱，远道金蜂为蜜来。

云 海

站在高山朝下望，飞涛云海没层巅。
置身佳境隔尘世，驾驭云头我是仙。

冬 晨

密林老树浸霜天，空谷传声击远巅。
踏雪登攀玉作响，山湾瓦屋有炊烟。

秋 韵

一叶知秋暑渐消，高粱红透稻香飘。
畦田翠绿山堆紫，蝈蝈逢时破寂寥。

李 克

吉林省地矿厅干部。

咏戍边楼落成百年兼怀吴公（步吴禄贞韵）

大将筹边筑此楼，百年风雨一襟收。
安疆筹赖平戎策，护国功侔定远侯。
樽俎秦廷岂有憾，穸窀赵地总堪愁。
登兹每见岘山泪，涓汇图们水正悠。

金缕曲·夜宿长白山南坡高山湿地

车印边关辙。宿秋山、撷云当枕，醉眠藤葛。帐外残蛩吟细细，入耳秋声三叠。人迹渺、群峰环列。枯坐拥衾看斗仄，数流星、独钓天河雪。寒似刃，夜如铁。　　八年于此观星月。度幽茫、窥玄穷渺，陆隆岩热。地孕珠胎知微兆，毫末锱铢细阅。施妙手、消弥灾孽。履遍白山人渐老，志未隳、犹沸腔中血。析瘦骨，补天缺。

李　沫

（1941—2007），河北乐亭人。曾任四平市社科联副主席、党组书记。

读《陈毅诗词选集》感赋

驰骋南天战未休，将军豪气贯神州。
三章绝唱惊神鬼[1]，一剑寒光射斗牛。
北地青松能傲雪，西山红叶最宜秋。
忠肝赤胆勤民事，赢得高风万古流。

【注】

①“三章绝唱”指《梅岭三章》。

李　彦

网名琼琚，吉林公主岭人，农民。公主岭市诗词学会会员。

山庄秋趣

半坞人家晚照迎，小村年熟惬秋情。
板桥筇叩黄昏色，松院箕翻粲米声。
野语相哝几篓趣，犊身闲憩一溪晴。
山深不晓红尘事，只把粳蔬乐太平。

赴山家宴

树杪炊烟一缕斜，穿云攀柳到山家。
葡萄架底新醅酒，翡翠枝头昨夜花。
粳米煎香川上水，瓦壶煮碧雨前茶。
大哥斟罢小姑劝，盏盏深情醉晚霞。

雾　凇

一夜霏霏误晓光，天鸡迟报玉人妆。
绒衣乍著明犹素，梨粉轻敷冷不香。
靓态如花春有愧，冰心对雪月无妨。
多情讵待东风嫁，脉脉先偕半岭霜。

生日感赋

一年今又转头空，弹指光阴两鬓中。
座上唯余千古月，篱边独得四时风。
骨凌晚节难医瘦，步启新程不怯穷。
信有芳华能在眼，东君引领到花丛。

次养根斋韵题庚寅贺春二首

（一）

天开气象入庚寅，物借东皇又染新。
白雪堂前邀酒客，绿杨郭外引骚人。
一声燕递千门境，十色花生五岳珍。
大块文章还假我，风光如意早题春。

（二）

万里风云聚虎寅，桃红李白一争新。
诗乡古韵犹传世，岭地芳辰又唤人。
山耐长看添卷好，水因易醉入词珍。
烟花裁得千枝秀，烂漫当同北国春。

伤响铃公主

响铃遗事几回伤，犹把心酸阅旧章。
剑落荒林酬碧血，花飞野岭误红妆。
辽河长祭千盅泪，青冢深埋一寸肠。
默默芳魂谁共语，朝阳山上月如霜。

猫 冬

廪食无忧蛰日长，柴门雪满又何妨。
炕头衾暖偏宜梦，炉顶茶清好润肠。
抱膝惟同书故旧，问情每与月商量。
梅中已觉春来早，倦眼还醒一段香。

李 维

女，1966年生，吉林长春人。

游小天池

濛濛细雨谢秋华，此岸长林彼岸沙。
天际云涛吞去雁，池中树影动鸣蛙。
山隈寂静人驱影，水面澄平鳜吐花。
忽见云头红一抹，声声唤取上山崖。

李　冀

笔名北田、石林，生于1920年，河北肃宁人。曾任长白县县长、县委书记，后任辽宁省营口市政协主席。

登长白山天池

游人踉跄迷松海，巨岭鲸吞万仞山。
银浪翻腾缠玉柱，惊呼湖嵌碧云间。

李广源

字海泉，笔名石柳。1928年生，吉林四平人，大专文化。于市文化局艺术研究室离休。现为中华诗词学会会员。著有《寒微斋诗词选集》。

题八女投江处

黑水悲歌泣斗牛，红颜浩气壮神州。
浑河难洗倭奴罪，林口长含烈女仇。

李元才

1950年生，吉林省扶余县人，吉林省工业信息化厅巡视员。

读申学同志三月二日文章有感

宏文读罢意难平，大爱无疆桑梓情。
心热堪融漫天雪，灾临可见遍地兵。
高悬利剑护家国，永葆青春效众生。
闻道如今警察好，但期来日更清明！

西江月·学书有感

自幼喜欢文墨，始冠愈发痴迷。千支秃笔指鹅池，未改拿云宏志。　　都说书山难上，我何乐此无疲？他年或许笑忘机，练就今番蠹字。

李文显

1930年生，原九台市人大常委会副主任。

咏老年秧歌舞

西山日落路灯明，鼓点咚咚唢呐鸣。
绢扇翩翩同起舞，人生尽享夕阳红。

清贫乐

布衣淡饭度清贫，不慕朱门与富绅。
即使门前宾客少，安眠无虑也宽心。

采菇忙

雨落初秋又转晴，山坡草地菌蘑生。
村姑欣喜提篮去，满载香菇笑脸盈。

李长文

1943年生，吉林怀德人。副教授。曾在东辽县中学，辽源市委党校工作，现已退休。

访农家

莫谓农家土老屯，今临蓬户胜胞亲。
长兄宰鸭翁赊肘，大嫂烧锅童抱薪。
笑脸皆迎远来客，开怀共饮久藏醇。
相逢促膝千言少，白领知音种黍人。

喜　讯

喜讯连来百姓讴，初闻热泪止还流。
颁行一令千秋富，解却三农亿户忧。
历代朝廷催税赋，如今政府免征收。
英明决策民心暖，春日融融乐九州。

清末世像

清朝末世乱朝纲，上下嚣张左右狂。
雁过拔毛称猎手，羊来啖肉似饥狼。
三年酷吏千乡殍，一顷荒田万鼠仓。
瘦死江山红领富，乌纱价好售沽忙。

李开阳

1969年生，大学文化，经济师，现在辉南县银行工作。为中华诗词学会会员。

赞道班工人栽花

道侧绿杨下，鲜花一夜开。
寻之无尽处，不晓是谁栽？

山　语

无私天地宽，敬业忘家还。
愁绪抛身后，闲时独看山。

赠黄永刚老师

沐浴春风飘李花，依山傍水好人家。
闲时总把诗书爱，洗砚池边伴晚霞。

农　趣

马跃晨风草吐青，垂髫柳下踏歌声。
农姑不觉田间苦，裙舞锄飞笑语萦。

诗友再聚通化清清园感赋

莺歌燕舞入清园，杨柳争春李不言。
长白诗风兴古韵，佟江佳句慰轩辕。
知无杜甫三千史，愿作林升一首存。
但使诸君勤努力，关东莫愧道词源。

李化清

1948年生，松原市人，1983年东北师大中文系毕业。历任扶余县计生局、物价局局长。现为调研员。

春　水

一湾春水静，风起细鳞生。
水自无心动，风儿故作情。

海鸥礼赞

展翅凌空舞，迎风向海歌。
挺胸穿险浪，敛羽戏清波。
净洁身何健，情高曲自多。
心存山海志，俯仰尽婆娑。

开封铁塔

盛衰冷眼看开封，昏聩当朝国事凶。
边备驰縻无善策，官风贪鄙有奸庸。
可怜二帝囚天井，无奈三迁避火烽。
徒有忠良多壮志，家亡国破恨难容。

李风林

1951年生，吉林梅河口人。大专学历，沈铁沈阳工务机械段巡视员。

山　色

冷雾撩云岭，浓霜侵素蹊。
寒鸦三两点，一溜雪爬犁。

江　影

两岸松流翠，枫红醉半湾。
一舟耕碧水，鞒乱五花山。

读《道德经》

静笃徐清合旧辞，虚言宠辱自然时。
可名邀去无为梦，常道牵来大象思。
厚德多修盈物善，宽仁少欲抱人慈。
滋彰曲直玄弥远，智法经天寂寞知。

物 语

人生道理作迷茫，解得方圆出吉祥。
悲喜心声萦故事，阴晴命运拟文章。
云烟多梦沧桑美，风雨无思岁月香。
含笑沉浮识天地，别拿烦恼酿辉煌。

行香子·老松江边

露岭扶曦，林醉花痴。紫崖畔、云闹风嬉。合鸣啾鸟，清唱如诗。梦雨山绿，霜山白，雾山迷。　　烟村向晓，霞吻疏篱。翠田里、几影牛犁。渔舟牵网，画乱波漪。幻春江嫩，秋江润，夏江奇。

行香子·吊水湖冬韵

暖水寒蒸，曲岸弯凌。帘冰裹、叠瀑双澄。云流雨落，浪寄稀声。似筝音急，钟音缓，笛音凝。　　温溪冷泻，雪柳霜荆。琼枝颤、孤鸟时鸣。瞥邻瞅远，目绘丹青。过石桥悦，藤桥醉，木桥惊。

水调歌头·甲申深秋，长夜不寐，作此篇借以抒怀

好梦作时有，可惜太绸缪。最知无梦心迹，应是把谁忧。自古多情故事，天地人间道理，老去实难求。一直弄明了，岁月已空流。　　临潇雨，瞅风月，过清秋。不疑冷暖，何样滋味不含愁。笑对花开花落，静度人悲人乐，何必总回眸。一望沧桑远，风景在前头。

念奴娇·荷

肃池荒野，冷云起、寒渡迷空飞雪。梦叶横塘，斜落处、青白蓬头突叠。似玉清魂，如梅皓骨，正倚温泥歇。浮霜沉水，怎知莲子情结。　　花好应忌深秋，素馨归隐里，流芳更迭。妩媚沧桑，仍旧是、轮换千般风月。百日凝香，春心还寄我，不思离别。迎来潇雨，又回精彩时节。

李书文

1954年生，辽宁大石桥人。中华诗词学会会员。

美人松

沉鱼落雁一娇容，因识白山灵秀钟。
至此不思归故里，流连胜地化青松。

第三次长白山文化研讨会志贺

不咸文苑又经春，玉树琼花璀灿陈。
黑水白山钟秀地，吟坛雄峙仰高人。

李永林

1931年生，原商务厅史志办退休。吉林省老干部大学日新诗社副社长，著有《林泉唱晚》。

山　参

盘古开天一草神，名扬四海誉奇珍。
深山栖息终行世，百药群中列帝君。

李永昌

字清白，号瀚海愚人。1949年生，吉林省大安人。曾在白城市公安、检察、驻外、统战、残联等部门工作，离岗。系中华诗词学会会员、白城市诗词楹联学会副主席。著有《愚人诗词稿汇》。

秦始皇陵兵马俑观后感

严刑峻法枉焚坑，遍地狼烟楚汉兴。
何故江山忙易主，始皇带走半城兵。

月亮湖

柳梢初上镜新磨，一叶扁舟载酒歌。
醉饮狂吟惊野鹜，波平水底瞰星河。

再咏包拉温都杏花林

巧借寒梅半缕魂，荒丘百代守清贫。
风沙打硬枝如铁，根系盘深影似云。
不惧旱魔行恶久，生凭傲骨领真纯。
唱春吐蕊迎新绿，沁野流香更醉人。

游查干湖感赋

轻舟弄浪戏莲蒲，笑语如珠洒玉湖。
惊起野凫折僻处，钓来鲜鲤付名厨。
春风得意何曾有，业绩开心几度无。
告老兴诗兼纵酒，神追云鹤忘归途。

清平乐·香港回归

英明决断，构想全民赞。洗耻回归终如愿，堪庆尧封禹甸。　　国歌震撼河山，彩虹飞上云天。喜看荆花紫气，迎来春色无边。

鹧鸪天·秋览白沙滩引嫩工程感赋

莫笑愚翁喜若狂，原来瀚海卧龙王。千重紫浪推芦远，万顷金波涌稻香。　　南飞雁，叹秋凉，天风如瑟荡回肠。痴情痛饮白沙水，醉了当年北大荒。

李平来

笔名辽砂，1957年出生，吉林双辽人。大学文化。政工师。中华诗词学会会员，双辽市诗词学会常务理事。著有《辽砂诗词集》《辽砂诗词集续集》等。

咏集安西大河

集安山水秀新妆，西大河边浣女忙。
五彩衣裙随浪舞，涛声依旧伴歌扬。

瞻庐山石门涧观开慧泉

心仪胜地九江滨，慧远风神感悟真。
未惧辛劳兼昼夜，也期灵气度吾身。

思乡情

游子长思不了情，故园千里感漂萍。
沙消塞外垂杨绿，雪化河边听雁声。
昨日芳菲挥去路，今朝梦寐促归程。
回眸往事难倾诉，唯有东风伴我行。

李玉宁

网名雨柠，女，1976年生，2006年出版《雨柠诗文集》，现为吉林省作家协会会员，省诗词学会会员。

参加白山市诗词学会一届二次理事会有感

平仄朦胧韵罩纱，昼思夜幻作奇葩。
幸逢酣畅淋漓雨，风过滋生姊妹花。

迎春感赋

冷暖轮回复往常，耕牛积力拓洪荒。
满绒布谷林中现，多蕊冰凌土里藏。
新叶伺机携玉露，老根探底汲琼浆。
春风怜我赠双翼，心阔情高任远翔。

爱女参加白山电视台春晚有感

不逊银河星万千，华装粉墨续屏缘。
轻如春燕瞰三嶂，灵似新驹驰百川。
狂雪飘来遮嫩背，疾风吹去露柔肩。
一朝璀璨夺人目，航领飞天月亮船。

步枫岭牧人兄韵贺通化、白山诗友小聚

寒窗不锁有微吟，尽染毫端舞袖襟。
诗贯双城欢乐海，词裁两地吉祥林。
谁言春暖花怡目，我赞冬严雪赏心。
纵饮千杯无醉意，频沽陈酿美眉斟。

冬夜寄雪

寒雪流光覆甬台，柴扉泻影为谁开？
偏抛旧梦随风去，只等柔情踏月来。
夜漫无人倾肺腑，歌绵有意释颜腮。
盼君归故年关至，羞把窗花轻剪裁。

浣溪沙·《雨柠诗文集》出版四周年有感

耕笔无声以爱诠，蟾宫寒舍两无眠，付之一梦了缠绵。　　心灌艺林飘淡雨，情燃文苑渺覃烟，新风牵曳淖中莲。

鹧鸪天·重走刘建封踏查路有感

屈指百年峤路通，荡平岭上觅双松。黑陶问世黑千古，红叶漫坡红万重。　　溪水碧，石碑雄，新征故道两相逢。曹家老井泉清澈，滋养山人护大东。

李玉杰

网名冰清，女，1978年生，教师，白山市诗词学会理事。

霜降前夜

瑟瑟秋风紧，雨丝窗外吟。
忧君惊坐起，细忖上阶音。

秋夜不眠

风摇树影一墙横，短梦惊回始二更。
孤枕偏将愁绪乱，嫦娥冷伴到天明。

小湖夜钓

夜半垂纶获鲤肥，一壶佳酿醉流晖。
几声鸡叫催天晓，风启珠帘送月归。

李玉波

网名仰月草塘，女，1975年生，吉林星泰集团工作，白山市诗词学会理事。

贺白山市诗词学会又一盛会召开

词海泛微澜，诗潮荡晓寒。
献身融旧雪，全仗一心丹。

乘马车郊游

水色清泠鸟影旋，心晴恰遇艳阳天。
画中柳哨声悠远，汩汩诗情润马鞭。

李汝伦

（1930—2010），吉林扶余人。民盟成员。毕业于东北师范大学中文系。原中华诗词学会副会长、《当代诗词》主编，编审。著有《杜诗论稿》《种瓜得豆集》《性灵草》《旧瓶·新酒·辩护词》《蜂蝶无缘》《紫玉箫集》《紫玉箫二集》等

游查干湖（四首选三）

（一）

惊心平地起波澜，一展诗心眼界宽。
四野青纱花满路，归人有幸下查干。

（二）

轻舟穿越浪千堆，苇巷风来看鸟飞。
斟上松花江色绿，莽原万顷水晶杯。

（三）

苍茫白草接天齐，秋雁一人南去时。
料到明湖听造化，罡风吹塑碧琉璃。

故里偶成

默默田间路，徜徉猎落曛。
故居禾黍宅，蓬草父兄坟。
瘦泪风前影，缁衣劫后尘。
绕村杨柳互，指点客乡人。

故乡闻雁

衡阳秋远绿鱼肥，塞上寒生白草摧。
底处是家何处客，此天欲雪彼天雷。
去来人字云边老，迎送诗心月下悲。
切防贪夫弓正满，明年安载暖流归。

神女峰

无聊词客造高唐，云梦伊谁会楚王。
溢水崖崩黎庶哭，疏流决塞女儿忙。
霞堆鬟鬓明眸转，雾卷纱裙翠袖长。
东望三吴天似海，楼船笛送自由航。

一剪梅·香溪

如此溪山如此秋，往日神游，今日神酬。红颜国士共香流，丽子离愁，屈子离忧。　　桔碧峰青泉气柔，已有佳幽，更有佳谋。眼迷身在酒池留，醉了心头，甜了诗喉。

李红卫

1946年生，大学学历，河南济源人。军旅生活19年，转业后从事教育工作，已退休。著有《完美人生》等。

写作杂咏

笔耕笑我不知年，春去冬来转眼间。
未见鹅黄庭院树，雪花又借北风还。

静 夜

飘摇树影乱窗台，夜半孤眠睡眼开。
不尽凝眸关外月，分明客是故乡来。

李红光

网名雪漫千山。1970年生，吉林东辽人。曾务农再从工，现在吉林珲春经商。著有网络诗集《雅风堂选稿》。

防川晚景

日落鸥翔远，潮来海面高。
孤舟迎晚月，执意钓波涛。

江畔闲吟

烟波随逝远，心醉未同游。
孤影天河泪，星霜照小舟。

边城万亩梨园即景

（一）

漫岭花如雪，连绵几道弯。
边城多雅客，肩带落花还。

（二）

经雨花含泪，飘零化作诗。
但期明月照，片片不沾泥。

吉林雾凇

已无俗梦扰新途，雪柳寒江接玉湖。
底是红尘清净地，一肩诗意挂霜珠。

庚寅贺春

春潮涌动赋庚寅，荡起诗花溅此身。
家在边陲不射虎，人间万物总相亲。

新居有成兼酬众诗友

极目云天外，双肩映日红。
开门迎故友，把酒笑秋风。
万里情缘重，一笺诗意浓。
归鸿应有寄，尽在不言中。

端午偶题

佳节频频过，时光易逝之。
少年心上影，故地壁中词。
欲语终无语，我知侬可知？
回眸山水远，梦里不相欺！

端阳节后又近生辰因有所思

漫说江湖远，云帆几度移。
浮生追梦影，弯月挂乡思。
醉矣忘情水，痛哉流泪诗。
痴心犹未解，何日是归期？

六月十四日游密江江东渔村

山高林愈翠，雾重景添幽。
溪水难藏梦，青鱼自在游。
入眸花灿灿，绕耳鸟啾啾。
欲与红尘隔，先从此处修。

除夕有寄

午夜烟花炫，钟声响未迟。
春来人有梦，心到虎听诗。
岂惧千山白，当求一岁奇。
牵怀传贺语，冷暖共相知！

边城感怀

此身应老在边疆，闲爱春游闻草香。
异域风情开视野，他乡时事入词章。
我逢月满偷窥镜，妻近清明淡抹妆。
万里晴空听雁叫，一声更比一声长。

秋　游

扶妻越岭采榛蘑，溪自潺潺鸟自歌。
漫野枫林分翠景，一轮晴日耀清波。
已无俗务妨心境，剩有闲情爱苦哦。
想是桃源同此路，再添秋色不嫌多。

五国城遗址断想

驱云铁马震天威，踏破中原掳帝归。
积世繁华刀搅碎，流民颠簸泪横飞。
风吹细土羞填井，魂绕孤山望解围。
月照小城遗旧史，后来谁复探幽微？

过大阳岔棒槌峰留记用温瑞兄韵

岭来天外接烟村，阳岔双峰印旅痕。
一刹灵光诗荡水，千年迷梦影牵魂。
偶闻汽笛惊人耳，便有列车穿石根。
秋日照空声渐远，此中余味待重温。

曹家沟纪略石前有感

抚岩摩字意何求？识得丹心在上头。
苦旅传情人有忆，斜沟遗址井长留。
非缘一饭凭诗记，恰遇百年为界筹。
往事随风俱已矣，但将石刻证春秋。

荡平岭探碑感怀

十盘九转接云天，回首川峦迷紫烟。
群力劈开巡塞路，双碑铭记撼山篇。
岭无雁过功传远，国有疆封道占先。
满眼秋光收不尽。任凭红叶拂吟肩。

闻养根先生登临白云峰顶寄句以为贺

寻踪逐迹出云巅，十六雄峰落眼前。
风未吹光崖上雪，手能裁得梦中天。
奇虹炫日与心印，碧水蓝池接莽川。
我赞诗翁多壮举，又挥健笔著新篇。

庚寅元夜有思

霓虹照影撞吟肩，难与琼花舞上天。
月在九霄应共醉，客逢今夜不能眠。
拿云心止沉浮梦，涉世情移迎送篇。
遥问故人欢乐否？一城灯火一城烟。

李红波

1977年生于吉林省汪清县天桥岭镇。延边诗词学会会员。

九月菊

九月西风晚，菊花千朵黄。
不随春色艳，且向短篱芳。
幽趣久无主，素心常耐霜。
欲簪双鬓上，和酒醉重阳。

长白山

茫茫林壑耸奇峰，壮阔无垠翠嶂雄。
日破云涛连海曙，月浮青霭荡天风。
镜湖澄澈照今古，玉瀑晶莹溅雪冰。
我自凭高一揽胜，巍峨气象吐如虹。

李印锡

1954年生，山东郓城人，大学文化。历任靖宇县交通局局长，副县长，保护区管理局副局长。

贺长白山天然矿泉水文化研究会成立

崛起新军展壮猷，人才荟萃写春秋。
矿泉文化兴宏业，秀美山川誉九州。

李兆文

1949年生，白山市人。原白山市委党校教研室主任。副教授。

远眺长白山主峰

白头突兀蔽星辰，万仞冰峰势绝伦。
皎洁千秋忠一色，身居高处不沾尘。

题暖江晨雾图

朝雾朦胧薄似纱，暖江对岸是谁家？
山头旭日缄无语，断树残枝葬雪沙。

家乡行

近老心归探故乡，生年意恐变无常。
山川入目欣然笑，俚语重听觉味长。
梦里村街多陌面，樽前旧友少童王。
鸭江绿色今安在？向晚鹰啼怨夜凉。

游十五道沟石林

大荒厚蕴境殊新，好景深沟匿晚春。
石柱叠排成绝壁，瀑帘高挂洒甘醇。
青山对面争荣秀，涧水回旋竞洌纯。
百鸟不知何处去，空留静默待游人。

纪辽东·读《百年苦旅》

百年记忆梦难寻，深山锁密林。一路艰辛传火种，苦旅证丹心。　　沧桑几度换浮沉，功高贯古今。十六峰头铭钓叟，承继有长吟。

鹧鸪天·登桓仁五女山

嗟叹山城上碧天，登高溯望两千年。残垣宫迹今犹在，五女烽烟已杳然。　　遥古堡，近岩峦，名山一座贵辽桓。世人遍好追前事，遂使空城免独闲。

李志军

吉林白山人。

步韵和养根斋老师《登张鼓峰纪念恢复图们江出海二十周年》

诗来笔上揭尘封，追昔又临张鼓峰。
蒿里魂归风瑟瑟，韭溪血化恨淙淙。
心中有梦千山外，海上无情浪万重。
昨拓新途驰俊马，今擂战鼓醒蛟龙。

纪辽东·感养根斋登白云峰

吟怀许定仄平中，云开现彩虹。戮力倾心疆野事，韵在最高峰。　　曹家沟里觅遗踪，可称今古同。谙练边情尽忧责，携手挽天风。

金缕曲·读养根斋《张鼓峰事件战地展览馆题句》感后

张鼓峰前伫。揭尘封、硝烟已去，却留酸楚。记得图们遭屈辱，外患凌迟家土。忍垢看、令人无语。追昔抚今寻踪迹，恨于斯、难葬千般恶。心底乱，更无绪。　　看完展馆知狐兔。笑当年、两夷争食，死魂追古。圆我家乡通边梦，再拓横流断路。羡使者、频频相顾。欲写心音无依据，谢高仪、领采风情旅。急翘首，盼佳著。

李延平

网名东方如石，1960年生，现供职于梅河口电视台，任专题部记者、电视节目撰稿人。梅河口诗词学会副会长。著有散文集《翡翠园》。

梅河口景观之鸡冠山色

层峦黛绿细纱缠，幽谷泉流听噪蝉。
崖下密窑藏火种，丹枫一染又霜天。

海龙镇吊古

正午秋分暑热淫，旧衙模样已难寻。
残砖碎瓦埋深草，耳畔时传擂鼓音。

曹家旧址

时空轮转百年祺，苦旅寻踪踏旧基。
料峭山风餐故地，曹家沟里续新诗。

冬日感怀

细雪风飘岸，疏林隐木舟。
登楼放眼阔，饮水想源流。
不为声名累，何求利禄收？
人生多逆境，归队再重头！

望 山

紫燕凌空归客心，思乡梦里总登临。
梅津春色弥天地，寺塔祥云览古今。
斗柄星随连广宇，龙泉鼓和定清音。
谁能悟得偈中语，醉望奎峰雅韵吟。

拙和周焕武《雅聚周末》

红梅欢聚话沧桑，拜谒程门现霁光。
才品如兰温大雅，虚怀若谷蕴华章。
扬帆莫待风云起，磨剑还争日月长。
夜赏赠书难入睡，挥毫灯下记心香。

拙和养根斋《新春祝福》

岁序轮回斟又斟，邀来雪月伴诗寻。
是非成败问天意，苦乐忧愁寄韵心。
雪住灾情当去远，花开喜事自来临。
风调雨顺民欢乐，燕返千家报福音。

纪辽东·读《百年苦旅》序篇有感

夜翻苦旅读先贤，风仪若眼前。涉水跋山担使命，情系大荒间。　　纵横千里历艰难，高怀不朽篇。十六峰头名赐就，百代共承传。

纪辽东·读《百年苦旅》跋篇有感

鸿篇续韵诗文重，东荒补史丰。长白华笺照今古，钓叟养根同。　　曹家沟口高碑耸，撰书刊略工。更有八方才俊和，共咏纪辽东。

纪辽东·荡平岭

亘古东荒路几程？老岭塞云横。徐公心系边陲固，挥旌一荡平。　　十八盘旋惊世举，长白始车行。双碑铭记彪青史，雄文激后生。

纪辽东·曹家沟

秋染五花林子头，溪拨古琴悠。百年苦旅曹刘后，张公纪略酬。　　清澈老泉浓荫下，鉴可亮明眸。沟中记忆尤珍贵，白山青史留。

浪淘沙·红河谷漂流

碧带绕山湾，倒影峰峦。顺流舟下箭离弦，若梦八仙邀渡海，飞驾云天。　　一路尽征湍，巧妙周旋。人生之旅是撑船，才去险滩还未晓，到了桃源。

李延喜

1936年生，吉林靖宇人，大学本科，高级工程师。曾任中共靖宇县委副书记，县政协主席。现任县政府顾问。

念奴娇·矿泉情

波翻水滚，九龙戏，莽莽森林泉唱。翠谷鹿鸣生错草，千载金流银淌。飞瀑垂岩，火山吐玉，雾卷千重嶂。皇封圣地，几多豪客神往。　　回首世纪初年，“农夫”仰慕，决策雄图壮。谋划笑谈挥手处，耸起一流水厂。鬓染白霜，心连宏业，极品世人赏。愿泉伴我，放飞甘露奇想！

李秀武

1970年生，吉林辽源人，研究生学历，现任辽源市广电局副局长。

江城纪游（选三）

2003年8月赴吉林市开会期间，蒙东道主盛情，略游江城美景，草成四绝以记之。

雾凇宾馆

龙潭山下沐秋风，夜卧松江闻玉声。
梦里不知身是客，一般明月一般情。

松江夜景

何来珠玉洒人间？点缀江城不夜天。
明月清风波影动，星光落处可扬帆。

松花湖

水绕青山歌绕江，偷闲半日览湖光。
嫦娥若晓人间事，夜夜飞临梳玉妆。

绥中行吟

友人远赴千里至辽宁绥中从事养殖，偷闲两日前去探望。碣石山下，辽东湾前，他乡相聚，圈边把酒，其情其景，岂可言传？晦笔如斯，聊寄情耳！

途　中

且喜他乡有故知，奔波千里又何辞。
绥中八月倾情处，最是圈边把酒时。

夜　饮

夜来篝火绕堤红，酒意浓时情意浓。
碣石山前听海浪，秋思几缕到苍穹。

巡　堤

独步堤边思绪多，清辉透树影婆娑。
偶然一阵清风过，引得诗情逐海波。

踏　浪

戏水浅滩沉醉时，从来不是弄潮儿。
涛头遥看人独立，勇士心怀君可知！

夜读偶成（选二）

（一）

自家有酒向邻赊，平地还忧百丈崖。
冬日芳菲无觅处，蓦然回首嗅梅花。

（二）

博冠锦带似轩昂，草莽几分难与量。
夜半樽前常自省，磨砖试镜怎梳妆。

李宝林

1941年生，吉林临江人。曾任吉林省辽源市委副书记、政协主席。

邀友人登长白山

圣水奇峰尘外游，辽东陇右会今秋。
白山有兴邀知己，一满天杯捧古丘。

李武明

1952年生，通化市人，东北师大数学系毕业。原通化师院数学研究所所长、教授。

晨　练

踏雪征山路，迎霞过密林。
登攀先旭日，吐纳伴行吟。

柔　风

化雪融冰自有才，吟红咏绿也登台。
当春尤解农家意，导引榆钱入户来。

观　雪

飘洒乾坤净，翻飞山水融。
无瑕羞玉兔，有韵舞银菘。
六角呈和顺，三冬积瑞丰。
唯期春色早，脉脉苦寒中。

无 题

苦虑千秋事，偷闲两日游。
心舒平野碧，意畅小溪流。
涉远轻车快，登高曲径幽。
风行云有路，水净岭无愁。

访桓州旧友

书香宜占四时春，铁笔偏迷石砚神。
苦度山乡行曲径，欣逢学府访贤人。
图强善演争先策，解惑平添恐后臣。
微皱眉峰低岱岳，闲斟玉盏到前秦。

沁园春·游

峻岭龙飞，长堤柳绿，小径花红。喜山泉澄澈，流波九转；佟江浩荡，激浪千重。鸟峦深林，云迷幽谷，芳草轻吟醉暖风。知时雨，润新枝嫩蕊，遍野香浓。　　高亭画卷盈瞳，问桃李何缘掩翠松？想元宵月满，端阳日烈；中秋气爽，大雪河封。两盏清茶，一枰玉子，斗换星移谈笑中。念往事，看岩间石贝，鼎侧铜钟。

李春霞

女，1965年生。笔名田园，吉林敦化人。吉林省延边诗词学会会员，敦化市诗词学会会员。

心　愿

仰首全球观太空，载人火箭已成功。
有朝一日选航女，我伴嫦娥舞月宫。

迎春自省

人换新衣屋改容，通衢越巷爆竹声。
纳新吐故辞余岁，自问心尘清未清？

自　况

陶情冶性恋山水，夜半荧灯闻墨香。
闲看园中花绽蕾，生活夹缝觅春光。

李若雪

1920年生，吉林白城人。白城市诗词楹联学会会员。

毛泽东诞辰一百周年纪念

蛰睡百年一巨狮，醒来奋臂展雄姿。
列强昨夜瓜分梦，华夏今朝雪耻时。
多载风云复故土，万章华卷著新诗。
中华儿女长怀念，千古元勋颂润之。

李果钧

笔名洒达，满族，1933年生，大学中文系毕业。吉林省民俗学会名誉理事长，著有诗词集《钓叟哼韵》等。

西江月·大庆见闻

树起参天井架，抹除塞北荒痕。工人一吼力千钧，挥手原油滚滚。　　塔矗中华骨气，人呈开拓精神。红旗猎猎展白云，彰显自强根本。

浪淘沙·渔仙歌

自幼钓河川，一把竹竿。晴空绿野酿心间。风落风兴都不睬，静守江湾。　　诗酒对波澜，韵醉青山。人间万事就风餐。秋月春花凭领解，我是渔仙。

李国文

1952年生，吉林公主岭人。现任公主岭市文化体育局副局长。公主岭诗词学会副理事长。著有《茶余杂韵》。

看老父携幼孙放风筝

阳春三月草芊芊，老父携雏放纸鸢。
童耄同嬉天共乐，亲情不尽手中牵。

悼集体户同学董兄福强

秋风萧瑟送福强，旧事萦怀感愈伤。
野菜饥尝盐化水，寒屋夜冻被沾墙。
深坑解难知心力，苦旅同舟效雁行。
久历劫余今猝去，何当共钓话秋凉？

有感

萦心思绪想荣衰，散尽千金怎复来？
遇事随缘休怨愤，知足常乐是胸怀。
一席会饮邀郊外，几度夕阳照凤台？
万里荒原存过梦，倚之辽阔傍书斋！

乐事吟

春风暖地育芳华，院角榆枝见嫩芽。
开启柴扉学隐逸，清除草艾动锹耙。
经农好待及时雨，入仕难沏奉意茶。
摒弃尘嚣寻净土，余年乐事弄桑麻。

李国志

1934年生，吉林公主岭人。曾任中共辽源市委副秘书长等职，已退休。

赋仁刚先生画马

一马奔腾万马鸣，九州生气骨铮铮。
凭君蹄下狂飚起，卷尽污尘四海平。

农　耕

东风得意到龙城，乍暖还寒雨复晴。
嫩柳才黄听布谷，一支小曲唱春耕。

李国芳

1926年生，吉林省磐石市人。吉林市雪柳诗社社员。著有《杏园诗钞》《杏园诗存》《杏园诗馀》等。

杜甫草堂题咏

花　径

曲径通幽嫩竹栽，百花烂漫应时开。
当年花径为君扫，请问君从何处来？

柴　门

茅屋临水柴门小，感事诗多寄世哀。
缥缈云空不见月，园中偏有韵香来。

水　槛

水槛清凉一曲湾，微风细雨柳吹绵。
衔泥燕子归巢晚，贪赏杜公垂钓竿。

游峨眉山

我来鸡塞远，有幸上名峰。
乐赏云中月，时听雨后松。
虫音入流水，佛号伴钟声。
久慕峨眉秀，关山几万重。

游晋祠

剪桐封地溯源长，圣母原来是邑姜。
悬瓮山泉流碧玉，飞梁鱼沼蓄辉煌。
一曲汾流承晋水，分圭遗韵现葱珩。
宫娥塑像留丰采，黄鹤凌云觅此堂。

李忠逊

1945年生。原德惠市政协秘书长，德惠诗社社长。

赠 友

念伊心切切，牵手总迟迟。
匆匆半日别，苦苦百回思。

深秋怀友

栏杆徙倚值秋天，离别京华又数年。
梦里思君千百度，红枫一叶做心笺。

西江月·有寄

咫尺天涯信杳，心笺夹进秋天。西风飒飒梦难圆，空有诗情宛转。　　莫道流光易逝，良辰美景年年。谁怜独立小窗轩，一缕相思难断。

一剪梅·述怀

最是郊原自在游。道是闲休，道也风流。通幽曲径小勾留。风也嗖嗖，意也悠悠。　驻足吟坛放远眸。掌上春秋，笔下诗囚。华章妙语苦搜求。才下扁舟，又上层楼。

李学源

笔名寒涛，1936年生。大学中文本科毕业。历任教师，中学校长等职。

兰　花

偶得幽兰伴露栽，琼葩素蕊自然开。
赤心笃笃勤培育，顾眼频频防病灾。
习习微风庭漫入，丝丝馥郁梦偏来。
冰肌玉貌超尘世，骚客吟哦自畅怀。

李冠民

网名滥竽充数。1963年生。通化市作协会员，通化市诗词学会会员，通化县作协理事，现任通化县检察院纪检组长。

说　酒

平生不擅饮，斟酌亦多年。
常见癫狂客，偶成山水缘。
衔杯两颊赤，击箸一宵欢。
酒性无优劣，因人各有天。

杨靖宇将军殉国七十周年祭

烽烟散尽话当年，贼骑长驱已破边。
满目疮痍悲国弱，一怀伤痛叹民悬。
结成劲旅曾驱虎，战至孤身犹柱天。
松柏应知何所恨，虬枝带雪每铿然。

李承训

1950年生，吉林临江人。东北师大汉语言文学专科毕业，工作于临江市教育局。

游苇沙河金银峡

碧水悠悠映峭崖，林深雾重锁山斜。
卧熊石畔达摩壁，洞府原来是酒家。

珍珠门老道洞

对峙双峰涓水落，珍珠溅起翠玲珑。
仙人乘鹤修行去，洞府犹存莲座空。

命官早餐曹姓家

手牵鄙野草民翁，膝促朝廷七品公。
半罐稀餐烹玉黍，一盘稠酱蘸青葱。
漫谈世外新奇事，趣说山中往日风。
查勘三边寻靖计，为临茅屋体忧忡。

跋涉寻老井

涧水潺湲刺骨寒，蓬蒿蓊郁辨塍难。
山崖窄峤狐驰路，淖泽沙洲鹜憩滩。
灌木丛中窥石甃，曹家沟侧祷翁安。
手抔矿脉甘醇露，心系边陲锦绣峦。

李岱蔚

1963年生，吉林双辽人。大专文化，政工师，现在双辽市粮食储运公司办公室工作。中华诗词学会会员。

咏　莲

玉体丹心不染尘，常开笑口吐清芬。
清香园里佼佼者，敢入浊流洗自身。

李建树

1933年6月生，吉林省辽源市人。敦化市诗词学会会长。

卜算子·棘树条

雪虐九冬寒，万木飘枯叶。拼向冰霜不畏天，鲜果红如血。　　休看嫩枝纤，偏属天生倔。自负青襟不拱腰，气凛关山月。

鹧鸪天·赫什赫古城

荒陌颓垣叹暮云，丹江曲水碧波粼。流光难洗屠城怨，逝影依然留战痕。　　凭望处，黍禾新，蛛丝难辨古庭门，斜阳依旧贪流水，杨柳凄迷古渡津。

李宪东

1970年生，大学文化。九台市文联副主席。

怀友人

闲花开又落，离绪早纷纷。
旧社无人见，新莺何处寻。
天随远岭阔，路自小溪分。
残月林中望，清光可照君。

习　书

得趣累年功，由来愿自通。
修从千虑后，悟自一言中。
怀冷穷山雨，天高老树风。
游来得至理，还与晋人同。

无　题

当年离仕路，商海枕涛眠。
冷暖徐徐记，得失渐渐参。
灯前千古韵，窗外五更寒。
试问风中树，青春又几年？

怀　乡

数载念乡情，家山叶又青。
传书呈眷意，计日赴归程。
朗月清晖夜，寒窗细雨声。
诗心常易老，白发早年生。

思　乡

朝看轻云暮看林，山中不觉已秋深。
落花溅泪因风雨，啼鸟传情自古今。
故里村庄常入梦，儿时农事总萦心。
归期未晓音书断，征雁声声过远岑。

自 嘲

枉自多年诩汗淋，文章翰墨未精勤。
奔波生计趋妍媚，感悟春秋逝率真。
古砚斑驳香缕缕，高丘萧瑟雪纷纷。
时时忐忑重逢日，未有新诗拜故人。

天 路

无垠雪域塑天堂，一路风光进藏乡。
万里高原情筑路，千年冻土梦生香。
浓浓酒饮人心醉，滚滚江流血脉长。
公主情思今若在，当于盛世舞康庄。

李炳晨

1941年生。白城市诗词楹联学会会员，曾任市政协经科委主任。

山　花

晨游郊外洗心尘，一片山花带露新。
烂漫何须知姓氏，不曾娇惯自精神。

空运馄饨之叹

据报道，某大学一新生欲食其母所做馄饨，母即亲制并乘机送去，慨而即赋。

航空千里送馄饨，可叹世间慈母心。
酒绿灯红歌舞夜，谁思冰上卧鱼人。

李显杰

1938年生，吉林九台人。历任吉林省公安厅副厅长、吉林市政协副主席。吉林市雪柳诗社社长。

观河灯

碧水荡河灯，红荷映夜空。
彩舟逐浪去，江底落天星。

雪柳迎宾

底事银花耀眼明，珍珠玉壁满江城。
长堤雪柳迎佳客，万缕千丝皆有情。

东北大秧歌

唢呐悠扬荡夜空，喧天锣鼓颂升平。
旱船摇起重重浪，摇落银河两岸星。

李荣茂

1929年生，吉林九台人，大专文化，吉林省交通厅退休。中华诗词学会会员。著有《白雪集》《雪豹选集》。

游查干湖

边镶翡翠镜平铺，棹鼓波弦鸟唱湖。
客驾飞舟激白浪，风翻水面洗青蒲。
遏云笑语惊鸥起，绕岸垂纶钓叟舒。
最是开心桥洞景，逆流鱼跳溅银珠。

反腐吟（省特邀监察员换届会上作）

星移斗换又三年，各领风骚几届贤。
清浪蒸云催世暖，浊波浸域使心寒。
历朝败自为官腐，一代兴由执政廉。
民望清风除国患，舟行水载乐尧天。

李荣富

1951年生，吉林敦化人。先后在和龙煤厂、敦化市制药厂、华康药业工作。敦化市诗词学会会员。

拉法山

南北东西九座峰，神宫仙境蕴其中。
怪石造就登天路，绝壁悬岩幽谷空。

李振平

1948年生。大专毕业。中华诗词学会会员，黄龙诗社社员。

村 妹

提篓摘鲜进大棚，装红捆绿好心情。
手机轻按商谈妥，一踩油门奔小城。

放 鹅

燕剪风裁草满坡，柳丝如发拂清波。
长篙慢点船儿动，引领鹅游一路歌。

李淑芳

女，1945年生，吉林农安人，长春工业大学副教授，现为长春老年大学胜春诗社编委。

诉衷情·回白山寻老屋

徘徊旧地觅当年，老屋隐花间。高楼阔路无数，旧貌换新颜。　　思不尽，越笼藩，意缠绵。观今忆旧，争奈情深，难忘前缘。

李裕民

1937年生，吉林省九台人，大专学历。退休干部。黄龙诗社社员。

冬　韵

家山封雪径，午日照柴门。
炕睡猫姿暖，檐栖鸽梦温。

古城农安

辽都国府镇蛮荒，戏剧评书话短长。
古塔危残悲旧世，新姿峻雅沐朝阳。
楼台拔地高千座，巷路连桥达八方。
不息车流人似水，连肩花圃送清香。

李景凯

1963年生，辽宁盖县人，吉林省和龙市人民武装部政委。延边诗词学会副会长。

长白冬月夜

峰高天矮星辰近，夜冷风寒岳桦僵。
脚下流云扶跳瀑，崖间悬月浸戎装。
曾闻霹雳击顽石，总把丹心融厚霜。
却道松梅能傲雪，还思相伴守边防。

山村即景

缕缕炊烟追晚霞，红房绿柳映桃花。
刍牛乘兴嬉黄犬，紫燕新归觅旧家。
东院酒香山亦醉，西邻语热夜还哗。
孩童最解春风意，柳哨声声伴唱蛙。

水调歌头·土字牌

默默朝天立，无语话沧桑。凭江望海兴叹，路断梦凄凉。纵使流年逝水，怎洗一身耻辱，回首断愁肠。本是渔游地，遗恨化三疆。　风雷动，雄狮醒，巨龙骧。开边入海，惊看巨笔写华章。共庆归珠焕彩，更有鸿图伟略，阔步奔辉煌。莫忘百年耻，热血固金汤。

李景喜

1951年生，吉林集安人。吉林省电力有限公司纪检组副组长、监察专员办公室主任，高级政工师。

登九华极顶

筋疲咫尺若天涯，还有三千石级斜。
回首云浮甘露寺，十王峰秀众莲花。

爱丁堡

茫茫北海泛清波，风笛声声奏劲歌。
古堡威严今尚在，早将玉帛代干戈。

长白山望天鹅

奇花异草自逍遥，石柱条条向碧霄。
一线溪流穿谷底，九重瀑布架虹桥。
泛红枫叶含娇媚，滴翠果枝滋富饶。
试问天鹅何处去，层峦起伏涌心潮。

二上华山

巍巍西岳近潼关，栈道天梯相构连。
日落千山染红晕，云浮万壑起苍烟。
峭岩突兀霜松翠，古道崎岖涧水寒。
咫尺顶峰难却步，相呼勠力共登攀。

《江源毓秀》截稿之际呈张福有老师

池南华卷韵无穷，毓秀江源又不同。
率舞吟旌关国策，钩沉辞海访田翁。
丸都倾力证青史，玉柱含情托彩虹。
苦旅百年重迈步，君留勋业白山中。

纪辽东·读荡平岭碑记有感

强边固要展鸿韬，山高何足挠。三百工徒齐勠力，盘道入云霄。　　如今高速路条条，焉知两地遥。绿水青山歌伟绩，激荡我心潮。

纪辽东·赞养根斋老师花甲之年152次登长白山并登上主峰白云峰

大荒求索古今中，痴心架彩虹。百五登临情未尽，圆梦白云峰。　　人生苦旅溯留踪，山光自不同。放眼群鹏抒远志，展翅驭长风。

李景隆

1944年生，吉林梨树人。曾任梨树县人事局长。著有《三径集》。

醉中吟

从来岁月易消磨，把酒人生问几何。
半世文章积块垒，千觥胆气累蹉跎。
犹无绮梦三更觉，徒欲芳尘一网罗。
若此迷魂招不得，何当空尽度娑婆？

秋　风

秋风似比去年凉，客旅匆匆塞雁忙。
月下林清巴岭瘦，峡中帆远蜀江长。
攻书本欲酬家国，习剑原非觅稻粱。
此莅关东偿旧愿，尚无归计到咸阳。

李铁夫

笔名钝铧，1949年生，吉林梨树人。曾从军从政。与诗友合刊《三径集》。

古韩州怀古

断垣十里柳榆疏，归燕徘徊觅旧庐。
瓦砾遗书金马悍，杏花泣血宋庭虚。
舞文弄墨空言圣，坐井观天枉道孤。
绥靖终堪尝苦果，应垂悔泪满昭苏。

五十抒怀

相伴红旗日渐中，风风雨雨度春冬。
少时梦里摘星月，壮岁营前试剑弓。
闲效青莲将进酒，羞吟武穆满江红。
蹉跎已自知天命，乐做归来箬笠翁。

李桂仲

1941年生，吉林四平人。四平市戏剧创作室编剧。著有话剧《九龙吟》等。

纸　鸢

彩纸扎成式样骄，桑丝送我入云霄。
风流盖世头频点，惬意超凡尾几摇。
猛鹫咱说不算鸟，大虫愚看也当猫。
忽然暴雨疾风起，骨断皮飞葬野郊。

李桂芹

女，1931年生，吉林四平人。现为四平市老年大学诗文班学员。

忆姐妹童年弈趣

弈趣童年记忆新，交锋对垒故频频。
猛攻有序欣擒敌，急退无方惜折军。
优势失招翻转劣，险情得隙又回春。
悔棋每惹相争嚷，不觉钟声报夜分。

七十七岁感怀

无情岁月付征程，黑发丛中白发生。
已免尘劳长役役，肯因俗务总营营。
春阳虽艳能无晦，冬月多寒亦有情。
晚景况逢儿女孝，身心愉悦自年轻。

李清林

1945年生于长春，大专学历。曾在农村劳动15年，先后从事建筑、史志编撰、机关秘书、律师、编辑等工作。

无题寄友（选三）

（一）

墙里桃花墙外人，崔郎惊艳看非真。
初成眉语香魂殒，千古痴情说到今。

（二）

溶溶洛水碧琉璃，惆怅陈王驻马蹄。
合是寄怀挥巨笔，惊鸿一瞥至今疑。

（三）

陌上柔桑绿万株，南来五马立踟蹰。
扬鞭一笑绝尘去，只为罗敷自有夫。

诫友人笞子

老圃培佳木，因材慎用强。
麦收三月雨，菊放九秋霜。
直曲岂人力？良庸勿过伤。
君看山上树，枝干拂云长。

寄诗友温瑞

翰苑佳公子，词坛俊茂才。
联吟惊四座，斗酒尽千杯。
分袂菊初谢，重来杏乍开。
暮云遮望眼，山径独徘徊。

和陈旭先生《孤愤》（八首选一）

溪山襟抱水云情，见惯浮沉自不惊。
晚岁喜敲平仄韵，旧交多拜孔方兄。
青春趁我忙中过，白发瞒人睡里生。
惭愧年来多块垒，笑斟浊酒作朝羹。

冬夜怀友

我所思兮在远方，隔山隔水碧天长。
黄梅熟后蝉声懒，鸿雁归时树色苍。
薄酒离怀人似梦，小楼灯影月如霜。
何年得践山中约，细雨霏霏看海棠。

送友人归里·并序

友人于君所打工之企业倒闭。返乡前夕，逶迤寻至寒舍，遂留饮叙旧。次日，依依惜别。

廿载飞鸿爪迹湮，天教重见倍情亲。
嘤其鸣矣交常淡，回也贤哉老更真。
迢递家山招客子，迷离烟雨送归人。
知君不忍回头望，南浦依依柳色新。

端午前一日独游卡伦湖志盛

城居谁不爱芳茵，半日单车到水滨。
自语蛙儿如唤侣，低飞燕子似迎人。
湖山远近楼遮眼，水木凋残害及身。
倚树沉思因坐久，杜鹃声切雨纷纷。

丙戌元夜抒怀

怀亲怀友过元宵，户外烟花响似潮。
诗友传诗飞短信，路人争看踩高跷。
春寒渐退莺声近，客子迟归雁讯遥。
此夜冥间应不禁，丰都可有望儿桥？

述怀答友人

平生聚散总牵情，七尺昂藏见坦诚。
刚烈肠当知己诉，温柔心对美人倾。
长亭古道良朋远，暮雨朝云绮梦萦。
此际微醺楼上立，青山叠翠晚霞明。

李清泉

1964年生，吉林伊通人，公务员。伊通诗词学会副会长。

咏吉林雾凇三首

（一）

冬月江城事事幽，清辉如水洒亭楼。
为寻雪柳吟诗句，子夜孤身傍岸游。

（二）

点点银星缀夜天，只身往复恋江边。
痴心最爱霜中柳，踏雪吟哦不计寒。

（三）

松花江畔正冬时，雪柳参差垂万丝。
故友牵情何所寄，一株琼玉一篇诗。

农家春日

阳回日渐长，沃土散清香。
鹅泛桃花水，燕依新屋梁。
炊烟缠柳笛，笑语醉山庄。
布谷声声唤，农人垄上忙。

祝孙英林老师八十寿辰

伊通自古有奇贤，老树生花气凛然。
满史日磨双鬓白，收藏渐蓄两襟宽。
临风把酒运遒腕，对月吟诗拈皓髯。
鹤寿松龄春永驻，矍姿铄骨望彭年。

虞美人·农家久旱喜雨

初春久旱何时了？地裂风吹草。几回祈盼望苍穹，只叹天蓝云白雨无踪。　　夜来窗外甘霖洒，早起牵牛马。农夫一路嚼干粮，沃野飞犁含笑种田忙。

西江月·送诗友刘萍南归

野草熏熏乍绿，山花灿灿初红。樽前水畔赏春容，诱得痴人吟诵。　　昨日相逢兴致，今朝离别情浓。徜徉商海影朦胧，谁与佳人同梦？

李海峰

1952年生，吉林公主岭人。曾任公主岭市劳动和社会保障局副局长。

山　泉

自涌深山谷底流，峰回路转闯当头。
艰难险阻从无惧，不入沧溟誓不休。

李蓉艳

女，生于1961年，吉林省集安市人。集安市诗词学会会员。

自题荷塘小照

池里荷花池外人，娉婷相顾亦相亲。
若非化得禅风骨，泥淖焉能立玉身。

题梅有寄

泠泠阆苑七弦琴，独向苍茫作苦吟。
纵使北风寒彻骨，怡然鲜活雪中心。

咏杜鹃花三首

峭壁杜鹃

劲舞风流不畏神，相依绝顶自成春。
殷殷一抹朱砂痣，信是阑珊梦里人。

坡谷杜鹃

谁研彩墨泼前川，草就洪荒骇世篇。
焚尽诗心重浴火，倾怀一笑醉红天。

江岸杜鹃

落霞点点怅枝头，犹寄长风放远眸。
春逝红残魂魄在，天涯我是浪前鸥。

题驮道岭云海台历

贝叶初翻驮道年，迎眸雪浪带轻寒。
爽其心也明其远，醒以神兮素以安。
从此祥光笼案舞，何愁新岁望风残。
拈云朵朵如藏梦，梦里飞霞梦外观。

贺《历代诗人咏集安》问世并感

历代诗人咏集安，飞珠溅玉助江澜。
辑成赫赫春秋卷，汇得泱泱豆谷弹。
翠咀朝华霞染面，英含夕露月凭栏。
一犁好雨研新墨，再续丸都盛世刊。

步张岳琦主席微韵写无题

偶翻闲卷落枯微，绪绕孤灯淡淡晖。
能拾花残葬书冢，难笼魂散入云围。
心藏缱绻情依旧，风谢缤纷梦已非。
幸有余温纤指慰，轻拈一片祭莎菲[①]。

【注】

① 莎菲，书中女主人公。

加入集安诗社百日抒怀

孤鸿寞寞梦乡游，难诉相思锁老秋。
乍见春光重振翅，更倾夏雨好扬讴。
归群盘锦牵霞舞，列阵翻歌向海流。
我待御风勤试剪，碧云天外韵心酬。

赴长白山池南笔会——山之盟

最苦经年未了情，今朝得赴大荒盟。
云崖无语长身立，松桦有缘连理生。
凝玉仙池禅意动，隔尘芳野月华倾。
书天雁阵盘心曲，十六峰头韵自横。

读《白山纪咏续注》感呈养根斋老师

挟云椽笔向天书，续咏新征纪始初。
心抱千秋澄广宇，汗挥四季考荒墟。
荣枯草木知兴替，聚散烟霞任卷舒。
批阅苍茫催皓首，白山遍地筑诗庐。

纪辽东·题黑陶笔筒

胭脂不染素心求，疏眉罥浅愁。愁我思枯笺也皱，残墨冷清秋。　　飞来异彩亮昏眸，灵光束案头。松竹梅朋襄雅意，月上小窗钩。

纪辽东·大阳岔棒槌峰寄思

厮守东荒成一景，搁月洗寒岑。依稀玉杵双双捣，山盟抱满襟。　　空谷今朝风乍起，拂水似听琴。子规声里黄花老，殷殷不老心。

纪辽东·有感养根斋老师花甲三梦得偿圆虹来贺

百五登临惊日晕，持镜聚缤纷。挺身极顶担风雪，云萦白发人。　　三梦从今偿夙愿，句读向天圆。灵光解意知情悃，冥冥造化缘。

纪辽东·曹家沟老井与众诗友饮水记

弯弯山路任心量，黄花曳鬓香。欲问曹家沟掌事[①]，草木裹轻霜。　　躬身争向泉边饮，甘回九曲肠。情注源头吟活水，汩汩续流长。

【注】

① 沟掌，方言，半山腰之谓。

纪辽东·读《百年苦旅》逢养根斋老师登白云峰遇圆虹

轻轻点亮满天星，披风向远行。杖策五重终极顶，更赖自身撑。　　一樽还酹感山魂，圆虹出阏门。两杰同环信缘笃，百载共拿云。

纪辽东·贺养根斋老师携《纪辽东》登顶白云峰（依韵）

白云峰上纪辽东，吟声自不同。撩起天边霞万道，幻彩共飞虹。　　大荒绝顶信留踪，丸都一望中。苦旅新程听傲啸，虎步再生风。

宴清都·题长白山南麓冬景图

太白冬吟录。凝神处、正是银妆南麓。梦难成幻、诗难畅意、画难横幅，仙人醉也瞠目。幸有那、多情鸭绿，夸岁寒、唱响山曲、云曲、恋曲、春曲。　　山曲、共振群峦；云曲、且挂崖前双瀑。松桦恋曲，恋曲、涌动大荒春曲。心讴素笺重续，担忧责、薪承草木。聚影来，雪柳凇花，天昭志笃。

沁园春·敬赠援藏干部

仗剑西行，心比山高，脚比路长。纵珠峰万仞，犹凌绝顶；云程千里，更涉边疆。襟蓄清风，汗浇广袤，公仆倾情垦野荒。甘俯首，正犁冰耙雪，播绿春光。　　华年好赋华章，家国事层层肩上扛。念故乡父老，殷殷托嘱；藏区图画，细细谋量。致富萦怀，和谐牵梦，月隐霞飞奔小康。谁瞠目，看格桑竞艳，世界东方。

李殿发

农安人，从教。

旅 思

莫从跌处返空身，培土栽花冷亦春。
或萎或鲜皆入画，时观沟坎可提神。

李藕堂

1940年生，大连人。曾在集安工作20余年，后任大连话剧团国家二级编剧。

忆集安

边城每忆不成眠，笔种书耕二十年。
绿水涨于昏雨后，花山艳在晓风前。
太王幸有碑千古，类利尚存诗一篇。
史事今情浑未忘，魂牵梦绕是文缘。

欧阳文

（1912—2003），湖南平江人。四保临江时任东北民主联军第三纵队政委，1955年被授予中将军衔。解放后曾任第六、七届全国政协委员。

四保临江

大捷新开报胜音，蒋军四次犯长临。
先南后北终违愿，变守为攻始遂心。
卧雪爬冰操胜算，出生入死走枪林。
从今决战开新局，拉朽摧枯向远深。

肖　华

（1916－1985），江西兴国人。解放战争时期任东北民主联军辽东军区副司令员兼副政委，建国后，任中国人民解放军空军政委，中央军委副秘书长。1955年被授予上将军衔。

胜利之本是兵民[①]

——忆敌后抗战

红旗高插长白山，战马痛饮鸭绿江。
九月三日鸣鞭炮，万里河山庆重光。

【注】

① 原作为古风，共31韵，摘录。

肖文奎

1945年生，德惠市人，有《文奎诗影》出版。

外　归

夕阳送我又归乡，妻敬春风酒溢香。
灯罢耳边私语处，天涯孤旅可凄凉？

读金国芳《梦断冰河》

（一）

啜饮青春酒一瓢，小城风雨大江潮。
春花秋月何时了，梦里冰河哭断桥。

（二）

情窦初开月老裁，可怜画笔绘春开。
精心织就冰河梦，憧憬明天笑未来。

游松花湖

青山入眼开，碧水映楼台。
雪浪推舟去，渔歌载笑来。
片云缠短棹，飞鸟渡蓬莱。
陶醉湖中趣，漫斟酒一杯。

肖向荣

（1910—1976），广东梅县人。解放战争时期任东北民主联军政治部宣传部长，第四野战军政治部宣传部长。建国后任国防部办公厅主任，中央军委副秘书长等职。1955年被授予中将军衔。

旅途述怀（二首选一）

忆昔东来烽火悬，疮痍满地遍狼烟。
四平苦战长春失，战士襟寒志益坚。
雪里松江三战伐，春归旧垒复重圆。
犁庭扫穴擒群丑，解放全区著鞭先。

吴 菲

女，1971年生，吉林长春人，东北师大中文系毕业。现就职于长春市净月区国税局。中华诗词学会会员，曾获第二届华夏诗词奖。

卜算子·夜宿丹东大鹿岛

孤屿月初升，六幕无纤霭。远泊渔舟数点灯，举目星如海。　海底睡鱼龙，海水犹澎湃。信步披襟向海风，我在三山外。

减兰（四首选二）

（一）

缘生无我，五月榴花红似火。蔽月轻云，洗尽铅华著素裙。　昔怀安自，空谷幽居谁与似？又是黄昏，静锁疏帘雾锁门。

（二）

悠悠我命，得与失之皆幻境。数尽恒沙，君是前生那朵花？　合眸不语，往事幽微随夜雨。滴落空阶，洗尽浮沉染碧苔。

菩萨蛮·丸都山城

群山掩映苍烟织，荒沟古道披荆棘。故国泣铜驼，残墟废垒多。　　谁人曾逐鹿？滚滚江波绿。休去论兴亡，野花零落香。

清平乐·失恋之后

晓风吹送，回首些些痛。燕婉深盟终底用？不过槐安幽梦。　　城郊紫陌荒寒，因缘世界三千。扫取颓枝怨叶，烧成一个春天。

清平乐·晨起观雾凇

霜柯疏叶，明缀琉璃雪。玉露溥兮成皎洁，冷澹丰姿奇绝。　　长堤十里清嘉，鱼天耿耿朝霞。莫遣芳菲归去，盈盈素蕊留些。

南乡子·春宴五家山

细柳绽鹅黄，翠黛横波淡淡妆。石径行来身入画，徜徉，春染千峰下夕阳。　　佳节共持觞，鲈鲙莼羹满座香。临水登山无限意，思量，明日松江一苇航。

纪辽东三首

（一）谒荡平岭石碑忆张凤台

荡平岭上忆张公，霜枫叶正红。龙刻双碑林畔矗，崛屹向云空。　　凿山斫树辟鸿蒙，千年危嶂通。兴业安民施德政，长白有遗风。

（二）读《百年苦旅》忆刘建封

遥想当年刘建封，苦旅踏查中。勘边穆石历千劫，江岗了在胸。　　峡谷碧池灵秀钟，矢志几人同？五云起处回眸望，雄哉汝即峰！

（三）观《百年苦旅》养根斋·悬雪崖照片有感

四月东荒水结冰，跋涉夜兼程。栉风沐雪危崖立，遽然忘死生。　　百五登临魂梦萦，乔岳为公倾。注眸谁续泠泠韵？三江分外清。

踏莎行·赶海

翻雪潮回，流金沙软。长空澹澹云帆远。提篮赤足海滩行，柔波绿藻相牵挽。　　礁隙寻螺，泥间挖蚬。罾中螃蟹青螯展。白鸥振翅送将归，棹歌声里斜阳转。

蝶恋花·有忆

是夜昏黄灯影碎。与子同车，交目微微醉。纤月朦胧添妩媚，晚风不语牵衣袂。　　犹忆分携江北地。六出飞花，如蝶翩跹至。心绪芊绵缘底事？空中飘荡相思字。

行香子·初夏游莲花山

仄径如绳，翠盖如亭，溯溪流，迤逦山行。黄花铺路，青蝶相迎，正鸟声啭，蛙声越，水声清。　　闲挲石凳，醉倚苍藤，望遥岑，叠嶂围屏。畅君胸次，引我幽情，渐松风缓，暮云淡，月华明。

满江红·谒将军坟

石冢峨峨，龙山畔，岿然兀立。纵目望，杏花层叠，游人如鲫。草上阶台青未了，苔封寝殿寒犹昔。更森然、四壁载沉浮，心生惕。　　山河在，烽烟息。人世换，鹃声泣。任英明神武，都成陈迹。霸略雄图浮梦尽，残砖零甃黄埃积。问千秋、勋业竟何成？江声寂！

湘月·题翡翠玉镯

友自南方归来，贻我翡翠玉镯一只，温润脂滑，莹翠欲滴，余甚爱之，填词以记。

明莹碧透，似冰湖初解，团生新绿。指底凉生肌雪滑，标格澹然脱俗。秀比云凝，洁同月洗，异骨还清淑。垂虹萦腕，此心温润如玉。　　犹记籽出深山[①]，试烧三日，规琢真眉目。缘起见饴深婉处，魂魄相依相属。不弃不离，莫忘莫失，祈愿平安足。灯前案侧，长宵伴我幽独。

【注】

① 籽，籽玉，玉石。

水龙吟·丸都山城怀古

三山合抱丸都，登高四望秋无际。乱蛩蓑草，颓垣断碣，土花荒垒。野色迷濛，碑文漫漶，依稀旧址。对悠悠逝水，离离禾黍，悄然沐，斜晖里。　　遥想弹丸之地，也曾经、几番荣悴？龙盘虎踞，纵横捭阖，当年铁骑。献鲤建功，悬车垂败，盈虚如此！听莽林深处，西风呜咽，似笳声起。

玉甸凉·月夜泛舟

皓月初圆，暮烟收暝。近中秋，露微凉，天高星迥。极目九宵云幕卷，霁色明河相映。渔火蟾光，黛痕岸碛，荡漾琉璃千顷。良夜何其，意朦胧，恍入冰壶仙境。　　信美湖山，斯须美景。且浮槎，泛鲸流、寻幽赏胜。对月高吟苏子赋，唤起千年佳兴。荣辱皆忘，尘氛尽洗，胡不壶觞歌咏？灏气盈襟，倏然间，万斛诗思泉迸。

金缕曲·山鬼

向晚凉风起。渺山阿、暮云澹澹，幽林冥晦。薜荔为衣萝为带，但有佳人清丽。倚山石，含情凝睇。几度约君君不至，渐夷忧、化作清清泪。情与恨，者般味？　　芳馨折尽谁堪寄？问红尘、芸芸扰扰，至真有几？念念灵修知何往①？望断巫峰楚水②。思纡婉，更添憔悴！千载鸳盟终难结，剩修篁、谷底空苍翠。过耳处，山猿厉。

【注】

① 灵修：山鬼的情人。

② 巫峰楚水：据清人顾天成考证，山鬼即巫山女神，郭沫若的《屈原赋今译》证实此说。

金缕曲·夜读纳兰

乌巷长杨舞。想当年、丰神俊朗，异才天赋。浊世翩翩佳公子，侧帽雕翎风度。携美眷，明花玉树。三载佳缘成梦矣。对寒更，满目凄凉雨。思黯黯，泪如缕。　　卢姬应识伊人苦，隔尘寰、茫茫碧落，泫然回顾。兰婉情滋冰轮句，倾倒世人无数。道不尽、真情如许！我愿芳俦天界遇，理湘弦，再结他生侣。夕照里，两归去。

金缕曲·静夜

桂魄流霜夜。立窗前、云天阒寂，星垂四野。夜气如潮风不定，长恨形劳萦惹。但徙倚、欲言又哑。世事真同蕉鹿梦，色迷离、难辨真耶假？几踯躅，不能罢。　　浮生我亦飘零者，叹繁华、纷纷过眼，尘埃野马。百感循生交迭起，殊与轻描淡写。莫痴念、知非即舍？解悟清心须静照，待明朝、或已无嗔也。掬铅泪，风前洒。

吴　竞

1948年生，吉林市人。

长白山书画笔会

林海瑶池气象雄，卓然出世柱天东。
钟张笔墨范宽画，难状大荒长白风。

吴广才

1939年生，吉林省九台人。曾任吉林省委常委、纪检委书记。

赞雾凇

大地冰封不冻江，琼楼玉宇著银妆。
长堤雪柳花千树，天下奇观数我乡。

吴文昌

1948年生，研究生学历，历任省委组织部副部长、省人事厅厅长等职，现为省人大人事代表选举委员会主任委员，中华诗词学会会员、省诗词学会副会长，著有《临清集》《心远集》。

送援藏干部入住日喀则

千山万水路迢迢，到此方知哪是高。
气短心虚双腿软，敢来援藏即英豪。

咏长白山天池

云影天光百丈深，纤尘不染碧沉沉。
难能最是无求取，却作三江淌到今。

九寨纪咏五首

（一）镜　海

仙子妆留一鉴清，天光云影共朦胧。
忽闻人唤惊方醒，知是山中与水中？

（二）五花海

武陵虽远莫嗟呀，此处瑶池遍玉花。
五彩云飘祥瑞气，置身疑是入仙家。

（三）珍珠滩

声似惊雷上九天，飞流直下瀑成滩。
珍珠满地君休拣，非己之财不可沾。

（四）看《藏谜》

朝圣艰辛问可知，长头印血尚栖栖。
轮回不见偏寻梦，千古谜团一首诗。

（五）岷江源

破嶂开山下益州，总将澄碧润田畴。
兼收终可成深阔，哪管源头是细流。

抗震抒怀

山崩地裂震西川，灾报惊心夜不眠。
泪洒荧屏悲国难，情牵巴蜀叹时艰。
羞无健体亲排险，幸有微薪可奉钱。
莫道书生多弱质，也能伸手共撑天。

步荣文达《辽东怀古》韵八首

（一）

尘封人迹隐星躔，觅觅寻寻总觉鲜。
神女多情难史笔，采薇无力撼山川。
四支并起发祥地，三郡同开设邑年。
虽是强秦威不到，豪雄谁肯忘幽燕。

（二）

雄才大略眼胸宽，威治营盘法治官。
横槊吟成追雅颂，挥鞭算尽比张韩。
安边无惧伐征远，靖内多忧整肃难。
碣石遗篇留浩气，平乌犹似定泥丸。

（三）

羞于奸巧与权谋，只觅奇功不觅侯。
冤塞三江悲梦断，风吹一叶叹天秋。
南军弃甲奔如豕，北旅挥戈气若牛。
知是朝中无勇将，忠魂怎可挽沉舟。

（四）

轻观正统蔑尊卑，开国雄心世所奇。
血染鞍鞯兴霸业，甲生虱虮蓄王资。
四方有意归庐殿，七恨无情壮铁师。
抱憾关前终驻马，中原未见易旌麾。

（五）

刀枪剑戟刃飞霜，一代枭雄唱大荒。
才舞旌麾克沃沮，又挥兵马向辽阳。
丸都坟恨春秋短，豆谷宫期日月长。
纵是纷纷成往事，终留青史泛余香。

（六）

何处昏鸦噪暮云，颓垣衰草接荒坟。
难寻风雪孝廉路，不辨真讹太白文。
三素声羞家国恨，二驹名重帝妃分。
兴亡一瞬谁能解，谈笑杯倾日几曛。

（七）

风云叱咤古今倾，势压南邦控上京。
铁腕常施夸冷艳，金鞍不弃展威名。
殿前每用韩公计，阵上常驱伏虎兵。
归政雄心终不泯，梦中犹取汴梁城。

（八）

千秋青史锁烟尘，细检深思辨伪真。
为恨奸谋频拍案，因钦忠烈慎为人。
问心总使情趋雅，怀德常防志堕沦。
莫谓书生无一用，吟鞭指处可回春。

少小吟

夜读常常到五更，鸡鸣未息即成行。
眼前漫漫时艰路，耳畔轻轻母爱声。
未羡先贤夸映雪，却馋稚子弄春筝。
堪伤少小身心累，只为生来是长兄。

踏莎行·西夏王陵

瑟瑟西风，萋萋碧草，斜阳照里荒坟小。贺兰山脚野茫茫，诸王沉睡音容杳。　　迁昊开基，崇仁改号，三分天下曾争俏。倏然一夜泯豪雄，后人不解空凭吊。

念奴娇·埃及卡纳克神庙①

遥临凭吊，凝眸处、神庙参差残缺。鸦噪风凄斜照里，犹显当年伟烈。巨柱擎天，雄碑拔地，惊得人称绝。沧桑阅尽，迄今多少凉热。　　浩叹逝者如斯，问消磨岂止，寻常年月。法老无言，香火冷、祭奠鼓声长歇。渔猎歌中，刀枪影里，百代匆匆别。算来千古，惟留信仰难灭。

【注】

① 卡纳克神庙，4000年前埃及古建筑，被誉为世界奇观，位于卢克索，占地5000平方米，有134根圆柱耸入云天，其中最中间的12根高21米，5人不能合抱，通体遍布精美浮雕。当年一西方探险家见了，惊得半晌说不出话来。

扬州慢·纪念杨靖宇将军殉国七十周年

社稷倾颓，民泣苦寒，壮士心烈。临危受命关东，篝火连绵明灭。沟深林密，鬼没神出难寻，正联军纵横时节。弹尽殉濛江，哭英雄遗血。　　仇雪。数当年事，忆缅丰功，堪称卓绝。泽被千秋，后辈焉能无察？而今祭日，振兴帆又高扬，干云号角声清澈。闯漫道雄关，更知真如铁！

吴文岩

网名雪域魂，1964年生，吉林九台人。现居德惠。

春雨醉酒

夜喜春风啸瓦檐，晨吹细雨洗城天。
半窗碎柳轻摇曳，一片新愁再挂牵。
荣辱情浓催我老，富贫缘故怕君怜。
山妻莫怪杯盘乱，但放疏狂不为颠。

春晴感怀

白云澹荡送春天，雁阵排空绕日边。
柳叶藏情人窃语，杏花摇影蝶飞旋。
心随绿意千山路，梦越红尘一片缘。
纵有轻愁应暂忘，流连为叫月光圆。

闻养根兄白云峰遇奇异日环有贺

登临不惧接高天，绮梦终成竟有缘。
眼望冰云连宇阔，心萦巳日现虹圆。
征途往复身千里，点指沉浮韵百年。
华发豪情应啸傲，奇闻一段载风烟。

致贺“纪念恢复图们江通海航行二十周年”展

边关往事未尘封，锈迹残留遍鼓峰。
战火曾烧花艳艳，秋云再起水淙淙。
魂埋列国人何在？心叠中华恨几重？
东望门开连海阔，云帆高挂出蛟龙。

松桦恋

拥怀一抱慰平生，霁雪云裳自有盟。
月照生香花妩媚，风吹起步舞轻盈。
痴心已共天难老，绝唱相依梦可倾。
莫道缠绵惊世俗，灵犀不负最真情。

金缕曲·怀古信州

绿野横天极。入斜阳，荒城旧梦，断碑残壁。铁甲依稀犹血色，霸业当年无觅。兴废替，听谁如泣？多少真情辜负了，叹茫茫人海春秋易。东逝水，怎回忆。　　辽金渐远悲长笛。过西风，流云聚散，一怀孤寂。虚慕浮名成苦恨，几度黄昏伫立。曾醉酒，声声惋惜。眼底山光携雁影，感青青稻菽埋遗迹。听老树，说今昔。

庚寅生日得诗友佳贺甚多，借寇兄四律韵成以谢诸位

（一）

孤怀落魄莫高看，月影移情上半竿。
梦里追寻归尺牍，窗前守候植梅兰。
两篇高赋君先领，一曲清音我慢弹。
待到春风香满路，楼台把酒遣悲欢。

（二）

当歌对酒写辛酸，壁影孤灯照夜阑。
此日有心成野鹤，他年无计叩长安。
漫寻往事人何老，宜入桃源梦未残。
前路迢遥问知己，文章折叠看斑斓。

（三）

病入新春远别冬，陋居置酒惜情浓。
雅吟当羡君歌虎，拙笔堪描我愧龙。
雪影婆娑怜玉蝶，山光隐约望青松。
余生不负春风约，踏过群山又一重。

（四）

故国依稀万仞峰，枕边残梦听晨钟。
萦怀雪里寻鸿爪，炼句梅前问鹤踪。
柳色春边能早墨，诗囊驴背惯相从。
今生幸伴高阳侣，积累真情蜡纸封。

浪淘沙·关东十大怪（选二）

（一）养活孩子吊起来[①]

莫问始何年，摇曳如船，风花月影暖犹寒。
梦里咿呀盈笑脸，小小心肝。　　眨眼看斑斓，
吮手当玩，星移斗转任时迁。那首歌谣梁上绕，
仍旧缠绵。

【注】

① 东北的娃娃一出生就睡在摇车（摇篮）里，这是悬在屋子里的一根横木上的摇车。用手轻轻推拉一下就可以来回悠荡一会，孩子的妈妈就可以利用这段时间做一些活计，一边口里哼着（或许是）摇篮曲。

（二）盆炭火搂在怀[1]

数九更寒凉，最冷时光，一盆炭火炕当央。暖暖浓情多少日，送走残阳。　　围坐不须忙，烟袋磕帮，能烧土豆味真香。听了悲欢心底事，盛满沧桑。

【注】

① 东北的冬天天寒地冻，乡村的人家就用一种黄泥和麻丝糅合在一起做成的泥盆来承装从灶膛里扒出来的燃烧过的柴火，放在土炕上。特别是有老人的人家，更有这盆火，老人们围坐着拉家常。

吴少文

吉林市，银行职员。

卜算子·秋韵

不忍碰金风，惟恐花枝折。更有鹡鸰苇上飞，默默寻幽穴。　　沿路撒缤纷，醉染红枫叶。彼岸濛濛望眼穿，犹盼轻舟跃。

吴在军

1969年生，吉林抚松人，现任松江河林业有限公司党委办公室副主任。

无　题

白山神韵绝寰球，峡谷幽深走碧流。
花苑高山羞晚月，河边梯子醉明楼。
参乡宝地降祥祉，林海明珠蕴远谋。
进越激情舒广袖，春华秋实惹人游。

吴继舜

1939年生，山东蓬莱人。曾任白山市第八中学党支部书记。

浑江彩虹桥

平生爱看大江流，水碧山青一望收。
漫步吟诗寻韵味，登高抒啸贯云头。
浣溪棰奏开心曲，玉镜漂浮逗趣钩。
更喜虹桥逢故友，鲜花引径伴欢游。

吴景春

1929年生，吉林榆树人。曾任吉林省文化厅厅长。

卡伦湖

疾驶若空悬，撕开湖底天。
雨飞溅鹤发，笑逐返童颜。
眼共秋山转，心随碧浪翻。
妪翁乐此际，戏谑八神仙。

时 江

1944年生，吉林梨树人。大学文化，已退休。

丁亥年除夕夜感怀

流年倍感慕英雄，鉴赏收藏老未通。
敲句吟诗风浪里，读书作画敝庐中。
田园韭菜年年绿，山野桃花处处红。
北国春来人不觉，新梅绽放世间同。

人生感怀

半纪风云两鬓霜，笔流心血撰文章。
吟诗更觉人龄短，锄垅方知世路长。
日历翻新增岁月，光阴度过识沧桑。
回头叹息东流水，月朗星稀北斗光。

何　伟

1967年生，吉林伊通人，公务员。

赠慕欣屿主人

自古青山宜达人，政成机阔返天真。
清风两袖常相伴，碧水一泓堪作邻。
芳甸恬舒筋与骨，佳阴滋养气和神。
卧听翠羽鸣窗槺，闲看天池来去云。

何　鹤

1967年生，吉林省农安县政协委员。获2006年度谭克平当代诗词奖。现供职于中华诗词学会。

路边看迎春花忆旧事兼赠小靓

去年今日此花黄，嫩蕊多情入梦香。
短信频来惊睡眼，忽然掌上泛春光。

乘地铁有感

本是清高物外身，哪堪车水塞红尘。
可怜欲畅平生路，还要甘当人下人。

东林寺联读后自遣

黄金屋亦雨兼风，犹恐玉颜春水东。
稼穑生涯人渐瘦，诗书境界日初红。
愧无妙笔正青史，幸有良知期大同。
重整河山歌一曲，匹夫原本是英雄。

望 乡

凭窗遥望已三更，侧耳东君脚步声。
月色淋漓浓淡落，天风浩荡等闲听。
一床思念一床诺，万里家乡万里情。
游子高楼独寂寞，荣归梦醒渐黎明。

再到大运河

雪化冰消又一年，风轻水碧艳阳天。
草芽新吐山坡嫩，春意南归柳色鲜。
人到河东行大运，神来笔底著雄篇。
休言小子疏狂甚，惯向隋堤索句还。

到中华诗词学会上班

窗前挥手彩云招，俯瞰京华一望遥。
树老皈依白塔寺，车流淹没太平桥。
半城楼影裁诗卷，十里莺声缠柳条。
毕竟重山挡不住，春潮滚滚共心潮。

又是一年

回首堪怜鬓染霜，甘心篱下也迷茫。
云间月色几时朗？墙里杏花无处芳。
陋室才情空涨落，嫁衣针线补炎凉。
休言夜幕能吞梦，一道红霞是曙光。

京都纪事

书生无赖等闲身，最忆京都那日春。
牵手湖边寻好句，裁云山顶赠伊人。
楼高月小星河浅，雨细风柔蝶梦新。
题破诗笺应笑我，桃花处处惹红尘。

听王福义恩师一席话有作

不惑之年弄小词，酸甜苦辣费心思。
案边裁剪无涯梦，篱下风光一卷诗。
低调做人非我弱，高标问路有谁知？
长天铺纸三分画，何计朝阳落款迟。

自　题

天路迢迢无处寻，潇潇风雨泪淋淋。
三间茅舍屋檐矮，一卷经书道理深。
朗月题诗清自诩，寒梅作骨傲难禁。
飞鸣如梦期何日，只恐流年负我心。

赴京前感赋

等闲白了少年头，钓誉沽名未敢求。
一卷诗书呆子气，半生风雨月儿愁。
前途望断人空老，陋室贫来志未休。
遥想京师春尚在，从中烂漫话风流。

京城感怀

读山阅水一书生，仰首难寻北斗星。
些许狂篇凭笑骂，几多锐气已飘零。
薄情每作深情慰，假话佯装真话听。
幸是红尘难障眼，菩提树下叹浮萍。

京漂之夜

蜗居陋室掩层楼，背井离乡两鬓秋。
一树蝉声十里噪，五更月色几回愁。
懒闻内室无休语，喜是庸儿能自谋。
梦断京华何所似，浮云模样正漂流。

风

原本无心及马牛，曾陪壮士写风流。
汉王歌罢山河啸，诗圣篇成草木愁。
气正三分雪知道，魂芳一缕柳温柔。
携云带雨说兴替，断续声中未肯休。

黄龙府塔

信是法身辽帝栽，游魂不肯化尘埃。
肩扛星月扶云走，气压妖魔防锁开。
寂寂方砖垒神话，层层历史长青苔。
金戈铁马排成梦，犹向黄龙府里来。

何竹康

1932年生，江苏南通人。曾任吉林省省长、省委书记、省人大常委会主任。

长白行·并序

1998年7月23日、24日，正值汛期，作者由本书主编张福有陪同从长白山南坡（长白县横山）、西坡（抚松县松江河）登天池及游览鸭绿江大峡谷、锦江大峡谷等景观，所到之处，可谓“人来天朗朗，车走雨淋淋”，特有天缘，感而纪之。

淫雨淋淋连数日，未更长白访边行。
瑶池南谒欣初见，幸有天缘特放晴。

何红枫

1947年生，吉林九台人。曾任九台市文联副主席、九台市作家协会副主席、九台诗社副社长。

南山吟

山谐平仄水谐韵，更有诗朋对仗来。
凑趣天公挥翰墨，斑斑日影印苍苔。

红　枫

谁言最美百花笑？借助春风几日娇。
满目萧疏秋瑟瑟，红枫似火漫天烧。

杏　花

热闹芳菲小院东，香腮涂抹诱人红。
一枝伸向邻家院，欲与桃花比色浓。

窗凌花

翩翩仙女从天降，惜我贪杯醉梦乡。
独坐通宵怅然去，留些花束在南窗。

秋　雨

已厌青青浑一色，调和云雨染秋山。
停停洒洒费斟酌，几处金黄几处丹。

马鞍山

神工鬼斧一雕鞍，未有良驹空自闲。
相马千年盼伯乐，栉风百代化青山。

漫步西湖十里长堤

白雪肩头融未尽，长堤漫步草青青。
茶花知是北方客，故弄缤纷惹妒情。

咏　梅

无意竞群芳，何曾惹蝶狂。
梳妆风染色，含笑雪生香。
义气结松竹，风骚承宋唐。
先行报春讯，赶趁好时光。

钓

二三草帽各西东，头上骄阳柳下风。
小径晃来犹带曲，池鱼又钓一痴翁。

月 思

又是问天时，苏翁不老词。
菊新宜对酒，月大好题诗。
风醉杯倾矣，云酣墨溅之。
婵娟化红叶，银汉寄相思。

清晨泛舟松花湖

破晓半天澄，秋湖归雁鸣。
江波泛鳞锦，山石露峥嵘。
双桨失粘对，孤舟作仄平。
衣襟谐水韵，词赋满囊盈。

壬午清明

清明天不悲，丽日洒春晖。
只愿一生好，何求万古垂。
纸钱无价值，孝悌是纲维。
隔绝幽明路，亡魂去不归。

本命年感赋

竹马归山换筇杖，无情霜雪染青丝。
今生富贵可休矣，本命吉凶休信之。
浊酒千杯饮明月，兰舟一叶泛清漪。
手中秃笔依然在，好写青春不老词。

火牛阵

滚滚黄尘天日暗，山摇地坼鬼神惊。
决堤潮水蛟龙怒，陷阵刀兵血雨腥。
已是狰狞对仇寇，何曾觳觫向庖丁。
从今垄亩多安慰，莫使耕耘乱铎铃。

虞美人·相思

老风残月庭前柳，露冷青衫透。诗笺点点泪痕干，不见雁归芹意寄谁看？　　愁容暗淡真无奈，纤手青梅采。衔梅入口皱眉酸，遮掩促颦佯做望天边。

何志君

网名夕阳。1957年生，吉林珲春人。就职于珲春边境经济合作区招商局。

虎年伊始

爆竹声里步楹门，虎气盈盈拂旧尘。
酒令才行犹热烈，春风已送梦潮新。

游秦淮河

葱茏碧翠掩秦淮，两岸凭窗站钓台。
曲曲虹桥留笔墨，灯红酒绿绪纷来。

缅怀吴禄贞将军

图们江水碧波泓，回荡英侯撼宇声。
边域翻云恶涛起，骊歌纵马利刀横。
御敌营垒凌威势，固我金瓯唱显荣。
浩气长存熏柏翠，白山云渺愈峥嵘。

长吉图区域开发规划获国家批准实施

图们江水涌波澜，两岸丛山逐浪前。
瑞雪飘时罩祥雾，东风荡处起高帆。
千年沃土殷勤地，百景蓝图宏邈篇。
东海开怀展阛阓，壮歌龙舞向中天。

何忠启

1956年生，吉林辽源人。曾任辽源市政府办公室副主任，《辽源日报》社总编辑，高级编辑。辽源市委宣传部常务副部长。

家乡感怀

双休日里得偷闲，漫步家山锦绣间。
数点樱花红似火，一林松柏碧如烟。
青禾滴翠云天远，绿水推波鲢鲤喧。
游兴方酣斜日暮，依依挥手梦流连。

献给老工人农民

岁去年来白发新，粗茶淡饭自安贫。
一双茧手劳无怨，数载寒霜喜有今。
但愿后昆承美德，更期前路树雄心。
献诗可见情怀切，寸草春晖未报恩。

鸭绿江行吟

一江澄澈洗尘寰，两岸青峰指顾间。
白云蓝天风送爽，舟行浪缓鸟鸣欢。
游来仙境吟意趣，远去尘嚣享自然。
叠翠通幽处处锦，关东美景胜江南。

何琳仪

1943年生，江西九江人。吉林大学古籍研究所副教授。

虞美人·春阳

晚晴水气深如海，濡染乾坤外。只疑山后万重山，却是满空云雾有无间。　　叶梢闪闪垂明玉，更觉蓬蒿绿。诗魂渐付小溪流，恨被寻牛人语阻神游。

邱 山

1954年生，吉林公主岭人。大学学历。曾任公主岭市经济开发区管委会副主任。公主岭市诗词学会理事。

乘飞机组诗选二

颠 簸

气流翻滚骤然中，一坠千寻体变轻。
猛又狂跌如炒菜，天高难免有顽风。

鸟 瞰

风吹雾散碧空宁，眼底河山画玉屏。
地似棋盘村似子，难分炮马帅车兵。

迎春雪

寒流滚滚自天涯，夜送浓云绕万家。
只为迎新忙点缀，特邀仙子散琼花。

夜 雪

白日南斜敛炽光，寒流入梦亦疯狂。
何人有此回天力？一夜山河皆素妆。

题曹建德居舍遗址

苦旅寻踪到岭洼，于今不见野人家。
荒坡默默经寒暑，井水依然润草花。

访旧居

时光似转轮，故里觅青春。
院是当年院，人非昔日人。
小楼临旧路，老树傍新邻。
落叶归根处，荒村已脱贫。

集安路上

驱车千里访边城，塞外江南有美名。
路似蟠龙随岭转，水如流玉映山清。
崖边常见飞泉泄，树上时闻异鸟鸣。
绚丽风光迷望眼，游人已醉在行程。

荡平岭碑感怀

古道开通浑水旁，盘旋越岭似龙翔。
临渊目眩山倾慢，近壁石垂心跳狂。
三百苦工无日夜，双碑遗墨有篇章。
便民利贾兴边土，制要屏藩固国疆。

赞刘建封

七品微官钓叟公，言轻却有志如虹。
胸怀卫土安边策，力毕查山溯水功。
斩棘披榛惊鸟兽，餐风宿露伴蚊虫。
遗文几卷存青史，彻勘江冈记述丰。

纪辽东·张福有续《白山纪咏》感怀

百载光阴一瞬间，往事可如烟？后人承继前贤业，英灵慰九泉。　　钓叟披榛踏白山，志在固荒边。诗留半首含深意，安疑有续篇？

沁园春·春节包机感怀

两岸同胞，咫尺天涯，互望断肠。叹海峡杯水，竟成遥路；往来拆绕，其苦难详。斗转星移，人非物是，期盼三通鬓已霜。随民意，莫包机止步，早日直航。　翻开历史篇章，看立马横刀捍海疆。有成功收岛，千秋伟业；施琅伐逆，万古流芳。甲午风云，蒙羞割土，再度回归日虏降。新世纪，让江山一统，振国兴邦。

谷长春

1933年生，吉林长春人，笔名文子牛。吉林省委原副书记、省人大常委会常务副主任。

白山夜咏

自古不咸披雪山，奇峰险道莽原间。
游人翘首期登览，骚客归心岂等闲。
银瀑连天惊胜境，瑶池当此否雄关。
最珍元旦大荒夜，笔走情飞戴月攀。

乘雪橇登山

寒冬腊月早封山，履险骇闻登览艰。
敢笑谪仙叹蜀道，安知我辈驭荒寰。
雪原壑嶂路何在，电掣银绫莽荡间。
俯瞰云边林海阔，苍龙舞处几连环？

温泉浴雪

林暗山昏露曙天，朔风送我下温泉。
暖流沸沸汗如雨，热气腾腾雾似烟。
石砌小房池简陋，窗留短烛意缠绵。
雪花争向人身落，不想成仙亦是仙。

词二首·读报感怀有序

拜读李申学同志《人民警察在多雪的冬天里》一文，深受感动。文章将人民警察在扶贫助困爱民走访活动中的感人事迹作了质朴的素描，展示了“最可爱的人”的高尚情操和英雄形象，崇敬之情油然而生。先贤云：“善下斯为大”。“善下”是对下级的理解和体恤，是领导干部的一种境界。申学同志满怀激情地讴歌警察群体，亦令人动情。遂不避稚拙，填词致敬。

诉衷情

激情满纸欲何求，率警解民忧。严冬旷野飞雪，温暖万家留。　　文灿灿，意悠悠，竞风流。此中甘苦，感自心中，诗纪春秋。

鹧鸪天

雪舞星阑迎朔风，千家万户梦酣中。和谐造就涵宏志，康泰支撑赖劲松。　　惩腐恶，显神通，无疆大爱赤诚胸。警魂塑在民心里，高筑丰碑映日红。

谷庆山

笔名山泉，1951年生，大专学历，现任双辽市民间艺术研究会秘书长。双辽诗词学会常务理事。

游八一湖

白杨翠柳荡清风，娇美荷花映日红。
鹤舞鱼飞波浪滚，扁舟一叶画屏中。

谷尚明

1955年生，大学文化，就职于吉林省辉南县国税局。

虞美人·寻梦

滴金嫩柳淹春晓，青野闻芳草。涓流依旧淌馨风，阆苑不知何去梦寻中。　　书声朗朗飞山外，更有歌如海。同窗夙愿几人酬？待看漫山红叶话金秋。

虞美人·踏春

泛青堤柳风芽小，河沿铺鲜草。忽惊蝶影舞清风，洗耳鸟鸣声里翠烟重。　　一湾幽水飘罗带，少女轻剜菜。羊羔追绿闹山悠，悦目花香馨外放云舟。

临江仙·季春叩万寿寺

迷野茫茫群鹤舞，冽风卷玉空萦。季春谁遣梵钟鸣？雪浮山寺起，松合紫烟轻。　　云梦重重天际晓，思缘磬语虚明。乾坤开目佑苍生。洗尘心净远，听佛悟禅声。

邹希林

1935年生，山东黄县（今龙口市）人，曾供职于吉林石化公司。中华诗词学会会员，中国楹联学会会员。

读《东北抗日义勇军史料汇编》

历数关东磨难多，揭旗抗日战顽倭。
白山黑水镌铭志，青史常留义勇歌。

农家乐

桥下溪流静，杏花春雨香。
铁牛听稼曲，布谷促耕腔。
老柳摇童话，新仓囤旧粮。
丰收藏穑乐，桌上话麻桑。

邹静辉

女，1959年生，梅河口市人民检察院宣教科长，市政协委员。梅河口诗词学会会员。

咏 春

冰雪消融水自流，鹅黄点染柳梢头。
满园秀色人争爱，为恋青山洗亮眸。

邸文学

中国人民解放军二〇六医院院长。

摄 影

绿水青山一镜收，凝眉笑靥瞬时留。
人生处处多风采，画笔随心记梦幽。

张　平

1929年生，吉林长白县人。曾任长白县文学工作者协会名誉主席。

长白林苑小景

苍松展臂沐春晴，抱子胡楸别有情。
如醉游人留倩影，山童戏草逗流莺。

张　相

笔名沐目，1964年生，吉林东丰人，研究生学历。现任辽源市龙山区委常委、宣传部长。

惜　春

（一）

昨夜梦花心不宁，不堪风雨忽无凭。
败枝遗萼邀谁看，逐水飘零诉世情。

（二）

落红遍地思纷纷，又送人间一度春。
应是慈悲长下泪，心中隐隐恨东君。

魁星楼四首

（一）

古香古色古姿容，敲碎朝霞听晓钟。
次第沿阶登妙境，寻诗问道上龙峰。

（二）

东辽河畔揽奇峰，远眺高吟逸兴浓。
眼底河山多壮丽，波澜云梦壮心胸。

（三）

东辽河畔峙千秋，紫气灵光射斗牛。
刮目新颜更旧貌，煤城名气遍神州。

（四）

高占峰头气象新，丰姿卓卓势无伦。
后来居上成佳景，不让名楼半点春。

张　圆

女，1970年生，通化市人。大学毕业。

七　律

残妆未洗夜微寒，霰雪敲窗弄管弦。
音信模糊频结泪，心情细碎懒炊烟。
无聊煮酒读炉火，有意烹茶论舍田。
倦倚相思人自瘦，花凋月冷草孤眠。

武陵春·游集安古代采石场

古石荒垓闻鼓角，晚照换西林。叫破旌旗万马喑，渔父唱如今。　　冷眼功名都减去，鸭绿洗凡心。世路春秋不可吟，独步杏花寻。

鹧鸪天

柳絮风低挤窄门，梁间燕子忆王孙。残云犬吠三更梦，籍雨蛙鸣半缕魂。　　瑕玉坠，裂陶盆，欲言无语对芳樽。红衣色褪啼痕尽，素面空留指上温。

张 祥

高级经济师，毕业于中央党校政经系。曾任通化市就业服务局局长，现退休。

无 题

居家无事写诗篇，稿费权当买酒钱。
自饮自斟三两盏，一吟一醉一陶然。

观梦柳园舞剑即兴

关东一奇客，文武两芬芳。
剑起风声远，诗成野草香。
文韬堪治国，武略可安乡。
天意怜其勇，孤身适北疆。

鹧鸪天·贺佟江诗社成立

兴会骚人聚大方，吟诗把酒韵飞扬。含香吐玉临屏会，泼墨揉弦即兴章。　阑珊夜，酒还狂，群英又起舞霓裳。七贤引出诸君子，留取佟江一段香。

张　清

安徽合肥人。十六军团长春干休所离休，长春老年大学胜春诗社会员。

忆在朝鲜战争中押送棉衣三首

（一）

月淡霜浓夜正寒，壕中战士着衣单。
吾连押运棉装送，漫地硝烟路被拦。

（二）

大同江水浪滔滔，专列披星过暗桥。
忽见敌机施滥炸，车飞趁亮斗天妖。

（三）

定时炸弹洞前抛，专列难行心倍焦。
班长带头扑上去，拔除引信险情消。

忆毛主席在西柏坡

山青树绿沐春风，小院泥房彻夜灯。
石碾轻推天地转，图摊磨上摆雄兵。

过芜湖长江大桥

大军浩荡入芜城，民众欢呼夹道迎。
鞭炮铿锵鸣解放，新歌高唱颂天明。

周公移竹①

漓江两岸着新装，竹茂枝摇翠影凉。
绿叶知情迎客笑，黄沙却步把身藏。
船行百里人无倦，水饮千杯口倍香。
一曲赞歌随浪起，周公移竹永留芳。

【注】

① 周公移竹，周总理1960年来桂林时，见漓江两岸时有风沙飞扬，损害了山清水秀的美景，当即指示把云南的凤尾竹移来。如今两岸竹茂成排，景色更美，游人无不赞颂。

长相思·战地三件物

1958年4月8日，我志愿军驻上甘岭部队凯旋回国，在告别阵地时，我特意找了三件纪念物。一是黄继光舍身堵枪眼的敌堡射孔支撑木；二是我坑道内战士下山找水用的油箱；三是阵地上一棵布满弹头、弹片的树桩。带回国后被军事博物馆收藏，至今难忘。

（一）

见木头，忆木头，特级英雄血印留。光芒照五洲。　　烈士仇，将士仇，敌堡飞天鬼命休。雄风震寇酋。

（二）

大油箱，小油箱，战士山沟觅水装。几多性命伤。　　战渴荒，扫敌狂，坑道无泉斗志昂。人坚阵地刚。

（三）

恋树桩，爱树桩，屹立壕前屏障当。助吾打虎狼。　　不怕伤，不怕亡，与我同仇正义昂。天看赤帜扬。

张万余

1930年生，吉林公主岭人。离休前在四平燃料公司工作。

三峡大坝感赋

千军万马镇蛟龙，截住洪流举世崇。
设计精心依论证，施工科学赖人雄。
豪情敢使山峰改，宏愿能教水道通。
昔日先贤曾幻想，今朝英杰建殊功。

张义祥

网名五女松涛，1953生，吉林集安人，曾在集安市林业局工作。集安诗词学会理事。

柳梢青·神蜍探月

蛇兽逢龟，神蛙跳石，蝶舞蜂飞。惊蛰流霜，清明断雪，又是春回。　　嫦娥玉兔舒眉，忽贯耳，蟾蜍叫谁。山上观云，山中赏月，山下听雷。

醉花阴·百丈崖

叠石高崖千百段，直抵长河汉。玉鸟插云霄，引颈双飞，只在山腰半。　　老岩弓壁扬花蔓，被万山偷看。天女木兰青，叶底衔珠，一笑花王叹。

望江南·洞沟平湖之春

平湖雪，春暖化凌漂。淘净泥沙鱼戏水，涤光青石马登桥。船小也逍遥。　　河边柳，绿叶挂芳苞。入夜轻风飘絮蕊，清晨细雨打枝条。垂岸蓄妖娆。

踏莎行·夜潭笑月

溪水潺潺，夜潭问渡，高藤撩指逍遥处。风弹古道迭回声，绿枝重蔽高台路。　　石面平幽，道僧闭顾，晚来月色盈台注。伏身横卧锁山池，谁来解谜仙人赋。

天仙子·登天涯

三月祭山天色晚，香火沐薰仙帝面。皈衣僧士诵摩经，翻两卷，喃喃念，佛祖降灵驱浊难。　　身在五行机遇短，运去运来听命选。磨平青石补天涯，铺一段，量量看，界外隔天三尺半。

行香子·幽谷银瀑

瘦月西偏，秀水腾烟，是幽谷瀑布连天。隔山楼阙，无语相观。看浮云薄，晚霞厚，众星欢。　　一池波镜，独嵌溪间，照羊肠小路通山。暮埃川谷，雾锁微澜。映柳丝长，绿桥远，古藤弯。

张小昌

网名荷必纯洁，1972年生，吉林梅河口人。现就职于通化市住房公积金管理中心梅河管理部。梅河口诗词学会副秘书长。

炭

几经烤炼方成就，终得机缘耀暖晖。
大紫大红无限好，谁看炉底冷灰飞。

白　纸

安居雅室享清宁，洁面纯心未自轻。
不企人前尊显贵，只求笔下咏心声。

寄　友

月盈几度心空羡，旧梦如花谢复开。
吟罢诗成寻寄处，虚斟一盏待君来。

稻草人

无心未必寡情身，任意狂风骤雨频。
世态炎凉非我事，荣归卸甲付柴薪。

咏春三则

（一）

楚楚春光照旧台，云飞思见燕归来。
心花总恨东风晚，一剪寒梅梦里开。

（二）

少小贪春未解春，白云苍狗化香醇。
如今醉眼寻诗兴，只爱庭前一叶新。

（三）

情融冰雪意融风，梦染飞霞醉晚空。
谁寄相思翻旧曲，芳心一点映花红。

新年抒怀

惯遣流光付逝川，旧途新履待增年。
方歌桃李随缘笑，又品松梅逆境欢。
雪月风花存自在，去留荣辱顺天然。
轻挥襟袖飞尘散，一路吟哦总向前。

无　题

每酿诗情辗转吟，耽求佳语胜甘霖。
春来鸟雀空啼韵，风去琴筝未断音。
书海寻舟思一渡，南墙碰壁念三箴。
乾乾惕若安无咎，悟得真如始慰心。

丁亥岁末自嘲

迟飞笨鸟苦心熬，些许虚才未自高。
梦里纷纭能不惑，靴边痒痛总空搔。
诗吟断句常闲笔，马踏残枰怎卧槽？
懵懂初窥桑海事，晨风晓月咏风骚。

感　怀

少年心意慕仙儒，书剑恩仇大丈夫。
狂饮香醇安梦寐，横流沧海傲江湖。
无情岁月悲欢事，有限人生顺逆途。
感慨浮云斜日影，清茶半盏待醍醐。

吟诗有感

又见春归欢鸟鸣，东风遍浴草菁菁。
轻抛名利参荣辱，笑看烟云写挚诚。
挥洒豪情凭热血，承传雅韵赖群英。
新枝老干迎甘雨，我趁嘉年亦早耕。

纪辽东·读《百年苦旅》

大美山川溯有源，塞北耸奇观。重寻古道思家国，池巅追圣贤。　　钓叟情怀喜续篇，雅韵筑心关。植根祖脉歌繁盛，汗青千古传。

纪辽东·咏刘建封

人生有梦始从容，任凭霜雪浓。碧血丹心呈日月，化作白山峰。　　如今纪咏踏君踪，情同道亦同。苦旅百年犹壮志，韵笔继丰功。

纪辽东·感养根斋老师花甲登临白云峰

花甲年华赤子心，胆识本堪钦。白云峰上传佳话，皆为大雅音。　　求索人生不悔寻，极目动情吟。灵光闪耀酬无憾，罡风知宿襟。

纪辽东·有感养根斋老师登白云峰摄圆虹

千古家山感动中，光影证圆虹。身临绝顶终成就，关东第一峰。　　苦旅携游探旧踪，路远系心同。奇缘不负养根志，倚天歌大风。

西江月·寻春

晓径微风暗雪，清溪弱柳行人。向阳嫩草早知春，消息今朝已近。　　撩得千般兴致，拾来几点诗痕。盈怀晴日照天真，幸咏怡然方寸。

张文达

1947年生，吉林省长岭人，大学毕业，曾先后在企业、政府机关工作，后从事保险工作。著有诗集《张文达诗选》。

春　风

春风连日夜，大野雪方消。
谁解东君语，鹅黄上柳梢。

送德水兄去日本

万种离情杯里斟，渭城曲沓柳枝新。
天涯且莫愁孤旅，乡月无时不照人。

同学相聚向海

草木秋高叶欲黄，廿年别后聚榆乡。
相逢休问从前事，且看风尘两鬓霜。

夏日清晨

曙色方开绿醉人，虫弹轻韵鸟鸣琴。
多情当属青青草，映日犹衔珠泪痕。

游山西乔家大院

重重院落里，风雨掩迷津。
门锁春秋史，屋留烟火痕。
凭窗雁已去，临壁字犹新。
家国衰盛运，由势不由人。

北戴河怀古

秦皇魏武今安在，千古惊涛拍岸来。
一统真堪称霸业，三分未必不雄才。
拥旌陶俑威仍猛，隐冢荒原疑枉猜。
战鼓层峦点将处，嫣红姹紫遍山栽。

生日感怀

孤介平生羡阮郎，悖时任事屡荒唐。
世风写意浓还淡，杞子忧天闲作忙。
有剑十年难试刃，多情无字也成章。
心田空处勤耕种，留与子孙充卯粮。

自　嘲

倏尔光阴花甲翁，劳心劳力两无成。
青春作梦云当枕，壮岁寻真苦满觥。
曾付艰辛求一饱，已消冻馁幸三生。
年来能够赶形势，乱扯时腔唱晚晴。

查干湖

（一）

万顷波光宝鉴开，胸襟尽坦北疆怀。
宜时风雨得天厚，率意云霞做锦裁。
烟水浩茫舒远目，穹窿空旷赋高台。
河山一览无荣辱，千古涛声心底来。

（二）

暑日徜徉胜景中，落霞孤鹜渺帆篷。
千家灯火满湖月，万点清凉一桨风。
诗兴联翩凭酒起，心潮漫卷共涛生。
耳边隐隐渔歌绕，疑似天音与尔听。

重回知青集体户

长夜思归路几重，别离卅载总牵情。
乡间热土青春血，垅上前途飘渺风。
身伴晨昏日月走，心仪湖海水云行。
历经世事沧桑后，遍野山花依旧红。

张文秀

1939年生，吉林长岭人。曾任公主岭市电视大学副校长，副教授。公主岭诗词学会理事。

咏　石

皇天后土与同胎，自有补天填海才。
炼就粉灰存本色，凝成钢骨筑高台。
美人环佩君王玺，深罅琼浆竹醽醅。
日月精华灵性在，石窠迸裂美猴来。

游查干湖和王宝江同学

卅年聚散敞心扉，身外高谈尚有谁？
湖上清涟悲白发，杯中绿蚁莫衔枝。
迎风望燕凌云去，倚艇观鸥傍浪飞。
渤海国君兴败事，查干碧水任来回。

初春访蒙族友人

大荒四顾野茫茫，碧草才新远却黄。
别友卅年多旧梦，驱车百里九回肠。
民心和顺已温饱，政策英明向小康。
烈酒浓茶俗未惯，奶油炒米满堂香。

张文学

1926年生，吉林伊通人。伊通诗词学会会员。

阅佛经杂咏

我知佛教在心中，善恶从来报应公。
何必求神拜泥偶，正心百窍自然通。

张文学

1949年生，网名三狂居士。吉林大安人。曾任中共白城地委办公室主任，白城市政协秘书长，市劳动和社会保障局局长等职。中华诗词学会会员，吉林省诗词学会副会长。著有《碧野狂吟》《张文学诗词选》。

中秋夜送小女归来

欲享天伦乐，缘何小屋空。
隔窗徒望月，倚座又擎盅。
只叹溶溶夜，孤斟淡淡风。
三三应见九，九九女儿红。

夜过妙因寺

轻舟行碧水，月白入禅林。
了了空空寺，飘飘渺渺音。
初闻惊妙韵，静悟洗凡心。
伫立清霄下，何时露湿襟？

江城子·嫩江畔上

一江碧水自东流。去悠悠，几时休，望断天涯、何处再回头？最是多情堤畔柳，丝缕缕，系行舟。　　归来游子鬓如秋。叹离忧，泪难收，犹记当年、击水笑江鸥。忽见飞来双紫燕，知我意，语啾啾。

水调歌头·黄山行

猴子窥云海，松鼠眺天都。散花精舍何事，忙坏众仙姝。面壁达摩忽语，塞上狂生来也，一啸万峰呼。接到轩辕旨，今日宴鸿儒。　　二仙闻，棋局止，罢赢输。相约赴会，拼却一醉饮三壶。又见莲花峰上，南海观音端坐，默捻手中珠。妙境随缘遇，莫问有还无。

水调歌头·谒武侯祠

别来无恙否，逝者亦斯夫。纶巾羽扇端坐，风雅似当初。为报茅庐三顾，北拒东联入蜀，潇洒战群儒。前后出师表，但见血凝书。　　伐中原，曾几度，恨难图。死而后已，长使天下泪唏嘘。休叹临危受命，莫道蜀中无将，伯约又何如。汉室安能复，大梦醒来乎？

水调歌头·有感养根斋踏查长白百余次

鸭绿流空谷，声荡碧霄中。何人崖畔凝视，华发沐金风。轻掷萧萧乌帽，独步森森古道，仰首扣苍松：卧虎平安否，孤隼可重逢？　追往事，嗟余恨，泪其濛。魂牵梦绕，又见长白染霜枫。闻说勘查踏雪，后继依然不歇，耿耿此心同。纵使八千岁，也入大荒东。

附：张福有和词《水调歌头·依韵泪和三狂兄诚谢众诗友齐颂长白》

戊子布诗阵，直进大荒中。百花齐放池南，雅韵染江风。前世名留草帽[①]，我辈行经石道，作证有桦松。峡谷一携手，托梦也相逢。　路漫漫，山莽莽，雾濛濛。层林尽染，秋老何必怨霜枫。头白何因负雪，忧责何人肯歇，屈指百年同。安问君知否，鸭绿不朝东！

【注】

① 草帽，长白山南的望天鹅火山，又称张草帽顶。

天香·梅

一树横斜，幽花数点，管他什么时节。寒气如何，东君尚怯，且看柳梢残雪。寸心千结，独不为、春先占得。最喜孤芳自赏，不近狂蜂游蝶。　　和靖才思终竭，且休言、暗香奇绝。梅有梅心梅魄，几人能说？疏影偷偷袭我，莫相问、知梅西天月。静夜无尘，新盟早设。

八声甘州·冬临壶口

置悬壶、倒泻卷狂澜，万古荡尘埃。见浊流翻转，汪洋姿意，势若奔雷。顿觉神思旷远，仿佛立天台。散发罡风里，浩气盈怀。　　俯仰大河上下，只高原莽莽，积雪皑皑。算金戈铁马，长卷几沉埋。想当年、岸边青冢，料如今、早已没蒿莱。争知我，又呜呼矣，放浪形骸。

八声甘州·白城四友步温瑞韵咏杏花致关东诸诗家

敕天公、速遣冻云开，再降紫霓来。忆西风古道，云蒸霞蔚，绮锦同裁。谁效庄生梦蝶，醉卧忘尘埃。玉瓣缤纷落，但任盈怀。　　昨夜东君传语，恕余寒稍退，铺就鲜苔。那杏花仙子，款款待君侪。语还羞、嫣然一笑，敞心扉、也恁慕吟才。清宵月、有来仪凤，且莫徘徊。

风流子·外出致家乡诗友

索然又无味，人脉脉、怎个度今宵？念故乡千里，故人安在，故情难却，故愁焉消。小窗外、只孤灯一点，夜雨打芭蕉。独叹寂寥，独斟独饮，听风飒飒，听雨潇潇。　　故吟风流子，桥上玉人在，月下吹箫。细水梧桐疏影，恁地魂销。骗故人心眼，休浮休躁，临风把酒，思绪须浇。归后同吟同饮，且共逍遥。

沁园春·草庐吟

筑个茅庐，装个书斋，摆个砚台。叹方圆虽小，尚能泼墨；乾坤乃大，但任舒怀。碧柳依依，青烟袅袅，红杏园中款款开。谁伴我，有山光云影，且共徘徊。　　吾生几度欢哀，终不信、人寰尽染埃。喜夜斟北斗，音传天籁；日巡南径，足印苍苔。居士狂吟，羲之惊愕，岂止兰亭堪快哉？邀诗侣，令稼轩必到，清照须来。

沁园春·老龙头怀古

面对长空，胸襟渤海，背倚燕山。正夕阳斜照，苍峦染墨；金风送爽，白浪兼天。点将台前，练兵营内，猎猎旌旗尚凛然。临垛口、抚旧时火炮，锈迹斑斑。　　休言往事如烟，凭爽气、遥看第一关。问继光安在，石城脉脉；狂生来也，思绪翩翩。本欲偷闲，偏教多事，老子今朝已授衔。靖虏处、见惊涛激荡，再吐龙涎。

沁园春·兴凯湖放吟①

渺渺茫茫，浩浩汤汤，恍若太初。见渔舟似粒，忽吞忽吐；完山如簇，时隐时浮。碧水兼天，花心卷浪，把酒临风挽大湖。偏怅怅、甚白鱼堪脍，滋味全无。　　钩沉青史难书。频遥望、江东父老孤。叹三分吾属，七分谁据；千重涛涌，万载音呜。霸主强权，爱辉蒙辱，国运兴衰看版图。空嗟叹、喟书生何用，只会悲夫。

【注】

① 兴凯湖又名爱琴海，壮阔无比。其浪如花，故曰花心浪。完山指完达山。

沁园春·谒五公祠

唐宋诸公，欢聚祠中，把酒壮怀。效流觞曲水，浮生意气；狂吟醉赋，放浪形骸。方唤东坡，又邀海瑞，论贬言迁塞顿开。攒香案，谢君王几许，尽道恩哉。　　几番潮去潮来，居海角、天涯看盛衰。况椰林树下，黎村苗寨；木棉花侧，古柏苍苔。五指山头，万泉河畔，此地何妨死便埋。观海去，叹惊涛掠岸，荡尽尘埃。

玉甸凉·丁亥七月十五在草庐

树影婆娑，清音流淌。月朦胧，蛐蛐儿、浅吟低唱。一首乡村小夜曲，恰似沁人佳酿。细细斟来，悠悠品味，便已心驰神荡。非醉非醒，恍忽间、不觉人间天上。　　万籁回声，四垂青幛。小池边，见姮娥、飘然而降。曼舞霓裳绰约影，倾倒白衣卿相。玉甸生凉，银波轻漾，引起无边怅惘。如梦如幻，猛激灵、依旧人孤野旷。

金缕曲·萧红故居吊萧红

此恨无重数。祭英魂、长吟当泣，悲思难赋。生死场中拼生死，曾挽萧郎几度。死不用、苍天宽恕。浅水湾头明月夜，子规啼、上有乘鸾女。正北望，故乡路。　　兰河慈母声声诉。盼儿归、家山春早，旧居重塑。绣户小园梅初放，续写红楼半部。踱香径、呢喃燕语。月满西楼诗社里，吐衷肠、唱和谁人妒。言未尽，泪如注。

金缕曲·镇江北固亭

久仰先生矣。小亭中、吟君词赋，回肠荡气。一望神州三万里，望处风光迤逦。问天下、英雄谁是？铁马金戈征战地，竞繁华、风劲千帆启。潮正涌，去无际。　凭栏脉脉人独倚。似闻君、咏今怀古，唏嘘不已。休忆六朝兴亡史，且看大江东逝。只慨叹、胸中万字。不恨先生吾未见，恨先生、未见今朝事。谁伴我，唱兴替。

金缕曲·谒孔府与夫子对话

夫子呜呼矣！倩何人、为余浩叹，代书余意？历览古今谁曾是，几度沉浮落起。恰便似、千年长戏。大圣先师方上场，猛然间、却被掀翻地。捧与毁，竟交替。　予言焚典何其厉。看人间、世传论语，生生不已。今日大名垂环宇，荣辱一时休计。谁不道、东方伦理。历史终究非是戏，到头来、你亦还原你。当善养，浩然气。

金缕曲·狼吟

狼也知荣辱。处荒原、独来独往，夜行昼伏。生物圈中一条链，造就天然傲骨。最鄙视、狡狐心术。摇尾乞怜偏媚虎，到头来、却葬谁之腹？毋宁死，敢言不。 为求知己离空谷。越关山、涉难历险，屡遭追逐。道是文明灵长类，嗜血居然瞠目。岂能够、任其屠戮。夜色深深伤自舐，一声嗥、激愤冲天幕。人犯我，舍身扑！

金缕曲·靖宇将军殉国六十五周年祭

仰望皑皑雪，覆群峰、终年玉砌，意由谁说？志士驱倭头颅断，十万苍松呜咽。不忍顾、将军躯裂。天降琼瑶天亦恸，掩忠魂、素肃如仙阕。昭大义，状高洁。 我来凭吊心犹烈，慕英雄、沧桑虽变，抗联难绝。富士山头阴暗处，鬼火幽幽明灭。靖国社、昏鸦时喋。白桦林间闻杜宇，又长啼、日夜声声切。君勿忘，雪中血。

张文纲

1949年生，辽宁北宁人，曾任中国农业银行吉林省分行行长。

天池行

长白盘旋入九霄，飞车掠雾彩云飘。
晶莹玉镜射牛斗，人到瑶池俗气消。

张云波

1974年生，吉林海龙人，大专文化，经济师。梅河口市人民银行巡视员。著有诗文集《为连藏歌唱》。

赠民间画师于乐天老先生

信步青山阅逝川，半为才子半为仙。
文如星月辉千树，气若虹霞灿九天。
西岭剪梅安梦寐，东篱采菊慰婵娟。
清茶淡酒随缘事，留取丹青乡里传。

张长寅

1945年生，山东泗水人，曾任抚松县人大常委会副主任，毕业于东北师范大学。著有《长白山诗词一百首》。

综观天池

峰从天外落，湖自地心来。
云里白河泻，仙山四顾开。

秋　采

林深影乱有还无，不住涛声阵阵呼。
偶听轻吟谁自醉？进山采药几村姑。

长白山山参

原始森林自有灵，千番雨雪育红英。
品尝百草神农愿，难觅参王诡秘精。

张玉春

女，1972年生，供职于吉林省文物考古研究所。

赠张福有先生

潇潇暮雨润时蔬，屋下清流浣玉锄。
水落重圆千载梦，碑丰早刻八分书。
苦寻奥壤游文海，常忆良民到古墟。
相聚有缘期后日，弦歌长短伴行车。

再赠张福有先生

满目葱茏尽晚蔬，农家此际挂秋锄。
常思鸭绿忘情水，可贺良民补史书。
老树接天怡倦眼，轻舟近岸泊残墟。
回眸倍觉无遗憾，踏遍青山共一车！

张玉璞

1950年生，吉林四平人。四平市食品药品监督管理局副局长。中华诗词学会会员、吉林省诗词学会理事、四平市诗词学会会长、《四平诗刊》主编。有《生命的旋律》出版。

春游二龙湖

（一）

松辽腹地二龙湖，塞北闻名华夏珠。
两岸青山相对峙，双龙腾越欲吞珠。

（二）

潋滟湖光春意盛，青山萌翠旧呈新。
疾行游艇翻微浪，鹭鸟低旋未见痕。

（三）

游人清景寓新春，远望绿黄半未匀。
天赐一湖清澈水，润禾发电惠黎民。

（四）

湖畔僧人正放生，佛家怜悯寄痴情。
人间但愿无邪恶，舜日尧天永太平。

贺吉林省诗词学会第二次会员代表大会召开

春城胜聚恰荷香，薪火相传史焕光。
有径诗峰峰翠翠，无涯词海海茫茫。
白山雪墨书洁曲，松水波毫续锦章。
同道鸿儒谋大计，骚坛岁岁向朝阳。

诗坛盛会

金秋稻谷千重浪，天朗农家收获忙。
争艳文花时绽放，竞鸣艺鸟待飞翔。
民康谱写舒心曲，盛世挥毫儒雅章。
胜友春城欢聚日，书丹泼墨写辉煌。

贺长春中医药大学五十周年华诞

五秩春秋迎大典，春城聚会淡云天。
中医汉药扬国粹，先祖歧黄盖世篇。
济世华佗流百代，拯民思邈颂千年。
高歌华诞旌旗舞，彰显名庠四海传。

贺公主岭市创建中华诗词之乡

响铃音悦九州扬，美律飞旋盛世章。
公主新城播国粹，北疆古镇建诗乡。
稻粮高产名尤远，事业腾飞史焕光。
墨友文朋挥巨笔，吟坛雅殿写辉煌。

伊通百合诗会感赋

七星宝地夏花鲜，文友相逢喜气阗。
绽放百合迎远客，争鸣鹂鸟道平安。
悠悠伊水流文韵，郁郁孤山绘雅篇。
盛世挥遒开伟业，大旗独树凯歌传。

弘扬诚信

神州呼唤增诚信，假劣驱除货品真。
盛世岂容瑕染玉，民康当葆善存心。
蛀虫侵扰公平破，私欲横流天理昏。
市场繁荣应重义，弘扬诚信为黎民。

喜迎奥运

时钟格定已八年，奥运申成华夏欢。
梦寐百年四海愿，祥云一束五洲传。
珠峰挥手迎佳客，江海扬波展笑颜。
崛起中华惊世纪，东方重绘巨龙篇。

四平烈士陵园追思

昔日英城喋血天，八千将士宿陵园。
因求解放身躯献，为获自由乡土眠。
黑水白山铭伟绩，长空大地悼英贤。
北丘松下埋忠骨，碑记芳名照宇寰。

张正国

1952年生，曾任吉林省质量技术监督局局长。

怀古城

绿水西南出涧行，禹山叠翠势纵横。
峰缘五女传佳话，诗辑千篇咏古城。
故国雄风碑可鉴，边城胜迹鸟争鸣。
地灵人杰梦游处，无限春光无限情。

张乐清

1957年生，吉林辽源人，大学文化。曾执教。现就职于辽源市政协。

谒李清照故居

山城影落碧湖中，千古沧桑一镜容。
滚滚黄沙埋宋祖，声声漱玉唱词宗。

吊陈晓旭

可是红楼结怨深，长天寥廓去孤魂。
二十年前明月夜，葬花原为自身吟。

过峨眉山蒋介石旧居

八年烽火照天烧，山上笙歌伴楚腰。
遁蜀独夫不稼穑，岂能秋后两分桃。

汨罗竞渡

楚天五月水悠悠，极目轻舟快不收。
屈子冤魂何处觅，俗遗江上至今留。

白居易

司马青衫泪迹新，江州此去作谪臣。
绵绵怅恨流播远，一曲琵琶弹到今。

华清池

晓日云端若有无，青莲滴露两三珠。
池边多少伤心客，为解风情几驻足。

张加良

六十年代出生，吉林抚松人。现在抚松县科技局工作。

山 游

涉过小溪趟草丛，忽闻野鸟共喁喁。
举头远望林涛处，雾满青山色更浓。

张庆余

（1921—1995），河北保定人。1935年参加革命，长期从事文教领导工作。1983年离休前为通化地委副书记，擅书法。

咏白山杜鹃

绝巘白山称大荒，杜兰香女裹银装。
唤来青帝春时报，她却松旁笑暑凉。

张吉贵

1953年生，吉林集安人。现任通化市政协常务副主席，通化市诗词学会顾问，吉林省诗词学会副会长。

乘缆车上泰山

一条长索九天横，脚踏青云泰岳行。
神欲问询何所事？玉皇邀我叙凡情。

小女问病

秋风瑟瑟透衣寒，炉抱怀中不得眠。
晨起四肢软无力，问安小女到床前。

玉皇春早

日上霞飞天自晴，风吹五岭盼丹青。
佟江水暖凭鱼跃，一夜新枝画满庭。

深山访白屋主人

茅寮绿隐野云间，半是诗翁半是仙。
晨起身披一岭雾，夜听松啸数星天。

吟坛名家咏集安席间有作

谁引群贤到集安，十分山水十分缘。
清江自有奇招出，只占风光不占先。

月照尘人

圆缺千年总一轮，清光漫洒照凡尘。
欲知善恶忠奸事，明月飞来各自甄。

大雅河飘流落水

雅河碧水任漂流，激荡惊魂下浪舟。
浮世烟波伤望眼，三江洗尽一身愁。

步养根斋韵贺中华吟坛集安笔会

柳绿花红碧水流，清歌旋起响通沟。
大碑汉隶镌青史，小镇唐风释旧愁。
千载阶坛存奥壤，百年激浪荡轻舟。
谷涵韵海涛声壮，今古家山两注眸。

七　律

摇舟鼓浪荡三江，放眼长空碧宇庞。
忍把余生愁伴客，常怀少小泪流双。
风吹滨海花盈树，梦笑龙湾月照窗。
只盼春城重聚首，一杯清酒谢乡邦。

七　律

漫奏沧桑苦乐歌，离愁今古几人多。
春初不晓朦胧恨，秋老深知苦难磨。
且问苍天谁告诉，何将岁月枉蹉跎。
心中一点夕阳愿，善把谊联休战戈。

如梦令

六九春回扶柳，雪润冰枝梅瘦。新雨几时求？碧水荡花千秀。依旧、依旧，单把暮年添寿。

纪辽东·感养根斋长白山绝顶奇观

谁曾绝顶沐天风，东荒一傲龙。百五登攀无二比，浩气感刘公。　　白云峰上又圆虹，奇观旭日中。苦旅诗情明月鉴，纪咏共霞红。

何满子·初春抒怀

岸柳初抽新绿，云霞一抹尘迷。昨夜飞琼晨不见，东风剪碎涟漪。日月一生易过，地天千古难齐。　　得味沽中老酒，殷勤燕子新泥。碧浪颠摇江上月，任它斗转星移。往事不追旧梦，闲情自有东篱。

蝶恋花·和七子游

恨又失邀携梦柳，样子沟游，少我桃源酒。不晓千杯人醉否，且知情透层山厚。　　八怪扬州诗画后，七子三江，劲写梅花瘦。诗入鸡林流韵久，新歌叠叠飞重九。

浪淘沙·三月雪

飞雪舞春头，云淡风悠，冰消雪化大江流。冬去春来皆有数，何必添愁。　　旧事底心留，忘却绸缪。试将南北钓双勾。待到东山红染透，绿在河洲。

【中吕】山坡羊送于德水老先生·

（步韵和养根斋大江歌罢掉头东韵）

风高浪大，云飞横跨，沧桑漫写心中话。忆年华，寄恩家，常含泪眼酬无价。　雨后长虹鞭御马，花，绿岛发；根，黄土扎。

【中吕】普天乐

梦醒时，轻歌罢。滢滢泪眼，片片新葩。松水边，白山下。身返还心犹牵挂。梦家乡总是中华。海天凝望，丹青共画，两地生花。

【正宫】学士吟

经年有梦难忘掉，怅望万山多劲草。追思往事恨从前，怎奈身羁樱岛。

【幺篇】

友朋携手挽流云，忍看归心呼啸。相思只把梦中缘，愿也睡混天一觉。

一剪梅

尽把沧桑写案头，穷不低头，富不昂头。霜花何处绽枝头。去也摇头，留也摇头。　归去天东古渡头，君锁眉头，我锁心头。重逢柳岸盼回头，再立江头，共钓船头。

行香子

飞韵飘东，七彩长虹。乘风去，直向天穹。挚情深处，泪眼流空。看寒江白，晴川绿，晚霞红。　春城折柳，何日重逢？雁声叫，片纸交鸿。高山流水，沧海奇峰。听阳关曲，梦中语，海天风。

张任侠

1948年生，吉林东辽人。大学学历，一直在辽源市党政机关工作。

离职三年有感

江月沉浮感悟真，纵眸寰宇渺然身。
当途常遇三叉口，醉眼朦胧数路人。

叶赫怀古

碧湖雾霭锁龟山，古堡依稀现绝巅。
鼓角声声犹在耳，神鹰不见意茫然。

张丽杰

1970年生，吉林公主岭人。供职于公主岭市环保局。

蝶

轻沾玉露翩然影，薄剪东风自在花。
舞却千年梁祝梦，相思今日落谁家？

赏伊通百合园

（一）

簪玉流霞田垄中，暗香习习曳东风。
知其好合百年意，且任素裙偷蕊红。

（二）

仙姿款款下瑶台，玉面微垂带露开。
沁骨幽香堪醉客，随心小句蝶先裁。

游子情怀

夙志难酬直到今，凭谁寒舍访雄心？
年来若问荣枯事，莫向风花句里寻。

送别游子

又向他乡作远鸿，春风不许见愁容。
去年别酒犹余醉，今日杯深情更浓。

赏松花石

玉质天生岂可违，纤尘涤净释清辉。
几回壁上寻幽梦，纹里松花是也非。

采风宴后漫步江桥

梦里应来千百巡，秋风桥上思无垠。
酡颜也自凭栏久，不怕江中月笑人！

访曹家沟

曹家旧址作田畴，老井依林空自流。
料想新居藏犬吠，一溪岚翠到村头。

养根斋老师白云峰上摄刘建封百年前所见圆虹有感

云中乍现圆虹影，笔下飞来太白诗。
百载风云经眼过，苍天今日慰情痴！

贺养根斋老师登上白云峰

白云峰上御长风，苦旅情怀谁与同？
今共圆虹偿夙愿，归来当进酒千盅！

公主陵随想

公主陵前忍泪眸，林花野草意悠悠。
已然明月千回瘦，难忘春风一段愁。
埋骨凤山情未老，寄心辽水语无休。
不知魂赴瑶台后，可否携郎自在游？

庚寅贺岁

贺岁声中更近寅，乾坤不老梦常新。
无边意趣皆成韵，有限年华岂负人？
把酒吟风风亦醉，临屏赋句句尤珍。
隔窗远望朦胧雪，疑是梨花欲染春。

张连科

1942年生，吉林省梨树人，1967年毕业于吉林大学。曾任长春市电子工业局副局长，现为长春老年大学胜春诗社社长。

咏　雪

谁挥玉手撒缤纷，色比梨花艳比春。
长抱痴情滋沃野，清魂引领百花新。

贺胜春诗社成立三周年

胜春坛筑聚群贤，三载耕耘硕果鲜。
文苑歌吟多雅韵，黉园霞彩竞斑斓。
秋光更比春光美，老友偕同新友欢。
玉律金声扬国粹，风骚一代壮河山。

张连海

1955年生，吉林四平人。在四平火车站派出所工作。中华诗词学会会员。

离退休老干部

风吹雨打久经寒，历尽艰辛志未残。
手洁身清流血汗，民情国事系心肝。
真当奋勉精勤仆，妒恨贪赃枉法官。
解甲离鞍操翰墨，吟诗绘画筑骚坛。

张利国

吉林通化市人，毕业于东北师范大学化学系，曾在通化市教育学院任教，现任民盟通化市委副主委。

寻　诗

屡向诗田纵笔耕，寻常色相总关情。
缺圆月乃身无定，浮荡云非己不争。
雪是梅师心亦素，冰为水魄骨尤清。
三思可悟千秋理，格物致知心自明。

乡　居

乡居散淡胜王侯，衣饭丰盈懒应酬。
雨后溪间三尺瀑，风前柳下一身裘。
昼眠总恨鸟惊梦，天净频忧月撞头。
蓬户不关凭夜犬，酒坛常满赖春牛。

【中吕】山坡羊·无题

西风花瘦，浓寒随后。窗棂霜重白如昼。意难收，任漂游，心猿意马相驰骤，辗转无眠恨不走。痴，怎出口？思，你知否？

【正宫】滚绣球·新闺怨

恼恨他，整日价，赌钱糟蹋，荒芜了黍豆桑麻。竹篱笆，久颓塌，门庭尴尬。　　声声唤、勒马悬崖。意欲去汝寻别嫁，叵耐娇儿难撇撒，只认做运命责罚。

张利春

1949年生，笔名弯弓子，网名弯弓射雕。柳河县农民。

校　稿

一回拆洗一回新，补补缝缝够认真。
儿女嗤烦妻子笑，其中奥妙诉何人？

浣溪沙·偶语

万事应从退步休，向来无欲便无求。问渠还有几缘由？　　招即能来皆俗客，挥之不去是空愁。人生谁不爱清流。

浣溪沙·次韵福龙赠铁华兄

别酒清秋曳碧波，他山攻玉剑横磨。余生高唱凯旋歌。　　嗟我竟无东海赋，令人徒羡右军鹅。重阳指点好星河。

浣溪沙·次韵忠民雪题

造化天工怎觅痕，银装素裹入芳樽。孙车一样读书贫。　妙语连珠真警世，佳诗戛玉更传神。意中人即眼中人。

谒金门·我与诗词

丢不得，丢得也应无益。鬼使神差逢巷陌，凤凰双比翼。　相伴如今头白，依旧不离咫尺。纵是贫穷无片席，厮守如磐石。

一剪梅·和俞樾先生及续作者五首

（一）

玉振金声韵妙弦，人向谁边，名满生前？诗心绽放至今妍，盛赞纷喧，浮想联翩。　忧患生涯到暮年，曾赴华筵，未弃先鞭。清茶淡饭自安然，易悟云烟，难觅神仙。

（二）

一缕梅魂泣落阳，肩倚西窗，头撞南墙。伤心世事总难详，此夕荣光，亘古芳香。　　浊酒新词逐滥觞，独自裁量，每自评章。清贫岁月碌中忙，关照姑娘，怠慢儿郎。

（三）

旖旎风光万道明，歌倚篌笙，情寄瑶筝。唾壶敲碎玉珑玲，爽入疏棂，乐在荧屏。　　醉后逍遥不忍醒，杳杳神京，艳艳鸾軿。吟风啸月可怜生，歉岁争盈，寒夜披星。

（四）

血泪辞章向谁夸，病腿酸麻，望眼昏花。舞文弄墨并非差，本分贫家，自在明霞。　　坎坷人生险路赊，无觅娇娲，怎驾浮槎。热血春潮淬铜琶，宁负芳华，不忘那伽。

（五）

生计艰难浪漫游，理想甘休，物欲横流。钟声敲破耐何秋，玉宇琼楼，韵海神舟。　　滚滚红尘任去留，好梦悠悠，落叶飕飕。长弓挂日射潮头，散尽穷愁，了却离忧。

行香子·感怀

检点平生，一事无成。辜负了、惨淡经营。江郎才尽，不懈躬行。任诗当肴，茶当酒，笔犹耕。　　抛离暴利，撕毁虚荣。归还个、正正经经。随吾落拓，凭尔峥嵘。叹红尘浊，金钱重，友朋轻。

行香子·与张忠民共勉

共筑心城，各掷金声。正人间、海晏河清。雄怀虎胆，妙点龙睛。写山中景，水中月，个中情。　　羡君起凤，愧我羁鹰。想当年，霹雳弦惊。不图暴富，岂慕虚名。愿志如钢，人如铁，饮如鲸。

水调歌头·招饮於茂

回首十年事，未敢忘深情。心灵振颤初识，久久不能平。愧誉齐驱并驾，坚信灵犀彩凤，肝胆照通明。缘分实难得，何日晤柴荆。　　君诗好，弛云水，习纵横。振聋发聩，关东大地炸雷霆。莫笑狂奴落拓，饱览大千万象，听取短歌行。弓控中秋月，箭迸紫微星。

张作吉

1972年生，吉林德惠人。农民。

游松花江

难得身心此日闲，两三野客到江关。
漫欹芳草周身懒，信步斜阳秋水寒。
蒿板连皮烧玉米，背心摇火烤鱼干。
寻常自有寻常乐，万物天真始自然。

丁亥元旦抒怀

不奢熊掌不求鱼，冷眼松江荒野居。
白雪纷纷惊岁序，红尘滚滚厌江湖。
小民经济愁难搞，大款情怀叹不如。
左运行年亦微笑，人生返朴是归途。

松江秋晚

乍起西风暑欲消，心随鸥鹭暂逍遥。
青山斜日秋光淡，碧水长空雁字高。
几只昏鸦争晚树，孤舟鱼桨逆寒潮。
沉沉暮霭炊烟息，万里江天剩寂寥。

张伯驹

（1897－1986），中国著名文物鉴赏家、收藏家、书法家，曾任吉林省历史博物馆副馆长。

高阳台·集安咏古

鸭绿西流，鸡儿南注，四周山似滁环。每胜丸都，升平士事喧填。刀兵一扫繁华梦，看金瓯，倏化云烟。但荒凉，万冢累累，残照斜川。　　如今换了人间，听隔江笑语，共话丰年。到此渔郎，又疑误入桃源。当时应悔毌丘俭，正功成，勒石燕然。算空赢！鸟尽弓藏，何处长眠？

六州歌头·长白山

昆仑一脉，迤逦走游龙。承天柱，连地首，势凌空，耸重重。直接兴安岭，燕支血，祁连雪，障沙漠，限胡汉，阻狼烽。伸臂度辽，跨渤烟九点，更起齐东。结巍巍泰岱，秩礼视三公。日观高峰，曙天红。　　有灵池水，森林海，千年药，万年松。喧飞瀑，喷寒雾，挂长虹。鼓雷风。南北流膏泽，分鸭绿，汇伊通。开镜泊，蓄丰满，合浑同。屹立穷边绝域，从未受、汉禅秦封。看白头含笑，今见主人翁，数典归宗。

张岱祥

1962年生，吉林省抚松县人，长白山民俗泥塑家。

感动“闯关东文化”

从来齐鲁出高贤，仁义为先信不迁。
万苦千难岂移志，白山黑水闯名传。

张国英

笔名樱子，女，1968年生，大学学历。现任刊物编审、记者。

晚　秋

月洒清光秋气凉，飒风摇曳叶飘黄。
临窗深座心儿懒，诗未成行雁已行。

张国忠

1950年生，吉林省农安县人，1975年毕业于吉林冶金工业学校。曾任农安县商业物资总公司党委副书记。现为农安县黄龙诗社理事。

春　风

脚步匆匆情更柔，涂红抹绿日无休。
揉开蜂蝶惺忪眼，来谒新桃粉盖头。

秋　风

抽红枫叶铺山被，弹白芦花织水衣。
忽见方田迷夏梦，驱霜一点泄天机。

村　嫂

风里蹒跚雨里爬，堂前父母膝前娃。
玉颜未觉经霜老，巧手痴心缝着家。

访下岗女工街头烤玉米

楼边设座得逍遥，香气长随汗气飘。
桃面已呈鲜枣色，犹吹炉火舞芭蕉。

笼中鸟

叨落残辰润晚风，有声交替破樊笼。
山林野趣蓝天志，衰老东家错爱中。

祭东北抗联八女投江

弹尺身伤日色昏，相携共勉踏江门。
驱倭壮志青春梦，溶入波涛铸国魂。

回故乡

见鹤知乡近，弃车徐步还。
金风梳稻直，碧水抱村弯。
野阔飞鹰渺，云轻牧笛闲。
老房牵旧绪，隐约绿丛间。

秋　瑾

豪门书画女，为国竟抛家。
剑胆三吴敬，诗情四岛夸。
竖旗征腐恶，洒血荐中华。
自此轩亭左，宵风起怨笳。

布　鞋

九曲人生路，谁能解细微。
沉沉孤影夜，淡淡土灯辉。
心缀千层结，情随万线飞。
征夫与游子，哪得不思归。

题农安古塔

破土惊天起大辽，荒原一柱撼云霄。
几蒙塞北金戈血，总挺关东铁汉腰。
月不常形羞作伴，风无定态厌同聊。
多情更是伊河水，冷眼观它涨又消。

初到老干部局打乒乓球

小小平台两侧忙，且将世态细思量。
临难抬手推来去，得势斜眸瞄短长。
物作浑圆真耐打，人怀楞角怎禁伤。
玄机未解欺生客，失误频频输个光。

答友问

偕妻育女道何孤，莫问东君入梦无。
权结深情深亦浅，钱交密友密还疏。
风光一刻谁知己，冷落三秋反识吾。
小苑芳丛呈百态，繁花闹处正荒芜。

城郊秋望

金风着意扮新妆，一岭香销万岭黄。
载稻机车喷晓雾，挥镰民女舞残霜。
年丰农户粮千石，夜静歌星嘴半张。
小镇楼高惊远雁，荒村烟缕竞悠长。

行香子·相见难

愁似梅凋，笑似荷摇。小同窗、同是骄娇。清波每顾，地颤魂销。恰眉如柳，眼如杏，面如桃。　　心邀难证，命旅难挑。各匆匆、破雾争翱。何期老矣，万里辛劳。竟言难尽，悲难诉，怨难消。

张国钧

1917年生，安徽当涂人。1946年四保临江时任临江县县长。离休前为人民卫生出版社党委书记。

忆四保临江

临江四保正寒期，困苦艰难志不移。
伏雪卧冰抛血战，英雄烈士壮心诗。
鸭绿江上开冻日，长白山区庆胜时。
喜看古城新面貌，光荣传统引怀思。

张国麟

1939年生，吉林抚松人。职高退休教师。出版诗词摄影专辑《如画如诗长白山》。

梯子河

地开千尺使人惊，俯看层岩听水淙。
勇者跃身能跨过，峡中石落影无踪。

高山花园

白山花季夏风中，黄紫蓝红各不同。
放眼无边香阵阵，疑来竟幻百花中。

红　叶

绿叶何时变火红，风霜可与露争浓。
都夸本领天生大，惹笑山岗不老松。

张忠民

字伯愚，号白屋主人。1946年生，通化市二道江区鸭园镇农民，合著《佟江七子吟》。

游龙祥山庄

(一)

芳草池塘淡淡风，莺声百啭入帘栊。
翩然最喜双蝴蝶，飞上深蓝又浅红。

(二)

寻幽何必下扬州，样子沟中艳欲流。
小榭时观云外雨，青龙潭可荡兰舟。

(三)

彤云暗度远山藏，宜雨宜晴水一方。
我恨牧云无脚力，忍教红叶伴斜阳。

(四)

玉树琼花满上林，光风霁月动闲吟。
今宵得与白龙卧，不枉经年野鹤心。

答友人问近况

蜃影霞遮半个家，蓬门青锁乱涂鸦。
牡丹虽好无来历，只取田园荠菜花。

相　邀

迷离石级接云霞，蝶舞茅寮笼碧纱。
君若来时须仔细，门前一树水桃花。

浣溪沙·丁亥春日赠王卓平

瑞雪新词共掩埋，不知春意满香斋，窗前几瓣为谁开？　　昨夜浮云频入梦，今朝生计又重裁，鸭鹅犹噪食将来！

浣溪沙·奉和利春兄

（一）

悔结文章一缕情，自寻烦恼愧寒庚，路其修远探人生。　　曲折反能求发展，直来无益奈何行，红尘难怪苦钻营。

（二）

驷马高车莫与争，华亭鹤唳误卿卿，避嚣沉滞巩心城。　　积毁谗言难改色，填词奉旨也流名，荣枯任向鬓边生。

鹧鸪天·中秋

又是天涯月一轮，炊烟孤立自为邻。情缘恰似飘零叶，名利无关沦落人。　　山黯淡，路嶙峋，新词薄酒对良辰。老来不做荒唐语，伏枥空劳万里神。

鹧鸪天·贵堂兄退休感作

野鹤闲云望几回，英雄事让少年为。木犹围也何堪老，园以荒兮胡不归？　　横笛曲，任参差，豆棚瓜圃正芳菲。兴来墨洒端溪外，一字挥成一展眉。

鹊踏枝·答友人

狼籍闲庭思恨注，代谢无常，怕听莺儿语。不遇春风花不吐，花开又被风吹去。　人世韶光能几许，物我同情，颜色难如故。事近罗敷应有句，明珠没个安排处。

沁园春

盗我由之，欺我忍之，谤我任之。论几多恩怨，似应休矣；百般算计，究属何为？磨折无妨，桑榆有限，冷落苍天是善施。江海阔，待收拾残梦，别作生涯。　山中景致何其，又古道雕虫正入时。喜苔痕月晕，自然着色；莺歌蝶舞，信可充颐。野菜先尝，荒鸡烂煮，坐赏闲云吐翠薇。耽好睡，怪鼾声未竟，日上窗楣。

张忠诚

1948年生，辽宁永陵人，东北师大中文系毕业。曾任通化市民进秘书长。

晚　秋

山黛云横碧水流，落霞浸染柳枝头。
沙洲夜宿南飞雁，野渡悠悠一叶舟。

游葫芦套所感

荒野孤村八九家，悬浮桥索寄生涯。
葫芦流水回千载，岁岁凄清送落花。

张岳琦

1938年3月生，山东枣庄人，曾任辽宁省委办公厅副主任、广东省委常委、秘书长，中共中央办公厅副主任，吉林省副省长、省委副书记，吉林省政协主席等职。中华诗词学会顾问，吉林省诗词学会会长。著有《诗词格律简捷入门》《岁月拾韵》等。

观京剧《霸王别姬》有感

四面楚歌寒夜深，拔山盖世倏如尘。
兴亡总觉突然到，成败原来早有因。

金刚山乡女

山乡有女美如花，玉手擎来参水茶。
百姓不知天下事，时呈笑靥灿明霞。

读宋史偶拾

杯酒释兵宏略才，宋朝政变未成灾。
边虚武弛徽钦掳，祸患不从防处来。

望飞雪

云天不现只朦胧，渺渺飘飘遍太空。
正叹雪花舞无序，西风一阵尽朝东。

长白山记胜

白山虽僻远，胜景在人心。
袅袅美女树，茫茫原始林。
雪峰千古画，瀑布万年琴。
不见天池水，平生一憾深。

山海关怀古

连山接海古关雄，未抵清兵气似虹。
嘉定三屠尸遍野，扬州十日血腥风。
痛心疾首遗民泪，破釜沉舟志士功。
如若当时不相犯，中华疆域至斯终。

六十有感

惊临新岁作耆翁，回首烟云一瞬中。
黑水白山塞北雪，红棉碧海岭南风。
与人为善不图报，做事以诚恒望工。
曾感琼楼高处冷，沧桑历后愈明通。

莫高窟怀古

远望黄沙无尽头，孤云天际幻琼楼。
后人欲探前朝迹，大漠中寻小绿洲。
穿越时空千态美，历经战乱百年愁。
洞中旧事今何在？游客匆匆似水流。

戊子春节杂感

偶得琼浆莫自斟，良朋不遇五湖寻。
思飞南国温馨忆，雀噪夕阳孤寞心。
大野春来仍裹素，小楼日晚独登临。
时移事易随缘渡，从善无须候妙音。

在吉林博物馆看陨石

遨游宇宙亿千年，无际无涯无挂牵。
万劫历经寒与火，一身铸就劲而坚。
太空渺渺何终始，人事区区属偶然。
呼啸燃烧飞碧落，奇光异彩照尘乾。

又见花城

重游故地忆华年，又值初冬到岭南。
大道条条今更畅，风光历历旧曾谙。
赋诗苦索有八九，得句差强无二三。
素喜羊城花似锦，夜来听雨梦尤酣。

再登长白山

林海远望无际涯，盘旋险径踏烟霞。
白云深处见青草，积雪旁边有紫花。
生命顽强凌绝地，自然奥妙展精华。
罡风犀利巅峰冷，从善如登苦亦嘉。

闲步雨后小园

昨日玫瑰何处寻？夜来急雨扫园林。
好花有憾终归谢，啼鸟无知仍唱吟。
该撒手时须撒手，易伤心事莫伤心。
回眸叶底余黄蕊，万绿丛中一点金。

早春客京

正逢节令替交时，晨起远观星斗移。
春讯迟临枯草地，初花未上小桃枝。
芳华逝去浑无意，影绪飘来尚有诗。
旧日良朋几人在，南风吹树绿参差。

中秋忆改革

普天欢乐又中秋，回首当年百事愁。
改革艰难难在始，风云谲变变无休。
莫叹铺地芳英落，应喜盈枝硕果留。
发展已登高速路，继望来者绣金瓯。

德天瀑布

水出云崖天涌潮，无分国界任流飘。
声如奔马三千阵，势若悬河八百条。
波击岩岗飞细雨，雾笼溪壑起虹桥。
眼中奇景心中幻，词藻丹青岂可描？

登长白山南坡

南坡久仰未曾逢，奇境亲临绝不同。
十里山花天地色，千年峡谷鬼神功。
时移事异思当变，路转峰回阻亦通。
多少流连忘返客，回头屡望恋葱茏。

吊汶川大地震

摇撼山川震迩遐，奇灾转瞬降中华。
生灵涂炭哀千里，瓦砾埋城毁万家。
救有军民穷地角，爱无贫富遍天涯。
人心凝聚八方赞，多难兴邦信不差。

卜算子·玉渊潭樱花

灿烂势如霞，花盛全无叶。待到枝头绿叶扶，已届繁华末。　　搔首晚风轻，望眼云天阔。短暂花期艳满园，谢后人犹说。

沁园春·植物园

淡淡秋光，阵阵熏香，缕缕夕阳。正黄花吐艳，绿杨喧响；红枫微醉，兰蕙喷芳。碧落清澄，白云闲静，物我今时竟两忘。人难得，使忧烦暂却，稍透清凉。　冬来秋去栖遑，总见那花愁蜂蝶忙。叹世间万物，生存不易，风云莫测，时遇殃伤。劫后能生，山前有路，适应艰难即是强。风雨后，看牵牛长蔓，又上篱墙。

张金华

女，网名杜鹃、杜宇，梅河口市人。

咏大泉源酒

白山碧水出佳泉，以酿新醅绝艺传。
绿蚁余香谈国事，金龟换酒醉诗篇。
温梅待得春时月，会客同酬柳上烟。
溢满关东承不住，风流华厦助延年。

张金泉

三十年代生，吉林抚松人，曾任抚松县文联主席。

春日松花江畔

晨练西园松水边，风移云雾漫群峦。
半江石露半江浅，跃水戏鱼翻熠澜。

张金鑫

1968年生，大学文化，山东德州人。现在四平市政府工作。

雨中寄情

烟雨潇潇一径通，青山映绿点绯红。
牧童牛背笛声短，疑是江南三月中。

张宝琦

号溢翠园主人，1947年生，黑龙江齐齐哈尔人。曾任通化电业局辉南供电局局长。合著《佟江七子吟》。

郊游九月九

寻幽踏野叩重阳，山菊凌风卸淡妆。
最赏陈苔争黛色，好凭老酒化秋霜。

题铁华兄诗酒风流

旧友桓州老骥春，文宗史籍典常新。
杯倾语醉千秋赋，斗酒诗成七步人。

杏花诗会即席有作

诗不言狂酒敢狂，杏花园里话流觞。
酣时最恋凝情月，错把他乡作故乡。

山居寻趣

呼朋沽酒垄间寻，草没柴扉花径深。
索句飞觞瓜蔓下，耳余唐宋绕梁音。

赏杏未见花开二首

（一）

杏蕾含情待韵来，春风着意露香腮。
诗狂俱是多情种，羞得芳心未敢开。

（二）

海角天涯赏杏来，诗家谁见有花开。
他年若许春风早，万紫千红挂满腮。

大雅河漂流

泻韵流神大雅春，岩松抓壁探嶙峋。
挥舟急驭千寻浪，涤却经年心底尘。

学书法得悟

崖刻碑林墨迹征，欧颜柳赵总为朋。
仙风道骨锋间炼，野鹤闲云腕底腾。
法到疏时能走马，章行密处不流蝇。
丹田运得乾坤气，蹈海巡天驭大鹏。

情钟大理

玉带云游大理行，濡仁启智阅风情。
苍山松柏千层绿，洱海波天一色清。
雪月风花堪扑朔，古今中外愈蜚声。
金花约我来三月，蝴蝶泉边荡笛笙。

步养根斋原玉

笔孕丹青意在先，飞觞酌韵奏心弦。
诗澜入境三分醉，宦海浮名一缕烟。
玉撒关东梁苑雪，情钟塞外邵平田。
屏前每赏惊人句，睡寐频骚不忍眠。

丁亥春诗潮

诗狂唤雨也呼风，古韵铿锵撼碧空。
平水轻吟江月白，丹青浅绘野枫红。
松峦雨霁迷痴客，翰海珠玑恋学翁。
尽看潮头旌胜火，丰年雪瑞大江融。

云南行

滇北高原捷足先，征程总似箭离弦。
伏听虎跳江心浪，遥摄龙旋雪岭烟。
古道空留茶马迹，神台层洒女儿田。
未曾煮酒陶然醉，头枕苍山对月眠。

读《情系关东》有感

沧桑阅尽大江东，凤藻文章岂等同？
帆桨犁清鸭绿水，丹青染透白山风。
品梅更练超然气，钓海平添搏浪功[①]。
梦笔神来枫落句，灵犀一点与天通。

【注】
① 品梅、钓海均为《情系关东》里的精典散文。

临江仙·步养根斋韵题庆霖戎马诗情

铁骑军中长啸，黄龙府上轻吟。躬耕古韵赋新音。襟宽江野阔，墨重蕴涵深。　　展卷轻敲格律，执觞暗悟晴阴。松花雪域溯文心。诗刀熔火铸，梦笔挑灯寻。

张洪芬

女，1961年生，吉林白山人，大专学历，曾就职于白山市轴承厂，现在某企业任会计。

看　梅

漫天纷舞落银花，妩媚新娘舞素纱。
疑是娇羞遮半面，蕾红枝褐一梅花。

张洺达

吉林梨树人，大学文化。曾任四平市中级人民法院副院长。

游四平山门风景区

平湖杨柳荡春风，遍野山花火样红。
对景神思文笔弱，句佳难比自然工。

张柏林

1945年生，辽宁省新宾县人。白城市政协副主席退休。中华诗词学会会员，白城市诗词楹联学会名誉主席。

呼兰河畔吊萧红

默默河流泪，悠悠柳鞠躬。
冰消芳草绿，尤显杜鹃红。

福州鼓山涌泉寺

林深藏古寺，石鼓大风敲。
冽冽甘泉涌，山高水也高。

阴雨天登庐山

弥天雾气掩神姿，路陡阶长步履迟。
欲识庐山真面目，还须云散日晴时。

武夷山水帘洞

晴空飞雨洗尘埃，朱子当年设讲台。
珠唾连篇清拔甚，源头活水漫山来。

武夷山一线天

石嶂门开尺许宽，侧身抚壁竟摩肩。
举头唯见一丝线，放眼还须出洞天。

九江琵琶亭有感

一曲琵琶千古情，浔阳江渚起新亭。
旧时船上如仙乐，响彻满城歌舞厅。

登浔阳楼有感二首

（一）

大浪淘沙去不还，浔阳楼上望风烟。
当年挥墨宋头领，造反原来为做官。

（二）

龙蛇纵笔志凌云，杀尽百花何足论。
一坐虎皮生媚骨，笑人结果不如人。

秋游白沙滩

早年思玉液，今向嫩江行。
脱水沙尤白，临霜松更青。
闸开归众望，渠畅顺民情。
放眼千重浪，欣听百鸟鸣。

通榆向海湖

水阔沙平举目遐，微风细浪接蒹葭。
群泡万顷鳙鱼圈，孤岛千巢麻燕家。
遍岭黄榆撑绿伞，冲天白鹤顶丹砂。
轻烟缭绕福兴寺，金碧琉璃映紫霞。

查干浩特民俗村

茫茫瀚海起庄园，民族风情融自然。
哈达披肩迎礼重，银杯过顶欲辞难。
马头琴奏边音美，蒙古包尝烤肉鲜。
篝火点燃长夜幕，歌声直上九重天。

破阵子·咏白城兵器试验中心

阔野千年芳草，长空万里雄鹰。彭总选来修靶场，上马从戎五十龄，壮哉兵器城。　　卷地黄烟突起，火光闪耀流星，划破苍穹雷炸响，试射新型导弹声，神威谁敢轻！

张咸禄

1927年生，长春市人，南湖诗社社员，著有《晚晴诗草》。

长春老年大学新校舍落成感赋

老年学苑换新装，校舍巍然似殿堂。
先进设施名教授，二春桃李竞芬芳。

张修海

1944年生，吉林省前郭尔罗斯蒙古族自治县人，现居吉林市。吉林市雪柳诗社社员。

乌拉街魁府

轩舍斑斓空寂寞，飞檐斗拱势凌峰。
峥嵘岁月繁华地，奢晏难当奏晚钟。

北山赏荷

翠扇轻摇媚动人，红衣飘逸惹风尘。
贵妃出浴身披露，西子临溪目送颦。
老妪呼儿移倩影，髯翁指女望花唇。
啧声不断皆惊怿，愚请天公驻日轮。

张晓波

笔名金狮。1963年生，吉林白山人。大专学历，现任江源区旅游局局长。

醉花阴·梨花如雪

云淡星稀天破晓，窗外鸡鸣早。昨夜雨霏霏，春意初来，欲赏溪边草。　　忽逢小院梨花妙，似雪风中俏。莫道几重香，一缕春情，都付词牌调。

浪淘沙·春愁

窗外雨生寒，聊把琴弹。春愁一曲自悠闲。怎奈相思深几许，忧郁难眠。　　寂寞望苍山，往事如烟。孤楼独上雨阑珊。浊酒三杯空对月，一枕悲欢。

鹊桥仙·携琴逐浪

白驹过隙，华年似水，一缕春愁渐忘。笑谈昨日是和非，怎胜却、一壶佳酿。　　残阳挂树，风轻荷动，一任小舟荡漾。闲聊今古喜和悲，曲未就、携琴逐浪。

张祚黧

原名张作黎，1971年生，毕业于长春水利电力专科。现在长白山天然矿泉水靖宇水源保护区管理局工作。

水调歌头·矿泉自述

吾本上天水，下世济凡灵。四十七子随驾，缘驻矿泉城。千载涓流回绕，百鸟枝头嬉笑，催涌莫曾停。何故仙身老，万物尽牵情。　　正当好，泉未了，却愁萦。亦非永续，当慰保护措施明。难忘陈庭花木，勿使资源枯尽，重采不堪行。漫道泉城美，功过后人评。

张盛春

1933年生，河北乐亭人。退休后参加长春老年大学胜春诗社。

新学年开学

匆匆一载又春风，依旧同窗诗趣增。
鹤发童心游学海，诗山峻峭乐攀登。

诗　迷

深夜读诗成习惯，细心领悟每痴迷。
神疲眼倦方思睡，却得佳篇入梦时。

卜算子·秋叶

落叶满山飞，四野披金被。不怨年年风雨催，化土心安慰。　　万物有枯荣，四季方成岁。春到新枝更盎然，装点江山翠。

张福玉

吉林集安人，1958年生，现任集安市林业局副局长。

星夜偶感

星疏夜短月沉西，添岁尤伤父早离。
尺素慰兄总相忆，轻杯哄弟乱吟诗。
天长难阻朝还暮，情重须防别又思。
一笑洪桥书误落，岂因掷水隔山疑。

张福有

别署养根斋，1950年生，吉林集安人，中央党校研究生毕业，研究员。曾任吉林省委副秘书长兼办公厅副主任，白山市委副书记兼市政协主席。吉林省委宣传部副部长（正厅长级）兼吉林省社会科学院副院长，吉林省高句丽研究中心常务副主任、专家委员会主任，吉林省政协常委。中华诗词学会副会长，吉林省诗词学会常务副会长，吉林省长白山文化研究会会长，《东北史地》社长《长白山诗词》副主编。著有《养根斋诗词选》《诗词曲律说解》《长白山诗词史话》《长白山诗词论说》《一剪梅情缘》《张福有诗词选》《高句丽王陵通考》《高句丽王陵统鉴》《百年苦旅》等，辑笺《长白山诗词选》，主编《好太王碑》，斠注《荡平岭碑记》等。

《长白山诗词选》编就恭请江泽民总书记赐诗玉成感怀

天华竟得一笺新，屡览翻疑梦岂真。
雪柳寒江云尚近，琼花玉树墨尤珍。
三山五岳知应妒，四水双池信更亲。
诗颂不咸吟不朽，而今我幸大荒人。

深切怀念启功先生

不才有幸于1986年得启功先生题“养根斋”匾额，1996年蒙先生赐杜甫《复愁十二首》之十中堂，1999年获先生亲笔题名惠《启功赘语》《启功韵语》《启功絮语》，并应不才之请为吉林省白山市题“白山图书馆”“白山体育馆”。惊悉先生仙逝，尽日悲痛不已，哭成一律，聊寄哀思。

痛别先生作远游，华笺恭礼泪长流。
养根斋匾锋犹劲，数米箧空心惯忧①。
情寄草堂工部笔，昧开松砚木兰舟。
阏门一自乘风去，勿忘朱申频转眸②。

【注】

① 启功先生赠张福有书中有“一家数米担忧惯”之诗句。

② 阏门：宫门，此指长白山天池。朱申：即肃慎，启功先生有“阏门如镜沐晨光，更见朱申世望长”之诗句。

松桦对语·并序（依陆游《昼卧》韵）

1998年8月31日，拙斋偕新华社记者周长庆登长白山，特引其谒“松桦恋”，正值蓝天白云衬托青松岳桦，奇妙无比，美不胜收，摄得满意之作而归。拙摄“松桦恋”，署名刊发于1999年1月16日人民日报海外版、《中国长白山》画册2000年版等。2008年9月7日，拙斋偕60余位诗友采风专程至此，幸惹诗友争相拍照，采食蓝莓，归后诗兴大发，正咏反题，每有佳作，配图上网。对比10年间松桦照片，变化不小，青松高出一头，岳桦丰姿绰约，首赖根之功也。偶检“养根斋”于百度，发现陆游《昼卧》，其中写道："所求养根原"，比韩愈《答李翊书》中："养其根而俟其实"这一养根斋之出典更为直接，喜不自禁，夜不能寐，依韵而和之，兼谢众诗友。

　　我幸未昏然，不敢卧高枕。携手又十年，边风凄凛凛。邀来寻诗客，争相食莓葚[①]。衮衮诸公远，作镜堪自审。　　无意窥豪门，鸿荒日夜寝。穮蓘重养根[②]，欣未躐阶品[③]。来者听一劝，常临成素稔[④]。江冈尚有廪，切莫愧俸廪[⑤]。

【注】

① 葚，shèn，桑葚，桑树的果实。《诗·卫风·氓》："于嗟鸠兮，无食桑葚。"拙和中指诗友在"松桦恋"所在之梯子河畔找食蓝莓，味同桑葚。

② 穮蓘，biāo gǔn，同穮蓘。耘田除草。

③ 躐，liè，超越。躐级。

④ 稔，rěn，谷熟，草木茂盛。素稔，熟悉。

⑤ 廪，lǐn，米仓。俸廪，即官俸，国家发给的俸禄。《梁书·儒林传·严植之》："植之自疾后，便不受廪俸，妻子困乏。"

纪辽东·《百年苦旅》出版感怀（四首选一，平起平收式）

白山纪咏

大东山水此间殊，篇篇无字书。钓叟天池吟咏后，志略纪当初。　　踏查心系护舆图，铮铮一老夫。指点四围峰十六，拙笔辩丸都。

纪辽东·江源毓秀（四首选一，仄起平收式）

苦旅清吟

每忆当年刘建封，率队踏查中。曹家纪略沟中事，于今大不同。　　托起巅连笔架峰，撷韵壮关东。劝君莫笑苍山老，逢秋万树红。

纪辽东·岭之韵（四首选一，平起仄收叶仄式）

老岭石碑

驱车又上荡平岭，摩碑百感生。斩棘披榛开此路，信是大工程。　　云间摄下千秋影，山中不了情。再数百年谁继迹，悄问石无声。

纪辽东·江源之特（四首选一，仄起仄收叶仄式）

林之海

雪野无边风莽荡，犬吠有林场。盆称干饭知多少，梦回思大荒。　　日丽风清山自唱，调似喜洋洋。登高指点水分处，松江又鸭江。

纪辽东·题长白山黑陶艺术馆（四首选一，平仄通叶换韵格，当为正格）

请奇石

亿年高隐居深岔，山洪现角斜。共有奇缘能会此，宾客远天涯。　　踏山重返荡平岭，拙斋题馆名。笔法太王碑体健，立地自支撑。

纪辽东·登白云峰

大荒极顶一吟中，绮光环彩虹。有幸从今完夙愿，登上白云峰。　　百年苦旅继遗踪，可称心境同。欣得诗朋明大义，未枉饮天风。

纪辽东·白云峰上摄刘建封百年前所见圆虹续刘建封《白山纪咏》句

铁崖偶见圆虹现，蟾蛾坠翠环。今在白云峰上显，钓叟记奇观。　　辽东第一佳山水，命名听与谁？百五登临从不悔，嘱石守边陲。

纪辽东

依韵谢周笃文先生惠大作并序

隋炀帝所创《纪辽东》乃词之源头，基本已成诗词界共识。十多年来，拙斋问学诗词尝得益于周笃文先生。每读先生所惠《纪辽东》，感慨万端。谨从《纪辽东》发源与集安“丸都”有关，“平壤”一词的本意是山间平原，《后汉书》以降实例颇多。高句丽东川王公元247年所筑“平壤城”不在朝鲜半岛，也不是集安之国内城，而是集安良民“国之东北大镇”新城。2006年，拙斋等在良民库区发现2753座古墓和2座古城，是为坚证。国家文物局副局长童明康率专家组立即赶赴现场，专家组成员辛占山先生指出：“良民一带高句丽墓葬数量之多、延续时间之长、墓葬种类之齐全、信息量之丰富，除国内城周围之外，在全世界是独一无二的。”“豆谷”是通沟，即丸都山城下的通沟河，经拙斋考证后已成定论。2009年，拙斋初次整理隋炀帝所创《纪辽东》词谱，并依四格率作六组二十四首，诗词同仁热烈响应、大力支持，三个多月创作《纪辽东》一千五百多首，填补了《纪辽东》向无规范词谱和唐宋以降未得以《纪辽东》词牌径传之空白。这对于开发长白山文化、以诗证史、发展繁荣中华诗词，均具有重要意义。兹依拙斋考古调查收获事步韵以和云。

华章六百补东荒，词综启韵长。订谱发凡诗证史，文粹得丕扬。　　新城平壤世无双，良民铸忾慷。故国丸都缘豆谷，代代嘱儿郎。

附：

周笃文先生《纪辽东·贺〈纪辽东〉词谱问世寄张福有并序》

《纪辽东》词谱得福有兄悉心整理，厘订四格并亲制六组二十四阕，以为发凡起例。诗词同道群起响应，顷得《纪辽东》一千五百多首。此大功德也，堪称不负平生之名山事业。爰缀小词为贺。笃文谨志。

辽东一纪破天荒，词源千古长。跃马横戈凝想处，赫赫武威扬。　　丸都形胜久难双，山河自慨慷。百代风流谁续得，天壤有张郎。

恭和俞樾先生《一剪梅》四首

（一）

片纸强留托管弦，画阁廊边，病榻窗前。梅花三弄墨花妍，神隔喧喧，魂已翩翩。　　大海捞针若许年，无意歌筵，无负吟鞭。李公闻此定欣然，携卷凌烟，携酒追仙。

（二）

寻觅终生近海阳，西域开窗，北国移墙。联章四首备周详，世代书香，世代荣光。　春在堂前敬一觞，未枉商量，未枉评章。养根斋里简中忙，苦了娇娘，乐了书郎。

（三）

一上书楼倦眼明，键下鸣笙，架底藏筝。珠联璧合现珑玲，情寄音屏，喜出车棂。　雅事悠悠韵梦醒，盛会华京，同庆金軿。歌莺逗燕笑浮生，杯也盈盈，雪也星星。

（四）

貂续吟微不足夸，韵别尤麻，语隐桃花。而今庆幸道无差，唤起诗家，浮起云霞。　踏雪归来词账赊，垒石供娲，循瀑乘槎。聊凭学问说琵琶，历尽天华，历览楞伽。

附：

俞樾《一剪梅》四首

（一）

记得春游逐管弦，红版桥边，白版门前。闲花野草为谁妍？蜂也喧喧，蝶也翩翩。　风月何尝负少年？花底歌筵，柳外吟鞭。而今回首总凄然，旧事如烟，旧梦如仙。

（二）

一抹胭脂艳夕阳，品字儿窗，卍字儿墙。个中光景费端详，清是花香，浓是花光。　无计能消酒一觞，燕与商量，莺与平章。五张六角逐年忙，老了秋娘，病了萧郎。

（三）

何处红楼夜月明，楼上吹笙，楼下弹筝。绮窗珠箔最珑玲，人倚银屏，花映雕棂。　容易游仙容易醒，梦断瑶京，盼断云軿。青衫灯下百愁生，红泪盈盈，绿鬓星星。

(四)

误入仙源亦足夸，饱吃胡麻，饱看桃花。刘郎一去计原差，抛了仙家，负了烟霞　青鸟沉沉信转赊，天上灵娲，海外仙槎。莫将忧怨托琵琶，一卷南华，一部楞伽。

续无名氏两首《一剪梅》

(一)

许是人生似梦游，月下花休，柳下江流。世间岂独叶知秋，泪里妆楼，浪里孤舟。

(二)

可信春光不总留，云自悠悠，风自飕飕。几多悲喜去心头，散却闲愁，了却烦忧。

（后经张福有考证无名氏为俞樾）

沁园春

第133次登长白山陪张岳琦、周笃文、刘育新、杨金亭、陈平诸先生考察鸭绿江大峡谷纪事

每越横山，一缕天开，涧险欲倾。对嶙峋怪石，手忙眼疾；崚嶒峭壁，胆战心惊。峰底飞涛，谷头排浪，日夜滔滔不住声。声声似、问何人不累，到此常登？　千年炭木曾经，梦若许诗家携笔行。又吟张元干，江澄鸭绿；题徐明叔，月隐鼍青[1]。岂我无聊，非谁贪玩，豪气从来为国生。尤须记、立擎天著柱，要自支撑[2]。

【注】

① 宋·张元干有《念奴娇·题徐明叔海月吟笛图》二首，其中写道："山拥鸡林，江澄鸭绿，四顾沧溟窄。""云气苍茫吟啸处，鼍吼鲸奔天黑。"

② 宋·姚勉《沁园春》中有："信天生英杰，正为国计；擎天著柱，要自支撑。"甚喜借用。

沁园春·第136次登长白山举办池南诗会

诗友相邀，上不咸山，瞷鸭绿江。叹江天一线，神仙手笔；岳桦双瀑，绝妙文章。怪兽潜身，雄鹰展翅，狍子奔来化路霜。空前事、带唐风宋韵，直演沧桑。　此生此举难忘，舞吟帜排成诗阵长。述周游孔圣，辨知楛矢；痴顽老子，欹坐胡床[①]。八月灵槎，四方同道，解意何须自引觞。相逢处、是大东胜境，海内奇疆。

【注】

① 张元干《念奴娇·题徐明叔海月吟笛图》中有：“谁似老子痴顽，胡床欹坐，自引壶觞醉。”老子，指冯道。《五代史·冯道传》：“契丹灭晋，（冯）道又事契丹，朝耶律德光于京师。……德光诮之曰：‘尔是何等老子？’对曰：‘无才无德，痴顽老子。’”胡床，交椅，俗称太师椅。《旧唐书·郝处俊传》有“方倚胡床安餐干粮”。《后汉书·五行志》：“灵帝好胡服、胡帐、胡床……京都贵戚皆竞为之。”隋以谶有胡，改名交床。宋程大昌《演繁露》：“今之交床，制自虏来，始名胡床，桓伊下马据胡床取笛三弄是也。”金·王庭筠《书西斋壁》：“偶然携柱杖，来此据胡床。”此一“胡”字，正是词写长白山区先人之明证。

沁园春·第137次登长白山引众诗友赏“松桦恋”

林海茫茫，万木萧疏，独汝可钦。衬天蓝云白，不同瑟瑟；枝繁干挺，一样森森。连理迎风，共帷负雪，胜友长生力可任。松攀桦、盖相依为命，缘系根深。　　登临千里相寻，默相顾浑如齐默吟。怪山间趣事，花能解语；梦中弹者，水可知音。草木含情，风云常变，旷野难容越野心。秋清日、到大荒深处，秃笔难禁。

【双调】夜行船·长白山池南撷韵近千首（套数）

历代诗人歌洞沟[①]。长白颂、布韵金秋。南北吟军，轻歌高奏，直开向、奇峰十六。

【乔木查】

天池钓叟[②]，此路曾经走。志略江冈成卷收，合为知己修，以后难求。

【庆宣和】

百度登临百度忧，问我何愁？岂可由他瞎胡诌，是否？是否？

【落梅风】

山依旧，水照流，紫霞嗟、白头枯瘦。避风刻石何处有[③]，百年间、几人研究？

【风入松】

一行诗旅共文游，峡谷荡诗舟。含情草木心花放，鹿狍奔、百鸟啁啾。说破英雄今古，居然还是曹刘[④]！

【拨不断】

筑吟楼，韵悠悠。三江碧水源出岫，万仞白山开泪眸，百年绿字虽刊就，也难说透。

【离亭宴煞】

邀天下、道同诗友，辑成此卷别松手。知何时、风狂雨骤？一霎雪纷飞，时而风莽荡，转眼沙干透。穆公踏勘碑[⑤]，吴帅巡边处[⑥]，雄怀俱未酬。如梦咏黄花，鹧鸪啼紫砚，水调歌红柳。明知许剑难，也要揖星斗。乘槎跃马，待到雁归时，与君再聚首。

【注】

① 洞沟，即通沟，古之豆谷，今之集安。2007年，有《历代诗人咏集安》辑成。

② 天池钓叟，刘建封的号，1908年率队踏查长白山，为天池周围十六峰等主要景观命名，著有《长白山江冈志略》《白山纪咏》等。

③ 紫霞、白头，均为十六峰中之称谓。刘建封踏查时，曾三到避风石并镂字。

④ 曹刘，刘建封100年前踏查长白山时，曾在三岔子曹建德家早餐。2008年，张福有等找到曹家后裔及房址、水井等，在曹家沟刊石以纪。

⑤ 穆公，康熙朝乌拉总管穆克登奉命到长白山查边，立有穆石。

⑥ 吴帅，吴禄贞，1907—1909年署理延吉边务，做出历史贡献。

张景芳

农安县人，县人大常委会退休干部。中华诗词学会会员，黄龙诗社理事。

油母页岩

报载油母页岩含石油，农安储量全国第一，有待开采。

地脉沉沉蕴宝珠，深闺幽梦待人扶。
千篇万页虽无字，却是家山致富书。

探望表弟

一别家山四十秋，相逢忆旧话霜头。
梦中童趣风吹去，唯有亲情不退休。

秋　实

农家免税土生金，风不兴妖雨可心。
八月无霜成色好，抬秋上秤比山沉。

叫卖声

细摘精挑起五更，顶花带刺进春城。
风铃摇落杏花雨，淋湿山姑叫卖声。

挖野菜

年来挑食厌鱼肥，野菜牵情叹久违。
带露采回童稚梦，唤妻共我嚼春晖。

小毛道

连着校门连着家，镶边自有马兰花。
书声未觉羊肠窄，走出几多山里娃。

洪洞大槐树下抒怀

躯干长留岁月痕，沧桑不老古槐魂。
征鸿远去临荒径，游子归来问故村。
一树花前追远祖，千枝叶下举金樽。
为家四海心无怵，万里神州有壮根。

张瑞善

1950年生，吉林抚松人。抚松县万良镇万福村农民。

野山参

也学陶公自隐身，更无访客扰清神。
欲修仙体同天寿，难悯漫山寻宝人。

张雅杰

女，网名沙洲冷，吉林市人。

题唐仁举先生云海图

奔腾云海入蓬莱，又聚诗仙踏雾开。
谁驾长风追日月，春光过尽韵秋来。

张殿斌

字子秋，号五柳居主人，笔名山叶。1944年生，吉林柳河人。公务员，已退休。任五柳诗社名誉社长。

桓龙湖览胜

深山藏宝镜，紫气接云天。
仙岛梵音袅，龙湖幻影悬。
峰峦雾缭绕，峡谷水潺湲。
酒罢登程处，波横览胜船。

礼赞驻香港文明之师（选二）

（一）

香江锋刃剑，武备展雄姿。
开放自由港，文明精锐师。
紫荆繁盛日，慈母纵情时。
两制腾双翼，军威一面旗。

（二）

驻港营区静，常年不扰民。
未闻军号响，但见早操频。

作训离都市，演兵驰海滨。
传承八连志，誉载满园春。

咏集安鸭绿江大桥

足踏界桥移步迟，江涛盈耳壮怀诗。
金戈铁马援朝日，血雨腥风护路时。
残堡沧桑留记忆，国门宏伟展雄姿。
凝眸脚下滔滔水，擎起当年猎猎旗。

咏集安云峰电站

慢步长堤日影斜，湖光山色有人家。
一弯碧水平如镜，百里江川灿若霞。
有线电波飞异国，无声网络并中华。
云峰坝下云峰里，友好邻邦两朵花。

浣溪沙·全国特优教师霍懋征[①]

小教专家霍懋征，中华国宝早闻名。爱心吐翠老园丁。　　眼里春风投世界，心中烈火蕴温情。学生个个是星星。

【注】

① 霍老系全国优秀特级教师，六十年代亦被周总理称为国宝级教育专家。

浣溪沙·气象专家叶笃正[1]

日理万机风雨云，高原大漠影其身。青山绿水草茵茵。　　万里阴晴知变化，千年冷暖解迷津。长天科技护花神。

【注】

① 叶老系国际著名气象专家，其大气环流理论被世界广泛应用。被评为2005年全国科技进步一等奖。

鹧鸪天·空气动力学家钱学森

历尽艰辛归故乡，洋装抛却换戎装。献身科技一腔血，固我长城两鬓霜。　　悬利刃，捍穹苍，神舟神箭立东方。谁圆千古飞天梦？大漠风烟伴夕阳。

鹧鸪天·航天专家王永志

任重肩头不畏难，志存高远揽苍天。长征二捆送人去，神五飞船载誉还。　　功卓著，誉空前，春风送暖玉门关。目标再锁苍穹月，拜访嫦娥桂魄圆。

张赫摇

网名虚江居士，1965年生，山东胶南人。现任吉林省集安市政协经科委主任。集安市诗词学会副秘书长。

题　画

剩水残山漫剪裁，连天画意俟时开。
何须景致皆全美，损到虚无有自来。

四月雪

风回云簸自狂颠，蔽日遮山一霎间。
四月北方天转季，阴晴冷暖似童颜。

遣　怀

当年猛志莫相班，积水培风待击抟。
不意韶华缠痼疾，春花秋月等闲餐。

岁晏雅集

仄仄平平又一年，粘粘对对度尘缘。
清诗格律堪清世，宿字音声出宿贤。
转合开承随我意，抑扬行顿任皇天。
竹林相与当慷慨，烂漫芳樽倒玉泉。

再谒莲花池

平心净目久留连，仿佛孤云绕岫泉。
鲤跃清漪知甚乐，禽趋碧叶羡非单。
萋萋泽畔惊蛙跳，郁郁枝阴息鸟眠。
最是虚江得意处，莲君独对夜谈禅。

张黎明

笔名马夫、小可。1952年生，吉林公主岭人。曾供职公主岭市财政局。中华诗词学会会员，公主岭市诗词学会秘书长。著有《晚崧斋诗词钞》等。

西江月・滕王阁

昔赖王郎录赋，今遗千古名楼。浮云富贵几曾留？只有文章不朽。　　赣水悠悠无尽，江山代代风流。无边好景望中收，更比当年锦绣。

水调歌头・初上井冈山

夙有识荆愿，初上井冈山。举世闻名圣地，革命誉摇篮。旧址般般犹在，五哨烟云缭绕，恍若忆当年。历史诚如鉴，创业感维艰。　　苍松劲，青竹翠，水潺潺。八百山川竞秀，尽展好容颜。村镇楼台新屋，圩市红男绿女，百业闹喧阗。绿色明珠美，璀璨更无前。

沁园春·乘晚凉有感

向晚新凉，独坐窗前，心静无埃。看漫飘云朵，相随逝去；呢喃燕子，结伴归来。眉月摇情，疏枝弄影，尺寸风光着意裁。微茫里，有暗香浮动，畅我襟怀。　　人生何事堪哀，大抵为心中想不开。念鹓雏竹实，志存高远；鸱枭腐鼠，多忌嫌猜。智者无争，达人知命，缘遇随机最快哉。韶华短，把适情雅趣，好自安排。

张德义

别名山沟人，1946年生，政工师，退休前任靖宇县粮食储备库党总支书记。

赞九龙泉四时佳境

叮咚喷涌绿春山，夏季雨连红杜鹃。
枫掩波光秋叶美，松依冰瀑雪花翻。
四时纵览三山境，百转飞流一道泉。
商贾如云夸玉露，源源圣水洒人间。

张德生

1954年生，磐石市人口计生局干部。磐石市三余诗社社员。

思月偶得

（一）

雾缠夜色月缠纱，无际波光惠万家。
枕上不知天似水，一帘幽梦映窗花。

（二）

几函荷叶伴蟾光，青藕莲花缀满塘。
契阔一别难忘却，清清明月有余香。

（三）

漫随古月忆他乡，欹枕听潮动子房。
十五清辉天海过，婆娑摇落几多凉。

黄河凌汛

润春细雨催冬老，无力寒潮寂寞回。
万里长风吹冻水，冰排一线自天来。

春　事

园地新翻旧土肥，适时种菜暖风微。
篱边间撒红花籽，老院逢春浪一回。

为猫戏作

闲赋居家久，脱胎似令媛。
梦长歇秀腿，思懒练花拳。
遇鼠隔篱望，追蝶扑影欢。
还逢主人问，何药治失眠？

浣溪沙·游千岛湖

柳影禽鸣傍画船，白云翠岭荡胸间。陶然忘辩酒中仙。　　梦短难偕千岛月，神游只得半湖澜。流连落照染斜帆。

张德伦

1954年生，德惠市反贪局干部。

回集体户旧址有感

又见当年旧草房，蒿深壁破感凄凉。
空留寂寞人生地，不见喧嚣革命狂。
一代知青成笑话，几杯浊酒入诗章。
回眸往事真应叹，两鬓如霜望夕阳。

张麟科

1941年生，吉林公主岭人。退休前在公主岭市四中任教。公主岭市诗词学会会员。著有《陶冶斋诗词》。

咏路旁扫帚梅

昂首凌风立道旁，暮秋节气竞芬芳。
根深叶健发幽馥，枝韧花繁散暗香。
恬静不同蜂蝶闹，喧嚣已惯车马忙。
送迎多少匆匆客，阅尽人间暖共凉。

迟 勇

1956年，集安市博物馆副研究馆员，著名高句丽墓葬专家，著有《集安高句丽墓葬》《高句丽王陵通考》等。

和张福有《高句丽王陵咏》（30首选15首）

（一）东明王陵

高阁望江藏玉珠，龙山王寝两相符。
平生吟咏从今始，献拙先歌长白菟。

（二）琉璃明王陵

国内迁都第一歌，沧桑替演岂空磨。
豆谷先知凭慧眼，通沟本是自家河。

（三）大武神王陵

大兽深藏赖野垓，奉清维护惜苍苔。
墓矮坛低粗瓦拙，王陵筑此最先来。

（四）闵中王陵

兴随考察出城郊，石庙村头窟半坳。
我信王陵多祭祀，张家沟口起高茅。

（五）慕本王陵

为王岂可输刚烈，未必谷民皆任之。
每到陵前生悯意，事须慕本有谁思。

（六）太祖大王陵

先染黄昏国内霞，居高临下势无差。
阶墙断瓦涵千古，巨冢巍然石影斜。

（七）次大王陵

夏来草茂气森严，许是当年确问占。
巨石四周常倚护，登高时有国人瞻。

（八）新大王陵

坐原疑有马嘶微，固守婴城自解围。
故国谷中尊此墓，河呈八卦照斜晖。

（九）故国川王陵

男武为王故国川，无端身后夜笼烟。
情同手足亦争斗，欲得江山先得贤。

（十）山上王陵

丸都之下欲长安，国内城中作远观。
酒桶女儿身大喜，总同于氏阅江峦。

（十一）东川王陵

王归难舍自焚柴，未葬新城到此埋。
经乱移民连庙社，滔滔鸭绿诉惊怀。

（十二）中川王陵

杜讷畋声遥可闻，国中高处卧浮云。
封丘山石遗苔色，读破通沟水底文。

（十三）西川王陵

豆谷西原陵赫赫，发之未果每添兵。
石墙石圹遗风韵，听得阶坛演进声。

（十四）烽上王陵

烽山安处鸟归林，为避追兵惊汗涔。
幸亏杀出高奴子，救驾车从岭上寻。

（十五）美川王陵

作瓦在牟终得识，年年到此祭高丘。
大墓加封逢己丑，美川鸭绿水长流。

【注】

张福有《高句丽王陵咏》（30首），原载张福有著《高句丽王陵统鉴》一书中，并附孙仁杰、迟勇、耿铁华各和30首。限于本书篇幅，这里仅录15首。

迟乃义

1942年生，吉林集安人。原中国美术出版社党组书记兼副社长。

念集安

古城名盛小江南，万里远行思集安。
热土娘亲游子梦，月圆犹自倚栏杆。

陆景林

1934年生，东北师大中文系毕业，原长春市人大常委会副主任。中国作家协会会员、中华诗词学会会员。著有散文集《遥远的青纱帐》、杂文集《南窗闲话》、寓言集《披虎皮的狼》、诗集《饮马河之歌》等。

月下游镜泊湖

露润风清放旅船，星光月影瀑流寒。
渔歌一曲波含韵，灯火千家岸隔烟。
乘兴扶舷观浪涌，纵情沿水觅桃源。
行行渐入神仙界，未必瑶池皆在天。

游滕王阁

滕王造阁壮洪州，名序千秋孰与俦。
画栋珠帘一路锦，落霞孤鹜满江秋。
乱时烽火曾销迹，盛世升平重建楼。
桂殿兰宫新焕彩，涛声帆影更风流。

游芦沟桥感怀

事变当年记忆深，芦沟水畔每行吟。
昔悲烽火山河碎，今喜春风日月新。
石板曾涂志士血，玉狮犹绕自强魂。
长桥未改雄姿在，激励千秋爱国心。

都江堰二王庙

翠岭清流古堰旁，仙都玉垒二王乡。
珠宫贝殿三千卷，暮鼓晨钟两柱香。
手绘蓝图分岷水，胸怀黎庶战洪荒。
蜀中父老长相忆，情浪恩波万世长。

贝加尔湖怀古

天般辽远海般深，遥看如烟近似云。
风过推开千叠浪，雨来洗净万层林。
湖中举棹撒银网，岸上垂纶甩锦鳞。
何处可寻牧羊地，千秋凭吊汉家臣。

观看尼亚加拉大瀑布

银河决口下苍穹，海啸山呼断谷应。
浓雾轻烟珠幕落，狂风暴雨阵雷鸣。
登舟近看千堆雪，临岸遥瞻万道虹。
谁令宙斯挥鬼斧，奇观盖世叹神功。

西江月·延安颂

宝塔英姿屹立，延河流水潺潺。伟人窑洞小灯前，写出雄文宏卷。　　统领千军万马，挥师塞外中原。军民戮力斗凶顽，华夏辉煌终现！

陆德华

1948年生，吉林伊通人。国家一级编剧，创作员，伊通诗词学会会员。

蚕 惑

春蚕添困惑，称谓奈何之。
檐下蜘蛛网，它们也叫丝。

吉林冬韵

谁持妙笔写江山，淞似梨花雾似烟。
冬夏奔来同画面，半江雪橇半江帆。

端午诗会口号

昨夜春归梦却狂，神游南国汨罗江。
屈原赠我锄和镐，好拓诗田那片荒。

小剧场看二人转

唱到文明忘我时，座中哪位不如痴？
民间艺术二人转，饮尽关东大碗诗。

代农民诗友写自嘲

坐地剜坑泥腿人，追平求仄恋诗文。
常巡地垄耕佳句，好赶牛车载苦吟。
灯下拈声稚子笑，室中划韵老妻嗔：
“刚撑几顿宽肠饭，竟敢公开起外心！”

渔歌子

夜幕围成野老居，昏灯一点钓星湖。牛郎妇，可当卢？添凉加露煮清无！

蝶恋花·老表

三十年前一老表，那阵年轻，未识他多好。忘记何时忘记了，不知老表人将老。　　岁月尘封经打扫，老表如前，有劲还能跑。趁着夕阳犹大早，聆听老表谈分秒。

行香子·新月残月

新月如钩，残月如钩。月如钩、钩住心头。套牢情结，颠倒春秋。尽别时难，别时易，别时愁。　　新月能修，残月能修，月修圆、圆却难留。放飞心绪，仔细查收。是月儿传，月儿递，月儿邮。

陈　旭

1964年生，吉林德惠人，中学教师。中华诗词学会会员，德惠诗社副社长兼主编。

早春杂感四首

（一）

云朵送春归，春风临北塞。
心中诗思新，镜里朱颜改。
无梦复无歌，有情还有待。
江流解冻冰，依旧涛声在。

（二）

残雪化溪流，劲风吹树木。
诗心远处归，病灶深层触。
桑柘望模糊，楼台因局促。
何当山水间，赏夜持高烛？

（三）

点点寒星疏，迢迢清夜永。
吟哦绮户人，缥缈孤鸿影。
霜羽不禁梳，云笺仍要整。
高翔唳数声，为唤春光醒。

（四）

终日居华堂，豪情难得纵。
心胸阻似山，肝胆遮无洞。
倏尔报春来，蓦然知骨痛。
高吟块垒消，权作渔阳弄！

仲夏寄怀溪头荠菜花四首

（一）

美人香草总萦怀，此去差能慰想猜。
塞北征尘犹未洗，江南梅信已先来。
登临形胜思黄鹤，拜谒诗宗献绿醅。
莫道芙蓉艳三楚，荠花今向汉阳开！

（二）

隐迹湘云楚水间，轻筇短褐傲云山。
能披屈子香兰珮，可见昭君碧玉颜？
万里归心随北雁，三春灵感入仙班。
平生快意凭谁说，知否芸窗我独闲？

（三）

远行堪羡作优游，诗国争当万户侯[①]。
汉水落霞孤鹜影，洞庭诗圣范文楼。
情怀火热同长夏，收获金黄报早秋。
愧煞萧斋蠹书客，枯肠索尽债难酬。

【注】

① “诗国争当万户侯”乃荠菜花原句。

（四）

孤雁南征偶失群，相思两地赋离分。
柳荣塞绿迟如我，花映山红早羡君。
涩笔难题松水韵，痴情总在楚天云。
何当故宅清秋夜，月下杯前细琢文[①]！

【注】

① 荠菜花故宅在乡村，居家时每当春秋佳日，常邀集文友“咬青”酌酒，赋诗论文。

见红玫瑰怒放，感而有作

塞北五月天，玫瑰发红紫。皆因雨水勤，娇花大而美。星火燃绿丛，朝霞浸春水。浓浓满路香，胜过兰与芷。无须刻意留，行人多住此。不必端酒杯，沉醉香风裏。我本爱花人，一见心欢喜。流连到黄昏，记忆飘浮起。少小曾居乡，庭园方过里。祖父爱花深，搜罗少有靡。牡丹芍药栏，酴醾蔷薇址。最爱红玫瑰，半园香迤逦。课我背唐诗，琅琅诵不已。章句带甜香，牢牢记心底。祖母亦爱花，更爱是孙子。款动小金莲，摘下新鲜蕊。细选复精挑，轻揉还慢洗。压实继阴干，糖渍瓶罐比。端午十余天，开瓶香欲死。包馅做馒头，无比成甘旨。全家忍饥寒，留我一人侈。一想便心酸，泪下成清泚。今居城有年，鸽笼尺有咫。绝少到庭园，芬芳难写纸。壮志渐灰颓，心香能旖旎？祖辈已成仙，远离桑与梓。见花思万端，诉入谁人耳？唯愿东风迟，慢吹红香委！

烟雨江南（仿梅村体）

春光一似陷深潭，墨半淋漓酒半酣。
怀古思今一支笔，漫将烟雨说江南。
万里长江奔似箭，江花红白时时现。
桃根桃叶秣陵春，千载写真泅画卷。
乌衣巷口古难寻，王谢已如珠海沉。
冷却繁华千古泪，如今滴下更伤心。
玄武湖中千尺浪，言今道古声悲壮。
轻丝湿却是行人，不见当年征战将。
薄暮人归似退潮，中山陵畔草萧萧。
旗亭独饮三杯醉，灯影依稀认六朝。
南行几步到苏州，城外山塘映虎丘。
宝剑光华因雾隔，真娘眉目为谁浮？
水巷名园无限绿，沧桑院落闻昆曲。
晴丝袅袅拨层云，一伞红撑诗句熟。
最堪寻梦是横塘，烟草飞绵梅子香。
半是微酸半甜蜜，贺郎情种好词章！
记得枫桥诗那首，钟声半夜来听守。
可怜无月少啼乌，一击只需金一斗！
东南最爱是西湖，堤上花枝姓白苏。
花到玉兰香赋笔，水添钱芰乐游鱼。
不敢公开吊苏小，西陵只见青青草。
幽兰啼露结双花，作鬼依然情未了。
栖霞岭下岳王坟，浩气时时作战云。
堪慰遥听于少保，夜深常唤“故将军”！
峰是飞来寺灵隐，孤山处士梅花瘾。

拨开欲雾总心晴，一艇烟波垂钓稳。
欲听鼓瑟觅湘灵，西折吾途向洞庭。
音节湿衣看不见，曲终人去数峰青。
泽畔行吟慕屈子，不堪泥泞心如水。
已将兰蕙插灵根，何惧谪迁身九死？
岳阳楼上望君山，多少忠臣血泪斑。
一到范文和杜律，惭将小我愧无颜！
可怜世上人轻薄，不敬前贤敬神魄。
撑伞焚香吕洞宾，剥风蚀雨诗文阁。
南下行程转桂林，山情水趣陡然深。
江为增阔青罗带，峰作飘丝碧玉簪。
漓江水净征尘浣，一步一思还一叹。
何日能将此做家，登临疲倦操觚翰？
俯瞰秧田在水湄，铅华洗尽绿凝脂。
浓阴为我驱晴热，黄鸟叮咛后会期。
蓦地醒来元一梦，床前一片月凝冻。
心灵已作汗漫游，欣然起作江南颂！

鹧鸪天二首

(一)

宴聚江城腊月天，灯前锦瑟忆华年。翻沉蝶梦三千里，又听鹃声五十弦。　　人渐老，月长圆，蓬山岂隔路绵绵？仍将旧日相怜意，来结今生未了缘！

（二）

邻座擎杯语渐通，赧颜尤胜醉颜红。原期脉脉频睃里，奈在睽睽众目中？　　离绮宴，送归踪，初更雪月白朦胧。香车远入车流里，犹自痴痴伫夜风。

木兰花慢·龙潭山怀古

古墙春去远，北归雁，唤难醒。剩虎踞森森，龙蟠密密，桦柞层层。蒙茸草生石磴，上天门、指点认芜城。金柳今朝寂寞，碧桃当日繁荣。　　销凝，杯酒难凭。倚山色，听江声。幻箭射寒星，枪挑冷月，薛礼东征。刀兵总成逝水，汇溶溶、民族大家庭。谁记高丽旧事，沧桑已过明清！

木兰花慢·船厂怀古

兴高来觅古，谒船厂，看摩崖。正鸟唱杨枝，虫欢草色，鱼汛桃花。游人地偏不到，挤江轮、飞速竞豪华。闲却苍苔小径，拍空江水蓝霞。　　堪夸，朱姓皇家，征渤海，造飞槎。叹永乐丰功，刘清伟绩，漫滤蒙纱。惟听水声不老，送人生、代代赴天涯。渔火燃言往事，夕阳沉奏琵琶！

木兰花慢·重九登高未赴，感而有作

似神仙眷侣，聚重九，共登临。羡醽醁飞觞，茱萸插鬓，咏赋倾心。黄花袅，红柞艳，伴阶梯徐步上孤岑。洒脱何须落帽，张扬定要披襟！　　孤鸿掉队落楼林，市井没清音。怅车阵喧嚣，街涡诡谲，人面阴沉。勤奔走，微事业，负秋光无价重于金。独对西天冷月，半宵苦索长吟。

【南仙吕入双调】·步步娇，瓶供杏花

【步步娇】

城市春来衣香竞，恨少天然兴。街坪草渐青。尽觅春光，缓步荒园径，惊遇娉婷，待折来供养娇红杏。

【醉扶归】

一窗寒素添新胜，一枝幽香插玉瓶。一襟诗思乐清灵，一瓶春水堪辉映。一斋横笛奏新声，一腔心事佳人听。

【皂罗袍】

欲唤真真名姓，爱风微月朗，夜寂更清。红衫灿灿彩霞晶，香腮压雪娟娟静。梅花太雅，桃花太轻，难招喜鹊，惟听夜莺。唤多时为何不见卿卿应？

【好姐姐】

是娇魂，为诗人淹留帝京？插花篮，饰流苏，素衣干净。临安幽巷，叫卖脆生生。千年竟，好梦也缘商业醒。困诗心，万丈红尘是锦屏。

【尾声】

伤离恨别成心病，更风凋雨谢终非幸。两相慰，笑白发强簪对镜惊！

陈 静

网名冰儿，女，1967年生。吉林省珲春国税局工作。珲春诗社社长。

黑土地

谁遣清风绿柳眉？流莺紫燕正低回。
松江黑土翻新梦，希望犁前恣意飞。

春 行

长堤绿起柳条飞，何处雁声追梦归。
冰雪消融风底瘦，山溪水缓试云衣。

丁 香（四首选二）

（一）

掬把春魂染紫衣，纤纤素蕊曳青枝。
芳丛只做寻常物，自有幽情入我诗。

（二）

独倚黄昏寂寂开，几多烟雨化缘来。
梢头绾个轻轻扣，点点愁怀不许猜。

黄昏行

红云舒卷没黄昏，老树参差风满襟。
山野空朦轻带雪，一轮冰月吻江心。

冬　钓

雪漫山川树染香，塘前呵手试轻霜。
梨花帐下观鱼舞，快乐飞来用篓装。

图们江

夏日多情唱子规，青山远近雨霏霏。
风亭不解临川望，丝柳焉知对海垂。
两岸白沙两岸姓，一江瘦水一江悲。
登高已是黄昏后，短笛声中泣问谁？

遥贺养根斋母亲八十华诞[①]

一路餐风沐雨行，满堂笑语话征程。
持家得计曾无奈，教子含辛终有成。
鸭绿深钦波浩荡。瓦红力证格纵横。
天差瑞雪纷相贺，月起大东遥寄情。

【注】

① 养根斋母亲王恒英老人钟情鸭绿江，年轻时留心于江右良民古城的红格纹瓦，为孙仁杰、迟勇等考古提供重要证据，解决了良民古城的历史地位问题。

菩萨蛮·登将军坟

春风又送江南绿，柳莺低语催春促。小径草悠悠，不知青冢愁。　绕坟轻叹息，烽火如烟隔。故事已尘封，杏花空自红。

纪辽东·读百年苦旅

苦旅穿行感百年，几度叹无言。张公续写刘公梦，大荒新页翻。　十六峰头诗语连，云朵醉佳篇。纵横笔墨藏瑰宝，风流和世传。

纪辽东·曹家老井

独向大荒听四季，烟雨百年期。刘翁一去青山老，沧波知忆谁。　　老树缄缄相守望，日月照迟迟。今朝但有吟声起，枝头挂满诗。

苏幕遮·春归

一卷桃枝，翻柳絮，一树梨花，一树梨花苦。踯躅风前浑不语，蜂蝶无心，蜂蝶无心舞。　　倚曾经，扶思绪，绿上春眉，绿上春眉妩。又是茵茵浓几许，把酒黄昏，把酒黄昏雨。

江城梅花引·鸭绿江游

轻风送暖共嫣然，鸟声喧，语声喧。向远凝眸，独自赏春颜。试水青山牵紫雾。杏花雨，结清愁，梦几番。　　几番，几番，谁个怜。情渐残，心渐寒，爱过恨过，总不够，相忘犹难。锁住啼痕，莫教指间缠。浪里雪翻愁断续。逢美景，醉无心，唱杜鹃。

江城梅花引·春

东君携雨步姗姗。访山弯，润江湾。紫陌溪头，野草伴花欢。滟滟轻波随性舞，垂丝柳，系春衣，凝翠烟。　　翠烟，翠烟，飘满川。蜂语喧，莺语喧。乳燕蹴水，叠细浪，瘦影娟娟。画卷关情，缱绻寄诗篇。庾信有愁愁自了，和月醉，诉清风，看纸鸢。

潇湘夜雨·听雨

云卷苍茫，树摇风底，菊花瓣里流香。何来天籁，灵婉扣心房。如坠玉，落盘滴脆，如呓语，带梦轻扬，思方动，推书独倚，几度经凉。　　盈盈一线，接天连地，醉舞巅狂。莫问他人恼，洗却秋霜。清影媚，山川惜顾，骚客笔，写尽华章。凭谁忘，潇湘夜雨，剪烛共西窗。

金缕曲·月圆十五

高月无心浸。破窗棂，清辉掩地，淡香盈枕。斜倚灯前愁绾结，意转千层细品。为爱恨，谁能梦寝？回首苍凉难寄取，怕多情捧起相思饮。切莫阻，泪轻沁。　凉生一夜催人懔。看晨曦，扶霞漫舞，画楼添锦。落木萧萧无限意，但有寒蝉声噤。对此景，悲伤流任。常惜黄花风底瘦，瘦不知更比黄花甚。多少话，渐成谶。

陈广东

1941年生，辽宁丹东人，解放军原军需大学副政委，少将军衔。吉林大学历史系毕业，1991年毕业于国防大学。长春南湖诗社编委。

清平乐·林中亭楼

林中漫步，曲径通幽处。枝叶遮天排绿幕，爽气袭身似瀑。　　奔来远处清流，弯弯绕过亭楼。更向深深流去，琴声弹奏悠悠。

陈月利

1954年生，通化市人，通化市第二人民医院副主任医师。

献给曹雪芹先生的歌

追爱求情真缔美，诗礼簪缨也可丢。
今世纵然缘份尽，蝶飞一对再生求。

陈玉华

1935年生，长春保温材料厂退休工人。

鹧鸪天·为一位老师七十大寿而作

七秩生辰舞步轻，佳肴美酒宴宾朋，几经坎坷从容里，历尽沧桑坦荡中。　　逢盛世，喜相迎，花开桃李满春城。夕阳无限霞光美，结伴同舟享太平。

陈玉坤

1945年生。原任吉林市《江城日报》社编委、新闻总监、《星期天》报主编。为雪柳诗社副社长。出版有《晚潮》等新诗集四部，《灵感的光影》诗论集一部。

浣溪沙·松花湖鸟瞰

山岛张扬五虎姿，芳洲风化若金龟。绵延峭壁映参差。　　沟壑纵横铺锦绣，烟波浩淼饰罗帷。古松展翅欲高飞。

浣溪沙·莲花山听瀑

夜半观棋兴未阑，凌晨独自再攀援。峰岩松下倚岚烟。　　两耳清音莺表演，一帘飞瀑我闲弹。朝霞起处乱花山。

浣溪沙·与词人偕登玄天岭

曲径争攀古炮台，三亭双倚立山崖。松峰榆岭览长街。　　坎挂孤悬翻旧景，柱梁空吊掘沉埋。幽思一曲古风来。

浣溪沙·吉林蛟河保安卧佛

何惧清寒塞外孤，关山独卧海青铺。襟怀坦荡世间无。　　只道云中遮善目，却疑梦里背经书。遥岑远目不能呼。

浣溪沙·乌拉古城遗址游踪

断壁残垣旧日楼，高蒿古柳正逢秋。动听野史也堪游。　　点将白花思往事，穿原绿水荡渔舟。废城不废大江流。

浣溪沙·蛟河红叶谷

黄绿橙红彩绘间，重峦围出五花山。霜禽吟诵叠诗笺。　　塞外云峰超九寨，关东枫岭比香山。游人犹恋晚晴天。

浣溪沙·采风秋野见菊灿然归而有赋

未到重阳菊已奇，放牛沟谷独芳菲。诗人聚酒倚荒篱。　　疑有阳光偏有意，信无秋雨更无私。撷金几朵鬓边垂。

浣溪沙·登吉林东团山

石径初攀草木深，当年钟鼓杳无音。文明碎片已难寻。　　对峙双山成幻景，相依一水绕长林。归途雨意入风襟。

浣溪沙·桦甸红石湖泛游

红石湖清映碧岑，桦林叠雪仰千寻，波光潋滟入风襟。　　大坝衔山巧接月，小船逐浪乱弹琴。东虹西雨称诗心。

浣溪沙·龙潭印月

新夏龙潭万木稠，花香暮里满山陬。听泉石径小停留。　　明镜拂尘单色调，长林叠影半清幽。一潭印月几回眸。

浣溪沙·秋游五里河金柳山庄

阡陌幽深掩小村，秋禾半绿果犹新。虫声入耳酒沾唇。　　五柳宅前攘白菊，子陵滩下钓金鳞。炊烟袅袅晚归人。

陈明致

1929年生，水利专家，曾任水利部松辽委主任兼东北勘测设计院院长。

江城子·登长白山天池

素娥遗镜白头峰，雪初融，映苍穹。草木新茸，地涌映山红。雷逐垂虹飞瀑去，人却在，画图中。　　阴晴变幻太匆匆，雨濛濛，日曈昽。天上人间，万事未从容。莫向牛山空滴泪，名利曲，耳边风。

陈美荣

女，1962年生，吉林靖宇人，大专学历。曾任副乡长、农业局副书记，现任长白山天然矿泉水靖宇水源保护区管理局党政办副主任。

矿泉城吟草

天池碧水惠三江，林海松涛唱大荒。
禁地皇封千载闭，泉城自立一朝香。
经营旨在为民富，保护还须放眼量。
管理从今遵政令，资源持续万年长。

陈春玲

女，1956年5月生，河南省新安县人。吉林市某医院护士长。吉林市雪柳诗社副秘书长。

大江弯弓

巨龙霄九银河外，长啸喷云吐雾霾。
射出繁华新景色，三环碧水绕长街。

游朱雀山

魔猪痴想卧高天，寻梦峰头醉八仙。
应羡佛光开慧眼，神龟玉兔忘流年。

吉林陨石雨

客来天外绕星空，独闯人间赏雾凇。
唯惜行期非腊月，江城三八便相逢。

夏游吉林北山

丹青四季笼崔嵬，暮鼓晨钟古庙围。
揽辔桥头回首处，一池红粉舞罗衣。

谒乌拉街白花点将台

娥眉点将胜须眉，寸土为金护国威。
父老乡邻休拭泪，沙场此去视如归。

龙潭山母亲树

路曲林深古茂华，日辉月晕立峰遮。
每临炎夏撑屏障，小憩听涛倚倦娃。

陈晓敏

1945年生，吉林公主岭人。曾在公主岭市文化馆工作，现已退休。

赠朝明方家

朝阳镇上有高人，笔底刀头匠意深。
长抱兰亭传正脉，龙蛇挥洒抖风神。

陈喜红

临江市人。中国民主同盟盟员，临江市政协委员。

鸭绿江木排

浪走三千里，江中满号声。
激流排侧过，炊烟水上生。

老三队度假村

瑶池露水流村落，润骨滑肤身体强。
玉米窝头山菜绿，荡平岭下是家乡。

陈淑慧

网名桃花潭水，女，1975年生，吉林德惠人。

赠日本遗孤四首

（一）

游子离歌吟几曲，诗心未改恋家乡。
浮生若梦樱花老，回首关东好景长。

（二）

今朝雪里逢君醉，往昔茫茫坎坷多。
欲把归心喻明月，诗中不再写离歌。

（三）

梦中家国海边舟，蔽日浮云散不留。
流水无情人重义，送君美酒醉千秋。

（四）

残雪消融月满晖，江山犹是昔人非。
家乡春暖招游子，一曲东风破浪归。

春日绮思三首

（一）

春花如梦雨如丝，旖旎情怀难自持。
浓荫一片君应记，我是窗前柳树枝。

（二）

草色青青近夕曛，街头漫步踏氤氲。
偷携素手悄声问，卿是空中哪片云。

（三）

碧草如茵铺绿笺，桃红李白各争妍。
黄莺不肯藏心事，早把相思写上天。

纪辽东·观圆虹照片赠养根斋老师

白山风雨记艰辛，圆虹酬几人。前有刘公留足迹，后继见精神。　　登临百五每披榛，苍天护养根。摄入诗人秋梦里，直染大荒云。

菩萨蛮·戍边楼百年

（一）

边城烽火当年急，大荒深处留踪迹。壮士请缨来，杜鹃战地开。　　谁怜松北雪，雁碛苔痕白。登上戍边楼，三江眼底收。

（二）

征人已在边关老，青山处处生芳草。风雨百年中，斜阳血染红。　　松风犹寄语，报国身躯许。恨我未逢时，心香祭一支。

陈德才

1942年生，吉林省梨树县人，原任中共吉林省委办公厅副主任、巡视员，现任中共吉林省地方组织志副主编。

游西湖二首

（一）

苍茫烟水有无间，曼妙长堤若翠鬟。
慵懒轻柔千万态，消磨壮志是湖山。

（二）

借伞情浓化蝶悲，岳王浩气作旌旗。
一泓碧水谁为主，半是英雄半美眉。

怀古二首

都江堰

为官首事利苍生，一堰冲湮天府成。
鱼嘴从容分汛处，丰碑永立水无声。

杜甫草堂

千古诗家尔最真，殷殷忧国复忧民。
阿房无数销兵火，茅屋几间千载新。

探龙潭

迷蒙云气谷中旋，岭峻缘阶下碧渊。
滚动春雷何处雨，倒垂素练几重泉？
轻盈一树粉山杏，鲜润数枝红杜鹃。
疑是蛟龙潜此境，翩翩游侣化金仙。

鹧鸪天·无题

带露花枝照眼新，当年倩影舞红巾。惊鸿列字渺无迹，痴燕栖梁枉有心。　　情脉脉，意真真，半杯残酒对黄昏。昨宵魂梦依稀见，尽日楼头望白云。

鹧鸪天·咏关东诗阵

塞外土肥催嫩芽，鏖兵诗阵笔生霞。铜琶铁板迎朝日，曼舞轻歌饮晚茶。　　勤灌水，共修杈，浓浓春意孕奇葩。耕耘十载再回首，姹紫嫣红香万家。

鹊桥仙·赠妻

绿窗已远，朱颜渐改，似水流年悄度。檐前双燕语呢喃，风雨急、新巢恁苦。　　牵萝补屋，医伤觅药，笑对重重险阻。凭轩回首闪明眸，但望见、珍珠一路。

一剪梅·喜春

漫舞冰花触地融，湖水初涟，岸草微茸。载歌载舞醉东风，拥近青春，挥退残冬。　　造化无言任转蓬，来者何迟，去也焉踪？且看晓日露娇容，柳眼嗔睁，杏脸羞红。

行香子·杜鹃花

窗畔盈盈，一抹轻云。绿朦胧、繁蕊缤纷。飘飘逸韵，冽冽清芬。看红花艳，粉花嫩，白花纯。　　惟茹净水，出落精神。任流光，不忍留痕。杨妃醉酒，黛玉离尘。得倦时赏，喜时对，梦时温。

水调歌头·沙河

有负晶莹雪，来步赏心园。晨辉斜染高树，落叶软成毡。乍起霜风拂面，灵鹊几声唱早，塘冻玉桥寒。翠柏迎人处，淡月正弯弯。 齿虽缺，筋犹健，意悠然。恰逢岁末，何事重续北山缘？但见精思细品，杰士鸿儒共话，挥洒自闲闲。天碧望益远，人世又新篇。

邵红霞

网名寒烟滴翠，女，1967年生，供职于长春绿园区水务集团。

自　赏

立冬后二日散步南湖公园

立冬微觉晓寒轻，树影闲摇水一泓。
白桦林中听叶落，翻书夹进晚秋声。

秋日杂咏四首

（一）

心捻柔丝系梦舟，神思不必远周游。
温存还是家乡好，莫使新痕叠仲秋。

（二）

登高更觉影孤单，来路蜿蜒十八盘。
纵有雄心三百丈，合该时刻报平安。

（三）

一夜西风减翠微，倚楼望断雁南归。
无聊莫怪诗心瘦，情到浓时自会肥。

（四）

谁家摇滚乱秋声？闭户关窗躲不成。
索性披衣闲看月，清吟四首已三更。

秋夜偶成四首

（一）

雁阵横斜挈子归，一江锦绣共霞飞。
黄花挟带秋消息，散漫东篱酒力微。

（二）

登高弥望稻新黄，割罢秋田手也香。
醉卧花丛休笑我，清芬一抱倚南墙。

（三）

一段情缘躲不开，摘花问卜更难裁。
无端惹得相思瘦，当敛书生放浪骸。

（四）

一弯冷月一壶天，怕惹孤单对镜前。
各自举杯尝夜色，浓情稀释也安然。

除夕日怀念婆母

岁月成尘土，仙凡十二年。
慈容犹历历，怀念更绵绵。
怕过迎新日，重回别恨天。
休撩夫婿痛，灶下独潸然。

长白印象

风爽关东地，云高九月天。
驱车寻胜景，纵意舞吟鞭。
山抱斑斓树，船流七彩川。
才疏无丽句，惊叹不成篇。

自　勉

俗人阅历信平常，岂免痕留几处伤？
晾晒深沉生绮梦，点燃浪漫照华章。
胸怀再放三分阔，愁绪休耽两日长。
谁说秋来花不好，东篱菊圃正含香。

立秋感赋

一宵风雨报秋声，洗却尘沙暑溽轻。
云晾衣裳山滴翠，果摇馥郁鸟争鸣。
池塘高举莲蓬伞，田野斜簪玉米缨。
妙在此时天正好，休将半老叹人生。

长白秋望感怀

一般风雨一般云，山水焉知已界分？
日曝晴川同冷暖，春开花朵共氤氲。
泛舟客问东邻事，谒塔碑铭渤海闻。
最喜登高飨望眼，连天红叶直如焚。

纪辽东·步韵养根斋再贺登白云峰

浩荡胸襟长啸中，破雾现霓虹。登临顿觉群山小，携云第一峰。　　汗透重衣履雪踪，志向百年同。焚香极顶敬天地，开怀唱大风！

望江东·秋忆

空忆当年那时节，竹桥畔、芦花雪。白云青鸟紫蝴蝶，酒半醉、杯才歇。　　心迷最是情难却，手相握、思交叠。三生石上旧盟约，泪凝血、丹如叶。

踏莎行·十字绣

线线思量，针针缱绻，漫将祝福铺排满。心交一点最关情，花开七彩春深浅。　　想念长长，韶光短短，柔丝万缕穿晨晚。连绵十字结千千，红绡无韵牵肠远。

临江仙·金秋旅拾

百里驱车诗满路，秋山姹紫嫣红。追星赶月夜溶溶。瑶台无限远，期待早相逢。　　酒暖心胸泉润口，满川醉意人同。依依别处更情浓。临江歌一曲，不舍掉头东。

蝶恋花·丁亥重阳记事

有约重阳相对叉。碎语闲言，酒罄没聊够。琐事纠缠前与后，胸中暗结连环扣。　　搭错姻缘须挽救。放手单飞，莫把心揉绉。热血休随霜冷透，春来好种相思豆。

蝶恋花·残荷

瘦倚斜阳风莫扰，既阅炎凉，勘破能多少？犹抱心香谁又晓？他人枉自猜烦恼。　　都说开花须趁早，极尽辉煌，落个烟云了。顾影临波怜窈窕，情深不恨清秋老。

宗定远

1945年5月生，湖南长沙人。中华诗词学会会员。

雾凇情

绽放江堤三九天，孰能愈冷愈芳妍？
赤橙翠紫皆无影，恬静清白独有缘。

夹扁石

一隙裂开夹扁石，万人争过侧身时。
艰危关脚不关路，却笑岌岌步履迟。

红叶情

谷中有谷尽缤纷，最爱晚秋霜降临。
愿为人间添色彩，捧出热血捧丹心。

庞　勇

笔名龙力，网名入云龙。1965年出生，吉林市人。吉林市船营区国税局干部。中华诗词学会会员。

办公室喝茶

手把大杯摇晃匀，水中青叶乱浮沉。
须臾茶定心同定，事理看来无浅深。

登龙潭山古城墙随笔

脚踩颓墙看古城，野茅老树各枯荣。
阳光挤进梨花梦，历史传来鸟叫声。

农家春宴

农家小院住春光，自产鲜蔬劝客尝。
佐酒为添山野气，隔篱扯进杏花香。

题蒲公英

开花过后也新鲜，玉色珍珠茎顶含。
为使儿孙成气候，偏随柳絮顺风传。

初夏山居

阶前树木影纷纷，圆枣葡萄已半醺。
拂晓拨开雾颜色，黄昏洒落鸟声音。

由沪回吉，飞机上观云

奔流怒海瞬间凝，时作絮飞时作峰。
人比云层高几许，便知地上万般轻。

春日感怀

晴日榆钱好，风吹满树金。
梨花才落幕，柳絮又追人。
物态应时换，诗思逐日新。
听凭流水响，意趣不沉沦。

题沈阳故宫

兴盛从兹始，乾坤任运筹。
临朝崇政殿，望日凤凰楼。
金瓦升平日，红墙肃穆秋。
江山千万里，源溯此中谋。

吊蝴蝶兰

炫娇兰谢尽，眼里暂留痕。
选土挑盆细，遮花洒水匀。
早知非善种，安付此精心。
欲去由它去，无它也是春！

理　发

利器翻飞我未惊，咻咻不过耳边声。
上头尊贵凭梳论，后面荣华靠剪营。
斜正己心堪混沌，黑白他眼自分明。
凝神敛气学僧侣，参破红尘一刻钟。

庞久泓

笔名一戈，1973年生，通化市人。毕业于吉林省广播学院。通化电视台新闻记者。

游桓仁水库

不怕滩多弄小舟，残诗和酒诉离愁。
佟江有意应无怨，唱罢山歌看水流。

醉中吟三首

（一）

万缕情丝化锦灰，劫波历尽又轮回。
烟花落处风依旧，惹动伤心酒一杯。

（二）

醉步行来倒又颠，吟声苦涩用谁怜？
浇愁去饮伤心酒，却把情丝慢慢牵！

（三）

身似浮萍无奈中，为谋生计愧颜红。
得闲偶尔寻章句，一曲新歌满院风。

〖中华诗词存稿·地域专辑〗
中华诗词学会 编

吉林诗词卷

卷 三

吉林诗词学会 编
张福有 主编

目 录

庞玉才

1965年出生，吉林辉南人。现在外地谋职。

春　日

得意春风似水柔，孰知花色最难求。
相思一缕真轻巧，飞到丁香枝上头。

浮　萍

自从风散水平铺，一叶成舟不觉孤。
料定此生无定止，却将身影寄江湖。

卜算子

昨梦梦其容，今梦梦其貌。若即还离两可间，不晓何时到？　　相对却无言，相伴无欢笑。只是婆娑好舞姿，一去成缥缈。

阮郎归·舟次峡江

巫山十二费行程，凝眸两岸青。伟哉高峡乱云横，偏将神女萦。　　消旅困，睹清形，为诗触景生。凭栏侧耳听猿鸣，断肠三两声！

【越调】天净沙·卖艺女儿

妈妈我要回家，雨丝淋透山花。悔恨出门戏法，怜怜孩吧！告别流落生涯。

郑　综

网名黑石头人，1956年生。吉林省磐石市卫生局工作，本科学历，副主任医师。磐石市三余诗社社员。

春　钓

身向青山碧水行，风携杜宇两三声。
孤零浮信蜻蜓立，半日斜竿只为晴。

陪友人游黄河水库

轻舟一叶载秋风，水静波平惬意中。
闲倚篷窗天欲暮，犹怜两岸蓼花红。

草堂秋夜

四面峰峦新墨稿，一天星斗旧棋枰。
草堂独倚寻诗趣，雁带秋声过小城。

客　思

寥寥客舍睡思清，却恨孤蛩几阵鸣。
欲问东家寻老酒，一窗风雨送秋声。

夜读《百年苦旅》

心随苦旅宿江源，一卷清吟读夜阑。
穆石勘边谁解意，还教和泪拂尘看。

登荡平岭

披榛斩棘路平宽，岭接边陲国土安。
往事已随风雨去，碑前史绩细探看。

春　晓

轻烟春晓霁，帘卷送清阴。
一树樱初放，满庭香漫侵。
衾凉初觉梦，情懒自沉吟。
羽燕催红日，檐前紧著琴。

感赋陶渊明

宦海沉浮累，抛名且挂冠。
迷途归鸟倦，浊世入巢安。
寄得青云志，何留绿豆官。
东篱堪把酒，一任冷芳寒。

夜半偶成

宴罢归来晚，春残夜更清。
繁星横汉澹，老柳拂窗经。
梁燕眠无语，孤蛰忙有声。
酒酣浑未觉，梦里倍分明。

黄昏雨收

暮雨方初霁，绿阴香暗稠。
好风时入户，虚室澹生幽。
新月眠初觉，疏星影乱流。
银河槎欲至，天外访牵牛。

游磐石官马水库得句

闲云天惬意，短棹借帆风。
两岸轻烟里，孤舟碧水中。
野凫穿浦绿，残照染汀红。
但得渔家住，烹鲢酒一盅。

雨中游松花湖

轻舟撑雅趣，情洒绿松津。
微雨一湖画，青山四面皴。
寻诗谐韵旧，得句满囊新。
痴醉清波里，涤渝心底尘。

中秋夜作

又见中秋月，迢迢银汉稀。
三更人未寐，一字雁初归。
残句无成卷，病躯难试衣。
关情何处是，如梦菊花飞。

秋　钓

一棹秋湖晚，寒山草木稀。
天高南雁过，汀浅野凫飞。
水静心随静，风微气亦微。
长钩宜短线，钓得鳜鱼肥。

客居不寐

岁暮留寒驿，无端绪缚麻。
读书拨短烛，思雪问梅花。
酒醒三更月，诗温夜半茶。
清狂谁与共，梦里客归家。

再读《百年苦旅》

往事从头阅，犹知苦旅难。
白山霜月冷，鸭水晓风寒。
旧咏留情足，新编补梦残。
圆虹犹续韵，释卷泪阑干。

三登泰山

忽入尘寰万仞端，独尊五岳岱前看。
登梯绝顶九千磴，俯首携云十八盘。
峭壁雾封松尽古，碣文藓覆字多残。
天门咫尺身如洗，始觉人间路更难。

丁亥生辰有寄

（一）

天命匆匆别自伤，世途夷险枉颓唐。
病躯何奈常逢雨，疏发无多且染霜。
情重诗文当感慨，交深良友共思量。
痴心留得悬壶梦，却赏案头新菊香。

（二）

事不如人是自然，草堂却得结群贤。
旧诗万阙辞成卷，新句千行韵满篇。
悟道酸咸堪领取，谈禅苦乐亦重牵。
乡关梦里犹知路，回首沧桑话有年。

纪辽东·贺养根师白云峰上摄圆虹

铁崖百载随人意，圆虹七彩深。信步云头凌绝顶，浩气满胸襟。　　痴情长白堪携韵，东陲奇迹歆。今古清心谁可共，百六再登临。

单云开

1933年生，河北抚宁人。退休前任辉南县物价局局长。创建辉南诗社任常务副社长及《辉南诗词》副主编，系中华诗词学会会员。

【越调】凭栏人·借书三首

（一）

欲借君书君不还，不借君书缠变脸。借与不借间，叫人千万难。

（二）

已借君书胡乱看，西放东丢脏手翻。归还心也寒，篇篇都弄残。

（三）

借读银编精细研，盥手轻掀计日还。洁清如借前，面呈心坦然。

【仙吕】锦橙梅·退休后

平生志酷爱诗，坐型卧梦孜孜。茶凉饭冷事经常，妻唤桌前侍。搜肠刮肚索新辞，情真意切慰心思，吟壮语尽在斯。鼎盛时，词曲终身事。

单丽丽

网名春风，女，1976年生，大学学历。现在梅河口市市委办任职，梅河口诗词学会秘书长。

月下雨荷

雨叩千荷荷不语，风弹万水水涟漪。
云儿悄做填词客，香韵悠悠月上题。

咏梅河口十景诗词（十首选七）

磨盘湖夏韵

清湖辞旧年，夏至磨盘滩。
野鹭林间戏，肥鱼画底欢。
花芳传水意，树碧抚云冠。
草岸扁舟卧，诗情系梦端。

曙光稻海

春随垄上忙，引翠染家乡。
赤日田间照，清泉陌下凉。
秋风时瑟瑟，稻浪韵皇皇。
莫叹光阴短，盘中岁月长。

龙泉寺早春

红墙赤柱琉璃瓦，古刹深山晓月残。
塔接祥云舒紫日，松排巨浪入青澜。
长空有雁惊香客，曲径无哗扰寂坛。
绕到回廊人尽处，春风散却旧时寒。

鸡冠山远眺

远眺鸡冠雾里行，花潮叶海漫山倾。
奇峰枕日泉听月，野径吟风壑演兵。
古墓幽幽存旧史，平湖隐隐赋新晴。
脉含长白大荒气，邀得峥嵘凤亦鸣。

题辉发河

一池佳酿三河水，酩酊长云著彩衣。
岸借虹楼观靓月，波争鹅艇梦清晖。
衔风紫燕翩翩去，起舞琼花脉脉归。
本是无情东逝物，与时醉入我心扉。

卜算子·摩崖石刻

朝夕望山川，铁马狼烟去。冷骨深镌胜败痕，心却升平绪。　　八百载风云，阅尽终无语。争战辽金史里眠，史外春光旅。

清平乐·春天商业街

东风作序，归燕春街舞。星月琳琅光若瀑，翡翠蔷薇无数。　　童颜皓首相牵，蛮腰君子流连。笑语欢歌四处，繁华岁岁年年。

房爱广

1952年生，山东郓城人。双辽市政协委员。为中华诗词学会会员，双辽市诗词学会名誉副主席。

飞天畅想曲二首

（一）

借得银河水一涵，铺开九宇紫云笺。
腾龙健笔扶摇上，便把豪情写满天。

（二）

宫外又飞故里舟，嫦娥渐逝广寒愁。
他年筑就乾坤路，任我仙凡两自由。

除夕吟怀

寒冬历尽岁迎新，两鬓更添霜雪痕。
桃李尚无争艳色，老梅岂舍报春心。

蜜　蜂

忙南忙北趁春时，闲鸟啾啾笑我痴。
酿得甘甜人共享，艰辛独有百花知。

年近客柳东

子年新岁近，作客柳东村。
瑞雪浑天玉，丰粮满囤金。
品茶盘北炕，陪酒唤西邻。
谈及小康路，乐开眉上纹。

晚学二首

（一）

人生行有迹，岁月逝无痕。
憾憾荒青圃，匆匆入老林。
肠枯胸少墨，笔钝句乏神。
活水源何在？鉴边常问津。

（二）

虽少闻鸡起，但能灯下勤。
卷开千古月，笔动万山云。
曙色催青志，斜阳迫老心。
莫悲银发改，夕照尚流金。

查干湖游兴

天赐菱花镜一盘，芙蓉仙子照妆妍。
鳞光频共波光舞，鹤影时同云影闲。
岂是虚名称圣水，皆因惠泽福黎元。
折芦为笔书游兴，诗满平湖歌满船。

大肚弥勒佛塑像

大腹便便耳坠肩，端端稳稳坐灵山。
无心问及尘间事，有欲化来天下缘。
善面常迎香客笑，佛经唯见苦僧传。
金身百镀皆空色，济世还须世上贤。

教师颂

身肩天职敢彷徨？心血殷殷化烛光。
点亮寒窗愚变智，磨残朱笔铁成钢。
高坛长望栋梁起，绛帐时传桃李香。
何叹雪霜先染鬓，未来家国腹中装。

为钓者吟

商海无情嫌水浑，仕途多舛幸休身。
一壶老酒细斟酌，两丈长竿任展伸。
风月四时新境界，湖塘八面大乾坤。
岂图渔利糊家口，落个悠闲自在人。

为耕者吟

世代辛劳稼穑间，汗浇黄土怨无言。
天灾未绝生存望，人祸曾殃温饱难。
好雨知时当润物，春风有意总苏田。
几颁国策轻农负，但愿渠成水畅然。

为吟者吟

芸香四壁伴清吟，腹有诗书不算贫。
竹瘦梅寒偏自赏，丹肥桃艳岂同论。
寄情每使倾肝胆，感事何妨沥血心。
本性难随流俗转，更将冷眼看红尘。

武书杰

1948年生，吉林梨树人，曾在泉眼岭乡农电站当电工。

忆父亲闹翻身二首

（一）

我父当年挑大旗，出生入死未迟疑。
是非功过无须论，体内仍存榴弹皮。

（二）

大野蓝天丽日光，轮回戊子世沧桑。
翻身野史成财富，几代传承助小康。

范文彦

吉林公主岭人。公主岭市法院退休干部。公主岭市诗词学会会员。

无　题

莫去传流莫去刊，只缘处处有名篇。
春生百卉春非寂，我吐清吟我不单。

范存薪

1982年生，靖宇县人，大学学历。曾任白山市计算机职业技能学校教师。现任长白山天然矿泉水靖宇水源保护区管理局科员。

咏矿泉

火山玄武蕴千年，地下潺湲涌矿泉。
水企如云谁引路？千杯玉液出涓涓。

林　杨

1973年生，通化市人，通铁分局列车段车长。

引　春

轻风徐雨绘新帘，鸣鸟重歌雀舞翩。
残雪无颜羞日色，芳菲新草引花仙。

鸣　春

杨柳新风涤旧尘，融冰滋水孕花辰。
遥鸣北鸟重回渡，喜报佟江含锦春。

林　丽

1971年生。通化市诗词学会副秘书长。现任通化市东昌区教育局信息宣传办副主任。出版《独舞》诗集。

诉

寂寞寒窗烛泪涂，清风月影暗香扶。
幽情一缕何从寄，人散曲终知有无。

伤　春

莺飞草长软泥香，绿柳红花绣羽裳。
淡酒浓茶君莫问，秋霜冬雪意谁伤。

有感梦柳园之女高原作《女孩儿是风景》

奇葩美玉暗香涌，蕙质兰心诉晓风。
文武榜前谁定论，一枝独秀女儿红。

林长江

公主岭人。

赞人民警察

横扫阴霾净世风，降妖伏魔剑凌空。
丹心耿耿苦为乐，铁骨铮铮气似虹。
血染警徽添异彩，威扬史册显英雄。
沉渣污秽藏无处，报国精忠铸伟功。

林汉湘

1928年生，湖南湘潭人。吉林省地矿局高级工程师退休。

画竹寄老同学

老来无事乱涂鸦，笔墨淋漓只自夸。
翠竹几枝行万里，载将情义到天涯。

题　画

选取佳篇意欲师，挥毫补白并题诗。
旁人莫笑涂鸦手，或似名家起步时。

天山天池

一泓碧水倚天开，闻道神仙几度来。
今日人间真胜景，可能乘雾又重回？

嘉峪关

雄关百尺镇天西，来往游人驻马蹄。
昔日防胡称铁瓮，今观遗迹叹神奇。
风沙远接祁连雪，城堞遥连渤海矶。
莫道坚城能御敌，强民才是万年基。

林克胜

号耕心斋主，1934年生，辽宁岫岩人。原长春日报副总编，长春市文联副主席。原中华诗词学会理事、吉林省诗词学会副会长，著有《青石山集》《耕心感悟集》等。

天涯悟

天涯浑似梦中行，娱眼风光启性灵。
海阔云高承气朗，沙平浪静赖风轻。
赏心鸥鹭时欢语，悦目霓霞屡变形。
就里深含多少意，自由随处是平衡。

采桑子·出游

平生尽付公家事，班上忙忙，班后忙忙，沥血呕心做嫁裳。　　老来喜得消闲日，饭也甜香，睡也甜香，寄兴山川走四方。

念奴娇·上峨眉

气雄巴蜀，莽苍苍，高岭横天如截。人道峨眉天下秀，眼见迥非虚说。叠嶂层峦，凌空峭壁，景色真奇绝。时逢炎暑，峦头犹自清洌。　　久闻金顶佛光，天机演化，难得寻常谒。金殿阶前香火满，游客纷纷礼佛。佛目圆睁，佛身微探，浑似传真诀：心存仁厚，胜翻千百经页。

林丽瑛

女，1960年生。农安县黄龙诗社社员。

观毕业相感怀

阳光脸上写青春，小照犹存旧日温。
岁月沧桑风雨后，星流云散几人存。

当年日记

撩起当年少女心，花枝摇曳梦犹新。
悠悠岁月割昏晓，截取流光一段春。

林鸿儒

网名秋来。梅河煤矿支护厂工作。梅河口市诗词学会理事。

端午之晨

童声嬉戏惹晨晖，笑指村人载露归。
侧目家家檩檐下，遍生新柳艾蒿肥。

春雪和网友

只缘塞北少梅花，春雪欣然织素纱。
千里冰心雕玉面，娇柔不逊女儿家。

送南国朋友登机回滇

着意天方觅小诗，凭将松水涨滇池。
只身家燕南归去，双泪孤鸿北望时。
隐隐辞源三个字，茫茫人海两心知。
悄然一夜相思雨，谁解云情那份痴。

西江月·原韵和网友

万里关东三月，日温风暖怡人。依依杨柳鸟鸣春，愈感花期将近。 未惹春娘心事，云容焉滞啼痕？蓝桥有梦也情真，乱了谁人方寸？

易洪斌

1943年生，湖南长沙人。中国作家协会会员、中华诗词学会会员，吉林省新闻工作者协会主席，曾任《吉林日报》社社长，吉林省美术家协会主席。

水调歌头·登长白山天池

群麓出沧海，一镜嵌巅峰。曾经几度喷发，烈焰烛天穹。力劈千寻石壁，顿撒三江珠玉，雪浪搅青空。洗去无穷碧，迎来不尽红。　击云涛，廓雨雾，挟天风。直登绝顶凌宵，临险敢从容？指点山川形胜，吞吐平生壮志，浩气展霓虹。四化潮方起，万里正飞龙。

罗继祖

（1913—2002）字奉高，号甘孺，生于日本东京。著名金石学家、学者，曾任吉林大学历史系教授。

望江南·吉林好（六首选二）

（一）

吉林好，石墨炳天东。谈德开疆碑永峙，侍臣陪辇颂能工。健笔破鸿蒙。

（二）

吉林好，指点两丰碑。再世奇勋俘暗主，一朝密诏售诬欺。功绩自昭垂。

金　鹤

女，1994年生，网名小客人，朝鲜族。通化县第七高级中学学生。

石头山

石壁开成一线天，风霜雨雪立身前。
身经百死未言苦，往复春秋又一年。

无　题

大好时光不忍荒，调音炼字组诗行。
中秋对月敬新酒，借我灵思著一章。

二月兰

嫩叶将舒窗下栽，朝阳轻抚未先开。
光阴不负殷勤意，一缕清香入梦来。

做作业有感

作业堆中心渺茫，滑冰场上叹荒凉。
何人了解学生苦，寒假袭来蔫似霜。

长相思·和梦柳园老师

花一湾，草一湾，萧瑟秋风不忍看。风弯树也弯。　　心无栏，梦无栏，思绪常游星宇间。诗情犹未妍。

金永先

网名关东横笛客，1971年生，朝鲜族。通化县森茂诗社副社长。通化县检察院干部。

月

千古无声一把琴，江湖催老故园心。
窗前谱就思乡曲，遂使诗人唱到今。

题黄阳山人敦煌鸣沙山图

敦煌遗梦枕烟霞，天日重昭举世夸。
千古文明遭贱卖，至今冷月泣鸣沙。

步韵偶题

（一）

我未吟诗意已狂，情酣不必再飞觞。
蟾宫笑问花前客，此是诗乡是酒乡？

（二）

塞上冰封万里春，长堤柳色绿痕新。
虽然此际难成画，略展风情已动人。

初一河畔喜吟

袅袅炊烟自可人，山头红日守清晨。
遥闻爆竹如春雨，浣得江山处处新。

春登茂儿山

今日得佳客，合该山水狂。
春随横笛近，风引赤松香。
抚槛怜亭老，巡苔叹石荒。
鸟声何惜别？兴起欲飞觞。

拜望耕心斋主感吟

为践银屏约，欣登君子堂。
清居余雪意，闹市隐兰香。
执手翻疑梦，倾谈漫举觞。
扬眉耽快意，未觉五更长。

关东诗阵年会步韵敬和养根斋主

汇古融今掬暖流，遥闻天籁赞通沟。
阳安曾蕴英雄梦，古墓深埋黎庶愁。
风捻松针闲补月，笔揉石砚漫撑舟。
鸭江奋棹新潮起，又惹群星一闪眸。

再题桓仁望天洞

一拜如今信有神，云闲水净俱无尘。
溪间足迹仙人过，石罅华光梦雨皴。
更冀灵芝疗世疾，还由迷洞唤童真。
含情暗嘱望天吼，守住山中这片春。

自　咏

风物何曾放眼量，飞觞流韵自疏狂。
刀横大漠寒沙悚，笔纵长河落日凉。
万种闲情随俗远，一身俊骨沁梅香。
东风为我添英色，走马圆弓射四方。

咏　梅

雪意横斜浮暗香，红颜一笑慰苍凉。
聊凭冷月描新韵，暂傍诗风作小狂。
蔑俗不因名士习，苦寒多为故人尝。
深情恐被无情误，且把花容着淡妆。

读野步兄《风入松冬春之交戏作》有感

书剑人生已足狂，未因运蹇恨珠黄。
寻根才子江湖老，断线风筝客梦长。
欲借两行忧国泪，聊医几处刺心伤。
情牵林下遥难到，空羡清都山水郎。

细雨泛舟鸭绿江

鸭绿春深未可量，忽逢细雨更迷茫。
柔怀已醉千年碧，野鹜时衔隔岸香。
烽火台空谁饮马，太王陵老草摩墙。
江山不管诗人事，任尔缠绵任尔狂。

清明有寄

人间此日最多情，又向深山踽踽行。
时喜时悲拼断梦，疑真疑幻过清明。
伤生已具唐贤骨，入世何须芥子名。
知我远来实不易，还将好语寄松声。

纪辽东·步养根斋韵

白山幻境入云中，轻披七色虹。地远天遥谁解语，衣袂荡群峰。　　若由春迹辨秋踪，慧心终不同。且乐随形施妙手，各沐自然风。

苏幕遮·有寄

柳迎人，花溅泪，银汉悠悠，荒草虫声碎。王谢楼空余旧砌，荣辱千年，燕子应无意。　　利能轻，名怎避，世事除非，一切都如寐。饮尽兴衰人不醉，剑跃匣中，岂可任憔悴。

满江红·暮春

密雨惊风，寒声远，长亭旧树。山杳杳，断桥雾锁，柳垂如注。芳草无情花易老，人生几度伤春暮。叹流年，逝水送长歌，与谁诉。　宋元地，城化土。秦汉事，坟成路。问沧桑尘世，谁能常住。扫尽阴霾天地净，磨新诗胆鬼神妒。这声名，身后果如何？由他去。

水龙吟·有寄

沉吟李杜江山，满天秋看云挥袂。苍烟老树，怀星抱月，灵光初泄。宋祖弹杯，卞和恨玉，当年情势。叹陈王七步，鲁连一笑，由人说，如云事。　常恨书香难继，况烽烟，灼伤才气。刘伶沉醉，唐寅狂病，东坡禅憩。省却风流，磨平棱角，忧心谁替。枉临屏再唱，江春海日，作兰亭祭。

沁园春·贺友新居

玉饰丹心，火炼豪情，书剑风流。处红尘一隅，花开未喜；人生半渡，叶落难愁。扫荡邪魔，诊疗疾苦，辗转多为黎庶忧。纵闲日，对欢声笑语，犹自凝眸。　　倦躯何处能休？看水净沙明又是秋。更田间稻浪，已织金缕；窗前新月，渐化银钩。塞北风霜，关东烟火，妩媚江山忆旧游。方寸地，有书山信步，学海撑舟。

金英俊

1976年生，靖宇县人，大学本科。就职于长白山天然矿泉水靖宇水源保护区管理局。

九龙泉赞

九龙汩汩绕清泉，百转千回又一弯。
春夏秋冬流不尽，山高林密自潺潺。

金国芳

女，1953年生，德惠人，退休干部。著有长篇小说《梦断冰河》。

临江仙·四月松江

四月松江波潋滟，东风野渡横船。云遮日色觉春寒。凫游知水暖，草绿岸边看。　　游赏山川生雅兴，逍遥处处留连。古藤柔韧绾诗仙。酒酣斟畅快，翁媪比童顽。

满庭芳·万年红

雁去南天，霜飘北地，诸红逐水东流。西风来访，萧瑟又金秋。蓦见红云光灿，炽如火、烧遍西楼。立寒风、千般娆媚，优雅足风流。　　生平卅八载，多少秋艳，评说无由。叹几多才尽，还润歌喉。谁料红花唤我，正招手，抛却闲愁。从今后、严霜何惧，零落再从头。

金意庵

（1915—2002），姓爱新觉罗，本名启族。北京市人。吉林师范学院教授，著名书法家、诗人、书画碑帖鉴赏家。著有《焚余诗稿》《长白山诗集》等。

登北山揽月亭远望

我性乐山水，年年作快游。
拓开胸万古，俯瞰大江流。

王雪涛画牡丹扇

笔底花王腕底香，引来蜂蝶拒轻狂。
为藏行箧长相守，绝胜曹州与洛阳。

蝉

安身清露惹沉思，弄月吟风不自知。
萧瑟九秋黄叶老，寒蝉犹抱最高枝。

游西湖

杏花春雨欲侵衣，西子湖头莺正飞。
慕我同游多女伴，半船红粉载香归。

学书偶得二首

（一）

久慕羲之又献之，十年画壁悟非痴。
挥毫蘸尽松江水，再把天池作砚池。

（二）

长白山民八法痴，锥沙钗股惹深思。
偶然拾得丹青笔，不作书师作画师。

给匡庐秋色图题句

满山云雾写匡庐，回首峰峦似有无。
清风吹散天花雨，百丈鸣泉入画图。

满州习俗嚼雪团

关内春光关外寒，岭南花事已珊阑。
兴来祖籍循醇俗，一沁心脾嚼雪团。

武则天墓无字碑

睿智天聪举世惊，不歌功德不浮名。
口碑绝胜碑铭字，功罪千秋有定评。

阿什哈达摩崖刻石

扬帆耀武据江边，三刻摩崖聊记年。
历劫不磨留历史，挥毫洒墨镇山川。

龙虎石刻

清聊大笔书龙虎，立石边陲界可凭。
占断风情观要隘，珲春乡土护神京。

龙潭山高句丽山城

悬崖峭壁踞山城，远眺龙潭印月明。
水旱两牢谁论定，千秋功罪史家评。

黄龙府

叱咤风云并世雄，鏖兵重镇府黄龙。
绝粮纵火空陈迹，都付兴亡一瞬中。

题自画山水

门前秋水夕阳斜，疏柳荒村小阵鸦。
日对烟霞情不减，红尘不到老夫家。

再登长白山

（一）

信步山头看日升，一轮霞蔚复云蒸。
此身未老心犹壮，跃上峰巅又几层。

（二）

四周山翠郁葱葱，老马识途认旧踪。
望断主峰天外去，尚存峻岭梦魂中。

嘉兴画院成立蒲华美术馆征题

艺林怪杰老蒲华，三绝才名誉大家。
湿墨淋漓归画笔，龙蛇腕底字生花。

八十初度自述

莫笑书痴又画痴，昆刀缪篆并心驰。
镕秦铸汉开新面，法赵师吴越旧姿。
浑雄高古勤求索，破碎支离戒步随。
玉版朱泥蝉翼拓，他山攻错友兼师。

武梁祠题名拓本

汉画推崇祠武梁，题名犹见迹辉煌。
艺林兴凤夸鸿宝，鲁殿灵光萃锦囊。
淡拓宜人书瘦硬，丰神兼倍墨花香。
恰因好古生偏晚，乐此临池细品详。

周 政

字鹏举，1926年生。吉林省农安县人。初中文化，离休干部。农安县黄龙诗社社员。

小 草

相貌平常未乞怜，羞凭势众向高攀。
芊芊虽不着红紫，也逐东风绿满川。

咏 马

沙场征战功应有，嘉奖授勋名却无。
酬主甘心捐壮岁，老来尤善识迷途。

咏 牛

荷轭犁田累不嫌，逆来顺受总无言。
披星戴月熬风雪，野草充饥宿厩栏。

漫 兴

松影入棚牛上树，柳荫铺路马登枝。
世间多少稀奇事，有待诗人思索之。

周　萍

女，吉林长春人。现供职于吉林大学。

绿梅茶吟

萼绿花盈萼绿厨，风娇小叶润春壶。
围炉屈曲何人顾，漫卷流年细细濡。

芦花往事

最喜芦花飒飒娇，金丝银线夕阳雕。
随风荡起千重浪，多少情怀放絮飘。

蛟河之秋

新凉剪水怯娇容，迭影如花五岭彤。
欲问秋风多少色，吹开一树韵千重。

山花子

茶榭溪前柳半垂，和风皱起绿罗衣。对饮青山春一色，翠云吹。　　空谷鸣啾声悦耳，轻烟玉盏问斜晖。几度香笺叠绿黛，是怡谁？

周传涛

1956年生，山东泰安人，现居吉林省和龙市。延边诗词学会会员，和龙市诗词学会副会长。

咏天池

山上天池水上山，人间仙境大荒巅。
天工开物钟灵秀，一斧一刀皆自然。

周任赤

1949年生，吉林东丰人。吉林省辽源市政协副主席。

大明湖奇观

何人幻化出奇能？力挽瑶池落大明。
为有百泉争踊跃，汇来澄碧一湖平。

大明湖心语

波中月朗寺钟清，净浴禅心涤俗声。
千佛原欣守宁静，自然是处失蛙鸣[①]。

【注】

① 传大明湖无蛙声，系遵乾隆旨。湖中千佛山倒影乃一奇观，故将“圣说”篡为“佛说”。

周延辉

女，1961年生。曾任编辑、记者。现任延吉市党史研究室副编审，延边诗词学会副秘书长。

秋夜寄友人

凄凄残月恨长留，浅浅清风入梦楼。
几点渔灯孤照影，一声晚笛旷河洲。
山花不语应知冷，林鸟还鸣是为愁。
聚散离分人世事，别情沉重压扁舟。

周幸春

女，1954年生，吉林四平人。四平市法院审判员。

云台山

奇峰雄峙叹高悬，飞瀑流珠不老泉。
烟锁雾遮灵秀地，菊香枫染药王田。
茱萸遍插临佳节，丛竹随吟醉七贤。
龙脉绵延活圣水，云台一步一层天。

鹧鸪天·雪花

玉色晶莹仙子魂，翩跹妙影舞晨昏。莫言水性随风走，质本多情亦有根。　虽冷面，却温存，洁来洁去总无痕。素心可鉴谁堪比，悄语真香春叩门。

周奎武

1937年生，吉林公主岭人。退休前为公主岭市政协常务副主席。系中华诗词学会会员，公主岭市诗词学会会长，曾主编《响铃诗词》4卷。

田园杂咏二首

（一）

树阴听笛忆当年，小道弯弯采马莲。
无限童心丢路上，几多故事织诗篇。

（二）

渠水清清灌稻田，新禾碧水映蓝天。
孙儿指看三千顷，醉得山翁几忘还。

步张福有韵贺公主岭创建中华诗词之乡

喜传北国创诗乡，公主回眸赏乐章。
碑上雄文昭日月，辽东杂咏振隋唐。
浸霞棠棣春秋近，绛帐杏坛桃李芳。
后世论今料如是，西滨大水放歌长。

窗前丽花秋雨二首

（一）

窗北枝枝大丽花，红黄粉绿艳姿嘉。
蜂鸣小曲添奇趣，蝶舞娇容醉梦涯。
昨夜雨淋欺睡蕊，今晨雪落压芳华。
沉浮可任风云变，不掩朝阳映紫霞。

（二）

风霜雨露也催芽，日月星辰皆酿霞。
眼恋飞红随叶去，心牵茂蔓断篱查。
秋刀高处切残梗，霜剑低时摧落花。
乐以拙诗消昔恨，缘知品格众人夸。

重阳抒怀

又到重阳乐咏章，赤心喜赋沐秋光。
三生石上情缘厚，百尺笺中乡梦长。
树老虬枝沾雨露，菊黄好景傲风霜。
夕阳抚照青山美，引我讴歌醉晚芳。

周晓梅

女，1968年生，大学毕业，中学语文教师。

赠刘芳

——听“青蓝工程”汇报课有感

钟灵出俏丽，秀外慧中贤。
不怕思家苦，唯求取艺先。
莲花新吐蕊，骏马暗扬鞭。
旧浪推前浪，滔滔伟业延。

周焕武

网名河口弈人，1951年生，吉林梅河口人，祖籍山东。中华诗词学会会员，梅河口市诗词学会会长。曾供职于辽源矿业（集团）有限责任公司。著有《跃澜飞雪》诗词集。

北京宛平古桥游纪

犹记狼烟起，寒鸦落日哀。
芦花曾带血，岁岁遍沟台。

迈克乔瑟夫公园

大业原无泪，花间总有情。
天涯悬未可，隔岸起风声。

由墨尔本飞奥克兰

由来冷眼趁闲时，有意青云步步迟。
尽数人间惆怅客，不能老去不相知。

春赏琼岛咏白玉兰

春冰堆作落梅妆，抱月枝头雪带香。
想必瑶琳通御气，三年楮叶正天方。

悼张蔚华烈士

关东铁血几多时，岁月深深汝独知。
或许花前人正在，嘤鸣不忍是哀辞。

和五柳居兄《读河口兄跃澜飞雪感赋》一诗并谢之

羞于再侃少年时，皓首黄花两不知。
量小应无南渡事，心雄尚有北牵诗。
几多酣梦闻风起，一句清吟破晓迟。
聊取龙山孤月后，犹争倦眼隔窗移。

与诗友雅聚周末

小楼初聚已沧桑，又遣诗心满夜光。
愁影如兰难百度，清声若水易千觞。
临池莫等风云静，挂壁还须纸墨长。
谁解斯文鸣九派？敲成别梦晚来香。

与周笃文、赵京战老师

斯文但觉与谁同？春酿京华不老风。
人气随心疏影近，真情着意暗香融。
开怀何止三巡酒，把卷常偷一字工。
剩有席间清静月，马连茶色照街红。

写给梅河口市诗词学会全体会员

诗从天纵韵如虹，破雾梅津尚晓风。
雅赋传薪勤勉力，云霞化碧苦劳工。
淡浓筠笔吟千纸，深浅篱花梦百丛。
吾等倾心求锦簇，篇篇馨染白山枫。

依养根斋兄韵贺集安诗会

春随雅兴望溪流，一抱襟山赋满沟。
豆谷还从新客改，瓦当且伴故人愁。
难期落影湿吟梦，竞唱游声借画舟。
此日青衫当不让，常牵司马远凝眸。

遐方怨

寻海角，绕篷壶。夜泊春潮，满天烟雨笼铁舻。不知风浪几时无，梦中裁入水，似愁鱼。

水调歌头

因故未赴青山兄八月宽甸之邀，深感歉意。偶然欣赏其间大作，联翩奇想，随填此调以谢之。

万象正廖廓，蟾影上高寒。奈何推枕，我欲随梦驾飞船。横出大荒烟雨，锁定边州云雾，直插斗牛间。待屈天华指，襟抱五龙宽。　记来时，人间物，已千般。阊阖看取，白发可识九重闲。拼作星河快使，满载关东和气，更著碧湖前。休道蓬山远，只在那山边。

满江红

海色波光，分明是、鸢飞鱼越。从太始，浩风临碣，跃澜飞雪。地近青鲸云乍起，沙堆白浪烟轻折。共阿谁，醉泳弄蛙姿，鱼人侧。　青数点，帆影切。奔似马，凌于汩。自滩头斜坐，任人评说？天外潮平成乐土，涛间勇进方豪杰。最爱那，虹雨落山东，霞明灭。

扬州慢

岭内松涛，边陲霞蔚，随车掠下风柔。看千般溪影，更百里崖头。近前处，疏林沃土，柴篱茅屋，带雪湍流。觉浑然别样，些儿都是伊州。　　乱山投宿，乍春时，仅我何求？纵孤馆寒灯，悲笳月色，独见凝眸。残堡弹痕仍在，难寻得，去岁悠悠。问几樽绸缪，能销一路闲愁。

沁园春

元气初澄，水阔连天，本色碧清。看蓬山幻灭，峭云高远；波涛万里，嶂垒千层。载酒追帆，浩歌击节，但觉诗魂已化鹏。环秦岛，对沧波万顷，满是乡情。　　通宵芳酒良朋，更带雨星华汽笛声。望海门断岸，波光似练；飞舟如箭，直下沧溟。些许雄心，两行热泪，长夜醒来初放晴。飘然去，任潮头奋起，快也平生。

沁园春

万种风情，老去征痕，断续笑声。念舷窗故影，飞舟冲浪；蓬山雪壁，亘古潮鸣。渔幻波光，云伸岛梦，舰首当年戏说兵。涛深处，看水天一色，海碧空清。　　茫茫边史垂青，却不见军中长短亭。任尘埋心冢，胸怀慷慨；纵横意气，惆怅难平。弹指襟前，从来苦乐，百感翻从去后生。牵魂缕，叹空生白发，事竟何成？

周维杰

吉林省文化厅原厅长，吉林省书法家协会主席。

喻世（选八）

戒　妒

妒忌生万恶，是非无尽时。
人心当戒妒，无愧理方直。

交　友

天光明镜里，月映水无痕。
交友须真性，做人多素心。

静　思

云走山不动，鸟飞花自闲。
星移月未老，缺后又重圆。

缓　行

浪高先触岸，木秀冷风吹。
无恐迟行步，堪忧半路归。

帆　问

茫茫云水路，天地远相连。
江上千帆过，几只万里船？

花　问

占尽新枝五月中，满城桃李闹盈盈。
若君与共三秋树，敢问能开几日红。

寒　山

山前山后雨濛濛，碧树千株一样同。
落尽繁华筋骨见，曲直长短自分明。

人　世

树有枝丫车有辙，浮生世事总分合。
莫嫌秋月圆时少，人似山云散处多。

随感（选二）

（一）

人在学品树在根，只阴不雨即浮云。
谈禅论道无真性，戏扮高僧是俗人。

（二）

异趣偶从心外得，常师造化费琢磨。
眼前参破个中意，会领天机无尽多。

周朝光

1958年生，辉南县统计局工作。辉南诗社秘书长，中华诗词学会会员。

二上长白山

拔地摩天出峻峰，谁持壮彩绘关东。
毫挥春浪层峦碧，墨洒秋光嶂岭红。
赋赞天池辞迭宕，诗夸瀑布句玲珑。
机缘有份能重聚，笔蘸三江写意雄。

玉楼春·吊水壶

初来吊水风光俏，密叶繁花红绿闹。漫评鸥鹭畅幽怀，墨泼书香梁上绕。　　深湖踏水龙飞棹，破浪扬帆心气傲。眸收美景缀诗囊，再对骄阳留一笑。

屈兆诺

1939年生，原籍山东即墨，现为营城煤矿退休职工。

咏仙客来

缱绻南窗眠苦夏，西风掀梦露新芽。
在天许是风流种，谪向凡间亦作花。

题 画

一峰叠翠柱云端，九曲长桥枕碧澜。
王母犹嫌春太素，红桃赐与半边天。

游 春

桃李争妍春意浓，翩翩蝶翅剪东风。
外孙也晓余心胜，遥指溪头花更红。

春游即景

残雪消融日见新，柳林泛绿未成阴。
平畴袅袅浮晴霭，溪水潺潺奏雅琴。

游小珠山

小珠山色悦人怀，云里登攀草没苔。
雎鸟穿林惊桦鼠，丢开松果入前崖。

闲 题

夜半难眠敲仄平，寒窗月色一钩明。
倘能如愿还诗债，不吝三更送五更。

孟凡溶

号了空，1954年生，吉林九台人。

遣 兴

（一）

踏破山光斟水光，倚岩人醉蓼花香。
红漪一道平湖晚，远岭如驼载夕阳。

（二）

小园宿雨歇云根，案上吴笺杂酒痕。
霁月亦知诗思静，移来花影护闲门。

（三）

应怜嗜癖爱成双，诗酒相欺不肯降。
闲咏无心梅入卷，清斟有侣月窥窗。

（四）

柳梢挂月一钩斜，扶醉归来眼欲花。
绊倒菊丛霜下卧，清风吹梦过陶家。

（五）

槐岸风疏天欲霜，平畴镰影割金黄。
不须过问农家嫂，年景便知锅里香。

（六）

帘外霜华暗远山，憨妻梦枕散云鬟。
孤蛩不忍深庭静，与我争吟月一弯。

（七）

邻家篱角杏初开，数点新红淡似梅。
忆起山园清峭影，唇边不觉暗香来。

（八）

钩月纱云暮霭重，田蛙又闹野桥东。
踏莎得句无人晓，吟向扑怀荷浦风。

（九）

起钓新晴花露香，微茫水气欲侵裳。
遮天荷影经风细，护岸槐阴过雨凉。

（十）

荣辱难惊半百人，尚留一念守童心。
天边为问曦霞早，短杖霜敲百尺岑。

题画五首

（一）

夕阳归渚晚烟浮，沙岸芦花散远鸥。
钓罢船随渔巷转，菱歌清婉柳风柔。

（二）

一篙夜雨泛青溪，晓色阴晴望欲迷。
远近田畴横过岭，层层疑是入云梯。

（三）

茜裙花伞拱桥斜，细草铺堤柳拂槎。
八角新亭环翠碧，水边红透杜鹃花。

（四）

鸡声破晓唤炊烟，处处春山泻玉泉。
墟里人家田亩少，初阳铧过紫霞巅。

（五）

一峰夺翠上晴霄，照水新桃无限娇。
许是隔江春更绿，游人接踵过长桥。

可怜松

饥渴年年骨若柴，凌云旧梦老穷崖。
本来一样参天种，石上投胎究可哀。

树上残叶

抱残守缺苦争强，犹碍新梢抽嫩黄。
嘶破西风空作响，何如化土沃春芳。

九日团山独饮

自将胸腹气，一吐上高冈。
枫怒千岩火，松森万壑枪。
掬涟泉泻爽，斟日酒催狂。
浩荡天风起，长歌慨且慷。

晚　秋

老院秋深日闭庐，四时花木看凋疏。
红尘已隔菊篱外，绿蚁还斟故友诸。
一卷诗收摩诘画，半墙漏悟鲁公书。
苦甘尝遍归清淡，不减童心二月初。

初雪登四顶山望火楼

折枝为杖上高崖，绝顶风光感物华。
称意有山浑在眼，慰怀无树不开花。
天抛云网连鹰捕，壁挂溪凌带日斜。
默乞年年无恶火，危楼只许赏烟霞。

孟德林

1945年生，吉林四平人。大学文化。曾任梨树县农村成人高等专科学校党委书记，已退休。中华诗词学会会员，《四平诗刊》编委。

六秩述怀

回望今生两万天，更珍花甲乐余年。
孜孜不倦心如铁，碌碌勤耕汗似泉。
往事沧桑行脚下，新程岁月展眸前。
晚晴得暇重操笔，莫使蹉跎效古贤。

姜广柱

1942年生，吉林省延吉市人。退休前曾先后在延边广播电台和中国人保财险公司工作。延边诗词学会会员。

长白飞瀑

气孕瑶池数万年，乘槎河涌到崖边。
声如云翳滚雷电，状似天河垂素笺。
溅玉喷珠腾雾霭，沐仙浴女落钗钿。
千秋画卷几人识，只道江源是倒悬。

姜风民

笔名民风。1966年生，吉林江源人。现供职于吉林省临江林业局资源林政处。

忆江南四首

（一）

临江好，处处物华新。柳舞花飞随绿水，莺歌燕语绕江滨，春色最迷人！

（二）

临江好，花艳溢清香。阵阵熏风撩翠柳，茸茸芳草沐骄阳，谁不爱临江！

（三）

临江好，征雁去匆匆。渺渺江流天际去，秋林染醉满山红，烟雨更迷濛。

（四）

临江好，游子踏归程。万树琼枝银世界，千峰碧雪玉山城，无限北疆情！

姜兰枝

吉林农安人。黄龙诗社社员。

日 子

春赏桃花夏赏莲，菊开梅绽四时妍。
心盘接满花间露，洗去辛酸留下甜。

姜志福

1976年生，山东武城人。现为延边消防支队干部。延边诗词学会副秘书长。

蒲公英

一份轻狂一缕愁，难同桃李竞风流。
未消落寞三更雨，已感悲凉九月秋。
忍见痴心偕我老，空携好梦向谁投。
多情不敢随君去，只为沾衣君不收。

初游长白

雨隐溪流雾隐峰，置身画里更攀行。
惊临冰雪琉璃界，回望丛林翡翠屏。
王母无心留玉镜，美人有意化青松。
此间虽好须归去，莫使闲情误演兵。

军旅男儿

军旅男儿自不同，踏平征路险千重。
戎装独占四时绿，热血相承一脉红。
铁骨丹心常淬火，微名虚利且随风。
无言谁解亲情恋，几次还家是梦中。

长白秋景

谷底烟霞峰顶云，登临胜景涤征尘。
惊心险峻千秋壑，放眼葱茏万古林。
山比夏天澄一片，水如春日碧三分。
可携嘉客同来此，秀水名山任踏寻。

边城初雪

朔风吹雪笼边州，一夜青山尽白头。
军旅犹能长溢彩，兵心岂可总言愁。
花残水瘦非天眷，火患民危是我忧。
莫怨冬云遮放眼，劝君再上更高楼。

姜春山

1946年生，吉林农安人。原农安县橡胶化工厂副厂长。黄龙诗社社员。

波罗湖即景

沾溉松江气象更，澄湖百里露峥嵘。
清波潋滟舟漂叶，翠帐氤氲鸟杂声。
杨柳滩头闲钓叟，蒹葭丛内唱娇莺。
如斯山水闻遐迩，四海佳宾旅趣萌。

秋游圈湖

澄湖泛棹荡涟漪，酒肆飘香情满卮。
篱畔黄花相竞秀，岭头红叶互争奇。
蓑翁撒网怜肥鲫，吟叟凭栏寻妙词。
水色山光迷望眼，恍如一梦醉瑶池。

万金塔

受命钦天监吉凶，一星倏忽陨长空。
言闻圣殿惊残梦，塔筑祥州压孽龙。
何叹完颜称帝急，堪悲耶律窘途穷。
浮图千载传佳话，多少游人觅旧踪。

楠溪江漫笔

一水逶迤十二峰，天然秀色冠华东。
层林耸翠云涛涌，九瀑喷珠雾气濛。
潋滟殊知三峡媚，嵯峨顿觉六螺雄。
欣看今日鞭蓉屿，联袂苍坡唱大风。

登太湖山

雁荡回声别有天，遣襟名岳眺奇巅。
云涛滚滚萦三界，溪水潺潺奏七弦。
瀑挂岫岩喷碎玉，瓷遗塘岭叹流年。
风光绮丽闻遐迩，景似蓬莱客似仙。

江南龙门湾

云峰烟阁凭栏眺，七里扬帆穿似梭。
可染亭中挥彩笔，子陵台上钓清波。
墨题石壁灵蛇舞，鲤跃龙门进士多。
感佩先贤留胜迹，古松迎客谱新歌。

谢灵运

情痴山水藐乌纱，屐遣神州怜永嘉。
江渚吟哦称鼻祖，峰巅唱和显才华。
展笺开朗千门敬，琢句清新九域夸。
最是楠溪声誉美，谢公池畔笔生花。

谭嗣同

勇将热血洗庸昏，醒世豪言万代尊。
百日拿云驱暗夜，一心拨雾引朝暾。
宏猷死誓行新政，遗恨生无拔朽根。
民族已酬兴国志，蒸蒸华夏慰雄魂。

纪念孙中山先生诞辰一百四十周年

叱咤风云举义旌，一腔热血铸真诚。
驱除鞑虏雄心盛，恢复中华壮志宏。
操笔操戈摧旧制，联俄联共拓新程。
欣逢百四生辰际，奋起神龙慰圣明。

取消农业税喜赋

两千六百年间赋，骀荡风吹一夜除。
举国蹁跹歌盛世，阖家欢跃醉屠苏。
振兴九域山河壮，反哺三农景色姝。
构建和谐圆绮梦，小康阔步跨新途。

连战大陆行感怀

破冰之举践由衷，旧怨如烟过眼空。
合璧兴邦千业旺，分庭立灶百途穷。
一朝台海消迷雾，两岸埙篪奏雅风。
共为黎元谋福祉，相期不日九州同。

休闲广场文化

饭后惊闻鼓叩窗，循声塔脚品京腔。
黄花点染斑斓景，粉黛妆描褶皱庞。
耋媪娴喉三岔口，耆翁亮嗓九龙江。
开心最是地方戏，转出乡情《锔大缸》。

猴年咏怀

万端坎坷认西行，笃伴高僧去取经。
浩浩天宫餐玉果，熊熊炉火炼金睛。
三番骨灭分身妙，一棒妖降举足轻。
赫赫有闻孙大圣，甲申寰宇待澄清。

祭黄陵

清明时节祭黄陵，肃穆庄严紫气蒸。
千古宏基先帝筑，万年伟业后贤承。
桥山访祖五洲裔，沮水寻根两岸情。
九叩虔诚融血脉，金瓯一统看龙腾。

姜得春

1946年生，吉林市人。曾任吉林市卫生防疫站副站长、卫生监督所调研员。吉林市雪柳诗社社员。

冰　凌

朝阳烂漫满天霞，山野皆披白玉纱。
忽见玲珑光耀眼，屋檐一宿绽琼花。

雾　凇

（一）

银波浩浩雪皑皑，玉树琼花映日开。
仙女飘来难辨路，翻疑此处是瑶台。

（二）

谁道寒枝不肯栖？关关小鸟树间啼。
晶莹白璧玄圭嵌，雪满乾坤情满堤。

（三）

雪满长堤雾满江，游人成对鸳成双。
垂杨举袂迎红日，玉叶琼枝掩翠窗。

宫宪斌

（1898—1966），山东莱阳人。1956年至1966年任吉林省通化市副市长、政协通化市委员会副主席。

登长白山俯瞰天池放歌

余于1963年11月1日（癸卯九月十六日星期五）偕通化、吉林滑雪队师生二十余人，攀登长白山巅，俯瞰天池，脚底烟波，无边雪海，恍如置身于银汉间也。发为长歌，聊以寄意云尔。

君不见珠穆朗玛万刃撑天绝尘寰，健儿接踵相追攀。又不见昆仑流沙迢迢千万里，羽衣缁客任往还。自来大地秘密谁筦钥，端赖游人叩其关。况乎长白之山虎踞龙蟠巍巍镇东北，钟灵毓秀近在俯仰间。上有为云为雨神女临浴之天池，下有飞瀑激湍三江发源之苍湾。树海茫茫波涛涌，间以柳辫莺娇花复殷。似此雄伟奇秀兼有之，奈何穆马谢屐终古未接一缘悭。我来十月过重阳，穿林越涧自徜徉。山灵迎我拍手笑，为驱罡风一扫云霾露晴光。溪边已无柳丝绿，山径那有菊花黄。惟见皑皑白雪照远岫，恍如缟衣仙子翩然下大荒。驱车五百里，振衣千仞岗。扪参历井仰胁息，频频顾问路短长。开颜一笑凌绝顶，遥视群山环拱列儿郎。下则青冥浩荡不见底，上则佝偻背负九天苍。呼吸直欲通帝座，置身真在白云乡。忽然一阵风吹天池起大波，滚滚冉冉掩尽碧髻螺。鸷鸟觅巢兔奔穴，老蛟起舞龙腾梭。惊心动魄难久伫，眼花昏眩手摩挲。须臾风息云散芙蓉出，依然汪洋千顷山之阿。浑如大圆镜，安置平不颇。能使天上琼楼玉宇倒映无差讹，环池而立十六奇峰如奇女，时则风鬟雾鬓搔首弄姿顾影兢婀娜，时则云纱蒙面不欲色相示人似佛陀。何年巨灵开荒创此奇异之境界，不知瑶池之宫阆风之苑视此竟如何。昆山公子掣我时，听我此言呼否否。司空见惯不足奇，何必想入非非为此物外诱。莫待白日落虞渊，揽衣催我下山走。对景依依不忍离，望穿秋水频回首。一度相看缔深缘，只为十年倾心久。五岳归来不见山，今视五岳犹非偶。踏雪履冰足蹒跚，岭上寒星大如斗。此去悠悠系我思，他年结伴重来约我友。噫吁嘻！我不能熔经铸史文章华人国，又不能下马草檄上马杀残贼。一生爱作名山游，更愧难企徐霞客。空负昂藏七尺躯，自分老骥常伏枥。今日何幸到此胜地游，使我胸中豁然开朗情弥适。白山白，天池碧；清凉界，极乐国。安得忘形知交二三辈，在此结茆读书小园作赋权作庾信云外宅。

施永安

亦名施永庵，满族。1949年生于吉林省伊通县。中国书法家协会会员。著有《日本古陶瓷》《日本古今画家名典》等。

自　信

笔废堆池畔，仍知半入门。
一心求厚积，天道必酬勤。

灵　感

难得情入怀，秉笔性灵开。
瞬间抵佳境，一似到蓬莱。

娄振杰

网名河塘听雨，女。吉林省集安市人。现就职于吉林省集安益盛药业股份有限公司质量管理部。集安诗词学会会员。

丸都山城访古

探循古道入丸山，饮马湾前未见湾。
断壁残垣谁塑史，雄关隐隐没荒间。

雪　花

晴枝玉蕊缀枝椏，几度春风到我家？
未见檐梁归紫燕，缘何万树绽梨花？

写在重阳节

（一）

枫红漫映又重阳，排阵归鸿唱菊黄。
极目峰峦霜染色，秋声落处叶纷扬。

（二）

登高把盏话重阳，遍插茱萸赏菊黄。
南去征鸿云际望，啼声催得一秋凉。

中　秋

月到中秋分外柔，清辉俏洒夜幽幽。
和风皎影知人意，旧往盈杯寄梦游。

无　题

春归不觉短花期，几度风霜鬓染丝。
半百寻章圆旧梦，闲吟弄韵赋新诗。

无　题

喜雨知时焕物新，青风袅娜暗撩人。
无边暖意融心意，滴落珍珠绣锦春。

纪辽东·贺通化诗词学会成立暨通化诗词论坛开版

曼舞梨花冬不寒，绮韵染关山。佟谣声里诗潮涌，风流独领先。　　千古华章众笔书，浓墨泼丸都。词源漫溯争吟诵，乡音怎可无？

纪辽东

霜风暮雨卷残秋，春华逐水流。已逝芳踪无觅处，忍对落花愁。　　声声桐语夜阑珊，忧思寄素笺。一夕孤灯萦旧梦，梦醒月娟娟。

赵　军

网名倾诉，函授大专学历。1952年生，曾从军，转业后任梅河口市农业银行巡视员。编著有《乡梦军情回顾》《白话诗词集》《赵军诗文集》等。梅河口诗词学会理事。

骊山行

秦烟灞水亦多情，约我骊山道上行。
不见官兵看帝苑，平民照样入华清。

边塞一梦

一曲琵琶响未终，萧萧室外雨兼风。
边关晚夜人倾诉，梦里新兵拜老翁。

踏　梦

轻身薄志许诗家，兴趣风云戏晚霞。
踏梦情中寻妙句，心从意境绽梨花。

逸　兴

大地寒凝气势横，闲居不觉逸心萌。
云腾雾罩当年事，路转峰回午夜情。
静坐书斋闲若抑，勤敲韵律险无声。
平生酷爱雕虫技，拗口歪诗可自明。

重诗情

孩提蒙爱重诗情，老大痴迷未出名。
伏案常慵敲旧句，来鸿却喜读新声。
论坛半载心弥切，意向千程梦久萦。
夜色涂鸦圈几许，星光布景话寒更。

逢　春

隆冬小宅似逢春，四处楼高欲出尘。
座拥斋房敲字晚，情牵网友赋诗频。
窗前白雪轻摇树，室内幽兰笑动神。
晚月书香心若醉，深更把酒问芳津。

赵 国

公主岭人。

步养根师韵赞人民警察

满纸真情动亮眸，鞠躬尽瘁又何求。
六出飞絮逐春意，一片丹心化暖流。
功誉有声皆后乐，民生无处不先忧。
矜持守望家国事，万里风云眼底收。

赵广忠

1960年生，吉林东辽人，大学学历，公务员。现任中共辽源市委宣传部副部长兼社会科学界联合会主席。主要著作有《传世言》《小学古诗词必读80首多功能读本》等。

红叶谷抒怀二首

（一）

层林尽染我心澄，疑是桃源信步行。
遥望西山夺目处，晚霞霜叶竞相红。

（二）

清溪荡尽世间烦，信手拈来李杜篇。
不是才华我最好，满山红叶尽诗笺。

华山吟苍龙岭

华山自古最奇雄，脚畔悬崖耳畔风。
试问苍龙谁教化，嶙峋脊上任人行？

初冬之江城公园

湖光潋滟映廊桥，淡墨浓痕染树梢。
最是红灯悬挂处，点燃诗兴照云霄。

沈　园

丝绦掩映壁题诗，唱和之间莫错痴。
一段情殇千古怨，当年泪雨满闲池！

晚　秋

落木萧萧向晚秋，长空雁叫诉离愁。
诗心早伴残荷去，醉泪常随苦雨流。
赏卷灯前读句妙，思乡月下品箫幽。
满天星斗皆为字，写尽情怀意未休。

赵之友

（1938—2003），字慕孙，号陟游。中华诗词学会会员，原松原诗社社长，《松原诗词》主编。有《陟游纪游诗词选》出版。

谒太昊伏羲氏陵

华夏先驱始祖陵，昭昭圣域耀丹楹。
功高恰似中天日，业伟犹如午夜星。
斩棘披荆施教化，发明创制启愚蒙。
子孙万代怀思切，太昊光辉不了情。

查干湖

塞外明珠映翠环，查干如镜照长天。
鹭鸥鹳鹤春秋舞，鲤鲫鲢鲂四季鲜。
苇巷飞舟歌跃水，夕阳笑语酒依栏。
松花江爱斯湖美，派遣涛声下玉潭。

游蠡湖

蠡湖访胜问沧溟，越水吴山考废兴。
为政练达精策划，从商机敏善经营。
红颜幸在扁舟老，名相终逃走狗烹。
举棹扬帆寻彼岸，浪花闪处看机灵。

包拯千年诞辰拜合肥包公祠墓

千载清名后世评，岂因换代便尘封。
临衙刚毅无关节，处事虚怀少奉迎。
耻以巧言邀圣眷，羞凭辞色悦公卿。
惩贪治腐昭天日，不爱乌纱爱众生。

赵长信

1948年生，大学文化，吉林九台人。曾任靖宇县监察局局长、人事劳动局局长、长白山天然矿泉水靖宇水源保护区管理局党委书记等职。

登塔山

千年古塔山巅立，镇守白山如哨兵。
俯视鸭江西逝水，沧桑见证两邦情。

赵长清

1950年生。大专文化，吉林省辉南县辉南中心校高级教师。

参观黄永刚老师书画展有感

丹青重彩布琳琅，草隶真行映展堂。
独领词骚填雅句，潜心酿味满斋香。

赵长盛

1940年生，辽宁海城人。曾任省政协副秘书长，研究室主任，《长白山诗词》主编。

咏　柳

乍暖还寒日月长，横空铁干耐炎凉。
万条垂下争春意，疏影斜阳碧水旁。

赵文举

1942年生，吉林伊通人。医生。伊通县诗词学会副会长，中华诗词学会会员。

登崂山

早年立志访仙山，此日登临别有天。
无数奇峰频致意，道缘惠我五千言。

登泰山

久有登临兴，今朝拜玉皇。
心随境界转，志与险峰扬。
目骋穷齐鲁，思飞接汉唐。
云涛汹涌处，曙日现辉煌。

赵玉华

女，1939年生，吉林省长春人。退休教师。

戊子新春

山欢水笑喜连连，瑞雪迎来戊子年。
百族心凝倾泰斗，万方乐奏颂尧天。
民营国企家家旺，凇蕊梅花朵朵鲜。
万里春风吹沃野，东来紫气罩晴川。

赵玉祥

1948年生，吉林省扶余县人。曾任北大荒作协理事，记协副主席。有诗词集《喘月集》出版。退休前在北京市通州区委宣传部任职。

铜门钉

透木镏金色，森森列殿门。
庙堂常换主，冷眼对流云。

城市蜘蛛人

清晨有物业民工从楼顶垂下擦窗户，攀谈后口占一绝。

高楼百尺落飞人，笑对明窗不隔音。
我似蜘蛛爬岁月，至今未敢告双亲。

西　施

古木清溪水，为谁邀落风？
浣纱停素手，捧笑下吴宫。
两袖尘烟后，五湖闲浪中。
江山犹可醉，那盏女儿红。

金鞭溪夜饮

山野少佳馔，盘中藿杂菰。
林清风解味，月朗谷空疏。
谈席忘醇酒，听歌谢小姑。
花溪流此夜，绕舍可停无？

西湖泛舟

三月清灵水，温存一片天。
春风闲客意，新柳暖行船。
推桨吴山动，回波塔影偏。
恍然尘世外，鸥鹭各翩跹。

小　船

平常岁月坦然身，独走苍茫乐渡人。
风浪断无三日静，舱篷可驻四方春。
愿从花讯争诗美，能载真情不患贫。
白羽芳汀歌水调，前盟早约喜为邻。

自 述

欲向三山问俗缘，叹无仙海渡人船。
春寒易病非关酒，月冷难温岂怨天。
所幸东风忙旧业，不翻诗梦破愁眠。
此生虽有行空意，苍狗云驹谁可牵？

京城杂咏

风月深沉归上国，勾栏瓦肆尽端庄。
行情放荡迷楼市，官计民生各紧张。
枫叶举旗红不定，秋霜满地冷难防。
贫无冻死街边骨，一片霓虹到小康。

老山参寄翟致国先生

耐寂深山修老身。谁知本命是真人。
顶花笑戴千年月，肩叶长披一缕春。
幽谷如能藏上品，荒林从此不虚贫。
望云仙鹿莫惆怅，越过清溪可作邻。

次韵寄张福有先生

秋宜塞外故园蔬，月下谁先动玉锄？
最忆访梅踏雪日，乐成完璧续俞书。
丸都数考山中郡，地史奇添水下墟。
竹帛刻成新卷后，风中独领五云车。

白玉杯寄张文学先生

早出昆山成玉身，满斟清酒属狂人。
草庐同醉今宵月，金缕长牵塞外春。
对影霜风浑不觉，归林梅鹤更相亲。
壶边好赋惊千纸，投箸江郎叹紫巾！

落花赋

枝头失却几分春，不信生涯转眼贫。
可任风华归寂寞，何求时世济宽仁？
余香淡淡留堪味，落瓣萧萧品更神。
纵是东篱霜雪后，隔窗尚有梦花人。

望月寄友

为谁清冷为谁圆，空惹离情枉恨天。
信是仙娥常作悔，可能银汉渺无船。
乡思满地难通梦，红叶经霜正可怜。
泪叠心笺千纸鹤，因风凭远落江川。

乡思记梦

(一)

寂寞深城过鸟稀，凭谁为我寄乡思？
白杨入梦飞新絮，紫燕牵心补旧泥。
雨后棠花徐吐蕊，风前杏叶早临枝。
春来夜醒愁难断，布谷声声枕上啼。

(二)

梦入江头阅柳烟，澄沙碧水两闲闲。
风回陇岸香新谷，月照须笼跳老鲢。
白鸟青蛙分唱渚，金菖紫苇乱摇船。
忽闻旧友携孙至，卖却相思换酒钱。

圆明园

尽费民膏二百年，倏然一夜火烧天。
断桥无主空悲月，立柱摧腰冷怯烟。
既死民心沉世底，还闻万寿颂簾前。
金河泛作伤情水，难下瀛台九曲弯。

元大都城墙遗址

野马弯刀拒也难，新都百里尽腥膻。
民分四等情何在？夜入三更梦早残。
大腹胡笙吹盛世，无腔楚管裂苍天。
城壕草蔓潇潇水，只照星辰不记年。

酒　歌

官酒有浊名，市酒杂躁声；何如自家饮，举杯风月清。挽袖下陋厨，荤素亲手烹；独坐亲盘箸，开盏饮意浓。一杯空肠解，两杯颊微红；三杯仰天地，推窗唤来风！续饮向醺醺，饧眼已蒙蒙；啸吟出狂意，诗笔画蛇龙。但书《观沧海》，山岛破涛穷；心与青溟接，万象揽一胸。酒本凡人胆，惹醉千古雄。荷锸断牛轭，脱靴坐銮廷；从此不离杯，日日酌皇城！

赵世斌

1949年生，吉林公主岭市人。大专文化。先后在公主岭市委宣传部、市委政研室等部门任职。公主岭诗词学会会长，《响铃诗词》主编。著有《爽之斋诗文选》。

咏 牛

躬耕垄亩任鞭挥，汗水浇出仓廪肥。
骨肉化埃皮尚在，招来捧者漫天吹。

千山可怜松

根立高山峭壁间，狂风暴雨视如闲。
常人不解凌云志，总把顽强作可怜。

五大连池

地火当初欲破天，熔岩怒吼到人间。
依稀池水含余热，错落山峰散紫烟。
石海无声层浪涌，药泉有意细波翻。
风光旖旎流连处，鬼斧神工造大观。

自 省

岁月长河日夜流，轻霜已染少年头。
涂鸦泼墨曾挥笔，作赋吟诗也试喉。
不善逢迎羞拍马，甘于辛苦恨吹牛。
餐中有酒神仙乐，心底无求最自由。

赵连富

1926年生，吉林伊通人。伊通诗词学会会员。

即　兴

一泓碧水映云天，山抱翠湖湖傍山。
天造人工俱妙境，游踪至此不思还。

赵良海

1945年生，山东乳山人，白求恩医科大学医学系毕业。通化市眼科医院院长，主任医师。合著《佟江七子吟》。

游望天洞

河图再现度中天，滴水阶音入广寒。
玉杵捣穿盘古镜，仙桃宝塔落蓬滩。

宽甸行

征途曲曲又弯弯，卯打晨钟车里眠。
古瓦新居春意暖，梨花盖顶为情先。

成都文殊院

文殊院内舍斋茶，清酒荷塘伴夏花。
悦目般般皆素果，游人忘却在天涯。

丙戌仲秋三泉亭赏月得庚韵

月到中秋夜夜明，今宵酒醉践痴情。
寒宫桂折千年迹，北斗星标百善行。
云外苍天难易色，醉中绮梦必思卿。
钱塘潮起诗如涌，韵满佟江晚浪平。

蝶恋花·小样子沟七子全聚

雪染寒山枫叶紫，梦里村前，八载阳秋始。鸡栅豚场今几徙，龙翔旗影飘新址。　　信步丘梁频点指，远望林阴，依旧残阳里。塞北暮春春至矣，初开岭上梨花蕾。

赵丽萍

笔名云笺，女，1957年生。就职于吉林省四平市教育研究所，中教高级。

花事四题

买　花

黄昏沐雨选芳枝，偃碧从风带露痴。
不与商家争贵贱，怀中百合惹相思。

插　花

拂尘敛翠月迟迟，涧水银瓶忍别枝。
唯恐叶伤花影破，凝眉坐感费多时。

梦　花

雾里青窗披秀色，新云几朵向风欹。
日高还拥芬芳枕，接叶新苞笑我痴。

题　花

锦绣花枝翠蕊堆，如丝新雨洗纤灰。
红衣轻扣颜如画，唤取南飞燕子回。

岁暮感怀二首

(一)

寥落南归小镇偏，迷蒙水雾引丝弦。
飞花旧事培堆雪，追梦新居肯弄田。
风雨摇灯频寄暖，星河触目独喧妍。
寒流至此随风去，只共东君放纸鸢。

(二)

倾云玉蝶落双肩，岁暮飞花入管弦。
声自清幽寒地出，曲从汹涌大江传。
夜舟摇醒诗人梦，曙斗藏收痴子篇。
脉脉丹诚三两句，梅开雪岭数枝妍。

冰 箱

袭人寒雾动裙钗，采抉时鲜入素怀。
冷贮馨香同远近，娇留红碧共和谐。
花眠霜露清凉梦，云溺雪乡缱绻斋。
一片冰心谁慰藉，三秋醇醴待君差。

无 题

蒙日沙尘遮远境，欲求轻苇渡迷江。
佛前生愿连三季，心底情由只一桩。
迭送南风长短信，斜开北岸寂寥窗。
凡音紫竹波摇梦，新雨桃庐归燕双。

纪辽东·读《百年苦旅》二首

（一）

秋深雨霁夜沉初，诗窗月影疏。悉说百年钩旧事，字字理繁芜。　　晨曦将露映城隅，残灯可有无？未与山河同寤寐，吟咏壮心图。

（二）

险隘披榛棘野榆，一载变通途。千里勘查边塞事，求真有世儒。　　羁旅艰辛风雨晦，矢志不踟躇。刘公天上如知晓，猜能醉几壶？

纪辽东·再读《百年苦旅》二首

几番祭场

微雨清尘亦有缘，杯酒酹先贤。告慰长空心底事，回身已百年。　　此路迢迢重聚首，共识约心弦。天风浩荡祈人愿，白山担铁肩。

感张福有刘成为曹建德修补家谱

久藏奁底少人知，并非金缕衣。百折曲回丝不断，代代总相依。　　苦寻幽涧觅珍奇，惊闻见不疑。痴意痴情痴合隙，为续大荒诗。

赵明勤

1927年生，山东曲阜人。1944年参加革命，曾任通化地委副书记兼通化市委第一书记，现离休。

英额布水库颂

碧波潋滟鲤鱼翔，直泻飞流喷玉光。
百里长空风雨住，湖天一色稻花香。

赵家治

1942年生，吉林省辽源人。曾任政协吉林省委员会副主席。

观吉林雾凇

冰封雪谷卧蛟龙，腾浪江花上九重。
如画诗章难写就，苍松翠柳挂雾凇。

赵春岐

1950年生。农安县人。长春市农安石油化工厂干部。黄龙诗社社员。

拓　荒

背井甘当塞外人，两三马架结村邻。
荒原处女开犁日，始创关东陌上春。

故园行

（一）

早沐晨曦晚浴霞，又逢夏日漫青纱。
纳凉惬倚溪边柳，解渴欣尝垅上瓜。
禾被轻风掀碧浪，蝶寻甘露数新花。
衔泥紫燕居何处，瓦亮砖红是我家。

（二）

细雨霏霏忆故村，人情风物尚留痕。
童心乐伴摇篮曲，耆叟追寻落叶根。
绿水一溪牵醉梦，黄莺百啭系痴魂。
新街难觅篱笆院，晓日临窗翠掩门。

金　秋

乡山已爽汗蒸襟，笑语昂藏寸寸心。
绰约黄花争蝶影，潺湲绿水弄琴音。
野蔬佐酒香邀远，朗月抒怀情致深。
一枕无忧思免赋，农家秋色恁流金。

秋　兴

轻寒送步到芳洲，色染斑斓久聚眸。
玉露晶莹争月魄，银镰锋利敛田畴。
晚霜情洒枫林醉，寒雁梦含芦荻幽。
笑语临窗多兴致，开怀对饮畅金秋。

同学聚会

同窗会聚忆沧桑，村酿盈杯味正香。
金色年华酬远志，蹉跎岁月误韶光。
互询言笑追陈梦，相对凝眸叹鬓霜。
云卷云舒身外事，青山绿水共情长。

晚　情

莺语临窗遣寸肠，痴心未改鬓濡霜。
月思云淡遮羞面，花允风清抹靓妆。
宜聚柳亭敲雅韵，更兼丝管试宫商。
晚霞不逊朝霞美，信有征鸿前路长。

步薛启春老师《纪念农安解放六十周年》原玉二首

(一)

媪翁扶子壮军鞍，诚有雄心一寸丹。
曲巷凄凄悲血热，赤旗猎猎荡云残。
黄龙摆尾开新宇，伊水扬波汇巨澜。
史册垂名皆我忘，清明祭酒梦中还。

(二)

高歌六秩越沧桑，慨忆军民勇赴汤。
弹洞残垣豺丧胆，风驱迷雾梦还乡。
名垂百代乾坤朗，功炳千秋日月光。
盛世腾欢当自省，肃然回顾感尤长。

赵振生

1949年生，吉林梨树人。现任梨树县纪委主任科员。著有诗集《岁月游江》。

清平乐·参观喇嘛甸旱田浇灌

昔年天旱，无雨终朝盼。今看畦畦排井灌，旱魃也应愁叹。　　麦苗昂首伸腰，西瓜枝茂花娇。汩汩水流滋润，农民喜上眉梢。

赵凌坤

网名独倚斜阳，女，1960年12月生，退休教师。现任吉林省诗词学会理事，通化市诗词学会副会长。

春　韵

昨宵新雨梦无尘，晓上云峰幻影亲。
酥脚春风桑陌软，娇莺欲唤众芳邻。

题红叶

最是风流在晚秋，花山云海寄仙游。
撷来一片多情叶，写满相思写满愁。

忆　别

薄雾枉凝脂，江枫露影痴。
心舟随落叶，绮梦挂霜枝。
把盏抒怀日，临风远眺时。
低眉衔秀发，缕缕系相思。

观画家做画《吉林北山》

久慕松江景，一朝丹墨前。
挥毫峰樾落，扼腕月波旋。
鹤影巡天渺，荷风催夜眠。
逍遥谁是客？扶桨自成仙。

早春闲话

新水涨蓝池，晴风戏柳姿。
高天邀雁讯，大野待莺期。
去岁逍遥侣，今朝自在谁？
闲看心语录，尽是旧时诗。

观“孝子”送葬

抢地呼天举泪腮，高堂一命赴泉台。
奔驰排驾长街苦，唢呐吹鸣小巷哀。
郊外佝偻昨日影，棺中富贵此时胎。
幽魂未远灰还热，已向清单计小财。

晚秋病中吟

月暗秋山晓雾蒙，三更梦断五更空。
霜浓露重蛩声杳，叶落枝残雁影匆。
几度相思分逝水，一般情意逐流风。
临轩忆菊心先泪，谁寄余香问落虹。

折　菊

折菊篱边久久痴，新枫云岭斗霜时。
晨昏留意千重梦，寒暑相关一阕诗。
谁解流年搔发短？自怜旧境写春迟。
残阳冷照西风唳，暗把心思寄瘦枝。

浣溪沙·七夕五首

（一）

乍起秋风柳水嗔，归期不问懒妆颦。闺中自古怅离人。　　昨梦书成千种怨，今宵空付半笺春。樽前犹有旧时痕。

（二）

日里相思梦里归，窗含柳影碧纱帷。蟾光流霰洗尘微。　　漫步荷风香袅袅，堪怜幻景雾霏霏。深情叠起小弯眉。

（三）

飘渺天河喜鹊桥，微风举袂舞蝉腰。一歌一叹起心潮。　　三夏空余繁翠老，新凉又惹黛眉娇。愁怀无意那时袍。

（四）

展转情思心欲迷，临窗听雨盼虹霓。雷霆叹远柳桥西。　　举步惊闻花溅泪，回眸不忍碧沾衣。含颦袖底拟无题。

（五）

慢饮清秋云梦行，难求尘外一身轻。鸡声惊怯满天星。　　风月终为闲话事，平生还重苦耕情。任他幽草几残青。

画堂春

东风拂面笑桃花，春光燕子谁家？连绵峰樾染青华，嫩野娇芽。　烟柳轻舒婵袂，农人巧理桑麻。斜晖渐落月如纱，梦里听蛙。

纪辽东・参加《百年苦旅》首发式感怀

绮文谁赋大荒东？潇潇两袖风。苦旅清吟千百阕，一调古今同。　源头煮酒壮新踪，秋山色正浓。扶醉樽前天下客，谈笑有张公。

纪辽东・访曹家沟

野径荒溪草木疏，旧迹可模糊？晨炊一缕悠然去，空寻百岁庐。　幸有张公刊纪略，巨石挂新朱。林头牵引叮咚处，时光舀半壶。

纪辽东·有感于养根斋主花甲之年登临白云峰

襟怀常寄大荒中，潇潇气若虹。踏遍青山人未老，今又领高峰。　　回眸犹觅百年踪，铮铮傲骨同。摄取灵光留史证，天外驭长风。

纪辽东·叹旷宇奇观敬呈养根斋

圆虹昨日灵光现，霞流七彩环。浩瀚云端穷一摄，旷宇叹奇观。　　源头碧落三江水，真情赠与谁？敬重辽东双钓叟[①]，正气捍边陲！

【注】

① 双钓叟，一指百年前的天池钓叟刘建封，另一位则是拄杖登临白云峰之养根斋张福有。循百年前钓叟遗迹，养根斋钓出沉寂千百年的长白山文化！

赵海波

1949年生，吉林伊通人。伊通诗词学会会员。

晚　思

浩海遥天逐浪舟，苍茫大地拓荒牛。
山高路远无轻载，雨骤风狂未暂休。
半世艰辛心不悔，平生坎坷雪盈头。
犹欣晚岁多情趣，更把斜阳几度留。

赵清莲

网名长白清莲。女，1967年生，吉林汪清人。珲春林业局工作。省诗词学会会员。

惊　秋

长空雁字少，月下酒樽凉。
昨日花犹盛，今朝叶已黄。
悲天难遣意，拾笔涩无章。
回首平生事，凄凄对夕阳。

游庐山白居易草堂

草堂不绕俗尘烟，夜诵文章日种田。
林荫琴湖莲叶碧，风穿花径竹枝鲜。
欣听泉水弹遗韵，怅问青松忆乐天？
山寺古桃香散尽，却教游客醉诗篇。

农民工

谁解牛铃阡陌边，为寻新梦意堪怜。
匆匆饮罢别亲酒，郁郁弹崩半月弦。
几忘农家三亩稻，常凝都市九重天。
尽抛血汗风尘里，可捧微金老少前？

梨花吟

谁教芳草染篱墙，窃喜东风度玉房。
未见九天云乍起，缘何万树裹琼装。
深深寂夜春情浅，落落寒枝冰魄香。
尽敛素颜凝碧果，输梅逊雪自无妨。

缅怀吴大澂

张鼓峰头绕紫烟，游人止步土牌前。
一江泣过三疆地，双目悲看四国天。
莫道儒冠无远识，但凭正气镇长川。
边防赤帜迎朝日，龙虎精神心上镌。

卜算子・游防川感怀

天地欲相连，远水心头漾。偶见流云伴鸟飞，影掠碑苔上。　风景不寻常，诗笔难豪放。土字无缘弄海潮，寂守图们浪。

西江月・惜春

染却万山青翠，绣出满目香馨。细风轻拽绮罗裙，羞躲旁人笑问。　贪恋今时好景，怎堪去岁难寻。菱花泄露鬓霜侵，更慕韶华芳沁。

一斛珠・梦

燕巢新侣，问声何日江南去，幽幽梦入心驰处。几度重逢，执手笑相顾。　　翩翩玉影随风舞，更深不觉衣沾露，鸳鸯总惹痴人慕。惟愿情谐，一世凭心护。

踏莎行・再游长白山

雾裹明珠，云缠险路，一腔期盼无凭处。豁然入眼是瑶台，群情鼎沸翩翩舞。　　地涌温泉，天悬瀑布，三江滋润三疆土。千顷林海惠苍生，神工造化谁能数？

江城子

从君廿载总衾凉。映昏光，鬓凝霜。孤独难遣，听雨溅轩窗。铺纸挥毫思寄语，凭泪落，更心伤。　　春摇杨柳绿成行。望池塘，戏鸳鸯。去年雏燕，成对筑巢忙。盼至君归齐露笑，朝暮守，共天长。

水调歌头·游珲春灵宝寺

远望寺墙外，草木正葱茏。放生河里鱼乐？渔者获犹丰。几案青烟袅袅，菩萨像前跪拜，意欲觅仙踪。充耳木鱼紧，香客祷嗡嗡。　　天上云，随风聚，散随风。众生百相，安求佛佑改平庸。但使心中坦荡，必是人前无愧，引凤是梧桐。回想红尘事，终老自成空。

赵继彦

1943年生，吉林九台人。曾任吉林省国际人才技术合作有限公司董事长。

黄金海岸市海滨游泳

黄金铺岸海天阔，小试锋芒险且惊。
眼底风光驱倦意，白帆点点鹭鸥鸣。

游柏林墙遗迹感怀

一墙两国隔年年，共度时空历变迁。
试看兴亡天下事，柏林风雨有残垣。

飞机上看日出

奇观难得云层上，光彩彤彤天欲燃。
无限生机堪礼赞，东来紫气满人间。

赵淑芳

女，1956年生，吉林辽源人。曾任辽源市妇联主席。

蝶恋花·秋思

细雨潇潇寒意到，春夏匆匆，万叶秋风扫。满目微黄欺劲草，平添几许欢中恼。　薄雾淡霜天已晓，放眼长空，归雁声声叫。甚恐初凉偷搅扰，不知衣被增多少。

蝶恋花·白山雪

天降奇葩飘逸舞，百态千姿，更有轻风助。洒向人间清若许，归时不见来时路。　万物披装皆淡素，玉树琼花，景致超仙处。戏闹孩童频笑顾，争欢却忘朝和暮。

一剪梅·天池

素壁寒潭莽荡间，云自翩翩，水自潺潺。千姿百态化妆盘，妙笔神笺，指向谁边？　利剑群峰向碧天，雪正漫漫，花正欢欢。池开瀑泻洗尘寰，有语无言，安解天弦？

赵雪峰

1972年生，吉林市人。

偶题三首

（一）

日月皆沉寂，风云自在行。
偶然舒望眼，无处不空明。

（二）

晨风啼远梦，薄醉醒南枝。
几许尘中客，匆匆误此时。

（三）

炊断八千里，风干三十年。
南窗鸣百鸟，束翅望苍天。

杂　感

新秋红浅碧犹深，屋漏难堪夜雨侵。
不敢蹉跎诗里瘦，恐伤老母少妻心。

南方雨灾感怀

霪雨连绵志未摧，人间磨难力能回。
书生捐尽胸中血，染向疏枝作腊梅。

赴沈途中记杏

相忘江湖计不成，白云郁郁扯还生。
春畴踏遍三千里，溪畔凝香总是卿。

感怀赠“潇湘吟风”诸君子

孑然江岸酹端阳，水曲山歌细品尝。
不敢耽愁忘一诺，每思染笔愧三湘。
红尘早证蹉跎梦，好雨今开锦绣章。
愿向沧浪洗怀抱，抟空共汝鼓云骧。

于洪田边

青绦微荡落红低，插稻人归印紫泥。
百亩鳞文好托梦，一川蛙语乱扶犁。
云游野径身如苇，风酿桃花夜是迷。
问道此行何处好，归时应忆沈城西。

鹤乡感怀

端阳何事动心弦，千里奔波担压肩。
蜗角利当今夜饭，鬓边风浸早禾鲜。
掠红催老关东客，流水翻新月下烟。
莫问来途归得未，稻粱谋罢不愁眠。

读《百年苦旅》祭刘建封

长白崔嵬界可循，谁曾为汝拂重尘？
江源冈脉生兼死，露宿风餐暮忽晨。
踏遍东荒修秩序，拼将热血起沉沦。
峻峰十六今犹在，长祭当年知遇人。

赴鲲城道中

千里踏晨光，奇图大野藏。鱼龙池上浪，白雪路边杨。芦荡天围岸，丘田石磊墙。　　村临新楷字，风弄远莺吭。海雾瞒山色，时花逊草香。神迷难尽绘，缘在此中央。

踏莎行·次韵浮舟兄写雷雨

泼醉人间，引吭世外。挟风涤垢浑如盖。宫商管甚乱纷纷，逍遥抒我真心态。　　空悟千年，犹迷三界。山溪海浪皆清籁。不如投入更同行，噙星咀月吟红黛。

赵新页

1968年生，江源人，吉林大学文秘专业，现在白山市江源区政务公开办公室工作。

围棋小赋四首

春之曲

阳春蝶乱舞，三月晓风和。
坐隐长江岸，吴图万里歌。

夏之禅

小雨点荷塘，行棋子带香。
暮阑山色晚，尖立两彷徨。

秋之悦

菊瘦雁思愁，与君共忘忧。
茗香清气动，棋罢赏新秋。

冬之韵

窗外雪无声，枰前斗引征。
月升山染黛，对饮小诗成。

纪辽东·读《百年苦旅》

置身龙脉觅先踪，壮哉刘建封。遗迹百年重访踏，苦旅映枫红。　　大荒泼墨向秋风，月明今古同。遍览群峰帐篷宿，情老系关东。

赵湘滨

1956年生，靖宇县人，大学学历，曾任靖宇县林业局副局长、绿化办主任。

矿泉冬景

远眺烟云绕半山，近看冰瀑挂流泉。
银装素裹朝阳耀，一境奇观长乐仙。

赵德玉

（1926—1987），吉林集安人，历任集安县社主任，商业局长、税务局长、审计局长。

题集安靖宇洞六首

清波潭

绵延细水济英雄，千百年来藏洞中。
蓄得清潭为救国，命名题壁记头功。

玲珑窟

倒海排山开一窟，蛇行虎伏夺天工。
玲珑八面疑虚幻，七柱坚撑万壑通。

滴泉斋

一番风险一番安，攀手崖头心胆悬。
苦尽甜来须定志，滴泉斋里饮清泉。

畅意轩

寻幽频涉险，转眼入桃源。
峭壁安然越，云空自在翻。
半山松柏壮，满目石花繁。
心旷艰难小，题名畅意轩。

鹧鸪天·升天门

坎坷躬行直路穷，仰望壁顶与天通。不教一步穿云上，岂可三生破石逢。　　先出手，后平胸，踏凹攀凸紧相从。初登形险神游处，几度如真似幻中。

蝶恋花·知难止

畅意轩前多险阻，透水深渊，欲进浑无路。游兴方浓生远虑，知难欲退难收步。　　奇境迷茫寻出处，希冀犹存，重打登堂鼓。洞里乾坤谁摆布，他年来者应瞻顾。

郝东奎

1960年生，吉林公主岭人。曾任公主岭市吉剧团美工。

牛羊叹

身困樊篱枉泪垂，磨刀霍霍骇魂飞。
生来吃素本无罪，断命皆因膘正肥。

郝序春

1934年生，梅河口人，曾任长白山报记者、总编辑等，著有《郝序春晚年文集》等。

读养根斋有感

闲暇细品养根斋，浪涌波翻令眼开。
任重未曾轻小卒，路遥岂可笑驽骀。
才华总伴辛勤走，灵感长随刻苦来。
最数真情能醉墨，魂牵梦绕系心怀。

轻松乐

重担盈肩即卸空，周身便觉已轻松。
纵闲文笔心无愧，且享天伦怀有容。
回首喜看春柳绿，扬眉笑对腊梅红。
怡然自得桑榆乐，百岁堪为醉墨翁。

郝贵堂

号厚爱斋主人，1945年生，吉林通化市人，大学毕业。原任职于通化市卫生局，现已退休。合著《佟江七子吟》。

辛巳年中秋月夜诸吟友相邀玉皇山九龙亭赏月得七绝三首

（一）

辞林不觉仲秋天，月色山光景物妍。
松下酌醪残烛暗，高歌一曲碧云巅。

（二）

相约家山赏月来，林间石径共徘徊。
晴空碧海飞明镜，醺饮林中不染埃。

（三）

夜恹云清银汉高，心随羽化鹤翔翱。
人间天上遥相望，水伴松声万顷涛。

甲申年六月游黄山因浓雾尽锁未见奇观

无缘一见黄山秀，细雨浓云足底来。
如画奇峰幽隐去，眼前景色慢相猜。

和佟江雅集韵并致网上诸吟友（四首选二）

（一）

清风细雨吐阳春，一夜山河处处新。
随意挥毫扛健笔，新声古韵踏青人。

（二）

一年一度一回春，柳画眉梢点缀新。
不忍缤纷风着雨，芳香留与惜花人。

贺福有当选中华诗词学会副会长

绾毂欣闻大雪初，明珠也待夜光舒。
关东学子堪称羡，根养花香影自疏。

东热席间

东来热水漾清河，偶向山林踏野歌。
醉里本真烦恼少，梦中虚假幻情多。
门前老树逢新雨，座上风人着旧魔。
隐隐春雷声渐远，斜阳尽处见弥陀。

和福有首起联句一先韵

献岁雪花天下先，时逢乍霁月初弦。
独调古韵亲枫火，相约新酥近腊烟。
笔底樽中倾肺腑，砚边书畔沁心田。
老来情趣深山卧，小醉微醒自在眠。

荀远新

网名山木耳，1971年生，黑龙江宝清人。复员军人。梅河口诗词学会会员。有《山木耳诗文集》出版。

岁末感怀

光阴逝转几曾闲，绚丽青春去不还。
百草荣枯无暇顾，人生苦旅勇登攀。

南景春

1939年生。中国老年书画研究会会员、白城市诗词楹联学会会员。

农家夏忙

小　满

小满才临农事繁，春来塞外喜晴天。
耕机垅上唱新绿，深井园中喷碧泉。
水稻秧忙插未满，鲜疏苗壮植才全。
辛劳最是农家女，巧手织青郊外田。

芒　种

村后村前方绿遍，时逢芒种少人闲。
白鹅恋水歌浇曲，喜鹊查苗喜报全。
五谷秧高诗满垅，四轮吟后赋成篇。
村姑锄落彩霞笑，老汉肩挑星月还。

小　暑

小暑时逢七月天，马铃花紫豆花蓝。
追肥封垅挂锄后，喷药除虫打草前。
园北瓜香红杏满，村东豆绿李沙甜。
农闲小伙钓初恋，俊俏姑娘织嫁衫。

采　药

雾里荒山寂寞天，孤篷帐立漫炊烟。
朝听百鸟娇声唱，夜望千星月影寒。
有幸有闲离任所，无忧无虑探青山。
采将草药医疾患，拾取春风化恶源。

西江月·春

细柳嫩枝初绿，新芽破土伸苞。惠风催化雪冰消，田野耕机唱早。　　好个晴明三月，花飞草长良宵。莺声燕语惹春潮，人与春花竞俏。

胡　玫

女，1959年6月生，网名月下吹箫人，通化县文化馆研究馆员。中华诗词学会会员，通化县作协主席，通化县森茂诗社社长。

孤　松

一树松魂气动天，雄姿根系古崖前。
曾经雷火量筋骨，只计沧桑不计年。

示女儿

文章风骨铸灵魂，切忌篇中藏旧痕。
拼却心头三尺勇，敢将新斧试班门。

昨日研讨会偶感

琐碎光阴未可欺，文华有道见参差。
豪情涌向金樽外，点缀人生是小诗。

赠月白

玉手纤纤调素琴，轻揉仙乐寄知音。
香痕一记长空点，朗朗清清月白心。

刘兆福主席走进佟江有赠

曾于砚底探前贤，觅得知音慰有年。
已向家山挥彩笔，又随红日上诗船。

贺梦柳园生日

面对银屏话语真，一分辛苦一分春。
佟江两岸多杨柳，君是风前种树人。

小恶疾缠身昼夜难眠（辘轳体）

（一）

人生最怕是无情，解下银盔兔狗烹。
四面楚歌兴海誓，一朝得意忘山盟。
云蒸霞蔚愁应少，地老天荒恨也轻。
踏进沧桑知雪厚，诗戈词马护行程。

（二）

盘点晨昏心已明，人生最怕是无情。
堪依此世菩提树，莫羡他山金石声。
酒到酣来身似醉，思临深处笔如耕。
今朝有句今朝解，莫让明朝误一生。

（三）

东方一亮泻黎明，撩起窗帏晓日迎。
鼠岁新交多有梦，人生最怕是无情。
雄关险道凭驰步，沃野长风好甩缨。
肝胆几曾输气短，光阴数破到新正。

（四）

又到年来正月正，初临网上拜公卿。
一帘旧梦方能记，几首新诗未敢评。
热血犹浓兼有泪，人生最怕是无情。
高天借点丹霞墨，渲染心头黄绿橙。

（五）

苍天卷起一帘清，桂树呈来月满盈。
雪映心头寒似水，星藏案底韵如筝。
谁家又奏山河曲，耳畔不闻荣辱声。
大善能教天下泪，人生最怕是无情。

秋　词

秋里长堤少绿茵，寒潮乍起荡轻尘。
新诗着笔多无韵，老友回书又隔旬。
自命三生徒傲骨，气输一酒愧狂人。
情憨也解生灵苦，两袖清风不觉贫。

赠野步学兄

二十年来未见君，飞鸿传字驾轻云。
笛箫巧作开篇语，爱恨凝成警世文。
始信英雄悲有泪，别窥肝胆韵无垠。
屏前恍见江南夜，黄卷深深正采芹。

【注】

收到野步学兄诗集后，翻开首页竟是“笛子或者箫”。

无　题

也在红尘寂寞中，无求无欲不言空。
千年世态炎凉替，四季轮回今古同。
买断青春人未老，吟宽衣带韵何穷？
小鲜烹罢临屏望，领略诗潮好大风。

新春次韵和养根斋主

关东大雪总如新，常浴诗坛作客人。
铁骨铮铮山气质，柔情款款月精神。
飞扬意趣凭谁笑，草就心思每自珍。
风起和弦弹锦瑟。银屏景色盼长春。

家庭主妇的工作总结

回首韶华十六春，风光背后尽风尘。
言传子女信高节，面对公婆陪小心。
热血胸中驰骏马，钢精锅里炖黄昏。
性情多有三分静，首饰全无一点金。
顾后瞻前何所得？明年还做去年人。

纪辽东·咏长白山圆虹兼致养根斋师

一见奇观如梦中，梦里现圆虹。百年不遇今朝遇，山高君是峰。　　百五攀援溯旧踪，勋业继刘公。诗书可证千秋史，文坛起大风。

满江红·集安印象

塞外江南，一幅画、画中有我。飞来石、洞天皓月，光阴横卧。悬佛一尊当世隐，瀑声几许邀人过。莫流连，又抚太王碑，听新课。　　将军冢，坚如磨。千秋墓，浑如垛。有些些壁画，舞姿婀娜。坝抵云峰鸭水阔，杜鹃两岸红如火。约春风，天地架虹桥，长无锁。

满江红・桓仁望天洞神府天池

泪眼盈盈，望天洞、藏身已久。期盼着，人间情种，早来相救。此地难将孤寂忍，今宵暗把相思叩。有情人，成就好姻缘，长厮守。　　天涯路，随君走；西窗下，携君手。纵天荒地老，两情依旧。怜我痴心成幻梦，恨他青帝锁金口。莫奈何，恳请众游人，频回首。

念奴娇・秋寄

迢遥岁月，惊回首、渐行渐远秋日。碧落浮云愁似染，又润斜晖一笔。思绪难追，豪情递减，醉也无痕迹。此时心境，只能聊寄平仄。　　堪羡壮烈虚怀，人前肝胆，落日长河赤。十里秋山浑入梦，翠柏苍松如织。雁阵无踪，霜欺野树，偶泄梅消息。而今尚慰，暗香仍旧相识。

胡素杰

女，吉林辽源人。现供职于辽源市委组织部。

秋词（选五）

（一）

高台霜树菊花天，境到无心人自闲。
遥指长空羡落叶，夕阳随处是家山。

（二）

赏秋天气柞枫丹，万木萧萧任自然。
乐共长天拼一醉，月筛桐影罩幽眠。

（三）

日色霞光缓缓消，晚烟村树向谁招？
莫须筚路抒慷慨，且把豪情壮酒浇。

（四）

苍梧梦断九重云，帝子重瞳原有心。
人生自古多遗憾，斑竹于今见血痕。

（五）

寒罩深庭树寝鸦，秋风望罢念春芽。
月华如水难觉暖，红叶虽娇非是花。

荣秋娟

女，笔名子鹃，1956年生，吉林双辽人。郑家屯车站工作。双辽市诗词学会会员。

无 题

（一）

褪尽红颜何所求，当年桂影月中留。
来生若化三春雨，定润君心万亩畴。

（二）

万里霜天近晚秋，鲜花老去为谁愁。
幽情欲向苍天诉，梦里相邀何日休？

（三）

风卷残云日暮垂，泪痕迭叠却因谁？
庭花渐谢无人赏，独坐楼台似病梅。

柳 雨

1963年生，现任吉林市龙潭区发展与改革局局长。吉林省诗词学会理事，吉林市龙潭诗社社长。已出版诗集《归源诗抄》《柳雨诗词》。

江城雾凇

龙去江云散，凇城百万家。
霜风吹玉树，小巷落杨花。

登祝融峰

闻道衡阳雁，年年至此回。
云龙生万壑，处处走风雷。

陆游

天怜侠骨作诗魂，铁马秋风度雁门。
血泪成珠传永世，重于横剑扫胡尘。

生日题可怜松

崇山峻谷郁葱葱，偏爱危崖度此生。
不是天低擎未起，只缘身在最高峰。

读　诗

好诗读罢觉神凝，一字之间万种情。
悟到前贤精妙处，胜于宦海论输赢。

雪夜口号

雪怒风狂近五更，几番开闭读书灯。
不知林下疏村里，可有苗棚委地声？

昭君墓

阴山雨后卧龙飞，羌管悠悠访翠微。
一冢香魂留塞上，三军尽著锦衣归。

初雪野望

欲赏瑶池景，停车风似刀。
川平疑地阔，云淡觉天高。
时见鹰盘野，遥闻岭作涛。
三春芳草色，不及雪容娇。

望瀑坡

秋林莽莽雁飞愁，望瀑坡前天水流。
白练虹霓云际外，金戈铁马大荒头。
龙潭雪沃佛光地，玉柱冰横海市楼。
我叹江南无此景，它年携侣定重游。

岳　坟

三度来兮雨尚飞，河山义重至今悲。
千军未许中流渡，百战仍提半壁归。
自筑天堂荣府地，何劳人世选丰碑。
西湖不洗风尘色，还到君前辩是非。

柳中东

1958年生，吉林省通化市人。教授。曾任中共辽源市委学习室主任，现任中共辽源市委宣传部副部长。

辽河四韵

春　韵

花染群山争艳奇，清风小院过疏篱。
一泓碧水春来早，豆黍田畴苗已齐。

夏　韵

鱼跃鸟鸣岸边柳，垂纶倚石自风流。
凉泉消暑人长寿，辽水龙山任我游。

秋　韵

秋到金川谷穗沉，村姑田叟作晨昏。
辽河两岸丰收景，笑语先盈喜乐门。

冬　韵

群峰旷野两相融，雪浪银装古渡封。
人到小村听巷语，机声新厂响隆隆。

郜玉娟

女，网名入梦听涛。1972年生，就职于梅河口市河西供热有限责任公司。梅河口诗词学会理事。

步韵杜甫秋兴（八首选二）

（一）

遥望湖边岸柳斜，一帘暮雨洗浮华。
残红萎萎漂波面，枯碧萋萋撂野槎。
小院寒萧蒙黛色，芳轩暖畅醉清笳。
星云伴我陶然梦，篱下相偎咏菊花。

（二）

青竹箫声绕黛山，夕阳丹渥水云间。
扁舟一棹辞江岸，归雁双行越塞关。
寒舍孤灯迎淡月，绮思芳意媚娇颜。
少年曾有千千梦，欢悦萦心念旧班。

段景章

1950年生，山东济南人。吉林省梨树县退休。

学诗感赋

幼喜诗文却少才，平生苦乐恋书斋。
敲词直欲心熬碎，炼句常将脑变呆。
翰墨粗通研旧作，情潮高涨入新裁。
未谙格律迷诗路，何得师承茅塞开。

侯文升

1928年生，吉林磐石人。经济师，离休干部。

赞女交警

不着红装着警装，英姿飒爽气轩昂。
夏迎酷日和霪雨，冬冒寒风并冷霜。
引导人流循九陌，疏通车水向千乡。
岗台虽小却奇志，莫谓须眉胜女郎。

侯金平

1976年生，女，黄龙诗社社员，现为农安县文联《黄龙府》期刊编辑。

官马溶洞

笑访仙踪入洞天，溶岩沥语出真禅。
但求几许清修日，不度红尘数百年。

侯振和

1945年生，山东掖县人。延边诗词学会理事。

长白抒怀

临风把酒酹长白，六秩浮生任骋怀。
且饮天池一掬月，千寻素练洗尘埃。

防川行

哨塔含烟矗，机屏锁乱云。
牌勘萨土字，石刻虎龙文。
海韵寻鸥影，江风送晚曛。
关山忽欲雨，掠燕自撩人。

和龙秋

几曾梦揽到仙台，书友吟朋任骋怀。
峰若象鼻约龟往，泉称甘露引龙回。
苍峦翠霭深情染，绕涧柔纱信手裁。
万壑霜林红胜火，撷枚枫叶煮茗来。

姚文仁

网名沸谷流韵，吉林集安人。集安诗词学会秘书长。

五女峰深秋

青峰十月落红霞，色彩斑斓无尽涯。
塞外深秋多胜景，赏完野菊看霜花。

鸢　归

身披雨雪驭星辰，纵览山河柳色新。
故里暖风今又至，半江野鸢一江春。

忆苫房草

新草经年缮旧房，绳牵帘卷护泥墙。
雨侵烟绕全不顾，几朵山花脊上香。

刘公岛邓世昌塑像前感怀

率众驱倭数舰横，邓公遗恨向东瀛。
精英血铸军魂在，一海涛声怒不平。

咏　蝉

倚风饮露栖高处，蜕壳轻装竞自由。
洁羽清心藏叶底，琴鸣同和一城秋。

白　鹭

仙风顾影落池塘，凝目筹谋策有方。
独立如翁观水乱，擒鱼浪里疗饥肠。

步韵和养根斋师

浩浩家江伴韵流，春风携雨润通沟。
苍岩壁画观歌舞，荒冢冥琴诉古愁。
地匿天书遗瓦当，山藏史话载扁舟。
丸都常有梦萦绕，骚客城头久驻眸。

纪辽东·感养根斋老师重整纪辽东

故里犹存太古风，鸭水挽惊鸿。江声依旧留仙客，流霞醉晚枫。　　回首前尘事不空，整韵振关东。丸都破晓晴光透，涛飞豆谷雄。

姚春才

号伍民斋主，1950年生。曾入伍，后任通化日报社副总编辑，高级编辑。已退休著有诗歌散文集《缩影》。

壶口瀑布

万顷波涛扑面来，山摇地动泛黄埃，
栉风沐雨飞身躲，回首壶中水已开。

贺财源镇通讯员协会成立二十周年

世居闾里拓洪荒，点月耕星种小康。
彩笔银锄歌伴舞，墨花瑰丽稻花香。

访桓仁五女山城

金川翠岭一天秋，五女巍峨云尽头。
望断儒留迁徙路，佟江消涨自然流。

二密河国家粮食储备库

蓑衣草帽换西装，列阵龙岗枢纽旁。
小试风流现代化，一方安稳腹中藏。

五十七岁生日感怀

人生道路似吟诗，白雪阳春贵自知。
悦耳莫图华丽句，两行脚印最无私。

西藏行（选三）

赠援藏战友

十年挂剑业逢春，未计盈亏计恤贫。
忘我和亲功德路，大昭寺里塑金身。

纳 木 错

玉鉴凌虚映雪峰，蓝天碧水世难同。
佛光每托蜃楼起，便就金瓶拈定功。

为沱沱河题照

水漫泥沙势漫天，远连东海近连山。
著成神话传千古，踏破昆仑睹玉颜。

天华山——通天峡

头悬赵盾谷传声，远近游人皆慕名。
洞口坚冰喷气爽，壁间石蛋促心惊。
攀爬侧转难由己，上下迂回总叠行。
自是神工无敌巧，长长一剑向天横。

题吕公岩万年松

独立危崖向碧空，枝繁叶茂势称雄。
烟波缭绕生图画，山鸟登临起乐工。
育籽兴邦林漫远，护花落叶圃兴隆。
吕公帐下闻鼙鼓，教子堂前伴彩虹[①]。
身影常随游客走，口碑渐共此山通。
人间冷暖难分季，天上雷霆岂在风。
早把命根移石底，未将浮土作帡幪。
霜欺雪压犹遒劲，自在弥修内外功。

【注】

① 吕公岩：在辽宁省北宁市医巫闾山。吕公帐：据说，吕洞宾帮助辽国打仗时在此居住，故出此句。教子堂：元朝宰相耶律楚材小时候读书的地方，为其母杨氏所建，在吕公岩西南。

飞越雪山

小憩蓉城大暑天，曙光唤醒旧航班。
机前雾海化云海，座下青山连雪山。
婉转长河穿谷去，盘旋银燕劈风还。
世人何必求仙苦，科技生根性自闲。

卜算子·贺通化市雪上健儿勇夺21金

数载卧薪人，几度硝烟烈。一旅雄师天外来，狂把头筹挈。　　惊喜更辛酸，雪冷还情热。舞杖扬威再劈风，又是收新悦。

行香子·白城杏花诗会

瀚海迎春，年会萦魂。星魁聚、共著骚文。初开诗阵，大纛嫣新。正心头喜，舵头稳，镜头珍。　　三江涌韵，两脉留痕。东陲地、初掸封尘。借杏花桨，报海精耘。恨惰风重，吟风弱，冷风嗔。

姚春祥

1949年出生，曾任吉林市第二人民医院外科主任医师，科主任。吉林市雪柳、雅风诗社社员。

琴岛赏月

昔瞻玉兔出山岫，今赏银蟾舞浪端。
千里嫦娥收短信，炎黄使者叙情缘。

九乡神田

千畦梯地入云乡，栽种秧苗倩影忙。
不信上苍田也少，拓荒峻岭种皇粮。

登崂山

登临崂顶引思源，沧海桑田曾动迁。
人世沉浮多演绎，心随银浪远扬帆。

忆孩时探险

家乡冰洞有奇观，逢至暑期游乐园。
结伴出行瞒长者，携包上路入奇峦。
石窟门窄缩身进，火把光微牵手还。
惊现仙宫神莫测，蝙蝠惊叫我欢颜。

高 飞

1942年生，吉林公主岭人。记者，现退休。公主岭市诗词学会秘书长，《响铃诗词》副主编。

一品红

不与群芳争艳宠，风姿绚丽正隆冬。
看花看叶十分俏，如锦如霞一品红。
自有奇香沁肺腑，还凭清雅动心容。
一枝独秀寒中傲，疑是北疆春意浓。

高　文

吉林伊通人。1949年加入中国共产党。曾任吉林省副省长、省政协常务副主席。

祝日新诗社成立五周年

霞染桑榆气韵深，夕阳多彩志凌云。
笔锋奔放人潇洒，辞海拼搏路崭新。
十卷豪情吟盛世，千篇翰墨颂乾坤。
日新诗社日新语，遍览江山满目春。

高 原

女，1980年生，通化市人，研究生毕业。

海南行

夜宿宾馆得友人短信祝福

飞信传来夜正昏，纸中墨迹枕边痕。
卧听远处雷声涌，可慰他乡寂寞魂？

游蜈支洲岛遇暴风雨

风催骇浪惹心惊，头顶低雷震耳鸣。
赤足滩头寻浪漫，无关风雨只关情。

椰梦长廊

云彩多情逐浪行，前山日半后山星。
迎风醉卧知何处？椰梦林中听海亭。

兴隆农场

才品咖啡又饮茶，送花阿妹出黎家。
主人待我殷勤意，原为微盈献媚瓜。

南山海上观音

巍巍南海大悲神，一样佛心三面身。
常感慈云悬顶上，时时护卫赶潮人。

暮时踏浪

手挽斜阳暮已迟，逐风踏浪正当时。
来如万马千军至，退若翩然处女姿。

朝时观海

脚踏朝阳拾贝情，椰香阵阵海风清。
遥看天际孤舟影，可是他乡寂寞行？

武汉赏雪

梨蕊满池塘，恍然如故乡。
飘来愁万点，落去泪千觞。
残魄随风瘦，娇颜触指凉。
别时留一笑，待我梦中藏。

答谢佟江诗友赴新婚酒会

江南风雪日无晴，玉帐千重伴客行。
今事笑谈春漾漾，旧词轻唱泪盈盈。
珠唇浅酌新人味，隽笔难书故地情。
但得瑶台求一醉，杯杯盏盏到天明。

记元月六日婚典拜谢佟江各诗长

晨起梳妆对镜羞，轻撩红帕透温柔。
路旁喧闹惹心乱，轿内簸颠如梦游。
千里佟佳传雪韵，一双鸥鹭搏云流。
此情只向梅中诉，莫负诗思驻上头。

一剪梅·感离别于武汉

青草洲头忆旧游。岳麓峰巅，黄鹤楼头。山河无限写风流，暖日醺醺，绿水悠悠。　　折柳堤旁诉不休。莫唱阳关，莫问离愁。待君同赏武陵秋，把酒东篱，摇桨渔舟。

浪淘沙·冬日重登玉皇山

尽解袋中粮，轻洒阶旁。闲看争食鸟儿忙。回首雪中双足迹，短短长长。　　重着旧时裳，懒懒洋洋。醉时观景忘思量。却怕攀登高处后，依旧迷茫。

高丰清

网名月高风清，1946年生，北京市人，大学文化，东辽县档案局工作。现已退休。

龙首山晨望二首

壬午年三月，偶乘车过龙首山，见游人如织，万物争春。半山之中香烟出于寺院，感而成二绝句。

（一）

曲径游人破晓风，绕梁燕子入轩中。
一番春雨桃花绽，镶嵌龙山数点红。

（二）

风里垂杨雨后松，朝晖天地两相溶。
成双彩蝶翻飞去，也到半山听寺钟。

春日游大梁水库偶得三绝句

(一)

赏春踏野大梁湾，无限风光山水间。
喜看湖心生绿皱，轻舟短棹自悠闲。

(二)

登高极目最怡神，老友相携更觉亲。
野蔌山肴兼美酒，开怀同饮一瓯春。

(三)

谁向春风放纸鸢，夕阳花草似含烟。
吟诗若有如神笔，唱尽关东三月天。

题辽源矿工墓

黄土长埋血泪横，万人挖炭几人生。
弓身井下灯犹暗，俯首棚中月不明。
当哭作奴抛白骨，更歌驱寇举红缨。
碑铭民族堪羞史，世代先庚警后庚。

元旦书怀三首

（一）

良宵搔首岁华新，还向凡尘步后尘。
已负寒窗曾发愤，莫遭夙疾便沉沦。
关河应笑云烟客，荣辱堪悲草木身。
格律因循吟自苦，谁人肯与唱《阳春》！

（二）

新岁魂牵旧梦多，青春回首愧登科。
执珪楚地听庄舄，泣血荆山怜卞和。
九折王阳终谢病，三诬曾母便投梭。
人前莫与谈甘苦，吟向诗中自琢磨。

（三）

敢将沧海写春秋，恰似人生一叶舟。
每忆遵循归教化，时成感慨叹风流。
难求玉尺曾来梦，不请银丝尽上头。
莫对年华伤苦短，桑榆景致也深幽。

访大架山村缅怀全国劳动模范戴喜禄

大架山中感自然，追思往事缅先贤。
育人未许知身后，树木何曾为眼前。
红果摇风能捧日，青松傲雪可擎天。
回车已过清溪远，犹隔群峰望翠烟。

中秋野望

极目高天风渐凉，登临更觉胜春光。
千峰漫染三秋秀，四野轻飘五谷香。
紫燕应怜初度塞，丹枫且喜乍经霜。
农家苦乐谈丰欠，一片炊烟下夕阳。

夜雨初晴，晓登龙首山

龙山雨后正芳菲，晓趁新晴赏翠微。
薄霭笼纱云影浅，斜晖穿树屐痕稀。
蝶翻人去花沾露，燕带风来柳湿衣。
耐可邀朋携美酒，亭中醉卧不须归。

中秋乡思二首

（一）

兄姊遥思怅望空，京华更在渺茫中。
秋风璧月情相似，驿路乡关梦不同。
又是一年吁落叶，依然万里羡征鸿。
人间多少悲欢事，圆缺还须自感通。

（二）

情动乡思岂可除，良宵对月又何如。
山前芳树凭添色，窗下寒灯信读书。
未使痴心趋闹市，直教华发守穷庐。
我随所遇安身以，任尔流云卷与舒。

购书偶赋

甘守穷庐我自安，客来一任笑寒酸。
怀虚眼底连天远，知足胸中与海宽。
有病每思嫌药贵，无钱始信买书难。
闲身时作蠹鱼乐，也似子陵垂钓竿。

《百年苦旅》读后

读罢华章掩卷思，芸窗独对夜阑时。
天池寄梦乾坤大，松水流风岁月迟。
钓叟悬崖曾坠马，山人蓬帐自吟诗。
艰危苦旅凭谁续，履迹还当后辈知。

纪辽东·《曹家沟纪略》读后二首

（一）

曹家沟口一溪清，流经岁月听。高石勒碑刊纪略，牵动百年情。　　而今世上尽营营，争求利与名。敢问谁人追钓叟，苦旅又重行。

（二）

抚碑摩字白云浮，枫红林子头。建德一餐酬钓叟，百载纪曹沟。　　无言老井自清幽，争知咏未休。留取诗文能证史，此外更何求。

纪辽东·步韵贺养根斋登顶白云峰

去岁吟旌入梦中，诗阵气如虹。千章编就池南韵，情融十六峰。　　苦旅新踪纪旧踪，忧责两心同。白云迎客当酾酒，披襟唱大风。

行香子·《百年苦旅》读后

长白巍巍，鸭水泠泠。百年后、旧路重行。江冈有纪，老井堪铭。仰石荪韵，玉谋酒，养根情。　　可凭崖险，许任沟横。浑不问、雨雪阴晴。志融奥壤，心鉴苍冥。看前人史，今人续，后人评。

高良田

网名山泉吟，吉林集安人，现任吉林省集安市粮食局长，集安诗词学会会长。

五女峰一线天

奇观一线天，佛笑几经年。
谁敢平心对，方为世上仙。

治印“人生半百”感怀

岁月无情鬓染霜，人生半百又何妨？
山泉育我诗书印，夕照彤霞舞墨忙。

习书感怀

汉晋前贤乃我师，挥毫泼墨夜阑时。
情逢得意开心处，最悔迷途梦醒迟。

和姜也先生丁亥重阳述怀

情醉重阳怎有愁？只争朝夕立潮头。
笑看落叶随风去，最是黄花恋晚秋。

倒茅沟访史兄家有感

房前野果香，宅后半坡桑。
鸭戏清溪水，鸡鸣打谷场。
田园勤伺弄，早市巧经商。
白屋传忠孝，寒村生凤凰。

咏　葱

青白分明辣味长，任凭雪雨耐风霜。
瘠能种植肥能长，贫不嫌来富不张。
四季园中堪谓老，三餐桌上亦增香。
纷纭世事平常过，名利何求苦奔忙。

咏萝卜

得意全凭一片心，三餐四季勿须斟。
扎根沃土知恩重，沐浴阳光感爱深。
开胃健脾莱菔子，清温解毒小人参。
其身虽是平常菜，福及民生贵似金。

纪辽东·荡平岭纪功碑

荡平岭上忆当年，双碑感地天。犹若先贤身影在，思绪正翩翩。　　劈山开出路盘旋，新诗续旧篇。莫问前程昭后世，功德永留传。

纪辽东·曹家沟纪略刊石

百年往事记沧桑，枫红经雨霜。守土察边怀远志，苦旅起浑江。　　曹家沟里早餐香，殷殷情意长。建德躬身刘令后，荫惠自无量。

蝶恋花·端午感怀

世事苍茫谁悟透，企盼青云，怎脱乾坤手。绿柳青蒿传语又，荷包彩线凭何咒。　　天命之年名注就，淡泊鸿图，化幻南天右。坦荡无求才讲究，轻松畅饮舒心酒。

高旭红

女，1966年出生，吉林延吉人，现任广州市越秀区博物馆副馆长，广东中华诗词学会常务理事。

题孔雀图

青子老师作孔雀图，兀傲之气跃然纸上，索句，乃作。

疏风细雨遍沙洲，白眼朝天自在游。
不用丹青夸翠羽，独栖空谷漱清流。

夏夜品雨前茶

客至荐新茗，嫩芽香叶轻。
倾来秋乳乱，融尽野溪清。
居远无凡客，心平生逸情。
闲谈消暑夜，倚案漫倾听。

雨夜饮茶

听雨南窗下，琴闲竹影斜。
汲泉引旧井，吹火试新茶。
嫩蕊含芳露，冰瓷展翠芽。
三杯能悟道，谁共咀英华。

白山行

红尘一念暂无归，衣袂飘飘入翠微。
袖拢寒烟临壑立，天遗碧玉任云飞。
苍茫顿觉林如海，清冷谁怜月似眉。
我欲寻槎无处渡，秋山脉脉伴斜晖。

五仙观

昔闻因五羊赐谷得羊城之名，今博物馆设于五仙古观，余供职于此，日日徜徉于仙人拇迹、坡山古渡、岭南第一楼间，不禁有前生今世之思。

隔却红尘一洞天，恍然今世再流连。
抱琴吟啸坡山上，携卷低徊拇迹边。
楼宇依然荫古木，碑文隐约认前缘。
息心何必林泉去，竹影摇青花欲燃。

送周笃文夫妇往登龙洞

莫道山深云路长，海兰江畔稻花香。
天开一处清幽地，可抵十年尘梦乡。
瓦罐清泉邀客饮，陶盘玉黍劝君尝。
村头若遇荷锄老，代我殷勤问暖凉。

野马歌

野马出西北，横绝三万里。飒沓轻蹄扬散鬣，窅然慧目批竹耳。生成逸气凌霄汉，当空长嘶暮云紫。暮云紫，秋月白，汉苑龙媒立仗策。更有汗血著雕鞍，塞上胡笳悲其魄。我歌野马任昂藏，追风逐电动天罡。冰河踏破嶙峋骨，燕草春回露凝香。千金骨，三品馔，玉鞭锦障何足羡？生不受金羁，死不抵槽枥。泯耳攒蹄服盐车，终使骅骝长戚戚。歌野马，久低徊，堪叹世间凡马哀。人生飘忽如大梦，蝼蚁王侯俱尘埃。何时奔雷惊大漠，野旷风疾我归来。

浣溪沙

绾个同心做个愁，时风时雨总无由。柳烟斜照枉凝眸。　　一缕情思何处系？两行清泪背人流。漫天絮影怯登楼。

忆萝月

霜花凝树，人在江南路。过尽流云底事误？弦里乡情漫诉。　　犹思岁旦轻寒，相邀踏雪东山。口哨声萦人远，村墟初上炊烟。

倚栏令·题梅花图

孤村信步寻芳。正寂寂、云沉雾凉。竹外疏篱临水处，一树寒香。　　勾留千古诗肠。惜红萼、凭谁寄将。玉笛终宵飞梦里，影落清江。

鹧鸪天·听琴

丙寅年三月夜听华忠昌、华国昌兄弟弹奏古典吉他，心醉神迷作此篇。

烛影纤纤花影轻，急拨慢按若神凝。风翻莲叶溜晨露，雨打花枝飘玉英。　　弦扫际，裂春冰。泉喷谷应夜鸿惊。泠泠一曲清如水，月色依稀梦里明。

江城子·武夷九曲溪

一篙点碎碧琉璃。小舟移，绿烟迷。万壑千岩，取次竞幽奇。玉女秀峰凭水立，空吊影，惜罗衣。　　几番魂梦到清溪。谢公屐，烂柯棋。访仙寻友，谈笑共忘机。漱石枕流君莫管，尘事杳，幻云霓。

鹧鸪天·游甲第巷作

小巷深深竹隐墙，飞檐黛瓦旧雕梁。空阶留草蝶时舞，院落无人花自芳。　风已静，昼初凉。炉烟袅袅漫飘飏。当年素手谁家女，曾启玲珑一扇窗。

八声甘州

对千花万木俱争荣，客梦总凄清。叹歌楼舞榭，夕阳古道、几度飘零。辜负华年如水，云鬓已星星。却向何人说，岭海心情。　记取松花江畔，趁浪平沙软，提履闲行。顺长流一棹，两岸正青青。念平生，何时如意，会茂林觞咏暂忘形。空怀得、万般思绪，独听秋声。

贺新郎·元日登高

踏雪登临去。倚天风、群峦堆玉，旷林披素。万里长空涵清气，未许纤云稍驻。吟啸罢、松涛犹怒。黑水白山英雄地，记当年、猎猎红旗舞。夕照里，山无数。　千年兴废堪凝伫。怅八荒、客星犯斗，九州沉陆。惊破冥茫中华立，花绽寻常门户。又喜见珠还合浦。剑胆诗心收拾起，送双眸、天际鹰归处。风浩浩，上云路。

高金峰

1973年生，大学文化。

轻舟晚唱

舟行碧水烟波渺，柳岸风轻月色明。
把酒樽前怜玉兔，持箫月下和秋声。

高和宽

1947年生，吉林公主岭人。现为公主岭市人大常委会副主任。公主岭市诗词学会副会长。

游蛟河红叶谷

深秋时节走蛟河，峡谷更装挂彩罗。
满眼斑斓山水秀，清风过处舞红蛾。

观漓江望夫石

漓江岸侧望夫时，凝视浮云态若痴。
盼念郎君归故里，船家捎信百年迟。

高於茂

号关东山人，别署梦柳园主人，1953年生，吉林集安人，毕业于北京体育大学武术学院。现任东昌区文联主席，南京中山文学院客座教授。著有《梦柳园吟草》，与女儿合著《一家言集》，合著《佟江七子吟》，辑注《通化历代诗词选注》，《关东诗苑》主编。

别友人二首

（一）

别泪无声一夜流，故人此去各千秋。
晓来化做相思籽，黄鹤楼前种树愁。

（二）

伤心泪落大江边，激起波花四百旋。
水底游来鱼两两，比肩一梦是何年？

访柳河

雪舞千山一朵花，轻寒伴我访天涯。
诗声嵌在车声里，信手敲开五柳家。

访辉南

辉河紫气绕城东，雪柳轻摇迎客风。
初识原为梦游者，朝阳一缕在心中。

桓仁行（四首选二）

大雅河漂流

一生总做逐波流，冠落迎来天地游。
大雅无伤孟嘉相，青衫买断世人愁！

桓龙湖巡礼

佟江千里一湖平，岛上无尘杨柳青。
两岸长啼莺恨老，隔山只待后人听。

长春行三首

重会武林同道

杯底乾坤不计年，重来只为旧情牵。
皱波隐在刀光里，倒徙人生一径悬。

夜游动植物园

夜幕偷添旧岁何？一湖碎影蓄愁多。
秋蝉不解故人意，独抱相思唱恨歌。

瞻白鹤宾馆旧址

白鹤悠悠寄梦来，秋风无意卷尘埃。
门前一束无名草，忘却群芳顾自开。

贺铁华兄花甲并吟集出版

君从瀚海我从坳，十二年轮平水交。
学问皆为四书起，僧门常自五更敲。
情牵烟户称夷友，笔走龙蛇伴虎蛟。
诸子同吟花甲梦，柳边无处不鸣鞘。

自　寿

蜇伏三冬一脉苏，庭园未老喜耕锄。
沙场退饮心头血，垓下长歌掌上妤。
落帽何亏儒子解，挽弓可比大汗如？
旌旗趁得东风便，铜雀春深结梦庐。

奉养根师招赴集校核《历代诗人咏集安》感题

半是深秋半是春，风华不减旧时尘。
丸都山里霜飞重，鸭绿江心鱼跃频。
有约来听沟谷课，无言更觉土音真。
柳丝叠起千年韵，一夜玄菟照几人？

女儿婚事答谢各界朋友

南国翻回北国春，春风两度一年新。
异乡圆梦天天寄，家版漂红字字亲。
借得三杯老泉酒，问安四路柳边神。
多情还是佟佳水，总做心缘摆渡人。

家植映山红初放有寄

立雪悬崖袅袅姿，风刀无意剪春丝。
红颜不约群芳早，薄翼常招冷蝶痴。
梦里飞来巫峡雨，窗前种下断桥诗。
我今误借三分醉，唤醒东方第一枝。

虞美人·扬沙

一从石级攀援上，迎面阴风荡。茫茫四野尽烟尘，障目狂沙迷乱眼前人。　索然又见萧萧树，梦断来时路。耳边犹听鹧鸪鸣，想是春机已在大荒萌。

临江仙·春龙节晨登玉皇山感作

四顾群峰烟漫漫，山头几许清寒？空林仍见雪冰残。阵风吹树冷，孤鸟一声单。　遍野寻春春不见，枯株衰草相连。青松已改旧时颜。燎原非野火，火在腹中燃。

江城子·七夕

浣花一束过江桥，水迢迢，夜潇潇。际会风云，着意逐心潮。浪底放飞千里目，星不见，月犹高。　温馨还是女儿娇，乐轻摇，韵新调。梦里关山，重做羽衣飘。青鸟频传天外信，人共醉，在今宵。

高国发

1943年生，吉林镇赉人，退休前为镇赉县委党校副校长。系中华诗词学会会员。

安庆独秀园

龙山何幸辟斯园，一代先驱长此眠。
白玉端门抚凝重，紫铜雕像仰贞坚。
倡新文化凭巨手，破旧乾坤担铁肩。
瞻拜肃然生敬意，长将功业励心田。

高树荣

1948年生，黄龙诗社社员，县水利局干部。

山中人家

（一）

樱篱瓦顶半山腰，位险何曾敢自高。
曲路伸来钩壑脚，炊烟摇臂挽青霄。

（二）

屋后摊开巴掌田，疏枝负重扫房檐。
推窗信手拈来果，笑问客人鲜不鲜。

（三）

云树相辉有我家，樱桃三百树篱笆。
畦田引灌矿泉水，最美山塘鱼与虾。

磨刀石

沉寂崖中百世恬，听松品雾不高瞻。
承浆挺脊锋千剑，俯首宽胸亮万镰。
损瘦肌肤呈峻骨，淘清垢面露威严。
功成圆满身何处，遗忘边荒尤自恢。

卖糖葫芦

云山网得数箩星，好念农闲致富经。
圆润丹珠流闪烁，修尖竹骨透晶莹。
长街短巷心尤惬，雪地冰天身也轻。
写尽寒冬无尽意，酸甜串起一生情。

鹧鸪天·粉坊

青瓦西厢旧粉坊，升沉明暗转沧桑。火燃沸水催人汗，手拍凉瓢趁旭光。　研碎玉，炼琼浆，新支粉架晾骄阳。老翁上网寻超市，白雪丝绦过大洋。

高鸿遇

1930年生。辽宁省沈阳人，营城煤矿一中退休教师。

退休后

退休万事喜从容，不问东南西北风。
养性修身诗百卷，清心寡欲酒三盅。
无闻无产终无悔，有韵有诗兼有情。
月上楼头浑未觉，为求一字费经营。

月　夜

冰轮乍涌照楼窗，似水流连琥珀光。
相顾无言随你我，自甘寂寞品炎凉。
广寒焉有嫦娥舞，人世空余桂酒香。
搔首沉吟佳句少，夜阑人静自彷徨。

居硕放

辛苦遭逢多少冬，老来硕放暂浮生。
身离牍案胸怀阔，目遇湖山天地明。
口啖西瓜精气爽，夜挥蒲扇梦魂宁。
晨昏漫步梧桐路，白发夫妻沐晚晴。

郭　丽

女，吉林市个体经营者，吉林雅风诗社副社长。

月下打雪仗

新月泼光星挑灯，严寒冻落小村风。
青春男女街头聚，抛掷雪球砸笑声。

郭　剑

1927年生，原长春市三中专学校校长离休，日新诗社编委，著有《郭剑诗稿》两集。

颐养抒怀

利禄功名过眼云，田园退作赋闲人。
清风细雨随心取，皓月朝霞信口吟。
静坐林间听鸟语，孤行水岸赏鱼沉。
识途老马勤探路，不负今朝盛世春。

郭　健

吉林省白山市江源区委宣传部工作。

长白山松花石

藏自坤元睡似闲，沧桑阅尽指时还。
乾乾一日开奇路，虎跃龙腾赋大山。

郭凤和

吉林大安人。电力部门工作。

醉里登山

晨星伴我上高山，脚下飘飘醉未阑。
熏得刘伶惊诧问：何人偷饮大泉源？

郭玉琴

女，1945年生，黑龙江五常人。曾任靖宇县政协秘书长，县人大副主任等职。

山菊花

群芳日渐残，菊绽遍秋山。
露冷绿株秀，霜浓紫蕊妍。
风袭清骨傲，月映暗香传。
野旷凭谁问？悠然仪态闲。

西江月·题与丈夫合影照

红日蓝天林海，青松野草山花。白山松水醉流霞，靖宇风光如画。　　奋战幽偏地域，笑谈苦乐生涯。豪情留影记年华，回首人生潇洒。

郭存友

1947年生。农民。五柳诗社社员。

无　题

凤意鸾情是也非？几番忖度复猜疑。
丁香小径花拂鬓，桃李中庭叶掩衣。
倩影飘残频转首，娇波凝罢乍低眉。
韶华尽付东流水，唯剩沈腰一尺围。

蝶恋花·秋瑾女侠

释阅秋君书一卷，翰墨诗词、样样都精湛。咏月吟花名艺传，娥眉堪让须眉叹。　　男女平权天各半，高举义旗、反帝除封建。碧血红颜捐国难，丰碑万载西湖畔。

郭传声

退休干部。中华诗词学会会员，通化县森茂诗社理事。

奉韵赋赠胡玫

同声联唱共争先，为解知音和管弦。
笔下龙蛇腾韵浪，胸中沟壑起云烟。
跻身文苑能吟赋，混迹乡村会种田。
兴至常将诗作酒，倦来犹自抱书眠。

消夏夜登玉皇山

夜正迷离月正弯，半城江火半城山。
仙亭寂寂出尘外，天路嚣嚣入世间。
阶畔鸣虫声细细，花前情侣影斑斑。
嫦娥惊羡人间好，欲请吴刚做伴还。

迎老母赴云南旅游归来

才辞北国雪皑皑，又见南隅花盛开。
昔跨青龙追日月，今乘大鸟逛瀛台。
无边朝雨随风去，多彩斜阳入眼来。
怒放心花千万朵，喜迎老母旅游回。

采桑子·访无锡蠡园

浣纱西子知何去？浮想翩翩。浮想翩翩，浩浩云河淡淡烟。　　春风又染江南绿，依旧蠡园。依旧蠡园，不见扁舟载客还。

天仙子·重登黄鹤楼记怀

黄鹤楼空黄鹤杳，逝者如烟烟未了。重寻黄鹤上高楼，寻韵纛，评崔颢，东去大江波浩浩。　　自古人间存正道，几度废兴今又俏。应召黄鹤看新桃，春正早，花尤好，江上渔歌声袅袅。

郭纹铭

1956年生，吉林大安人。曾任吉林省委办公厅信息处长。

咏冬日天池

松涛雪海雾云横，银瀑飞流怒水倾。
万丈薄冰依壁落，满盘玉镜照天明。
苍茫古野寒风吼，潋滟微波冻影清。
鸡塞神池铭素志，凌虚一笑上征程。

郭绍泉

1959年生，大专学历，梅河口市旅游局局长，市政协常委。梅河口诗词学会副会长。曾主编《远通》月刊。

咏梅通公铁立交桥施工

公铁连心两弟兄，梅河交绕越纵横。
南来北往东西贯，携手同心国脉擎。

郭洪仁

1946年生，主任医师。通化市中医药学会常务副理事长，秘书长，著医学书四部。

忆梦飞

一别竟成空谷音，片云骤蔽月痕深。
黄泉碧落茫然哽，谁约诗仙吟上林。

赠长春中医学院实习生

回首轻弹六十春，依然不老岁寒身。
悬壶自信高风节，切脉常知奥理真。
金匮匣中求辨证，汤头歌里觅清新。
传医宜自传心起，雨露微些润拂晨。

郭胜君

1947年生，原农安县政协副主席。黄龙诗社副社长，出版《赏月斋诗词》。

千年古树

千年古树傲云天，多少游人赏景观。
想是当年非大器，方能无恙到今天。

警　钟

取之何易守之难，壮士开基骨未寒。
史鉴惊心多少事，成由廉俭败由贪。

故乡情

蛹化春蚕鲲化鹏，沧桑未改故园情。
南瓜野菜高粱面，犹在诗人血液中。

题盆松

扎根浅土立陶盆，枉有英姿松化身。
只在案头空蓄力，一生不得上青云。

题仙客来

翠绿裙装红粉腮，千娇百媚下瑶台。
灵根早向人间许，暗送幽香缕缕来。

过三峡赴洞庭湖

瞿塘雪浪破夔门，遥望巫山上古云。
飞渡西陵千障外，来寻八百洞庭春。

郭景文

1946年生，吉林怀德人。曾任公主岭市市委统战部部长。公主岭市诗词学会副会长，著有《平湖集》。

卜算子·仙人山

盆里数层新，不把芬芳吐。体似悬崖与峭峰，绿色擎天柱。　　生即饱沧桑，多少崎岖路。酷暑严寒竟有时，风骨清如故。

卜算子·读曾祖郭剑《郭剑诗稿》有感

峰下涧泉边，树老根犹健。总有青芽上绿枝，风雨遮其半。　　回首看青山，影共光阴转。地抚天滋自有时，颐养期无限。

沁园春·寄老三届校友

犹忆窗前，惶惶九载，一缕云烟。望大鹏展翅，惊雷闪电；丹霞飞影，绿水青山。桑海依稀，沉浮今古，万物兴衰乃自然。春何在？问昆仑冰雪，莽莽荒原。　　逐潮各骋舟帆，喜古老神州月更圆。对鸿笺巨笔，真堪策划；青灯萤火，还似当年。时代天骄，光阴苦短，肝胆多磨世纪篇。励后辈，嘱韶光虽好，莫忘登攀。

郭淑芹

网名红莩，女，1962年生，吉林公主岭人。公主岭市西四小学教师。公主岭市诗词学会会员。

入夜闻曲

狂风骤雨一时齐，箫管凭栏曲正迷。
谁解此中魂断意，东流春水不回西。

梦中既事

薄醉广寒殿，恣情歌酒狂。
映塘芳草绿，覆砌落英黄。
玉兔眠金桂，霜娥倚素妆。
飘飘寻皓月，无迹正彷徨。

贺新春

辽东大地贺年新，入夜时来放炮人。
四序更移祈寿禄，一元启泰壮精神。
三星献瑞心常乐，五福呈祥我自珍。
多少风流难遍数，小窗月影远山春。

长江即景

霜来秋叶染苔斑，百里洞庭连碧川。
松气满山反复雨，涛声半夜往来船。
浪奔岩下千珠碎，人在舱中万事闲。
多少风流江上过，一帘幽梦彩云间。

捣练子·秋思

黄叶雨，白蘋秋，塞北江南万里幽。花色满塘无赏意，年华流去水悠悠。

纪辽东·读《百年苦旅》感怀

月似冰轮风似刀，虎啸并狼号。山危路险无人迹，浮云涌碧涛。　　雪重春华已尽销，望断故山遥。寒蟾朗照千峰遍，因何慰寂寥？

郭殿文

笔名黎岩，1949年生，吉林梨树人，大专文化。曾在东辽县委宣传部、辽源市委宣传部工作。

月　季

一从芳蕾面红尘，无限香妍拢在身。
生世只求人共乐，四时心底总呈春。

栀　子

油光翠叶满枝桠，旖旎梢头瑞雪花。
常绿只因根骨正，香清缘自腹无瑕。

十二卷①

翠盆雉尾点银星，巧起花楼十二层。
芳蕊重萦多看客，人心弯转少良朋。

【注】

① 十二卷亦名雉鸡尾花。

郁金香

寻路清芬遥可闻，及前玉立举金樽。
情倾天下芸芸爱，总以芳心换众心。

十姊妹

浮沉人海不折身，自有英姿立艳群。
慷慨馨香知礼遇，无情针刺对邪心。

茉　莉[①]

玉颜青帔蕊宫妆，款送薰风暑自凉。
不为人间些许利，只争天下第一香。

【注】
① 茉莉古时亦写作末利。

昙　花

碧立芳林日陌生，淑容每与月娉婷。
娇娥莫叹仙归促，一刻倾心便永恒。

大丽花

沃土盘根看大千，火围霜裹亦婵娟。
受人一点真诚爱，总把芳心袒向前。

映山红

卧麓拥峦谁较争，叶舒蕊绽向春荣。
嫣然各尽情肠笑，酣畅淋漓过一生。

君子兰

芳林高雅士，情结会心庭。
翠剑分双列，金铃聚一茎。
鲜容冬日暖，幽馥暑风清。
晤对从懿品，终生君子行。

报春花

伶俜一株草，袅袅复婷婷。
叶绿围莲座，花妍擎伞形。
率开残雪地，盛报美名情。
拚却纤纤体，回春信我能。

美人松

天地有偏爱，长白独秀成。
娇容羞粉黛，俊骨傲苍穹。
雄峙三边雪，欣迎四海朋。
英姿动游子，俯首效操行。

常春藤

根骨无穷力，葳蕤四季春。
援棚雕彩幄，敷地绣绒裀。
沐雨龙腾势，迎风麝袒襟。
千寻生路簸，不泯竞前心。

牡丹二首

（一）

脱野入华圃，长持洁质身。
难从女皇诏，厌比贵妃尊。
雅趣耽诗笔，雍容悦庶门。
时清令名正，统带百花新。

（二）

千载居王位，一朝明政纲。
微芳钦国色，瘠壤溢天香。
运转和谐世，人生锦绣肠。
诗仙如再笔，何止调三章。

盆 兰

感领世人情挚深，告辞幽谷入厅盆。
群芳乍伍惶惶态，膏土长居劲劲根。
蕊绽轩台景明艳，香飘秀幄气清新。
今生知遇竭诚报，寸草春晖未了心。

唐仁举

网名大唐盛世，1953年生，吉林集安人。研究生，曾任通化市政协副主席，中共通化市委统战部部长，通化市诗词学会顾问。著有《唐仁举诗词曲选集》《通化驮道岭云海诗词摄影》。

深秋感怀

秋风瑟瑟染山黄，万木苍苍恋暖阳。
历练严冬舒傲骨，春光再返亦高昂。

彩虹伴瀑

双弧飞架大江东，瀑溅银纱雾雨蒙。
淡洒烟霏生玉气，谁持彩练舞长空。

驮道岭云海

峰峰隐见谷川悠，蔚蔚云蒸似浪浮。
雾霭随风飘逸去，轻烟淡笼绕峦头。

驮道岭雪枫

霜染年华醉绮丛，痴情难舍恋秋风，
相思不掩缠绵意，雪月依然寄梦红。

初读《江源毓秀》

情缘何所褪，逸梦唤淳风。
几夕梅花对，一朝诗语同。
遥听霏雨后，远计彩云中。
继往江源谷，吟旌又舞东。

咏雾凇

精魂傲雪绽清晨，笑立江湖避世尘。
冷月含馨招墨客，寒枝吐蕊引芳邻。
深沉韵雅千般秀，淡泊琼香一品醇。
塞北丛中谁早莅，银丝玉骨唤春茵。

元宵祝福

韶华瞬转付茶斟，旧事依稀梦里寻。
柳绿丸都摇倦意，涛飞豆谷润长心。
时惊僻壤已遍及，幸会诗坛常莅临。
逸韵悠悠担重责，何愁故国少知音。

通化诗词学会成立感怀

天降梨花玉满枝，佟江吟旅舞旌旗。
心清勿做逍遥客，笔瘦宜临太白诗。
把酒观云听楚水，挑灯吮墨醉瑶池。
铅华逝去情难倦，逸趣余生乐不疲。

观寒武奥陶地质公园得句

亘古留痕岁月漂，奇闻演义未曾凋。
沧桑漫旅知寒武，远客流连醉奥陶。
壑底犹传填海趣，乡间久叙补天谣。
岩边探究听于耳，断壁纹中见史标。

驮道岭冬季云海

冬临岫外景翻新，玉树琼花一色匀。
风卷寒涛听棹月，霞流雪谷醉闲人。
蓬莱逸影凭君觅，驮岭藏诗待梦巡。
几度追馨随雾去，裁来奇幻在躬亲。

步养根兄韵和庚寅贺春

己丑将辞渐近寅，东风又唤柳条新。
捉刀剪下瑶山韵，贺岁邀来阆苑人。
雾岭寻幽同采玉，江源探秘共藏珍。
圆虹不弃痴迷汉，染得笺红总是春。

览张鼓峰有感

沧桑变幻朵云浮，张鼓峰前蒙国羞。
绿水涛吟情未了，青林叶落梦长留。
江风难扫黄沙恨，雪雨焉融白骨愁。
以史为师明得失，借船出海亦良谋。

纪辽东·步养根斋韵贺《公主岭风韵》出炉

公主清音萦翠岭，袅袅子规声。贤君敢向自心问，碑前洗耳听。　　厚卷雄浑凝万象，绮梦寄仙乡。丸都遗韵江源续，诗涛漫旧荒。

纪辽东·有感张福有首创《纪辽东》词谱

隋皇遗韵纪辽东，清音隐秘宫。一曲长眠千百载，唱和谱非同。　　承传有赖养根躬，江源倡大风。唤起嘤鸣凭卓识，辑入翰林中。

纪辽东·步养根斋韵握手白云峰

天酬夙愿白云中，欣然赐玉虹。忧责盈肩怀志远，雪岭尔为峰。　　年逢甲子履陈踪，刘公喜迹同。一阕清音萦壑谷，斩棘御寒风。

纪辽东·步赵凌坤韵有感养根斋一百五十次登长白山

查边不舍大荒东，情凝古道风。续就石荪留纪咏，笔异两心同。　　百年苦旅建殊功，江源拾韵浓。词苑谁添新曲谱，乐府载诗公。

纪辽东·贺养根斋令堂八十高寿并赠兄君

沸谷絮吟新，遥乡又一春。共贺高堂仙寿至，祈语漾溪滨。　　妻贤子孝续词源，承传入韦编。苦旅寻踪圆夙愿，史话载千年。

行香子·酬诸诗友题和驮岭云海图

一幅云图，万顷波澜。望关东、诗涌词翻。君携婉丽，卿舞翩跹。赏犀灵笔，玲珑韵，谪仙篇。　知音共勉，故友相牵。待何时、林岫欢喧。瑶台举镜，驮岭凭栏。畅杯中酒，山中趣，网中缘。

石州慢·杨靖宇将军殉国七十周年祭步养根斋兄韵

沥胆披肝，驱鬼抗倭，戎马英烈。山河破碎铭心，斗志焉能磨灭。密林扎寨，白山黑水迂回，濛江南满知高节。浩气荐轩辕，纪清神忠血。　听雪，生灵虽逝，德范犹存，国魂难绝。伫立碑前，翠柏含情谁察？穆陵长驻，骏声永照汗青，功垂史简春秋澈。佑启后来人，锻胸椎如铁。

【双调】大德歌·感养根斋首创《纪辽东》词谱

唱丸都，洛宫书，辽东纪韵殊。昨是朝中曲，今为词苑姝。创谱证史存千古，清音永不孤。

唐丽杰

女，1987年生，吉林师范大学学生。

游金朝遗址有感

寒漪片片荡浮萍，古木斜阳泣落英。
物换星移人杳杳，空余明月照孤庭。

唐革非

笔名戈非。女，1943年生，吉林辽源人。曾任辽源市政府督学室督学，副教授。已退休。

缅怀张欣华先生步国志韵

君栖圣境不须归，五岳三江自在飞。
桃李苑中花万树，争奇斗艳报春晖。

唐雪梅

女，1969年生，原籍山西宁武县，吉林省政府驻天津办事处主任科员。

庚寅雪中登长白山

漫天皆白复登临，飞瀑隐身何处寻？
最数槎河流不废，滔滔日夜觅知音。

耿 慧

女，1963年出生，吉林省松江河林业局物资供应处工人。

西江月·观天池有感

洁水山岚轻绕，幽深更显池寒。仙娥盆浴置云端，休被凡眸闲看。　　任凭投情送媚，心沉不起波澜。江河曾已纳污端，天水终无俗染。

蝶恋花

往昔诗心如岸柳，轻摆匀摇，初绽新枝瘦。无奈浓春长不有，风过雨歇人离走。　　寂寂离魂芳正守，春又重来，碧绿初浓透。今在诗园依梦旧，情如泉涌相偕骤。

耿明辉

女，1954年生，退休前在吉林省出国人员服务公司工作。南湖诗社社员。

迎奥运感赋

十三亿众竞风流，跃上珠峰最上头。
火种人人心里点，化成天炬旺神州。

领袖与人民

他乡过节遇知音，领袖与民心贴心。
道歉一声发肺腑，顿教旅客泪沾襟。

有感两岸经贸论坛

同根同脉自心倾，碧海波连两岸情。
此日破冰潮涌动，欣期璧合月长明。

登吉塔

欣然直上白云端，俯瞰春城天地宽。
栉比高楼鳞次起，纵横新路网相连。
车奔桥上如鱼贯，船荡湖中似叶悬。
心逐罡风凌碧落，何妨高处不胜寒。

临江仙·听《人活百岁不是梦》养生讲座

心里珍藏长寿谱，养生大道宏观。夕阳一曲赋琴弦。青春逢二度，身体最堪怜。　　清淡协调多样化，禁烟限酒欣然。卷开松鹤色尤妍。百年非是梦，耄耋赛童顽。

耿铁华

网名桓州旧友，1947生，吉林扶余人。历史学硕士。现任通化师范学院高句丽研究院院长、教授、博士生导师，通化市诗词学会会长。出版《中国高句丽史》《好太王碑新考》《高句丽史论稿》《高句丽考古研究》《桓州集》等20部著作。

迎　春

（一）

庐结孤山渡寂春，夜阑无火饮冰醇。
何时可有云烟顾？聊慰阶前碧草新。

（二）

天旋斗柄转阳春，酒醉洮河瀚海醇。
弦上琵琶弹旧语，东荒曲奏一年新。

先师二悼

悼念林志纯先生

欲寄花仙期百岁，忽闻讣报夜惊寒。
谆谆学富七零后，屹屹嵩高万丈峦。
史越双河图石载，云从三鸟字泥刊。
几蒙尊者遥相顾，泪洒东南忆未残。

悼念赵俪生先生

二十八年书墨香，惠蒙泉水醉天光。
中条旧梦渔阳鼓，南岭新愁倦客觞。
性率皋兰椎五土，文存篱堇敌三堂。
翰林倚马忧思重，无畏先知日月长。

参加集安博物馆迎新春联欢会步养根斋韵

野火燃碑岁卯寅，功成馆舍百年新。
多方瞩目开篇语，极度劳心考古人。
松柏难凋焉惧雪，金铜可鉴共藏珍。
三杯酒酹龙山月，一夜风回鸭绿春。

秋兴八首用原玉（选二）

（一）

苔原露重岳桦林，古塞峰峦夜气森。
月隐菊花迷柳外，风吹木叶落山阴。
愁思无奈三江水，诗意多情半世心。
灯下寒衣连远梦，晨敲浣女带霜砧。

（二）

秋山老树挂斜晖，四野苍茫寒气微。
遥望关河星北向，回思吴越鹊南飞。
一生行选三生幸，十事师承两事违。
对酒歌吟应不悔，海棠醉品蟹初肥。

秋日登五女山望桓龙湖

石栈通天望却无，云开鹘岭见桓湖。
金镶翡翠山如马，玉带琉璃岛似珠。
一树乡思荒草没，半池秋水落英凫。
将台烽火千秋梦，夕照孤城八卦图。

感风寒初愈

未觉阴晴日月移，河山万岁入新时。
勉从小恙烦听漏，总是无聊才读诗。
雪漫周天关塞小，风行汉域雾云奇。
古来多少忠贞士，船泊汨罗浑不知。

问　荷

君子流年几日行？红颜白藕为谁生？
淤泥怎肯无心染？碧叶因何有事惊？
哪得知音同厄运？岂来衰草共枯荣？
清高自古诗多少？可懂词章韵入声？

观　荷

雾散帘笼月下真，仙姿浓淡赖天匀。
粉妆巧巧房如锦，华盖亭亭露似珍。
幻化灵童藏冷绪，摄提净土现温纯。
卷舒随意称君子，污淖难欺百洁身。

相思引二首

(一)

月照云衣换紫襟，曲桥芳径远萧吟。秋千闲挂，夜露醉苔深。　　柳老春风词在壁，多情墨泪染痴心。清波无影，画角剩余音。

(二)

曳地裙裾五尺襟，草丛惊起晚蝉吟。霞归风静，花气袭人深。　　底事如麻难自理，柳梢月上旧时心。诗情无寄，夜语梦娇音。

纪辽东·《百年苦旅》读后

(一)

壮行酒醉白山春，同车三五人。踏上当年荒野路，早晚沐风尘。　　桃花水绿草如茵，河边柳色新。夜雨寒灯蓬帐里，醉语梦中呻。

（二）

白山如玉久相违，荒原几块碑。再著诗文传旧事，一意苦追随。　　江花边草竞芳菲，春风昨夜回。借得曹家沟外月，百代共霞辉。

（三）

攀登履险百余多，真情岁月磨。摭取山魂连水魄，大爱注心河。　　由他井底议偏颇，峰峦耸九阿。碑祭先贤书乃重，齐向柳边歌。

（四）

感君泼墨大山铭，堪夸细柳营。今日戍边楼尚在，有众志成城。　　百年思绪记分明，鸿篇盛世情。若许文渊藏四库，定有后人评。

摊破浣溪沙二首

（一）

冻叶僵枝落未残，冰封石岭御风寒。飞絮飘迷白山路，任回旋。　　梦里边声催腊近，胸中点墨弄诗难。多少离愁都付与，紫霞关。

（二）

烛影香消夜漏残，章分旧绪怯轻寒。肯忘约期赏梨枣，奏胡旋。　　雪漫孤村山路远，梅逢老树物华难。酒伴红泥闲煮史，梦潼关。

鹊桥仙·松桦之恋（三首选一）

春云布雨，秋原着锦，赢得高媒如意。白山林海竟奇观：有松桦、枝生连理。　　西厢琴韵，星河牛女，几许深情堪比？厮磨耳鬓正相亲，恋他个、昏天黑地。

附：张福有和词和桓州旧友·《鹊桥仙·松桦恋》（三首选一）

无眠无悔，有诗有影，吟友咸知我意。百年又到踏山时，未敢忘、区疆署理。　　情深难赋，景奇易咏，情景深奇怎比？踏查路上敬前贤，尽忧责、安辞险地①？

【注】

① 忧责，引用魏·毌丘俭《之辽东诗》：“忧责重山岳，谁能为我檐。”檐，通“擔”，即“担”。举，负荷。肩舆之类。

聂建勋

1938年生，吉林省检察院退休。

“文革”焚书

书文载道几千年，根系民间世代传。
劫火焚烧曾几度，春风一过又芊芊。

长相思·重走书山路

松柏树，桃李雾，人在绿红相映处。朗朗书声度。　　春留住，莫踏步，老来休怨桑榆暮。重走书山路。

聂德祥

1950年生，吉林省珲春市人，曾任九台市政协副主席。系中华诗词学会会员、吉林省诗词学会副会长，九台诗社常务副社长，编著有《试剑集》、《九台诗词》等。

读诗六咏

秋　瑾

秋风秋雨意从容，掷笔轩亭血染红。
侠骨慧心难再世，无缘论剑海天东。

鲁　迅

俯首横眉万世标，精神难死句难凋。
荒原荷戟真猛士，寒月如霜呼怒潮。

苏曼殊

破钵芒鞋迹九垓，佯狂谁解曼殊哀。
所欣才调艳今古，燕子依然龛底来[①]。

【注】

① 苏有《燕子龛诗》行世。

柳亚子

洋洋万首韵无穷，一剑横磨江海汹[①]。
遥想悲歌慷慨日，骚坛独步几人同？

【注】
① 柳有《磨剑室诗词集》行世。

郁达夫

曾经说苑射光芒，其实清吟更擅场。
一代风流多绮语，独怜诗骨葬南洋。

聂绀弩

老梅偏发一枝春，造语新奇异古今。
未卜北荒流放苦，赢来满腹句嶙峋。

三十已过写怀

算来已是卅龄人，回首韶华忧愤深。
空有新诗惊四座，终无媚骨谒权门。
人人笑我书生气，岁岁由它华盖云。
既已参明生死事，应无烦恼系于心。

四十一岁初度

虽云看去尚年轻，转绿回黄岂有情？
犹忆春风催竹马，翻惊秋露老苍鹰。
伶俜身影天涯渺，寂寞心潮笔底鸣。
浊酒一杯聊自寿，还筹余勇对人生。

五十初度

遭逢悲苦忍相言？一剑伶仃五十年。
惟善惟真勤心底，不卑不亢立人前。
早将生死凭定数，更置穷通听老天。
闲卧重楼淡云渺，翻书觅句自陶然。

五十五岁初度

五十五年浑似梦，奔波谋食老秋虫。
青春意气今犹是，激烈文章谁与同？
思想自由尘世里，精神独立一生中。
随缘适性活真我，何必风前类转蓬。

有　寄

一见钟情岂妄谈？相思林里瘦年年。
如卿慧骨未曾遇，似我痴心最可怜！
廿载秋思空日月，无边绮梦又江天。
早知遗恨成终古，独向斜阳意黯然。

《试剑集》出版发行感赋（四律选二）

（一）

敝帚自珍今亦然，雕肝琢肾得行刊。
人前舍尽脸皮薄，事后说来心底寒。
试剑何如观剑好，卖书更比写书难。
尤惭连累诸文友，为我奔波口舌干。

（二）

卌载蹉跎岁不赊，痴心难改奈其何。
缠腰未有财万贯，过眼惟余书几车。
且看浮云随水去，但凭瘦骨任天磨。
一支秃笔一樽酒，伴我人间啸傲多。

凌晨偶成

此生合在闲中老，薄俸微官散淡春。
英气干云掣鲸志，红羊遇劫背时人。
底层遍历风霜苦，宦海翻成尴尬身。
看尽尘寰悲喜剧，侵晨梦醒记轮囷。

曹家沟有怀

曹家何幸总逢缘，一百年间两入编。
仆仆风尘似初落，飘飘山雨又重旋。
踏查直为天下计，跋涉已然碑上镌。
老井泠泠久迎候，传奇故事待歌弦。

《百年苦旅》读后赠养根斋主

世风浮靡自长叹，谁肯大荒寻苦寒？
回首百年功历历，倾心一旅路漫漫。
踏查钓叟传薪火，奔走山人续羽翰。
青史信能张法眼，丹忱每每后来看。

甲戌秋访珲春、延吉感奋有作

秋山苍苍秋水寒，谁解归心似箭还？
秋风拂鬓秋心爽，月色溶溶入边关。
踏上故土情难抑，眼中风景翻迷离：
通衢纵横流星驶，楼群拔地塞云低；
商肆连街竞豪富，笙歌不夜乐不疲。
漫步城中思绪遥，依稀辨认大通桥；
卅年旧事谁堪忆，红羊劫时战尘高。
小巷深处是我家，书馨剑气度韶华；
沿街寻梦终无觅，惆怅广厦醉流霞。
感奋最是故人情，沧桑依然存古风。
樽中热酒天涯暖，人间情谊碧山青。
君能诵我昔年句，思乡怀友赖天成；
我藏丹青逾廿载，画侣泼墨振苍鹰。
又访良朋海兰江，席地夜话迎旭阳；
翻检书札并日记，两心契合发慧光。
闻讯奔来夜已深，慷慨意气胜千金；
难忘相邻骑竹马，世态炎凉岂能分？
车窗挥手身影去，悲欢离合总伤神！
游子归来感慨浓，穷边绝塞气象雄。
青峦四壁金三角，红旗河水浪拍空。
展望风云新世纪，开边通海起飞龙。
牵魂动魄故乡梦，今生今世恋无穷！

满江红·参加长白山诗社诗词创作会议有作，用岳鄂王韵

诗国千秋，孰忍见、英风消歇？长夜里，几回拍案，啸声激烈。面壁未辞孤寂苦，心坚会遇芳春月。剑峥嵘、肝胆几人知？雄心切。　松江浪，长白雪。开创事，难磨灭。看春宵联句，月圆无缺。后继有人称俊杰，传薪无怨输心血。树铁旗、豪唱起关东，凌云阙！

贺新郎·寄榆树诗社友人

诗思难成矣。叹年来、百物腾贵，平抑何计？惟有文章如粪土，销尽元龙豪气。漫嗟怨、从来如是！病骨支离贫如洗，却依然难改苦吟癖。既尔尔，任他去。　新凉初觉飔风起。向江东、榆荫槐影，访寻知己。诗侣深情谁得似?置酒相约一醉。更皓月、倾谈娓娓。露染蛩声听《秋韵》[①]，又添了多少愁滋味。惜别后，又相忆。

【注】

① 是夜读友人散文新作《秋韵》。

袁　义

1952年出生，吉林抚松人。著有《长白山风光揽胜》《长白山仙人洞传奇故事》《长白山民间习俗》等。

徒步登长白山有感

踏寻美景记心间，唤众命名新景观。
经典佳游藏峡谷，深闺待嫁几千年？

袁风山

1973年生，德惠市公安局副局长。

浣溪沙

洱海源头景色妍，西湖神圣水连天。远方来客坐游船。　　阿嫂含情风束髻，长篙点浪箭离弦。笑声一串白云间。

浣溪沙·游大理

大理名城天下传，丝绸百感路漫漫。骚人千古有遗篇。　　笑我金花寻五朵，听谁歌唱过三山。葫芦丝奏正缠绵。

袁延清

1943年生，吉林伊通人。从事财经工作30余年，已退休。

谒轩辕庙

文明古国五千年，阅尽沧桑几许艰？
龙脉炎黄今聚首，馨香一炷敬轩辕。

莫文骅

1910年生，广西南宁人。1946年任东北民主联军辽东军区政治部主任。1955年被授予中将军衔，离休前任解放军装甲兵政委。

大雪偶感

昨夜朔风吹絮绵，茫茫林野白无边。
踏冰卧雪文明旅，薄帽单衣伤病员。
倚马将军周划策，推车民众勇支前。
会看冉冉腾红日，驱冻催春照大川。

贾　瑞

（1929—1998），吉林伊通人。教师。

重阳诗会感怀

孤山兴聚正重阳，气爽天高老愈狂。
且莫良宵空对月，黄花红叶写诗章。

图们边防站望朝鲜

图们江畔望邻邦，思绪万千生感伤。
村舍风光仍旧貌，知心战友在何方？

观长白山飞瀑

白练垂天断壁横，喷珠泻玉滚雷鸣。
不知谁启银河闸，来向前川一处倾。

鹧鸪天·游千山

塞北风光数此山，群峰簇簇碧如莲。禅堂亭阁寺连寺，怪石奇松天上天。　五佛顶，屹危岩，森森古刹伴云庵。袈裟一试仙缘近，心淡情空号了然。

贾世韬

原名贾峻峰，笔名北溟，1957年生，吉林伊通人。大专学历，高级文化研究馆员。中华诗词学会会员，公主岭市作家协会主席，《松辽作家》主编。著有《雪庐诗词》《雪庐集韵》等。

伊通故园秋歌

天蓝黄鸟健，树紫白霜匀。
九月开镰早，三秋获物新。
哨惊童子梦，酒醉老翁神。
稻浪滔滔处，耕耘多少人？

汉中怀古

汉水东流去，千秋月色明。
残碑金字暗，古渡柏舟横。
北渚听争霸，南关问结盟。
英雄淘尽后，史册有谁名？

长城吊古

出京北望古燕雄，万里长城万里风。
汉筑烽台连海漠，明留战迹缀花丛。
将军赫赫夸名剑，甲士凄凄睡野蓬。
踏遍关山鹃血紫，年年酹酒祭残枫。

题长白山山门

三千巨壑锁天骄，十六峰头虎怒哮。
大瀑飞珠降雨雾，长泉泻玉跃龙蛟。
红松侧耳聆风韵，白桦回眸看雪潮。
百仞石崖依峭壁，孤门敛尽万松涛。

高阳台·金陵怀古

十代京都，千秋壁垒，人言海内奇观。虎踞龙蟠，巨屏天堑钟山。长风破浪英雄起，一时间、鼓角樯帆。望赤县，问鼎旌旄，万里烽烟。　　兴亡不在金陵险，看兵家战略，铁索降幡。莫违天时，人和最是机缘。笑他蒋氏筹谋乱，蹈前朝、遁去无还。信民心，水载其船，水覆其船。

夏　磊

原名夏善波。网名松江小渡。1969年生。中华诗词学会会员，德惠诗社理事，德惠市书法家协会副主席。

南行途中口占短信赠友

短信如兰馥，馨香洒旅程。
江南春不老，红豆梦中生。

晨起游兰圃公园

桥下微波动，莲花晓梦轻。
锦鳞闲可数，花落鸟无声。

自题诗集

莫怨清贫抱酒壶，酌星品月恋诗书。
夜来渐觉精神爽，小案为田笔做锄。

立　夏

东风细剪柳成行，桃李花开夹路香。
日日城中看不足，偷闲郊外钓斜阳。

仲春咏雪

寒尽犹开万树花，微风吹野遍天涯。
明朝拟把新奇看，绿浸滩头水泛槎。

送刘成兄之兰亭雅集

流觞曲水趣如何，乐事从来恨不多。
一序兰亭传万古，几人有幸到山阿？

寄　友

遥忆春风里，煎烹茉莉茶。
山中微雨路，心底小桃花。
碧草情无限，清江梦有涯。
去年同醉后，今又到君家。

初　雨

柳岸寻鸿影，冰河绿我心。
仲春融白雪，迷雾锁青岑。
枝蕴桃花蕾，梦牵游子吟。
东风听有信，不敢负知音。

山居杂咏

三冬余雪重帘雨，半载幽思一树晴。
院小春来尚蝴蝶，家贫夏至也蜻蜓。
荷锄艺苑多青草，迎客篷门少白丁。
最羡闲云浮野鹤，松间流水听琴鸣。

悼鲁村夫先生

梅林三老具诗才，多少高人拜访来。
谁料西山云鹤去，蓦惊北岭玉珠埋。
当年豪气边台柳，向晚真心乡曲杯。
初识查干湖旖旎，慢吟只有赋千回。

雪域魂兄生日宴归后寄赠

曲水流觞意自如，兰亭今又聚群儒。
推敲恰得豪情助，沉醉多亏挚友扶。
三叠梅花听婉转，一杯唐宋醒醍醐。
繁华过眼寻常事，相与春风共远途。

夏永奇

笔名春歌，又名江山，号陋梦斋主。出版《夏永奇词选》《如此江山》等20卷。

沁园春·张良

辅佐刘邦，汉室匡扶，勋业柱天。主宛城劲陷，猛夺要地；峣关智取，勇挽狂澜。苦谏回师，力争约法，恃弱克强走异端。鸿门宴，敢舍身报主，再写诗篇。　　千秋罕觅奇贤，失落履，桥头得授玄。倡火烧栈道，楚王心稳；力推韩信，汉将情欢。封地酬军，举翁保嗣，厚赏诸侯怨化烟。辞官宦，更急流勇退，效范张帆。

夏维忠

1950年生，祖籍山东。曾用冰人、陶冶、默然等笔名。从事乡企领导工作二十年，1998年辞职。著有《百味斋吟稿》。

访友二首

（一）

柳陌偕阴踏夕阳，烟波十里叩山庄。
南塘一片蛙声乱，几缕荷风带酒香。

（二）

松风蕉影透轩窗，话到深时酒更狂。
欲醉之身方入枕，鸡声催月下西塘。

天台山咏寒山子

碧水苍藤古洞深，高僧世外谢红尘。
姑苏借去寒山寺，倾倒炎黄几代人。

送家兄

长风悲白发，暮笛早惊魂。
泪雨台边柳，孤零路上人。
乡关酬故旧，蜀道踏烟尘。
一去秋山外，云天梦又深。

江　村

淡云鹤影泛江秋，几缕炊烟绕暮愁。
冷落蝉声疏柳月，零星渔火落花洲。
无情竹管催黄叶，不尽风尘卷白头。
一片冰心何处寄，蓬窗索梦枕荒流。

嘉陵江漫笔

日报流云下栈桥，江涵鸥影尽逍遥。
茫茫渔火添秋色，淡淡墟烟没晚潮。
古道游踪风雨后，巴陵故地月轮高。
十年又作飘零客，百种情愁何处抛。

忆　旧

（一）

益州城外锦江滨，雨后新秋步晓云。
曲径飞烟枫色冷，长亭挂月柳风沉。
阑珊灯火渔家梦，寥落星天浪子心。
一盏流泉猿共醉，巴山旧事忆中深。

（二）

益州城外桂花香，牵手吟风桔正黄。
柳暗荷塘陪晓月，钟沉古寺送斜阳。
峨眉共赏千秋雪，赤壁同游万里江。
几度飘然浮旧梦，不知何日再飞觞。

一剪梅・春思

草破江滩柳绽黄，几处莺声，几缕泥香。天高云淡雁成行，羽带风尘，翼剪寒霜。　　岁月蹉跎晓梦长，几尽艰辛，几度彷徨。凭栏回首看斜阳，荣也匆匆，辱也茫茫。

顾文显

1949年生。中国民间文艺家协会、吉林省作家协会会员，吉林省白山市民间文艺家协会主席。

长白山瀑布

远离沧海几多年，不恋仙缘恋故园。
百万雷霆难锁住，飞身撞破九重天。

无名野花

苍茫野岭旷无垠，如豆小花怜煞人。
漫道画坛少妙笔，俗间谁解此番春？

新村所见

不闻犬吠不闻鸡，夜半看球晨睡迟。
长垄禾秧凭药剂，大棚蔬菜省锄犁。
姑娘热捧西门子，小伙痴迷伊妹儿。
忽有手机来短信，摊床价位又新提。

顾稚非

四平市早期新闻工作者。

遥念王统照先生

凭谁史笔话扶轮，只恨知君未面君。
齐鲁从来多雅士，松辽自是重耕耘。
读文最爱青纱帐[①]，聆诲能苏赤子心。
手捧诗刊遥问讯，先生门下有何人？

【注】

① 《青纱帐》为王先生散文集名。

顿宝玲

女，吉林双辽人，国家二级编剧。双辽市诗词学会名誉副主席。原任双辽市文体局戏剧创作组组长。

雨夜读父亲遗诗感怀

细雨凉宵云雾昏，小楼灯下品诗文。
追寻旧貌情思远，老骥空怀伏枥心。

落花吟

点点飞红点点痕，风吹飘落也传神。
翩翩化作秋声赋，曲曲翻成不了心。

咏　雪

银霄瑞象舞奇葩，疑是春风戏柳花。
长宇飞来千万点，天工织就玉人纱。

无 题

朝思夜梦两心牵，远在天涯似眼前。
缕缕丝丝挥不去，爱将深处总茫然。

塔望偶悟

情系松林甸，登临望塔尖。
凌风知意爽，极目感超然。
收揽湖山小，放飞心宇宽。
淹留至高点，别见一方天。

柴　伟

现任公主岭市市委书记。

读问心碑二首

（一）

百又卅年春夏长，问心碑立警钟旁。
张公后任常鞭策，诚恐诚惶愈自强。

（二）

公主岭城风景绝，问心无愧镌碑碣。
东辽河水去滔滔，一曲百年歌俊杰。

公主岭市创建诗词之乡有感（步张福有韵）

四方雅士聚诗乡，俊笔倾情著翰章。
万马临风歌一阕，千军上阵颂三唐。
响铃公主传闻美，刻石碑亭入史芳。
把酒与君开乐府，共襄盛事韵尤长。

奚晓琳

女，1962年生。吉林市丰满区国税局工作。中华诗词学会会员，吉林雾凇诗社副社长。

冬日客炮台山庄二首

晚　踱

斜照田畴雪色均，归鸦啼树晚烟熏。
山风不怠初来客，拂我青丝若拂云。

夜　雪

山肴催酒晚醺时，卧枕松声客月迟。
春遣飞花悄入梦，偷携心蕾上冬枝。

行入秋风三首

（一）

断续虫声石径旁，一江秋水带新凉。
今宵晴雨如相问，烟柳岸边丝正长。

（二）

秋凉花月两无踪，花月曾经此处浓。
花带心香逝流水，月宵故事剩吟蛩。

（三）

结满秋风李子黄，从前花事懒思量。
单衣不耐连宵雨，湿了囊中一段香。

山　家

曲蹊云近处，临水倚松冈。
门外石桥短，檐前椒串长。
喧枝小麻雀，护院大阿黄。
偶有寻幽客，溪边问浣娘。

莲花山夜记

秋草朦胧处，蛩声断续时。
酒醇星亦醉，天远月堪期。
枕石同山静，临溪品梦痴。
心温消露冷，不觉鸟鸣枝。

山 居

盘桓野径入晴川，背靠苍峦卧夕烟。
溪水濯花短篱外，莺声啼梦小窗前。
阴晴无意云相报，苦乐在心风不传。
几亩瓜蔬勤侍弄，餐余换作买书钱。

冬日集安高句丽诸王陵登谒后

坛阶高处障云开，千载狼烟脚下埃。
昨日辉煌随梦远，今朝寂寞伴鸦哀。
魂灵散入城中雪，岁月凝成石上苔。
欲问当年多少事，山风呼啸过荒垓。

窗 外

夏云无意远天游，变换阴晴欲接楼。
带雨疏烟弥小巷，扶风深绿染清眸。
杯中往事凭谁忆，花下情怀与梦俦。
栖老屋檐双燕子，一巢软语落眉头。

浣溪沙·春日客友人山庄二首

（一）

新绿无声漫柳蹊，丝绦缱绻拂人衣。烟暝山色望中迷。　　梦里花开春不晓，眉头云散月相知。流莺心思一声啼。

（二）

山路晴明散晓烟，蒿芽新采濯清泉。海棠开落小桥边。　　花雨香泥凭燕垒，春思带露许风传。白云一朵自悠然。

浣溪沙·秋日尼庵小住

小径无人向晚凉，知秋燕子理行装。听经老柳拂丝长。　　一涧溪声随梦浅，半庭花影上衣香。清辉落院静禅房。

浪淘沙·江畔晚渡

柳色入秋暝，疏远流莺。菊风凉处少人行。孤鹜飞飞何处息，寒起荒汀。　　烟水逝繁英，休怨无情。太阳错过有星星。一径虫声秋草下，仔细听听。

踏莎行·落叶

忍别霜枝，漂零寒渚，一时如蝶风中舞。用心扶过万千红，秋来空沐潇潇雨。　　往日情怀，今宵思绪，无声融入根前土。唯期冰雪化东风，此情重向春枝吐。

蝶恋花·春归

叹与音容分别久，今又重逢，俏丽还依旧。兴致一樽偕老友，清溪桥下牵君手。　　莫问芳魂何处有，但看东风，暗绿堤边柳。浅草覆蹊云出岫，蒿芽装满村姑篓。

蝶恋花

寂寞黄昏江上雨。隐约孤帆，没入烟浓处。岸柳牵风风不语，轻轻拂动丝千缕。　　脚下蓬蒿弥雁渚。未到天涯，已晓天涯路。不是春光容易负，春光也被关山阻。

临江仙·长发为君留前日欲剪短发，与夫说起，未得许，感而有记

欲短青丝君却语：喜她纤似柔肠。无声牵系梦尤香。根根知我意，寸寸用心量。　　从此不言轻动剪，今生休换头妆。一根一寸为君长。朝来霞绾髻，夜晚束星光。

一剪梅

谢尽春红带笑看，不是心安，只是无言。柳花风里又缠绵。拂去眉边，却落襟前。　　未解烦忧燕雀欢，也向峰峦，也近江湾。暮云带雨过长天。息了蜂喧，净了尘烟。

行香子·秋叶

飘渺烟尘，寂寞黄昏。任西风、摧落纷纷。阶边篱下，惜取无人。却为谁思，为谁痛，为谁真。　　依稀春色，别样牵魂。纵成泥、不忘培根。此情浓处，霜冷江村。渐虫声歇，雁声远，雨声频。

钱　卫

1966年生，德惠市出租车司机。

中秋夜驾

隔窗揽月看嫦娥，一片铜盘千古磨。
天赐良宵应尽赏，风斟佳酿引长歌。
此情此景寻常色，任怨任劳来往梭。
最盼团圆天下望，我今孤独又如何？

驱车过饮马河畔

驱车赏景已心痴，两岸冰河凇满枝。
鸣笛恐惊清晓梦，推窗怕扰白柔丝。
无边饮马萌春意，有兴吟怀入腊诗。
如此情生如此景，惜难停泊看多时。

虞美人·驾车

驱车街市听人跑，辛苦吃多少？乡村泥路雨风中，纵使艰难其乐也融融。　　任教凄冷随风过，无奈花零落。梦中的士化飞船，去接嫦娥做客到人间。

钱德义

1953年生，吉林公主岭人。高级记者。曾任公主岭市文明办主任。著有《足迹》等。

绍兴纪行

烟雨苍茫过浙江，绍兴处处好风光。
田畴稻涌千重浪，街巷楼连四面墙。
商企潮生春汛早，文林气壮翰云香。
舟车龙跃群虹卧，始信天堂在水乡。

杭州行吟

正是江南芳草春，钱塘雪浪打青阴。
竹屏读画西泠社，茶舍听歌龙井村。
柳线三潭钓月影，云裳千嶂迓游人。
恍如身在天堂梦，醉倒西湖忘古今。

步张福有韵贺公主岭创建诗词之乡

岭城今日建诗乡，万众争相谱锦章。
乐得名流来秀岭，好凭佳作唱尧唐。
豪情怀德心胸阔，盛事逢春草木芳。
翰墨飘香留史册，传将雅韵万年长。

徐 杰

1948年生。初中文化。现为双辽市实验林场工人。双辽市诗词学会会员。

榆树吟

根生阡陌舍篱间，干劲枝虬历暑寒。
看罢天天飘粉瓣，思成默默洒青钱。
刚坚可作千斤柱，柔韧堪为一丈辕。
悟彻菩提施普渡，奉皮舍叶济灾年。

放 羊

地角林中野径边，鲜花点点草芊芊。
人如入画临仙境，羊似行云落碧天。
鞭响声声驱晓雾，笛音袅袅伴岚烟。
怡然释解皈真朴，心自平和路自宽。

夏 锄

身披朝露顶残星，六月锄禾起五更。
厚土苍天优择物，稚苗嫩草共争荣。
骄阳照背铜炉烤，热汗淋头珠玉成。
生活欣欣添美望，虽多辛苦也怡情。

割　豆

开镰疾舞手中刀，雁阵三人垅六条。
飒爽风来干鬓汗，叮咚铃脆荡心潮。
荚尖刺掌轻搓手，捆大埋头紧扭腰。
皆愿餐餐香气满，须知今日付辛劳。

参观大庆铁人纪念馆

当年篝火尚余温，仍暖来今创业心。
气壮高天云万里，情结沃野月一轮。
巍巍井架撑鸿志，滚滚石油唱铁人。
大庆红旗不褪色，频传捷报慰英魂。

徐 欣

1946年生，德惠市水利局退休干部。德惠市作家协会副秘书长。

雨 天

伏雨闭柴门，风声断续闻。
无聊谁与度，酌酒论诗文。

自 题

卷满藤床思满楼，碑林画海任悠游。
春昏欲睡难开眼，叠起诗书当枕头。

秋 夜

独伴孤灯难入眠，声声促织夜光寒。
花香起伏风吹户，月色依稀人倚栏。
屋外水声流缱绻，床前画卷看阑珊。
堪怜案牍闲琴瑟，流水高山不可弹。

徐大光

公主岭人。

警察赞

仗剑神威动地天，妖魔鬼怪胆生寒。
临危救助惊无险，奏凯高歌护国安。

徐天勇

1959年生，吉林梅河口人，祖籍辽宁。梅河口诗词学会会员，现供职于辽源矿业（集团）有限责任公司。

观周老师室内一“树抱石”盆景有感

石树天成灵秀气，相亲缠抱妙中生。
树凭石骨婆娑起，石不能言却动情。

徐文赴

自号清河居士，1954年生，现为靖宇县文化馆创编员。

早春送文艺下乡

蔽日潇潇雪漫天，暖冬过后倒春寒。
走村串镇不辞苦，越岭翻山岂畏难。
舞蹈丝弦歌盛世，竹箫锣鼓响田间。
情牵心系三农事，华夏鹏飞傲宇寰。

五十感怀

屈指光阴半世秋，自将磨笔认从头。
寒窗数载嫌知少，陋室经年爱有俦。
兴至花前常信步，烦来月下总淹留。
休言夕照桑榆晚，敢望长江天际流。

徐文林

网名帽儿山客，1946年生，吉林省延吉市人。退休前系原延吉无线电总厂高级工程师。延边诗词学会会员。

咏金达莱花

丝柳东风待剪裁，思归燕子未曾来。
谁知却有山花早，为报春声带血开。

织女愿

回望银河意未平，耳边犹响我郎声。
飞船将载清辉到，尽享长天夜夜情。

乙酉腊月边城春雪

楼宇连山戴晚纱，重重喜气到天涯。
东风犹觉春意少，吹送一城杨柳花。

大雪元宵

一入元宵夜，何来雪打灯。
采梅仙子舞，随手玉篮倾。
楼著朦胧色，炮含温润声。
嫦娥几时醒，把酒待风清。

叹项羽

少发惊人语，兵兴乱世间。
乌骓蹄踏垒，白刃血凝川。
暮得八千士，朝平百二关。
可怜夺神器，不比拔青山。

重　逢

挥手龙门四十年，重逢慷慨话樽前。
书声尝伴丁香雨，情语得牵廊底天。
轻唱毛驴飞域外，空吟白马啸床边。
穷通只是浮云过，起制新诗付管弦。

军　旗

笑傲南昌猎猎风，辉煌八秩汗青中。
过汀横扫三军盛，播种长征万里红。
铁马太行添血色，木船琼岛引群雄。
天安门下声威壮，如海如潮接碧空。

徐志达

1937年生，1961年毕业于中国人民大学新闻系。曾任吉林日报文艺部副主任、吉林农民报和吉林经济报总编辑，高级记者，中华诗词学会会员。有《行吟集》《行吟再集》等诗词集出版。

望燕山

举目遥岑望，峥嵘势向天。
苍颜藏岁月，古木记风烟。
岭断隔绝塞，城伏越险山。
望中似屏画，几度梦中攀。

天涯海角

万古投荒地，今来赏可嘉。
天涯天接水，海角海吞沙。
礁砾星罗绮，珊瑚月散花。
游心惊复叹，一柱立中华。

长相思·冰城冰雪节

风飞行，雪飞行，地冻天寒城沸腾，大江千里冰。　天也灯，地也灯，俱是冰雕玉砌成，宾朋暖暖情。

徐国玉

1929年生，哈尔滨铁路局离休。著有《寒窗集》。

感 怀

霞光漫染映云天，晚景欣逢蔗境甘。
回忆青春多噩梦，醒来尤自觉余寒。

徐春范

长春市政协副秘书长。

清　明

南风扫尽去冬痕，祭日清明又一春。
烈酒香飘祈祷意，澹烟萦绕梦归魂。
愁生塞北昭君墓，怨入江南汨水滨。
过眼悲欢千古事，皆随惊鸟上青云。

临江仙·杨絮

白絮飘然浑似雪，缤纷潇洒濛濛。鸟追蜂逐乐融融。几经滂霈雨，扑地落无踪。　被土沾泥难再起，忍看花艳香浓。韶华流逝不重逢。乘时当起舞，莫待转头空。

徐福滋

1937年生，吉林抚松人。白山市第八中学退休教员。

临江仙·松花江源头畅想

站在溪边偷自问：大江此是松花？纤纤腰脊细如麻。不随风去，也得没荒沙。　　越谷穿山如烈马，直奔海角天涯。凌云指处好乘槎。几多世事，名噪却惊诧。

徐锡森

1955年生，抚松县人，曾任抚松县人大法制办主任。

贺佟江诗潮建版二周年

回眸岁月在初冬，二载收将硕果丰。
意壮中华平水韵，豪吟大地白山风。
朝燃塞外一星火，夕引江南万巷红。
敢问佟江何处去？诗潮浩浩入苍穹。

徐翰逢

吉林大学中文系教授，吉林省诗词学会原副会长。有《古典诗文选释》《宋代文学作品选》《人间词话随论》等出版。

葫芦港泛舟

花落沧州五月天，扁舟泛处百尘捐。
篙师好把篷窗启，尽放青青入两舷。

徐德海

1953年生，吉林梨树人。现在辽河农垦区三中工作。

西江月·雪中行

拂晓玉龙飘瑞，长空漫舞冰晶。纷纷洒洒路难明，塞外天寒地冷。　　孤影今朝独步，并肩昔日同行。十年倏忽自多情，无奈人离地迥。

翁显彬

1947年生。黄龙诗社社员。在农安县华家粮库退休。

思　儿

东度扶桑久别离，小楼梦里盼归期。
每逢佳节团圆日，正是思儿忍泪时。

江南水乡

穿街碧水连三巷，缀阁红花映两栏。
几只黄鹂争啭树，千条绿柳抚游船。

少小读书难

少小鹑衣求学难，孤身通校怵心肝。
拾柴日落归来晚，一盏油灯读月残。

览百里高速都市架桥

隐隐飞桥似巨龙，俨然迢递跨苍穹。
当钦鬼斧神工手，都市高空架彩虹。

登峨嵋金顶

烂漫山花幽谷深，空中索道客惊心。
风光一览峨嵋秀，金顶佛光开俗襟。

打秋千

荷塘水畔荡秋千，自得悠然笑语连。
乡里儿时无处得，天涯老迈补童年。

高原山区吃上自来水

高原餐饮万家忧，枯井千年难复修。
一夜春风边塞暖，柴门伸进水龙头。

由九江赴南京

航标指路闪红灯，极目一轮江月升。
浩淼烟波天际远，轻舟破浪下金陵。

徐福故里

风霜雨雪邈经年，嬴政枉期徐福还。
茅屋三间依旧在，桃花万朵焕新颜。
童男童女今何去，汉字汉文初已传。
世代沧桑湮不没，终凭遗迹证根缘。

游豪斯登堡城市公园

运河迤逦绕城流，满载诗情一叶舟。
两岸风车垂草地，一群翠鸟落沙洲。
青山隐隐杂云色，碧水清清映画楼。
金彩郁金香处处，风光旖旎伴仙游。

逄福龙

号卧龙居晚生，1965年生，毕业于通化师范学院历史系。现任通化毕昇印刷厂厂长，合著《佟江七子吟》。

无题四首

（一）

山上山花次第开，十年情种傍心栽。
一朝得听相思语，往事纷纷入梦来。

（二）

十年求梦梦难知，镜里茫然镜外痴。
偷把涛笺私下看，张张俱是断肠诗。

（三）

柳芽初展叶初黄，聚日无如别日长。
料得今生惟剩恨，天涯从此两茫茫。

（四）

春光日日斗寒光，歌罢梁园酒正香。
携醉归来随处卧，娇儿嗔语北窗凉。

苇沙河渡口

秋向桃源学问津，鸭鹅声里远嚣尘。
山花满目难知路，隔岸遥呼摆渡人。

重回集安感赋

岭上霜来染叶丹，菊丛深处透秋寒。
凭栏欲语难相诉，无限伤心在集安。

赠贵堂兄

少爱林泉老更迷，衣沾朝露腿沾泥。
邵翁时唤深山去，七月胡桃八月梨。

读《淮阴侯列传》感赋

侯门旧迹已荒凉，成败由人说短长。
君看当年遗饭妇，河边仍在漂衣忙。

展恩胜

1969年生，山东平阴人。现为吉林省白山军分区副参谋长，中校军衔。军事学硕士。

清平乐·长白山天池

年年夏半，野雾天池漫。风散娇容方始现，更使仙娥目眩。　　今朝云舞如烟，一泓天水无眠。回视莓苔岳桦，高原哨阵如磐。

陶文君

1965年生，白山市旅游局副局长。

春游长白山

高崖深谷鸟无踪，岭顶回眸看翠松。
岳桦临风遥映雪，神山半看出云峰。

陶忠恕

1941年生，湖南醴陵人。曾入伍，后在四平市经委供销公司工作。

北极村观日出

水面高崖皆雾霾，绵绵滚滚漫江排。
东方一道霞光闪，红日如珠跳出来。

陶秋然

吉林梨树县委宣传部副部长兼文联主席。

江城子·二〇〇二年加入坦克团

少年也有梦曾长，木枪扬，杀声狂。呼唤群童，竹马策山冈。效仿将军施号令，争全胜，不言降。　　白驹过隙事茫茫，发初霜，始戎装。满腹豪情，也敢比冯唐。苍狗白云重立志，休虚度，戍边疆。

桑逢文

1939年生，曾任吉林省副省长、吉林省人大常委会代主任。

怀念恩师

——公木先生诞辰百年感赋

文坛巨擘展吟旌，少岁从戎许国缨。
战士心丹融稷雪，诗人血热振军营。
延河水酿铿锵韵，长白山承桃李情。
一矗丰碑千载瞩，公魂昭日永垂青。

桑景田

1945年生，军旅生涯27年，转业一汽集团公司，2005年在高级经理岗位退休。

登山家话登山

莫道山高我是峰，朦胧前路眼中生。
上山不易下山险，登顶原来是半程。

过新墓地

青山又辟筑碑林，风水儿孙剩几分。
我本人间一过客，不留余烬作新坟。

莫高窟失宝恨

百年回首溯敦煌，国士学人心尽伤。
恨我家珍流域外，怜他猥主索零洋。
中华艺术生吾土，民族珍奇沦异邦。
失宝唯言王道士，岂知国弱志难张。

寇彦龙

1955年生，吉林德惠人，德惠卫生职工中专学校校长。中华诗词学会会员，吉林省诗词学会副会长，德惠诗社社长。

游红叶谷咏红叶

（一）

野谷秋花叹久违，行来兴致直如归。
山林总比上林好，满目云霞红叶飞。

（二）

西风吹落葛荆黄，溪水鸣弦送夕阳。
一树嫣红如大纛，招来万木斗秋霜。

（三）

空濛山色见清奇，一夜秋风霞满枝。
我是关东诗酒客，折来红叶寄相思。

（四）

树绕云岚入碧空，山行策杖一衰翁。
拍歌放浪凭君笑，秋叶漫天为我红。

十渡山中小住

窗衔青黛岭，门掩绿萝溪。
妒梦啼鹃乱，撩诗野卉迷。
烟峦斑驳暮，云汉灭明低。
山媪煮村酒，篱歌待醉题。

海岛情

十四年前，余曾在海岛服役，那段岁月常常进入梦乡。

男儿壮志走边疆，卫土从容跨海洋。
尽望滩头千叠雪，每牵夜半九回肠。
波生骇浪惊朝日，剑耀冰魂射斗光。
海岛三年情永系，涛声常绕梦魂乡。

游松花湖

五月骄阳结伴游，长风好驾木兰舟。
一湖碧水翻银浪，两岸青山接绮楼。
鸥鸟飞来相掠水，舸船驰去共争流。
何时抛却浮名累，乐在江边垂钓钩。

秋日抒怀

风满长天叶满楼，东篱独对一杯秋。
多情秀木霜前老，有限芳华雨后愁。
难觅残荷悲白发，欲携明月入扁舟。
可怜多少牵情梦，都化红枫叶上留。

卢沟桥感怀二首

（一）

故国山河望莽苍，卢沟桥上问沧桑。
千年驿路蹄声远，万古云天雁字长。
塞外征人三月雪，闺中思妇五更霜。
清流洗尽尘沙去，漫数石狮看夕阳。

（二）

烽火当年日寇侵，平津沦陷夜沉沉。
铁蹄惊碎偏安梦，热血呼回报国心。
郊外争看春草碧，桥头谁记弹痕深？
书生自愧生何晚，恨不同仇披战襟。

故乡咏怀

一别乡关二十年，故园风雨总情牵。
大街小巷寻幽梦，落雪飞花感逝川。
客在天涯思萱草，人归故里觅鱼鸢。
童心犹记儿时月，缕缕清光照不眠。
芳草东园渐绿滋，归来游子系魂丝。
坐观宦海如驰马，行看红尘似弈棋。
几簇青山埋旧事，一轮明月寄相思。
胸中自有真情烈，为恐燃烧不敢诗。

退伍三十年有作

长风吹柳来，大野青如绣。有客行江边，心如江水骤。遥思少年时，胸中罗星斗。万里赴戎机，执戈海疆守。豪气干云霄，欲斩单于首。哨所拄云空，俯视鲸鲵走。巡逻踏风霜，浩歌一杯酒。　　非图立功名，直作屠龙手。匆匆三十年，旧梦今何有？可怜白发生，吴钩仍夜吼。家国若有招，犹能披甲胄。长啸陷敌营，驰驱不敢后。残雪入松江，闲云遮远岫。老眼看春花，春花笑我陋。

浣溪沙·农村夏日杂咏四首

（一）

野径寻来一路花，榆杨掩映有人家。一泓碧水映余霞。　　落日轻风云入岫，小桥流水月垂纱，乡思一缕到天涯。

（二）

小院飘飞菜豆香，声声蛙鼓闹莲塘，归来牧笛曲悠扬。　　夜半读书花亦静，清晨舞剑柳犹狂，缤纷花雨入诗囊。

（三）

宛转清溪接碧天，村中百鸟竞歌喧，撷来莲子驾轻船。　　人在华城思锦绶，我居山谷爱幽兰，路边野菊互争妍。

（四）

欲去山村做壮行，心中掀起浪层层，踏歌难舍故人情。　　村里甘尝瓜菜味，城中厌听管弦声，一轮素月照窗明。

行香子

云絮徐飘，路柳轻摇，南窗上，独自吹箫。青春已老，心事如潮。是梦难忘，情难禁，愿难销。　　雪融昨夜，绿探今朝，东风里，且自逍遥。懒闻尘事，爱诵离骚。看桃花浓，李花淡，杏花娇。

水调歌头·洱海泛舟

空阔琉璃碧，青翠点苍秋。鱼鹰争赴清澈，绿水剪云鸥。千嶂丹崖翠壁，两岸寒藤古木，山势掩危搂。今日好风色，直放快哉舟。　　倚危舷，横竹笛，送离忧。四围云壑挥退，一笑拂衣游。纵有青天朗朗，管甚红尘扰扰，我已厌嚣湫。洱海波澜静，只愿永相留。

沁园春·春日有感

柳叶初新，碧草如烟，零雨其濛。叹人生苦短，追名逐利；春花易谢，斗绿争红。千种柔情，万般思念，都付沧桑一笑中。随风去，问胸中块垒，吾与谁同。　　一行归雁鸣空。有明月山花四季风。正中年世味，聚焦清淡；老榆怀抱，点染朦胧。流水声中，桃花影里，做个南山老石工。携妻子，看篱边落日，海上霓虹。

盖文利

网名昕梦阁居士，1968生，吉林梅河口人。梅河口诗词学会会员，梅河口市红梅镇一井工人。

十六字令·煤二首

（一）

煤，地折天摧气不颓。出山后，火里笑轮回。

（二）

煤，笑问森林已久违。当年忆，谁与共芳菲？

梁世五

（1931—2009）东北师大中文系本科毕业，中学高级教师。中华诗词学会会员，吉林省作家协会会员。有诗集《耐寒芸窗诗抄》《耐寒芸窗诗存》出版。

关东杂咏

（一）

莫讶开天肃慎弓，挹娄石斧可寻踪。
烽烟凝绿边台柳，堞警摇青宁塔松。
黑水东流衔旧恨，白山南峙卫新墉。
遥怜大漠盘雕客，曾向八荒卷飓风。

（二）

瑷珲北望泪花飞，左岸张悬异国徽。
雅克萨城全我弃，黑龙江水半俄归。
淘金伐木窝寒窖，狩猎捞鱼别暖帏。
今日相携通惠利，边防重见启新扉。

（三）

珲春临近大荒沟，龙虎碑文锁旧丘。
割地失权灾往日，兴强图治奠新猷。
鸡鸣三国春光晓，船竞千帆运事稠。
铜柱铭标雄海外，巡边正好著貂裘。

（四）

皇姑屯站炸桥声，一代枭雄此日倾。
位极关东成旧梦，局输倭国变新京。
奴丁屠戮随人便，粮税征加任尔行。
十四秋冬傀儡剧，戛然幕落意难平。

（五）

沐猴相庆笑弹冠，齐嫩江桥血正殷。
建伪倭酋银座饮，毁家乡老野沟餐。
姑姨含恨磨霜刃，子弟凝仇揭巨竿。
多少兴亡荣辱史，儿孙切勿等闲看。

大连湾抒怀

常思昨日上龙潭，何幸今朝绕海还。
巨浪连天肝胆裂，微风拂柳雀鸥喧。
东沟玉碎填精卫，威海船沉泣杜鹃。
开放严疆应百虑，赖君日夜护雄关。

过东北师大小土群炼钢炉旧址

遍地高炉大炼钢，告知明日是天堂。
疯狂四月群黎瘁，“跃进”三年万姓荒。
野菜情浓糠秕贵，家鸡蛋小草根香。
可怜一夜乌邦梦，致使村村变饿乡。

南京感怀

建业城头万树青，秦淮河畔画船盈。
楼台倒影随波跳，笙管传音逐浪明。
且喜琴弦催脚步，更无鼙鼓震杯瓶。
六朝脂粉归何处，化作歌厅耀眼星。

灵隐寺大雄宝殿观感

碑铭砸碎又重修，“文革”人间只一秋。
光照禅林岂幸免，大雄宝殿可忧悠？
香烟缕缕缠愚昧，佛号声声解愠愁。
千两黄金融蜡泪，应怜学子散街头。

临江仙・重来渡口

橹拍星河摇影，岸移沼柳披垂。小船压浪缓行时。举灯人款步，栖树鸟惊飞。　　串网捋钩鱼跃，管它水溅单衣。重来渡口惹情思。云层初绽缝，独踏月光归。

水龙吟・长城秋思

长城极目苍茫，穹庐划破迷归鹤。塞风凛冽，木摧草折，傲凌恒岳。头枕燕山，足勾弱水，手昆仑握。揽关河百二，泥丸无算，兼城铸，横天槊。　　高挂祖龙金钥，遣蒙恬，几磨钢锷。搏浪锥偏，沙丘鱼臭，漫评功错。偎翠讥人，依红享利，是真龌龊。只寒星、点点垂怜黔首，弃尸荒漠。

梁克弋

号桃仙居士，1962年生，黑龙江哈尔滨人。现任中共通化县直属机关工作委员会副书记，通化县森茂诗社秘书长。

森茂诗社成立抒怀

汩罗抛粽悼秋兰，艾草垂檐疫鬼迁。
月下瑶池邀墨客，花前酒肆聚群仙。
潇湘唱和菊花傲，旧友吟哦韵水妍。
红曲悠扬尤绕耳，笛箫续奏玉金缘。

梁桂云

女，1955年生，吉林石化退休，长春日新诗社社员。

游广州莲花山

莲花胜景不虚传，涧碧山青百草妍。
报晓金鸡迎璀璨，开屏孔雀舞翩跹。
激流悬瀑飞千尺，峭壁奇峰入九天。
望海登楼骋游目，不知世外有桃园。

梁桂凤

女，四平市人。

步张福有韵赞人民警察

警徽闪烁亮双眸，金盾戎装梦寐求。
铁骨铮铮维正义，雄心烈烈斗邪流。
为民战雪甘吃苦，抢险迎风愿解忧。
安居乐业呈盛景，江山稳固彩旗收。

梁谢成

1938年生，黑龙江肇州人。曾任吉林省作家协会理事。

温　泉

弯弯曲曲几艰辛，一路携来四季春。
怎奈世人浑不识，抛珠溅玉守穷身。

梁德祥

1940年生，吉林榆树人。毕业于东北师范大学中文系。退休后受聘于临江林业局有线电视台做编辑撰稿工作。

游临江金银峡

金银峡谷美，水唱鸟声和。
峰险建亭榭，壁高题牧歌。
景随山路转，风伴石砂多。
步步离天近，蟾宫会月娥。

鸭绿江游泳

人间暑气重，碧水鸭江游。
燕子掠过腿，鱼儿撞着头。
云天胸内阔，波浪眼中流。
忘却身边物，人生始自由。

康 毅

1953年生于安图，祖籍辽宁，满族。延吉市三道湾镇中学教师，延边州诗词学会会员。

风

冷热擦肩互弄情，吩红嘱绿令枯荣。
轻摇夏日能消暑，怒动狂飙百万兵。

雨

送暖迎寒绘大川，缺无放纵尽为愆。
伏中三五称甘露，拢住清秋便稔年。

读稼轩长短句有感

少壮仓惶与世争，霜华暧昧笔头耕。
味无味处求吾乐，材不材间过此生。
养性修身宁做我，轻德重望岂其卿。
邀菊把酒东篱下，剑气凝诗管自横。

阎肇泰

1929年生，吉林省农安县人，在企业管理计划与供应工作一直到退休。系黄龙诗社社员。

八十自寿

似梦年华八十春，劫波度尽幸存身。
清心寡欲终生素，乐以诗书作伴人。

夏 荷

娉婷玉立映清新，品洁心高不染尘。
欲静荷苞才出水，蜻蜓无赖总相侵。

连战来访

国共相煎半纪多，如今握手罢干戈。
烽烟忆作炎黄史，一笑恩仇付逝波。

黄立志

抚松县人，抚松县“长白山诗词书画院”院长。出版有《长白山诗词书法选》。

长白山

云雾绕峰峦，飞流挂雪川。
山高日月近，水远海洋连。
峭壁凌空立，平湖落地圆。
关东神圣地，天下蔚奇观。

浣溪沙·赞野山参

绿叶长茎顶子金，皮纹紧细裹浆银。深山野岭沐岚云。　　百岁藏身修本性，一朝现体谓奇珍，关东百草是英魂。

黄永刚

1947年生，辽宁台安人。吉林省辉南二中退休教师。中华诗词学会会员。

清洁工

拂晓清污尚觉迟，狂风烈日正忙时。
汗珠尤比珍珠亮，巨笔书成圣洁诗。

糖葫芦

红珠玛瑙蕴芳魂，串串风流粒粒亲。
不去汤锅殊死炼，何来雪里一支春。

唐山农友义务赴湘救灾

大爱何须表誓言，悄然午夜别幽燕。
余生倍觉承恩重，恨不登天补月圆。

蒲公英

抗罢贫寒抗旱魔，精神抖擞舞婆娑。
笑辞冰雪红芽早，怒向风沙金卉多。
春叶清心拼美膳，秋根祛火治沉疴。
母亲恩赐轻纱伞，四海生根绿万坡。

清平乐·晨练

启明点卯，晨练行人早。惊起蛙眠贪睡鸟，拂面清风真好。　　江山燕舞莺鸣，黎民珍视康宁。白发追霞赶日，青春揽月拈星。

行香子·种春

山岭还青，燕舞莺鸣。俺关东、正闹春耕。大田种豆，小圃栽藤。乐马儿奔，狗儿跳，垄儿青。　　细看墒情，呵护催萌。盼今年、细雨和风。痴心孕蕾，汗水凝晶。愿地增产，翁增寿，子增荣。

黄亚斌

公主岭市委常委、宣传部长。

创建诗词之乡有感（步张福有韵）

吟旌一指到诗乡，携笔钟情著丽章。
遍野采风歌盛世，满城流韵效雄唐。
春淋好雨新苗壮，秋沐晴阳老干芳。
信是云蒸霞蔚处，涌来画意福音长。

黄耀文

（1950—2009），吉林伊通人。二级编剧。伊通诗词学会会员。

读施立学先生《故国神游》有感

如临妙境阅从头，万种风姿眼底收。
深信施君书不谬，神游读罢更思游。

新农家

藤绕篱笆一院阴，樱桃红透压枝沉。
主人邀客情殷切，一盏村醪更醉人。

游姜女庙观望夫石

长城万里自秦时，白骨为砖肉作泥。
功罪千秋君若问，望夫石上认依稀。

曹曾非

1936年生，吉林双辽人，南湖诗社编委。

谒东北抗联遗址

松明星火夜寒光，怒涌溪流会大江。
风卷义旌添血色，战歌漫过百花香。

怀念党义同志

李本风用“党义”名默默做了一辈子好事。今年二月十六日走完了他平凡而又光辉的一生，党义走了，精神永存，成律一首。

花拥雪簇送英雄，一世平凡业绩丰。
慷慨解囊浑忘我，坦诚行事尽从公。
高标律己雷锋品，低调为人党义风。
不朽精神传代代，铸成亿众万能钉。

曹景福

1962年生。吉林九台人，毕业于吉林大学政治管理专业。现任吉林省江源区政务公开办公室主任。著有《大荒情怀》等。

岳桦林

苍劲虬枝屹大荒，傲寒风骨气轩昂。
波涛汹涌银龙舞，岂与闲花较艳香。

《白山纪咏》续偶感

前贤壮志赴辽东，纪咏豪吟气贯虹。
江水奔腾说往事，续诗妙笔鼓雄风。

忆秦娥·后葫芦洞

岩岫，通幽曲径风光秀。风光秀，潺潺溪水，洞天石镂。　峰回路转桃源有，鸡鸣犬吠和弦奏。和弦奏，千杯佳酿，意真情厚。

曹瀚文

1964年生，吉林白山人。原为道清煤矿中学教师。

长白山天池

头也披银鬓也霜，离天三尺莽苍苍。
名山五岳应生妒，仙女曾来洗艳妆。

戚术诠

网名关山飞鹤。1967年生，吉林梅河口人。

钓　趣

移步赴兰亭，池边赏绿萍。
抛钩闲钓月，惊落满天星。

致友人

故友今何处，行踪两不明。
夜闻流水韵，疑是旧琴声。

伤　逝

未见埋香者，谁人扫石台？
缄言悄别去，不忍看花开。

纪辽东·老岭石碑（依养根师韵）

一路蜿蜒穿峻岭，从此可通行。百年过后重探察，心生别样情。　　碑石而今成旧景，几问默无声。风侵雨蚀铭文浅，丰功难荡平。

纪辽东·读《百年苦旅》感作

丹心唯以国家重，何辞雨雪风。遍踏白山今卅载，情注大荒东。　　纵眸但见松涛涌，殷殷告钓翁。当慰百年吟苦旅，继纪有张公。

虞美人·月

纵观万物何称绝？当属天边月。依然每夜嵌西楼，却又只身离去不回头！　　知侬唯怕花难果，暗把相思锁。莫言心冷故无情，试问盈亏千古为谁明？

盛宝元

（1944—2005），字山石，吉林省延吉市人，生前就职于延吉市劳动局。

登图们日光山

绿树如茵水似烟，游人点点若珠丸。
望天石上朝天望，还有峰峦在顶端。

俯瞰天池

千里峰峦百样观，白山仙境在云端。
一池清泊明如镜，疑是蓝天落水间。

仰观瀑布

峭壁悬崖似险屏，飞流滚滚自天倾。
隆隆一泻冲千壑，化作三江任纵横。

漫步温泉

远望山川雾气升，近看泉水热腾腾。
一篮鸡蛋泉中煮，几缕清香扑面迎。

常东华

1953年生，吉林梨树人，九台市政协常委、九台市劳动局副局长、九台诗社副秘书长。

四十初度

已历人间乐与愁，年逢不惑更何求。
人生自古须磨砺，莫使春秋付水流。

赞人民艺术家常香玉

戏大于天为众民，平生艺海认求真。
堪称德艺双馨最，香气常留育后人。

纪四平同学会

同窗兴聚四平城，别梦终圆睹旧容。
昔日无猜成趣话，今朝有幸诉情衷。
只贪湖上通宵醉，不觉山头曙日红。
五月清风吹万里，可能送我踏归程？

忆苏黎

二访苏公病榻中，风清骨瘦笑从容。
一生坎坷情犹烈，几度沧桑意更浓。
春韭篱边挥翰墨，雾开河畔唱国风。
虽追黄鹤飘然去，不朽诗魂上九重。

常贺林

1932年生，河北乐亭人。曾任梨树县公安局长、政法委书记等职，已离休。

游山海关

万里长城第一关，巍巍堡垒壮河山。
千秋历尽烽烟事，海内升平门亦闲。

崔　虹

女，1956年生，吉林德惠人。

中秋赏月

流连待月高，圆满看完璧。
照水色澄澄，映山形历历。
物华何有限，境界岂无极。
怜此清光泻，溶溶心可涤。

观电视剧《白蛇传》

千载修同梦，人间酬至情。
多磨见真挚，大度得温馨。
伞破心能补，盟坚塔为倾。
西湖烟雨日，可续断桥行？

君子兰

古来君子意，化作此株风。
叶片宽而厚，英华金带红。
彬彬孔门礼，耿耿岳家忠。
美德今忘淡，呼花若警钟。

文 竹

此竹何文雅，青葱发一盆。
近观构精致，远睹势氤氲。
既佩才人玉，还披志士襟。
案前开倦眼，相对契何深。

芳 草

(一)

芳草绿欣欣，遭逢几度焚。
当春即觉醒，历劫愈坚贞。
淡泊甘铺地，清廉可立身。
融融享群乐，不作断魂吟。

(二)

芳草望无垠，萋萋连碧云。
有情曾碍马，接远或招魂。
韧质除还长，清芬断又闻。
此心如此草，不毁地中根。

冬　日

积雪皑皑映月轮，素娥青女斗精神。
雕银砌玉诗人句，耐冷凌寒志士襟。
自苦辛中出奇崛，于清淡处识天真。
隆冬气象含殊意，乐与苍松做比邻。

浣溪沙·早春有记

积雪消融暖日辉，东风浩荡振春衣。翩翩步履访相知。　　珍惜同襟弘雅业，琢磨好句费良时。碎枷破壁始成诗。

蝶恋花·读《德惠诗词》

荟萃精华成巨著。细读轻翻，似共高人语。文采风流承李杜，剑芒刺向贪和腐。　　闲到诗中寻乐土。异卉奇葩，历历珍堪数。竹外梅边心可住，温馨阵阵驱寒苦。

浣溪沙·高城水库赏荷观水二首

（一）

久爱莲花得近观，绝清绝美出泥潭，同心联袂度华年。　　遥路驱驰寻胜境，小桥携赏做游仙，长留丽影辩媸妍。

（二）

淡雾濛濛水接天，爽风叠叠起波澜，拍堤漱石响喧喧。　　乘艇悦她飘秀发，登台笑我掩华巅，心湖老去莫枯干。

崔万奎

1960年生，朝鲜族，吉林辽源人，现为辽源商业学校讲师。

游磨盘湖感怀四首

（一）

凭远凝神碧落空，一行白鹭掠长风。
垂纶自得渔人乐，绿水青山入画中。

（二）

一叶轻舟破浪来，豁然兴致自开怀。
连天湖色溶春色，戏水红装看凤钗。

（三）

桃花落尽柳花繁，如织游人笑语喧。
感叹神工开胜境，陶公笔下武陵源。

（四）

久慕湖光今日来，东风助酒醉登台。
飘然我欲裁诗去，却恨身无李杜才。

春　风

残雪消融溪乍开，林疏山瘦鸟徘徊。
东风已鼓追春脚，野草先知绿漫栽。

赞人民警察

警徽熠熠豁双眸，甘愿为民无所求。
酷夏巡逻迎热浪，严冬蹲守抗寒流。
舍身亮剑除邪恶，沥胆临危解疾忧。
大任担肩责无贷，拼将热血护金瓯。

新春寄语

星驰斗转又庚寅，景色偏随虎跃新。
福字盈门常耀日，云笺寄语总怀人。
弄潮更喜征帆远，踏雪每期鸿雁珍。
一曲高歌前路望，芳菲待放满园春。

重九登高

呼朋唤友上高台，放眼风光次第来。
枫岭坡红云漫舞，林溪水澈浪吟裁。
登峰又忆龙山会，赏菊常思陶令才。
情注萸囊朝故里，篱边寄语酒盈杯。

纪辽东·读《百年苦旅》有感二首

（一）

读罢凝眸掩卷思，百感养根师。艰辛跋涉踏查路，沧桑苦旅追。　　又忆曹家纪略辞，载史树丰碑。青山隐隐吟旌展，霞飞花甲时。

（二）

穿越星空细酌词，钦佩百年师。刘公纪咏张公续，古今长白诗。　　寻迹勘查志不移，峰头十六奇。考遍荒墟承史载，当歌奉酒卮。

崔亚芬

女，1952年生。吉林省教育集团退休，长春日新诗社社员。

结婚三十年

（一）

相濡以沫卅经年，雨雨风风破浪帆。
舌战唇枪小插曲，厮摩耳鬓大和弦。

（二）

有滋有味同舟渡，无悔无私共苦甘。
莫道桑榆霞映晚，金兰伉俪驾轻帆。

崔国靖

1961年生。曾在粮食部门作领导工作。黄龙诗社社员。

菊　花

雁去霜来仍靓妆，篱旁摇曳舞秋光。
不随桃李趋炎势，独立西风播晚香。

品　茶

煮来漫饮散幽香，涤尽心尘对晚凉。
一叶可知山色绿，更寻真味解枯肠。

初春感怀

一缕青阳破腊寒，平畴远眺笼疏烟。
及时播下辛勤种，可待金秋斟月圆。

崔祖明

女，笔名山月，1948年生，吉林四平人。中教高级职称。四平市政协委员，中华诗词学会会员。著有《少儿词作选》《清歌漫语话人生》《性灵花》等。

二〇〇八年迎战暴风雪

鹅毛大雪抖精神，命脉条条欲断魂。
抢险何人能入睡，春风又绿九州春。

一剪梅·衡阳中华诗词研讨会

飒爽清风到雁乡，归雁衡阳，落雁衡阳。山川一派好风光。乐也湘江，美也湘江。　　韵曲和谐绕画堂，阔论千腔，高论千腔。争鸣吟苑百花香。诗也芬芳，词也芬芳。

崔振华

公主岭人。

赞交警

红绿灯旁立警楼，严寒酷暑写春秋。
一招一式明方向，全意全心送暖流。
踏露千晨情愈烈，傲霜十载志弥遒。
酸甜苦辣终无悔，熠熠丹心照九州。

崔殿邦

1942年生，吉林省梨树县人，现居图们市。延边诗词学会会员。

望 月

戍边辛虎旅，将士任双肩。
卫境鹰巡猎，雍邻使访谈。
国安民乐业，界泰谊连篇。
十五思亲夜，人人望月圆。

中朝边界水流峰观圈儿河

圈儿峰顶瞩，拓目浩心胸。
两眼银环水，百弧腰箭弓。
轻风飘胫带，碧野舞原龙。
天地神工巧，泥鳅假誉功。

游沙湖

游览沙湖兴趣稠，景奇调古韵清幽。
骑驼步浪丝绸路，持桨观莲翡翠舟。
丛径人迷芦苇荡，集歌鸟恋水汀洲。
朝霞夕照装容焕，西子新迁面带愁。

温　瑞

网名塞上白衣子。1970年生，吉林东辽人。吉林省诗词学会副会长。

赴莲花山道中偶感

一撮青秧腰一弯，尺深泥水浸肤寒。
游人不识春耕苦，犹把新田作景看。

建筑工

你运砖头我拌浆，斜阳晓月垒成墙。
身贫岂作华居想，建到高层好望乡。

羊角山

一双犄角势峥嵘，几历风磨雨砥成？
似恐群峰挤江窄，顶开对岸放船行。

漓　江

百态青峰拥水滨，一峰相见一峰新。
联肩探首争向客，待得船来方侧身。

夜宿觉华岛

暮耽蓬岛上，踏月影婆娑。
系缆舟浮贝，盘山路转螺。
潮来余岸窄，云散得星多。
欲向渔家宿，遥灯半在波。

有　忆

游春邀凤侣，临暮赴佳期。
林静溪喧悦，云浓月出迟。
影当相并后，心值共跳时。
风过槐花落，扑肩人不知。

剥苞米

岂惧秸枪茬戟围，竹签一把任翻飞。
扯须连挑银衣破，落手还欣玉粒肥。
情洒金风歌九日，笑随长垅入余晖。
铁牛不厌拖箱满，加载莹莹月色归。

卖糖葫芦者

巧穿精蘸老牌传，形也玲珑色也鲜。
吆喝声甜街一趟，往来身冷雪双肩。
从君驻足吞涎处，换我养家糊口钱。
串似花枝摇在树，众人折去最欣然。

游七星岩感赋

桂林山水绝尘凡，慕美来游七星岩。
近城山小无大木，何独此山耸松杉？
松青杉翠阴郁郁，稍生惘惑未停足。
行行幽深洞口开，冷风习习衣上扑。
奇光幻影叹陆离，钟乳倒悬石笋出。
窄罅只容侧肩过，大厅豁开千人屋。
上下高低惊人魂，怪石张牙复裂目。
辗转流连重见天，回首恍如一梦间。
细辨欲寻来时路，漫自且投青林去。
前遇土丘垒砖石，宽围三丈高三尺。
十月萧疏逾残秋，茸茸依旧芳草碧。
肃然一叟当前伫，鬓丝霜雪衣风露。
相问大丘置者谁，还言为之兄弟墓。
六十年前战桂柳①，所谓精锐暗撤走。
不走阚许两弱师②，誓御外侮危城守。
偏逢寒秋雨连绵，盟军飞机不得援。
腹背受敌孤军战，漓江一水浮尸遍。
一桥一堡反复夺，一巷一舍尽肉搏。
十日炼狱仙域城，硝烟不熄枪不歇。
周边阵地相继陷，唯有此山坚莫撼。
七星原非冶游处，战时医院兼仓库。
伤兵医兵运输兵，渐集人员近千数。
千人一心死如归，再举刀枪决胜负。
炮震火烧两朝昏，顽寇前进难半步。

穷凶极恶人性失，前口严封后口窒。
化学毒气滚滚来，可怜欲抗身无力。
除却数十奋突围，余部忠骨惜抛掷。
检骸八百三十二，已是中华光复时。
匍匐手中枪紧握，至死犹是战斗姿。
收殓合葬博望坪[③]，民众始植松杉青。
矮碑浅刻字斑驳，英雄自古本无名。
风掠树梢如涛涌，墓砖抚罢百感萦。
一洞探奇皆夸好，墓前人迹一何少？
石柱石幔俱有神，孰知曾教肉躯保。
有偶悲壮八百士，四行一役[④]镌青史。
史河浩浩淹没多，此中血火凭谁记。
依约相望伏波山，伏波应惭马革还。
英魂无语自默默，何须花束与花环。
漓江流玉足堪慰，浪浪澄澈长相酹。
祈愿和平驻永年，留取山川看妩媚。

【注】

① 指1944年8月至12月间的桂柳会战，中国军队与日本侵略者在以桂林和柳州为中心展开的会战。

② 指中国军队阚维雍的第131师和许高阳的170师。二师将士在桂林防御战中，小部突围，大部牺牲。师长阚维雍自杀殉国。

③ 博望坪，山上地名。

④ 指四行仓库“八百壮士”。

生查子・买蕨

昔年三月时，蕨向山中采。落手小拳青，篮底花如海。　　今年三月时，蕨向摊前买。市久不知春，春在人间改。

纪辽东・《百年苦旅》读后（四首选一）

披榛继踵是谁人？大荒尝养根。百五十番来复去，不减半分真。　　松桦鹤鹿与相亲，依依牵梦魂。影趣未消诗兴起，吟彻一峰云。

水调歌头・塞外谷雨

夜雨转晴旭，春脚度边城。清明过了，余寒沾袖一丝轻。怜取草根颜色，探听风梢消息，处处恁多情。杏蕊醒酣梦，莺舌弄欢声。　　日分红，云捲白，客踏青。秋愁冬闷，此际无复苦牵萦。佳气开怀呼吸，秀色驰眸追逐，美意不须争。一展心田卷，诗笔作犁耕。

念奴娇·游官马溶洞

探奇何处？向幽深洞口，蜿蜒山腹。立笋悬钟随处是，姿态峥嵘难足。才泛瑶池，再投宝殿，旋上天梯曲。雷声忽作，雪流飞坠渊谷。　　堪叹如许奇观，几经迁改，亿载由凝缩。暗抚蚀痕休与问，百岁光阴迟速。重见山光，恍然胎转，一浣身心俗。踏莎归去，岫云翻影来逐。

水龙吟·端午采艾

可怜五五亭皋，萋萋萧葛人踪遍。叶翻娇白，茎凝嫩翠，一株欣见。试手轻摩，俯身近嗅，异香挥散。惹悠悠乡思，霎时千里，抬首望、朝云漫。　　最记山村炊早，汲泉烹、绿汤红蛋。彩丝缠了，檐椽分插，惊飞眠燕。今日楼丛，逐流趋物，几多情倦？且葫芦挂罢，门楣生色，唤孩儿看。

沁园春·与雪语君淡词，议及沁园春一调，作此阕答之

乐府诸牌，至爱为何？曰沁园春。有九珠连韵，铿锵殊致；两双扇对，幻化如神。经国专情[①]，稼轩贯咏，吟雪毛公势绝伦。观止矣！任托心陈慨，流水行云。　　叹无定法相循，要百十奇兵布阵匀。概疾徐虚实，翘头藏尾；纵横捭阖，转骨摇筋。识宋风澜，拟清声色，入复出之先哲门。待来日，或别生新得，再与君论。

【注】

① 经国，宋词人陈人杰别名，词所传者皆为沁园春。

沁园春·课儿几何

书案两端，夜灯半径，题海深宽。对线分曲直，牵怀长短；图呈交叠，乱目方圆。旋转当中，纵横以外，伸缩相依勾股弦。旁引导，但稍加辅助，切割疑团。　　世间规矩迂延，或角度重新转换看。算人之轨迹，接连几点；物其虚实，变化千般。漫道平分，何来全等，互补成余各一边。难莫畏，且细心求证，步步朝前。

小梅花·雨中游冰峪沟

一峰诱，一峰逗，一峰辞罢一峰又。雾如纨，雨如鬟，半调山色，半又逐游船。游船荡在尘寰外，未识群峰真体态。或峥嵘，或娉婷，何必赊他，九寨桂林名！　　猴岩趣，鹰岩怒，瀑声响过仙人渡。雨添稠，景添幽，平湖高峡，湖畔几勾留。欲留却叹身为客，一任双襟沾翠色。意痴痴，步迟迟，山水来朝，可有念吾时？

贺新郎·秋日过莲花山抗联秘营处

峦嶂环相峙。似关东、男儿健魄，昂头挽臂。几度严霜奔雷迫，犹向长天傲倚。秋到也，更添英气。苍莽松涛翻涌处，不堪听、隐隐枪声碎。枫正染，赤如帜。　　当年碧血凭谁记？认潺湲、溅苔砥石，壑中溪水。纵是英魂蓬草没，也作黄花芳丽。今晓否？重生鬼魅。暗驭阴霾来海上，又汹汹、窥伺遮天势。回首望，山风起。

【南吕】一枝花·赏雾凇

携将远岭云，散作寒波霭。如约逢腊至，漫遣缀枝来。皎皎皑皑。敢莫是玉苑遗关外，瑶池落水涯。结晶莹草木多姿，塑璀璨风光一色。

【梁州第七】

妆的个柳线条条缟带，镀的个松针簇簇银钗。留冰心一片尤堪爱。不投梨梦，不寄槐胎，不垂杨泪，不妒梅腮。何必傍七宝楼台，更难沾半点尘埃。弄娇柔西施女曼舞绡裳，比英健赵子龙披搭素铠，忒欢狂党太尉巧筑盐宅。临阶，疑猜，江南江北云屏摆，唯辩听得江声在。一束朝霞透蕊来，纵织女也难裁。

【尾声】

白衣有客钦丰采，款意迎人治雅怀，两不厌惺惺惜怜态。相谐，乐哉，佳境逍遥信非买。

玉甸凉·咏猫

文采如彪，威风似虎。号麒麟，却常留、蓬门敝户。腾跃攀援多敏捷，天职如山杀鼠。盗黍之行，啮书之念，都慑喵喵一怒。风毛雨脊，雪沾眉、痴坐寒更辛苦。　　燕子休惊，鱼儿莫惧。性生来，便这般、顽皮多趣。生肖排中无位置，但喜逍遥自主。趁片轻阴，荼蘼花下，酣睡正宜春午。醒来还笑，未随它、鸡犬升天而去。

温井泉

别号沛澍，1948年生。吉林东辽人。务农。

顽童盗杏

五枚酸杏两人争，缘在二三分未平。
本是同来为贼盗，又何吆喝主人评？

慰友人

多向光明处，事临休道愁。
秋来春故返，池满水才流。
盈损天之理，枯荣本所由。
青山展眉处，大雾正将收。

赠　友

南岗一劲松，挺拔傲苍穹。
麻雀猜晨雨，昏鸦噪暮风。
有情唯叠翠，无病故从容。
日久能知性，专欲建鸿宫。

【越调】天净沙·示儿二首（短柱体）

（一）

当年大歉维艰，盘盘荞苋糠团，碗碗榆钱苦椴。胃酸难咽，天天泪眼三餐。

（二）

今人要信回春，肴珍上品鸡豚，米囤粮陈不尽。用心须慎，常论御馑防贫。

温玉书

1948年生，吉林双辽人。吉林化工学院毕业，工程师。先后在双辽磷肥厂、市经济委员会工作。

打乒乓球

施谋斗勇苦鏖兵，踞垒攻城各显能。
挥汗为求强体魄，银球劲舞亦传情。

打乒乓球自题

腾挪闪展老顽童，挥拍神威守且攻。
势重弧圈飞暴雨，形柔短吊送微风。
银球翻舞随眸转，绿案和弦悦耳中。
竞技休言为争胜，身心两益乐无穷。

诉衷情·江城同学会

多情怎似小城春，陈酿味甘醇。缘何未饮先醉，又会旧时人。　　情切切，意殷殷，话频频。鬓虽霜染，笑看春秋，指点乾坤。

温奉霖

1949年生，高中文化，吉林省德惠市人。吉林省硬笔书法学会会员。

除夕感怀

中宵爆竹响连声，阵阵听来涨激情。
何处光辉最耀眼，家家挑出小康灯。

温贵君

1951年生，吉林白城人。现任白城职业技术学院党委书记。中华诗词学会会员，白城市诗词楹联学会主席。

镜泊湖

一湖青翠映春浓，吊水楼头飞玉龙。
山影倒垂云倒卷，小舟爬上最高峰。

游俄罗斯海参崴拾憾

赴俄几日碎肠揉，捧起离愁土一抔。
最是不堪回首处，家乡反作异乡游。

游合肥包公祠见三口铡刀有感

刀下无情寒气开，心惊胆战断头台。
可知时过千年后，只供游人玩赏来。

兵马俑

大驾亲征六国平，江山一统血凝成。
地宫又摆堂堂阵，不信冥王敢作声。

拜兰州黄河母亲雕像

慈情不尽汇成河，苦乐悠悠万里波。
无语膝前唯一拜，泪花更比浪花多。

关东诗阵三周年致贺

当年山杏树，红了大关东。
兰水推潮上，黄龙腾浪中。
临屏灯挑月，敲键指生风。
马甲三千件，诗童是老翁。

游向海自然保护区

戏鹤苇塘旁，黄榆好纳凉。
湖平一凫影，桨动两诗行。
云涌天犹阔，心宽水正长。
沉浮多少事，曲岸问渔郎。

秋游京西黄叶村曹雪芹故居

京西霜渐重，黄叶扫清秋。
陋室灯如豆，长天月似钩。
千番问青史，十载悟红楼。
醉卧疏篱畔，荣衰一梦休。

小村秋韵

日落抹红霞，炊烟四五家。
归来养蚕女，闲去牧鹅娃。
秋挂葫芦架，风扶苦菜花。
农夫偏好客，抱出大西瓜。

上井冈山感怀

犹见烟飞处，当年万丈缨。
黄洋界安寨，红米饭囤兵。
路向云中入，人从崖上行。
前方几竿竹，偏爱壑边生。

见白城万亩野生杏林花又开

虬根久卧苦寒中，扬起枝头压草丛。
抹过一年盐碱白，排开十里杏花红。
明眸春满遐思远，小径足深幽谷空。
寥廓沙洲情未老，清香阵阵溢春风。

访萧红故居

兰河水载几多愁？空向孤零闺阁流。
院角残风推老磨，檐前淡月笼悲秋。
无情枷锁情难断，有恨姻缘恨不休。
半部红楼说生死，女儿刚烈女儿柔。

萧乡归来忆旧

吟友相邀路自宽，轻车几度下呼兰。
沧桑百载仙人掌，寂寞孤坊老磨盘。
家事聊完聊国事，酒坛醉满醉诗坛。
激情不计归程久，时涌相思火一团。

鸡年上元听春天故事怀邓公

春天故事九州同，南海涛声塞北风。
一位老人思虑后，千秋大计笑谈中。
鸡鸣晓日逍遥梦，路走康庄不倒翁。
捉鼠还凭猫理论，东君未必问私公。

乙酉秋游大连金石滩

秋风送客到金州，蟹煮沙滩酒润喉。
红叶平铺残石口，黄花满插大荒沟。
鸥翔不屑千潮涌，壁峭犹藏万古悠。
斜径通天极目远，烟波深处一孤舟。

吉林雾凇

雾重霜浓日影迟，江风渐缓绕凇枝。
满头白发长堤柳，一袭银装遍野诗。
孤鹜高飞云尽处，寒流暗涌雪来时。
今生得做冰心客，不避琼花笑我痴。

咏集安

细雨斜穿云倒流，沧桑一梦大荒沟。
将军死去空遗愿，玉女生来不识愁。
鹜在中天鸣古道，人于野渡吊沉舟。
兴衰皆付鸭江水，万顷波澜涌入眸。

南乡子·秋日月亮泡水库小住

水阔大堤宽，浪卷风行缕缕烟。飞鹳衔来云一朵，白帆，恰在桅杆上顶悬。　　入夜钓湖边，月到中秋锅里圆。清炖活鱼呼好酒，飘然，不慕神仙不慕官。

蝶恋花·梨花时节妙山别友

谁剪冰绡成玉蝶？挂满南山，相送词千阕。强似凡英夸色绝，云笺赠友书高洁。　　酹酒千觞终有别，万缕情丝，一个同心结。待到明年春色发，花间重约殷殷月。

苏幕遮·思

意绵绵，情切切。多少相思，多少相思夜。隔断银河望断鹊。梦里凄清，梦里凄清月。　　雨蒙蒙，风猎猎。笑靥如花，笑靥如花灭。一缕愁肠难了却。欲语空悲，欲语空悲咽。

谢德富

梅河口市人，中学教师。出版有《风雨红尘》诗集。梅河口诗词学会会员。

重 逢

故里重逢聚一堂，觥筹交错话沧桑。
回眸往事辛酸品，展望明朝喜悦扬。
惠政举灯辉富路，豪情蕴笔写新章。
人生莫叹临秋晚，烂漫斜晖胜晓光。

塔　山

1954年生，满族。九台市胡家乡农民。

梦伊人

闽江流月去粼粼，万里灵犀一寸心。
遥望白山黑水夜，枕间残梦五更人。

债难还

为谁别后忆雍容，春暖花开绿夏风。
秋来满获痴情债，血呕新诗还不清。

春节有寄

知汝思亲忆故乡，如何两地共彷徨。
终因洛水留神女，始信巫山梦楚王。
松鹤延龄天不老，仙人祝福海无疆。
新年满目阳春雪，独向关南默举觞。

答友人

几载从军未建功，武夷南麓厦门东。
龙游大海深深浪，凤翥高天落落风。
铁马金戈新客梦，还乡闻笛老书童。
今宵又望关山月，长白诗心寄寸衷。

赋重阳老人节

黄叶飘零碧水寒，双重佳节会人间。
倾闻雅菊香如旧，仰望苍松老愈坚。
明月有情偏故里，夕阳无憾照江山。
深秋果实归仓廪，何苦临风哭逝川？

夜　岗

故乡东望共蝉娟，一派松涛五岭南。
携笔从戎酬夙愿，荷枪把酒酹龙田。
楼高海阔云崖岸，梦断神游日月潭。
号角悠悠关塞醒，拉开夜幕又新天。

彭志国

1952年生，吉林省梨树县人，现任吉林省供销社监事会主任。

颂人民警察

豪情壮志染风霜，使命光荣路更长。
护守家园争奋勇，铲除邪恶谱铿锵。
克难制胜显身手，赴险排忧挺脊梁。
无悔青春歌一曲，精诚报效写华章。

西江月·和李元才《学书有感》

僻壤几经磨砺，墨香陶冶痴迷。龙蛇飞舞近瑶池，一展牵云鸿志。　　愿景潜心描绘，华章相伴消疲。著书盛世好时机，岁月真情铸字。

彭砺志

1944年生，吉林省农安人。

刮须有感

刀锋刮不尽，未几又萌生。
人老精神旺，焉能枉自轻。

牧 归

绕过前峰下碧川，夕阳散淡画金毡。
头牛认路无须赶，家在青纱帐那边。

卖 菜

秤上真诚筐里鲜，笑声清脆洒摊前。
忙中渐觉衣兜鼓，回到家中再数钱。

蒋力华

1950年6月生，辽宁岫岩人，毕业于东北师范大学。曾任吉林省教育厅厅长、吉林日报社社长，现为吉林省委宣传部常务副部长。中国楹联学会副会长。吉林省诗词学会副会长。

岳桦林

跃上莽原虬劲舞，风刀霜剑挺英姿。
有灵天地堪惊世，高唱大荒生命诗。

心仪好太王碑遣怀

浑穆碑陵壮国东，广开土境霸声隆。
丸都百代云和月，鼓荡华章汉隶风。

为张福有航拍雅鲁藏布江题句

浩荡流云浩荡风，凌虚雪域探真容。
天公畅意挥神笔，跃起中华一巨龙！

喜闻张福有君释《荡平岭碑记》即将出版

（一）

两石同碑左右观，开边通塞削峰峦。
关东大写皇清史，铁划银钩日月安。

（二）

荡岭平崖放眼观，广开土境跃龙峦。
边疆胜迹遥相顾，毓秀江源通集安。

（三）

碑石明光夺目观，墨香宝拓似晴峦。
欣然考释疏榛棘，祝我江山恒久安。

奉和张福有登戍边楼韵

神游九界雄豪在，阅古望楼铁铸身。
寸土服膺真国士，东陲幸有护疆人。

冒雨登天池忽晴

初行天尚雨，愈走愈晴明。
大野云追逐，高原树竞迎。
天台开圣镜，玉界奏新筝。
有幸谋君面，今生不枉生。

依韵题张福有鸡冠山佳照

儿时常伫望，天隐秀冠边。
阴雨风云拥，晴峰月影连。
蓬蓬攀九仞，莽莽化三千。
依恋家山景，心垂静水前。

戊子新秋从南坡游长白山感赋并序

余在白山市工作13年，到省城任事也是12年。匆匆忙忙25年间，未曾从南坡登览天池。与福有、孟寅友相约，于2008年8月30日同游并记之。

喜闻银燕驭晴晖，便向横山踏翠微。
千载遗痕留炭木，一江起势破重围。
松桦相拥随风舞，天路盘旋缠峻巍。
冠冕峰前身挺立，壮心顿共白云飞。

附：张福有沁园春·第134次登长白山陪蒋力华兄踏查鸭绿江上游断想

携侣重游，鸭绿江头，奥壤野垓。望三奇毓秀，东西跳涧；二源淰跃，南北胞胎。叆水闲奔，剑川曲折，廿四长沟依谷排。穿云水、放冲天巨浪，一洗尘埃。　天池高筑层台，对冠冕峰前一鉴开。叹穆公刻石，已留隐患；刘郎纪咏，枉抒胸怀。圣水浑波，神渊呜咽，一览江山倍觉哀。驰疆野、定筹边大策，更待雄才。

读汝昌老研红著述感赋并贺九十华诞

史迹新刊索梦空，风流彩笔献芹公。
石头考鉴疏迷垒，宝玉倾谈演幻红。
帝苑西厢情了了，诗家北斗意蓬蓬。
京华百载凭高望，雪舞寒梅伴寿翁。

和耿铁华兄《榻上遐思》之一兼赠福有

频诵吟章夜梦长，析明豆谷渐开张。
平生寄意辽东月，论著飞花国内墙。
指点玄菟前代事，心追故里古碑阳。
龙山瞩望多思绪，万象风烟伴在旁。

新年步张岳琦先生韵遣怀

瑞雪开元花甲年，烟尘抖落抗冬寒。
清吟胜迹天风劲，礼赞英雄心界安。
玉爱松花惊色秀，神游故国憾文残。
登高把酒思千载，扫荡浮云万里观。

步张福有君品读程与天先生篆刻书法韵

展艺京华卅岁前，文坛宿将也无眠。
刚锋铁笔波汹涌，浩气干云舞宛蜒。
汉韵风规堪寄志，辽刀岫玉可游天。
春秋古道胸怀里，篆隶从容比万千。

贺张福有君斠释《荡平岭碑记》出版

巉岩老岭舞风烟，设府东陲塔甸川。
南枕江流隔岸语，北依石壁对云翩。
披榛斩棘通梁路，荡塞开渠接禹天。
辽沈屏藩边要地，关河阅古缅先贤。

祝贺《江源毓秀》出版

三阳开泰虎称寅，贺岁祥云捧日新。
寒武地标留胜迹，白山界域有贤人。
心呼宝砚初成秀，情溢清流始惜珍。
豪迈行吟飘逸韵，温馨一卷喜迎春。

《浩吟伟烈》诗稿初成张福有兄特撰跋语并赋诗祝贺依韵奉和以谢

祥云嘉庆继逢寅，溢彩流光华夏新。
奋起惊雷燃地火，高擎赤帜踏潮人。
千秋气概山河颂，一代风骚家国珍。
侪辈奔行循大道，心为忠骨啸长春。

推进长白山文化建设有感

白山虎啸贺庚寅，长吉图开欲创新。
沃野关东真有貌，丰穰豆谷最宜人。
大荒经里拥风雅，故国城中识鼎珍。
百载光阴惊巨变，诗林盛业共牵春。

纪辽东·长白山又见圆虹天象

一百年前，刘建封踏查长白山惊见圆虹。2009年10月16日，张福有君一行于白云峰上又观圆虹绝景，喜摄佳照并赋《纪辽东》一阕。11月13日走出医院，漫天飘雪，心绪初静，悉依养根斋原韵以和之。

苍茫天地圆虹现，秋阳佩玉环。云浪霞峰随晕显，百岁两仙观。　　莫言塞外无风水，大荒称羡谁？直向鸿蒙情不悔，吉日演东陲。

纪辽东·有感张福有主编系列诗集出版并序

吉林日报11月17日第6—7版通版以“放歌长白山”为题，刊发60位诗友咏长白山之诗，这是张福有先生主编系列诗集作品中之一部分，并有纪辽东一首为记。览之甚为欣喜，诗域吉林可期矣！

一捧兰心遍地开，首自洞沟来。池南撷韵漫天舞，山花任意裁。　　百载攀行考晋秦，公主诱骚人。江源毓秀亲风雅，关东锦绣魂。

附：

张福有纪辽东·吉林日报以两整版篇幅刊发 61 首咏长白山诗词感赋

盈目清心一鉴开，绮韵大东来。吟旌客岁漫山舞，华章妙手裁。　　邀得诗朋证汉秦，岂是等闲人？白云峰上齐声吼，吟哦壮国魂！

蒋红岩

网名花月主人，1969年生，吉林公主岭人。公主岭市诗词学会会员。

春寒感怀

云天变色未知春，冷落山林不见君。
苦待暖风催绿草，欣观嘉树隐芳魂。
迷茫远客流连地，微缈孤筝顾盼云。
半世生涯皆败笔，空留文墨自逡巡。

蒋端方

1925年生，湖南岳阳市人。教授，已离休。毕业于北京外国语学院。曾任吉林工业大学夜大函授部副主任，成人教育处处长。中华诗词学会会员。著有《斗南人诗词选集》等。

重上岳阳楼

杜诗曾熟记，范记更难忘。
报国人非老，逢时意转昂。
登楼天地阔，极目沅湘长。
信是家乡好，橘红鱼米香。

冬　日

岁暮寒风劲，窗前雪乱飞。
彤云生紫日，暖意胜春晖。
楼外琼枝俏，阳台石蒜肥。
兰花开正盛，书室尽生机。

葛　楠

吉林人，词入《江源毓秀》。

纪辽东·《百年苦旅》随感

金秋时节访仙山，盈盈一水间。俯瞰天池神醉处，古道几多弯。　铁鞋踏破证江源，遥遥千里篇。最是关东情意婉，松水更延绵。

葛安期

1939年生，吉林德惠人，退休教师。

与周耀宗学兄分别在即，谨以小诗二首相赠

（一）

耄耋相知塞外逢，新楼乍起乐其中。
身分千里长思念，为有心通道亦同。

（二）

岁月迢迢逾古稀，边城野甸续缘机。
将军意气留肝胆，百姓情怀如酒卮。
才艺精深香晚节，风云恬淡赋晨曦。
别离有日酬无物，一片相思寄小诗。

葛庆龙

大学文化，辉南县职业高中副校长，辉南诗社社员。

如梦令

曾宴黄家小院，院内梨花烂漫。人醉酒酣时，蝶舞蜂歌相伴。堪恋，堪恋，此景此情人羡。

董二舞

原名董明武，1968年生，辽源市人。吉林省作家协会会员。有中短篇小说集《无奈的尴尬》出版。

游五女峰二首

（一）

俯瞰危岩草色青，溪流幽谷水声声。
仰观一线天悬佛，五女峰头禅意生。

（二）

藏心石上不藏心，许我临风自在吟。
莫问名山千万座，流连直到日西沉。

董正千

1928年生，吉林舒兰人。曾任四平农机局巡视员。

赠老战士王文君同志

逐倭驱寇握钢枪，复扫顽军渡大江。
解甲归来战魂在，挥锤舞棒赛球场。

董本鹏

1974年生，吉林德惠人。

黄　榆

不避艰贫瀚海家，少沾春雨沐黄沙。
虬枝劲展迎天笑，绿写荒原更胜花。

过蓬莱戚继光故居

风马云车捍海疆，龙吟剑啸慑扶桑。
牌坊寂寞谁瞻仰，高耸蓬莱看大洋。

秋游白洋淀抗日旧址

（一）

芦花摇荡漫天飞，鸟语声稀静四围。
不见波间鱼打漂，游来怅对晚风吹。

（二）

望中何处雁翎村？瓦舍难寻旧弹痕。
曾记当年驱虏地，喧天歌舞入黄昏。

中秋思乡二首

（一）

独上高楼衣觉单，难堪影对水晶盘。
飘摇百里思乡路，慈母飞针夜未安。

（二）

寒蝉凄切入秋声，几度思乡梦不成。
谁与登高同伫望，家山已老月三更。

东北农村婚事竹枝（八首选四）

（一）

花车才到大门前，一袋高粱放脚边。
莲足迈进婆家院，苦了大伯不敢言。

（二）

右手玫瑰左手郎，轻移莲步入新房。
秤杆掀起红头盖，羞腮又着五谷粮。

（三）

五碗连成五福池，不知那碗管儿枝。
口说男女都一样，偷眼看郎早早知。

（四）

饺子尖尖对对装，天地公婆各一双。
喜事虽说来得早，小叔贪吃不顾郎。

寄　云

梦境迷离浅复深，依依执手语含嗔。
醒来更觉真情苦，疑树疑花尽是君。

白洋淀“水浒”景点

百八英雄聚泊津，替天行道唱如今。
白洋千倾芦花漫，忠义三间游客频。
难找山东及时雨，只存河北玉骐麟。
金沙滩水知何处，造假原来用古人。

集安怀古

漫雨泠风诉古今，镌书仍记拓疆魂。
弥留残壁青龙爪，倒映丸都碧蟒鳞。
百战将军空墓室，千营死士少碑文。
兴亡社稷谁来测，薄纸功名问老坟。

寄恩师

道是无家还有家，师生一别各天涯。
穷途细雨嘶征马，古塞斜阳噪乱鸦。
白首应怜班定远，丹心谁哭贾长沙。
卅年执教贫如洗，客路风霜染鬓华。

半拉山新庙黄昏

青山兜率两茫茫，云树斜晖入晚凉。
庙宇幽深清福地，袈裟红紫旧禅堂。
三千水浣尘心净，半拉山荒木磬扬。
我坐松风共明月，经声寂寞听春江。

董泽坤

公主岭市政协主席。

柳梢青·岭城世纪广场春咏

又是春归，莺莺燕燕，柳叶如眉。碧雨丝丝，桥栏染绿，蝶舞蜂飞。　笛箫唢呐谁吹？酩酊醉，八仙忘回。别样风光，无边图画，处处争辉。

董知远

原名董筠。1968年生，临江市民委主任。

春到鸭绿江

两岸山含黛，红日破云开。
崖上杜鹃影，水清舟自来。

董闻是

笔名晓雷，1946年生，吉林长春人，著有《耕耘集》《忆海拾贝》《晓雷诗集》。

咏　荷

晨曦乍吐最销魂，静谧馨香承露淋。
花绽芳茎纯有致，叶伸翠盖净无痕。
青蓬淡雅争结籽，玉藕高洁拒染尘。
出水盈盈博众爱，只缘风骨最坚贞。

董晓宇

1967年生，吉林德惠人。长春净月国税局工作。

减字木兰花·秋夜

疏帘淡月，轻笼新诗愁半阙。素指筝弦，拂落孤星夜已阑。　　籁风缥缈，吹落枝间花又少。心意空茫，一寸飘零一寸凉。

忆秦娥·秋日别友

秋声切，长亭漫舞霜天叶。霜天叶，年年雁阵，怅吟离别。　　骊歌一曲声声咽，玉容憔悴他乡月。他乡月，残花院落，寂寥时节。

醉花阴·秋雨

窗外鹃啼声渐老，依旧知音缈。一夜雨淋铃，庭叶篱花，零落知多少。　　凭栏暗怨秋声早，红落无人扫。我欲葬名花，一遣愁怀，却怕他人笑。

鹊桥仙·七夕感怀

星河涌浪，鸿桥飞羽。天上人间思绪。有家休羡美牛郎，任他做、神仙眷侣。　　珍馐玉盏，华衣金缕。怎抵两情长聚。痴情织女若相知，定慕我、凡间儿女。

董晓光

1959年生，现在辽源市教育局工作。

初　春

东风已动雨微微，杨柳初黄叶未肥。
倚榭追云夕阳下，邀朋把酒醉芳菲。

遣　怀

富贵荣华不系心，烟霞散淡向泉林。
浊尘岂入书生眼，雪魄冰魂共素襟。

文　竹

心向层云品自珍，如针翠叶瘦纤身。
临窗已许添幽雅，一缕清思不报春。

董湘兰

女，1949年生，农安县供水公司退休职工。

侍花偶感

追肥浇水有心期，忍把新枝替旧枝。
紫艳红娇能几日，常凭绿叶伴晨夕。

秋　情

又读霜叶几番情，素裹芳华塞上行。
欲向枫林寻彩韵，一池秋雨落诗声。

韩长赋

曾任吉林省省长，现任国家农业部部长。

赠友人

长白六月雪，堆云与天接。
登临三江源，心中有圣洁。

和文昌赠别诗兼赠送行诸同志

玉树琼花霞满天，东风送客一朝还。
故园休问今何处，前路相拥大自然。

题百亿斤粮食能力建设工程

谋划增粮百亿斤，国家利益总萦心。
东牵碧水滋禾壤，西造良田惠子孙。
政策逢时天助力，民情顺势地生金。
难能十大工程建[①]，当代愚公振吉林。

【注】

① 十大工程，系指百亿斤粮食能力建设中的东水西调、平整土地等十项工程。

心　曲

都道衙斋令好行，我言为政念苍生。
遥想青州窗外竹[①]，近看长白雪中松。
惟愿泥棚换新瓦，更期孤幼尽书童。
乡亲饮水安全否，临别轻轻问一声。

【注】

① 遥想青州窗外竹，有感于郑板桥青州县衙咏竹之情怀而成此句。

韩丽萍

女，1962年生，公主岭市工会干部。

公主岭市业余合唱团成立致贺

响铃故里喜空前，盛世新风付管弦。
美妙歌声传四野，和谐旋律入云天。

韩希强

1979年生，辽宁辽中人，现居梅河口市。梅河口诗词学会会员。

军　人

此身非我有，本为国家生。
背负千钧担，肩挑百世名。
丹心昭日月，赤胆守长城。
宁洒颅中血，忠魂践誓盟。

长相思

夜独眠，夜难眠，夜半凭窗顾影怜。泪垂双鬓斑。　　千重山，万重山，大雁南飞君道还。雁归君未还。

浣溪沙

残日萧萧暮水投，千帆争渡竞风流。江中白叟一沙鸥。　　世事嗟叹终有老，何方花木不逢秋？额纹鬓雪几时留？

韩国荣

1948年生，吉林省九台市人，九台市人大常委会主任。中华诗词学会会员，九台诗社名誉社长，著有诗集《爱在明天》。

故园情

玉露金风动，山乡果熟时。
溪烟笼曙色，孤鹜落霞晖。
梦里吹牛笛，镜中惊鬓丝。
经年政绩少，抽暇且吟诗。

病中感怀

（一）

人间道义值千金，梅骨蚕怀未敢陈。
病马犹思千里路，栖鸿总仰九霄云。
引情花木风前茂，醉眼江山雨后春。
每恨才庸无益世，会看明月出遥岑。

（二）

吾曹争得等闲过，聊借诗书驱病魔。
济国才疏愁太息，齐民识浅苦吟哦。
水流花谢人虽老，雪打霜欺志未磨。
漫漫征程千里远，几番梦枕踏冰河。

（三）

浮生缅邈欲知难，睥睨功名腹底宽。
时泰笔吟新国策，岁丰胸涌大江澜。
柔情皓发骄霜月，烈火洪炉鉴胆肝。
征马萧萧鼎新处，余年岂可老风烟？

韩贵池

网名边城闲叟。1944年生人，原籍哈尔滨，现居住珲春市。珲春603地质队退休职工。

大东诗社座谈有感

朋辈相邀怎可违，座谈心得启心扉。
老天似解诗情趣，收敛严寒风减威。

图们江试航出海二十周年有感

张鼓峰前望国门，边疆山水动吟魂。
铭心奇耻未曾忘，出海首航诚可论。
开放大东扶日月，实施纲要振乾坤。
风光览尽惊时去，更盼巨轮追浪奔。

龙虎碑前有感

手摩刻字惹心思，尤见吴公英武姿。
筑炮练兵防恶寇，勘边谈判有严辞。
字书龙虎明心志，心系边疆留律诗。
后辈已将遗志继，中华强盛告君知。

读百年苦旅有感

不与浮华争利名，传承文化伴人生。
关东山水留佳迹，塞外风霜漫野荆。
十万行程探奥秘，百千诗赋诉真情。
谁能识得吟怀阔，敲动黄钟使更鸣。

秋　吟

趁闲晴日入山林，可解秋愁寂寞心。
诗稿几回看树写，风光一派对空吟。
瑟瑟西风思故事，萧萧落木豁胸襟。
自从杜牧山行后，霜叶如花唱至今。

大东诗社成立抒怀

山欢水笑正嘤鸣，为有高朋莅小城。
情切不辞千里远，韵深更有百家声。
抒怀留下宏文语，泼墨传来励志情。
有限诗书无限意，开轩吟唱一身轻。

韩茂林

1981年生，吉林柳河人，现居吉林市，《就业时报·休闲周刊》编辑。

荷塘蛙声

十里圆荷纵复横，日波跳荡水盈盈。
一蛙饱食浑无事，隐约香中刻意鸣。

西　瓜

疏风冷雨可肥君，高卧山田认月痕。
爱汝一心消此夏，甘甜不独向朱门。

春　风

一霎温酣刻意寻，水波初皱柳梢深。
吹来且惜花间蕊，都是嫣红姹紫心。

冰　凌

许是天心为尔倾，绝尘精魄故莹莹。
儿时曾在房檐角，窥得人间彻骨清。

桃　花

每与东风约有期，春来急绽两三枝。
情深不怕妆容艳，红到清流一展眉。

农　家

山短围村户，天高念未穷。
知秋因叶落，望雨认年丰。
笑泪风声里，光阴垄亩中。
催诗多少客，点指太匆匆。

核　桃

空山劳梦想，只爱伴荆榛。
终是香在骨，何妨衣有尘。
君无十围苦，我愧廿番春。
不意儿时味，相逢似故人。

送友之新疆

流水曾经事，舆图认九州。
无垠江海思，不尽稻粱谋。
十载藏霜刃，一朝看壮游。
当时记连榻，相别又经秋。

元 宵

年关今日了，当户一凭栏。
犹看红门对，曾尝白玉丸。
烟花春迤迤，灯火夜漫漫。
负手天涯客，诗心览未安。

春 雨

永日檐前伴，三春点染成。
河陂腴未已，花木晕初生。
淅沥为何语，纤绵正满城。
一从天际落，来守世间清。

烟 花

(一)

吟入无穷夜，谁人与唱酬。
一身燃欲尽，五彩绘难周。
月闭为孤客，花开瞰小楼。
生来多变灭，不写四时愁。

（二）

飞花忽一散，迢递认斑斓。
列阵流天幕，生姿乱夜寒。
城中灯火和，巷角侣朋看。
与践良时约，相喧到漏残。

杂　诗

木叶当风觉早寒，流年易卜酒难干。
一灯滋味非耶是，九曲肝肠涩复欢。
诗卷从今会相顾，江山如此不须看。
未逢梦里雕龙笔，拈过芜词也自弹。

网上下得成多禄集

名字生光入眼新，始知儒吏是乡亲。
观摩檐宇寻无迹，涵咏山河要有人。
毕竟诗才夸海内，依然蒲柳绿江滨。
中原英物恒沙数，邑里斯编已足珍。

春　雨

终古声名润物初，身家合配晓风徐。
读成别赋波心碧，诉过长街柳叶舒。
拢日才情云亦逊，描红志业笔难如。
最怜一事无能及，独厚田园与野庐。

鹧鸪天

坐对清宵春渐深，薄寒薄暖最难禁。幽怀成雾唯斟酒，何计销愁剩苦吟。　风细细，雨霖霖。无端天气幻晴阴。徒然阅得书千卷，未解今朝一寸心。

临江仙·入暑

檐外闷雷听不奈，今朝瓮里江城。且看双鬓镜中青。名山和碧水，长是梦难成。　憎爱还如花事短，沧桑转眼能更。一番风雨一番晴。炎凉凭去就，寂历养心灯。

韩温江

1952年生，吉林舒兰市人。毕业于东北师大中文系。现供职舒兰市人大。中华诗词学会会员。

同黄山挑夫对话

上山不易下山难，汗透衣襟心胆寒。
压力千钧须自卸？肩齐游客隔重天。

孤月入寒秋

空庐孤月入寒秋，物是人非凄苦忧。
瑰梦常温难醉醒，不堪镜里早白头。

春　风

偶瞥阳台扇半开，好风疑似遣回宅。
梦中踏野邀相伴，几度轻摇不醒来。

情结郭尔罗斯

幸临宝地沐清淳，奇景人文烙印深。
草场茵茵托圣境，妙音袅袅寄虔心。
民俗村里游人醉，圣水湖边迁客亲。
妙语哈达车上酒，归来依旧觅佳音。

媚　俗

残照夕阳鞭炮鸣，尚疑开业选时匆。
黄昏连片声如瀑，灯火阑珊焰似虹。
已见市民时尚赶，复闻商户媚俗行。
财神倘若真博爱，何以世间分富穷？

陪老同学寻找插队梦

来也匆匆去也匆，风风火火谒尘封。
房前土路难新觅，邻里亲情依旧浓。
拼凑支离接梦网，遍寻破碎补时空。
吾侪倘有卅年路？愿伴媪翁重觅踪。

韩景龙

回族，1946年生，吉林九台人，原九台市胡家回族中心校高级教师。中华诗词学会会员。

先芳过访递别

野渡红枫叶正飘，斜阳疏雨百花凋。
西风送客秋江上，不尽心潮接浪潮。

信步漫吟

性好敲诗推正声，附庸风雅苦经营。
梧桐依旧鸣无凤，柳叶翻新啼有莺。
执术驭篇达素志，采风遗韵寄真情。
常搜丽句寻新意，顺理行文又一程。

韩景学

1949年生，吉林四平人。原四平市政协副秘书长。中华诗词学会会员。

无题二首

（一）

侵晓霞光映碧窗，列车长啸远眸张。
千山万水撩人醉，好驾春风归故乡。

（二）

旭日穿林透紫光，苍松翠柏焕新妆。
烟灰如柱冲天外，带去农家五谷香。

程 远

1954年生，集安市文联主席。著名哲理漫画家，著有《程远警世漫画》《程远喻世漫画》《程远醒世漫画》。

忆诗坛名家咏集安笔会

一江渔曲半江霞，碑隐古城存墨花。
才俊八方辑鸿卷，丸都豆谷沁芳华。

程与天

1950年生于沈阳。著名书法家。

奉和张福有兄惠诗

敢呈篆刻大方前，夜半操刀午正眠。
朱白相间谐虎趣，密疏合铸若龙蜒。
秦风汉印染于石，铁马冰河自向天。
翰墨豪情几十载，回眸学友笑三千。

附：张福有和诗二首《品读程与天先生篆刻书法感呈》

（一）

朱白参差耀案前，寒斋雪夜不成眠。
横刀剔月任驰骋，携雨乘风凝宛蜒。

（二）

敢凭柔情深问石，漫挥铁笔直书天。
逡巡刊就从容色，方寸之间演大千。

甚谢程与天先生椽笔治印（倒依前韵）

寸方天地境三千，笔意新开法外天。
顿挫浑教峰崒嵂，轻柔直逼水蜿蜒。
情钟自解临池乐，梦好曾经抱石眠。
难得俗名刊大雅，仰君早在卅年前。

程守攻

1938年生，吉林九台人。曾在吉林师范大学任教。

秦王入海处观感

鬼神本虚构，生死有规常。
入海秦王渺，唯留碑记详。

程景利

1961年5月生，吉林省农安县人。农安县万金塔乡粮库主任。

秋日遐想

晨起田边踏绿苔，清清秋气爽心怀。
欲将霜蕊装成袋，留作农夫冷饮开。

游阳朔宿友人山庄

偷闲阳朔友人庄，四面奇峰似栅墙。
枕得蝉声方入睡，依然乘梦下漓江。

程蔚兰

女，1964年生，教师，长春老年大学胜春诗社社员。

免征农业税喜赋

暖风拂面柳丝斜，夜雨润酥青草芽。
东岗开犁翻旧土，西畴扣垡破新茬。
昔忧赋税延千载，今变补贴及万家。
布谷催耕农事紧，枝头缀满报春花。

焦世国

1942年生，九台市上河湾人，市文化馆退休，中华诗词学会会员。

访友人留题

年老相亲故旧殊，曙霞烟柳访君途。
柴扉轻叩花惊梦，云影遥疑雁寄书。
麟趾暗随春草长，诗笺直向海天铺。
余生不为浮名役，宜驾长风泛五湖。

清晨散步

春醪畅饮海天涯，仙露沾衣小径斜。
葱翠牵魂河畔柳，郁香催笔岭前花。
一番风雨苍黄改，几度兴亡岁月赊。
满眼生机无限意，争将衰朽负年华。

感　发

为牛旦夕拓荒滩，慰籍灵台花木鲜。
放野纵情饮春乳，惜时奋臂扣征舷。
秦淮月色留胸底，鹦鹉琴声删笔端。
坎坷人生从未息，修身风雨一窗寒。

偶 感

幸有良猷民瘼除，雾晴胸底惜蟾蜍。
风涛荡漾龙归海，烟雨迷朦马识途。
浪迹留痕心愈热，依稀回首梦犹初，
平生多少悲欢事，任尔纷纭稳握枢。

退役三十年书怀

髫龄夙志未曾酬，几度花开鬓发秋。
雁带晚风疑画角，檐移晓月忆吴钩。
梦中马啸蓬莱岛，醉里旌飘海蜃楼。
绮丽山河成一统，天涯赤子放歌喉。

病中吟

骨硬自堪贫病欺，竹床斜卧每沉思。
胸惭诗肋无鳞甲，地隔山门有故知。
近悯林蜩嗟岁晚，遥吟浦雁恋霜奇。
明朝风火拓荒域，敢惜寻常些许疲。

采　风

劲健苍鹰搏太虚，青红紫绿屣徐迟：
画桥碧水三仙岛，蒲榻香炉五圣祠。
恬静林阴影随杖，悠闲峦气爽沾衣。
满川尽是题诗处，聊把清泉当砚池。

春日感怀

款款凌空燕翅斜，芳馨拥抱海天涯。
牛寻溪岸回春草，蜂恋山乡带露花。
焉许酒魔荒大业，宜将诗癖写中华。
无私青史评功罪，岁月沧桑浪卷沙。

寄　远

的卢鞭指海天衢，棋局残烟扫却无。
百鸽衔云补禹汉，绿杨带露庇民居。
扣弦阆苑雷为鼓，垂钓瑶池日烫裾。
靖远王师从未息，寒灯琢璞敢言劬。

闲　吟

摘星跨海魄躯驰，天外畅怀风递诗。
溪草含情为客翠，岸花倾意惜吾痴。
月宫家信云霄雁，杨柳山村酒肆旗。
秋实春华常入卷，浮生嗜恶柘蚕知。

怀友人

问君何处摄风光．鸥扑烟溪梳早妆。
草合不嫌苔径窄，花零更惜麦川香，
韶年易去面应老，碧水难留情却长。
梦里分明相共瞩，并肩弓马射天狼。

忆老战友

传书鱼雁信无踪，北望层峦泪满胸，
柳陌鸢啼离别语，芸窗月照出征弓。
彤云每误旗飘雪，绮梦常闻马啸风。
夜雨孤檠三十载，杀场并辔几时逢。

寄苏黎

缅邈云爬格不群，悠悠弦外有知音。
淄衣未减立门雪，霜鬓犹凝治学尘。
蓬迹昔时花木暗，雾踪尽处海山春。
轻裘肥马皆无欲，独向寒江垂钓纶。

回上河湾

柳丝揉面岂嫌低，藤杖悠闲过石溪，
万道曙霞驱雾绪，一群候鸟赛春词。
蒿莱犹识牧羊子，原隙沉思采菜时。
人世沧桑星斗换，故乡枝叶尽诗题。

记 梦

何处登临龙凤楼，徜徉莎岸语沙鸥。
琦壶朝汲洞庭水，药枕暮游鹦鹉洲。
雀意偷安负岁月，虎心克险惜春秋。
炽旗鼙鼓催吾辈，璀璨中原海倒流。

春日偶成

几时青帝制浓妆，诸物争荣莺燕翔。
霞染桃林泼慵眼，风缫柳浪浣忧肠。
欣听云岭鞭声脆，沉醉田园土味香。
物庶星奇新世貌，怀才八斗费评章。

述 怀

激昂箫管大江东，家国萦怀气化虹。
逸马痴驱千里路，雄鹰遨御九天风。
细评尊贱烟浮梦，浓抹河山月约翁。
荏苒流年岂言老，凌崖仰望古虬松。

心 境

呢喃燕子惹相思，寥寂柴扉花作泥。
噙露青枝寒瘦骨，摇风疏影淡香词。
邀仙但怕酒杯浅，怀故常嫌云驾迟。
二尺龙光欧冶剑，铮铮岂有负明时。

焦俊芳

女，四平市人。

人民警察赞

头顶国徽大任担，肩扛金盾壮威严。
保家不惧生和死，除恶何思危与安。
铁骨铸成忠义曲，英魂谱写报国篇。
太平盛世功卓著，壮丽山河锦绣添。

傅日升

1929年生，曾任吉林省长白县政协副主席。

满江红·缅怀抗联将士

满风云，曾卷我江山半壁。可记否？日倭入寇，松辽鸣镝。虎豹弹冠军国梦，关东沦陷神州泣。正苍天待补世须扶，红旗立。　　白山怒，干戈起。松江怨，悲歌激。恨家仇国耻，义军云集。转战挥师杨靖宇，三江鏖战平倭逆。挽狂澜力拯碎山河，千秋绩。

傅科夫

1933年生，黑龙江肇东人。退休前在四平市一建集团工作。

上天子山峰索道

飘忽腾空起，彩云回首间。
红尘都不近，身到九重天。

鲁祥晟

笔名村夫。吉林德惠人，农民。

访大兴安岭至老友家

似入桃源里，牛羊牧水湾。
民居前后阔，村路纵横宽。
处处松枝垛，家家木栅栏。
仓房修院外，门设不需关。

特 产

踏虹采鲜耳，顺手摘猴头。
松下养狐貉，云中放鹿牛。
佳人珠锦袄，国宴玉盘馐。
此处平常物，离山入贵流。

甲申九台重阳诗会

游子怀乡日，文英聚一楼。
襟怀同坦荡，笔墨各风流。
故里桃花谢，他乡桂子收。
插萸兄弟远，佳节未言愁。

中秋夜

约朋联袂咏，夜静地流银。
笔下仙娥俏，诗中桂子新。
有窗皆玉朗，无物不瑰珍。
盛满古今愿，高天月一轮。

乡　情

（一）

父老安居似隐鸿，生来有幸沐乡风。
身勤日俭田间叟，劝孝谈忠学馆翁。
不乏荆轲行义勇，难能颜子乐贫穷。
浮华惑乱世人目，抱朴村民不改衷。

（二）

春归夏至草萋萋，野甸黄花没马蹄。
掏鸟窝攀百尺树，捉青蛙入一湾溪。
放鸢谷雨飘丝稳，采药端阳艾叶齐。
欲问吾生何至乐，童年故事柳莺堤。

（三）

忆我乡中多俊游，亦诗亦酒乐同舟。
元宵灯海同吟雪，端午清江共祭流。
携带青春迎岁首，相邀明月赏中秋。
家山厚我风骚友，经雨经风晚白头。

（四）

如丹黄叶近黄昏，怀旧常归故宅门。
残瓦包含风雨事，老榆镌刻岁时痕。
天边苦菜曾相苦，岑下温泉屡送温。
魂魄常因情字系，他乡有梦不离村。

强晓初

（1918—2007），陕西子长人。曾任吉林省委第一书记，中纪委书记，中华诗词学会副会长，著有《心声集》《晓初诗词选》等。

谒耀邦同志墓

夹道杜鹃如火红，山岗矗立石雕崇。
遗容栩栩欲言语，听是无声心也通。

访防川（原韵和江涛同志）

伴友访防川，畅谈话昔年。
铜墙壮塞上，铁壁镇边关。
星斗月光夜，松风竹韵天。
倭奴今扫去，山水尽开颜。

奉和张福有咏保安大佛[①]

群星相伴岂言孤，仰望长空济世无？
昔日隐名人未识，而今显影自飞书，
保安喜有新天粹，献寿还须小秀姑。
风雪经天恒不动，敢同南佛比何如。

【注】

① 奉和原诗，见张福有作《保安卧佛赋》中：“保安卧佛久神孤，敢问今时有梦无？香国上方抛锦字，福田彼岸读天书。三摩月帐师王母，半偈云衣疑圣姑。入定悟空休打坐，尘嚣摈却味真如。”

甄封喆

1950年生，吉林市教育局副局长退休。雪柳诗社执行社长兼秘书长。著有《诗心漫旅》。

颐和园石舫

百年风雨后，石舫尚雄姿。
却思黄海上，甲午舰沉时。

游龙庆峡

山自嶙峋水自柔，峰回路转泛轻舟。
三峡山势漓江水，心醉不知何处游。

游越南下龙湾

碧海茫茫接远天，波光潋滟胜湖湾。
山岛如莲复如笋，分明千座桂林山。

咏燕赠女儿

小小堂前燕，腾飞向海天。
天涯觅芳草，海上逐长帆。
翅向霓虹展，影从云雾穿。
乘风翔万里，随处是家园。

阵地抒怀

横枪北望气如虹，边塞风光备战中。
野色苍茫秦月朗，山容壁垒汉关雄。
家乡山水连新梦，战士情怀唱大风。
笑看边云浓几许，神州万里是晴空。

山　溪

幽谷清溪意自闲，盈盈曲曲绿如蓝。
波声远近鸟声里，月影圆缺峰影边。
何处海云偏入梦，此时霜叶已流丹。
轻涟应解思江海，直下层崖卷巨澜。

浪淘沙·台湾东海岸雨中望太平洋

东望太平洋，浩浩汤汤，惊涛卷雪向天扬。何处潇潇风共雨，吹送秋凉？　　回首对苍苍，心事茫茫，海峡浅浅海云长。应待春来重到此，笑看朝阳。

念奴娇·刘公岛怀古

蒙蒙细雨，伴凭吊、甲午风云人物。东海屏藩，烽火里、国弱空称坚壁。倭寇登堂，英雄殉国，此恨长难雪。怒潮雷吼，声声疑是前杰。　　试看今日神州，海疆万里，战舰连云发。丁邓英灵应笑慰，故垒云霞明灭。铁码头前，忠魂碑下，雨湿青青发。归船回望，海天飞上明月。

水调歌头·登泰山

青嶂横齐鲁，华夏第一山。千岩万壑，石磴梯立十八盘。树有秦松汉柏，石刻龙蛇草篆，谈笑入云端。汗冷玉皇顶，海日正中天。　　凝远目，小天下，阅沧田。浮云来去，知否今日是何年？因笑秦皇朝拜，却慕诗仙潇洒，长啸吐诗篇。我亦发诗兴，吟唱凯歌还。

念奴娇·雪柳

寒江晓雾，正冰天、惊看凇花云叠。树树琼枝千万缕，谁剪条条晴雪？冰羽思飞，霓裳欲舞，疑入高寒阙。烟波照影，翩翩思与谁约？　　曾见崖壁奇松，云溪新竹，未及伊清绝。一任群芳争艳去，独抱冰心孤洁。梅影风姿，莲花品质，俗手谁能折？流连如梦，忽觉诗心澄澈。

水调歌头·游镜泊湖

叠嶂山容翠，潋滟水波明。天开百里长卷，邀我入丹青。不用淡妆浓抹，自是天然秀色，西子恰相形。遥指湖中岛，疑是小蓬瀛。　　湖光断，波涛泻，滚雷霆。苍崖绝壁，垂虹喷雪耀青冥。欲把飞流痛饮，为洗胸中俗气，心静远营营。回首望湖上，帆影镜中行。

满江红·谒西湖岳飞庙

还我河山，耳边似呼声未歇。凭吊处，庙树苍翠，墓草芳烈。人把西湖比西子，我来岳庙知风月。想英雄、长啸向苍天，情何切！　冲冠发，空飞雪；黄龙府，空言灭。恨风波亭上，望金瓯缺。冤狱长留青史恨，雄词足热男儿血。慰英灵、今日好河山，惊瑶阙。

贺新郎·圣彼得堡

涅瓦河边路。踏雪游、宫阙城堡，教堂园圃。别样风情游兴在，却向他邦吊古。慨“阿舰”雄姿如故。遥想炮轰冬宫日，夜沉沉、一角天初曙。欧亚美，赤旗舞。　楼头旗上无镰斧。记前时、西风倒海，狂澜东注。漠漠太空苏氏客，惊问此身何属。正中午、天光如暮。漫道高天寒意重，望东方、又是春风度。曾记否，冬云赋？

雷学胜

网名雨田老农。通化县检察院检察官。著有《金剑刺向暗夜》《人·狗·狼》两部长篇小说。

五 古

日落山影重，林静晚风凉。一家野鸭子，犁出碧波长。突有黑鹰降，小鸭哀断肠。鸭亲连连啄，乱羽纷纷扬。　　见此一声吼，鹰啸长空惶。湖面复沉寂，归来自神伤。山水秀又美，杀机暗中藏。堪笑桃花园，地老又天荒。

蓝春雨

1945年生，吉林市人。中共吉林市委副书记，中国散文诗学会理事、中国散文诗研究会理事。

雾凇冰雪节即兴

寒江雾罩月笼纱，烟柳长堤凝玉华。
谁说仙乡天仅有，江城放眼遍琼花。

裴金红

女，1966年生，吉林梨树人。

南乡子·七夕

谁解鹊桥仙？填罢新词夜已阑。欲睡忽闻桥上语，缠绵，惹起相思在远天。 因酒醉凄然，暗泪涟涟粉黛残。乞巧今宵全不与，无言，一地黄花雾满山。

裴纯明

女，1945年生，黑龙江呼兰人。长春南湖诗社副社长，《湖韵涛声》副主编。

春　归

唤春林鸟喧，苏醒大天然。
泉唱青峦谷，风吟绿莽原。
叶肥花艳丽。巢暖燕呢喃。
幽境惹人醉，敲章竟忘言。

乐天惜时

银丝侵两鬓，催我惜光阴。
把卷松风爽，挥毫翰墨馨。
高瞻登胜境，小酌伴清音。
得趣开颜笑，多留几度春。

长征胜利七十周年颂

红星映雪峰，碧血染征程。
磅礴千重嶂，辉煌百战功。
神威惊匪寇，壮举傲苍穹。
一代开天绩，煌煌万世崇。

读聂钳弩诗全集

夜雪霏霏恶梦寒，歌吟笑傲铁囚栏。
搓绳推磨春雷隐，担水锄禾日月悬。
悼友情深倾肺腑，赋诗笔健扫霾烟。
崎岖世路姿尤挺，独秀一枝屹岭巅。

观长白大峡谷

鬼斧鸿蒙辟阆川，层林叠翠罩云烟。
峡幽谷寂心驰地，嶂耸峰连梦绕天。
玉瀑湍流弹锦壁，奇葩异卉缀青岩。
嶙峋钟秀四时景，一览雄姿便胜仙。

鹧鸪天·秋晨疾雨

时过中秋寒露临，西风飒飒变晴阴。凌晨售菜刚开秤，震耳雷鸣便集云。　　天黑黑，地昏昏。须臾骤雨作倾盆。临窗悯念农夫事，此刻何方好避身。

谭明彦

1952年生，靖宇县人，曾任乡镇党委副书记、煤炭矿产局局长、长白山天然矿泉水靖宇水源保护区管理局纪委书记等。高级经济师。

参观长白民俗村

白山绿水小康村，挥铲消除贫困根。
碧瓦牌楼呈宋迹，华居丽院有唐痕。
长裙鼓颂千秋世，大磨车吟万载坤。
美酒粘糕接远客，民风纯朴醉游魂。

悼彭雪枫将军

抗倭荡寇举红旗，铁骨铮铮将帅情。
马踏千军求正义，刀挥万阵铸威名。
征程岂顾儿临世，镇垒休谈弹火鸣。
壮志未酬星陨落，再斟美酒慰君行。

一剪梅・火山矿泉

天赐春城遍矿泉，喷涌悠然，溪水潺潺。地生靖宇绕群山，峰也奇观，林也奇观。　　商贾如云一手牵，利用资源，开采资源。矿泉文化写新篇，功在今天，利在明天。

慕　琏

原吉林省延边州政协第九届常委、提案委主任。吉林省书法家协会会员、延边诗词学会副会长。著有《慕琏绘图诗词选》。

登妙香山

久闻妙境盼登山，身置画中心自闲。
树笼烟云生雨意，花凝玉露动微寒。

金井山梵鱼寺晚归

山巅横老树，荫下覆苍台。
小径通幽谷，僧门对老宅。
星河方入目，溪涧也萦怀。
击磬和禅乐，微凉处品斋。

红辣椒

静雅柴扉院，秋收九月天。
推窗红胜火，悬壁串如珊。
烩炭烹调美，醇腌泡制鲜。
金风可人意，把酒贵宾前。

烟云稍逝望长白山主峰

拔地直腾摩紫云，三江源肇自昔今。
琼浆万顷拥星斗，素练千寻泻雪魂。
明月稍迟留倩影，青山不老带雷音。
黄山五岳何须羡，赏我大荒足慰心。

鹧鸪天·喜丰收

长鼓咚咚臂展空，伽耶琴上荡春风。带飘项帽盘新月，衫短裙长舞翠红。　　乡邻聚，酢酬浓，妇孺同唱喜丰隆，开怀畅饮红颜醉，曲劲陶然乐不穷。

翟　彦

1940年生，祖籍山东，自号蓬莱散人。吉林汪清人。中华诗词学会会员。

乘　月

明月如同水上舟，满装期待送春秋。
茫茫夙志酬何处，费我凝眸夜夜游。

山居春晓

一觉醒来神绪清，山中小屋已微明。
乘时正可思佳句，不厌晨鸡三两声。

登黄鹤楼

崔颢题诗在上头，谪仙搁笔叹风流。
同垂千古文章著，传得沧桑不倒楼。

滕王阁

英才神笔序滕王，一现昙花万古芳。
璀灿明星垂宇宙，光昭杰阁越沧桑。

岳阳楼

墨吏难清百姓愁，无端愧上岳阳楼。
心随潮水同翻涌，五尺空怀天下忧。

题垂钓图

好高骛远志凌云，学得屠龙技在身。
海角天涯龙迹绝，磻溪无奈钓晨昏。

题幽兰图

牧羊坡上有春兰，混迹萋萋荒草间。
性洁身微谁识得，乱蹄之下损芳颜！

老 骥

生来虽有行空愿，老去仍难享物华。
驰骋徒能踏飞燕，年年负重驾盐车！

学海即兴

此生未老即神仙，把握飞行宇宙船。
昼阅山河三万里，夜游岁月五千年。
排空驭气追黄鹤，刮垢磨光会圣贤。
学海茫茫望彼岸，蓬莱仙乐已频传。

毛泽东百年诞辰

辟地开天历苦辛，金刚意志海胸襟。
力行革命除天命，坚信精神胜鬼神。
推倒三山平世道，廓清四海为黎民。
文韬武略谁堪并，评古论今第一人。

读《烟霞集》

烟霞一读倦眸开，有识多才意不衰。
醒目清心胜龙井，消魂提气赛茅台。
神游故国山河壮，情扫前人风月哀。
令我精神重抖擞，乐将余岁再安排。

乐山大佛

佛怀佛法大无边，出自人工却胜仙。
放火杀人全不管，改朝换代概无言。
七情尽释登极乐，万虑皆空归漠然。
享受香烟长带笑，愚蒙民意到何年？

寄舍弟

村郊林下绿茵平，常记当年携手行。
谈古论今百感聚，吟诗联句两心倾。
伤时有恨皆垂泪，忧国无杯不溢情。
幸得春归人未老，歌喉重振唱心声。

游黄龙府感岳飞

壮怀未得饮黄龙，一代英雄苦尽忠。
抗敌疆场图救国，争权殿下弃亲宗。
废墟早隐皇家梦，危塔仍标霸主风。
罄竹难书臣子恨，咆哮千古满江红。

调笑令·娇子

娇子，娇子，说话都成圣旨。随心所欲花钱，犹嫌不够爱怜。怜爱，怜爱，不怕娇成祸害。

诉衷情·夜牧

牛儿闲散草儿肥，来去不须随。悠然斜倚垂柳，细细露风吹。　山吐月，水流晖，罩烟帏。无边清景，零散诗思，费我敲推。

西江月·读《红楼梦》

宝玉通灵落地，有才无力回天。红楼寄梦说当年，假假真真难辨。　贵族荒淫腐朽，皇家殿宇将坍。僧儒道教互连环，无限流连封建。

破阵子·读水浒咏宋江

赵宋王朝腐败，势如大厦将倾。造反上山开正道，岂可重回枉死城，何由还力争？　　抛弃梁山水寨，招安代讨群英。好个山东及时雨，扑灭烧天烈火情，难逃走狗烹。

水调歌头·吟海即兴

没有神来笔，难出点睛龙。抓牢灵感不放，成就一挥中。几度昙花一现，未入锦囊佳句，转瞬即成空。追忆又何及，难得再寻踪。　　征途上，学海里，事无穷。珠光闪耀处处，只要肯加工。诗欲流传人口，情必动其心魄，过眼不朦胧。好句人人爱，情感古今同。

翟致国

别署老宅，号耐寂轩主。1947年生，黑龙江呼兰人。中华诗词学会理事，吉林省诗词学会副会长，《长白山诗词》副主编。著有《耐寂轩诗稿》等。

骑单车上班

过市穿街汇众流，疾徐行止自悠游。
路边杨柳春风翠，不避垂梢时打头。

新　居

楼窗恰对一溪云，漱石溅溅或可闻。
五尺墙垣笼阒寂，半庭花木酿氤氲。
闲从坝下开新垄，偶过桥南采野芹。
中隐无妨小隐趣，城乡正此两难分。

母亲节思母

往事多随过眼云，惟存母爱记殷殷。
温凉在褓泼心血，顺逆出巢陪皱纹。
寿庆未操曾有待，冥辰欲寄已无坟。
报恩纵许千般愿，今世再难还半分！

简光耀

翻检光耀旧函，有感于近年程控电话取代写信。

曩昔书来信往频，拆封急切读尤亲。
行云流水言辞近，舞凤游龙墨迹新。
重检灯前如晤面，专收箧底似藏珍。
一从程控常通话，函简无由续旧姻。

望壶口瀑布

黄水西来下白云，南行晋陕落龙门。
千狮聚作同时吼，万马争从一壑奔。
跳浪翻波撩目眩，飞花喷雾搅天昏。
久瞻不悔淋衣湿，为领雄奇华夏魂。

过长沙访贾谊宅

古宅深淹商肆中，问途辗转几回空。
门前摊摆喧朝市，墙里蛛丝网落红。
道不人行悲屈子，才难自用叹坡公。
千年旧井甃痕在，汲邃探幽迄未穷。

吉林赏雾凇

观凇进腊正当时，载兴来寻冰雪诗。
万树梨花雕璀璨，一川松水塑琉璃。
阶铺烂玉跫音醉，鸟踏霜条蝶舞痴。
吟赏陶然忘物我，神随境化上琼枝！

《百年苦旅》首发会上听曹建德后裔受书发言

当年乃祖饭刘公，未必能知此日隆。
百载传承经苦旅，一书接过感由衷。
貌无装饰真容在，语不修辞大义通。
长白文渊小插曲，认同听取掌声中。

蝶恋花·访将军坟见壁间小花

巨石层层堆作冢，威武岿然、直向青天耸。风雨千秋说沉痛，悠悠销尽王家梦。　　三两花儿无体统，着绿簪红、钻出石头缝。虽小能将香气送，向人似问谁轻重？

纪辽东·荡平岭记功碑

轻车迢递入云间，下望令胆寒。乱石嶙峋杂榛莽，仄径走千盘。　　双碑高耸记艰难，凭瞻一喟然。百载先人拼搏处，蜀道续奇观。

纪辽东二首

步韵贺养根斋登上白云峰

奇观总在索求中，钦君气若虹。百五攀登人不倦，终上最高峰！　　东陲文化拓新踪，古来谁与同。直可焚香行告慰，豪举沐罡风！

读福有长白极顶日晕照

天象奇观难一逢，岂是偶然中。遍登十六峰之后，圆虹酬钜公。　　绝顶风光造化工，机遇古今通。人文山水呈精彩，探求正未穷！

贺新郎·致关东诗阵网上诗友

有话凭诗说，将胸中、般般感触，发为音节。大到神舟巡天宇，小到纤毛细叶。勤捕取，多能涉猎。有话则长无话免，最难求语淡情浓烈。个中趣，探无绝。　　关东结阵开新页，引词场、八方作手，垂青关切。好帖妙评来如涌，异彩纷呈烁烁。更相互、刮光添色。但得论坛人气久，又何辞守望培心血。鼠标点，珠玑落。

轩辕手植柏

久闻天下第一柏，传为轩辕亲手植。今上桥山谒黄陵，见此肃然为长揖。悠悠岁月五千年，分明人文活化石！铁干卓荦苍鳞遒，杈枒伸展虬龙游。郁郁参天张巨伞，庇护子孙延春秋。君不见古国波斯巴比伦，文明中断国销沉。唯我华夏堪告慰，一脉传承到如今。纵有弟兄偶抵牾，到头毕竟还同心。生机勃勃同此树，树大枝繁根亦深。几度劫波增抗体，秀出世界民族林。瞻罢竦听罡风过，满山谡谡作龙吟。

登剑门关

李白咏蜀道，听来凋朱颜。长行今入蜀，先访剑门关。路沿古栈道，萦迂上耸峭。云在轮下飞，车向云端绕。峥嵘古关楼，小立风飕飕。两峰立峣峤，一线下深幽。俯视头目眩，心提欲抵喉。向称天下壮，雄壮果无俦！当年姜伯约，拒魏凭锁钥。由来经百战，杀声动魂魄。陆游旷士怀，曾骑蹇驴来。毕竟性情人，淋雨亦悠哉。岂唯阅崄绝，岂唯览风月，古国山河壮，人文乃情结。诗人为引吭，英雄为流血，所以文山气，所以苏武节。险关哪可恃，虽险终能夺。心底筑雄关，强敌莫能越！

过令公塔·并序

下五台山南行不远，于路东山坡下见一古塔，六角三级，高十米许，问导游，方知乃北宋令公塔。传令公死后，其子五郎收遗骨葬此。

五台两日游，香烛熏襟袖。下山遇古塔，默立孤且瘦。离离荒草侵，瑟瑟西风镂。无论祭拜人。路亦难寻就。回望寺庙群，栉比连云构。朝拜人如涌，争先复恐后。地不分南北，年不论长幼。门票超百元，争购眉不皱。请香成捆烧，烟火连昏昼。施舍满把投，钱币溢箱斗。更有虔诚辈，朝山徒步走。待欲近山时，一步三叩首。感此叹令公，拼死御敌寇。一口金错刀，满门忠烈后。而今沦此境，远不如泥偶。冷热殊如此，天理还在否？国破民涂炭，谁见神佛佑？千手唯敛财，救难一无奏。朗朗之乾坤，定当更此谬。车行塔渐远，泪打青矜透。

天然山水石歌·并序

秋游五台山，在台怀镇路边购得一天然石板，方尺许，光滑如砥，上有奇峰叠嶂，古木流泉，亦真亦幻，愈读愈深，惊为神品，因作歌以记之。

平生酷爱山和水，尤喜墨彩画天然。五台得此一方石，天然山水构奇观：一峰崔嵬劈面起，大壑幽深下无底；嶙峋怪石争歧出，或如螺髻或如齿。峰头散乱披麻皴，皴间焦墨点苔痕；峰后蒸腾云雾漫，云外又是一重岑，三重四重叠渐远，山耶云耶难再分。近岭萦纡一涧泉，漱石似听声溅溅。远如游丝近披发，挟云带雾下重渊。瀑边一片聚蓊郁，恰似丛林犹泛绿。中间信有翠云廊，仄径穿林断复续。苍茫云里现奇绝，若隐若现半轮月。不憾月未十分圆，但喜恰在天之末。赏玩摩挲叹珍奇，感此特待识者持。不然何以摊摆久不售，三千里外吾来而遇之？

瞻好太王碑

赫赫王碑立山陬，古朴无华追峋嵝。下无龟趺上无额，石材天然稍琢修。环刻千言多可辨，书近汉隶工而遒。首记开基假神话，北出夫余王邹牟。太王神武广开土，掠地攻城纵貔貅。南及新罗东控海，国祚绵长春复秋。何故势去迁平壤，一代繁华付水流。城废香绝烟户散，陵碑从此没荒沟。星移斗转千数载，蒿草森森苔藓稠。风凄月冷萤火窜，雨蚀日炙狐兔游。中原王朝几更迭，此处白云空悠悠。国宝有灵天不灭，伐木开山现清末。苔厚难除施火焚，人为毁字叹计拙！书家辨体多临摹，史家析文补史阙。史料书法俱珍奇，由此洞沟名腾越。围栏建亭透明封，从兹风雨莫侵啮。万国游人慕名来，跻身世界遗产列。呜呼！孔子西行不到秦，诗经漏载石鼓文。永叔稽古未临北，应叹披沙遗此金。今我来兮长感喟，摩挲笔画神思飞。神会古人追千载，据边向汉实所归。祭祖述德求正统，方有煌煌汉字碑。汉家舆地碑是证，铁证岿然谁敢推。寄语戚戚觊觎者，慎莫强争失祖基！

集安诗会登鸭绿江大桥作

巍巍国门下，肃然登铁桥。桥长三百丈，跨水连中朝。两岸山如峙，江声掩市嚣。俯看波澜壮，西去走滔滔。临界凭栏处，小伫思如潮。当年战云布，王师经此渡。由此护桥四春秋，生死搏杀难计数。敌机扑来势如蜂，俯冲泻弹逞穷凶。江中水柱冲天白，桥下波涛翻血红。蔽日硝烟织惨雾，遏云呐喊汇雄风。大桥断即补，车流阻复通。南北运输比动脉，细论确由鲜血充。固然人在桥便在，可知人亡叠几重？呜呼！更有过江男儿四十万，生还居然不足半。多少白发泪眼枯，多少新妇春梦断。拍栏裂眦问天公，忍教生民蒙此难？世间生命最可贵，何以视之如草蔓？登揽归来江畔行，沿江垂柳正摇青。堤上依偎坐情侣，堤外祖孙放风筝。忽有小囡追柳絮，笑声一串响银铃。回望江桥晴烟里，列车驶过笛长鸣。笛声荡谷似示警：珍重和谐远战争！

过牡丹江谒·并序

1938年10月，东北抗联四、五军西征妇女团，为掩护大部队转移，主动诱敌，英勇抗击日军袭击，在弹尽粮绝的情况下，宁死不屈，毅然投入冰冷刺骨的乌斯浑河，为国捐躯，谱写了一篇惊天地，泣鬼神的抗日史诗。

巍巍八女耸江干，血火拼争忆昔年。抗日义勇悲歌里，巾帼英烈谱奇传。掩护突围诱狂虏，且战且走周旋苦。弹尽力竭摆不脱，去路更遇大江阻。眼前滚滚涌波涛，身后汹汹逼豺虎。逼近才知交战方，竟是青春妙龄女。遂令停火勿射杀，狞笑狂呼生擒取。诱降许命许金钱，禽兽喊话操人语。一步进退决存亡，本色英雄见肝肠。理我鬓间发，整我身上装。宁为玉碎不容侮，砸碎枪支相扶将。从容蹈水无反顾，云立山呆为静场。猎猎江风吹襟袂，波摇花影下夕阳。形象定格天地间，凝作雕像矗辉煌。仰瞻难抑簌簌泪，感此嵚崎八姊妹。正值金色好年华，也知生命最可贵。出生入死几经年，人生乐趣曾尝未？慷慨赴难究何图？可有奖金和爵位？同胞女子能如此，令我须眉怯面对。谋权谋利逐轻肥，手不厌长伸无愧。近闻邑中发巨贪，涉案官员竟百计！顶风作案敢试法，竟成前赴后继势，更闻珠海大卖春，国耻之日爆新耻！横陈浪笑一无羞，人格国格任委地。呜呼！当年血肉筑长城，何期荫此无行辈！再拜群雕问失声：烈士回眸可笑慰？

翟慧利

1960年生，慧利诊所主治中医师。全国自强模范、五一劳动奖章获得者。著有《慧利医案》。

十二脏腑之脾胃

收藏脾运如仓廪，五谷传承血气盈。
厚味膏粱生病变，酸甜苦辣亦多情。

十二脏腑之肺

身居相傅司呼吸，行使宣降数称奇。
更统三焦治百节，狼烟平息掩旌旗。

卜算子·童趣

塞北韵无穷，稚子多欢乐。雪里悠然独自思，恍惚今如昨。　　玩罢小冰猴，又射枝头雀。忆起童年故事多，梦里常相约。

潭洪临

1948年生，吉林大安人。

观养根斋主所摄《天池冬韵》

瑶池冬谒最惊魂，从此同君念阏门。
水漾流波星问月，冰呈明镜酒盈尊。
雪明可引嫦娥舞，壑险堪教勇士奔。
更盼清泉浇世浊，平湖结镜照乾坤。

颜　杰

女，1935年生，黑龙江巴彦人。长春老年大学胜春诗社社员，著有长篇小说和散文集。

诗友聚会

又逢宴聚会群英，论赋谈诗叙友情。
但得情真茶亦酒，挚言句句在杯中。

颜世斌

1948年生，德惠市人，德惠市公安局退休干部，德惠市硬笔书法协会主席。

游成吉思汗陵

陵旁肃立忆天骄，何处凌云射大雕？
山河壮丽镌名字，我为英雄一折腰。

读金国芳《梦断冰河》

（一）

佳篇句句写情真，妙笔生辉励世人。
五载冰河撰新著，小城杨柳一枝春。

（二）

冰河旧貌早无存，蝶梦难期寸草心。
逝水悠悠埋恨事，追思缕缕付瑶琴。
秋波酿作杯中酒，酥手拨成弦外音。
又是一年春色美，小城河畔正缤纷。

颜春馥

又名颜虹，女，1975年生。现住德惠市胜利街，系德惠自来水公司职员。

浣溪沙·夜思

（一）

树隐风轻云朵低，长街夜静渐人稀，孤灯只影惹相思。　　醉里吴刚愁桂树，望中仙子舞霞衣。月宫寂寞几人知？

（二）

入夜西风瑟瑟歌，广寒雪细少嫦娥，星光密集是银河。　　谈古论今心激动，听歌起舞影婆娑。推敲苦乐不嫌多。

颜景森

1961年生，农安县黄龙诗社副社长，巴吉垒诗乡诗社秘书长。

咏树挂

玉落银生寒璐发，濯神澈魄净心涯。
谁言雾霭柔无骨，且看冰开满树花。

滕宝东

字达开，笔名济之。1960年生，吉林大安人。现为双辽发电厂干部。著有《万木集》。

文化寻迹

文化官台老，轩辕逊几分。
石锄裴李岗，粟种仰韶村。
兽骨磨精器，细泥陶彩纹。
龙山河姆渡，遍地祖先根。

阚世钧

笔名苌白，1969年生，吉林抚松人，现在抚松县劳动和社会保障局工作，著有《长白山吟咏》。

棒槌营

白露开锅需庆典，太平鼓韵显神奇。
棒槌营外松明耀，老客东家把酒时。

玉雕六披叶

岫岩奇品玉雕工，温润佳人爱意融。
缕缕暗香飘雪后，野参妩媚忆辽东。

潘太玲

女，1976年生，农安县黄龙诗社社员。

致 燕

花谢花飞年复年，人非物是梦阑珊。
檐前若是旧时客，或解临窗不卷帘。

中秋情思

又是仲秋松水寒，星稀露重涩鸣蝉。
红尘拥挤相思事，天上一轮寂寞圆。

潘笑山

又名潘孝珊，1947年生，原籍山东即墨县。梅河口市委党校退休教师。

卜算子·龙泉寺春色

春绿五奎山，翠拢龙泉寺。姹紫嫣红竟自由，幽谷溪流碧。　　杨柳掩朱门，宝殿倚天立。遥看祥云塔欲飞，灵秀新天地。

薛启春

1929年生，吉林省扶余人。农安十中退休教师。中华诗词学会会员，黄龙诗社副社长。

古府中秋

节届秋过半，风情彻九围。
天高云弄影，夜朗月生辉。
明阁湖光秀，老街辽塔巍。
醉怀因痛饮，聚首畅心扉。

贺香港回归十周年

两制庆升平，香江浣紫荆。
五云开画卷，十载说缘情。
气咤山河壮，空涵风月清。
港人镌正史，环宇慕蜚声。

寒　窗

绣枕临眠感亦亲，多贪梦幻岂成真。
三更灯下博今古，数载案头尝苦辛。
花木知秋争烂漫，襟怀倚杼织经纶。
寒窗岁月如枢纽，一诺人生七尺身。

品　箫

幽篁幽谷几经年，九节情怀曲曲圆。
耳染仙音绵紫气，肠回玉韵解蓝田。
凌霄娓动三春雪，近水清澄二月泉。
角羽宫商谐百籁，松筠风骨洞箫天。

岸　村

百户村前一道河，牛耕归饮醉清波。
风光风采因时异，乡俗乡情积淀多。
浪里推舟声欸乃，滩头浣女影婆娑。
更观近水临窗月，远去奔流壮似歌。

鹧鸪天·碾磨乾坤

歪柳斜榆老磨坊，珊珊旧梦累彷徨。四条驴腿拼饥饱，百户炊烟恐岁荒。　　盘日月，转沧桑。缘情梓里画图张。笑颜村叟操新语：有限公司引巨商。

唐多令·乡梦

何日泛中流，烟波一叶舟。须怎耐，五十春秋。梦里归来终是梦，明月下，枉淹留。　　岂谓默浇愁，无心觅酒楼。问芦汀、雁唳悠悠。乡井旧时偕友处，谁且在，又谁休。

江城子·端阳

庶黎深憾楚天殇。问穹苍，恨悠长。何事昏庸，烟海妄迷航。耳畔谗言闻已醉，忠骨挫，佞臣狂。　　年年五月祭端阳。粽飘香，气昂藏。竞渡龙舟，齐橹荡波光。一代诗宗名永世，碑在口，史流芳。

薛富有

1931年生，吉林九台人，曾任九台县委副书记。中华诗词学会会员，原长白山诗社副秘书长，著有《彤雪斋诗选》。

垂钓（四首选二）

（一）

微风习习小溪东，绿柳丝边一钓翁。
但觉凝神流水意，何关鱼入竹笼中。

（二）

细雨轻烟笼碧池，蜻蜓敛翼抱荷枝。
垂纶频动忘机处，既得肥鱼又得诗。

薛善春

薛善春，网名冰峰映雪。白山市人。

咏菊十二首步《红楼梦》之咏菊（十二首原韵选二）

问　菊

欲挽红颜恐未知，惶惶借酒试东篱：
孤芳乱世同飘渺，寂寞残秋共晚迟？
何必听风骚弄影，可曾无语类相思？
春情夏雨千般错，霜角连天误几时？

菊　影

寒光淡射影重重，月落花溪冷漠中。
曾以风刀镌瘦骨，惯于霜剑刻玲珑。
星移莫使魂将散，蜡聚应扶魄未空。
巧设窗前沉默景，朦胧睡眼看朦胧。

水调歌头·老父残情

寂寞平生事，岁月几留连？堪堪不误风宿，吹老旧容颜。一页沧桑敛尽，莫谓昔时丰采，魄壮锦荣冠。闷里三杯酒，浮醉笑当年。　子曾贵，人情罪，是从前。凝霜鬓角，秋染华诞不重天！常对庭间小筑，浊目遥相陌处，望月引儿还。异路千般错，无语泪缠绵。

霍善忠

61岁。曾任教育局副局长。梅河口诗词学会会员。

退居自嘱

旧时职务已离身，饮食起居重对频。
些许微疴无暇视，养生贵在养精神。

为老伴六十六大寿而作

当年月貌花容女，花甲霜风染发根。
卌载同舟经苦旅，半生携手庆银婚。
辛酸苦辣烦心事，福寿康宁聚喜门。
共沐晚霞红叶赏，桑榆并茂育儿孙。

戴文宦

1933年生，满族，辽宁本溪人，退休前任东辽县政协副主席，著有《乌龙诗草》。

“九一八”国耻日松花江畔感怀

松水江中血染流，白山烈骨恨悠悠。
波痕未尽前朝泪，焦土犹蒙后世羞。
尚有三光悲草木，焉能一笑泯恩仇？
图们泊上关山月，却看谁人拜敌酋。

东辽河感怀

东来西去自临浔，六秩衷肠向月吟。
不墨青山千幅画，无弦碧水百张琴。
滔滔秋浪添豪兴，淡淡春涓静俗心。
五亿商粮贡南北，营林万亩已森森。

鞠路滨

1930年生，吉林省通化人。先后在沈阳营口等地从事编辑和文艺工作。1977年回乡，曾任通化市政府老龄委办公室主任。

怀　乡

梦绕玉皇阁，寻山访古楼。
野花迷故道，落叶满青沟。
风雨从年过，江波依旧流。
鬓边霜雪白，几日到通州？

檀震琦

1952年生，吉林梨树人。现任梨树县文联主席。《梨花别韵》《梨花源》主编。

凭吊农安古塔

风吹铃响说从前，翘首飞檐傲对天。
边马频传靖康耻，胡笳曾唱议和篇。
君臣南渡欢歌舞，将士北征思凯旋。
试问莫须何所罪，千秋古塔释奸贤。

魏　明

女，1939年生。吉林农安人。吉林省老干部大学《日新诗词》执行主编、副社长，长春作家协会会员。

遣　怀

（一）

公平慷慨属时光，且向忙针问短长。
顺逆人生拼几次，不容分辩满头霜。

（二）

夕阳爽快好商量，借我贪生一段忙。
埋在书中翻日历，铺成栈道赏风光。

无　题

无须倾述忆当年，汗洗贫穷腰不弯。
简爱纯情酿成酒，杯中风雨也甘甜。

登长白山天池

遥望峰巅云雾稠，躬身举步兴无休。
沧桑难改执着梦，悟道禅心遂所求。

听二胡曲《江河水》

音沉弦骤咽，夜静燕孤旋。
耳畔风涛泣，心中云雾缠。
情深肠易断，人杳梦难圆。
哭碎江天月，恨遗飘渺间。

长白山天池

登上白山心路宽，一池神韵解非凡。
幽怀坦荡容云雾，惠口清寒吞雪烟。
催雨催春忙四季，圆情圆梦泻千年。
亲临圣水知深浅，望月方知天外天。

魏聿虹

女，磐石市广电局退休。

霜天晓角·人民警察公路疏堵

朔风刺擐，雪降长平段。莽荡铁龙银甲，车行阻，天留怨。　　警临铜臂挽，破坚冰却霰。寒冷正来添炭，百姓乐，由衷赞。

纪辽东·红石山怀古

红叶参差铺小蹊，霜露欲牵衣。斑斓山色知谁染，莺啼碧水西。　　铁马金戈入史碑，今日读依稀。山花默默思英烈，陈醪酹一卮。

魏连生

笔名俞言，1945年生，吉林双辽人。历任教员、编辑、史志办主任等。作品有小说《凤命虎缘》。

松江龙舟赛

昨夜琼娥踏雾来，银松雪柳漫堤栽。
神工巧运羊脂玉，鬼斧精雕象骨台。

魏荣禄

网名柳巷居士，1955年出生，吉林柳河人。现供职于柳河县科技局。出版诗集《情激浪千尺》。

长相思·雪

迷征途，醉征途，袖舞寒风呈丽姝。花繁胜苇芦。　　千里铺，万里铺，日照身消静静无。能融万物苏。

长相思·梦故里

思童年，忆童年，梦寐同窗呓语绵。笑声惊晓天。　　游故园，话故园，香径浓阴藏酒幡。衔杯醉柳烟。

满庭芳·思母

吾母贤良，修行仁德，济弱扬善人尊。鞠躬谦让，和睦共乡邻。追忆童年往事，家窘迫，父疾缠身。参苓煮，夙兴夜寐，泪眼望星辰。　　含辛。严克己，迎淋苦雨，吞咽风尘。欲借银河水，淘洗清贫。挑烛巧缝褴褛，昭子嗣，秉性敦淳。情凝血，音回耳际，珠泪洗罗裙。

魏敏学

1942年生，黑龙江汤原人。曾任吉林省副省长、省政协常务副主席。

冬　泳

冰天冻地大江流，热浪寒潮任我游。
水底蛟龙似盛夏，满城风雪弄轻舟。

长白山池南行

夜来风雨作，侵晓溯江行。
白桦青松列，丹霞碧水横。
登山人踏雪，攀石树啼莺。
纵揽雄姿去，长怀挚友情。

魏振华

1951年生，吉林扶余人。大专学历。高级政工师，吉林油田干部。

春播情

扶犁耕晓雾，撒籽种春风。
碧浪心中起，金山眼底生。

吕永红

曾用名杨素清，女，1951年生，原长春轮胎厂组织员、政工师。

野　花

绽开仙蕊性疏狂，脂粉薄施淡雅妆。
未与群芳争列谱，倾心陌上溢清香。

重阳节抒怀

南归大雁羽披霜，正值东篱阵阵香。
佳节登高歌九九，江天寥廓寄情长。

踏雪吟

大野茫茫任纵横，敢将洁素对苍生。
朔风不减梅枝俏，碎玉犹呈柏色青。
鹤唳云间尤述志，人行世上总留名。
斑斑霜鬓惊回首，未改冰心真性情。

跋

《中华诗词存稿·吉林诗词卷》共收录八百多人的三千五百多首诗词。征稿伊始，我们就确定了“宁可落诗，不要落人”的原则。尽量把工作做细，把平时很少参加活动的诗人找出来，把他们作品收集上来。尽管这样，肯定还有未宣传到位的地方和人，“不要落人”，也只能是相对的。

编辑《中华诗词文库·吉林诗词卷》，是对全省诗词创作的一次检阅。这次征稿，共收诗词 10000 余首。限于本书体例和篇幅，为求大致均衡，不得不确定最高限量，作品多者，上限不超过 20 首，而且要严控人数，尽量多给别人保留上稿机会。

这次编稿，是对近几年来吉林诗词创作成果的集中展示。2007 年，我们组织了集安采风，编辑出版了《历代诗人咏集安》。2008 年，组织了长白山池南采风，出版了《长白山池南撷韵》《百年苦旅》。2009 年，组织了公主岭市和白山市江源区采风，出版了《公主岭风韵》《江源毓秀》。为纪念爱国将领吴禄贞所建“戍边楼”落成 100 周年，组织诗友赋诗，出版了含在《爱国将领吴禄贞》一书中的《戍楼浩咏》专编。这 6 本书，均公开出版，共收诗词 5240 首。如加上 2007 年以来协助诗友编辑出版的《戊子吟俦唱和三集》(其中有“白山纪咏”专栏)、《酒海溢香》《香远溢清》《法书吟鉴》，10 本书共收诗词 6000 多首。被“中华诗词论坛”

站长张驰先生誉为“关东诗阵现象”。与此同时，还有一个“《纪辽东》现象”。《纪辽东》，为隋炀帝所作词二首，其中写道:“清歌凯捷丸都水，归宴洛阳宫。”词中之“丸都”，是集安之丸都山城。王胄当即和二首。这是词的源头，拙斋在周笃文先生帮助下力经考证，已成诗词界共识。然而《纪辽东》问世以来近1400年间，却无规范词谱。在《江源毓秀》创作过程中，拙斋不揣浅陋，规范了词谱，三个多月得《纪辽东》词1500多首，其中收入《江源毓秀》书中304首，收入本卷97首。还将出版《纪辽东》专集，建设《纪辽东》碑林，传承了词牌，繁荣了长白山诗词，堪起以诗证史的重要作用。

1998年9月6日，中华诗词学会副会长、《中华诗词》副主编杨金亭先生在白山市出席《长白山诗词选》首发式暨全国第三次长白山文化研讨会时提出“要大力培育长白山诗词流派”的命题。十年多来，我们为之不懈努力。在吉林省诗词学会第二次会员代表大会报告中，在集安、通化县、公主岭、江源、农安等地举办的诗词活动中，我们都反复强调这一重要问题，形成共识，齐心协力地抓落实。2010年3月21日，中华诗词学会顾问、《中华诗词》主编杨金亭先生在我省农安的一个诗词研讨会上高兴地说：“可以说，长白山诗词流派，现在已经初步形成。”这是杨金亭先生对吉林和东北诗词创作事业的关爱和充分肯定。

关于长白山诗词流派，我在农安会上作了初步归纳，大致可以说有以下几个特点：

一、有深厚的文化渊源。

从《诗经》的“大东”“追”“貊”“商”到词的源头《纪辽东》，从汉、魏、晋、唐、宋到辽、金、元、明、清，从中华民国到如今，长白山诗词源远流长，琳琅满目。

二、有鲜明的地域特色。

长白山及其诗词和风土人情，别具特色。《长白山诗词选》是集汉以降历代诗词之大成的代表作。《历代诗人咏集安》《长白山池南撷韵》《公主岭风韵》《百年苦旅》《江源毓秀》《戍楼浩咏》《酒海溢香》等，近3年新创作诗词6000多首，加上本书所收3500多首，已逾10000首。这是长白山诗词流派的重要内容和代表作。吉林省委宣传部常务副部长、省诗词学会副会长蒋力华同志对长白山诗词创作取得的这些丰硕成果，由衷高兴，指出：建设“诗域吉林”，已经初见成效。我们还要继续努力。

三、有稳定的创作队伍。

或者说有雄厚的创作实力。有的诗友将这种采风创作称之为“拉练”。三年“拉练”，关东诗阵是主力。以《长白山池南撷韵》为例，本书共1036首诗词，作者来自全国23个省、市、区198人，其中，东北三省辽宁、黑龙江、吉林111人，占56%。在东北三省111人中，吉林省81人，占73%。

四、有传世的优秀作品。

隋炀帝的《纪辽东》，唐太宗的《辽城望月》，李白的《高句丽》《送王孝廉觐省》，张元干的《念奴娇》，萧太后的《秋猎》，王寂的《渡辽》，赵秉文的《长白山行》，刘敏中的《卜算子·长白山中作》，朱元璋的《鸭绿江》，康熙的《望祀长白山》《柳条边望月》《松花江放船歌》等，吴兆骞的《长白山》，乾隆的《驻跸吉林境望叩长白山》《望祭长白山》《吉林览古杂咏》《吉林土风杂咏十二首》等，张凤台的《赠刘建封》，刘建封的《白山纪咏》等。当代人尤其是《长白山诗词选》下卷和“关东诗阵”中写长白山景物及风土人情的精品，当可传世。而其中的《纪辽东》，则是标志性作品。

感谢中华诗词学会图书编著中心、北京中华典籍图书编著中心各位先生对编辑吉林诗词卷所做的及时指导和大力支持。

2010年4月8日于 长春养根斋

作者时任中华诗词学会副会长、吉林省委宣传部副部长、省诗词学会常务副会长